KB141709

한국현대시의 정신사

강찬모

태학사

강찬모
충남 청양 출생
청주대학교 국문과 및 동대학원 졸업(문학박사)
현재 청주대학교 국문과 강사

주요 논저
「조정래의 대하소설 속에 나타난 여성의 택호와 삶 연구」
「부인명 소설에 나타난 여주인공의 성의 자각과정 연구」
「박경리 소설 『토지』에 나타난 간도의 이주와 디아스포라의 귀소성 연구」
「한국현대 대하소설에 나타난 반동인물의 욕망 해부」
「한국현대 소설에 나타난 무당과 무당에 대한 에로티즘 연구」 등이 있다.

한국현대시의 정신사

초판 1쇄 인쇄 | 2016년 7월 11일
초판 1쇄 발행 | 2016년 7월 15일

저   자 | 강찬모
펴낸이 | 지현구
펴낸곳 | 태학사
등   록 | 제406-2006-00008호
주   소 | 경기도 파주시 광인사길 223
전   화 | 마케팅부 (031) 955-7580~82 편집부 (031) 955-7585~89
전   송 | (031) 955-0910
전자우편 | thaehak4@chol.com
홈페이지 | www.thaehaksa.com

값은 뒤표지에 있습니다.

ISBN 978-89-5966-762-8   93810

서문

강산도 변한다는 유구(悠久)의 시간, 박사학위를 받은 지 어언 10년의 세월이 지났습니다. 돌이켜 보면 저에게 면학의 시간은 열정 하나만을 믿고 겁 없이 덤벼들었던 득의로 가득 찬 만용의 시기였습니다. 그러나 또한 이 시기는 부유하는 만용이 공부를 통해 하나 둘씩 깎이고 썰어지고 쪼아지고 다듬어지는 절차탁마(切磋琢磨)의 시기로 저의 만용과 더불어 풋내 나는 인격이 성숙되어 가는 알찬 시간이기도 했습니다. 그런 의미에서 이 책은 젊은 날 저의 공부에 대한 불면과 시행착오가 고스란히 묻어 있는 부끄러운 결과물이자 연민스러운 자화상인 셈입니다.

이 책은 2부로 구성이 되어 있습니다. 1부는 박사학위 논문을 책으로 엮은 것으로 「김지하 시에 나타난 동학사상 연구」를 주제로 하여 '해월의 삼경사상'이란 부제를 달고 있습니다. 주지하듯 김지하의 시는 6, 70년대 엄혹했던 한국의 현대정치 상황 속에서 시대의 양심이자 실천의 동력이 되었던 힘의 진원지였습니다. 특히 '동학'은 그의 가계와 밀접한 연관 속에서 성장과정은 물론, 그의 전 생애와 시(문학) 전반에 지대한 영향을 미쳤습니다.

동학의 2대 교주인 해월 최시형의 '삼경사상'(경천·경물·경인)은 그가 감옥에 있을 때 그의 사유의 깊은 철학적 깨우침을 주었던 사상으로 80년대 초 출옥 후에 '생명사상'이란 담론으로 구체화되는 데 근간이 됩니다. 삼경사상의 전개과정은 2장에서 경천사상이 도덕·윤리의식으로, 3장에서 경물사상이 자연존중으로, 4장에서는 경인사상이 만민평등 사상으로 확대 심화되는 것을 천착했습니다. 유신독재와 일합을 겨루었던 청춘의 김지하를 생각을 해 보면 그의 시의 특징이 전투적인 면이라고 단정하기 쉽지만, 사실 그의 시의 본류는 세밀하게 다듬어진 '단형 서정시'를 그 기반으로 합니다. 그렇기 때문에 생명 사랑의 지극한 절대 경지인 삼경사상이 가능했던 것입니다. 이 같은 사실은 대설(大說) 『南』으로 상징되는 일명 그의 '장시' 등에서도 일관되게 유지되는 그의 시적 비의(秘義)이며 혈행(血行)입니다.

21세기 초입에도 여전히 문명은 전가의 보도로 세기말의 위력을 종횡합니다. 삶의 주변을 돌아봐도 모두가 앞만 보고 달릴 뿐, 이미 문명의 맹아인 속도는 일상 속에서도 제어를 모르는 절대 포식자가 된지 오래입니다. 그런 면에서 시는 그리고 전통에 기반을 둔 정신 혹은 사상은 우리에게 묻습니다, 왜 사냐고. 정신(사상)을 먹음은 김지하의 시가 비로소 속도의 천적으로써 여전히 우리 곁에 존재하는 당위이며 미래입니다.

2부에서는 등재 논문 중 '정신'과 연관된 일부 논문을 선택하여 '한국 현대시론과 정신의 지향성'이란 주제 하에 정지용과 윤동주, 조정권과 조명희 그리고 김지하와 이문구의 시문학에서 드러난 문학의 외면이 어떤 '정신주의'에 연원이 되었는가를 살펴봤습니다.

「정지용과 윤동주 시론의 비교 연구」에서는 전통주의적 관점에서 두 시인의 시론을 비교 대조해 봤습니다. 시론은 시의 원심력을 확대하는 구심력이자 맹아이며 표현이란 외피의 밑그림이고 시인의 인생관과 철학이 녹아 있는 '이념의 뼈'입니다. 그런 면에서 시는 필연적으로 세상에 드러내는 시인의 뼈아픈 '노골(露骨)'인 셈입니다. 모든 시인들이 시를 쓸 수는 있지만 누구나 시론을 쓸 수 없는 것도 바로 이 때문입니다.

정지용과 조정권의 각각의 시에서는 四端七情의 심성론이 그들의 시에서 어떤 미적 여과 과정을 거쳤는가를 정지용의 경우에는 이이의 '사단칠정(四端七情)'의 '기발이승일도설(氣發理乘一途說)'을 중심에, 조정권의 경우에는 퇴계의 주리론에 중심을 두고 살펴봤습니다.

4

포석 조명희의 시에서는 1920년대 소련으로 망명한 행동주의 시인에게서 나타날 수 있는 경직된 이념주의 이면에 녹아 있는 '고아의식'을 그리고 「김지하와 이문구의 인문주의 정신 연구」에서는 그들의 문학에서 중심으로 기능하는 전통사상인 '동학사상'과 '유학사상'을 고찰했으며, '저항과 생명의 엇박자론'과 '능청과 눌변의 어깃장론'이 어떻게 그들의 문학에서 시대를 증언하거나 희롱하는 '문체'로 형상화 되었는가를 들여다봤습니다.

　설익은 공부가 낙과하지 않고 그나마 익기를 포기하지 않았던 것은 고마운 인연들의 선한 도움이 있었기에 가능했던 일이었습니다. 문학의 길이 인생의 길과 다르지 않음을 몸소 보여 주신 은사님 정종진 교수님께 다시 한 번 고개 숙여 감사를 드립니다. 제가 눈 뜨면 노니는 곳도 아마 그 언저리가 되겠지요. 그리고 결핍되거나 넘치지 않게 골고루 문학의 영양소를 주신 모교의 국문과 교수님들께도 감사를 드립니다.

　제가 존재하는 건 혈육과 가족의 성원이 있었기에 가능했던 일입니다. 하늘에 계신 아버지 어머니께 이 책을 바칩니다. "꽃이 핀들 알까요, 새가 운들 알까요." 그러나 불초소생은 꽃과 새의 방문이 당신들의 기쁜 내왕임을 굳게 믿습니다. 아버지 생전에 주무시는 걸 본 기억이 가물합니다. 시골에선 등잔불 밑에서 서울에선 전깃불 아래에서 늘 '주역(周易)'을 벗 삼아 소요하셨습니다. 임종을 앞 둔 시기에 "너는 공부하지 말아라."라는 유훈을 남기셨습니다. 이 불효자 그 유훈을 어긴 죄로 하여 또 하나의 죄를 더하게 되었습니다. 당신의 그 말씀은 공부만을 위한 공부인 회색이론에 빠지지 말고 "살아 있는 나무는 늘 푸르다."라고 말한 괴테의 말처럼 삶과 밀착되는 '즐거운 공부'를 하라는 말씀으로 액면 뒤에 숨은 당신의 뜻을 감히 새겼습니다. 공부에 전념할 수 있게 해준 아내에게도 고마움을 전합니다. 딸 서현에게 비춰지는 아빠의 모습은 과연 어떤 모습일까요.

끝으로 출판계의 불황에도 불구하고 부끄러운 학술서를 선뜻 출판을 허락해 주신 태학사 지현구 사장님과 난삽한 글을 편집해 주신 선생님들께도 특별히 감사를 드립니다. 좋은 글을 쓰는 것으로 고마움을 갚고자 합니다.

"무지의 자각(知之爲知之, 不知爲不知, 是知也)"이 공부의 왕도라고 말한 공자님의 말씀은 시시로 엄습해 오는 능력의 자괴감에서도 내가 포기하지 않고 견디는 힘과 위로입니다. 묻고 또 묻는 일을 게을리 하지 않겠습니다.

2016년 6월
구기자 그리운 신대리 안골에서
강찬모

6

차례

제2부 한국현대시론과 정신의 지향성

정지용과 윤동주 詩論 비교 연구

조정권의 시와 정신주의

제1부 김지하 시에 나타난 동학사상 연구

-해월의 삼경사상을 중심으로-

제1장 김지하 시의 형성과 새로운 모색

1. 문제제기 및 연구목적

김지하(본명 김영일, 1941~)는 1963년 3월 『목포문학』에 김지하란 필명으로 「저녁 이야기」의 시를 싣고 그해 6월 서울대 『대학신문』에 「용당리에서 나의 죽음은」(훗날 「용당리에서」의 원작)을 발표하면서 시인으로서 첫 발을 내딛었다. 그러나 공식적으로 등단을 한 것은 1969년 『시인』지에 「황톳길」, 「녹두꽃」, 「가벼움」, 「비」, 「들녘」 등을 발표하면서부터였으며, 이후 지금까지 한국 현대시사를 질적으로 풍성하게 한 대표적인 시인이다. 김지하의 문학 작품은 현재까지 열네 권의 서정시집[1]과 한 권의 담시집[2] 그리고 그가 대설(大說)로 명명한 「南」 다섯 권[3]이 간행되었다. 그 이외에 그동안 발표했던 산문집을 하나로 묶어 세 권으로 간행한 『김지하 전집』[4]이 있어 그의 문학을 연구하는 데 소중한 1차 자료가 되고 있다.

한국현대 시문학사에서 김지하는 매우 독특한 위상을 차지한다. 이러

---

1 『황토』, 『타는 목마름으로』, 『애린 1·2』, 『검은 산 하얀 방』, 『별밭을 우러르며』, 『중심의 괴로움』, 『화개』, 『절 그 언저리』, 『유목과 은둔』, 『비단길』, 『못난 시들』, 『시삼백』 전 3권, 『흰그늘의 산알 소식과 산알의 흰그늘 노래』, 『시김새 1·2』

2 김지하, 『말뚝이 이빨은 팔만사천개』, (동광출판사, 1991).

3 김지하, 『南』, (솔, 1994).

4 김지하, 『김지하 전집』 전 3권, (실천문학사, 2002).

한 이유 중에 하나는 6, 70년대 독재 권력과 대응했던 그의 전기적인 삶[5]이 원인이 된다. 이 시기에 그는 첨예하게 대립해 있던 정치·사회적 현실의 한복판에 있었다. 문학의 자율성에 대한 고민이 없던 것은 아니었지만 그만큼 당시 정치 상황이 엄혹했다. 그러나 무엇보다도 김지하를 주목하는 것은 한국 현대사에서 독재에 저항했던 시인이 많이 있지만, 이러한 암울한 현실을 극복하고 문학적으로 차원 변화[6]를 한 시인이기 때문이다.

한 사람의 시인이 문학적으로 가치 평가를 받는 조건 중에 하나가 시적인 '변화'이다. 이 변화는 창조성이 바탕이 되며 모든 예술의 가치평가의 잣대이기도 하다. 한국 현대 시문학사에서 시적인 변화 양상을 보인 대표적인 시인은 정지용, 서정주, 김수영 등이 있다. 그러나 이들이 보인 시적인 변화는 문학의 내적 가치로는 평가 받을 부분이 있지만, 문학의 현실참여 기능의 측면에서는 한계를 가진다. 김수영의 현실참여는 이들과 또 다른 변별성을 지니지만 민중과 동고동락하며, 그들과 아픔을 공유하지 못했다는 측면에서는 현장성이 결여된 참여이다. 즉 김지하의 변화의 내용은 현실참여와 순수로 분리되는 것이 아니라, 현실참여 속에서 시적인 변화를 추구했다는 점이다.

---

5 이 시기는 한국문학사에서 문학이 시대정신을 충실하게 견인했던 역동의 시대로 기억된다. 특히 김지하는 이러한 시대정신 구현에 가장 앞장 선 인물로서, '김지하 현상'이라고 할 정도로 당시 한국사회의 아이콘이었다.

6 김지하의 6, 70년대 시의 특징은 단형 서정시가 주류를 이룬다. 투사로 일관했으면서도 그가 선보인 서정시는 일반의 선입견을 깨는 참신성이 있었다. 투쟁적 시어를 배제하고 짙은 서정성 속에 비극적 요소를 가미했기 때문이다. 이는 시인으로서 매우 중요한 의미를 갖는다. 태생적으로 전사가 아닌 바에야 전장의 현장은 그가 한시적으로 머물며 문학적 응전을 내면화하는 데 유용한 시간이었다. 전장의 현장이 치열하면 치열할수록 그의 시가 문학적으로 정교해진 이유이다. 그에게 전사와 그 현장은 시를 탁월하게 시대정신에 맞게 벼릴 수 있는 훌륭한 자양분이자 외피였던 셈이다. 그는 전장의 현장에서도 일방적인 구호나 외향적 적개심으로 투쟁을 선도하지 않고, 구조적 모순이 자행한 현재를 아프게 직시함으로써 현실의 살풍경을 보다 외연으로 확장하는 역할을 했다.

김지하의 변화의 예증은 문학적으로 전통민예를 현대에 맞게 변용하여 창작한 '담시'와 『애린』이후 생명사상에 천착하여 쓴 '서정시' 등을 꼽을 수 있다. 특히 담시는 문학적인 가치와 생성[7]의 논리를 바탕으로 창작한 개성적인 시이다. 담시를 발표한 당시는 그가 문학의 현실참여적인 기능에 전념했던 지행합일의 시기로써 김지하의 문학이 사회적 효용성으로 빛을 발하던 시기였다. 『애린』이후에 쓴 서정시는 삶을 바라보는 자세가 한결 가벼워졌다. 가벼워졌다는 것은 역사·사회적인 삶이 지니는 중층적인 엄숙함과 무거움을 벗어버리고 보다 확장된 우주의 섭리와 인간적인 섬세함이 묻어 있다는 것이다. 오히려 가벼워졌지만 삶과 역사를 바라보는 자세가 더욱 깊이를 획득한 시기이다.

한국 근대사의 발전과정에서 일방적으로 강제된 폭력적 식민통치가 우리 문학사에 끼친 돌이킬 수 없는 해독의 하나는 예술 혹은 문학의 자율성이라는 미명하에 예술로부터 정치 사회적 삶의 반응을 거세하려고 했다는 점이다.[8] 이러한 현상은 한국 현대사의 발전 과정에서도 반복적으로 나타났던 것으로써, 지배 권력이 그들의 정치적 이념을 확산시키기 위해서 양산한 어용적 산물이다. 문학의 자율성은 문학의 형식 중에서 미(美)적 가치의 확보 여부에 의해서 결정된다. 그러나 문학은 언어를 매개로 한 인식의 기능 때문에 다른 예술적인 행위들에 비하여 상대적으로 역사·사회적인 역할과 책임을 더 요구받게 된다. 즉 문학은 미적 가치 이외에 또 하나의 사회적 책임을 지는 셈이다. 특히 시는 인간의 자성

---

7 김지하의 삶과 문학에서 '생성'의 개념은 동학의 '모심(侍)'의 개념과 더불어 두 축을 형성한다. '하나이면서 둘이고, 둘이면서 하나인 관계'라고 할 수 있다. 김지하는 생명을 실체가 아니라, 생성이라 규정할 정도로 만물을 생성하는 존재로 여겨 끝없이 확장 순환하는 것으로 보고 있다. 이는 시작도 없고 종말도 없는 무궁성을 의미하는 것으로써 인간에 적용하면 자율성을 신장시키는 힘으로, 문학에 적용하면 담시와 같이 호흡이 긴 생명력 있는 작품을 창작 하는 원리가 될 수 있다.

8 김영석, 『한국현대시의 논리』, (삼경문화사, 1999), 48쪽.

의 소리를 내밀하게 들을 수 있는 장르이기 때문에 문학의 역사·사회적인 역할과 잇닿아 있다. 역사·사회적인 역할을 각성하게 하는 정신적 기능이 '사상'이다. 문학의 위대성은 사상이 결정하며, 그 사상은 민중들에게 현실을 변화시킬 수 있다는 기대지평[9]으로 작용한다는 점에서 현실 변혁의 도화선이 될 수 있다.

사상사 혹은 정신사가 문학의 한 연구 방법으로 효용성을 지닐 수 있을 것인가 하는 문제는 문학과 문화의 관계 설정과 맞물려 신중한 접근이 요구된다. 문화 성쇠의 여러 조건 중에 사상이 중핵적인 위치를 차지하고 있다고 할 때 더욱 그렇다. 문학이 문화의 일부로서 일반 역사의 흐름과 같이 할 수 있으나 이 견해는 문학 자체의 독자성을 전혀 망각하는 결과를 낳기도 한다. 문학이 속한 문화의 변천과 문학 내부의 어떤 요소들의 변천이 언제나 일치하는 것은 아니다.[10] 문학은 그 자체의 역사를 갖도록 해주는 요소를 함유하고 있으며, 이 내적 요소를 헤리 르빈은 '문학적 관습'이라고 말한 바 있다. 따라서 철학성을 내포하고 있는 사상사 혹은 정신사가 문학의 연구 방법으로 타당성을 지닐 수 있을까 하는 문제는 여전히 고민스러운 문제이다. 그럼에도 불구하고 사상은 다른 문학 장르보다 정신의 작용이 인격과 동일성을 이루는 부분이 큰 시문학에서 주요한 연구 방법이 될 수 있는 개연성이 있다. 특히 문학성은 그 속에 사상이라는 벼리를 담보하고 있을 때 항구성이 유지될 수 있다는 것을 고금의 고전들은 증명한다.

---

9 기대지평이란 수용자가 지닌 작품에 대한 이해의 범위라고 소박하게 규정할 수 있다. 그러나 사실은 이보다 훨씬 넓고 다양한 개념이며, 실제로 작품을 이해하고 해석할 경우 다양한 의미로 적용된다. 이를테면 어떤 대상에 대한 사전지식은 물론 바람·기대·편견·관심·필요 등 수용자가 의식적으로든 무의식적으로든 지니고 있는 이해력의 총화인 셈이다. 권희돈, 『소설의 빈자리 채워 읽기』, (양문각, 1993), 33쪽.

10 이상섭, 『문학 연구의 방법』, (탐구당, 2002), 41~42쪽.

그동안 한국 현대시문학사는 은연중 문학에서의 사상(전통사상)의 역할을 폄하하거나 배제하여 왔다. 이에 대한 이유가 여러 가지 있겠지만, 객관성과 논리성을 담보할 수 없다는 것과 문학 연구에서 사상을 다루는 문제는 자칫 문학의 영역을 넘어 사상사에 전도되거나 호도될 우려가 있기 때문이다. 사상에 대하여 객관성을 담보할 수 없다는 것은 서구 추수주의가 낳은 맹신이다. 사상도 분석적이며, 과학적으로 객관성을 담보 할 수 있다. 사상 자체로도 훌륭한 논증이 가능하지만, 역설적으로 서구의 과학적인 논리 전개에 사상이 보조적인 역할로서 중요한 의미 맥락을 제공할 수 있다는 것이다. 스스로 개념화하는 데 일정한 한계를 지니고 있는 사상을 과학이 분석하고 규명하여 원인을 밝히는 추인적 의미가 있다는 것으로써 상보적 관계로서의 역할을 말한다. 사상이 태동했던 과거는 과학의 산물인 분석과 논증적 사고가 발달하지 않은 환경이었다. 이성보다는 마음으로 사상을 체계화 할 수밖에 없는 환경이었기 때문에 포괄적이며 신비성을 띤다. 사상 속에 과학성이 있지만, 그것을 증명하기 위한 과학적인 방법론의 도움을 받을 수 없었다는 것이다. 즉 객관성을 증명할 수 없었기 때문에 사장되었던 사상의 가치를 현대과학이 증명해야 하는 역할을 말한다.

문학연구에서 문학이 사상에 종속되어 전도되는 현상을 우려하는 것은 신중하고 사려 깊은 생각이라고 할 수 있다. 문학을 연구하는 과정에서 본래의 취지를 망각할 수 있는 가능성이 상존해 있기 때문이다. 그러나 연구의 목적이 문학에서 사상의 역할과 변이과정이 작가와 작품에 미치는 영향을 증명하는 것이기 때문에 본래의 취지를 상기하며 논리 전개를 한다면 이 같은 우려를 불식할 수 있다.

현대인의 삶이 흔들리고 방황하는 이유를 사상의 부재로 꼽는다. 그만큼 사상은 가치의 문제로서, 삶의 목적과 방향을 제시해 주는 역할을 한다. 그러나 그렇다고 해서 사상을 주입시키거나 강요한다면 사상은 또 다른 혼란을 야기하며 이념화의 길로 빠질 것이다. 시 작품에 수용된 사상이 효용성을 발휘할 수 있는 이유가 여기에 있다. 시 작품에 수용된 사상은 사상의 생경성과 경직성을 벗어버리고 작품 속에 용해되어 시를 읽는 독자들과 자연스럽게 하나가 된다. 발레리의 말처럼 "사상은 시 속에서 과일 속에 들어있는 영양소와 같이 숨겨져 있어야 한다." 이때의 사상은 정서화된 사상이기 때문에 독자들에게 감동을 주며, 감동은 독자들과 정서적인 공감대가 형성된 징표이다. 따라서 그들의 동의를 이끌어내어 사회현실을 바로 보게 하는 균형추의 역할을 한다는 것이다. 작품 속에 담겨 있는 사상을 통해서 삶의 변화가 가능하다는 것을 김지하의 시 작품은 보여준다. 본고가 김지하의 시 작품을 주목하고자 하는 것도 바로 이 때문이다.

한 시대의 문학적 성과를 파악하고 그 성과에 나타난 특징과 현상을 새롭게 정리하는 과정에서 선행되어야 할 것은 형식의 특성뿐 아니라, 작품의 시대 배경 사상 및 내용구조에 관한 분석이다.[11] 그 중에서 사상의 문제는 한 인간이 삶을 전망하거나 인식하는 가치 기준의 준거로써, 자신을 규정하는 동시에 세계관을 드러내는 행위의 바탕이기 때문에 근본적인 성격을 지닌다. 사상은 문학연구의 여러 분야 중에 한 부분에 지나지 않는다. 그렇다고 하여 의식적으로 문학연구의 지엽적인 것으로 구분할 필요는 없다. 굳이 사상을 미적인 조건과 구별시킬 이유가 없다는 것이다. 문학에서 사상의 역할은 작품이 미적인 가치를 획득하는 요인으로 작용할 수 있기 때문이다. 사상이 형식적인 구조에 의해서 결합된 한 편의 작품을 최종적으로 완결하는 역할을 한다는 것이다. 작품을 이루는 하나하나의 내적 구조는 사상을 효과적으로 드러내기 위한 성격이 짙다. 시 작품을 '텍스트'로 완성한다고 해도 결국 완성된 텍스트가 의미하는

---

11 이동순, 『민족시의 정신사』, (창작과 비평사, 1996), 13쪽.

것은 작가가 세상을 향해서 던지는 또 다른 의미체가 될 수밖에 없기 때문이다. 따라서 시 작품의 형식적인 구조들은 본질적인 성격을 띠는 것이 아니라, 결국 하나의 일관된 지배소를 이루기 위한 예비적 역할을 하고 있다고 할 수 있다.

정치·사회적으로 내향적 사고가 불가능한 현실에서 그가 본격적으로 만난 동학(東學)은 그의 삶과 문학의 지표를 변화시키는 계기가 되었다. 본인 스스로도 고백하듯이,[12] 김지하의 삶과 문학은 동학정신의 구현의 여정이었다. 동학의 정신은 '생명'을 존중하는 마음이다. 김지하의 삶에서 현실을 보는 자세와 시의 기개 또한 이에 연유하며, 이는 곧 문학으로 응결되어 작품 속에서 구체화 된다. 그가 만난 동학은 애초부터 그와는 뗄 수 없는 친연성(親緣性)[13]을 가지고 있었으나, 그가 구체적으로 동학

---

12 '생명에 대한 관심은 동학에 대한 관심을, 동학에 대한 관심은 생명에 대한 관심을 끌고 들어왔다. 동학사상은 생명사상이었다.' 김지하, 『흰 그늘의 길 3』, (학고재, 2003), 44쪽. 나는 동학을 믿는다. 천도교가 아니라 원동학, 수운 선생과 해월 선생의 동학을. 나는 이제 동학을 믿는다. 동학으로 모든 것을 통합한다. 김지하, 「인위와 인위적 무위」, 『김지하 전집 1』, (실천문학사, 2002), 721~722쪽.

13 김지하의 가계와 동학과의 친연적 관련성은 그의 증조부와 할아버지가 동학을 했다는 전기적 사실로서 확인이 되며, 특히 그는 그의 조상 중에서 증조부를 가장 자랑스럽게 생각하였다. "증조부를 생각할 땐 난 늘 상쾌하다. 맑은 시냇물이 소리쳐 달리고, 푸른 수풀 속에 벌거벗은 큰 사내들이 깃발처럼 흰옷을 흔들며 펄쩍 펄쩍 뛰어 다니는 그런 쾌활한 영상이 보이곤 한다."에서 확인이 된다. 김지하, 『흰 그늘의 길 1』, (학고재, 2003), 24쪽. 그의 증조부는 금구·원평쪽의 동학 소두목을 하다가 돌아가셨다. 김지하 가계의 동학에 대한 혈육의 연속성은 후일 김지하가 그의 증조부가 살았던 '주아실'이란 동네를 직접 찾아가 증조부의 발자취를 확인하는 순간을 통해서 실감나게 드러난다. "아, 혁명! 동학의 저 위대한 개벽적 혁명의 혈통이 지금 내 안에서, 단순한 전설이 아니라 한반도의 저 논밭과 들녘의 현실로 명백한 동학의 역사 안에서 확인되는 순간이었다." "가슴에 손을 얹고 겸손되이 회상해야 마땅한 일이지만 억제할 길 없는 흥분에 순간 몸을 떨었다. 내 삶이 이 반도의 산하에 깊이깊이 뿌리박힌 순수한 토박이의 삶이란 사실을 전율과 함께 확인하는 기이한 순간이었다." 김지하, 위의 책, 27쪽. 동학이 추상적으로 다가 온 것이 아니라, 살아 있는 실체로 다가 오는 순간으로 김지하의 생애에서 조상의 뿌리를 확인하는 중요한 순간이다.

을 새롭게 인식한 것은 '감옥'에서였다. 생과 사의 세계가 넘나드는 밀폐된 공간에서 그는 오히려 열려있는 새로운 차원의 사상을 자각한다. 고독을 통하여 자기 실존에 눈을 뜨게 된다.

동학은 창도주인 수운 최제우와 2대 교주 해월 최시형 그리고 3대 교주인 의암 손병희로 이어져 왔다. 만물을 생명이 있는 존재로 파악하는 생명 존중의 사상은 동학이 일관되게 추구해 온 중심 사상이다. 생명의 정의와 범위를 무기물이나 사물에까지 확대한 것은 타 사상과 구별되는 동학만의 변별적 요소이다. 수운이 동학의 교조로서 종교적인 차원에서 원리주의를 강조했다면, 해월의 생명 사랑의 정신은 수운의 동학의 원리주의 정신을 철저히 세속화했다. 생명 사랑의 정신을 화석화된 경전주의에서 탈피 사회적 이념과 계층은 물론, 만물에까지 확대 심화시켰다. 의암의 생명 사랑의 정신도 해월의 생명 사랑의 정신에 의지한다. 해월은 수운의 생명 사랑의 정신을 확장하고 의암의 생명 사랑의 정신의 전범이 된 셈이다.

본고는 이들 3인의 생명 사랑의 정신을 우열의 문제로 취사선택한 것이 아니다. 해월의 삼경사상도 그 출발은 수운의 동학의 원리주의에서 기인하고 의암에 의해서 더욱 확장된 것이기 때문에 결국 하나의 줄기이다. 다만 해월의 삼경사상이 만물을 아우르는 범 우주적인 성격을 갖기 때문에 문학이 추구하는 본질적 정신에 가깝다는 것에 주목했을 뿐이다. 위에서 언급한 사상에 대한 믿음을 바탕으로 동학에서 해월의 삼경사상이 김지하의 시에 어떻게 수용 용해되어 구체화 되었는가를 고찰하려 한다.

2. 연구사 개관

그의 문학이 본격적으로 연구되기 시작된 것은 80년대 말에서 90년대

초부터이다. 김지하의 문학연구에서 특정적인 점은 등단과 본격적인 연구가 시작된 사이의 공백이 크다는 것이다. 일반적으로 한 사람의 문인이 등단 후, 그의 문학세계에 대한 연구가 미진한 이유를 대략 세 가지 정도로 나누어 분석해 볼 수 있다. 첫째, 문학성을 획득하지 못한 경우, 둘째, 문학이 사회적 역할과 갈등으로 문학 외적인 현실에 경도된 경우, 셋째, 문학이 끊임없이 변화하고 진화되는 과정에 있기 때문에 일정한 '틀'로 규정하기가 이른 경우이다. 김지하의 경우는 두 번째와 세 번째 때문이다. 두 번째는 독재 권력에 대응한 시기를 말하는 데 김지하의 시의 사회적 효용성이 가장 빛을 발한 시기로써, 그의 이름이 세상에 널리 알려진 시기이다. 그러나 문학과 인생의 성숙함에는 깊이를 획득하지 못한 저항과 자학적인 시기였다고 할 수 있다. 세 번째는 감옥과 출옥 후에 본격적으로 체득한 동학과 생명사상이 내재화된 시기이다.

　김지하는 이 시기에 대중들의 비난에 직면한다. 김지하가 대중들에게 민주 투사로서의 이미지가 선명하게 각인된 탓이다. 대중들은 김지하가 감옥에서 본격적으로 체득한 생명과 우주의 차원 변화를 감지하지 못했으며, 감옥을 가기 전처럼 전사로서의 역할을 기대했다. 김지하에 대한 대중들의 기대지평과 김지하의 지평융합[14]의 간극에서 오는 갈등이라고

---

14 모든 이해는 필연적으로 역사적으로 자리매김 되어 있다. 어떤 전래된 작품을 이해하는 데 있어 현재의 견해(Meinung)는 선이해(先理解, Vorverstandnis)로 작용한다. 그러나 현재의 견해 또한 전적으로 개인의 생각에서 나온 것이 아니라 전통으로부터 나온 것이다. "항상 해석하고, 이미 그 연관관계가 정리된 세계가 새로운 것으로 우리의 경험 속에 들어온다. 이 새로운 것은 우리가 기대했던 것들을 전복시키고, 이 전복 속에서 자신을 새롭게 정리한다. 오해와 낯섦이 일차적으로 먼저 오고, 그래서 오해를 불식시키는 일이 명백한 제일 과제가 되는 경우는 없다. 오히려 그와는 반대로 익숙한 것이나 동의(同意)가 먼저 있고, 이를 통해 낯선 것으로 나가게 되며, 이와 더불어 우리 자신의 세계경험이 확대되고 풍부해 지게 되는 것이다." 카이하머 마이스터, 임호일 옮김, 『한스게오르그 가다머』, (한양대학교출판부, 2004), 93~94쪽. 현재 개인이 정립하고 있는 '가치'나 '관점'이라는 것도 고정적이며 확정적인 것이 아니라, 과거와의 끊임없는 대화를 통해서 변화되고 확장될 수 있는 개연성이 있다는 것이다. 결국 개인의 가치나 관점은 현재성에서 볼 때 가장 불완

할 수 있다. 특히 일정한 틀로 규정할 수 없는 그의 무소불위의 사상적 편력은 일반 대중은 물론, 전문 독자들까지도 그 깊이의 난해성으로 쉽게 접근하지 못할 정도였다. 김지하의 삶과 문학이 대중과 연구자들로부터 내재적인 가치 평가를 받는 데는 얼마간의 시간이 필요했다. 과도한 정치적 열기가 거친 후, 객관적 거리에서 현실을 조망할 수 있는 때가 아직은 도래하지 않은 탓이다.

김지하가 출옥 후 일관되게 강조한 담론이 '생명'이다. 생명은 외부로부터의 일체의 억압과 구속을 초월하는 자생적이며 자율적인 존재이다. 사실 김지하의 삶은 생명을 보위하고 지키는 삶이었다. 군사독재와 대항했던 시기에는 자유와 인권을 위해, 출옥 이후의 시기에는 보다 확장된 범 우주적 존재에 대한 생명의 존엄성에 관심을 갖는다. 생명사상으로 불리는 그의 사상이 감옥에서 심화되기는 했지만, 결국 처음부터 그의 삶과 문학의 중심 사상은 '생명'이라는 두 글자로 집약된다고 할 수 있다. 내재적 발전으로 보면 태생적으로 이미 예고된 것이었으나, 대중들은 김지하가 갖고 있었던 역사와 시대적 효용성에 더 큰 가치를 부여했다. 이러한 연유로 출옥 후, 그가 던진 생명이란 화두는 현실로부터 가치를 인정받지 못하고 부유한다.

그러던 중 서울올림픽을 전후로 한국사회가 본격적인 후기 산업사회로 진입을 하면서 그동안 개발이란 미명하에 훼손되었던 생태계의 질서가 이상 징후를 보인다. 이러한 현실은 지구의 위기를 진단하는 자기반성으로 확장한다. 대중들은 환경오염이 국지적인 현상이 아니라, 범지구적인 현상이라는데 위기의식을 같이하면서 김지하가 일관되게 제기했던 생명과 동학사상(전통사상)에 관심을 갖기 시작한다. 김지하의 문학세계에 관한 연구도 이때부터 본격적으로 재조명이 되기 시작한다. 그동안

전한 근사치일 뿐으로써, 선이해가 반복적으로 수정되는 과정이라고 할 수 있다.

김지하 문학연구의 방향과 갈래를 대략 다섯 가지 관점으로 나누어 볼 수 있다.

첫째, 김지하 본인이 '서정시'로 분류한 시들에 관한 연구이다. 김지하는 담시 이외의 시들을 서정시로 분류했다. 김지하는 『애린』, 『별밭을 우러르며』를 서정시로 분류하고 『검은 산 하얀 방』, 『타는 목마름』 등은 '시'로 분류했다. 「오적」, 「비어」, 「오행」 등은 '담시'로 분류했다. 본고는 김지하가 분류하지 않은 『황토』와 『중심에 괴로움』, 『화개』, 『절 그 언저리』, 『유목과 은둔』 등의 시를 큰 범주의 '서정시'로 분류를 했다.

서정시가 연구자들로부터 논의의 대상이 된 것은 김지하의 삶과 문학의 생성 논리가 투영되었기 때문이다. 시의 추이에 따라서 마음의 미세한 변화 부분까지도 감지할 수 있으며, 명징하고 투명한 자성의 소리를 들을 수 있다는 것이다. 이는 곧 '정신주의'[15]와 연결이 되어 김지하의 근원적인 내면세계의 탐구로 이어진다. 김지하는 현실을 적극적으로 드러내면서도 서정이란 시의 본질적 정서를 잊지 않았다.[16] 서정성은 외향성을 띠는 그의 문학의 각질성에 생기를 불어 넣는 자양분 역할을 했다.

이에 대한 탐구로는 최동호[17]의 연구가 있다. 최동호는 일관되게 우리 시의 '정신주의'에 대하여 천착해 왔다. 그는 정신주의에 대하여 제기 될 수 있는 신비주의나 초월주의의 부정적인 문제 제기를 긍정하며, 정신주

---

15 정신(spirit)은 마음(mind)이나 혼(soul)과 다르다. 정신은 살아있는 실체이면서 이념적인 자기 지향성을 갖는다. 마음이 구체적이기는 하지만 지나치게 광범위한 것이며, 혼이 절대적이기는 하지만 초월적인 것이라면, 정신은 인간의 삶과 역사의 전개과정을 통합시켜 파악할 수 있는 개념일 터이다. 최동호, 『현대시의 정신사』, (열음사, 1985), 9쪽.

16 나는 어느 한 군데에서도 증오에 차서 시를 쓴 적이 없다는 점에 주목해주기를 바랍니다. 내 시를 다시 검토해 보세요. 서정을 통해 울렸지. 예를 들면 '들꽃이 부르르 떨린다'고 했지, '쳐죽여라' 하지는 않았어요. 왜냐? 시는 울림의 도구이지 직격탄이 아니기 때문입니다. 김지하, 『사이버 시대와 시의 운명』, (북하우스, 2003), 176쪽.

17 최동호, 「정신주의 시와 생명 사상-김지하론」, 『삶의 깊이와 시적 명상』, (민음사, 1995), 39쪽.

의의 애매성에 대한 이론(異論)을 인정한다. 그럼에도 불구하고 그는 "정신주의 시의 한 표본이 될 수 있는 시의 예증들을 김지하의 시에서 찾게 되었다는 사실을 고백해 두지 않을 수 없었다."라고 이야기 한다. 또한 그는 "한국 현대시는 그동안 서정에서 현실로 걸어왔다고 하며 1990년대의 상황 속에서 우리시는 현실에서 서정의 길로 나아가야 할 것"이라고 강조한다. 최동호는 그것을 "한용운적 서정시에서 이육사를 거쳐 김지하적 서정시로의 길이 그동안 우리 시가 걸어 나온 하나의 길 이라고 거칠게 요약할 수 있다고 본다. 정신주의 시의 중심 줄기가 여기 에 있다."라고 정의했다. 또 서정시는 감옥을 드나들던 시기를 지나 인생 을 달관 할 수 있는 관조의 세계에 이르기까지의 삶의 여정을 고스란히 담고 있다.[18] 김지하의 시를 생태와 환경의 측면에서 파악한 연구도 이에 해당되며 담시에서 느끼지 못하는 인간적인 체취를 느낄 수 있다.[19]

---

[18] 감옥을 가기 전의 쓴 서정시를 '비극의 서정시'로 규정할 수 있으며, 출옥 후에 쓴 서정시를 '달관의 서정시'로 규정할 수 있다. 비극의 서정시에는 숭엄과 비장함이 주를 이 루고, 달관의 서정시에는 객관에서 세계를 바라보는 여백과 틈의 정서가 주를 이룬다.

[19] 김은석, 「김지하 문학 연구」, (중앙대 석사학위논문, 1996).
손민달, 「한국 생태주의 시의 미학적 특성 연구」, (고려대 교육대학원 석사학위논문, 2002).
강정구, 「김지하의 서정시 연구」, (경희대 석사학위논문, 1995).
이정원, 「김지하 서정시 연구」, (경희대 교육대학원 석사학위논문, 1994).
손정순, 「김지하 서정시에 나타난 그늘의 상징성」, (고려대 석사학위논문, 2002).
권순영, 「김지하 시 연구」, (서강대 교육대학원 석사학위논문, 2003).
김수림, 「김지하·정현종 초기 서정시의 물질적 상상력과 문체」, (고려대 석사학위논문, 2001).
송선미, 「김지하 서정시에 나타난 삶과 죽음의 변모 양상 연구」, (건국대 석사학위논문, 1999).
이동희, 「김지하 초기 서정시의 「리듬」연구」, (연세대 석사학위논문, 1999).
임동확, 「김지하 시 연구」, (전남대 석사학위논문, 2000).
김재홍, 「반역의 정신과 인간해방의 사상」, 『작가세계』 가을호, (세계사, 1989).
이정희, 「신명 불림」, 『작가세계』 가을호, (세계사, 1989).
김욱동, 「녹색 시와 생태학적 상상력」, 『문학 생태학을 위하여』, (민음사, 1998).

둘째, 김지하가 '전통민예의 현대적 변용'이라는 차원에서 관심을 갖고 심혈을 기울여 창작한 '담시(譚詩)'에 관한 연구이다. 이 연구는 장르론으로 접근한 것으로써, 문학적으로 김지하의 가치를 자리매김한 역작이기 때문에 관심이 높았다.[20] 김지하의 초기의 삶과 시가 시업(詩業) 이외에 정치적이며 현실지향적인 효용성으로 평가 받았다면 문학적으로 이를 상쇄하고 시사적으로 한 획을 긋는 시적 장르가 '담시'이다. 직접적인 저항은 제도적인 한계를 가지고 있다. 그러나 판소리와 탈춤, 민요 등 전통 민예는 '놀이'라는 공인된 유희적 공간에서 지배층에 대하여 억눌린 정서를 마음껏 해소할 수 있는 특징이 있다. 놀이라는 연행된 공간은 말 그대로 비공식적인 변두리의 형식이기 때문에 외적 억압의 명분을 최소화 할 수 있는 장점이 있다. 김지하는 전통민예의 이러한 특성을 담시에 수용하여 창조적으로 발전시켰다.

담시에 표현된 이야기인 '고발과 권고의 언어'는 수운 최제우의 한글 가사인 『용담유사』에 의지한 것으로 보인다. 수운이 『용담유사』의 글을 한글로 표현한 것은 당대의 대중들이 쉽게 부르고 읽도록 하여 사회현실을 각성시키기 위한 것이었는데, 김지하도 담시를 이러한 측면을 염두에 두고 활용했다. 구한말 선각자들이 한국인에게 친숙한 3.4나 4.4조의 리듬이 바탕을 이루는 고전시가 양식을 빌어 애국계몽 운동의 수단으로 활용한 것과 맥을 같이 한다. 김지하의 담시도 일반적인 서정시가 간결성과 함축성 때문에 담아 내지 못하는 '푸념'과 '넋두리'를 활용하여 사회현

정효구, 「개벽사상과 생명공동체」, 『우주공동체와 문학의 길』, (시와 시학사, 1994).
20 강영미, 「김지하 담시의 판소리 수용 양상 연구」, (고려대 석사학위논문, 1995).
차창룡, 「김지하의 담시 연구」, (중앙대 석사학위논문, 1996).
박애리, 「김지하 담시 「오적」 연구」, (한남대 석사학위논문, 1994).
김홍진, 「한국 근대 장시의 서사성 연구」, (한남대 박사학위논문, 2003).
이승하, 「한국현대시에 나타난 풍자성 연구」, (중앙대 박사학위논문, 1995).

실을 고발하고 전망하려는 의도에서 창작한 것이다. 넋두리와 푸념은 모순된 현실에서 본능적으로 발화되는 비판적인 자기 해소의 언어이다. 담시를 장르론으로 탐색한 대표적인 연구는 오세영[21]이 있다. 오세영은 김지하의 담시의 형식을 서구의 '발라드 형식'에 가까운 것으로 규정하여 담시에 관한 다양한 논의를 촉발시켰으나 그의 논의는 두 가지의 문제점을 안고 있다.

첫째, 우선 그가 논의의 전거로 들고 있는 발라드의 '9가지 특징'[22]이 문제가 있다. 9가지 발라드의 특징을 전제로 하여 김지하의 담시를 규정하려 했다는 것이다. 김지하의 담시를 논의의 출발부터 서구의 발라드에 초점을 맞추었다. 판소리와 탈춤, 민요 등 전통민예의 특징 중에 하나는 연행의 공간에서 벌어지는 넋두리의 언어가 중심을 이루며, 개방적이고 지속적으로 생성적이라는 것이다. 따라서 담시를 타 장르와의 영향관계 차원에서 고찰해볼 수 있지만, 특정의 장르에 국한시켜 논의의 폭을 제한하거나 확정할 수는 없는 것이다.

둘째, 김지하의 담시가 한국의 전통민예에 대한 고민의 결과물이라는 것을 감안한다면, 한국적인 문화 형태 속에서 그의 작품에 접근하려는 노력이 선행되어야 한다는 것이다. 오세영의 논의는 이러한 점을 소홀히

---

21 오세영, 「장르실험과 전통장르」, 『작가세계』 가을호, (세계사, 1989년), 135쪽.

22 1. 이야기가 중심이 된다. 2. 노래로 불려진다. 3. 내용이나 문체 등이 민중의 감수성에 맞는다. 4. 단일한 사건에 초점을 맞춘다. 따라서 구비서사시나 로망스처럼 한 인간의 생애에 관한 전체이야기 같은 것은 시의 내용이 될 수 없다. 5. 이야기의 구성은 서사적 구성 즉 에피소딕 구성을 취하지 않고 극적 구성을 취한다. 이야기의 내용이 단일한 사건이니 극적인 것에 호소 할 수밖에 없을 것이다. 6. 인물들의 행위는 흥미 위주의 극적인 것이며 독자로 하여금 강한 충격과 경탄을 자아내게 만들도록 한다. 7. 사건은 비주관적·객관적 시점에서 서술되고 있으며 대부분 직접 인물들의 대화나 행동에 의해서 발전된다. 동시에 그것은 항상 현장성을 띠고 있다. 8. 따라서 시인의 논평, 동기의 해설, 디테일 등은 가능한 한 배제된다. 9. 주제는 직접 문맥에 드러나지 않고 암시적으로 표현된다. 즉 비교훈적이다. 오세영, 위의 책, 145~146쪽.

했다. 문학연구에서 궁극적으로 획득하고자 하는 가치는 보편성이다. 그러나 보편성을 획득하기 위해서는 각 개체나 주체가 처한 역사 사회적인 특수성이 반영이 되어야 한다. 오세영의 담시 연구는 지나치게 일반론으로 경도되었다.

셋째, 80년대 이후, 그의 생명사상이 주목을 받으면서 서구의 신학적인 관점에서 김지하의 시와 생명사상을 이해하고자 하는 연구이다. [23] 그의 생명사상은 동학사상을 바탕으로 하고 있지만, 동학사상에 고착되어 있는 것이 아니라 개방적이다. 그가 사유와 현상의 모습으로 생각하는 '기우뚱한 균형'[24] 속에서 동학에 중심을 두되 주변부를 창조적으로 융합하며, 개체의 자율성을 인정하는 형태를 띤다. 이와 관련하여 주목할 대목이 서구의 신학적 입장과 김지하의 생명사상과의 관계이다. 김지하의 생애에서 가톨릭에 귀의한 종교적 경험은 그의 생명사상을 신학적으로 규명하는 단초를 제공하지만, 개방적인 김지하의 사상을 신학이라는 특정한 부분에 한정시켜 논한 편협성을 지적하지 않을 수 없다. 그러나 김지하의 시와 사상을 심화하고 확장하는 데 일보를 내딛고 있다는 점에서 중요한 의의를 지닌다.

넷째, 작품 속에 나타난 주제와 심상 그리고 의식의 지향성에 관한 연구이다. 김지하가 감옥을 가기 전의 전사적인 모습에서 출옥 후의 변화된 모습에 이르게 된 이유를 인간적인 측면에서 접근한 연구로서 이승

---

23 박승호, 「김지하의 생명의 세계관에 대한 신학적 접근」, (감리교 신학대학원 석사학위논문, 1989).

도은배, 「恨과 斷의 변증법적 통일로 본 김지하 사상에 대한 신학적 이해」, (감리교 신학대학원 석사학위논문, 1990).

황호찬, 「김지하의 율려로 본 신인간 이해」, (협성대 신학대학원, 석사학위논문, 2001).

24 모든 살아있는 것들의 균형은 기우뚱합니다. 기우뚱하지 않고 팽팽한 균형은 머릿속에나 있는 이른바 논리적 균형이지 구체적인 삶에는 그런 게 없습니다. 사람이 언뜻 보기에 다 똑같은 것 같지만 실제는 모두 다 기우뚱합니다. 김지하, 『흰 그늘의 미학을 찾아서』, (실천문학사, 2005), 296쪽.

훈,[25] 구모룡,[26] 신철하,[27] 정효구,[28] 나희덕[29] 등이 있다. 이 때 김지하는 인간적·사회적으로 견디기 힘든 시기를 보내고 있었다. 분신 정국[30]으로 불리는 시대 상황에서 그가 쓴 글이 사회적으로 비판의 대상이 되면서 감옥에서 체득한 생명사상과 현실정치 상황과의 간극으로 긴 잠행의 시기를 갖는다. 김지하의 이 같은 변화에 많은 사람들이 당혹함을 감추지 못하고 그를 비난했다. 김지하와 친분이 있는 인사들조차도 그의 갑작스런 변화를 논리적으로 설명하지 못할 정도로 김지하의 변화는 세인들에게 충격적이었다.

다섯째, 김지하 시작품에 나타난 동학사상에 관한 연구가 있다.[31] 김지하의 문학에서 동학사상이 차지하는 비중 때문에 기왕의 연구된 논저들이 연구 목적과 관계없이 부분적으로 한결같이 언급하는 대목이다. 그러나 김지하의 문학에서 동학사상이 어떻게 수용되고 구체화가 되었는가에 대한 통합적인 연구가 이루어지지는 않았다. 2편의 박사학위 논문[32]

---

25 이승훈, 「흰 빛과 붉은 빛의 이미지」, 『작가세계』 가을호, (세계사, 1989).

26 구모룡, 「근대성을 넘어서-김지하의 시 세계」, 『신생의 문학』, (전망, 1994).

27 신철하, 「살림의 시학」, 『푸른 대지의 희망』, (세계사, 1995).

28 정효구, 앞의 책.

29 나희덕, 「불귀(不歸)와 미귀(未歸)의 거리」, 『문학동네』 겨울호, 1998.

30 1991년 4월 26일, 명지대생 강경대군이 경찰의 폭력진압으로 사망한다. 5월 5일, 생명의 소중함을 일깨우고, 청년학생들의 분신과 자살 행위에 경종을 주기 위한 일환으로 『조선일보』에 기고문을 발표한다. (기고할 당시의 제목은 「젊은 벗들, 역사에서 무엇을 배우는가」였으나 편집에서 「죽음의 굿판을 걷어치워라」라는 자극적인 제목으로 바뀌어 발표 된다). 이어 5월 17일, 『조선일보』에 「다수의 침묵, 그 의미를 알라」라는 제목으로 칼럼을 발표, 강경대군을 쇠파이프로 죽인 정부와 백골단을 가차없이 비판하고, '생명'의 소중함과 '반분신'의 필요성을 다시 한 번 역설한다. 김지하, 『김지하 전집 1』, (실천문학사, 2002), 김지하 연보 참조. 이 과정에서 민족문학작가회는 김지하를 제명하고 이재현, 이오덕, 윤구병, 최하림 등이 김지하를 신랄하게 비판하는 글을 발표했다.

31 이영환, 「김지하 문학의 동학사상 수용과정 연구」, (한국교원대 교육대학원 석사학위논문, 2000).

32 홍용희, 「김지하 문학 연구」, (경희대 박사학위논문, 1998).
임동확, 「생성의 사유와 무의 시학」, (서강대 박사학위논문, 2004).

에서도 '불연기연(不然其然)'과 '향아설위(向我設位)' 등을 바탕으로 작품 연구가 이루어졌지만, 특정 작품을 개별적으로 분석하기 위하여 차용한 연구 방법일 뿐, 그의 전 작품을 대상으로 하여 동학사상의 수용과 영향이 탐구되지 않았다. 시 작품에 수용된 동학사상에 관한 독립적인 연구가 미진한 이유는 여러 가지 원인이 있겠지만, 사상이라는 동학의 정신적 혹은 종교적인 특성에 대한 천착의 광범위성에서 오는 어려움 때문인 것으로 보인다. 이 같은 이유로 동학사상과 연관된 적지 않은 생명사상 연구가 그 희소가치에도 불구하고 깊이를 획득하지 못했다.

이와 같이 김지하의 문학을 연구한 관점은 그의 전기적인 생애와 시대적인 추이 그리고 형식적인 관점에 이르기까지 그 변이과정을 다양한 관점에서 연구했다고 할 수 있다. 그러나 대부분의 연구자들이 간과했던 점은 한국 현대시와 시인 중에서 김지하처럼 시의 사상적 원천이 보편적으로 드러나거나 또 이를 지속적으로 실천한 시인이 많지 않음에도 불구하고 김지하의 문학에서 동학사상이 갖는 무게를 종합적이며 총체적인 입장에서 다루지 않았다는 것이다. 따라서 본고는 김지하 시에 나타난 동학사상을 해월의 '삼경사상'을 중심으로 범주화 하여 논하고자 한다.

3. 연구 방법

한 인간의 복잡다단한 삶을 명징하게 나누어 구분한다는 것은 얼마간의 문제점을 지니고 있다. 그럼에도 불구하고 한 인간의 생애에서 삶의 전환점이 되는 시기가 있음을 주목하여 볼 필요가 있다. '테야르 드 샤르댕 신부'가 말한 '오메가 포인트'[33]에 이르는 시기라고 할 수 있다. 삶의

---

33 오메가 포인트를 중심으로 모든 원소가 개체와 개인이 모인다. 흩어진 '여럿'이 모여

전환의 계기가 되는 것은 내재화된 경험이 안팎의 특별한 사건을 통하여 드러나는 정신작용의 결과 때문이다. 일종의 '차원 변화'를 경험한 것으로써, 깨달음 이전과 깨달음 이후의 삶의 방식이 전혀 다른 모습을 띤다.

이런 측면에서 김지하의 생애를 고찰해 볼 때, 편의상 크게 감옥에서의 생활을 기준으로 하여 그 전의 삶과 그 후의 삶으로 구분하여 볼 수 있다. 감옥을 가기 전의 삶을 '역사의 삶'으로, 출옥 후의 삶을 '우주의 삶'으로 구분하여 볼 수 있다. 다른 말로 표현한다면 '육체적인 삶'과 '영성적인 삶'이라고 할 수 있다. 이는 그가 말한 바 있는[34] '명상'과 '변혁'의 통합을 궁극적 목적으로 한다.

그런데 그동안의 논의는 변혁의 삶이 가능했던 이유가 감옥에서의 생활 때문인 것으로 보는 경향이 강했다. 물론 전혀 근거 없는 논의는 아니지만, 이 논의가 설득력을 지니려면 감옥에서의 사상적 개안의 원인을 밝히는 것인데 그곳까지는 미치지 못하는 너무 용이한 일반론으로 끝나고 있다. 그러나 초기 서정시에 내포되어 있는 생명의 정서는 감옥에서의 내면적인 변화의 원인이 무엇인가를 보여주며, 김지하의 삶과 문학의 전체성을 확인해 주는 단서가 된다.

김지하가 오메가 포인트의 삶을 살 수 있었던 것은 동학사상(원동학)을 의지했기 때문이다. 그 중에서도 해월의 '삼경사상'이 중심을 이룬다.

'하나'가 된다. 물론 다른 생명체와 달리 한 사람은 이미 하나다. 사람의 특징은 개체가 전체가 흡수되지 않는다는 점이다. 동물에서는 개체가 종을 위해 존재한다. 그러나 사람은 전체를 위해 존재하지 않는다. 오히려 근대에 이르면 전체가 개인을 위해 존재하도록 만든다. 그러므로 오메가 포인트에서 여럿이 모여 하나가 되는 것은 동물 집단과 그 성격이 다르다. 개인의 자율성을 잃지 않으면서 서로 완벽한 연합을 이루는 것이다. 테야르 드 샤르댕, 양명수 옮김, 『인간 현상』, (한길사, 2004), 27쪽. 이 같은 형태는 의식이 최고로 진화된 정점에 있을 때 가능한 깨달음이다. 수운 최제우가 1860년 4월 5일 득도 체험을 하면서 이전의 삶과는 다른 인격적인 전환을 하는 것도 오메가 포인트의 현상으로써, 가치가 전도되는 사상적인 개안 현상이라고 할 수 있다.

34 김지하, 『흰 그늘의 길 1』, (실천문학사, 2003), 360쪽.

동학사상을 중심에 두고 동양의 전통사상과 서양의 진보적인 신학인 진화론을 탄력적으로 접목시켜 동학의 정신을 현실에 맞게 튼튼하게 뼈대를 세웠다. 내 것을 이론화하기 위해 타 사상을 배척하지 않았고, 독단론을 경계했기 때문에 가능했던 인식의 확대였다. 용시용활(用時用活)[35]의 신축력 있는 대응력을 가졌다는 것이다. 그동안 김지하의 문학을 형식면이든 내용면이든 일정한 틀로 제한하거나 규정하려는 시도는 문학을 분석적으로 연구하는 데는 유용한 연구방법이었을지 모르겠지만, 김지하가 밟았던 삶과 문학적인 특이성으로 비추어 볼 때 한계를 가질 수밖에 없었다.

본고에서는 위에서 언급한 것처럼 문학연구에 있어서 사상이 범할 수 있는 본래의 목적성의 망각을 경계하며, 해월의 삼경사상이 김지하의 시작품에 어떻게 구체화되었는지 고찰해볼 것이다. 구체화의 과정에는 인간적인 실존의 아픔을 통하여 변화하고자 하는 생성의 논리가 내재되어 있다. 즉 인간적인 자각과 각성을 통해서 시적으로 변화된 모습을 보인다. 문학적으로 미적인 표현을 획득하기까지 사상의 변이와 형성이 어떤 역할을 하고 있는가에 주안점을 둘 것이다. 문학연구에서 사상의 인자(因子)를 심화시켜 구현한다는 것은 작품 속에서 이미 사상이 '정서화의 과정'을 거쳤다는 것을 의미한다. 이는 곧 작품이 미적인 조건을 확보했다는 것을 의미하기 때문에 독자에게 감동을 줄 수 있다.

이 과정은 필연적으로 김지하의 전기적 삶이 연구 방법의 조건이 된다. 소박(素樸)[36]한 인간으로 탈각하며, 회귀하는 과정이 문학적으로 어

---

35 「용시용활」, 『해월신사법설』. 대저 도(道)는 때를 쓰고 활용하는데 있나니 때와 짝하여 나아가지 못하면 이는 죽은 물건과 다름이 없으리라.

36 '소(素)'는 질박한 것을 말하지만 원래는 물감을 들이지 않은 원상태 그대로의 흰색 천을 말한다. 그래서 '소'만 보게 하라는 것은 현란하게 물들인 천으로 치장하고 사치하는 데 마음을 뺏기지 않게 하라는 것이다. '박(樸)'은 통나무인데, 가공하지 않은 투박한 도구

떻게 형상화되었는가를 말하는 것이다. 즉 기존의 연구는 천편일률적으로 김지하의 삶의 변화의 이유를 감옥 생활의 체험에서 찾고 있으나, 그것은 외면적으로 드러난 모습일 뿐이다. 호승심이 짙은 초기 서정시에서 이미 삼경사상의 변화의 기운이 배태되고 있었다. 한 개인에게 사상의 변화란 내재적인 인자가 없으면 확장할 수 없는 것이다. 따라서 드러난 것은 내재적인 숙성 과정에서 맺힌 정수라고 할 수 있다. 이러한 탐색의 과정에서 사상적인 변화 과정뿐만이 아니라, 사상을 드러내는데 뒷받침 역할을 해 주는 문학의 형식도 포함됨은 물론이다.

이 부분에서 본고의 논지 전개가 과도하게 역사주의적인 관점으로 치우쳐 문학의 형식이 침해될 우려를 경계했다. 그럼에도 불구하고 일정부분 김지하의 삶에 주목해야 하는 이유는 그의 문학의 변화에 삶의 변화가 지속적인 충격으로 그를 견인했기 때문이다. "〈문학〉이라는 개념은 어디까지나 가치의식을 내포하고 있는 것이다"[37]라는 것은 문학에서의 사상의 역할이 적지 않음을 증명하는 말이다. 삶의 변화와 충격의 원인이 사상이었으며, 그 충격의 외부적인 일차 요인이 동학사상이었다는 것이다.

이 같은 사실은 김지하가 출옥 후에 보인 일단의 행로를 통해서 확인이 된다. 김지하는 1984년 12월부터 일명 '사상기행'을 시작한다. 감옥 생활 동안 체계적으로 깊어진 전통사상의 맥을 찾아 수운 최제우와 증산 강일순의 행적을 답사하게 된다. 답사의 목적은 한국적인 사상의 연원을 찾아보자는 의도였으며, 동학사상에 대한 탐구가 중심이었다. 동학사상

들을 말한다. 여러 가지 생활에 필요한 물건들도 멋을 부려 깎고 다듬어 세련되고 화려한 집기들이 아니라 기능에만 충실한 투박한 것만 만들어 쓰게 하라는 것이다. 화려하게 물들인 옷감이나 아름답게 가공한 물건들은 인심을 어지럽히고 욕심을 갖게 만드는 것들이기 때문이다. 이경숙, 「素樸」 제19장 편, 『완역 도덕경』, (명상, 2004), 241~242쪽.
37 이상섭, 앞의 책, 19쪽.

과 전통사상(토속사상)의 접합점을 찾아 영향관계를 탐색함으로써, 한국 적인 사상의 실체와 사상의 현대적인 효용성에 대하여 진지하게 자기 성찰을 할 수 있었던 시간이었다. 김지하는 사상기행을 기점으로 동학과 전통사상이 한민족의 정신에 구심점 역할을 하는 인자가 있음을 체험하고 지속적인 관심을 갖는다.

한 개인의 사상의 형성과 성숙 과정에 특정한 사상만이 원인이 된다는 것은 무규정적인 사상의 특성상 또 다른 독선으로 빠질 위험성이 있다. 특정 사상이 농익는 과정 속에는 타 사상과의 부단한 영향사적인 교류에 의해서 자기류의 개성을 드러내기 때문이다. 특정사상이 한 개인에게 끼친 영향을 고찰함에 있어서 유의해야 할 것은 그 사상 속에는 다양한 사상적인 줄기들이 내재되어 있다는 것이다. 즉 현재성에 비추어 볼 때, 특정 사상의 영향과 역할이 상대적으로 크다는 것일 뿐이다. 이렇게 인간의 삶을 둘러싼 환경의 조건들이 결핍의 징후를 보이고 있을 때, 생명의 의미를 만물에까지 확대한 해월의 삼경사상을 논한다는 것은 그 자체로 의의가 있다고 할 수 있다. 특히 삼경사상은 일반인들에게는 물론 시인에게 절실히 회복해야 할 원초적인 동일성의 마음이기 때문에 해월과 김지하는 시공을 초월하여 공통의 접점에서 만난다고 할 수 있다.

본고는 앞에서 제기한 문제의식을 바탕으로 다음과 같은 방법에 의해서 김지하의 시문학을 고찰할 것이다. '경천사상과 도덕·윤리의식', '경물사상과 자연존중', '경인사상과 만민평등'으로 분류한 후 '경천사상과 도덕·윤리의식'의 하위 절에서는 '도덕적인 삶을 위한 염원', '실천을 위한 자기 결의', '우주로 확대된 경천'으로 고찰할 것이다.

'경물사상과 자연존중사상'에서는 '생명의 포태와 공경', '천지의 아픔과 동귀일체', '고향과 세계의 연대' 순서로 살펴본 후, 고향을 '불모와 죽임의 역사적 공간', '자본에 의한 수탈과 해체의 현장', '탄생과 회귀의 생명의 안식처'로 나누어 고찰하겠다.

'경인사상과 만민평등'에서는 '민족의 현실과 반독재 반외세', '민중의 정한과 신명', '약자를 위한 인권사상'으로 분류한 후, '민족의 현실과 반독재 반외세'의 하위 절에서는 '황토에 나타난 인간소외', '이야기로 풀어쓴 고발의 언어', '불경한 행동거지에 대한 관상적 징벌'로 나누어 세부적으로 고찰하려 한다. 또 『해월신사법설』의 「삼경」편에 삼경의 순서가 경천(敬天), 경인(敬人), 경물(敬物)로 되어 있다. 이렇게 순서를 정한 해월의 의도는 생명과 진리를 각성하는 정신적 과정을 시간의 추이에 따라 나타낸 것이며, 하늘과 만물로 상징되는 땅 사이에 인간이 있다는 존재론적 인식의 배치라고 할 수 있다. 더불어 경물을 삼경의 끝 부분에 둔 것은 인간적인 시행착오와 한계를 극복하고 경물에까지 지극히 이르러야 비로소 생명의 소중함이 실현될 수 있다는 의미로 해석된다.

본고가 이러한 측면에 초점을 맞추었다면 서술 방법도 작품 생산의 역사와 같았을 것이다. 김지하의 정신의 성숙 과정도 이와 같은 경로를 밟았을 터이기 때문이다. 그러나 본고는 동양의 전통적인 사유체계인 천(天)·지(地)·인(人)의 순서가 인간을 겸손하게 하며, 경물에 이른 삼경사상을 보다 효과적으로 드러낼 수 있다는 믿음 아래 각 장의 목적에 맞게 시 작품을 취사선택했다. 연구의 범위와 중심 텍스트는 김지하의 시 작품집 『황토』와 최근에 출간된 『유목과 은둔』 등 11개의 시 작품을 대상으로 한다. 또한 『남녘땅 뱃노래』 등을 비롯한 20여 권의 산문집은 김지하가 시적으로 담아내지 못한 삶과 문학의 단상 등을 보완해 주거나 의미를 확장시켜 주는 역할을 하기 때문에 중요한 시적 보조 자료로 활용했다.

제2장 경천(敬天)사상과 도덕·윤리의식

'경천(敬天)사상'은 동학만의 독창적 사상이 아니다. 동양의 전통사상 속에서 경천은 사상의 핵심을 이루어 왔다. 하늘은 고대인들에게 인간의 생사여탈을 좌우하는 절대적 힘을 가진 존재로 여겨졌기 때문에 하늘을 공경하고 두려운 마음이 자연스럽게 싹텄다. 고대인들은 우주와 자연을 관장하는 섭리를 '하늘(天)'의 뜻으로 규정하여 삶의 질서와 행동을 하늘과 일치시키려 노력했다. 인간이 '하늘을 공경한다는 것(敬天)'은 생존과 연결되는 절실한 문제였다. 먼저 '경(敬)'에 대하여 논하기 전에 전통적으로 동양에서 인식한 '천(天)'에 대한 사유방법을 살펴보기로 하겠다. 천(天)을 바르게 인식해야 경(敬)의 의미가 드러나기 때문이다.

공자는 "세계의 운동과 변화의 배후에는 그것을 주재하는 절대적 존재가 있다. 그것을 공자는 천(天)이라고 부른다. 공자의 천관은 세계와 인간의 만사를 주재하는 인격신으로서의 은주(殷周)시대의 상제천(上帝天)관념을 일면적으로 계승하면서도, 다른 한편으로 신비하고 불가해한 종교적 성격이기보다는 대단히 합리적인 방향으로 변화를 보여주고 있다."[38]라고 말한다.

공자와 마찬가지로 맹자사상에서도 최고의 궁극적 실체는 천(天)으로 표상된다. 천은 자연과 인간세계를 주재하는 존재이다. 맹자사상에서 천은 단순한 물리적 자연이 아니다. 순자사상에서 천은 물리적 자연의 의

---

[38] 서은숙, 「공자의 사상」, 『동양사상의 이해』, (경인문화사, 2003), 33쪽.

미가 강하지만, 맹자의 천은 인간 도덕성의 원천으로서 형이상학적·도덕적 의미를 함축하고 있다.[39]

순자는 천(天)과 인간을 분리시키고 하늘에 의지가 있음을 인정하지 않았다. 그래서 인간의 길흉화복은 하늘의 의지에 의해서 일어나는 것이 아니라, 인간의 행위에 의해서 결정되는 것으로 인식하였다.[40] 공자와 맹자로 이어지는 정통 유학에서 하늘은 사람의 위에서 자연과 함께 이 세상을 지배하는 섭리였다. 인간 사회의 문제는 늘 천명과의 관계 속해서 말해졌다. 그러나 순자는 이를 부인하였다.[41]

경천사상은 공자보다는 맹자에 이르러 '성선설(性善說)'을 바탕으로 하여 실천적으로 체계화된다. '천(天)' 즉 하늘은 인간에게 선한 성품을 부여한 도덕적 천으로서 인간으로 하여금 부여받은 도덕적 성품을 실현할 것을 강하게 요구하는 형이상학적 존재이다. 그러므로 인간은 천의 부름에 귀를 기울이며 참된 자기존재를 반성하고 하늘이 부여한 가치 즉, 인의예지를 당위적으로 구현해야 하는 위치에 서 있는 것이다.[42] 이렇게 공맹으로 대표되는 유교사상의 주요 핵심은 하늘의 선한 뜻이 분명히 존재하며, 인간세를 합리적으로 주재하거나 관리하는 도덕·윤리적 표준으로써 직접 작용한다고 믿었다. 또한 경천은 유교의 수양과 실천 덕목인 인(仁)을 실현하는 수단으로써 수양적 자세에 해당한다.

다음 중국의 경전과 조선시대의 대표적인 유학자들 그리고 동학사상과 현대에 학문적으로 규정한 '경(敬)'에 대한 인식과 개념을 살펴보도록 하겠다. 도덕적이기 위한 구체적 방법으로 이황은 경(敬)을 제시했다. 경은 일종의 도덕적 긴장 상태를 가리킨다. 무슨 일을 하거나 아무 일도

---

39 서은숙, 앞의 책, 50쪽.
40 서은숙, 위의 책, 64쪽.
41 서은숙, 위의 책, 64쪽.
42 서은숙, 위의 책, 51쪽.

하지 않거나 어느 경우든 자신의 본성과 일치되는 도덕적 표준에 집중하는 것 그것이 경이다. 이것은 주자학의 실천 방법론인 거경궁리(居敬窮理)에서 거경(居敬)에 해당한다.[43]

율곡에 의하면 보통 사람들은 마음이 혼매하고 산란하여 대본이 서지 못하기에 중(中)을 잡을 수 없다. 이는 기질에 구애되기 때문이다. 인간이 기질에 구애되어 혼매하고 산란해지는데 이를 바로잡는 것이 경이다. 율곡에게 있어서 주일(主一)의 마음은 경(敬)의 체(體)요 움직이는 가운데 온갖 변화에 대응하면서 그 주재를 잃지 않는 것이 용(用)이다.[44]

경이란 천도와 천도가 낳고 기르는 만물에 대하여 진실로 두려워하고 삼가는 도덕적 태도를 가리키는 말이다. 두려워하고 삼간다는 말은 천도를 거스를지도 모른다는 신중함 때문에 어느 쪽에도 편벽되지 않은 중(中)의 자리에서 엄숙한 비판적 태도를 가지려 한다는 뜻이다.[45] 마음의 상태가 물질적 욕망에 빠지지 않도록 늘 깨어있는 도덕적 인식의 최고 상태라고 할 수 있다. 원래 경이란 용어는 '삼가다'내지는 '조심하다'로 번역되며 또한 '성실' 및 '진실'로도 풀이된다. 그러므로 경은 우선 마음의 평화로운 상태를 유지시키는 것을 가리킨다. 이러한 상태는 단순히 지식의 기교를 통해 획득되는 성질의 것이 아니라 적절한 수양을 통해서만 터득되는 것이다.[46] '경'은 잠시라도 방심함이 없이 항상 깨어 있는 상태를 유지할 수 있는 것인데, 이를 '상성성법(常惺惺法)'이라 한다. 경의 수양공부는 이렇게 마음이 최고도로 집중되고 각성되어 있는 상태를 유지하는 것인 만큼 수도자적 자세를 지키는 선비만이 가능한 것이다.[47]

43 한국철학사상연구회, 『한국철학』, (예문서원, 1999), 162쪽.
44 정혜정, 「동학의 전통 철학적 연맥」, 『동학・천도교의 교육사상과 실천』, (혜안, 2001), 116쪽.
45 김영석, 「시의 기상과 공간」, 『한국현대시의 논리』, (삼경문화사, 1999), 56쪽.
46 양재학・유일환, 『동양철학의 이해와 깨달음』, (보성, 2003), 253쪽.

경은 또한 자연스럽게 '우환의식(憂患意識)'과 연결된다. 깨어있는 자각 상태는 자신의 마음과 주변 그리고 세상에 대한 걱정과 근심을 바탕으로 한다. 유가사상의 원류라 할 수 있는 역(易)이 바로 우환의식에 의해서 생겨났음을 「繫辭傳」의 다음과 같은 표현에서 쉽게 찾아 볼 수 있다.[48] "역(易)이 일어난 것은 중고시대일 것이다. 역(易)을 지은이는 우환이 있었을 것이다."[49]

동학의 창도자인 수운은 동양의 전통사상 속의 경천을 사람 안으로 끌어들여 '시천주(侍天主)' 사상을 만들었다. 사람밖에 있는 천을 공경하고 두려워하여 내면의 도덕적 성찰을 하는 것이 아니라, 천에 인격을 부여하여 사람 안에 존재하는 천으로 논리화했다. 두렵고 무서운 외재적 대상인 하늘이 이제 개개의 사람 안으로 내재되었기 때문에 하늘을 두려워하고 공경했던 것처럼 사람을 공경하라고 가르쳤다. 해월은 수운의 경천을 바탕으로 한 시천주 사상을 '경물(敬物)'과 '경인(敬人)'에까지 확대했다. 신일철[50]은 "최시형의 동학이해는 스승의 시천주 신앙을 보다 철저히 세속화시켜 만물에는 하늘이 내재하고 만물이 곧 하늘이라 하는 범천론(汎天論)에 도달했다."라고 했다. 경천사상은 만물로 확대되어 적용이 되며, 경물과 경인을 포함한다. 해월은 그의 삼경사상에서 경천에 대해 다음과 같이 말하고 있다.

사람은 첫째로 한울을 공경하지 아니치 못할지니, 이것이 돌아가신 스승님

---

47 금장태, 앞의 책, 28쪽. 동학의 사상이 인류 보편적인 가치를 지니고 있다고 말 할 수 있는 것은, 유교가 경(敬)을 특정 계급에 속하는 선비의 전유물로써 언급했다면, 동학은 유교의 선비가 가장 이상으로 삼았던 군자를 세속화하여 누구나 시천주(侍天主)를 자각하면 군자가 될 수 있다고 말했다.

48 김영석, 앞의 책, 54~55쪽.

49 「계사전」, 『주역』: 易之興也 其於中古乎 作易者 其有憂患乎.

50 신일철, 『동학사상의 이해』, (사회비평사, 1995), 110쪽.

께서 처음 밝히신 도법이라. 한울을 공경하는 원리를 모르는 사람은 진리를 사랑할 줄 모르는 사람이니, 왜 그러냐하면 한울은 진리의 중심을 잡은 것임으로써 이다. 그러나 한울을 공경함은 결단코 빈 공중을 향하여 상제를 공경한다는 것이 아니요, 내 마음을 공경함이 곧 한울을 공경하는 도를 바르게 아는 길이니, '내 마음을 공경치 않는 것이 곧 천지를 공경치 않는 것이라' 함은 이를 이름이다.[51]

'경(敬)'은 천지에 감사하는 마음이다. 천도가 실현되기를 바라는 도덕적 긴장 상태는 '경우의 수가 실시간으로 발생할 수 있는 현실에서 공경과 감사의 마음을 갖게 한다. '식고(食告)'[52]의 마음과 같다. 불투명한 현실에서 존재의 지속을 가능하게 해 주는 생명적 조건들은 그만큼 귀하고 가치 있기 때문에 감사의 마음을 갖게 한다. 또 현실을 상기시키는 역할을 함으로써, 경의 마음을 환기하는 작용을 한다. 사람의 마음은 묘해서 측량할 수 없다. "드나듦에 일정한 시간이 없어서 어디로 향해 나가는지 알 수 없다." 경은 마음을 통섭하는 것이다. 만약 경이 없으면 모두 드러나지 않게 될 것이다. 오직 경으로 말미암아 마음이 이 안에 존재하게 되는 것이다. 이른바 경이란 다른 게 아니라 이 마음이 여기에 상존하는 것이다. 달려 나가지 않고 산만하지 않으며 항상 이렇게 깨어있는 것이 바로 경이다.[53]

지금까지 경천(敬天)사상의 전통적인 의미를 두루 살펴보았다. 경천은

---

51 「삼경」, 『해월신사법설』.

52 「天地父母」, 『해월신사법설』 "人知天地之祿則 必知食告之理也 知母之乳而長之則 必生孝養之心也 食告反哺之理也 報恩之道也 對食必告于天地 不忘其恩爲本也 사람이 천지의 녹인줄을 알 것이요, 어머님의 젖으로 자란 줄을 알면서 반드시 효도로 봉양할 마음이 생길 것이니라. 식고는 반포의 이치요 은덕을 갚는 도리이니, 음식을 대하면 반드시 천지에 고하여 그 은덕을 잊지 않는 것이 근본이 되느니라."

53 진순, 김영민 옮김, 『북계자의』, (예문서원, 1995), 160쪽.

하늘에 뜻에 맞도록 인간의 삶을 도덕적·윤리적으로 최고의 극치에 이르게 하기 위하여 '마음을 한 곳에 경건하게 집중하는 태도'라고 할 수 있다. 결국 경천은 도덕·윤리적으로 하늘의 뜻에 어긋나지 않게 살고자 하는 인간의 본연지성(本然之性)의 마음이다. 본연지성의 마음은 자연스럽게 '근심스러움'을 양산하여 '우환의식(憂患意識)'을 만든다. 시인은 나라가 평화로울 때에도 위태로움을 걱정한다. 우산 장수 아들과 짚신 장수 아들을 둔 어머니의 마음과 같은 마음인 셈이다. 하늘이 무너질 것을 걱정하는 '기우(杞憂)적인 존재'이다. 하물며 현실이 모순과 역천(逆天)으로 가득하다면, 시인의 시대에 대한 대응 전략은 불문가지(不問可知)일 수밖에 없다. "나라는 불행해도 시인은 행복하다(國家不幸詩人幸福)"라고 했다.[54] 나라가 어렵거나 위난에 빠지게 되면 백성들의 삶이 고단하고 인간의 생존의 한계를 위협하는 문제의식들이 대두하게 된다.

이런 문제의식들은 인간에게 철저한 자기 언급적 반성의식을 갖게 하여 삶과 세계의 인식에 대하여 근본적인 물음을 던진다. 반성의식을 통해서 우주와 현실을 새롭게 정립한다. 이런 변화가 가능한 것은 인간이 생존을 위협하는 극한의 문제의식과 맞서 싸우며, 형성된 치열한 시대의 고민이 있기 때문이다. 인간은 현실을 둘러싼 어지러운 삶의 모습에서 깊은 철학적 사유를 잉태하며, 새로운 세계의 삶의 조건을 제시한다.

특히 시인들이 바라보는 시대에 대한 문제의식은 범인(凡人)들보다 예민하며 근본적이다. 시인에게 모순된 현실을 증언하는 파수꾼으로서, 시대적 역할도 이에 연유한다. 이러한 시대적 사명이 경천사상이며, 경천사상은 '하늘을 우러러 부끄럽지 않은 삶'을 살고자 하는 도덕·윤리의식으로 확대된다. 김지하는 시대의 어둠에 침묵하지 않고 문업을 하는 자의 소임을 바탕으로 경천사상의 실현을 위하여 헌신했다. 모순된 정치적

---

54 정종진, 『한국현대시 그 감동의 역사』, (태학사, 1999), 581쪽 재인용.

현실에서 도덕적·윤리적으로 하늘에 부끄럽지 않은 삶을 살기를 원하며 자신을 성찰했다. 염치있는 수오지심(羞惡之心)의 삶을 살고자 했다. 민족이 처한 정치·사회적 현실과 그 속에서 억압된 삶을 사는 대중들을 외면하지 않고, 그들이 처한 환경과 하나가 되기 위해 근심하고 염려했다.

1. 도덕적 삶을 위한 염원

행동이 개체의 조건과 환경의 조건 사이에서 규정되는 유기적 반응이라고 할 때, 상상력과 신화의 세계라면 몰라도 개체와 환경의 갈등 없는 통합이란 실제로 불가능하다. 따라서 역사와 사회 안에서 구체적인 실존적 삶을 영위하는 인간이라면 개체와 환경의 갈등이 유발하는 의식의 분열 혹은 행동의 단절을 필연적으로 겪기 마련이다.[55]

이러한 갈등의 원인은 인간의 내면에서 일어나고 있는 본능적 삶의 욕구와 도덕으로 살고자 하는 욕구가 상충하면서 비롯된다. 프로이트가 말한 노이로제, 즉 신경증의 일종인 '강박관념'이라고 할 수 있다. 프로이트에 따르면 총체적 성격은 자아(ego), 초자아(super ego), 이드(id)로 구성되어 있다. 자아는 나머지 둘 사이에서 그것들의 영향을 받는 경우가 많지만, 셋 가운데 유일하게 정상적인 인간 생활이 요구하는 외부 실재에 현실적으로 적응하는 일을 맡고 있기도 하다. 따라서 자아는 항상 극도로 연약한 처지에 있다. 이드에게서는 본능적 충동을, 초자아에게서는 명령과 금지를 받는데다가 이러한 갈등을 해소하려는 무의식적 노력조차 검열당하며, 깨어 있는 시간에는 견고하고 밝고 유혹적이면서도 때로는 잔인한 외부 세계와 접촉하지 않을 수 없는 입장에 있으므로 자아는

---

55 김영석, 앞의 책, 49쪽.

언제나 방어를 필요로 한다.[56]

즉 본능인 이드는 다듬어지지 않은 동물적 욕망이며, 자아는 현실적으로 의식되고 있는 정신의 작용으로써, 이상적이며 바르게 살고자 하는 초자아와 이드 사이에서 갈등을 조정하고 통합하는 역할을 한다. 이 과정에서 자아는 끊임없이 본능과 초자아 사이에서 갈등한다. 자아는 이상적이며 도덕적인 삶을 지향하는 초자아의 당위적 명령과 본능적으로 살기를 유혹하는 이드 사이에서 갈등한다. 이드와 초자아의 억압 속에서 연약해진 자아가 선택한 방어기제가 강박관념인 것이다. 현실의 조건이 자아가 지향하려는 초자아의 도덕적 삶과는 일정한 거리가 있기 때문에 강박관념으로 나타난다.

김지하의 삶과 문학에서 이러한 강박관념은 지속적으로 그의 문학을 견인하는 추동인자로 작용을 한다. 김지하의 삶과 문학의 행로는 강박관념이 엷어져 가는 초탈의 과정이라고 할 수 있다. 그가 가장 최근에 펴낸 시집 『유목과 은둔』에서 강박관념이 사라진 편안함을 느낄 수 있다. 이 같은 김지하의 변화된 자세를 단적으로 확인할 수 있는 시가 위의 시집에 나오는 「일본에서」이다. 민족의 현실에서 반외세의 가해자이며, 극복의 대상인 일본에 대해서도 증오와 원망을 초월한 자세를 보이고 있다. "이제 그만/ 일본에 대한/ 미움을 버릴 때다.// …// 아아 생명(生命)!"(「일본에서」부분). 그 이유는 자아가 이드와 초자아의 사이에서 느꼈던 강박관념을 극복하고 도덕적이며 윤리적인 세계를 지향하는 데 아무런 장애를 느끼지 못할 정도로 마음의 중화(中和)를 이루었기 때문이다. 공자가 말한 '七十而從心所欲 不踰矩(칠십이종심소욕 불유구)'와 같은 경지라고 할 수 있다. 강박관념은 김지하가 궁극적으로 지향하고자 하는

---

56 데이비드 스태포드 클라크, 최창호 옮김, 『한 권으로 읽는 프로이트』, (푸른숲, 2003), 198쪽.

도덕·윤리적인 세계를 위한 자양분이라고 할 수 있다. 결국 김지하의 문학과 삶은 도덕·윤리적인 세계를 지향하고자 하는 강박관념의 탈각 과정인 셈이다. 그러나 이전의 시에서는 현실과 이상 사이에서 끊임없이 강박관념을 느끼고 있다.

> 가슴이 더움은 무엇인가/ 뜬세상을 지나기가 서툴렀었네/ 숱한 티로 조련 치 못한 눈 안에/ 날렵히 드는 것은 노상/ 목 짤린 닭의 몸부림/ 여원 애기 이마 위의 새파란 핏줄/ 무엇인가/ 마음대론 되지 않고 자꾸 틀어져/ 홑것으로만 견디는 겨울 같은 그 무엇인가/ 삶이란 가난이란 이 서먹한 외로움이란/ 알 수 없네 무엇 때문인가/ 깡통을 전봇대에 높이 걸어둔 채/ 그 밑에 얼어죽 은 어린 거지의 시체 앞에서/ 가슴의 피가 미친 듯이 들끓는 것은/ 그 무엇 때문인가 나는 알 수가 없네.
>
> ―「알 수 없네」 전문

위의 시의 화자의 자아도 현실에 안주하려는 이드와 바르게 살고자 하는 초자아의 갈등이 충돌하고 있다. 이 과정에서 자아는 도덕적인 초 자아를 지향하려는 의지를 보이고 있다. 8행의 '마음대론 되지 않고 자꾸 틀어져'에서 이 의지가 강박관념에 기인한 결과임을 볼 수 있다.

화자는 강박관념이 생기게 된 원인을 의문형으로 서술하고 있다. "가슴이 더움은 무엇인가// 여원 애기 이마 위의 새파란 핏줄// 무엇인가// 홑것으로만 견디는 겨울 같은 그 무엇인가/ 삶이란 가난이란 이 서먹한 외로움이란/ 알 수 없네 무엇 때문인가' 등을 나열함으로써, 도덕적인 초자아를 지향하려는 화자의 강한 자아의 의지를 볼 수 있다. 화자의 가슴이 '더운 것'은 내적으로는 가슴에 응결된 피가 뜨겁기 때문이다. 응결된 피는 표면적으로 죽은피로서 멍으로 나타난다. 인간적·내면적으로는 응결된 피는 한으로 내재화가 된다. 죽은 애기 이마 위의 '새파란 핏줄은 주어진 삶의 몫을 제대로 꽃피어 보지 못하고 죽은 아이를 드러내고 있다. 새파란 핏줄을 죽은 아이와 대비시켜 현실의 모순을 보여 주고 있다. 또 화자는 '삶', '가난', '서먹한 외로움', "어린거지의 시체 앞에서/ 가슴의 피가 미친 듯이 들끓는 것"의 이유를 '알 수 없는 것'으로 규정하고 있다. 그러나 '알 수 없다고 말한 전제는, 일반적인 의미로 말하는 삶의 전망이 제시되지 않은 불투명한 현실을 드러낸 것이 아니다. 이미 '알 수 없다'라는 표현 속에는 도덕적이지 못한 현실의 모습의 이유가 내재되어 있다. 따라서 '알 수 없다'는 시어는 화자의 진실에 대한 갈증의 욕구가 드러난 탄식이기 때문에 화자의 초자아의 행동을 견인하는 추동인자가 된다. 화자가 '홀'[57]이란 시어를 씀으로써 현실이 자아의 보호막으로서 역할을 상실하고 있음을 보여주고 있다. 또한 겨울이란 엄혹한 계절을 상대어로 배치를 하여 '홀'과 '겨울'의 상반된 상황에서 삶을 살아가야 하는 냉혹한 현실을 보여 주고 있다.

> 옛 만해의 아픔/ 가슴속 타는 촛불의 아픔// 바위에 때려 부서져/ 살 깃을 가러 스스로 끝없이 바위에 때려 부서져// 저렇게 소리지르네 애태우네/ 여울이 밤엔 촛불이 나를 못살게 하네// 백담사 한귀퉁이 흙벽 위엔 피칠한/ 옛 옛 만해의 아픔// 내일은 떠나/ 떠나 끝없이 나도 여울 따라 가리라/ 죽음으로밖에는/ 그여이 스스로 죽음으로밖에는/ 살길이 없어 가리라 매골모루로 가리라// 아아 타다 타다가/ 사그라져 없어지는 새빨간/ 저 촛불의 아픔
>
> —「여울 1」 부분

위의 시에서 화자는 자신이 지향하는 세계가 값비싼 희생을 담보로 해야 이루어질 수 있는 아픔의 세계임을 암시하고 있다. 화자는 희생의

---

57 일부 명사 앞에 붙어 '한 겹으로 된', 또는 '하나인', '혼자인'의 뜻을 더하는 접두사. 국립국어연구원, 『표준국어대사전』, (두산동아, 1999), 6,969쪽.

아픔을 담보하는 대상으로 '만해'와 '촛불'을 대상화하고 있다. 또 두 대상을 희생의 객관적 상관물로 상징화함으로써 화자 자신과 일체시키고 있다. 그러나 희생을 강요하는 외적 요인을 전경화시키지 않고 있는 것이 특징이다. 단지 화자가 바위에 부딪쳐 부서져 소리 지르는 강박관념의 행위를 통해서 화자의 자학적인 몸짓의 원인을 확인할 수 있을 뿐이다. "여울이 밤엔 촛불이 나를 못살게 하네"와 "그여이 스스로 죽음으로 밖에는/ 살길이 없어 가리라 매골모루⁵⁸로 가리라"에서 자연적 죽음이 주는 순응적 태도 그 이상을 느끼게 한다.

화자가 선택하고자 하는 죽음은 자아가 내면에서 절실하게 요청한 결과로서, 도덕적·윤리적으로 자아가 지향하려는 초자아의 길이다. 따라서 자연적인 죽음에서 느끼지 못하는 필연성이 내재되어 있다. 즉 개인이 선택한 죽음의 길이지만, 타자에 의해 불가피하게 죽지 않으면 안 되는 죽임이기에 현실을 고발하는 진정성이 있다. 화자의 죽으려는 의지는 선택의 여지가 없는 결정이며, "죽음으로 밖에는 살길이 없다"라는 구절에서 상대적으로 죽임을 강제하는 현실을 드러내고 있다. 또한 화자의 죽임과 촛불을 등가적으로 형상화함으로써 희생의 가치에 대의명분을 제공한다. 촛불의 완전 연소는 새로운 세상을 위한 거름이며, '자신을 죽여서라도 인(仁)을 이루려는 살신성인의 자세'라고 할 수 있다. 살신성인의 삶의 자세 자체가 죽음으로써 의(義)를 이루려는 자세이기 때문에 초월적인 도덕·윤리의식과 잇닿아 있다.

푸른 하늘 흰 구름 어찌할거나/ 빼앗긴 아내 머리 족두리 씌워 바보/ 들러리 선 이 바보는 어찌할거나/ 눈도 입도 귀도 막혔네 장승이여 어허/ 가득 찬 이

---

58 이조 때 대역죄인(大逆罪人)을 육시(戮屍)하여 토막토막을 나누어 각각 함경·평안·전라·경상 등 각도의 남북단(南北端) '매골모루'란 곳에 매장했음. 김지하, 「여울1」, 『타는 목마름으로』, (창작과비평사, 2003), 59쪽, 참고 부분 인용.

설움을 어찌할거나/ 대 꺾어 대창 대신 피리나 불까 바보/ 피리소리 가락 따라 통곡이나 할까 바보// 밤은 가까운데/ 신방의 촛불 저리 밝혀지려 하는데/ 푸른 하늘 흰 구름을 어찌 볼거나 바보/ 들러리 선 이 바보는 어찌어찌 살거나/ 산길 물길 다 막혔네 장승이여 어허/ 들끓는 이 노여움을 어찌할거나

-「푸른 하늘 흰 구름을」 전문

위의 시는 화자의 자조 섞인 탄식이 주를 이루고 있다. 특히 3행의 '푸른 하늘 흰 구름'의 구절은 화자의 현실적 탄식을 극대화하는 풍경이다. 차라리 현실의 불모성에 걸맞게 바라보는 풍경도 그와 동일하면 화자가 느끼는 상대적 박탈감은 체념적이 된다. 인간이 느끼는 비극적인 심상은 현실과 이상 혹은 내면과 외면에서 이율배반적으로 보이는 대조적인 장면과 자극에서 간극을 보인다. 개인이 존재하는 현실의 모습이 가감 없이 드러나기 때문이다. 엘리어트의 「황무지」에서 "4월은 가장 잔인한 달, 라일락꽃을 죽은 땅에서 피우며, 추억과 욕망을 뒤섞고, 봄비로 활기 없는 뿌리를 일깨운다./ 겨울이 오히려 우리를 따듯이 해주었다./ 대지를 망각의 눈으로 덮고, 마른 구근을 가진/ 작은 생명을 길러 주며"에서의 '4월'과 '황무지'의 대비된 심상과 같다. 엘리어트는 이 시구에서 탄생의 괴로움, 살아있음의 괴로움, 그리고 순환의 괴로움을 말해 주고 있다. 차라리 겨울로 모든 것이 끝나 버렸더라면 좋았을 텐데, 왜 다시 봄이 찾아와 고통스런 삶을 새롭게 시작하도록 만드냐는 것이다.[59] 체념이 지배하는 현실에서 화자가 목적의식을 띠고 할 수 있는 일은 없다. 역설적으로 체념 그 자체가 목적으로써, 복판을 울리기 위한 변죽 때리기의 행위라고 할 수 있다. 화자의 현실적 무력함과 무능력을 드러내는 시어로 '들러리', '장승', '통곡', '바보' 등이 있다.

---

59 마광수, 『나는 야한 여자가 좋다』, (자유문학사, 1989), 90쪽.

1연에서 화자는 현실에 조직적으로 대응하지 못하고, 자기감정에 사로잡힌 힘없는 패배자의 모습으로 형상화되고 있다. 따라서 화자가 할 수 있는 행위는 외부의 자극으로 파생된 감정에 충실한 모습으로써, 통곡과 설움의 패배적인 감정뿐이다. 그러나 2연에서는 1연의 패배적 정서에서 탈피 불투명한 현실을 조망하려는 의지를 보이고 있다. 2연 5행의 "산길 들길 다 막혔네 장승이여 어허"는 이제 길은 끊어지고 퇴로가 막힌 상황에서 화자의 정서가 '설움'에서 들끓는 '노여움'으로 확대될 기미가 보인다. '노여운 감정(분노)'[60]은 도덕적 시비(是非)가 분명한 윤리의식에서 싹트는 가치 기준의 준거이다. 따라서 노여운 감정은 자아가 초자아를 위하여 지향하려는 욕구를 지탱해 주는 도덕·윤리적으로 걸러진 정서이다.

눈 쌓인 산을 보면/ 피가 끓는다/ 푸른 저 대숲을 보면/ 노여움이 불붙는다./ 저 대 밑에/ 저 산 밑에/ 지금도 흐를 붉은 피// 지금도 저 벌판/ 저 산맥 굽이굽이/ 가득히 흘러/ 울부짖는 것이여/ 깃발이여/ 타는 눈동자 떠다던 흰 옷들의 그 눈부심// 한 자루의 녹슨 낫과 울며 껴안던 그 오랜 가난과/ 돌아오마던 덧없는 약속 남기고/ 가버린 것들이여/ 지금도 내 가슴에 울부짖는 것들이여// 얼어붙은 겨울 밑/ 시냇물 흐름처럼 갔고/ 시냇물 흐름처럼 지금도 살아 돌아와/ 이렇게 나를 못살게 두드리는 소리여/ 옛 노래여// 눈 쌓인 산을 보면 피가 끓는다/ 푸른 저 대숲을 보면 노여움이 불붙는다/ 아아 지금도 살아서 내 가슴에 굽이친다/ 지리산이여/ 지리산이여

ㅡ「지리산」전문

---

60 "난 알 것 같다. 할아버지의 그 어두운 분노의 뿌리. 마치 온 세상에 맞서 한치의 물러섬도 없이 대결하는 듯한, 그 이글거리는, 타는 듯한 노여운 눈빛의 뿌리를 이제 이해할 것 같다. 그것이 또한 내 번뇌의 뿌리라는 것도 오늘에야 비로소 이해한다."김지하, 『흰 그늘의 길 1』, (학고재, 2003), 32쪽. '분노'는 투명한 윤리의식에서 비롯되는 것으로써, 자신을 포함한 세계에 대한 사랑이라고 할 수 있다.

화자의 노여움이 구체적인 공간으로 확대되고 있다. 노여움의 실체는 두 가지 정도로 유추해볼 수 있다.

첫째는 지리산이란 특정한 산이 지니는 역사와 사회적인 맥락이다. 지리산은 한국현대사의 아픔을 간직한 산으로, 민중의 비원이 서린 한 맺힌 공간이다. 화자가 노여워하는 것은 상처투성이의 지리산을 자신과 동일시하기 때문에 촉발된 감정이다. 이는 곧 지리산이 당대의 민중들의 삶의 총체성을 대변해 주는 상징적 의미가 있음을 말하는 것이다. 따라서 화자가 눈 덮인 지리산의 모습에서 노여움을 느끼는 것은, 자신의 모습으로 분(扮)한 지리산에 민중의 연민을 느꼈기 때문이다.

사람은 누구나 자기 자신이고 싶어 하면서 동시에 자기 자신이 아니기를 꿈꾼다. 과연 어느 쪽이 더 강하게 자아 형성의 축이 되는지 그것을 정확히 아는 사람은 없다. 그러면서도 우리는 어렴풋이나마 자아 속에 들어 있는 버리고 싶은 자기가 있음을 느낀다. 그런 증상은 대체로 자기와 가장 가까운 혈족과 그들이 거느린 환경 거부하기부터 시작된다. 자기기피증, 그 증상의 가장 큰 몫은 자기와 가장 닮은 부모로부터 싹터 있다.[61] 화자와 지리산이 서로의 상처를 무의식적으로 투사[62]하고 있는 것이다. 투사를 통해서 자기의 아픔이 의식되기 때문에 반영적으로 볼 수 있게 되는 것이다.

둘째는 흰색이 상징하는 '순결'의 허위의식 때문이다. 백색은 무채색으

---

61 정현기, 「자아 붙들기와 자아 떠나기의 세월」, 『작가세계, 김주영 특집』 겨울호, (세계사, 1991), 43~44쪽.

62 투사는 무의식의 가장 전형적인 작용 가운데 하나로서, 인간 정신의 주관적인 내용들을 객관적인 대상에 전이시키는 작용이다. 즉, 사람들이 자기 내면에 들어 있는 어떤 정신적인 내용들을 자기 밖에 있는 대상에 옮겨 놓고, 그것이 본래 그렇다고 생각되는 것이다. 사람들은 자기에게 어떤 부정적이고 받아들이기 고통스러운 것이 있을 때, 그것으로부터 벗어나기 위해서 다른 대상에 그것을 옮겨놓는데, 융은 그 작업을 일종의 은폐하고 주장하였다. 김성민, 『융의 심리학과 종교』, (동명사, 2003), 152쪽.

로 색 이전의 색으로서 어떤 것도 있을 수 있고 또 어떤 색도 없는 양가의 공터이다.[63] 따라서 순결과 위미(僞美)가 가능한 색이다. 위미(僞美)는 '꾸며진 아름다움'으로 진실을 은폐하거나 위작하는 행동이다. 7행 "지금도 흐를 붉은 피", 8행 "지금도 저 벌판"이란 구절에서 지리산은 눈 덮인 산의 이면에 감추어진 역사의 진실을 증언하고 있다. 노여움의 실체가 과거의 화석화된 감정으로 존재하지 않고 현실적으로 진행 중인 것이다. "눈 쌓인 산을 보면/ 피가 끓는다 '푸른 저 대삶을 보면/ 노여움이 불 붙는다"에서, 눈의 '흰색'과 피의 '붉은색'은 화자의 심리에 잠재해 있는 노여움을 대조적으로 자극하는 역할을 한다. 이것은 「푸른 하늘 흰 구름」에서처럼 화자의 상대적 박탈감을 더해 주는 역할을 하고 있으며, 있는 그대로의 현실을 보여주지 못하게 하는 상황에 노여워하는 것이다. 즉 흰색이란 순결의 색으로서, 현실을 위장[64]하고 있는 색이다. 따라서 붉은색은 위장한 흰색에 대한 노여움의 표출이며, 흰색에 대비된 붉은색은 강한 인화성으로 분노의 크기를 나타내고 있다. 푸른색의 대삶도 하얀 색의 심상과 같은 색으로서 화자의 정서를 자극하는 역할을 하고 있다. 3연의 "지금도 내 가슴에 울부짖는 것들이여"와 4연의 "시냇물 흐름처럼 지금도 살아 돌아와/ 이렇게 나를 못 살게 두드리는 소리여"에서, 눈의 이면에 감추어진 진실은 역사의 현재화를 통해 화자를 추동하는 강박관념으로 형상화되고 있다.

---

63 채수영, 『한국현대시의 색채의식 연구』, (집문당, 1987), 93쪽.

64 흰색은 물질적인 성질이나 실체로서 모든 색들이 사라진 세계의 상징과 같다. 이 세계는 우리들로부터 너무 높이 떨어져 있기 때문에 우리는 거기서 아무런 음향도 들을 수 없다. 거기에는 커다란 침묵이 흐른다. …(중략)… 흰색은 죽은 것이 아닌, 가능성으로 있는 침묵인 것이다. 흰색은 갑자기 이해할 수 있는 침묵과도 같은 음향을 울린다. 칸딘스키, 권영필 옮김, 『예술에서의 정신적인 것에 대하여』, (열화당 미술책방, 2004), 94쪽. '하얀색이 현실을 위장하고 있다는 것'은 하얀색이 가능성을 현실화 하지 못한 채, 침묵으로 일관하고 있다는 얘기다. 화자의 분노도 여기에서 비롯된다.

살아 있는 힘의 동결/ 살아 있는 민중의 거센 힘의/ 동결 전진하는 싸움의 동결/ 빛나는 근육의 파도와/ 쏟아져 흐르는 땀의 눈부심과/ 외침과 쇳소리들의 동결/ 뜨거운 대낮의 햇볕 아래서의 동결, 표정과 노여움과 용기의/ 사랑의 동결, 부재, 꽉 찬/ 부재, 그러나 동결은 나이를/ 먹는다 기마상이 금이 가듯이/ 동결은 늙어 어린이/ 처럼 부드러워진다/ 다시금 움직이려 한다/ 굳게 다문 입술에 미소가 번진다/ 육체의 이 살아 있는 육체/ 의 기쁨이 샘솟는다/ 소리가 시작되려고 한다/ 말은 울려고 한다/ 발굽이 움직인다 말갈기가/ 움직인다/ 아아 그러나 햇빛 탓인가/ 더욱 강렬한 저 햇빛 탓인가?/ 바람 탓인가?/ 훈훈한 사월의 바람/ 탓인가? 착각이었던가?

-「기마상」 전문

도덕적·윤리적으로 살고자 하는 초자아의 욕구는 엄혹한 현실에서 늘 거대한 장애에 부딪히게 된다. 호승적인 시어인 '힘', '민중', '싸움', '근육', '땀', '외침'과 '쇳소리' 등은 현실의 장애를 뚫고 나갈 듯한 파죽지세의 현장의 기세를 보인다. '기마상'이란 제목이 암시하듯이 '기마는 싸움을 위한 전술적인 형태로써, 적진을 향해 돌진할 급박한 전형을 느낄 수 있다. 육·감각적인 시어들을 나열함으로써 시의 호흡이 가파르며 역동적이다. 그러나 이러한 입체적인 생동성의 시어들은, '동결(凍結)'이란 시어가 함축하듯이 지향성이 유보된 현실에서 전진이 가로막힌 닫힌 공간에 유폐되어 있을 뿐이다. 동결은 영구적으로 고착화된 상태를 의미하는 것이 아니다. 일시적인 것으로써 해빙을 전제로 한다. "그러나 동결은 나이를/ 먹는다 기마상이 금이 가듯이/ 동결은 늙어 어린이/ 처럼 부드러워진다"에서 고체화되고 각질화된 동결이 시간이 지나면서 틈이 생성되는 것을 볼 수 있다. '기마상이 금이 간다는 것은'싸움을 하려는 의지에 균열이 생기는 것을 의미하는 것으로써 부정적 성격을 띤다. 그러나 기마상의 균열은 새로운 생성을 위한 내부의 자기 충족적인 질서의 과정으로써 보다 견고성을 획득하기 위한 자기 변신이라고 할 수 있다. 자기 동일성을 끊임없이 부정함과 동시에 자아 해체적인 모습을 보여주면서 시작된다.[65]

23~24행의 "훈훈한 사월의 바람/ 탓인가? 착각이었던가?"에서 '기마'는 자폐적 공간에서 화자가 염원하는 구원의 상이라는 것을 알 수 있다. 현실이 완고할수록 화자는 몽유적 퇴행 속으로 함몰되어 간다. 현실에서는 늘 패배하지만 관념 속에서는 이기는 자기 기만적인 병리적 심리 상태를 보이고 있다. 그 만큼 현실의 켜가 두껍다는 것을 말하며, 자아가 도덕적·윤리적인 세계를 지향하려는 마음이 강할수록 현실의 상황과 상충, 화자의 강박관념을 심화시키고 있다.

> 신새벽 뒷골목에/ 네 이름을 쓴다 민주주의여/ 내 머리는 너를 잊은 지 오래/ 내 발길은 너를 잊은 지 너무도 오래/ 오직 한가닥 있어/ 타는 가슴속 목마름의 기억이/ 네 이름을 남 몰래 쓴다 민주주의여/ 아직 동트지 않은 뒷골목의 어딘가/ 발자국소리 호르락소리 문두드리는 소리/ 외마디 길고 긴 누군가의 비명소리/ 신음소리 통곡소리 탄식소리 그 속에 내 가슴팍 속에// …// 숨죽여 흐느끼며/ 네 이름을 남 몰래 쓴다./ 타는 목마름으로/ 타는 목마름으로/ 민주주의여 만세
>
> —「타는 목마름으로」 부분

화자가 궁극적인 초자아의 삶의 형태, 즉 도덕적·윤리적인 세계로 가기 위해서는 인간의 삶을 억압하고 죽임을 강요하는 현실적 조건의 사슬을 끊어야 한다. 화자는 이 '가로 거친'죽임의 사슬을 끊기 위하여 단말마의 기력을 쏟아 붓고 있는 것이다. 발자국 소리, 호르락 소리, 문 두드리

---

65 임동확, 「생성의 사유와 '무의 시학」, (서강대 박사학위논문, 2004), 143쪽.

는 소리, 누군가의 비명소리, 신음소리, 통곡소리, 탄식소리 등을 통하여 민주주의의 이름을 광명의 빛 아래에 쓰지 못하고 신새벽의 남몰래 쓰는 기형적 현실에서 화자의 숨 가쁜 긴 호흡을 느낄 수 있다.

김지하의 또 다른 시 「당신의 피」에서도 "가슴 찍는 서러움/ 총소리 문두드리는 소리/ 뒤따르던 발자국소리 가슴 찍는 가슴 찍는 소리" 등이 표현되어 있다. 이러한 소리는 도덕적이며 윤리적인 민주세계를 꿈꾸는 자의 행동을 긴박하게 묘사한 것이다. 그러나 화자는 숨 가쁜 소리들을 '내 가슴팍 속'과 '가슴'에 귀결을 시켜 그들의 아픔과 함께 한다. 화자가 '타는 목마름'으로 갈증 하는 대상인 민주주의는 초자아가 지향하려는 도덕과 윤리적인 세계이다.

화자가 오매불망 희구하는 민주주의는 타자의 폭력과 억압에 의해 광장으로 나오지 못하고 익명으로 은폐되어 있어야 하는 그늘의 존재였다. 금기와 은폐 속에는 음습한 부패가 기생하기 때문에 그것을 깨려고 하는 저항이 싹튼다. 생명은 음습한 공간을 지양하고 밝음을 향하는 속성이 있기 때문에 저항은 빛을 향한 생명의 발현 현상이라고 할 수 있다. 그러나 '신새벽', '남몰래', '숨죽여 흐느끼며'의 시어는 화자의 민주주의에 대한 강박관념이 내포되어 있다. 또 이 시어들은 자아가 지향하는 도덕·윤리적인 초자아의 세계가 현실적으로는 미완의 세계지만, 앞으로의 희망적 가능성을 암시하는 시어로 볼 수 있다.

도덕적 삶을 위한 염원은 화자의 강박관념으로 나타나고 강박관념은 화자가 바르게 살고자 하는 결벽에 가까운 도덕적인 순결을 의미한다. "이치와 기운이 바르면 만물이 신령하고, 이치와 기운이 바르지 못하면 만물이 병이 생기고, 사람의 몸에 있는 이치와 기운이 바르면 천지에 있는 이치와 기운이 바르고, 사람의 몸에 있는 이치와 기운이 바르지 못하면 천지에 있는 이치와 기운도 역시 바르지 못하느니라"[66]라고 말한 해월의 말과 상통하는 시적 행위라고 할 수 있다. 도덕·윤리적으로 바르게살기 위해서는 늘 깨어 있어야 한다. 해월이 말한 이치와 기운이 하늘을 공경하며 두려워하는 경천과 같다.

2. 실천을 위한 자기 결의

김지하의 경천과 도덕·윤리적인 실천적 탐구 방법은 현실의 대응력 차원에서 '언행일치'의 일관된 모습으로 나타난다. 이러한 면모는 위에서 현실의 조건에 대응하는 방법이 존양보다는 성찰의 적극적 모습으로 임하는 태도에서 확인이 된 바 있다. 그러나 엄혹한 현실에서 김지하 자신이 본인의 이념적 가치를 실현시키기에는 장애적 요소가 상존하고 있다. 의지는 강하나 현실적 조건은 그만큼 완고하다. 그가 선택한 현실의 대응 전략은 우회하거나 차선책을 선택하지 않고 현실과 지배세력의 힘에 정면으로 응전하는 것이다. 패배할 줄 알면서 응전하는 방식은 그 자체로 평가받을 수 있는 영원성이 있다. 또한 시대적으로 대조 감정을 일으켜 시대정신의 구현이 어떤 당위성을 담지하고 있는가를 주지시킨다. 따라서 현실에서는 패배하나 당대의 민중들의 보편적 진리와 역사에서는 새롭게 부각된다. 역천의 현실에서 김지하가 본 것은 땅의 모순과 그 위에서 삶을 지탱하는 사람들의 고달픈 모습들이다. 땅과 사람의 삶이란 불가분의 관계로 땅이란 단순히 물리적 공간으로의 의미가 아니라, 삶의 환경과 터전으로서 만물의 생육을 돋워 주는 생명적 공간으로서의 의미이다. 땅은 영원하며 실체로서 고정되어 있지만, 그 터전 위에서 삶을 영위하는 주체가 정치적 조건에 의해서 소외되거나 억압을 당하는 현실적 공간으로서 변질될 가변성이 상존한다.

---

66 「허와 실」, 『해월신사법설』.

김지하의 경천과 도덕·윤리의식은 땅에서 사람으로 전환을 한다. 모순된 땅의 역사에서 사람들의 억압된 삶을 성찰하게 된다. 김지하의 경천(敬天)에 대한 공경은 땅을 먼저 봄으로써 시작된다. 앙천부지(仰天俯地)[67]의 삶과 존양의 삶이 아니며 '성찰'의 삶이다. 즉 땅의 모순된 현실을 직시하면서 땅에 경천이 실현되기를 희구하는 걱정과 근심의 우환의 삶이라고 할 수 있다. 궁극적으로 경천에 이르기 위하여 모순된 현실을 정면으로 응시하며, 성찰적 자세를 가다듬는다. 실천과 행동이 결여된 서생(書生)적 인식이 아니라, 현장에서 촉수를 세우는 상인(商人)적 현실 인식을 바탕으로 한다. 유교의 '하학이상달(下學而上達)'의 삶이라고 할 수 있다. 일상의 자각에서부터 삶의 의미를 실천적으로 탐구하는 인식론이다. 존재의 기반이 되는 가장 가까운 것으로부터 외연을 확대해 가는 인식론이기 때문에 강한 실천성을 담보로 한다.

> 고개를 숙여/ 내 초라한 그림자에 이별을 고하고/ 눈을 들어 이제는 차라리 낯선 곳/ 마을과 숲과 시뻘건 대지를 눈물로 입맞춘다/ 온몸을 던져서 싸워야 할 대지의 내일의/ 저 벌거벗은 고통들을 끌어안는다/ 미친 반역의 가슴 가득 가득히 안겨오는 고향이여/ 짙은 짙은 흙 냄새여 아아 가장 척박한 땅에/ 가장 의연히 버티어 선 사람들/ 이제 그들 앞에 무릎을 꿇고/ 다시금 피투성이 쓰라린 긴 세월을/ 굳게 굳게 껴안으리라 잘 있거라
>
> ─「결별」 부분

위의 시는 화자의 언행일치가 비장하게 나타나 있다. '행위'는 한 개인의 가치관과 이념을 최종적으로 완결하는 외면적인 결과물이다. 행위가 가시적으로 드러난다는 것은 그 이면에 성숙을 위한 부단한 갈등과 분열

---

67 하늘을 쳐다보고 땅을 굽어 봄. 국립국어연구원, 앞의 사전, 4104쪽.

의 시간이 내재되어 있다는 것을 의미한다. 화자는 그 시간을 '초라한 그림자'라고 한다. 그림자란 사물과의 관계에서 종속적이며 음영적인 성격을 갖는다. 또한 그림자가 길게 드리울수록 화자가 내면에서 경험하는 모색의 시간도 길어지게 되지만, 그만큼 장고의 뒤안길에서 드러나는 화자의 가치관은 단련된 견고성을 갖게 된다.

화자가 눈을 들어 머문 곳은 '낯선 곳'이다. "마을", "숲", "시뻘건 대지"는 사람이 모여 삶을 이루는 친근한 장소이다. 그러나 화자는 이러한 장소를 낯선 곳으로 표현하고 있다. 이 같은 이유는 친근한 장소가 훼손된 것과 화자가 가려는 실천적인 행위의 길이 형극의 길임을 암시하는 것이다. '마을, 숲, 시뻘건 대지'를 '눈물'로 '입 맞춘다'에서 확인할 수 있다. 화자에게 '남쪽'은 지리적 공간을 의미하기도 하고 한반도 전체를 의미하기도 한다. 또 남쪽은 지역과 공간을 벗어나 헐벗고 굶주림의 '고난의 땅'이란 의미도 있다. 마찬가지로 위의 시 「결별」에 나타난 지명인 고향은 그의 실제적인 고향인 '전라도 목포'일 수도 있고 또 억압받는 공간일 수도 있으며, 제 3세계로 일컫는 피억압 민족을 의미하기도 한다. 중요한 것은 헐벗고 척박한 '미친 반역의 땅'이라 명명한 곳에서 의연히 버티어 선 사람들과 고통을 함께 하며, 피투성이의 세월을 껴안겠다는 의지이다. 모순된 현실과 그 현실에 억눌려 신음하는 사람들을 위하여 천형의 고통이 있는 곳으로 나가겠다는 것이다.

위의 시는 "너/ 극락에 있어라/ 내 등을 밟고// 너 극락에 있어라/ 내일일랑 잊고// …// 두 사람 중/ 하나라도 잠시만이라도/ 극락에 있어"(「송광사에서」 부분)의 살신성인의 마음과 같다. 또 "행복 같은 것/ 저리 가고/ 야망 같은 것/ 저리 멀쩍 비켜서라// 질병 좌절 같은 것/ 다 거느리고/ 찬바람 앞에 우뚝 선다."(「노여움」 전문)의 시에서는 의(義)를 실현하려는 성찰이 나타나 있다. 윤동주의 「서시」의 "모든 죽어 가는 것을 사랑"하겠다고 다짐하며, "나한테 주어진 길을/ 걸어가야겠다"는 길과 다르지 않다. 다른 점이 있다면 윤동주는 하늘을 우러르는 앙천(仰天)의 행위를 통해서 현실적 삶을 '존양(存養)'했다면, 김지하는 고단한 현실적 삶을 통해 경천의 삶을 '성찰'했다는 것이다.

정치의 요체는 백성들의 배를 부르게 하고 등을 따뜻하게 하여 그 마음을 비우게 하고 뜻을 약하게 하는 것이라 했다.[68] 그러나 현실이 이와는 다르게 전개될 때 백성들은 마음이 꽉 차고 뜻이 강고하게 변하게 되는 것이다. 악에 바친 현실에서 화자의 마음은 결기로 가득하다. 이렇게 반응하는 두 가지의 삶의 형태들이 추구하는 현실의 모습은 윤동주의 경우에는 자학과 머뭇거림 그리고 부끄러움으로 나타난다. 어떻게 사는 것이 옳은 것인지 앎에도 불구하고 행동으로 실천하지 못하는 나약성이 명징한 내면의 자학적인 존양으로 이어진다. 초자아가 강할수록 본능적 욕구는 억압을 받는데[69] 윤동주는 기독교적인 순명의식으로 배설을 하고, 김지하는 극심한 분열의식을 통해서 동학과 만나게 된다. 반면 김지하는 현실적 삶의 조건을 우선함으로써, 행위를 통한 실천에 전념한다. 자신의 가치를 행위로 실천하는 삶이기 때문에 윤동주가 가졌던 부끄러움이나 자학적인 모습과는 대조적으로 역동적인 성격을 띠게 되는 것이다.

이렇게 김지하의 경천의 삶의 태도는 도덕적인 자기 존양보다는 강력한 현실인식을 바탕으로 성찰적인 실천적 행위로 먼저 표출되는 것이 특징이다. 그러나 김지하의 이러한 삶과 문학의 태도는 전사적이며, 투쟁적인 실천일변도로 편중되는 것이 아니다. 살아 움직이는 생물적인 구조를 띠고 있기 때문에 상황에 맞게 진화가 가능하다.[70] 수운의 결론도 "무슨

---

68 "是以 聖人之治 虛其心, 實其腹 弱其志 强其骨." 이경숙, 「爲無爲」편, 『도덕경』, (명상, 2004), 93쪽.

69 마광수, 『문학과 성』, (철학과 현실사, 2000), 45쪽.

70 "동학은 종교적 형이상학이 아닙니다. 동학은 살아 있는 사상입니다. 때와 민심에 짝하여 나아가고 들어가는 산 생명체입니다. 이 점 때문에 동학이 위대한 것입니다." 김지

일이든 그 시대 사람에게 영혼을 넣어 줄 수 없게 되고 그 시대의 정신을 살릴 수 없게 되면 죽은 송장이니, 이 시대에는 불법이나 유법 그 밖의 모든 죽은 것으로는 도저히 새 인생을 거느릴 수 없는 시대지요," 동학의 요체는 "죽은 송장에서 새로 다시 사는 혼을 불러일으킬 만한 무극지운을 파악하고 신인간을 개벽해야"[71] 된다고 했다.

이것은 시대정신을 탄력적으로 운용 하여 현실의 상황에 맞게 적용한다는 의미를 갖는다. 동양의 전통사상에서 동학뿐만이 아니라 불교의 '제행무상(諸行無常)'과 유학의 '경경위사(經經緯史)', 도가의 '생생불식(生生不息)' 등의 이론은 현실이 끊임없이 변화하고 있음을 얘기하고 있다. 그러나 사회 질서를 유지하는 제도나 법이 시대의 흐름에 유연하게 대응하지 못하고 자기 세계에 안주하거나 고착화되었기 때문에 탄력성을 상실한 채, 백성들의 삶이 고단하게 되었다. 정체된 사고와 사회제도가 혼란의 원인이 되었다. 김지하의 경천에 대한 자기 성찰이 주변에서 중심으로, 현실에서 우주로, 육체에서 영성으로 탄력적으로 확대되어 가는 것은 경계의 영역을 허물고 변화의 기운을 인지한 까닭이다.

> 흘러가지 않겠다/ 눈보라치는 저 바다로는/ 떠나지 않겠다// 한치뿐인 땅/ 한치도 못될 이 가난한 여미에 묶여/ 돌아가겠다 벗들/ 굵은 손목 저 아픈 노동으로 패인 주름살/ 사슬이 아닌 사슬이 아닌/ 너희들의 얼굴로 아픔 속으로/ 돌아가겠다 벗들// …// 나는 아이처럼 울부짖는다/ 돌아가겠다
>
> ─「바다에서」 부분

시의 화자가 가고자하는 길은 자신의 의지에 의해서 가는 길이다. 화

하, 『김지하 전집 2』, (실천문학사, 2002), 40쪽. 해월이 말한 '용시용활(用時用活)'이라고 할 수 있다.

71 신일철, 「동학과 전통사상」, 『동학과 전통사상』, (모시는 사람들, 2004), 13쪽.

자가 그 길에서 겪게 될 신산고초는 오로지 화자가 감당해야 할 몫이며, 타의에 의해서 쓸려 가는 길이 아니다. '흘러가지 않겠다는 것'은 이러한 화자의 의지가 반영된 결심이다. '눈보라치는 저 바다'는 화자에게 타의에 의해서 쓸려갈 수 있는 배반의 공간이라고 할 수 있다. 벗들의 아픔 속으로 돌아가겠다는 것은 시대적 아픔을 회피하지 않고 공유하겠다는 공명(共鳴)과 감응(感應)의 마음이다.

위의 시에서 바다는 화자의 의지에 반하는 타율적인 공간으로서의 바다이다. 그러나 "가겠다/ 나 이제 바다로/ 참으로 이제 가겠다/ 손짓해 부르는/ 저 큰 물결이 손짓해 나를 부르는/ 망망한 바다/ 바다로// …// 나 이제 가겠다/ 숱한 저 옛 벗들이/ 빛 밝은 날 눈부신 물 속의 이어도/ 일곱 빛 영롱한 낙토의 꿈에 미쳐/ 가차없이 파멸해갔듯/ 여지없이 파멸해갔듯/ 가겠다/ 나 이제 바다로// …// 바다가 소리질러/ 나를 부르는 소리 소리, 소리의 이슬/ 이슬 가득 찬 한 아침에/ 그 아침에/ 문득 일어서/ 우리 그날 함께 가겠다/ 살아서 가겠다/ 죽어서 넋이라고 가겠다/ 아아, 삶이 들끓는 바다, 바다 너머/ 저 가없이 넓고 깊은, 떠나온 생명의 고향/ 저 까마득한 화엄의 바다// 가지 않겠다/ 가지 않겠다/ 혼자서라면/ 함께가 아니라면 헤어져서라면/ 나는 결코 가지 않겠다// 바다보다 더 큰 하늘이라도/ 하늘보다 우주보다 더 큰 시방세계라도/ 화엄의 바다라도/ 극락이라도."(「바다」 부분)에서의 바다는 화자가 가고자 하는 길로서, 「바다에서」의 배반의 바다와는 다른 적극적 의지가 반영된 바다이다. 그러나 중요한 것은 화자가 가고자하는 적극적 의지의 바다라고 할지라도 '혼자서는 가지 않겠다'고 한다. 그 바다가 화엄의 바다 혹은 극락이라고 해도 말이다.

이 같은 화자의 말은 수운이 서학과 서양인의 개인주의를 비판한 맥락과 같다.[72] 화자가 꿈꾸는 세계가 종교적인 화엄적 이상세계를 꿈꾸지만, 그 세계로 편입을 최종 목적으로 하지는 않는다. '종교의 경지를 동경하면서도 인간적 갈등의 손짓을 뿌리치지 못하고 그 문 앞에서 서성이는 사람[73]으로서의 역할이 화자가 추구하는 세계이다. 척박한 현실 속에서 민중과 함께 삶의 변화를 모색하려는 자세가 화자가 가려는 길이다. "못 돌아가리/ 일어섰다도/ 벽 위의 붉은 피 옛 비명들처럼/ 소스라쳐/ 소스라쳐 일어섰다도 한번/ 잠들고 나면 끝끝내/ 아아 거친 길/ 나그네로 두 번 다시는// …// 미쳐 몸부림치지 않으면 다시는/ 바람 부는 거친 길/ 내 형제와/ 나그네로 두 번 다시는"(「불괴」 부분)은 화자가 돌아가고자 하는 길을 다시 돌아 갈 수 없을지 모른다는 강박관념이 나타나 있다. '나그네'와 '거친 길'의 시어는 내 형제의 시어와 상승작용을 하여 한 곳에 정착하지 못하고 표랑하는 화자의 선각자의 자세를 심화시켜 주고 있다.

술병 속에 갇혀 있던 때를 기억해라/ 술병 밖에서 술병 속을 추억하던 때를 기억해라/ 술병 속에 있을 때는 술병 밖을 기억하고 그리워한다/ 술병 밖에서는 술병 속에 들어 있던 행복한 때를 추억한다// …// 다만 술병 재벌의 매체 조작에 의해서만 술병은 이/ 지상에 있을 뿐이다/ 술병의 존재를 거절해라/ 우리는 술을 마시는 것이 아니라/ 절망을 마시고 있을 뿐이다/ 절망에도 술병이 있는가/ 만약 절망에 병이 있다면/ 그것은 이미 절망이 아니다/ 그렇다면 우리에게 희망은 아주 커다랗게/ 아주 환하게/ 아주 분명하게/ 바로 우리 눈 앞에/ 있다.

　　　　　　　　　　　　　　　　　　　　―「우리 앞에 있는 분명한 희망」 부분

---

72 「논학문」, 『동경대전』: 西人 言無次第 書無皂白而 頓無爲天主之端 只祝自爲身之謀: 사람은 하느님을 위한다고 내세우기는 하지만, 사실은 제 이익을 위할 뿐이고 하느님을 진심으로 위하지 않는다.

73 이남호, 『문학의 위족 이남호 평론 1-시론』, (민음사, 1990), 136쪽.

위의 시에서 '술병'은 화자의 퇴행적 심리 상태와 자폐적 공간을 나타낸다. 엄혹한 현실 속에서 잠시나마 회피하여 현실을 잊고자 하는 '망각의 공간'이라고 할 수 있다. 술병의 자폐적 공간은 마성(魔性)을 가지고있다. 술병 안에 있을 때는 술병 안에 있음으로 해서 현실을 잊을 수가있고, 술병밖에 있을 때는 현실을 잊으려 술병 안의 망각의 세계를 그리워한다. 따라서 화자는 술병의 마성을 염려하여 '술병의 존재를 거절하라고 자신에게 다짐한다. 술을 마시는 이유는 '절망'이 원인이다. 위의시에서 '술병'의 뜻이 '술을 용기에 담은 병'인지 혹은 '술을 억병으로 마시고 탈이 난 병'인지 모호한 가운데 시가 시작되고 있다. '술병 재벌의매체 조작'이란 말에서 전자의 뜻으로 사용한 것임을 알 수 있다. 그러나화자는 술병이란 시어를 일관되게 사용하다가 갑자기 "만약 절망에 병이 있다면/ 그것은 이미 절망이 아니다/ 그렇다면 우리에게 희망은"이라고 말하고 있다. 술병을 '병(病)'으로 치환하여 시를 읽는 긴장의 밀도를높인다. '희망'이란 시어가 뒤에 옴으로써 병(病)이란 것을 확인할 수 있다. 이 구절에서 케에르 케고르의 말인 '절망은 죽음에 이르는 병'이란말을 상기한다.

그러나 화자는 '그것은 이미 절망이 아니다'라고 확신을 하며 희망이라고 말하고 있다. '아주'라는 극대의 부사를 반복하여 사용함으로써, 희망이 바로 눈앞에 있음을 확신하며 마음을 다잡고 있다. 화자가 가고자하는 길은 고난의 길이다. 어둠 속에서 희망을 발견하지 못하며, 자기 확신이 없는 길에서 민중을 선도한다는 것은 위선적인 행동이다. 화자는민중에 대한 희망을 발견했기 때문에 고난의 현실 속으로 가고자 한 것이다.

내 오른팔을 호랑가시나무라고 불러라/ 내 왼팔을 사자봉 벼락바위라고 불러라/ 있다면 내게 힘이 있다면/ 한 팔로 너희들의 죽음을 막고/ 한 팔로 너희

들의 삶을 껴안아주고 싶구나 무심한 구름이 용추다리 건너가는 내 발 밑에

와서/ 나의 힘없음을 비웃는 구나.

—「용추다리」 전문

성인(聖人)[74]의 우환의식은 늘 자신의 부족함을 탓하는 반구제기(反求
諸己)에서 비롯된다. 따라서 늘 걱정과 근심이 끊이지 않는다. 이러한 우
환의식은 자신을 세상에 중심에 둠으로써, 현실에서 파생된 역천(逆天)
의 환경을 온전히 자신의 '부덕한 탓으로 여기는 존양의 삶이 바탕이 되
기 때문에 우러나오는 정서이다. 도덕과 윤리적으로 바르게 살고자 하는
초자아의 의지이다. 화자의 궁극적인 삶의 가치는 실천을 전제로 하는
성찰의 삶이지만, 화자는 실천의 과정에서 현실적 조건들을 경험하면서
'나의 현재성'을 되돌아보게 된다. 화자는 이 과정에서 '나의 힘없음'을
확인하며 자조를 하고 있다. 이러한 존양의 자조는 패배주의적인 생각으
로 함몰되지 않고 성찰을 바탕으로 하는 실천적인 결의로 이어진다. 성
인은 현실적으로 땅에 존재하지만, 그가 추구하는 이념적 가치는 하늘과
가장 가까운 거리에 위치해 있는 자로서 하늘의 뜻이 땅에 올바로 실현
되기를 염원하는 존재이다. 하늘과 땅의 사이에서 천지에 대한 책임의식
으로 천지만물의 화육과 천도가 도(道)의 원리와 감응할 수 있도록 기원
하며 도덕적 긴장감을 늦추지 않는다.

그러나 개선되지 않는 삶의 모습은 무한 책임의식과 소명의식을 생명
으로 하고 있는 성인의 마음에 깊은 자학과 탄식을 갖게 한다. 모든 부조

---

74 유교에서 성인은 선비가 수양과 노력으로 다다라야 할 가장 이상적인 인간의 전범으
로 여긴다. 따라서 성인은 신분적으로 '선비'라는 특수한 계층의 사람만이 성인이 될 자격
이 주어진다. 반면 동학에서는 유교의 성인의 개념을 세속화하여 누구나 '수심정기'하면
성인이 될 수 있다고 하여 성인의 개념을 민중으로 확대했다. 동학의 시천주와 인내천의
바탕도 성인의 세속화에서 시작된다. 현대적인 성인의 개념은 '상식인'이라고 할 수 있다.

리한 현실이 자신의 부덕에 소치라고 생각하기 때문이다. 화자는 "내게 힘이 있다면"이란 가정을 통해서 두 팔을 아름 벌려 죽음과 삶을 껴안고 싶다고 '소망적 사고'를 이야기하고 있다. '가정(만약)'은 현실의 결핍에서 기인하는 것이기 때문에 한낱 화자의 공상적 넋두리에 불과하다. 따라서 현실을 직시하는 화자에게 '무심한 구름'은 나의 힘없음을 비웃는 대상으로 의인화하며 자조하고 있다.

> 이 길에서 떠나리란 생각도/ 고통뿐일 이 길/ 이 길에서 끝보리란 욕심도/ 조금은 갈채도 들리는 이 길/ 모두 다 시커먼 마음 밑바닥/ 서툰 걸음에 샛길로만 가다가/ 멈추어 생각한다/ 어디로든 길은 다 열렸으니/ 한 길로만 가리라/ 욕심 없음/ 샛길 없음.

―「샛길 없음」 전문

화자가 가는 길은 예사롭지 않은 길이다. 신념을 가진 사람만이 갈 수 있는 '정도(正道)'의 길이다. 정도는 신념과 밀접한 관련이 있다. 신념이 전제되어야 정도를 걸을 수 있기 때문이다. 또 길의 여정에서 천신만고의 고통 때문에 포기하리라 생각도 해본 인간적인 길이다. 세상의 명리와 대의명분의 사이에서 갈등하는 길이다. '샛길'이란 시어에서 화자가 인간적으로 갈등하며 방황하는 모습을 엿 볼 수 있다. 누구나 갈 수 있는 평범한 길이 아니기 때문에 간혹 '서툰 걸음에 샛길로' 간 적이 있는 길이기도 하다. 인간적 갈등이나 번민이 없는 길은 신인(神人)의 경계의 영역을 초월한 신성의 길로써, 추한 인간의 갈등의 모습에서 느낄 수 있는 자기 반영성이 없다. 즉 예술적인 감동이 없다. 신념을 바탕으로 정도의 길을 걸을 수 있는 것은 이 같이 화자의 내면에서 갈등하는 샛길이 있었기 때문에 가능한 것이다. 샛길은 화자가 정도를 걷기 위하여 내재된 갈등과 방황을 의미한다.

그러나 화자는 그 곳에 오래 머물러 있지 않는다. 8행의 "어디로든 길은 열렸으니/ 한 길로만 가리라"다짐한다. 화자가 가려는 길은 '맵디매운 이월 매화여// 벌거벗고/ 홀로 눈길 가리라."(「눈길」 부분)의 길과 다르지 않다. 또한 이 길은 이육사의 시 「절정」의 "지금 눈 나리고/ 매화 향기 홀로 아득하니/ 내 여기 가난한 노래의 씨를 뿌려라"의 의(義)를 위한 길과 같다. 세상의 부귀와 명리를 다 버리고 외길로 오로지 하는 행위는 양심에 부끄럽지 않은 삶을 살고자 하는 화자의 의지를 나타내는 것이다. 즉 자기 자신에 이르기 위한 길이기 때문에 어떠한 보상적 대가도 없는 길이다.

어둠 끝에서/ 누가 나를 부른다// 한밤 봉천내/ 뚝길에서 나를 불러/ 미루나무 밑에 세운다// 담배 붙여 물고/ 숨죽여 귀기울이니/ 어둠이 말한다/ 어둠은 없다고/ 없을까/ 이리 어두운데/ 이리 괴로운데// 어둠 끝에서/ 누가 자꾸만 나를 부른다.

　　　　　　　　　　　　　　　　　　　　　　　　　　　　─「어둠」 전문

위의 시는 화자가 지향하는 도덕·윤리적인 세계에 대한 강박관념이 짙게 나타나 있다. '어둠'은 화자가 지향하는 도덕·윤리적인 세계를 가로막는 장애적 요소이며, 내일에 대한 전망을 어둡게 하는 불투명한 시어이다. 장애적 요소인 어둠이 자기 스스로 어둠을 부인하고 있다. 어둠은 색채 자체가 어둡기 때문에 자기와 세계를 투영하거나 반영하지 못한다. 그렇기 때문에 '어둠은 어둠이 없다'고 말하는 것이다. 즉 어둠은 반영성이 없기 때문에 전망을 가로막는 현실에 대하여 부끄러움이나 자성을 느끼지 못하고 오히려 현실을 호도할 수 있는 것이다. 따라서 어둠은 화자가 '어둡다고 느끼며 괴로워하는 현실'이 도덕적·윤리적으로 장애가 있다는 것을 인식하지 못한다. 검은색은 다 타버린 장작더미처럼 꺼

저 가는 빛이요, 어떤 사건이 일어나도 아무것도 느끼지 못하고 모든 것을 흘려보내는 주검처럼 움직이지 못하는 것이다. 그것은 인생의 종언인 죽음 후의 육체의 침묵과도 같은 것이다.[75]

그러나 화자가 인식하는 통증은 어둠 끝에서 화자를 부르는 소리를 인지케 한다. 화자와 어둠 끝의 현실이 감통(感通)한 결과이다. 이 부분은 윤동주의 시 「무서운 시간」의 "거 나를 부르는 것이 누구요,// 가랑잎 이파리 푸르러 나오는 그늘인데/ 나 아직 여기 호흡이 남아 있소// 한번도 손들어 보지 못한 나를/ 손들어 표할 하늘도 없는 나를// 어디에 내 한몸 둘 하늘이 있어/ 나를 부르는 것이오.// 일을 마치고 내 죽는 날 아침에는/ 서럽지도 않은 가랑잎이 떨어질 텐데……// 나를 부르지마오."와 현실 인식이 동일하다. 윤동주가 어둠의 현실을 자조 섞인 절망적 정서를 역설적으로 표현한 반면, 김지하는 자기의 감각과 직관에 기초하여 시대를 응시하고 있다. 그러나 윤동주는 「쉽게 씌어진 시」에서 "등불을 밝혀 어둠을 조금 내몰고/ 시대처럼 올 아침을 기다리는 최후의 나,"로 표현함으로써, 김지하가 어둠과 대항하는 현실인식과 같은 실천적 의지를 보여 주고 있다. 화자의 어둠에 대한 인식이 시대의 현실에 기초한다는 것을 그의 시 「속·3」에서 확인 할 수 있다. "시란 어둠을/ 어둠대로 쓰면서 어둠을/ 수정하는 것// 쓰면서/ 저도 몰래 햇살을 이끄는 일." 따라서 어둠은 도덕적·윤리적으로 왜곡된 현실을 바로 잡기 위해서 실천적 행위를 도모하려는 화자의 현실 인식이라고 할 수 있다.

---

75 칸딘스키, 앞의 책, 94~95쪽.

3. 우주로 확대된 경천

김지하는 1986년 『애린 1·2』, 『검은 산 하얀 방』, 1989년 『별밭을 우러르며』, 1994년 『중심의 괴로움』, 2002년 『화개』, 2004년 『유목과 은둔』을 잇따라 발표한다. 김지하에게는 제2의 시업(詩業)의 시기인 셈이다.

위의 시집들을 통해 『황토』 이후 전개되는 김지하의 시의 변모 양상이 뚜렷하게 드러난다. 『황토』에는 투쟁과 선동적 언어를 바탕으로 이 땅에서 파생된 억울한 죽음과 죽임 그리고 현실의 불모성이 잘 드러난다. 김지하 개인적으로는 이러한 현실을 적시하며, 드러내는 외부 지향적 의지의 반영이다. 반면 그 이후의 시적 전개는 사람과 미물까지 포함한 우주 전체를 하나의 상생의 유기체로 파악하여 동학의 경물사상을 극대화한 생명사상의 형상화 과정이다. 갈등과 번민 속에서 진아(眞我)를 발견하려는 여정76이다. 이런 과정을 통해 도덕적으로 바르게 살고자 하는 마음이 인간뿐만 아니라, 우주의 모든 생명체로 확대된다. 생명사상에 대한 싹은 『황토』에서도 보이지만, 본격적인 탐색은 『애린』 이후 제 2의 시업의 시기부터이다.

그러나 '애린'은 근원적인 생명의 현상으로서 고정된 실체가 아니라 끊임없이 생성한다. 득도의 결과처럼 찰나적 순간으로 실체가 인식되는 것이 아니다. 애린은 선불교에서 득도 이후의 수행 방법으로 택하고 있는 돈오돈수(頓悟頓修)와 돈오점수(頓悟漸修) 중, 돈오점수의 수행 방법

---

76 참 고통스런 세월이었다. 감옥보다 고문보다 더 지독한 침묵 속의 무기물의 고통. 그 세월에 시를 썼다는 사실 자체가 기적 같다. 그러나 그 세월이 내겐 큰 전환점이었고 세상과 삶을 새롭게 보게 된, 말하자면 용광로였다. 푸르른 별밭, 이것만이 유일한 구원이었고. 우주로의 확장, 이것만이 내겐 신생(新生)의 희미한 예감이었다. 그럼에도 아직 옛날의 가슴속 칼은 떠나지 않았고 아직도 옛날의 번민들은 유령처럼 내 안에 도사리고 있었다. 아무도 날 찾지 않는 고독 속에서 무엇이 날 버티어주었는지……시였다. 시는 내게 틈이다. '틈에 삶.' 구원이었다. 김지하, 「틈에 삶」, 『별밭을 우러르며』 서문, (솔, 1996).

에 해당한다. 애린은 인식이 돼도 끊임없이 내면으로 공경하며 수렴해야 할 모심의 대상이다. 마음의 상태에 따라서 애린의 실체는 가변적이며 유동적이다.

이 같은 실례는 『검은 산 하얀 방』에서 김지하가 보이는 극도의 분열적 심상에서 확인이 된다. 『애린』에서 보이기 시작하는 생명의 실체가 어둠과 혼돈의 분열적 자기학대로 이어진다. 분열적 심상은 '수오지심(羞惡之心)' 탓이다. 자신이 의롭지 못함을 부끄러워하고, 남이 의롭지 못함을 미워하는 마음이 갈등하며 상충하는 모습이다. 염치를 아는 윤리적 염결성 때문에 괴로워하는 마음이다. 김지하의 삶과 시에서 애린은 궁극적으로 존재하는 가치이다. 따라서 애린은 유교에서 '무극(無極)'과 '태허(太虛)', 불교에서는 '공(空)'의 세계, 도교에서는 '도(道)'의 세계, 기독교에서는 '사랑', 동학에서는 시(侍)의 '모심'의 세계에 해당하는 시원적 세계이다.

위의 사상들의 공통점은 이러한 근원적 가치를 각 종교의 종지(宗旨)로 삼는다는 점이다. 종지는 각 종교가 완성을 꿈꾸는 궁극적 지향점이지만 언제나 미완의 과정이다. 과정은 완성을 위한 가능성이면서, 그 속에 부단한 자기 충족적 갈등의 성질을 함유한다. 김지하의 다음 말을 통해 애린의 성격이 부분적으로 드러난다.

포장마차 좌판 위에서 애린을 그려보았으나 떠오르질 않았다. 감옥에서는 핏자국처럼 선연하던 애린이, 출옥 후에도 미친 갈증 같던 애린이 문득 사라져버린 것이다.[77]

애린을 향한 탐구는 미완성으로 끝날 가능성이 많지만, 결코 포기하면

---

77 김지하, 『흰 그늘의 길 3』, (학고재, 2003), 95쪽.

안 되는 길이다. 또 김지하의 위의 이야기를 통해 확인되는 점은 애린이 칼 구스타프 융의 '아니마/ 아니무스 이론'[78]과 같은 맥락이라는 점이다. 애린은 아니마이다. 현대 사회에서는 사람 자체가 중요한 것이 아니라, 그에게 어떤 재능이 있느냐 그가 어떤 기능을 하고 있느냐를 더 중요한 인격 판단의 기준으로 삼는다. 집단적인 문화 속에는 사람이 문제시 되지 않고, 그가 하는 일이 문제시 된다. 따라서 사람들은 그의 무의식 깊은 곳에서 나오는 요청들을 무시하고 점점 더 그의 페르조나[79]와 자기 자신을 동일시하려고 한다. 하지만 그런 삶을 살 때 다음과 같은 두 가지 상황이 벌어진다고 융은 경고한다.

첫째로 우리 자신을 페르조나와 동일시하려고 할 때, 페르조나는 다른 무의식적인 요소들과 마찬가지로 자동성을 지니게 되어서, 자아는 쉽사리 페르조나가 자신의 진정한 인격이라고 믿게 된다. 이에 따라서 자아는 점점 위축되고 약화되고 만다. 둘째로 페르조나와의 일방적인 동일시

---

[78] 아니마/ 아니무스는 인간의 무의식 속에 일어나고 있는 정신현상으로써 남성 속에 존재하는 여성성과 여성 속에 존재하는 남성성으로 요약할 수 있다. 아니마/ 아니무스는 페르조나를 보상하는 정신적인 요소이다. 페르조나가 한 사람이 보통 그의 외부적인 상황과 맺고 있는 외적인 태도와 연관된 정신요소라면, 아니마/ 아니무스는 그가 그의 내면세계와 맺고 있는 내적인 태도와 연관된 정신 요소이다. 사람들이 자신에게 주어진 외적인 환경에 적응하려고 노력할 때, 그의 내면에서는 인류가 생겨났을 때부터 존재해 왔으며, 각 사람들에게 유전적으로 전해진, 또 다른 정신요소인 아니마/ 아니무스가 발달하게 된다. 그 요소는 남성 속에서 여성의 이미지들로, 여성 속에서는 남성의 이미지들로 나타나 그가 지금 영혼과 어떤 관계를 맺고 있는가 하는 것을 그에게 알려 준다. 김성민, 『융의 심리학과 종교』, (동명사, 2003), 118쪽.

[79] 융은 사람들이 그의 바깥 세계와 접촉하는 인격의 부분을 가리켜 페르조나라고 불렀다. 페르조나란 이름 그대로 옛날에 사람들이 연극할 때 썼던 가면을 의미한다. 그러므로 그것은 한 사람의 진정한 자아를 가리키기보다는 자기에게 주어진 환경에 적응하면서 얻어진 자아의 또 다른 측면을 가리킨다. 페르조나의 반대편에는 의식에 대한 무의식이나 자아에 대한 그림자처럼 하나의 대극쌍을 이루는 아니마/ 아니무스가 있다. 융은 페르조나나 아니마/ 아니무스가 활동하는 양상에 따라서 페르조나를 외적인 인격, 아니마/ 아니무스를 내적인 인격이라고 불렀다. 페르조나는 한 사람의 자아가 사회와 만나서 관계를 맺으며 형성하는 복합적인 전체를 가리킨다. 김성민, 위의 책, 115쪽.

는 더욱더 나쁜 결과를 가져와 사람들을 신경증으로 몰아넣게 될 수도 있다. 사람들이 자신을 자신의 거짓 인격과 동일시하여 자신으로부터 소외될 때 처벌받지 않을 수 없고 해를 받지 않을 수 없는 것이다. 그러므로 융은 사람들이 자신의 자아와 페르조나, 아니마/ 아니무스를 분화시키고, 그 차이들을 인식하여 어느 것 하나와 자신을 완전히 동일시하지 않고 그 모든 것을 올바르게 발달시켜 나가야 한다고 강조하였다.[80]

김지하가 젊은 날 투쟁적 서정시에 천착한 것은 페르조나를 자신의 동일성으로 현시했기 때문이며, 후일 애린의 부드럽고 수용적인 정서에 경도된 것은 아니마를 자아의 본 모습으로 이해했기 때문이다. 페르조나는 자신의 진정한 모습을 희생시킨 바탕 위에서 형성되기 때문에 어떤 사람이 자아를 페르조나와 너무 동일시 할 때 그의 진정한 자아는 희생되고 만다.[81]

김지하의 초기 서정시는 김지하가 사회와의 관계에서 페르조나에 경도된 시기에 쓰인 시이다. 일종의 역사인식이 치열했던 시기이다. 그러나 이 시기가 중요한 것은 우주로 인식이 확장되는 기반을 제공했기 때문이다. 김지하는 역사 속에서 우주를 발견한 셈이다. 감옥으로 상징된 역사적 토대가 없었다면 그가 그토록 희구하던 확장된 인식으로써 우주를 만나지 못했다는 점이다. 공간적으로 말한다면 '폐쇄된 0.7평'의 감옥은 그에게 무한의 열린 우주를 알게 한 셈이다.[82] 김지하에게 이 시기는 아니마가 상실된 시대였으며, 외부와 접촉이 단절된 영어(囹圄)의 기간은 페르조나에 의해서 억압된 아니마와 마주했던 실존의 시기이다.

어떤 사람이 자기에게 주어진 외적인 환경과 접촉하면서 겉으로 너무

---

80 김성민, 앞의 책, 117~118쪽.
81 김성민, 위의 책, 116쪽.
82 정효구, 『한국현대시와 자연탐구』, (새미, 1998), 97쪽.

강한 모습만 취한다면, 그의 마음 깊은 곳에서는 그것과 정반대로 무의식에서 나오는 영향들 때문에 약한 모습을 띠게 된다. 다른 사람들이 보기에 어떤 사람이 흔히 말하듯이 강한 사람이나 철인처럼 느껴질 때 그 사람은 내면적으로 자기감정에 휩쓸리기 쉽고 그 영혼도 매우 유약해지기 쉽다. 마치 어린아이와 같은 상태에 빠지게 되는 것이다.[83]

한국 현대시에서 한용운과 김소월, 김영랑, 윤동주, 신석정 등이 아니마의 여성성에 기초한 시를 썼다. 아니마의 여성적인 시는 시의 울림과 진폭력이 크다. 약육강식의 경쟁적 현실에서 김지하가 초기에 선택한 것은 불가피하게 페르조나적인 성향이다. 그러나 외부적인 환경 때문에 보지 못했던 아니마의 애린을 감옥 안의 유폐된 공간에서 실존적 고독을 통해 만났다.

이 같은 과정을 거치며 김지하의 시의 성향도 정치·사회적인 현실의 문제에서 탈피하여 좁게는 주변적인 신변잡기와 자연과 생명, 넓게는 우주로 인식의 폭을 확대한다. 시의 무게가 자유롭고 가벼워졌다. 그런데 중요한 것은 이렇게 시작된 자연과 생명에 대한 관심이 곧바로 우주를 상상하고 그것을 마음속에 품어 안는 단계로까지 확대되었다는 점이다. 다시 말해서 김지하는 자연과 생명뿐만 아니라, 우주를 발견하게 되었다는 것이다. 이처럼 김지하가 자연과 생명을 발견한 것도 대단한 일이지만, 이와 더불어 우주를 발견하였다는 것은 획기적인 일이다.[84] 그러나 김지하에게 우주는 초월성이 갖는 '경계 밖의 개념이 아니다.

하나는 우주적 공공성이라든가 우주성이라든가 우주적 관심이라고 말하면, 바로 초월이라고 생각해버린다는 점입니다. 초월이 우리 삶에 무엇을 의미하

---

83 김성민, 앞의 책, 117쪽.

84 정효구, 앞의 책, 96~97쪽.

는지 생각해보지 않고 초월은 나쁘다고 생각하는 것, 이것이 우리의 큰 병(病)이에요. 그 다음에 생태적 공간, 생태적 주의, 생태적 관심, 생태적 의식……, 그러면 굉장히 호평을 하고 호감을 갖습니다. 그런데 여러분은 생태적이라는 말의 근원에, 에코(eco)가 곧 우주를 뜻한다는 것을 생각을 하지 않습니다. 우주적 상상력이라는 말과 생태적 상상력이란 말을 결국 같은 말이에요. 지구는 우주에 속하고, 사회는 생태권에 속해요. 지구는 대기권, 생태권, 암석권을 다 포함하잖아요? 그렇기 때문에 우주적이라고 하면 생태적인 것입니다.[85]

우주적 관점이 곧 초월로 인식되는 것은 억견이라고 말한다. 초월은 현실과 동떨어진 어떤 것 혹은 현실을 회피하는 공간으로써의 어떤 것이 아니라, 현실 속에서 삶과 관계 맺고 있는 것에 대한 '깊은 사유'라는 점이다. 초월이 삶과 유리된 것이라면, 우주는 초월성을 띠어 추(醜)한 인간의 현실 속으로 되돌아오기 어렵다. 삶과 연관된 우주, 삶 속에 있는 초월성이기 때문에 天 · 地 · 人이 하나이고 자연과 생명의 경외에 눈을 뜨게 된다.

그의 시집 『애린 1 · 2』에서 진정한 자아를 찾아가는 과정을 그린 불교의 『십우도』[86]를 형상화하지만, 그의 시업(詩業)의 과정 자체가 소를 찾아 구도의 길을 떠나는 수행의 길에 다름 아니다. 내면의 여과 과정을 통하지 않고 인식의 폭은 확장되지 않는다. 김지하가 경천을 자각하는

---

85 김지하, 『사이버 시대와 시의 운명』, (북하우스, 2003), 165쪽.
86 십우도(十牛圖)는 불교의 선가에서 진리를 향한 구도시이다. 십우도(十牛圖)는 심우도(尋牛圖)라고도 한다. 10장의 그림과 게송으로 이루어졌다. 김덕근, 「십우도와 현대시의 수용」, 『덕천 맹택영 선생 정년기념 논총』, (동서어문학회, 2001), 349쪽. 십우도는 북송(北宋) 말경에 정주 양산에 주지했다고 하는 곽암사원(廓庵師遠) 스님의 저작이라고 한다. 우리가 원래 가지고 있는 불성을, 중국에서 가장 사람과 친근하고 근기(根氣)가 굳센 동물인 소를 인용하여, 불성을 구하는 수행과정들이 목동(牧童)이 소를 먹여 기르는 열 장의 그림과 시로 표현되어 있다. 곽암, 이희익 제창, 『십우도』, (경서원, 2003), 5~6쪽.

과정은 현실을 성찰하는 자세에서 존양으로 내면화하는 경로를 밟는다. 존양의 궁극적 목적은 '애린'을 찾기 위함이다. 『애린』에서부터 『유목과 은둔』에 이르기까지 진정한 자아를 찾아가는 구도의 과정을 탐색해 보기로 하겠다.

우거진 풀 헤치며 아득히 찾아가니/ 물은 넓고 산은 멀어 갈수록 험하구나/ 몸은 고달프고 마음은 지쳐도 찾을 길 없는데/ 저문 날 단풍숲에서 매미 울음 들려오네

—「열 가지 소노래 첫째」 전문

네 얼굴이/ 애린/ 네 목소리가 생각 안 난다/ 어디 있느냐 지금 어디/ 기인 그림자 끌며 노을진 낯선 도시/ 거리 거리 찾아 헤맨다/ 어디 있느냐 지금 어디/ 캄캄한 지하실 시멘트벽에 피로 그린/ 네 미소가/ 애린/ 네 속삭임 소리가 기억 안 난다/ 지쳐 엎드린 포장마차 좌판 위에/ 타오르는 카바이트 불꽃 홀로/ 가녀리게 애잔하게/ 가투 나선 젊은이들 노래 소리에 흔들린다.

—「소를 찾아 나서다」 전문

『애린』 이전의 김지하가 걸어 온 외면적인 삶의 방식은 본체와 현상을 이분법적으로 구분한 현상적 삶의 방식이었다. 즉 '분별자'의 삶이었다. 인식론으로 본다면, 본체는 불연(不然)이고 현상은 기연(其然)이다. 애린 이전의 김지하가 현상적 방식에 경도된 삶을 산 것은, 눈으로 확인 할 수 있는 가시적 현상과 대상에 대한 투쟁이 그 중심에 있음을 의미한다. '황토'로 상징되는 반역과 시대의 모순에 온 몸으로 저항하는 행동의 세계, 즉 기연의 세계였다. 불연기연(不然其然)[87]의 인식론에서 기연적인

---

87 「불연기연」, 『동경대전』: 難必者不然 易斷者其然 比之於究其遠則 不然不然 又不然之

현상에 국한된 삶의 모습이었다. 기연의 세계가 김지하의 시를 사회적 효용성으로 빛나게 했지만, 반대로 깊은 사상적 고뇌를 바탕으로 한 본체론적 인식론이 결여된 기연의 세계였기 때문에 유무회통(有無回通)의 전체적 조망을 획득하지 못한 편벽된 세계였다.

불연기연의 인식론은 융의 분석심리학의 페르조나, 아니마와 같은 개념이다. 김지하가 외면적인 페르조나의 세계에서 내면의 아니마를 찾아가는 과정은 끝없는 회의와 갈등 부정과 긍정의 논리가 서로 교차하면서 찾아낸 변증적 진실이다. 그는 『애린』의 서문에서 "아직도 부르고 싶은, 그러나 이젠 부르지 않는 애린"이라고 말함으로써, 김지하의 시업이 아니마와 같이 근원적 생명의 터를 찾아가기 위한 인식론적 여정이었음을 말한다.

위의 시는 『애린』의 서시이다. 이 한 편의 서시로서 김지하가 이 시기에 처해있던 육체와 정신의 분열의식이 확인된다. 이 같은 분열의식은 감옥에서 핏자국처럼 선연하게 보였던 애린이 현상(현실)에서 보이지 않게 되자 회의가 가중되면서 나타난다. 현상적 세계란, 이미 기연의 세계이기 때문에 김지하가 찾고자 했던 애린을 보지 못한다. 애린은 기연과 불연의 세계가 끊임없이 회통 반복하면서 찾고자 하는 원인자이기 때문

事付之於造物者則 其然其然 又其然之理哉: 꼭 그렇다고 하기 어려운 것은 그렇지 않음이고 딱 잘라서 말하기 쉬운 것은 그러함이다. 만물의 먼 근원을 따져 들어가는 쪽으로 살펴보면 그렇지 않고 그렇지 않고 또 그렇지 않다. 조물주를 근거로 삼고 보면 그렇고 그렇고 또 그러한 이치일 뿐이다. 수운은 내가 어디로부터 왔는가 하는 점을 예로 들어 최초의 아버지까지 추론해 나가는 방식을 기연(其然)이라 하였고, 최초 아버지는 아버지 없이 어떻게 아버지가 되었는가 하는 질문을 제기하면서 이는 상식적인 추론으로는 도저히 알 수 없는 불연(不然)이라고 하였다. 불연은 일반적 의식에서 보면 한없이 멀고, 어려우며, 보이지 않으며 그렇지 않다(不然)고 하겠다. 보이지 않기 때문에 보려고 해도 보이지 않으며 들으려고 해도 들리지 않는 것이다. 오직 천주의 눈으로 볼 때 보이고 들리는 것이다. 그 때 비로소 그렇고 그렇다는 사실을 깨닫게 된다. 오문환, 『동학의 정치 철학』, (모시는 사람들, 2003), 75~77쪽.

에 신기루적인 속성을 가지고 있으며 실체도 없다. 외부와의 번다한 접촉이 단절된 세계에서 자아는 깊은 불연과 기연의 세계를 경험한다. 내면의 세계에 침잠할 수 있기 때문에 불연과 기연을 상호 교차 순환하면서 애린을 만나게 된다. 그러나 눈으로 드러난 현실은 기연의 세계이므로 깊은 내면에서 찾았던 불연인 애린을 보지 못한다. 드러난 현상인 기연에서 알게 되듯, 불연의 세계인 애린을 만나지 못하는 것은 어쩌면 당연하다. 결국 닫힌 공간에서 본 애린을 열린 공간에서 보지 못하는 기이한 역설이 성립된다.

김지하는 출옥 후 과거의 전사적 이미지에서 생명사상을 바탕으로 한 근원적 세계에 천착한다. 이 같은 전환은 가깝게는 감옥에서 마련된 것이며, 멀리 거슬러 올라가면 그의 예사롭지 않은 전기적 생애에서 배태되었다고 본다. 그러나 기존의 전사적 이미지를 벗어나기 위해서 혹독한 시련을 경험하게 된다. 아직도 그의 시의 힘이 시대적 효용성이 있음을 확인하려는 뭇 사람들에게 변절자로 낙인찍혀 비판을 받게 된다. "가녀리게 애잔하게/ 가투 나선 젊은이들 노래 소리에 흔들린다"는 그 당시 김지하의 현실과 삶에 대한 불투명한 자화상의 한 단면이다. "이제 밖에서 구하지 않는다. 내 안에 무궁한 우주 생명, 그 소방한 그물의 행동, 그 신령한 빛과 그늘, 이 소방(疏放)한 그물의 생동, 그 신령한 빛과 그늘, 이제 나의 애린은 그것이다."[88]라고 다짐을 했지만, 애린을 찾아가는 현실은 불연기연의 유무회통적인 사유로써 멀기만 하다.

동상으로 부푼/ 빨간 귓밥을 무엇이 와 간질이는데/ 피 터진 손가락마다/ 따스한 것이 언뜻언뜻 스쳐가는데/ 가려운 발/ 문득 시원해

—「동상」 부분

88 김지하, 「아직도 부르고 싶은 그러나 이젠 부르지 않는」, 『애린』 서문, (솔, 1995).

모난 것/ 딱딱한 것 녹슨 것/ 낡고 썩고 삭아지는 것뿐/ …/ 네 이름을 부를 때마다/ 나는 조금씩 동그래져/ 애린/ 네 목소리를 떠올릴 때마다/ 나는 조금씩 해맑아져/ 애린/ …/ 벽 위에 허공에 마룻장에 자꾸만/ 동그라미 동그라미를 대구 그려쌓는 건/ 알겠니/ 애린.

-「결핍」 부분

먼 곳에 불빛 켜서 주위는/ 더욱 캄캄해지는 시간/ 이 시간에만 오느냐/ 짤막한 덧없는 남김없는 이 한때를/ 애린// 노을진 겨울강 얼음판 위를/ 천천히 한 소년이/ 이리로 오고 있다.

-「남한강에서」 부분

위의 시들은 의식의 분화과정을 통해서 인식(깨달음)에 이르기 위한 여정을 그린 시이다. 아직도 화자의 의식을 짓누르고 있는 강박관념의 잔재가 남아 있지만, 의식의 분화의 틈새로 분열된 의식이 통합될 '기미(機微)'가 보인다. 개인적 무의식[89]은 화자가 지향하는 의식의 통합을 시시로 분열시키고 방해한다. "동상으로 부푼/ …/ 피 터진 손가락마다", "모난 것/ 딱딱한 것 녹슨 것/ 낡고 썩고 삭아지는 것뿐", "먼 곳에 불빛 켜서 주위는/ 더욱 캄캄해지는 시간// …// 노을진 겨울강 얼음판 위를"의 구절은 화자를 둘러싼 환경이 어둡고 금속적 이미지로써 화자의 자유로운 통합적 인식을 방해하며 생각의 지향성을 제어한다. 생각이란 언제나 무엇인가를 생각함이다. 만약 생각이 아무것도 생각하지 않는다면, 그때 생각은 생각이 아니거나 무의식일 것이다.[90] 이렇듯 화자의 무의식은 화자가 통합된 의식으로 가지 못하게 개인적 무의식의 정신작용을 발생

---

[89] 개인적 무의식은 프로이드가 말한 무의식과 거의 동일한 것이다. 즉, 의식으로부터 축출된 내용들로 구성되어 있는 것이다. 김성민, 앞의 책, 80~81쪽.

[90] 김상봉, 「생각」, 『우리말 철학 사전 3』, (지식산업사, 2003), 270쪽.

시킨다. 그러나 화자의 통합적 인식에 대한 지향성은 "빨간 귓밥을 무엇이 와 간질이는데", "네 이름을 부를 때마다/ 나는 조금씩 동그래져", "천천히 한 소년이/ 이리로 오고 있다"에서 생명력으로 움트며, 애린의 존재 현상에 대하여 인식하기 시작한다.

> 내/ 다시금 칼을 뽑을 땐/ 칼날이여/ 연꽃이 되라// 죽을 싸움 싸우다 죽어/ 피투성이 피투성이일지라도/ 손에 쥔 것은 칼이 아닌/ 연꽃이 되라/ 연꽃이 되라
>
> —「바램·1」 부분

화자가 걸어 온 삶은 대상에 대한 호승적 기개가 바탕을 이룬다. 힘에 대한 반작용은 그에게 수용과 관조의 자세보다는 대상과 부딪치며, 상처가 상존하는 금속적 고체의 세계를 갖게 했다. 화자의 그동안의 호승적 삶의 이력에 비추어 볼 때 칼→연꽃으로 전환한 것으로써 쉽게 설명이 안 된다. 한 사람의 정신사는 그가 살아 온 삶의 경험과 내력 속에서 독특하게 형성 되어 세상을 보는 관점, 즉 가치관으로 일정하게 절대화한다. 외부적인 환경의 가변성에도 쉽게 변하지 않는다. 더구나 그 가치관의 형성이 한 사람의 인생을 좌우하는 현실 속에서 형성이 되었다면 더 견고하다. 그런데 화자는 칼→연꽃으로 전환을 한다. 그러나 한편으로 이런 놀라운 전환의 이면에 애린의 실체를 찾아 구도의 길을 떠났던 정신의 여정이 있었음을 상기한다면 오히려 자연스러운 변화이다.

> 눈부시게 꽃 피는/ 라일락 밑에는/ 시체가 있다// 시체 썩는 소리가 들린다// 내 고통/ 긴 기다림이 있다// 기다림이 꽃으로 바뀌는 소리/ 들린다// 벌이 오고/ 나비가 날아들고 하늘에 구름 빛나는/ 오월 잔치 밑에/ 변환이 있다// 무서운 무서운/ 생명의 변환이 있다.
>
> —「변환」 전문

‘라일락 밑에 시체’는 화자의 인생관이 집약된 구절이다. 화자가 천착한 세계는 현상의 뒤에 감추어진 ‘보이지 않는 질서’의 이면(裏面)이다. 불연과 애린의 세계가 보이지 않는 질서의 세계이다. 보이지 않는 질서의 이면을 존양하고 규정함으로써, 보이는 세계의 모순된 현상들을 변화시키려는 의도이다.

시집 『애린』을 통해서 애린을 찾으려고 구도의 길을 떠났던 목적이 이 같은 이면의 세계에 대한 탐색의 일환이었으며, 위의 시는 이면의 세계에 대한 구체적인 성취의 결과로서 인식되는 시이다. ‘칼’과 ‘연꽃’이라는 극대의 상반된 거리가 극소로 전환된 이유가 설명이 된다. 세계의 현상적인 시각을 탈피하여 꽃의 이면을 본 것이다.

보이는 질서의 꽃을 피우기 위해 이면에 ‘시체’라는 단절과 죽음의 희생적인 시간이 내재되어 있다. ‘라일락 밑의 시체’는 ‘기다림이 꽃’으로 바뀌는 시간이기도 하다. ‘계절의 여왕’이라고 하는 5월에 예사롭지 않은 무서운 생명의 변환이 일어난다. 현상과 존재에 대하여 늘 마음을 한 곳에 편벽되지 않게 집중하는 중(中)의 세계야말로 근원에 대한 부단한 성찰과 탐구의 자세에서 비롯된다. 이는 곧 흐트러지려는 마음을 안으로 끌어들이는 ‘구방심(求放心)’의 자세이며 경천(敬天)의 세계이다. 보이는 현상의 질서를 가능케 하는 것은 보이지 않는 질서의 세계에 대한 앎이 바탕이 된다. 앎은 경천의 마음을 통해서 터득된다.

　머물 곳 없는 것 다 알고/ 그저 머무는 마음뿐/ 그리움도 아득히 사라진 지금/ 무슨 애틋함 있어 저렇게/ 눈밭에서는 댓잎이 살랑입니까// 날 찾을 이 없음도 다 알고/ 망연히 앉아 있는 나날/ 약속도 적혀 있지 않은 달력 위에/ 그 무슨 기다림 있어 저렇게/ 대문은 바람결마다 삐걱입니까// 희망은 알 수 없는 곳에서 슬며시 와/ 잠시 마음을 적시고 이내 자취 없는 것// 길고 긴 산허리를 허덕이며/ 낯선 새날을 맞기 위해/ 허덕이며 오를 일만 남았습니

다// 거기/ 멀리 앉아 날 부르는 분이시여/ 이제는 부디/ 내 안에 편히 앉아
부르소서.

-「바램·2」전문

한용운의 「님의 침묵」과 「알 수 없어요」를 연상시키는 어조와 내용이
다. 1연의 "머물 곳 없는 것 다 알고 그저 머무는 마음뿐/ 그리움도 아득
히 사라진 지금/ 무슨 애틋함 있어 저렇게/ 눈밭에서는 댓잎이 살랑입니
까"에서 「님의 침묵」의 "사랑도 사람의 일이라 만날 때에 미리 떠날 것
을 염려하고 경계하지/ 아니한 것은 아니지만 이별은 뜻밖의 일이 되고
놀란 가슴은 새로운 슬픔에 터집니다"와 유사한 언어구조 배열이다. 한
용운 시의 특징은 부정과 긍정의 논리가 교차한다. 부정을 전제로 하면,
뒤에 올 긍정의 이유가 필연적 깊이를 획득하여 화자의 현실적 상황이
보다 설득력 있게 이해된다.

1연 4, 5행의 "무슨 애틋함이 있어 저렇게/ 눈밭에서는 댓잎이 살랑입
니까"는 2연 4, 5행의 "그 무슨 기다림이 있어 저렇게/ 대문은 바람결마
다 삐걱입니까"로 반복되어 심화된다. 이 부분은 「알 수 없어요」의 어조
와 유사하다. 「알 수 없어요」는 종결어미가 모두 '…입니까'라는 의문형
으로 끝난다. 대표적으로 1, 2행을 선택하여 논한다면, "바람도 없는 공
중에 수직의 파문을 내며 고요히 떨어지는 오동잎은/ 누구의 발자취입니
까"에서 화자는 본질적으로 이 같은 자연 현상의 궁극적인 진리가 무엇
인지 안다. 경천(敬天)을 통해 자연 현상의 이면을 통찰할 수 있는 경지
에까지 이른 것이다.

따라서 알고 있는 진리이기 때문에 상대방을 향해서 물어 볼 필요가
없다. 결국 부정과 긍정의 논리와 의문형은 시의 끝 부분인 10행의 "타
고남은 재가 다시 기름이 됩니다"의 진리와 화자의 다짐을 심화 다지기
위해 화자가 의도적으로 배열한 마음의 응결 과정이다. 가변적인 상황에

대한 자신의 마음을 한 번 더 단속하기 위해서 화자는 다시 한 번 "그칠 줄을 모르고 타는 나의 가슴은/ 누구의 밤을 지키는 약한 등불입니까"의 의문형으로 "타고남은 재가 다시 기름이 됩니다"의 다짐을 심화시킨다.

위의 시의 화자도 "길고 긴 산허리를 허덕이며/ 낯선 새 날을 맞기 위해/ 허덕이며 오를 일만 남았습니다"를 강조하기 위해서 한용운의 시의 화자처럼 부정과 긍정의 논리와 의문형 종결어미를 쓴 것이다. '무슨/ 그 무슨, 애틋함/ 기다림, 눈밭/ 대문, 댓잎/ 바람결, 살랑/ 삐걱'으로 조응된다. 주목이 되는 점은 '살랑'은 시각적인데 '삐걱'은 청각이라는 점이다. 화자가 '허덕이며 오를 일'을 강조하기 위해 관조적인 시각보다는 자극과 재촉의 청각의 이미지를 그린다.

또 위의 시는 「바램, 1」과 「변환」의 인식론을 바탕으로 현실에 대한 성찰과 각오를 다짐을 한다. 시의 어조가 탈속과 체념적 어조를 바탕으로 하고 있지만, 현실을 바라보는 화자의 눈은 결기로 가득하다. 그러나 도덕적 성찰을 바탕으로 한 현실적인 강기(剛氣)가 아니라, '칼날'을 '연꽃'으로, '강한 것'을 '부드러운 것'으로 전환시키는 실존의 변화이다. 부드러움을 통해서 강함을 수용 융화시키는 차원 높은 음(陰)의 모성적 세계에 다다른다. 사람이 태어날 때는 유약하지만, 죽으면 단단하고 강해진다. "만물의 초목도 살아있을 때는 부드럽고 무르지만, 그것이 죽으면 말라서 딱딱해 진다."[91] "길고 긴 산허리를 허덕이며/ 낯선 새날을 맞기 위해/ 허덕이며 오를 일만 남았습니다"에서 '허덕이며 오를 일'은 다름 아닌 화자가 가야하는 '길'이다. 그 길은 부드러움의 수용적인 길, 애린의 길이다.

차를 타고/ 길을 갈 때// 나는 항상/ 조금 떠 있다// …// 길에서/ 한 가지를//

---

91 "人之生也柔弱 其死地堅强, 萬物草木之生也柔脆, 其死地枯槁." 이경숙, 「유약」편, 『도덕경』, (명상, 2004).

느을/ 배운다// …// 삶은/ 느을/ 조심해야한다는 것.// 그래야/ 산다는 것,/ 조심조심해야만.

―「조심」 부분

삶을 "조심해야한다는 것"은 삶을 성찰하며, 도덕·윤리적으로 정신이 집중된 상태를 말한다. 한 쪽으로 치우치지 않은 중(中)의 상태이다. 공경과 모심(侍)의 길과 같다. 화자는 이제 삶의 일상에서 경천사상을 자연스럽게 체득하는 경지에 이른다. 모심은 곧 조심이다. 조심은 밀착이 아니라 거리를 유지하고 보살피면서 동시에 성실하게 집중하여 그것을 그 본래의 성정과 유출 경향대로 살려내면서 변화시키는 일종의 섬김의 태도이다.[92] 내 안에 천지를 모신 존재는 경거망동하지 않는다. 새 생명을 포태한 어머니의 행동거지처럼 매사가 조심 그 자체이다. 표면적으로는 새 생명과 어머니의 거리는 구분이 불가능한 일체성을 띤다. 그러나 하나의 인격적이며 독립적인 실체로서 생명이기 때문에 해월이 말한 포태의 중요성의 측면에서 어머니와 태아의 거리는 친밀한 관계의 거리가 아니라 인격적 객체로서의 거리이다. 일체화되어 있지만 인격적인 거리가 확보된 자율적 관계이다.

문학에서 삶과 인생을 흔히 '길'[93]로서 비유한다. 길은 사람의 실존에서 절체절명의 조건에 속한다. 도덕적 물리적으로도 그렇다. "길이 아니면 가지 마라"는 경구 속의 길은 사람이 지켜야 할 도리를 말함이니 도덕적 성질의 상부구조(superstructure)이고, 한편 사람이 따라서 움직이는

---

92 김지하, 『생명과 자치』, (솔, 1996), 54쪽.

93 길은 명시적인 길과 걷거나 방황하는 행위가 내포하는 길로 파악해 볼 수 있다. 길은 선조성과 지향성을 지닌다. 또 삶의 여정에 비유될 수 있기 때문에 상황에 따라 얼마든지 다양한 해석이 가능하다. 임승빈, 「정호승 시 연구」, 『인문과학논집』 제31집, (청주대 학술연구소, 2005), 151쪽.

길은 사람의 일상생활을 가능케 하는 대표적인 하부구조(infrastructure)
이다.[94] 문학에서 삶과 인생에 비유된 길은 상부구조에 해당된 길이다.
상부구조의 길은 불완전한 여정이며, 이중적인 갈등이 상충하는 길이다.
'도덕적인 길'[95]이기 때문이다. 화자의 '마음을 들뜨게 하는 길'이라는 것
은 하부구조의 길이다. 이 길에서 상부구조의 길(삶)의 의미를 배운다는
점이다. 상부구조의 길과 하부구조의 길을 똑같이 한 데는 그만한 까닭
이 있을 것이다. 상부구조의 길이 가능하자면 먼저 하부구조의 길이 발
달해야 한다고 여겼기 때문이지 싶다. 꼭 유물론의 입장에서 말하는 것
은 아니지만, "의식(衣食)이 족해야 예절(禮節)을 안다"는 옛말대로 생존
이 가능해야만 사람이 도리를 좇을 수 있다는 뜻이겠다.[96]

이러한 이중적 갈등이 상충하는 길에서 나를 찾는 올바른 해법은 끊임
없이 나를 성찰하고 주변의 환경을 공경하는 마음의 집중이다. 조심해야
한다는 것은 현실의 모순과 상충하면서 얻은 강박관념 탓으로 소극적이
거나 현실 도피적인 퇴행적 행위가 아니다. 김지하가 말하는 '수동적 적
극성'[97]이다.

---

94 김형국, 『한국 공간구조론』, (서울대학교출판부, 1997), 221쪽.
95 길은 '다닌다'는 의미가 있기 때문에 '행(行)'의 의미가 있으며, 행은 곧 실천을 의미한
다고 할 수 있다.
96 김형국, 위의 책, 221쪽.
97 '수동적 적극성'이란 개념은 김지하의 스승인 장일순 선생이 처음으로 논리화한 것으
로써, 김지하의 미학과 인식론에도 영향을 미친 개념이다. 장일순 선생이 노자의 『도덕경』
제2장 「無爲」편에 나오는 구절을 의역한 것이다. "是以聖人, 處無爲之事 行不言之敎, 萬物作
焉而不辭 生而不有: 대저 성인은 일에 처하여 꾸미지 않고, 가르침을 행하는 데 말이 없이
하며, 만물을 자기 손으로 만들었다 해도 자랑하지 않아서 있어도 없는 듯하도다." 이경숙,
앞의 책, 「無爲」편. 장일순 선생은 이 구절을 "无爲无不爲: 아무것도 하지 않음으로써 아무
것도 하지 않음이 없다."로 해석을 했다. 또 그는 "그건 수동적인 태도를 말하는 거지, 철저
하게 수동적인 거야. 간섭하지를 않는다는 말일세. 다시 말하면 수동적 적극성이라고 할
까? 철저하게 수동적 적극성으로 들어가게 되면, 그렇게 되면 일체의 근원과 합일한다는
거지. 무위(無爲)란 천리(天理)에 따라서 가는, 순천(順天)하는 것이거든." 장일순, 『노자
이야기』, (삼인, 2003), 42~43쪽.

제3장 경물(敬物)사상과 자연존중

동학은 자연 생태계를 천주의 표현으로 존중한다. 자연 생태계를 천주의 표현으로 보는 경물사상은 서구 모더니티 사상에서는 찾지 못한다. 해월의 사상은 경물에 이르러 극치에 이른다. 해월은 "사람은 사람을 공경(恭敬)함으로써 도덕(道德)의 극치(極致)가 되지 못하고, 나아가 물(物)을 공경(恭敬)함에까지 이르러서야 천지기화(天地氣化)의 덕(德)에 합일(合一) 될 수 있나니라"[98]라고 하여 동학의 독창성을 분명히 한다.[99] 해월의 동학사상은 인간을 위시해서 식물·동물계를 통틀어 우주만상을 살아 있는 것으로 보고, 그러한 모든 것이 각각 분리되어 있는 것이 아니라 온전히 하나의 통일체로 사는 것으로 보았다. 우주만상은 결과적으로 모든 사상을 개별적으로 따로 본다거나 단순한 물질로 보아서는 끝내 참된 우주를 볼 수 없으니, 일체를 모두 살아 있는 것으로 보는 동시에 개체 생명들도 분리된 실체가 아닌 전체 융합적인 모든 것을 하나로 통합시키는 본체 생명의 하나로 본 것이다.[100]

경인이 인간을 숭배하는 것이 아니듯이, 경물도 물질을 숭배하는 것이 아니다. 경물은 자연 생태계를 하늘의 모습으로 공경하는 것이다. 자연 생태계와 인간을 하나의 동포(物吾同胞)[101]라고 하는 이유가 여기에 있

---

98 「삼경」, 『해월신사법설』.

99 오문환, 「해월의 삼경사상」, 『동학의 정치 철학』, (모시는 사람들, 2003), 204~205쪽.

100 김상일, 「전·후기 동학가사의 동학사상과 그 변모」, 『동학과 전통사상』, (모시는 사람들, 2004), 174쪽.

다. 해월은 인간과 자연 생태계의 관계는 연대의 관계라고 말한다. 연대의 관계는 네트워크이다. 인간 존재는 홀로 존재하는 것이 아니라 자연 생태계와 복잡한 네트워크 속에 존재한다.[102] 공생과 상생의 관계이다. 경물(敬物)이란 결국 육축(六畜)을 애호하고 새소리도 한울의 소리로 들으라고 가르친 해월의 자연애호사상을 말하며, 인간 이하의 동물·식물에 이르기까지 한울처럼 섬기라는 자연보호의 이치를 가르치고 있다.[103] 해월의 경물사상에 대하여 살펴보면 다음과 같다.

우리 스승님의 대도종지는 첫째는 천지 섬기기를 부모 섬기는 것과 같이 하는 도요, 둘째 식고는 살아 계신 부모를 효양하는 이치와 같은 것이니 …[104]

만물이 시천주 아님이 없으니 능히 이 이치를 알면 살생은 금치 아니해도 자연히 금해지리라. 제비의 알을 깨치지 아니한 뒤에라야 봉황이 와서 거동하고, 초목의 싹을 꺾지 아니한 뒤에라야 산림이 무성하리라. 손수 꽃가지를 꺾으면 그 열매를 따지 못 할 것이오, 폐물을 버리면 부자가 될 수 없느니라. 날짐승 삼천도 각각 그 종류가 있고 털벌레 삼천도 각각 그 목숨이 있으니, 물건을 공경하면 덕이 만방에 미치리라.[105]

어찌 반드시 사람만이 홀로 한울님을 모셨다 이르리오. 천지만물이 다 한울님을 모시지 않은 것이 없느니라. 저 새소리도 또한 시천주의 소리니라.[106]

---

101 「三敬」, 『해월신사법설』: 사람은 한울을 공경함으로써 자기의 영원한 생명을 알게 될 것이요, 한울을 공경함으로써 모든 사람과 만물이 다 나의 동포라는 전체의 진리를 깨달을 것이요……
102 오문환, 앞의 책, 206쪽.
103 신일철, 「최시형의 범천론적 동학사상」, 『동학사상의 이해』, (사회비평사, 1995), 111쪽.
104 「천지부모」, 『해월신사법설』.
105 「대인접물」, 『해월신사법설』.

내가 한가히 있을 때에 한 어린이가 나막신을 신고 빠르게 앞을 지나니, 그 소리 땅을 울리어 놀라서 일어나 가슴을 어루만지며, "그 어린이의 나막신 소리에 내 가슴이 아프더라'고 말했었노라. 땅을 소중히 여기기를 어머님의 살같이 하라.[107]

가신 물이나 아무 물이나 땅에 부을 때에 멀리 뿌리지 말며, 가래침을 멀리 뱉지 말며, 코를 멀리 풀지 말며, 침과 코가 땅에 떨어지거든 닦아 없이 하고, 또한 침을 멀리 뱉고, 코를 멀리 풀고, 물을 멀리 뿌리면 곧 천지부모님 얼굴에 뱉는 것이니 부디 그리 아시고 조심하옵소서.[108]

해월의 동학이해는 스승의 시천주 신앙을 보다 철저히 세속화시켜 만물에는 하늘이 내재하고 만물이 곧 하늘이라는 범천론(汎天論)에 도달했다. 수운의 시천주는 인간이 시천주자가 되는 것이지 만물마저 시천주자로 경(敬)의 대상으로 삼지는 않은 점에서 범천론적인 것은 아니었고, 그의 경외지심(敬畏之心)도 천주에 대한 것이므로 경천에 국한된 것이었다. 그러나 해월의 이른바 물물천 사사천(物物天 事事天)의 범천론을 전제하고 나면 그 논리적 귀결로서 천지만물도 시천주라 해서 사물에까지도 경(敬)이 미치게 된다.[109] 그렇다고 하여 수운의 시천주사상이 인간만을 위한 협의의 사상은 아니다. 수운은 해월처럼 '물(物)'이라는 구체적인 객체를 지칭하지는 않았지만, 시천주의 '천(天)'이라는 개념은 '지기(至氣)'[110]이다. 지기는 하느님의 현현 그 자체이며 천지와 귀신 음양을

---

106 「영부주문」, 『해월신사법설』.
107 「誠・敬・信」, 『해월신사법설』.
108 「내수도문」, 『해월신사법설』.
109 신일철, 앞의 책, 110~111쪽.
110 「논학문」, 『동경대전』: 曰降靈之文 何爲其然也 曰至者 極焉之爲至 氣者 虛靈蒼蒼

두루 관통하는 본원적 기운이다.[111]

교조는 종교의 절대적인 존재이다. 교조의 종지와 언행은 문자로 기록이 되어 '경전(經典)'으로 그 가치를 인정받는다. 따라서 교조에 의해 합법적으로 적통을 이어받은 후계자라 하더라도 경전의 해석은 제한적이다. 그러나 해월이 스승인 수운의 종지를 세속화 하게 된 것은 수운의 '천(天)'의 개념이 만물에 두루 적용이 가능한 '무궁한 의미'가 있음을 인지했기 때문이다. 수운의 종지인 시천주의 '천(天)'의 개념을 확대 재생산이 가능한 것으로 본 결과이다.

1. 생명의 포태와 공경

포태(胞胎)는 동학의 종지(宗旨)인 시천주(侍天主)의 구체적인 결과물

無事不涉 無事不命 然而如形而難狀 如閒而難見 是亦混元之一氣也 今至者於斯入道 知其氣接者也 : '지(至)'라는 것은 지극함을 일컫는 말이요, '기(氣)'라는 것은 허령창창(虛靈蒼蒼)하여 어떤 일에도 간섭하지 아니함이 없고 일마다 명령하지 아니함이 없다. 그러나 모양이 있는 것 같으나 형상화하기 어렵고 들리는 듯하나 보기는 어려우니, 이것은 또한 혼원(混元)한 기운이다. '금지(今至)'라는 것은 이에 입도하여 그 기가 접(接)하는 것을 안다는 것이다. 수운도 『동경대전』의 「논학문」에서 '시천주(侍天主)'의 뜻을 설명하는데, '시(侍)'와 '주(主)'에 대해서는 분명한 뜻을 정의하지만 '천(天)'에 대해서는 아무런 언급이 없다. 이는 곧 수운의 시천주사상이 범천론으로 확대하지 못했다는 근거로 작용을 한다. 그러나 수운이 의도적으로 '천(天)'의 개념을 누락했다면, 천의 개념을 적용하는데 있어서 적용범위가 무궁할 수 있다는 함의가 깔려 있기 때문에 가능한 누락일 것이다. 천의 개념 자체가 개념적으로 정의되기 어려운 점도 있고, 천에 대하여 전통적으로 인식되어 온 개념이 이미 보편성을 띠고 있기 때문에 설명할 필요성을 느끼지 못한 것이다. 정의되기 어려운 것을 고정화된 문자를 통해 개념화하는 것 자체가 또 다른 독단일 수 있기 때문이다. 따라서 수운이 시천주사상을 범천론으로 구체적으로 말하지 않았지만, 천의 보편원리에 기대어 범천론의 여지를 의도적으로 남겼다고 보아진다. 해월이 이러한 스승의 천에 대한 의도를 인지하여 만물에 확대한 것이다. "이는 우연한 누락이 아니라 의도적인 제외이다. 왜냐하면 천주(天主), 곧 신(神)은 개념화 되거나 정의될 수 없는 생존 자체이어서 인간의 인식행위 이전의 그 인식 행위 자체를 가능케 하는 능력이며 전제이기 때문이다."

111 최동원·이경원, 『새로 쓰는 동학』, (집문당, 2003), 85쪽.

이자 실체이다. 시천주에서 모시는 대상은 '신령한 기운'으로서 눈으로 그 실체를 보지 못한다. 따라서 영성적이며 겸손한 삶을 살기 위해서는 늘 내면의 신령한 기운과 교통을 하여 자신을 단속하고 점검하는 일을 게을리 해서는 안 된다. 신령한 기운이 다치거나 훼손되지 않게 하기 위하여 언제나 공경하고 조심스러운 생활을 해야 한다는 점이다.

그러나 포태는 이러한 보이지 않는 신령한 기운이 여성의 몸에서 구체적인 결과물(생명의 잉태)로 드러난 모습이기 때문에 여성의 갖는 음성적인 상징성[112]도 함유한다. 여성(인간)의 몸 안에서 신령한 기운이 조화를 이루어 생명을 포태한 것은 시천주(모심)의 극치인 셈이다. 수운 최제우도 대각을 한 후에 제일 먼저 한 일이 부인을 안심시키기 위하여 「안심가」를 지었으며, 해월 최시형도 『해월신사법설』의 「夫和婦順」[113]에서 "부화부순은 우리 도의 제일 종지니라."라고 얘기했다.

수운은 선천시대는 남성의 양성적인 기운이 세상을 지배하여 갈등과 도탄이 끊이지 않았다고 했다. 또 후천시대에는 여성의 음성적이며, 부드러운 기운이 세상을 구제할 대안이라고 했다. 따라서 이러한 음성적인 여성의 몸 안에서 구체적으로 모심의 존재가 포태 한다는 것은 인간의 질서에 국한된 제한적인 의미가 아니라, 자연적이며 우주적인 범천론으로 확장된다는 것을 의미한다.

---

112 아이를 가지면 극악한 여자들도 배를 중심으로 살고, 배를 중심으로 사고하게 마련입니다. 아이를 가졌을 때는 자기보다 더 중요시합니다. 남자들은 도저히 모르는 세계입니다. 아이를 가지면 태교라고 해서 일체 악한 거 생각하지 말고, 많이 움직이지도 말고……여러 가지 조건이 있잖아요? 이것이 벌써 하나의 종교라는 말입니다. 김지하, 『사이버 시대와 시의 운명』, (북하우스, 2003), 73~74쪽.

113 婦人一家之主也 敬天也 奉祀也 接賓也 製衣也 調食也 生産也 布織也 皆莫非必柔 於婦人之手中也: 부인은 한 집안의 주인이니라. 한울을 공경하는 것과 제사를 받드는 것과 손님을 접대하는 것과 옷을 만드는 것과 음식을 만드는 것과 아이를 낳아서 기르는 것과 베를 짜는 것이 다 반드시 부인의 손이 닿지 않는 것이 없느니라. 「부화부순」, 『해월신사법설』.

공경을 논하기 전에 정성[114]을 논하는 것이 우선이겠다. 정성이 공경을 이루는 바탕이기 때문이다. 이에 대한 동학의 정의는 『해월신사법설』 「성·경·신」편에 수록되어 보인다. 해월은 정성(精誠)을 우주 법칙으로 보았다. 우주 법칙이 한시라도 멈추거나 소홀할 때 우주는 혼란으로 빠져들 것이다. 어김없이 사시사철이 돌고 밤낮이 순환하여 한결같아 변함이 없는 것이 정성이다.

이 같이 쉬지 않는 하늘의 지극한 정성을 나의 생활에 받아들이는 것을 유학은 인간 행위의 제일 원리로 받아들이다. 생활의 여러 방면에서 모든 사람들은 자신이 맡은 바 임무만 수행하는 데 그치는 것이 아니라, 하늘처럼 순수하고 한 가지 마음을 가져야 정성이라고 할 수 있다. 해월이 가장 많이 사용한 개념 중의 하나가 바로 정성일 것이다. 포덕 133년에(1982) 펴낸 『천도교경전』 「해월신사법설」편을 보면 정성 개념이 51번이나 나타난다. 그만큼 해월은 정성을 강조하였다. 일상생활 속에서 정성을 실현하는 구체적 행위규범이 공경이다. 공경은 구체적 인간 행동의 길잡이다. 해월은 공경을 세 가지 방향[115]에서 우선 이야기하고 그 효과를 이야기한다.[116]

정성은 절대 진리와 선(善)을 하늘의 뜻으로 규정하고 정성이 땅에 구체적으로 실현하는 수단으로 공경을 중심에 둔다. 대상과 사물을 공경한

---

114 「誠·敬·信」, 『해월신사법설』: 純一之謂誠 無息之謂誠 使此純一無息之誠 與天地 同道同運則 方可謂之大聖大人也: 순일한 것을 정성이라고 이르고 쉬지 않는 것을 정성이라 이르나니, 이 순일하고 쉬지 않는 정성으로 천지와 더불어 법도를 같이하고 운을 같이하면 가히 대성 대인이라고 이를 수 있느니라.

115 「誠·敬·信」, 『해월신사법설』: 人人敬心則氣血泰和, 人人敬人則萬民來會, 人人敬物則萬相來儀, 偉哉敬之敬之也夫: 사람마다 마음을 공경하면 기혈이 크게 화하고, 사람마다 사람을 공경하면 많은 사람이 와서 모이고, 사람마다 만물을 공경하면 만상이 거동하여 오니, 거룩하다 공경하고 공경함이여!

116 오문환, 앞의 책, 188~190쪽.

다는 것은 그 자체를 생명이 있는 존재로 인식하는 것을 의미한다. 공경은 인과론적인 의미를 가진다. 모든 만물에 생명이 포태되어 있다는 점을 인식하기 때문에 공경하게 되기 때문이다.

김지하의 경물에 대한 관심과 사랑은 그의 초기시집 인『황토』의「푸른 옷」에서 비롯된다. 이때의 경물은 대상을 관조하거나 내면화하는 탈속적 경지가 아니라, 정치적으로 척박한 현실과 김지하 자신의 강박관념에 의해서 대상과 합일되고픈 감정이입차원의 관점이었다. 고달픈 현실을 벗어나고자 하는 일회적 상념 수준이다. 자연의 아름다움과 사물의 본질적 현상에 천착하기보다 정치적 억압을 극복하기 위하여 마음을 자연에 의탁했다. 중화지도(中和之道)의 차원이었다. 자연의 외적 현상과 현실의 모습을 대입시켰으나, 생명에 대한 본격적인 탐구는 이루어지지 않은 상태였다.

새라면 좋겠네/ 물이라면 혹시는 바람이라면// 여윈 알몸을 가둔 옷/ 푸른 빛이여 바다라면/ 바다의 한때나마 꿈일 수나마 있다면// …// 캄캄한 밤에 그토록/ 새벽이 오길 애가 타도록/ 기다리던 눈들에 흘러넘치는 맑은 눈물들에/ 영롱한 나팔꽃 한번이나마 어릴 수 있다면/ 햇살이 빛날 수만 있다면// 꿈마다 먹구름 뚫고 열리든 새푸른 하늘/ 쏟아지는 햇살 아래 잠시나마 서 있을 수만 있다면/ 좋겠네 푸른 옷에 갇힌 채 죽더라도 좋겠네……

－「푸른 옷」 부분

'새'와 '물', '바람'은 화자의 현실의 상황을 보여주는 매개어이다. 시의 어조도 '…이라면'과 '…좋겠네' 등 가정적 화법으로 표현함으로써 결과에 대한 기대를 한다. 이러한 화법은 화자의 현실의 결핍성을 말해준다. 닫힌 공간에서 열린 공간으로 염원하는 지향이기 때문에 애절함을 띠게 된다. 화자는 현실의 자유의 부재를 표랑하는 자연물에 의탁하여 마음을 중화하고자 한다. 새와 물, 바람은 정착적인 고정된 실체가 아니라, 한 곳에 매이지 않는 자유로운 표상을 의미한다. 따라서 화자의 현실적 상황의 속박을 말해준다. 화자가 입고 있는 '푸른 수의(囚衣)'는 "여윈 알몸"을 가둔 옷이다. 화자는 자신을 옥죄고 있는 푸른색의 수의가 푸른빛의 바다였으면 하고 간절하게 염원한다. "영롱한 나팔꽃 한번이나마 어릴수있다면/ 햇살이 빛날수가 있다면/ …/ 쏟아지는 햇살 아래 잠시나마 서있을 수 있다면/ 좋겠네 푸른 옷에 갇힌 채 죽더라도 좋겠네"라고 말하는 화자를 통해 현실의 상황이 가혹한 것을 알 수 있다. 이렇게 김지하의 경물사상은 닫힌 세계의 극심한 고통 속에서 분열과 자학의 극복을 통해 점차 본질적인 세계로 합일되어 간다.

아파트 사이사이/ 빈틈으로/ 꽃샘 분다// 아파트 속마다/ 사람 몸속에/ 꽃눈 튼다/ 갇힌 삶에도/ 봄 오는 것은/ 빈 틈 때문// 사람은// 틈// 새일은 늘/ 틈에서 벌어진다.

―「틈」 전문

변함없는 것/ 되풀이되는 것/ 작은 풀씨 속에 초원이 자라는 것/ 좁은 빈틈에서 폭풍이 터져나오는 것

―「안산」 부분

김지하의 경물사상(敬物思想)-경천과 경인까지 포함-은 '틈'으로부터 시작한다. 틈은 대상과 관계의 거리이며, 생존을 가능하게 하는 기본적 공간이다. 김지하는 틈에 대하여 다음과 같이 말을 한다.

공경은 거리를 두었을 때 가능합니다. 밀착한 사랑은 공경이 안 돼요. 그건 증오로 발전합니다. 생태학 시대의 사랑은, 네트워크 시대의 사랑은 공경이라

고 나는 생각하는데 상대와 나 사이에 틈을 벌리고, 사실은 말도 올려야 해요. 턱 어려운 일이지만 누구에게든지·그게 동학의 기본이기도 하지요. 상대방을 공경해야 따뜻한 즐거움이 생기지 상대방을 공경 안하면 육욕적·욕망적·권력적 상관관계밖에 남는 게 없어요. 그건 짜증이나 싫증이나 증오로 반전됩니다. 그런데 공경과 숭배는 달라요. 정령숭배와 동학의 공경은 구분해야 합니다. 공경은 그 안에, 물질 안에, 상대방 안에 움직이고 있는 신령하고 무궁한 생명이 끊임없이 변화하고 확산하면서 생성하고 있음을 인정하는 태도이고, 숭배는 그것이 마치 신인 양, 고정된 실체인 양 그것이 절대권력을 가진 존재인 양, 문자 그대로 물신에 대한 숭배이지요.[117]

김지하가 『황토』의 초기 시에서 지배계급에 저항한 것은 지배계급이 자생적으로 생겨나는 생명의 발현 현상을 강제했기 때문이다. 생명이 자라나는 공간인 틈을 메워버렸다. 생명의 본성은 무궁하고 끝없이 자유로운 활동을 하는 것으로 외부로부터의 죽임에는 자연적으로 그 본성을 발현한다. 본성을 발현하는 생명의 특수성이 '저항'이다. 자연적 죽음이 아니라 타자에 의한 왜곡된 죽임 현상에 대한 저항이다. 관점을 달리하여 보면 지배계급이 민중을 억압했던 것도 그들 자신이 틈을 잃어버렸기 때문이다. '사람은 모두 평등하며 한울을 모신 존귀한 존재'라는 사랑과 너그러움을 상실했기 때문이다. 사랑과 너그러움은 틈과 여유이며, 촘촘한 밀도는 이러한 틈이 소통하는 최소한의 공간이 차단된 조건을 말한다. 해월도 비어있는 것과 틈에 대하여 다음과 같이 말한다.

경에 이르기를 「마음은 본래 비어서 물건에 응하여도 자취가 없다」하였으니, 빈 가운데 영이 있어 깨달음이 스스로 나는 것이니라. 그릇이 비어 있으므

---

117 김지하, 『틈』, (솔, 1995), 136~137쪽.

로 능히 만물을 받아들일 수 있고, 집이 비었으므로 능히 만물을 용납할 수 있고, 마음이 비었으므로 능히 모든 이치를 통할 수 있는 것이니라. 없는 뒤에는 있는 것이요 있은 뒤에 없는 것이 능히 이치를 낳고, 부드러운 것이 능히 기운을 일으키고 굳센 것이 능히 기운을 기르나니, 네 가지는 없어서는 안 되느니라. 이 비고 없는 기운을 체로 하여 비고 없는 이치를 쓰면, 비고 신령한 것이 참된데 이르러 망령됨이 없어지느니라. 참이란 빈 가운데서 실상을 낳은 것이니[118]

비단 해월뿐만이 아니라 '비어있음'과 '틈'은 동·서양의 종교에서 공통적으로 강조하는 사물과 현상을 보는 진리탐구의 한 방법이다. 동양철학의 사유방법 중에 '비어있음'과 '틈'의 원리를 구체적인 실례를 들어 표현한 사람이 노자였다. 노자는 『도덕경』에서 "서른 개의 바퀴살을 하나의 살통으로 모은다. 그 없음으로 해서 수레의 쓰임이 있다. 찰흙을 주물러 그릇을 만든다. 그 없음으로 해서 그릇의 쓰임이 있다. 벽을 뚫어 문을 만든다. 그 없음으로 해서 방의 쓰임이 있다. 그러므로 있음이 이로움을 만드는 것은 없음이 쓰임새를 만들기 때문이다."[119]라고 말했다. '무용지용(無用之用)'의 철학적 원리를 이야기했다.

이외에 공자는 "자의가 없고, 기필코 하려는 게 없었고, 고집이 없었고, 나만을 생각하는 일이 없으셨다."[120]라고 말했다. 불교의 적멸과 침묵

---

118 經曰「心兮本虛應物無跡」虛中有靈知覺自生 器虛故能受萬物 室虛故能居人活 天地虛故能容萬物 心虛故能通萬理也 無而後有之有而後無之 無生有也有生無也 生於無形於虛無 如虛虛如親之不見 聽之不聞 虛能生氣 無能生理 剛能致氣 剛能養氣 四者不可無也 體此虛無之氣 用此虛無之理虛虛靈靈 至眞無妄「허와 실」,『해월신사법설』.

119 三十輻共一轂 當其無有車之用. 埏埴以爲器 當其無有器之用. 鑿戶有以爲室 當其無有室之用故, 有之以爲利無之以爲用. 이경숙, 「무지용」편, 『도덕경』, (명상, 2004), 159쪽.

120 子絶四: 毋意, 毋必, 毋固, 毋我. 김학주 역주, 「자한」,『논어』, (서울대학교출판부, 2003), 269쪽.

의 가르침, 그리고 기독교의 가르침 중에서 "마음이 가난한 자는 복이 있나니 천국이 저희 것임이요, 마음이 청결한 자는 복이 있나니 저희가 하나님을 볼 것임이요"[121]라고 한 것도 욕심을 버려야만 세상을 객관적으로 순수하게 담는 청정한 마음이 생기기 때문에 한 말이다. 청정한 마음이 곧 비어있음과 틈이다.

위의 시에서 "아파트"와 "사람 몸 속", 그리고 "갇힌 삶"에 꽃샘이 불고 꽃눈이 트는 것은 '빈 틈'이 있기 때문이다. "작은 풀씨 속에 초원이 자라는 것/ 좁은 빈틈에서 폭풍이 터져 나오는 것"은 경물사상과 경인사상이 함축된 구절이다. '작은 풀씨'가 생존하여 '초원'으로 자라는 이유는 빈틈이 있기 때문에 가능한 경물의 환경이다. "폭풍이 터져 나오는 것"도 빈틈 때문에 가능한 일기(日氣) 현상이다. 그러나 "풀씨"의 경물사상과는 달리 "폭풍"이란 시어를 사용함으로써, 민중의 정치적 생명 발현의 행위인 '혁명'이란 뜻이 내포된다. 혁명이나 개벽도 민중 자신이 스스로 '한울'이라는 자각을 인식할 때 가능한 행위이다. 민중이 자각하게 되는 것도 마음속에 틈이 있기 때문이다. 융이 말한 의식의 확대화 과정, 즉 개성화의 과정에 의해서 자각이 가능하다.[122] 자신의 무궁함을 인식하지 못하는 마음에는 고정화된 인식이 자리한다. 틈은 고정된 실체가 아니라

---

121 『성경』, 마태복음 5장 5절과 8절.
122 개인의 의식이 타인과 구분되거나 개별화되는 과정을 개성화라고 한다. 개성화는 심리적 발달에서 중요한 역할을 한다. 융은 "개성화라는 용어는 한 사람이 심리적인 개인, 즉 더는 분할이 불가능한 개별체 혹은 '전체'가 되는 과정을 나타내기 위하여 사용하고 있다'라고 말하고 있다. 개성화의 목표는 가능한 한 자신 혹은 자기-의식에 대해 완벽하게 아는 것이다. 현대적인 용어로는 그것을 '의식을 확대하는 것'이라고 할 수 있을 것이다. 인격의 발달 과정에서 개성화와 의식은 항상 보조를 같이 한다. 의식화의 시작이 곧 개성화의 시작이다. 의식의 증가에 따라 개성화도 완성 되어 간다. 자기 자신과 주변 세계에 대한 자각이 없는 사람에게서는 개성화가 충분히 이루어질 수 없다. 의식의 개성화 과정을 통하여 새로운 요소가 생겨난다. 융은 그것을 자아(ego)라고 불렀다. 캘빈 S. 홀·버논 J. 노비드, 김형섭 옮김, 『융 심리학 입문』, (문예출판사, 2004), 53~54쪽.

벌어진 공간이므로 생성과 운동을 반복하며, 민중으로 하여금 현실을 변화하고 개선하려는 의지를 고취시킨다.

> 생명은 틈을 조건으로 해서 활동합니다. 틈이 없는 생명은 팽창하거나 확산하지 못합니다. 틈은 적응 기제로서의 자유를 뜻합니다. 인간만이 아니라 모든 생명이 사실은 이 틈을 가지고 있고 틈의 활동에 의해서 생명이 진화한다고 볼 수 있습니다. 이 틈은 전체 생명 유출을 모시는 정신적 주체의 일정한 자주성과 개성·자율성과 창조성, 자유로움을 보장하는 조건입니다. 그리고 틈은 언제나 모심에 집중력과 동시에 그 모심을 통한 정신의 엉성함, 비움 오히려 그 비움을 통해 생명 생성에 대한 자주적 해석 그리고 무심한 여백, 쓸쓸하고 한적하고 어쩌면 외롭고 고독한 속에서 새로운 창조적 자주력을, 자주적 창의력을 가지고 인간들 내면의 생성을 여과하고 자주적으로 해석하고 동역할 수 있는 친구로서 공경하는 아름답고 진지한 관계를 만들어 갈 수 있는 세상의 조건인 것입니다. …(중략)… 틈은 여유이며 관용, 자비요 공경이요 사랑의 요건입니다.[123]

> 빈 가지/ 꽃샘에 흔들릴 때// 빈 가지// 꽃눈 튼다/ …/ 사랑 움트는 소리
> ―「빈가지」 부분

> 봄에/ 사람을 기다린다// 빈 가지에// 꽃눈 튼다.
> ―「꽃샘·1」 부분

> 예전엔 풍성했던/ 온갖 생각들 자취없고/ 빈 자리에/ 메마른 나무 그림자 하나// 새야/ 와 앉으렴// 앉아/ 새 노래를 불러주렴// 겨울이 깊을수록/ 파릇

---

123 김지하, 『생명과 자치』, (솔, 1996), 174~178쪽.

파릇한 보리싹의// 노래 매화의 노래/ 그리고 새빨간/ 동백의 노래

—「예전엔」 부분

늦가을/ 잎새 떠난 뒤/ 아무것도 남김 없고/ 내 마음 빈 하늘에/ 천둥소리만 은은하다.

—「늦가을」 전문

틈은 동학에서 생명의 인식론인 불연기연(不然其然)에 해당하는 생명 진화의 공간이다. 불연은 인식론적으로 확정하기 어려운 것(難必), 혹은 알 수 없는 것(不可知)이다. 반대로 기연은 감관과 인식능력을 동원하여 단정할 수 있는 사태이다. 그런데 기연으로 여겨지는 사태는 사실 근원을 거슬러 올라가거나 드러난 사태의 배후를 생각하게 되면 온통 불연이고 불연이고 또 불연인 사태가 되어 버린다. 그렇게 불연에 부딪혔을 때 모르겠다고 하고 내팽개칠 것이 아니라 만물의 근원인 조물자에로 마음을 점차 붙여가게 되면 불연처럼 보였던 것들이 모두 받아들일 수 있는 사태로 거듭 살아난다.[124] 동학의 진화와 사유과정에서 생명적 인식론이라고 하는 것은, 생명(氣運)은 한시도 쉬지 않고 고정된 실체로 존재하지 않기 때문이다. 끊임없이 교차하면서 생성 변화한다. 틈은 드러난 질서로 보면 빈 공간인 것처럼 보이지만, 드러나 있지 않은 질서에서는 끝없이 충돌, 변화, 생성하는 생명창출의 공간이다. 불연기연은 생명의 창출 공간인 드러나 있지 않은 빈 공간의 생명의 생성과정을 사유한다.

위의 시에서 「빈가지」의 "빈가지"와 「예전엔」의 "빈자리", 그리고 「늦가을」의 "빈 하늘"의 시어가 틈을 생성한다. 빈 공간(틈)을 통해서 "빈가지"는 "꽃눈"과 "사랑"이 움트며, 빈자리는 견인의 계절인 겨울에 파릇

---

124 박소정, 「동학과 도가사상」, 『동학과 전통사상』, (모시는 사람들, 2004), 151쪽.

한 "보리싹"과 "매화", "동백꽃"을 피운다. 또 "빈 하늘"엔 천둥소리가 "은은하게" 들린다. 비움이 단순히 버려진 공간이 아니라, 생성을 위한 치열한 생명의 창조 공간으로 기능한다.

> 요즘/ 공연히 웃는다// 아파트 사이/ 공터에 내린 눈 보고도 웃고/ …/ 나이란 무엇일까/ 웃음으로 천지 대하는/ 요즘 버릇
>
> ─「요즘」 부분

> 숲 속의/ 작은 공터/ 가고 또 갔다// 내 이름처럼/ 작은 꽃 한 송이/ 피우기 위해
>
> ─「숲 속의 작은 공터」 부분

위의 시에서 "나이"와 "웃음"은 '틈(공터)'을 발견한 공간에서 느끼게 되는 너그러움과 삶의 여백이다. "웃음으로 천지 대하는/ 요즘 버릇"에서 시인의 사상의 깊이가 경물에까지 이르고 있음을 보게 된다. 천지자연의 음영을 전제하고 웃는 다는 것은 해탈을 의미한다. 해탈은 틈의 여백의 극대화이다. 작은 꽃 한 송이 피우기 위해 숲속의 공터에 간 것도 "공터"라는 틈이 생명의 공간이기 때문이다. "한 송이 국화꽃을 피우기 위해/ 봄부터 소쩍새는/ 그렇게 울었나보다"(서정주, 「국화옆에서」 부분)와 동일한 정서이다. 틈은 생명 창조의 공간이다.

최승호의 「공터」에서도 빈 공간의 생명의 충일을 보여준다. "공터에는 자는 바람, 붐비는 바람/ 때때로 바람은/ 솜털에 싸인 풀씨들을 던져/ 공터에 꽃을 피운다/ 그들이 늙고 시듦에/ 공터는 말이 없다/ 있는 흙을 베풀어주고/ 그들이 지나가는 것을 무심히 바라볼 뿐/ 밝은 날/ 공터를 지나가는 도마뱀/ 스쳐가는 새가 발자국을 남긴다해도/ 그렇게 오래 가지는 않을 것이다./ 하늘의 빗방울에 자리를 바꾸는 모래들,/ 공터는 흔

적을 지우고 있다/ 아마 흔적을 남기지 않는 고요가/ 공터를 지배하는 왕일 것이다." 사람들이 공터에 아무것도 없다 하여 그 이름을 '공터'라 지었다. 그래서 사람들은 그곳에 아무것도 없는 것으로 믿는다. 그러나 시인은 그러한 고정관념에서 벗어나 공터에 있는 것들을 본다. 보기 시작하니까 너무 많은 것들이 공터에 붐비고 있다. 바람(바람도 자는 것과 붐비는 것 두 가지가 있다) 풀씨 새의 발자국 도마뱀의 흔적 모래알 빗방울 고요 등등의 사물들이 저희들끼리 움직이고 변화하면서 하나의 우주를 이룬다. 사람들은 사람이 등장하지 않으니까 아무 일이 일어나지 않는 곳으로 알고 있지만, 공터는 의외로 많은 것들이 어울려 살아가는 아름다운 세계이다. 이 시는 고정관념을 넘어선 섬세한 관찰로 이루어져 있지만 그 의미는 따로 있다. "흔적을 남기지 않는 고요가/ 공터를 지배하는 왕일 것이다."라는 구절이 암시하듯이 관조(觀照)와 무심(無心)의 선(禪)적인 세계에 닿아 있는 것으로 보인다. 다시 말해 공터의 고요함은 아무것도 없기 때문에 얻어지는 평정이 아니라, 많은 것들을 있는 모습대로 품어주나 그 흔적을 지워버리기 때문에 얻어지는 평정임을 뜻하고 있다고 해석할 수도 있다.[125]

비운다는 것은 진정한 의미에서의 생명과 생기가 들어오는 것을 예상하는 것이다. 생명이 자기 안에서 부드럽게 물처럼 흐르게 하기 위한 것, 생명이 본성답게 인식하고 안으로 느끼고 동시에 이웃 인간과 대지와 생생하게 서로 삶의 동지로서 유기적으로 공생하면서 노동하며 사는, 그래서 서로 나누는 생명 공동체적인 새 생활을 한다는 것을 말한다. 사회적 차원에서 볼 때 생기가 들어온다는 것은 유기적 공생을 뜻한다. 따라서 비운다는 것은 한 개인이 선방이나 높은 봉우리나 나무숲에 굶고 앉아서 자기를 비우는 것이 아니라, 대중적 차원에서의 비움, 집착 포기이다. 이

---

125 이남호, 앞의 책, 35~37쪽.

것이 이루어질 때 신선하게 본성적인 생명의 활동이 자기 속에 흐른다. 즉 대중적 차원에서 생명이, 생기가 흐르게 해야 한다는 것이다.[126]

꽃 사이를/ 벌이 드나들고// 아기들/ 공원에서 뛰놀 때// 가슴 두근거린다/ 모든 것 공경스러워/ 눈 늘어진다.

－「새봄·6」 전문

"꽃"과 "벌", "아기"와 "공원"의 관계가 서로에게 상생과 유익이 되는 것은 틈이 있기 때문이다. 벌이 꽃에 드나드는 것은 벌과 꽃의 관계에 거리가 형성이 되었기 때문에 가능하다. 아기가 공원에서 뛰놀 수 있는 것도 공원이라는 여유 공간, 즉 틈이 있기 때문에 가능한 행동이다. 꽃과 벌, 아기와 공원의 관계가 본질적으로 자기 내부와 일체화 된 관계라면, 틈은 형성되지 않는다. 따라서 외부와 소통할 필요가 없다. 그러나 인간은 본질적으로 자신이 한울이라는 자성을 자각하지 못한다. 즉 외부와의 관계를 통해서 스스로를 확인한다. 외부와의 관계가 틈을 통해 이루어지며, 틈이 대상과 소통의 관계를 이어준다.

무릎 꿇어 버릇하니/ 그게 편해진다// 허리 굽혀 버릇하니/ 그쪽이 익숙해진다// 무릎 꿇기도 허리 굽히기도/ 실은 어려운 일인데/ 어려운 일이 자꾸만/ 세월 갈수록 쉬워지니// 웬일일까/ 웬일일까

－「속살·5」 부분

시적 화자가 모든 것을 공경스럽게 인식하기 시작한 것은 하심(下心)

---

126 이경숙 외 2인, 「김지하의 생명사상」, 『한국생명사상의 뿌리』, (이화여대출판부, 2001), 171~180쪽.

을 통해서 자신을 비웠기 때문이다. 끝없이 비우고 낮아져 결국 대상을 올려 보게 될 정도의 거리를 확보했으며, 이는 곧 공경의 거리가 마련됐음을 뜻한다. 화자가 걸어 온 삶과 문학의 행로는 이원적으로 분리된 삶이 아니다. 전일적인 총체성을 획득하며, 시와 삶이 하나로 융화된 일관된 삶이었다. 독재 권력과 고단한 긴장관계는 그를 생의 이면을 성찰하는 관조적 자세보다는 강력한 현실주의자로 변모시켰다. 그렇기 때문에 화자의 내면에는 약해지거나 수동적인 자기 모습에 대한 경계와 염려가 상존한다. 자신을 늘 도덕적 윤리적으로 성찰하면서 시대적 소명을 다하고자 하는 경천의 마음이 중심이다. 그런 화자가 무릎과 허리를 꿇고 굽히는 것이 편하고 익숙해진다는 것은 「바램·1」의 시에서 "칼"이 "연꽃"으로 변한 실존의 모습과 같다. 이러한 실존적 변화가 가능한 이유는 독재권력에 대한 증오와 전사적 투쟁심을 버렸기 때문이다. 전사적 투쟁심이 자리했던 '빈자리'에서 자신의 모습과 우주를 발견하게 된다.

굽혀야 온전할 수 있고, 구부려야 펼 수 있으며, 오목해야 채울 수 있고, 낡아야 새로워질 수 있다. 적어야 얻을 수 있고, 많으면 현혹될 뿐이다. 그러하므로 성인은 (이와 같은 이치들을)하나로 안아서 천하의 법도로 삼는다.[127] 나를 드러내는 것은 타인을 대상화하는 것이기 때문에 갈등과 투쟁을 조성한다. 대상으로서 타인을 자기와 동등한 주체로 변환시킬 때 공동체의식이 형성되고 시민사회가 성립된다. 그러나 그 타인이 한낱 대상으로 머무를 때, 타인은 사물들과 동격이 되고, 인간관계에도 자연과의 관계에서와 마찬가지로 주종관계가 성립되어, 인간사회는 주인과 노예로 구성된다.[128]

---

127 "曲則全. 枉則直. 窪則盈. 敝則新. 少則得. 多則惑是以聖人抱一爲天下式." 이경숙, 앞의 책, 제22장. 「天下式」편.

128 백종현, 「문화란 무엇인가」, 『우리말 철학사전 1』, (지식산업사, 53쪽).

2. 천지의 아픔과 동귀일체

'천지(天地)'는 단순하게 '하늘'과 '땅'이라는 공간적 대상을 지칭하는 의미라기보다는 만물의 생존 조건으로서 '터전'이다. 천지는 동양철학의 객관적인 세계인식에서 '산수(山水)'와 '자연', '강호(江湖)', '전원(田園)' 등과 함께 동일한 범주로 쓰인다. 그러나 산수와 강호 전원은 천지가 품고 있는 수용적 의미가 있으나, '자연'이란 범주는 오늘날까지도 천지와 혼용되어 사용되곤 한다. 자연이란 용어는 근대적 상황 하에서 서구적 논법이 유입되면서 통용되었을 것이란 점을 지적해 두지 않을 수 없다. 산수라는 말의 어원[129]은 동양에서는 멀리 공자에게까지 거슬러 올라가는 오래된 용어임에 비하여, 자연이란 용어는 근대에 들어 자연을 객관적 대상으로 삼은 자연과학의 도입과 더불어 사용되기 시작한 것이기 때문이다. 그러니까 근대 이후 산수라는 용어는 영향력을 상실해 갔으며 자연이란 용어가 전면에 부상했다는 것이다.[130]

생존의 일차적인 환경은 만물이 현실적으로 땅이라는 장소에 발을 딛거나 혹은 땅 위의 존재하는 다른 조건의 이차적인 환경에 의해서 확보된다. 결국 이차적인 환경도 땅이라는 공간 위에 존재하는 것이기 때문에 본질적으로는 땅 위에 만물이 생존한다. 하늘은 만물이 일차적으로 확보한 생존의 조건을 호흡하게 하는 틈의 공간이며, 사유와 철학의 원리를 깨우치게 하는 형이상학적인 공간이다. 천지의 범주는 현실과 이상

---

129 知者樂水, 仁者樂山: 知者動, 仁者靜: 知者樂, 仁者壽: 지혜로운 사람은 물을 좋아하고, 인한 사람은 산을 좋아하며, 지혜로운 사람은 동적(動的)이며, 인한 사람은 정적(靜的)이며, 지혜로운 사람은 즐겁게 살고 인한 사람은 장수(長壽)한다. 김학주, 앞의 책, 「옹야」 편, 221~222쪽.

130 최동호, 「정지용의 산수시와 성정의 시학」, 『시와 시학』 통권 46호, (시와 시학사, 2002), 153~154쪽.

을 의미하고 구체성과 추상성을 모두 함유하고 있는 개념이다. 서구적 논법인 자연은 사물을 대상화 하는 개념이기 때문에 인간 중심적인 시각을 동반한다. 인간과 자연과 대상화된 거리에서 자연은 정복과 문명의 수단으로 전락하게 된다. 이러한 이유로 일찍이 동양사상에서는 천지를 만물과 분리된 이원론적인 관계로 보지 않고 하나로 보았다. '하나이면서 둘인 관계, 둘이면서 하나인 관계(一而二, 二而一)'로 이해했다. 만물은 천지와 하나이기 때문에 동일성의 관계이다. 동학의 세계인식으로 보면 '동귀일체(同歸一體)'이다. 천지의 아픔은 곧 만물과 '나의 아픔이다. 곧 공명(共鳴)과 감응(感應)의 '정서적 울림'이다.

동양사상의 특징은 인간의 존재를 철저히 관계성 안에서 파악하는 점이다. 인간 자신뿐만 아니라 식물과 동물, 나무와 강, 산, 들과도 교통[131]할 수 있고, 고립된 개인이 아니라 사회적인 여러 관계망 속에서, 또한 정치적인 존재로서 기계적인 경직이 아닌 유기적인 공동체의 의식 가운데서 차이를 인정할 수 있는 인간을 의미한다.[132] 그러나 동학의 경물정신은 딱딱한 고체 덩어리에까지 생명이 있음을 말하고 있다는 데에 다른 동양 사상과 선명한 차별성을 갖는다. 해월의 다음 말을 통하여 천지와 만물간의 관계성이 확인된다.

천지는 곧 부모요 부모는 곧 천지니, 천지부모는 일체니라. 부모의 포태가 곧 천지의 포태니, 지금 사람들은 다만 부모 포태의 이치만 알고 천지포태의

---

131 고대인들에게 자연은 인간의 생사여탈(生死與奪)을 주관하는 두렵고 경외스러운 변화무쌍한 대상이었다. 고대인들은 이 같은 자연 현상의 변화에 대응하기 위해서 온 감각을 열어 놓고 개방적이며, 예민한 의식을 환기하지 않으면 안 되었다. 늘 자연의 변화를 감지하기 위하여 깨어있는 생활을 했다. 따라서 생존을 위해서는 자연과 하나가 되는 삶을 살지 않으면 안 되었다.

132 이은선, 「유교·만물일체의 생태학적 사고를 위한 샘물」, 『동아시아 문화사상』 5, (열화당, 2000), 254쪽.

이치와 기운을 알지 못하느니라.[133]

귀 열리어/ 삼라만상/ 숨쉬는 소리 듣네// 추위를 끌고 오는/ 초겨울의 저
비/ 산성비에 시드는 먼 숲속 나무를 저 한숨소리// 내 마음속 파초잎에/ 귀
열리어/ 모든 생명들/ 신음소리 듣네/ 신음소리들 모여/ 하늘로 비 솟는 소리/
굿치는 소리 영산 소리 듣네// 사람아/ 사람아/ 외쳐 부르는 소리/ 듣네.
　　　　　　　　　　　　　　　　　　　　　　　　　　−「빗소리」 부분

나무밑에 서면/ 어디선가/ 생명 부서지는 소리/ 새들 울부짖는 소리.
　　　　　　　　　　　　　　　　　　　　　　　　　−「새봄·4」 부분

흙이 죽어가고/ 풀이 마르고 나무 병들고// 새들 울부짖는다/ 하늘은 구멍
뚫리고
산성비 쏟아져 내리고// 모두 다 내 몸 나는 병들었다
　　　　　　　　　　　　　　　　　　　　　　　　　−「삶 2」 부분

저 먼 우주의 어느 곳엔가/ 나의 병을 앓고 있는 별이 있다// 하룻밤 거친
꿈을 두고 온 오대산 서대 어딘가 이름 모를/ 꽃잎이 나의 병을 앓고 있다
　　　　　　　　　　　　　　　　　　　　　　　　　−「저 먼 우주의」 부분

산에 못가네/ 꽃피는 산에/ 이제 더는 못가네// 가까이 가면/ 헐벗은 산 가
슴 아파// 솔 누렇게 시들고/ 새들 떠나고/ 적막한 산/ 빈 산// 봄이 와// 겨
우겨우 피어나는 꽃 한무리를// 차마 가여워/ 못가네/ 이제 더는 못가네// 아

---

133 「천지부모」, 『해월신사법설』: 天地卽父母 父母卽天地 天地父母一體也 父母之胞胎
卽天地之胞胎 今人但知父母胞胎之理 不知天地之胞胎之理氣也.

파트 사이 아스팔트길을// 접토로 걷는다네// 뉘우친다네.

―「산」 전문

시의 화자는 천지의 아픔을 통해 자연과 하나가 된다. 천지의 아픔을 내 것으로 공유하기 시작한다. 자연은 더 이상 나와 이질적인 타자가 아니라 곧 나이다. 생명은 상처받기 쉽다. 아픔을 함께 공유하는 마음이 생명의 조건이다. 아픔을 느끼지 못하는 생명은 이미 산 생명이 아니다. 생명의 줄로 서로 이어진 우주 자연의 생명세계는 아픔을 함께 느낀다. 생태학적 진리에 따르면 한쪽의 생명 파괴는 다른 쪽의 생명 파괴를 초래한다. 아픔은 생명의 깊이를 드러낸다. 아픔에 대한 감수성은 생명의 본질에 속한다. 고통에 대한 감수성은 모든 고등종교의 핵심적 가르침에 속한다. 기독교는 십자가의 사랑을 말하고 불교는 대자대비(大慈大悲) 동체대비(同體大悲)를 말하며 유교는 측은지심(惻隱之心)을 말한다. 모두 남의 아픔을 헤아리는 마음을 강조한다. 남의 고통에 대한 감수성이 공동체의 토대이다. 생명세계는 서로 공명(共鳴)하고 감응(感應)하는 하나의 세계이다. 그런데 사람은 너와 나의 분별과 대립과 적대 속에서 산다. 스스로 하는 생명의 자유에 이르려면, 이런 분별과 대립의 적대관계를 넘어 서야 한다.[134]

이런 공명과 감응의 마음이 가능한 이유는 귀가 열려있기 때문이다. 틈을 통해서 천지만물과 억조창생(億兆蒼生)의 아픔을 들을 수 있게 된 것이다. 닫힌 마음으로는 느낄 수 없는 소통의 원리이다. 해월은 「천지부모」편에서 천지 섬기기를 부모와 같이 하라고 하면서, "그 아들과 딸 된 자가 부모를 공경치 아니하면, 부모가 크게 노하여 가장 사랑하는 아들 딸에게 벌을 내리나니, 경계하고 삼가라."라고 하였다.[135] 천지자연을 인

---

[134] 이경숙 외 2인, 앞의 책, 153~154쪽.

격을 가진 존재로 파악한다. 부모에게 자식의 존재는 자식이 하는 행위의 선·악과는 관계없이 무조건적이며, 헌신적 사랑이 바탕이 된 관계이다. 그러나 천지자연과 인간의 관계는 철저한 인과응보의 상호적 관계이다. 아들과 딸인 인간이 부모인 천지자연을 아끼고 공경치 않으면 반드시 천재지변의 재앙을 통해서 인간에게 벌을 내린다. 동학의 '식고(食告)'[136]의 원리와 같다. 근대화의 과정에서 개발이라는 미명하에 자연에 가한 폭력은 인간의 삶의 환경에 심대한 위협적 요소가 되고 있다. 이 폭력은 우연적인 것이 아니라 구조적 필연으로, 자연과 여성 등의 식민화된 부분들을 '전체' 곧 살아 있는 연관 혹은 공생관계로부터 분리하여 대상 혹은 타자로 만드는 기제이다.[137]

　"나무의 한숨소리", "뭇 생명의 신음소리", "새들 울부짖는 소리"가 사람을 애타게 부른다. 사람을 부르는 일은 아픔을 호소하는 일이다. 천지자연의 아픔의 호소에 공명하거나 감응하지 않으면 자연은 천지부모로서 인간에게 벌을 내린다. "흙이 죽어가고/ 풀이 마르고 나무 병들고// 새들 울부짖는 소리/"가 결국 나의 내부에서 벌어지고 있는 죽임의 현상들이다. "저 먼 우주의 어느 곳엔가// …// 오대산 서대 이름 모를/ 꽃들이 나의 병을 앓고 있다"에서 천지자연의 아픔은 더 이상 인간과 무관한 관계가 아님을 보여준다. 화자는 산을 가지 못한다. 천지자연에 대한 염

---

135 김용휘, 「해월의 마음의 철학」, 『해월 최시형의 사상과 갑진개화운동』, (모시는 사람들), 2003, 118쪽.

136 「천지부모」, 『해월신사법설』: 人知天地之祿則 必知食告之理也 知母之乳而長之則 生孝養之心也 食告反哺之理也 報恩之道也 對食必告于天地 不忘其恩爲本也: 사람이 천지의 녹인줄을 알면서 식고(食告)하는 이치를 알 것이요, 어머니의 젖으로 자란줄을 알면 반드시 효도로 봉양할 마음이 생길 것이니라. 식고는 반포의 이치요 은덕을 갚는 도리이니, 마음을 대하면 반드시 천지에 고하여 그 은덕을 잊지 않는 것이 근본이 되느니라.

137 마리아스·반다나 시바, 손덕수·이난아 옮김, 『에코페미니즘』, (창작과비평사, 2003), 185쪽.

치가 없기 때문이다. 인간의 이기적 욕망으로 인해서 병들고 파괴된 산에 간다는 것은 용기(?)가 필요한 일이다. "솔 누렇게 시들고/ 새들 떠나고/ 적막한 산/ 빈 산"은 예사롭지 않은 불길함을 동반한다. 화자는 속죄하는 의미에서 "아스팔트길을 점토로 걸으며 뉘우친다."

애야/ 괜찮다/ 교도소 벽돌담 위에 풀꽃님도 피시니 괜찮다/ 건너편 병식님 계시던 방 창살 사이 가죽나무님도 자라신다 아주 괜찮다/ 아침엔 참새님 와서 악쓰시고/ 저녁엔 쥐님 와서 춤추시고 이 빈대 모기 파리 구더기님도 계신다/ 옆방에 그 옆방에 도둑님들 잔뜩 계시고/ 황공하옵게도 내 앞엔 간수님도 한 분 계신다/ 괜찮다

—「안팎」 부분

가랑잎 한 잎/ 마루 끝에 굴러들어도/ 님 오신다 하소서// 개미 한 마리 마루 밑에 기어와도 님 오신다 하소서// 넓은 세상 드넓은 우주/ 사람 짐승 풀 벌레/ 흙 물 공기 바람 태양과 달과 별이/ 다 함께 지어놓은 밥// 아침저녁/ 밥그릇 앞/ 모든 님 내게 오신다 하소서// 손님 오시거든/ 마루 끝에서 문간까지/ 마음에 능라 비단도/ 널찍이 펼치소서.

—「님」 전문

내 목숨은/ 아득타/ 별로부터 오셨으니// 내 목숨은/ 가까이/ 흙으로부터 풀 나무 벌레와 새들 물고기들/ 내 이웃들로부터 오셨으니// 죽고 싶어도/ 죽기 어려운 것// 우주가 날 이끌고 있어 튕기고 이끌고 또 튕기고// 살고 또 살아/ 갚아야 하리니/ 이 은혜를 갚아야// 쪼그려 앉아 흙 위에 돌팍으로 쓴다// '되먹임!'

—「되먹임」 전문

소박하다면/ 이 죄 갚으리// 일그러진 마음에도/ 들꽃 한 아름 그리워할 수 있다면/ 새를 님이라 그리워할 수 있다면// 천 년 묵어 썩어 문드러진/ 이 죄 다 갚으리/ 길가에 가래침 뱉지 않고/ 물 공기 더럽히지 않는다// 일그러진 문둥이 마음/ 꽃 피어나듯 웃으리.

—「소박하다면」 전문

흙도 바람도 티끌까지도 모두 다 목숨 있어 태어나/ 살다 한 번은 죽어가고 죽은 뒤에도 살아 떠돌아 세상/ 은 온통 귀신으로 가득 찬 것

—「우물시장」 부분

시의 화자가 대상을 바라보는 마음은 미물이라고 여겼던 것들에까지 확대되어 사람의 인격과 합일시킨다. '님'[138]이란 호칭을 부여함으로써 극대화한다. 우리 민족이 믿어 온 최고 존재인 '하늘(天)'에 대해 인격적 존칭인 '님'자를 붙였다. 즉 하늘의 인격성을 드러낸 표현이며, 또한 인간 수운과 대화를 나눌 수 있는 존재이다. 천주라고 할 때의 '주(主)'는 인격적으로 아주 존귀한 높은 존재를 지칭하는 말이다.[139] 시의 화자는 천지 자연과 한 형제가 된다. 풀꽃, 가죽나무, 참새, 쥐, 빈대, 모기, 구더기, 도둑까지도 '님'이라 부름으로써 동귀일체를 이룬다. 동학의 종지인 시천 주(侍天主)를 철저히 세속화시킨 해월의 범천론(凡天論)과 같다. 김지하가 모든 존재를 시천주(侍天主)를 모시고 있는 대상으로 인격화한 것은 감옥에서의 경험 때문이었다. 영어(囹圄)의 기간은 김지하의 후일 생명 사상[140]이란 거대 담론 탄생의 환경적 배경으로 작용한다. "사람 짐승 풀

---

138 「포덕문」, 『동경대전』: 主者 稱其尊 而與父母同事者也: 주는 그 높은 덕을 우러러 기리고 부모처럼 받들어 모신다.

139 최동희·이경원, 『새로 쓰는 동학』, (집문당, 2003), 74~77쪽.

140 "봄이면 쇠창살 사이로 하얀 민들레 씨가 막 날아 들어온다고. 어느 날 민들레 씨가

벌레/ 흙 물 공기 바람 태양과 달과 별이/ 다 함께 지어놓은 밥"은, 벼에서부터 시작하여 밥을 짓기까지 우주의 모든 생명체가 협동한 결과이다. 해월은 "한울은 사람에 의지하고 사람은 먹는데 의지하나니, 만사를 안다는 것은 밥 한 그릇을 먹는 이치를 아는데 있느니라. 사람은 밥에 의지하여 그 생성을 돕고 한울은 사람에 의지하여 그 조화를 나타내는 것이니라. 사람의 호흡과 동정과 굴신과 의식은 다 한울님 조화의 힘이니, 한울과 사람이 서로 화는 기틀은 잠깐이라도 떨어지지 못할 것이니라."[141]라고 말한다.

한 알의 곡식이 만들어지기 위해서는 우주 전체의 협동이 필수적이다. 태양·바람·물·땅만으로도 될 수 없으며 우주 전체가 요청된다. 우주 전체가 협동하여 만들어 낸 결과물이 곡식이기 때문에, 해월은 "곡식이란 것은 천지의 젖"[142]이라고 한다. 달리 말하면 천지가 만들어 낸 정제된 기운이 바로 곡식인 것이다. 해월의 사유에서 보면 곡식은 단순히 탄수화물 덩어리, 단백질 덩어리로 이해되는 것이 아니라 천지의 정수로 이해되고 있다. 밥 한 그릇이 있기 위해서는 유형의 우주와 무형의 천주가 함께 작용하였다는 뜻이다. 다시 말하면 보이는 빛과 보이지 않는 빛이 함께 만들어 낸 것이 밥 한 그릇이 되는 것이다. 해월은 물질은 천지기운의 덩어리라고 말한다. 사람이 밥을 먹는 것은 한 기운이 다른 기운

들어와 천장에 가득 차서 아침에 빛이 들어오면 빛 속에서 하늘하늘 춤을 춘다고. 그날따라 그것이 그렇게 아름다운 거야. 눈이 부시게 아름다웠어요. 또 시멘트 받침하고 쇠창살 사이에 비 때문에 조그만 홈이 패였는데 그 홈에 바람이 불면 흙먼지가 와서 싸여 풀씨가 날아와 박혀요. 이 풀씨가 비가 오면 빗방울을 먹고 자라나는 개가죽 나무인데 굉장히 크게 자라요. 이 두 가지를 보고 갑자기 눈물이 터지기 시작하여 온종일 울었어요. 그때 허공이 진동하면서 한마디 말이 클로즈업 되는데 그게 '생명'이라는 말이에요." 김지하, 『사상기행 2』, (실천문학사, 1999), 25~26쪽.

141 「천지부모」, 『해월신사법설』: 天依人 人依食 萬事知 食一碗 人依食而資其生成 天依人而現 其造花 人之呼吸動靜屈伸衣食 皆天主造化之力 天人相與之機 須臾不可離也.

142 「천지부모」, 『해월신사법설』: 穀也者天地之乳也.

을 먹는 것이고, 보이지 않는 바로 말하면 하늘이 하늘을 먹는(以天食天·되먹임) 것이다.[143]

시의 화자는 "소박하다면// 들꽃 한 아름 안을 수 있다면// 새를 님이라 그리워할 수 있다면// 물 공기 더럽히지 않는다면"이라고 만약을 전제하고, "일그러진 문둥이 마음/ 꽃 피어나듯 웃으리"라며 천지자연과 하나임을 강조한다. "내 마음을 공경치 않는 것은 천지를 공경치 않는 것이요, 내 마음이 편안치 않은 것은 천지가 편안치 않는 것이니라. 내 마음을 공경치 아니하고 내 마음을 편안치 못하게 하는 것은 천지부모에게 오래도록 순종치 않는 것이니, 이는 불효한 일과 다름이 없느니라. 천지부모의 뜻을 거슬리는 것은 불효가 이에서 더 큰 것이 없으니 경계하고 삼가라."[144] 내 마음이 일그러진 문둥이 마음이 된 것은 천지를 공경치 않았기 때문에 비롯된 굴절된 상태이다. 따라서 나의 일그러진 마음의 상태를 회복하고, 천지에 속죄하는 일은 천지를 공경하고 사랑하는 길뿐이다.

우주 전체가 생명(氣運)을 가진 귀신으로 가득 차다. 생명은 죽음으로써 끝이 나는 것이 아니다. "인간 내장들은 화장을 통해서 물질 입자와 유기질로 분산되더라도, 세포들은 영생한다. 그것은 흙과 엇섞이며 흙 속에서 새로운 생명을 생성하고 그 자체로 토지가 되고 식생의 기초 조건이 되며 수맥에 흘러들고 모든 증발하는 공기 속에서 형태를 달리하여 살게 되는 것이다. 고대의 기학(氣學)에서도 인간이 흩어지면, 기(氣)가 흩어지면 혼(魂)이 상승하고 백(魄)은 지하로 깔리며 기가 흩어져서 귀신이 된다고 한다. 나는 백과 혼의 분리를 인정하지 않으며 물질과 정신의 분리도 인정하지 않는다. 그것은 흩어

---

143 오문환, 「해월의 사물 이해」, 『동학의 정치 철학』, (모시는 사람들, 2003), 74~78쪽.
144 「수심정기」, 『해월신사법설』: 逆其天地父母之志 不孝莫大於此也 戒之慎之.

지되 흩어짐의 최대치 상태를 뜻하는 것일 뿐 그 안에는 최소치로서의 수렴적 정신의 잔존이 있다고 생각한다. 이것이 귀신 현상이다. 나는 귀신 현상을 믿으며 인간의 죽음 이후에 유기물질이나 세포들의 잔존이나 영생과 함께 귀신도 영생한다고 믿는다. 그리고 그 귀신은 산이나 들뿐만 아니라 그 후손의 영성 속에 서식하며 그 후손만이 아닌 사회적 생명의 모든 영성 속에 공공적 정신으로 영생한다고 믿는다. 인간 생명은 죽어서 우주 생명의 보이지 않는 근원적인 숨겨진 질서로 돌아가는 것이다. 숨겨진 질서의 전 우주적 유출, 생성으로 돌아간 인간의 영성적 생명은, 또다시 드러난 질서의 생명이나 물질 속의 영성적 기의 활동으로 드러나거나 활동하는 것이다. 우주 생명은 소멸하는 것이 아니며 무궁무궁한 끝없는 생성, 유출의 길을 가는 것이라고 보아야 한다."[145]

새로운 차원으로 변화하여 전 우주의 끝없는 생명활동에 참여하고 있다는 것이다. 따라서 생명이란, 외면적인 죽음으로 끝나는 것이 아니라 끝없는 생성 속에서 되풀이되는 것이기 때문에 인간과 사물 그리고 천지자연의 관계는 '되먹임'[146]의 하나의 관계라고 할 수 있다. 개체로서의 인격적인 '나는 죽지만, 나의 존재가 죽음으로써 다른 물질로 차원 변화를

---

[145] 김지하, 『생명과 자치』, (솔, 1996), 205~207쪽.

[146] 「以天食天」, 『해월신사법설』: 내가 항상 말할 때에 물건마다 한울이요 일마다 한울이라 하였나니, 만약 이 이치를 옳다고 인정한다면 모든 물건이 다 한울로서 한울을 먹는 것 아님이 없을지니, 한울로서 한울을 먹는 것은 어찌 생각하면 이치에 서로 맞지 않는 것 같으나, 그러나 이것은 사람의 마음이 한 쪽으로 치우쳐서 보는 말이요, 만일 한울 전체로 본다면 한울이 한울 전체를 키우기 위하여 같은 바탕이 된 자는 서로 도와줌으로써 서로 기운이 화함을 이루게 하고, 다른 바탕이 된 자는 한울로서 한울을 먹는 것으로써 서로 기운이 화함을 통하게 하는 것이니, 그러므로 한울은 한 쪽 편에서 이질적 기화로서 종속과 종속의 서로 연결된 성장발전을 도모하는 것이니, 합하여 말하면 한울로써 한울을 먹는 것은 곧 한울의 기화작용으로 볼 수 있는데, 대신사께서 모실 시(侍)자의 뜻을 풀어 밝히실 때에 안에 신령이 있다함은 한울을 이름이요, 밖에 기화가 있다함은 한울로서 한울을 먹는 것을 말씀한 것이니 지극히 묘한 천지의 묘법이 도무지 기운이 화하는데 있느니라.

일으켜 또 다른 자연의 일부가 탄생하는데 일조를 한다. 즉 끊임없이 순환하기 때문에 결국 궁극적으로는 죽지만 죽지 않고 생성한다고 할 수 있다.

　　나라는 풍요, 백성은 격양하니/ 태고에 다시없는 태평이 아닌가/ 오호 소수친화(疏水親火)의 신비로움이여/ 명치(明治)의 성은(聖恩)이로다/ 물은 멀리하되 너무 멀리는 않을터라/ 불이 약간 우심하나 친소하면 그만이며/ 불은 가까이 하되 너무 가까이는 않을터라/ 쇠가 이제 절멸이니 소화하면 그만이로다/ 오호 존경하올 물과 불은 듣소시오/ 물은 주시오되 홍수는 거두시고/ 불은 주시오되 화재는 거두시라// 나무가 없고 보면 물이 갈곳 어디메며/ 나무가 없어지면 불이 날곳 어디멘가/ 비노니 물과 불은 나무에서 공락(共樂)하라

　　　　　　　　　　　　　　　　　　　　　　　　　　　ㅡ「오행」 부분

　위의 시에서는 화자가 지향하는 '동귀일체'의 세계가 잘 나타난다. 동귀일체의 세계라고 해서 무조건적으로 하나의 단일한 세계로 융합되는 것이 아니다. "모두가 하나요 살아 있는 총체요 본시 하나요 사실 하나요 결국 하나요 따로 따로 살아 있는 한덩어리요 한덩어리로 살아 있는 따로따로요 따로따로와 한덩어리가 근본에서 하나요 하나의 살아 있는 생명, …(중략)… 둘이 둘이니 곧 하나요, 하나가 하나니 곧 둘이요, 둘이 둘이 아니며 하나요 하나가 하나 아니니 둘이 아니요"(「대설 1」 부분)의 관계에서 확인이 된다. 생명의 탄생에는 그 나름대로의 의미와 역할이 존재한다. 이런 의미를 감안하지 않는 동일성은 또 다른 강제와 권력을 만든다. 화자가 태평스런 세상으로 규정하는 세계는 서로 다른 생명의 특수성을 그것 자체의 독립적인 세계로 인정하면서 동일한 가치를 추구하는 세계이다. 이질적인 특성을 그것의 역할에 맞게 조화를 이루는 세계이다. 무조건적인 수용과 흡수의 세계가 아니다. 물과 불, 쇠, 나무의

관계를 '불가근불가원(不可近不可遠)'의 관계로 파악한다.

이 같은 불가근불가원의 관계가 태평성대의 조건이 된다. 물과 불, 쇠는 서로 상극이지만, 상생 공존하는 역학적 균형적 거리를 유지한다. "물은 주시오되 홍수는 거두시고/ 불은 주시오되 화재는 거두시라"에서 중용과 절제의 시혜적인 측면을 본다. 불과 물은 상극이지만, 나무에서는 두 이질적인 대상들이 공생한다.

김지하는 그의 시 「작은 것을 보자」에서도 공생과 상생의 원리를 "악어"와 "악어새"의 비유를 들어 "그 이 사이에 낀 찌꺼기를/ 쪼아주는 공생 동물이 없다면/ 악어의 이빨은 쉽사리 썩을 것이고/ 쉽사리 썩어서는/ 악어의 육식 생활은 끝장이다// …// 보기만 하라/ 악어는 위대하다/ 위대한 것만이 다냐/ 악어를 악어이게 하는/ 악어새는 보이지 않는가/ 우린 이제 눈을 좁혀/ 악어보다도/ 악어새를 볼 일이다/ 악어새/ 그 아름다운 자연의 조화."라고 말한다. "나무"는 생명적인 공간을 의미한다. 나무가 없으면 불과 물은 유용성을 상실하는 순망치한의 환경이 되며, 나무도 물과 불이 있음으로 해서 생명을 유지하고 연소가 된다. 마찬가지로 악어와 악어새의 관계도 공존하지 않으면, 생명을 유지하지 못한다. 상대적으로 예속적인 위치에 있었던 "악어새"의 역할을 드러냄으로써, 공존의 영역에서 강약부동의 고정관념을 배제하고 이면의 세계에 숨어 있는 '작은 것'을 보도록 권유한다. 작은 것은 상처 받기 쉬운 약하고 여린 것이다.

3. 고향과 세계의 연대

고향은 땅이다. 땅은 사람이 태어나고 살아가는 공간이며, 걸어가는 길이다. 그것은 '자리(空間)'이며, '지리(地理)'이다. 이 자리와 지리를 얻어서 문학은 자기의 세계를 해석하고 무한한 우주와 호흡한다. 자리는 '내'가 선 이 자리(實地)에서 가장 현실적이다. 그것은 사실의 땅이며 사건의 현장이다.[147] 고향은 땅 내음이 물씬 나는 곳이다. 고향 땅에 대한 사람의 타고난 애착은 지외경심(地外敬心, geopiety)이라 이를 정도로 심오하다.[148] 땅이라는 관념이 문학적으로 수용되는 차원은 대체로 세 가지 차원에서 논의될 수 있는데, 그 하나는 재화로서의 땅이라는 관념이며, 둘째는 역사로서의 땅, 그리고 셋째는 생명력을 지닌 삶의 터전으로서의 땅이라는 관념 그것이다.[149]

김지하의 시에서 땅의 문학적 수용 과정은 셋째의 생명력을 지닌 삶의 터전의 땅이 둘째의 역사의 전개 과정에서 훼손되고 억압당한 역사적 현실을 증언하는 차원의 땅이다. 재화로서의 땅이라는 관념이 땅에 관한 문학적 주제론의 차원이라면, 한국문학이 땅과 땅의 이야기를 통해 무엇을 말하는가를 규명하는 이런 작업은 일종의 비유론적 차원의 그것이라고 할 만하다.[150] 김지하가 궁극적으로 지향하려는 세계는 당대를 살았던 사람들의 삶의 애환과 억압을 역사적 상상력으로 견인함으로써 생명을 회복하려는 의지이다.

한국 현대시에서 고향은 식민지와 근대화 산업화의 파고 속에서 상반된 두 가지 성격을 지닌다. 하나는 고향이 간직하고 있는 과거의 전통을 전근대라는 미명하에 버려야 할 유산으로 치부한 것이며, 두 번째는 거대한 문명의 유입에 의하여 급속하게 해체되고 붕괴되어 가는 공동체의 귀속적인 연대감의 상실에 대한 안타까운 마음이 그것이다. 여기에 한국

---

147 김태준, 「그곳이 차마 꿈엔들 잊힐리야」, 『문학지리·한국인의 심상공간』, (논형, 2005), 5쪽.
148 김형국, 「땅의 근대화: 장소에서 공간으로」, 『땅과 한국인의 삶』, (나남, 1999), 319쪽.
149 김경수, 「한국문학과 땅과 상상력」, 『땅과 한국인의 삶』, (나남, 1999), 576쪽.
150 김경수, 위의 책, 581~582쪽.

의 특수한 역사·정치적인 사건들이 결부가 되어 한국적인 고향의 심상은 타자에 의한 해체와 파괴의 현장으로써, 생명을 억압하는 죽임의 공간으로 각인이 된다. 당시대의 고향은 개개인적 측면에서 볼 때는 유년의 추억이 담긴 순수한 공간이지만, 시대적 측면에서 사회적 아픔이 더 많이 담긴 고뇌의 공간이기도 한 것이 특징이다.[151]

이와 같이 김지하에게 고향은, 고향의 시원적 의미가 주는 태생적인 운명 이외에 역사·사회적으로 사실과 사건의 현장으로써 각인된 모습으로 다가온다. 고향은 세계의 첫 발을 내딛는 인식론적인 문제의식으로 그려진다. 그가 체험한 유년시절의 경험과 추억들은 한 인간의 삶과 정체성을 규정하는 비극적이며 입체적인 동기가 된다. 고향이란 시원적 공간이 주는 모태적인 안락함보다는 고향의 공간에서 경험하게 되는 세계의 모순과 균열이 성장의 원동력으로 작용을 하게 된다.

김지하에게 고향은 단순히 실지(實地)하는 지리적 공간으로서의 의미보다는, 그곳에서 일어났던 역사·사회적인 사건의 체험에서 각인된 고향의 풍경의 모습에서 구체화 된다. '풍경'은(시각을 중심으로 한) 감각을 통해 지각되는 물리적·공간적인 대상이 아니라, 어디까지나 지각하는 인간의 '인상(impression)'이라는 자발적 심상·표상이라고 한다. 그렇다면 '풍경'이란 우리 외부에 존재하는 자명한 것이 아니라, 우리의 심상에 의해 선택되는 것, 선택되어 온 것이다.[152] 김지하의 유년 시절의 고향의 체험이 낙원으로서 유희적 공간보다 균열과 상처로 내상된 아픔이 중심적으로 자리하고 있기 때문에 고향의 모습은 심상적으로 지각되는 '풍경'으로 자리한다. 이러한 아픔을 통해서 고향은 국토와 세계라는 넓은 의미로 확장된다.

---

151 이원규, 「한국시의 고향의식 연구」, (성균관대 박사학위논문, 2004), 4쪽.
152 이효덕, 박성관 옮김, 『표상 공간의 근대』, (소명, 2002), 42~43쪽.

김지하는 고향을 '불모와 죽임의 역사적 공간'과 '자본에 의한 수탈과 해체의 현장'그리고 '탄생과 회귀의 생명의 안식처'로 인식한다. 역사적 공간은 세계로 확산된 보편적인 고향이기 전에 김지하가 태어나 자란 시원적이며 구체적인 공간이다. 김지하에게 고향은 그가 태어난 공간인 목포와 유년시절과 청년시절을 보낸 원주, 그리고 한때 낙향을 하여 생활한 해남의 공간 등 세 공간과 시기로 구분된다. 본고에서는 역사적 가치로서의 공간의 의미를 넓게 해석하고자 한다.

1) 불모(不母)와 죽임의 역사적 공간

황톳길에 선연한/ 핏자욱 핏자욱 따라/ 나는 간다 애비야/ 네가 죽었고/ 지금도 검고 해만 타는 곳

－「황톳길」 부분

김지하의 고향인 '목포'와 '전라도'는 '황토'로 상징되는 이중적인 의미가 함축되어 있는 공간이다. 김지하의 고향은 생산과 생명을 의미하는 '황토'로 상징되는 공간이며, 역사로서 비극적인 정서가 바탕을 이루는 '불모(不母)'[153]의 공간이다. 황토가 의미하는 이중적 의미를 세분화하면 두 가지로 나뉜다. 첫째는 생명과 생산의 기능으로써, 호남평야의 곡창지대를 이루는 쌀의 생산을 담당 하는 옥토로서 기능이다. 옥토로서 기능적 의미는 '고향'과 '어머니'라는 시원적인 의미인 본래성으로 치환이 된

---

[153] 어떤 사람에게 맞는 땅이란 어머니의 자궁 속, 혹은 품속 같은 안온함을 맛볼 수 있게 해 주는 곳이다. 그러므로 땅에 대한 소유욕과 이기적인 이용심리는 어머니를 범하는 패륜에 해당 된다. 최창조, 「자생풍수에 담긴 선조들의 지혜」, 『땅과 한국인의 삶』, (나남, 1999), 31쪽. 위의 얘기는 해월의 "땅을 소중히 여기기를 어머님의 살같이 하라"와 같은 맥락이다.

다. 둘째는 역사적 사실로서 비극적 공간이다. 김지하에게 비극적 공간에서 선험적이나 직접적으로 경험한 역사적 사실들은 심상적으로 내상된다. 이 경우 상처받은 마음을 규정하는 색이 붉은색이다.

따뜻한 붉은색은 자극적인 반면, 고통을 야기하거나 흐르는 피에 대한 연상 때문에 혐오의 대상이 되기도 한다. 이러한 여러 가지 경우에서 색은 상응하는 물리적 감각을 일깨워 주며, 이 감각은 틀림없이 영혼에 예민한 영향을 준다. 만일 이 경우가 타당하다고 하면, 연상작용에 의해 색이 눈뿐만 아니라 그 밖의 다른 감각에 미치는 물리적 효과를 쉽게 설명할 수 있겠다.[154] 역사적 사실과 현실의 경험이 감각으로 인식이 되어 물리적으로 내면에 전이된 색이 붉은색이다. 붉은색은 말초신경을 자극하는 몽환적이며 분열적인 색이다. 옥토로서 기능적이며, 본래성을 가진 의미와 상충이 되는 황폐화된 색을 의미한다. 색채의 경우 한 가지의 색감이 두 가지 이상으로 받아들여질 때 정신분석학에서 말하는 양가감정(兩價感情)이 된다.[155] 양가감정은 분열적인 심리로 이어지게 되어 화자를 극도로 불안한 심리로 만든다. 황폐화된 색의 이미지는 심상적으로 그려지는 고향 땅에 대한 인식이다. 그 자신이 "아, 내고향! 저주받은 땅 전라도!"[156]라고 규정한 곳이다.[157]

---

154 칸딘스키, 앞의 책, 59쪽.

155 채수영, 앞의 책, 45쪽; 이규동, 『위대한 콤플렉스』, (대학문화사, 1985), 345쪽 재인용.

156 김지하, 『흰 그늘의 길 3』, (학고재, 2003), 33쪽.

157 전라도의 한(恨)은 어제오늘의 일이 아니다. 전라도의 한은 이 민족 전체의 한을 압축한다. 이것은 복수나 단순한 해원(解冤)으로 해결되는 것이 아니고 전라도 사람과 민족, 민중이 주축이 되어 참다운 이상사회, 새로운 통일사회를 건설하는 것만이 그 한을 진정으로 푸는 길이다. 단순한 정권 차원의 해소 가지고는 안 된다. 그것은 아마도 전 문명사적인 것이다. 미국과 북한이 침묵하며 방관하고 있는 것은 의미심장하다. 자본주의나 사회주의 가지고 해결되는 것이 아니다. 사상과 역사의 새 차원, 그야말로 신기원을 창조하지 않으면 안 된다. 동학 등 전라도의 항쟁사가 현대에 갖는 참다운 의미를 생각할 때다. 전라도 민중의 내면적 한의 생성을 생각해야 한다. 그것, 그것을 위해 이제 나는 방향을 바꾼다. 전혀 새로운 길을 떠난다. 그 누구도 비난할 수 없고 가로 막지도 못할 것이다.

결국 황토는 타자에 의해서 본래성이 훼손당한 현실을 적나라하며, 원색적으로 고발하는 죽임의 색이다. 고향의 모습은 죽임의 공간이다. 자식을 먼저 보내고 가슴에 묻은 아비의 절규가 선혈이 낭자한 붉은 피와 함께 전경화 된다. 황토는 단순히 흙의 색깔을 나타내는 것이 아니라, 김지하의 심상에 각인된 특정한 장소의 이미지를 말한다.[158] 색이란 무엇인가? 라는 물음은 빛이란 무엇인가 라는 물음과 관계를 갖는다. 빛이 있어야 색이 존재할 수 있기 때문이다.[159] 김지하의 시에 붉은색과 검은색이 많이 등장하는 것은 시대의 모순을 비추어 줄 빛이 사라진 암울한 시대를 의미하기 때문이다. "남도의 황톳빛은 누런빛이 아니다. 그것은 핏빛이라 해야 옳다."[160]라고 말한 그의 말에서 확인이 된다. 김지하에게 고향은 생성으로서 생명의 공간이 아니라, 죽임의 현상이 지금도 지속적으로 현재화되고 있는 불모의 땅으로 형상화된다. "시퍼런 하늘을 찢고/ 치솟아오르는 맨드라미/ 터질 듯 터질 듯/ 거역의 몸짓으로 떨리는 땅"(「비녀산」 부분) 에서도 모순된 현실에 대한 민중의 분노가 임계점을 지나 광정(匡正)하려는 의지가 성숙된다.

김지하, 위의 책, 33쪽.

158 우리는 순수한 물리적 작용을 받아들이게 된다. 말하자면 눈 자체는 색깔이 가진 아름다움과 그밖에 다른 성질에 의해 매혹되는 것이다. 그리하여 우리의 맛있는 음식을 맛보는 미식가처럼 만족과 기쁨을 느낄 것이다. 또한 눈은 양념이 잘 된 음식에 맛들인 혓바닥처럼 자극을 받는다. 그러나 눈은 얼음을 만진 후의 손처럼 다시 조용하고 차갑게 될 것이다. 이러한 현상들은 그처럼 짧게 지속하는 물리적인 감각들이다. 또 그것들은 표면적으로 영혼이 폐쇄되어 있을 경우에는 어떠한 인상도 지속적으로 남기지 못한다. 마치 우리가 얼음을 만질 때 차가운 감각을 느끼고, 손가락이 다시 따뜻해지면 곧 찬 느낌을 잊어버리는 것처럼, 색에 대한 물리적 작용도 눈을 다른 곳으로 돌리자마자 곧 잊혀지는 것이다. <u>다른 한편 얼음을 만졌을 때의 물리적 차가움이 더욱 깊게 스며들 경우, 더욱 복잡한 감정을 일으켜서 심리적인 경험의 연쇄를 형성하는 것처럼, 색에 대한 피상적인 인상도 역시 경험으로 발전해 나갈 수 있는 것이다.</u> 칸딘스키, 앞의 책, 57쪽.

159 채수영, 앞의 책, 25쪽.

160 김지하, 『흰 그늘의 길 1』, (학고재, 2003), 440쪽.

용당리에서의 나의 죽음은/ 출렁이는 가래에 묻어올까, 묻어오는/ 소금기 바람 속을/ 돌 속에서 흐느적거리고 부두에서/ 노동자가 한 사람 죽어 있다/ 그러나 나의 죽음은/ 죽음은 어디에

―「용당리에서」 부분

화자의 심상 속에 존재하는 고향의 황폐해진 풍경은 구체적인 실지(實地)의 지명으로 드러난다. "용당리"는 곧 고향의 구체적인 모습이며, 사회의 기층민인 노동자의 죽음이 목격되는 공간이다. 노동자의 죽음은 한낱 개인의 죽음으로 여기지 못하는 예사롭지 않은 죽임이다. 사회의 구조적 모순에 의한 죽음이기에 공명(共鳴)의 울림이 있는 죽임이다. 화자는 노동자의 죽음을 통하여 자신의 죽음의 존재방식에 대하여 자문을 하게 된다. 사회의 구조적 모순으로 파생된 살풍경한 현실에서 누구든지 그 현실 속에 함몰될 수 있다는 일상의 위태로움이 드러난다. 화자는 고향에서 자족한 유희를 즐기는 것이 아니라, 온 신경을 곤두세우며 긴장의 날을 세운다. 화자의 이 같은 심리 상태는 "저 벌거벗은 고통들을 끌어안는다/ 미친 반역의 가슴 가득가득히 안겨오는 고향이여"(「결별」 부분)에서 절정에 이른다. 고향은 온갖 사회적 모순에 의해 파생된 고통들이 중층적으로 모여 있는 공간이며, 이러한 고통에 의해 민중들은 벌거벗은 채 신음하고 있는 공간이기도 하다. 민중들의 가슴에 파사현정(破邪顯正)에 대한 욕구가 무르익어 가는 곳이다.

진리는 서편 하늘에/ 노을처럼 빛나고// 나는 여기/ 마른나무 되어 가지 못한다// 내 땅이여/ 더는 물 흐르지 않고/ 물속의 푸른 별 비춰지 않고// 저벅저벅/ 소리내 다가오는/ 털 돋는 이빨의 그림자들// 땅이여/ 내 가지 내가 꺾어/ 숟가락 싸들고/ 남으로 가리// 묻으러/ 가리// 못 가는 내 땅이여.

―「내 땅」 전문

화자가 처한 현실적 상황은 왜소하기만 하다. "진리는 서편 하늘에/ 노을처럼 빛나고", "더는 물 흐르지 않고/ 물속의 푸른 별 비취지 않고", "저벽저벽/ 소리내 다가오는/ 털 돋는 이빨의 그림자들"이 화자의 현실의 상황을 말해 준다. 이러한 현실에서 화자는 "나는 여기/ 마른나무 되어 가지 못한다"라고 절망한다.

이 같은 원인은 진리가 '서편 하늘에서 노을처럼 빛나고 있기 때문이다.' 서쪽은 일몰, 완결, 암흑, 죽음을 상징한다. 그래서 서쪽으로 간다는 것은 죽음을 의미하며, 대부분의 종교에서 서쪽 또는 북쪽은 내세의 땅이다.[161] 진리는 '언제 어디서나 누구든지 승인 하는 보편적인 법칙이나 사실로서 참된 이치'[162]를 말한다. 진리는 한 쪽으로 편향될 수 없다. 굳이 진리가 방향을 가리켜야 한다면, 신생(新生)의 동쪽이며 중앙일 것이다. 진리가 빛을 발하지 못하고 일몰하는 상황은 인간의 삶의 환경을 역천적인 일들이 일상적으로 지배하는 죽임의 공간으로 만든다. 화자가 가려는 '남(南)'은 이미 황폐해질 대로 훼손된 땅으로 화자가 가서 할 수있는 행위는 훼손된 땅을 땅에 묻는 종말적인 의식뿐이다. "외로움 속에/ 떠오르는 나무 한 그루// 가지마다/ 북쪽 바람이 감겨// 기우는 내 마음/ 남쪽으로 간다"(「남쪽으로」 부분)에서도 화자가 가고자 하는 남쪽은 본인의 지향하는 마음과는 달리 현실적으로는 장애에 부딪친다.

무실리/ 내 마음의 지도/ 배부른 산 무실리/ 붉은 딸기밭 한가로운 젖소들/ 배꽃 능금꽃 복사꽃 눈부시게 흐드러지는 곳/ 푸른 옻밭 너머론/ 이 시린 시냇물 뛰어 달리는 무실리/ 배부른 산 무실리/ 지금은 교도소// 없다// 폐허의 판잣집 살림에도/ 소풍 때만은 어머니가 싸주시는/ 김밥 입에 문 채 동무들

161 한국문화상징사전편찬위원회, 『한국문화 상징사전 2』, (두산동아, 2000), 413쪽.
162 국립국어연구원, 앞의 사전, 5,812쪽.

얼싸안고/ 벗겨낸 솔껍질 향내 맡으며 뛰놀던/ 뛰놀던 그 하얀 날의 무실리/ 내 마음의 지도/ 중학교, 고등학교 대학 때도 그 뒤까지도/ 나의 꿈자리, 누워 뒹굴며 꿈꾸던 자리/ 지금은 교도소// 없다/ 어둡고 춥던 그 긴긴밤/ 껴안아 가슴의 불꽃을 지켜준/ 아아 무실리, 머언 훗날에라도/ 기어이 찾아갈 빛나는 땅의 꿈/ 무실리/ 내 마음의 지도// 없다// 우두커니 서서/ 교도소에서 교도소로 돌아온/ 바람 부는 텅 빈 내 마음 한복판에/ 우두커니 서서/ 나는 지도 읽는 법을 다시 배운다/ 그 하얀 날의 무실리는 이제/ 오만 분의 일/ 그 어디에도// 없다// 내 빈 마음 속에 저 거리 거리에/ 수근대는 소리들, 들끓는 생활의 외침 속에/ 덧 없이 스쳐 지나는 짤막한 미소 언저리/ 그 밖에는 아무데도 아무데도// 이제는/ 없다.

-「무실리의 그 하얀 날」 전문

김지하에게 고향(전라도)은 모순과 배반의 공간으로 각인된다. 그것은 어릴 때 경험했던 독특한 가계의 분위기와 죽음을 목격한 것에서부터 시작된다.[163] 이러한 비정상적인 환경은 그를 사회의 구조적 모순에 눈을 뜨게 하는 동기로 작용을 하게 했으며, 인식의 지평을 역사의 문제에까지 확장시켰다.

위의 시는 원주에서 유년기에 경험한 투명하고 아름다운 정서를 바탕으로 한다. 고향은 그 자체로 낙원적인 시원성이 존재하는 공간으로서, 한 개인을 외부세계와 경계 짓는 땅이다. 고향은 아픈 상처까지도 아름

---

[163] "죽음은, 특히 학살은 그것을 본 사람을 부패시킨다. 잊고자 애쓰는 동안 인간성을 잃어버리게 되는 것이다. 그래서 그날 밤처럼 새카맣게 썩은 밤을 몇 날 며칠이고 지새우게 되는 것이다. 죽임은, 특히 학살은 어린이 안에 허연 영감을 들여앉힌다. 그리고 그 영감은 온갖 스산한 불행의 감각과 현실이 증발한 미신과 바보 같은 망각을 불러 오는 것이다. 전쟁은 어린이에게 맞지 않는 옷만을 입히는 게 아니다. 전쟁은 어린이에게 알맞지 않은 생각도 들씌워준다. 생각! 삶의 기술자 삶의 주체이기도 한 그 생각을, 그 숱한 잘못된 생각들을!" 김지하, 앞의 책, 221쪽.

다움으로 치환되는 곳이다. 1연의 "붉은 딸기밭/ 한가로운 젖소들/ 배꽃 능금꽃 복사꽃 눈부시게 흐드러지는 곳"은 동화적이며 목가적인 고향의 배경을 형상화한다. 2연의 "폐허의 판잣집 살림에도/ 소풍 때만은 어머니가 싸주시는/ 김밥 입에 문 채 동무들 얼싸안고/ 벗겨낸 솔껍질 향내 맡으며 뛰놀던/ 뛰놀던 그 하얀 날의 무실리"에서는 유년시절 고향에서 경험했던 추억들이 고스란히 형상화된다. 가난했지만 행복했던 시절로 기억된다. 동화적 상상력이 배어나기 위해서는 주변 환경이 갈등보다는 화해가, 부정적 사고보다는 긍정적인 사고가 인물들과 조화를 이루고 있어야 한다.[164] 김지하의 시에서 예외적으로 묘사된 유년시절의 화해롭고 평화스러운 모습이다. 화자는 3연에서 그가 고향을 떠난 후 세파에 시달리며 가슴 조였던 시절, 그를 견디게 한 것이 '고향의 힘'임을 말한다. 그러나 고향은 현실적으로 황폐해진 모습으로 고향은 존재하지 않는다. 4연 "나는 지도 읽는 법을 다시 배운다"에서 고향의 상실과 함께 고향의 의미를 재정립하려는 화자의 의도를 엿 볼 수 있다. 고향은 존재하지 않는다.

2) 자본에 의한 수탈과 해체의 현장

'비롯된' 시원적 공간은 그 의미가 예사롭지 않다. 인간이 태어난 고향은 물론이고 문명이나 왕조의 발상지 등은 특별히 신성시 한다. 비단 사람의 문화와 문명의 진화 과정에서 뿐만 아니라, 동물에서도 자기가 태어난 고향은 특별하다. 수구초심이란 고사성어가 그 의미를 말해준다. 그러나 이런 시원적인 본래적 공간이 훼손되거나 파괴될 때에 존재는 근거를 상실하는 아픔을 겪게 된다. 훼손의 주된 원인이 고향(땅)을 경제적

---

164 이원규, 앞의 논문, 143쪽.

가치로서 교환대상으로 삼기 때문이다. 고향 땅을 매매가 가능한 자본의 속성으로 인식한다는 점이다.

　서구의 근대적인 가치가 수용되면서 고향 땅은 더 이상 자족적이며 공동체적인 정서적 동일성을 보존하지 못하고 해체되어 갔다. '신토불이(身土不二)'의 유기적인 관계가 이원적으로 분리되기에 이르렀다. 땅과 인간과의 관계가 생명적인 관계에서 거래의 수단으로 전락하게 되었다. 해월은 "땅을 소중히 여기기를 어머님의 살같이 하라"[165]라고 했다. 땅을 매매와 거래의 수단으로 생각한다는 것은 어머님을 범하거나 파는 패륜적인 행동과 같다. 이러한 패륜이 자행된 공간에서 생명의 출생과 귀의 처가 되는 고향 땅이 불행의 싹이 트기 시작하는 것은 어쩌면 당연한 일이겠다.

　　마흔 몇해전/ 왜놈들이 이땅에서 쫓겨나가지 직전/ 전라도 목포 근도리 일로 이로 두 얼품/ 화당 부줏머리 사이 뚝 막아 간척한 임성벌 언저리/ 상리 어디쯤에/ 왜놈 후꾸다 농장에서 소작붙이로 입에 풀칠하던 장화삼춘이란 농투산이 하나 살았것다./ 일잘하고 성미 어질고/ 남의 일 잘 봐주고 동네 품앗이 제 일처럼 열심내 하고/ 좋은 먹거리 생기면 나눠먹고/ 좋은 일거리 생기면 함께 즐겨 어울리는 자상한 성깔인데/ 한번 경우 틀리면 빡빡하기 망막대골/ 제것 한번 건드리면 칡범으로 표변,/ 제 마누라 세 새끼 부모형제 말할 것 없고 친척이웃 끔찍 아끼고/ …/ 원수같은 왜놈들 공출로 사시장철 굶주림이요/ 아귀같은 왜놈들 소작료 등쌀에 새끼들 학교진학은 꿈에라도 난망/ 손발이 갈퀴되어 거무같이 시꺼멓더니/ 해방이 되고 왜놈들 쫓겨나고/ 시늉이나마 토지개혁이 되고 모냥이나마 제 땅 생겨놓으니/ 아가리가 함박마안하게 벌어져 닫을 줄 모르고 파리 모기 하루살이 입에 들어간 줄도 모르고 벌죽벌죽

165 「성·경·신」, 『해월신사법설』.

밤낮으로 허허허 허허/ 이런 장화삼춘에게 왜놈 후꾸다놈이 쫓겨가면서 선물한 가지를 주었는데/ 바로 다름 아닌 새 고무장화 한 켤레였겄다./ 말레이 특산 좋은 고무 맞춤으로 지어/ 똑 좋은 가죽장화모냥 새카만 것이 반짝반짝 윤이 자르르르르/ 물일 논일 똥일 밭일에/ 왼갖 굿은일 갖은 험한 일에 털끝만치도 안 상하게 아조 전천후로 만들어 편하고 단단하기가 아조아조 만년묵기/ 새 고무장화 한 켤레 얻어들고 장화삼춘 어찌나 좋았던지 왼 식솔들 모아놓고 춤을 덩실덩실 추어싸며 줄달음질 모내기쪼를 중중몰이에 얹어 소리한다.

　　　　　　　　　　　　　　　　　　　　　　　　　　—「고무장화」 부분

　화자는 주인공인 장화삼춘을 통해 순박하기만 한 그가 어떻게 입체적으로 굴절되며 변하는지를 보여준다. 장화삼춘이 변하게 된 원인은 일본인 후꾸다가 고국으로 쫓겨 가면서 준 '고무장화' 때문이다. 고무장화는 장화삼춘의 한의 객관적 상관물이며, 일제 강점기의 수난의 시대를 증언한다. 억압의 환경을 사는 사람일수록 가슴에 풀지 못한 욕구들이 많다. 정상적인 욕구나 정서가 장애를 입고 정체되거나 침전될 때 한이 생긴다.
　이러한 억압의 산물들은 소멸되는 것이 아니라, 잠재의식 속에 내재되어 있다 적당한 환경이 조성이 되면 언제든지 의식의 세계로 표출된다. 장화삼춘의 입체적인 변신은 이러한 의식의 표출이다. 장화삼춘은 농삿일을 생업으로 하는 농투산이다. 농삿일을 천직으로 알고 자연에 순응하며, 이웃과 주변을 제 몸처럼 아끼는 마음이 따뜻한 사람이다. 오늘날의 산업사회에서는 사라진, 그렇기 때문에 회복해야 할 전통적인 전형적 인물이다. 그러나 장화삼춘의 장화에 대한 지나친 집착은 그로 인한 또 다른 집착과 견제를 낳는다. 그 만큼 일제 강점기의 농촌의 현실이 일제에 의하여 경제적인 수탈과 수난의 대상이 되었음을 반증한다.

외국자본 빚내다가 인삼, 녹용, 물개, 배암, 로얄제리 와장창/ 외국기술 동
원하여 음구생산에 매진, 약진, 중단없이 전진하니/ 나라 안에 왼갖 접, 왼갖
교미, 왼갖 모임, 왼갖 화합을 금지하고 그 위에 남녀상열까지 떠억 법으로
엄금해 놓으니

―「앵적가」 부분

투자 투자 투자 투자/ 일본은 어머니, 한국은 아들/ 어머니가 젖 주듯이
투자 좀 하소/ 합자도 오케이, 단독도 땡큐/ 출혈수출 적자수지 기아무역 하
청자영 좋다 좋다 모두 좋아/ 기술료도 노임도 우리가 몽땅 내고/ 원료와 결
정권은 당신네가 왕창 갖고/ 마름도 좋고 머슴도 좋다/ …/ 일본은 오야붕,
한국은 꼬붕

―「똥바다」 부분

농촌이 경제적 가치의 대상으로 전락한 것은 일시적인 정책적 실패에
기인 한 것이 아니다. 제국주의의 거대자본이 시장 개방에 대한 압력을
가했기 때문이다. 외국자본의 유입과 개방은 국내산업의 붕괴로 이어진
다. 당시대만 해도 경쟁논리가 생소한 터여서 외국자본의 개방은 곧 국
내산업의 잠식으로 이어졌다. 외국자본의 국내 유입은 경공업과 중공업
에 집중되었다. 농촌에 직접 영향을 준 것은 아니다. 그러나 경제적인 구
조는 연계성과 파급성이 있기 때문에 도미노 현상을 일으킨다. 도시 중
심의 발달 정책과 산업화는 농촌 인력의 도시집중화 현상으로 나타나게
되어, 농촌인력의 급격한 감소와 이농현상으로 이어진다. 뒤떨어진 선진
기술을 배우기 위해 산업화 초기에 나타나는 불가피한 현상이라 인정한
다 해도 '일본은 어머니, 한국은 아들'이라는 종속적이며, 노예적인 인식
은 위기의식을 갖기에 충분하다. "출혈수출", "적자수지", "기아무역",
"하청자영"이란 시어와 "기술료"와 "노임"이란 시어 등은 이러한 종속

적인 관계를 더욱 심화시킨다. 화자는 일본으로 상징되는 제국주의의 무력에 의해서 강점된 이후, 또 다시 경제적인 식민지로 전락되는 현실을 고발한다. 투자만 하면 모두 좋다는 인식은 특권층이 자신들의 경제적 이익을 위해서라면 '물불'을 안 가리는 탐욕의 논리이다. 또한 투자를 종용하는 구걸적 행동은 식민지를 경험한 역사를 망각한 행동으로 보인다.

> 빈부 갈라 탈/ 있는 놈들 배터져 탈 없는 놈들 배붙어 탈/ 동서남북 남부여대 천하대본 이농실농
>
> —「탈」 부분

위의 시는 5.16 이후, 군사정권에 의해서 추진되었던 근대화의 과정에서 소외된 농촌의 이농현상을 타령조에 맞게 풍자한 시이다. 한국의 근현대사에서 농촌의 급격한 해체와 붕괴는 두 번에 걸쳐 일어난다.

첫 번째가 일제강점기에 의한 것이며, 두 번째는 5.16 군사정권이 강력하게 추진했던 수출드라이브 정책에 의해서 중화학공업을 우선시 하면서 일어난다. 수출드라이브 정책은 젊은 인력의 노동력을 바탕으로 하는 노동집약적인 산업으로써 농촌의 젊은 인력들을 도시로 흡수하지 않으면 안 되는 한계를 안고 있다. 사람들이 농촌을 떠나게 되는 원인으로 간과하지 못하는 또 하나의 이유가 도시인들에 의해서 자행된 농촌의 투기현상이다. 일제 강점기에 자행된 농촌의 수난이 군사적 목적과 경제침탈에 있었다면, 군사정부에 의해서 자행된 농촌의 수난은 특권층이 저지른 차별과 경제적 이득이 목적이다.

이 같은 도농간의 불평등한 관계가 가능했던 것은, 군사정부가 가지고 있는 정통성의 문제 때문이다. 그들은 정통성을 만회할 목적으로 경제개발에 사활을 걸었으며, 다수 기득권층들은 도시개발로 얻어진 경제적 잉

여를 농촌에 투자를 하면서 농촌은 급격히 쇠락의 길로 접어든다. 특별한 연고가 없음에도 불구하고 서울로 상경한 이주민들은 도시빈민이 되어 사회의 기층민으로 전락하게 되는 것은 당연한 일이다. 이 시기에 형성된 무허가 판잣집인 소위 '달동네'가 당시대의 민중의 삶을 상징적으로 대변해 준다. 뚜렷한 삶의 계획이나 대안이 없이 생존을 위해서 무작정 서울로 향한다. "있는 놈들 배터져 탈 없는 놈들 배불어 탈"이란 구절에서 극단적인 '양극화가 농촌을 피폐하게 만든 주요 원인임이 드러난다. 이외에도 "팍팍한 서울길/ 몸 팔러 간다"(「서울길」 부분)에서 양극화의 원인으로 농촌을 떠나지 않으면 안 되는 극단적 현실이 보인다. 서울은 '젖과 꿀이 흐르는 복음의 땅'이 아니라, 생존을 위해서는 '처녀성(處女性)'까지도 거래가 횡행하는 거대자본의 시장이다.

노래 노래 불러쌌는 판잣집 한 모퉁이 그 한 귀퉁이방에 청운의 뜻을 품고/ 시골서 올라와 세들어 사는 안도란 놈이 있었것다./ 소같이 일 잘하고/ 쥐같이 겁이 많고/ 양같이 온순하여/ 가위 법이 없어도 능히 살 놈이어든/ 그 무슨 전생의 악연인지 그 무슨 몹쓸 살이 팔짜에 끼었는지 만사가 되는 일없이 모두 잘 안돼/ 될 법한데도 안돼/ 다 되다가도 안돼/ 될듯 될듯이 감질만 내다가는 결국은 안돼

─「비어」 부분

농사로는 밥못먹어 돈벌라고 서울왔소. 내가 죄가 있다면은 어젯밤에 배고파서 국화빵 한개 훔쳐먹은 그 죄밖에 없습네다.

─「오적」 부분

「비어」의 주인공 '안도'와 『오적』의 주인공 '꾀수'가 고향을 떠나 서울로 무작정 상경한 것은 고향, 즉 농촌이 더 이상 전통적인 공간으로서

의미를 상실했기 때문이다. 기계와 자본으로 상징되는 근대화 과정에서 농촌은 경제적으로 산출된 잉여 산물의 수혜자가 아니라 일차적으로 수난을 당하는 피해자이다. 전통적인 농업은 순환적이며, 예측 가능한 환경과 기후 조건에 의해서 형성이 되는 가시적인 구조를 갖는다. 생산과 수요의 변화가 큰 변동 요인이 발생하지 않는 안정적인 구조라는 점이다. 그러나 근대화와 산업화의 시작은 농촌의 안정적 생존 구조를 위협한다. 전통적으로 전망이 가능한 안정된 생존 구조 속에 익숙했던 농촌이 경험하게 되는 현실은 그만큼 감당키 어려운 현실이 된다.

안도와 꾀수가 상경을 한 것도 삶을 지속하기 위해서 불가피하게 선택한 생존적인 측면이 강하다. 화자는 「비어」의 안도의 성품을 세상의 때가 묻지 않은 순진무구한 모습으로 형상화한다. 화자의 말대로 '법이 없어도 살 수 있는 인물'이다. 이런 인물의 성품은 「오적」의 꾀수도 마찬가지이다. 이 부분에서 화자의 의도가 드러난다. 순진무구한 인물들이 농촌을 떠나지 않으면 안 되는 현실을 드러내려는 의도이다. 안도와 꾀수의 탈향은 타의에 의해서 강제된 것이기 때문에 이들이 서울이란 낯선 땅에서 경험하게 되는 현실은 생경하고 고단한 태생적인 한계를 가진다. 소위 '머피의 법칙'과 같다. 한편으로 시각을 달리해서보면 외면적으로는 안도와 꾀수가 고향을 떠난 것이지만, 고향이 두 인물을 버린 것[166]이기도 하다. 「오적」의 "농사로는 밥못먹어 돈벌라고 서울왔소"에서 전통적인 농촌의 해체와 변화의 원인이 근대화 산업화에 있음을 보여준다.

　삭발한 젊은 부인이 말한다// 핵전기보다는 촛불을 쓰지요/ 아이들을 그렇

---

166 고향이 개체를 버렸다는 얘기는 다분히 역설적이다. 서울이란 낯선 공간에서 안도와 꾀수가 경험해야 했던 이질적인 환경을 인과적인 측면에서 필연성을 부여하기 위해 언급한 것이다. 즉 고향은 그대로 이지만, 외부적인 영향과 조건에 의해서 해체되거나 붕괴되어 가는 고향을 보호해 주지 못하는 측면에서 얘기한 것이다.

게 가르칩니다/ 새문명이 올 때까지 참을랍니다.// …// 벌써 십년 전 두세 해 동안 이 땅 부안을 드나들며 생명민주주/ 의, 풀뿌리 주민자치를 역설한 뒤 새까맣게 잊었던 이 땅에, 동학/ 의 텃밭인 이 땅에, 반핵 생명평화의 깃발이 오르는 이 땅에, 내 마/ 음의 고향 곰보할매의 바로 그 잃어버린 고향이 있다니

─「부안 2」 부분

부안은 김지하가 지방자치의 착근을 위하여 생명운동을 전개했던 장소이다. 1980년대 말 출옥한 후, 감옥에서 깨달은 생명운동을 농촌과 민중에게 생활 속에 전파하고자 본인이 직접 현장에 뛰어 들어 그들과 함께 생명운동을 전개하였다. 그는 생명운동의 전개과정에서 무엇보다 중요한 것이 사회변혁운동과 제도개선을 위한 선언적이며 투쟁적인 외침이 아니라는 것을 자각하게 된다. 인간의 마음이 바르고 마음을 잘 쓰는 것이 중요하다는 것을 자각하면서, 현장에서 전념했던 실천적인 생명운동을 접고 영성과 마음의 실체[167]를 위하여 내면의 세계에 침잠한다. 부안에서 생명운동 전개 이후, 십 수 년이 흐른 뒤에 부안은 전국적으로 관심의 대상으로 떠오르게 된다. 핵폐기물 처리 장소로 선정됨으로써, 정부와 극단적인 대립을 한다. 땅은 누구의 소유물이 아니다. 부안이 정부의 핵폐기물 처리 장소로 선정이 된 것은 땅을 죽임의 땅으로 만든 독단적인 전횡 때문이다. 이에 부안 주민과 환경을 생각하는 경향의 사람들

---

167 변산의 밤. 캄캄했다. 물결도 없고, 달도 별도 없었다. …(중략)… 검은 어둠 속에서 피어오르는 흰 담배연기 속으로 한 가지 분명한 사실이 떠올랐다. 내가 시인이라는 사실이었다. 그것을 새삼 깨달은 것이다. 시인이 무얼하는 사람인가? 아! 나는 짧게 외쳤다. 내가 찾고 있는 해답이 나의 직업 안에 들어 있었다. 내 의문은 바로 이것이었다. 아무리 풀뿌리 지역운동, 생명운동을 하고 변혁운동을 해서 사회를 바꾸어놓는다 하더라도 '마음보'가, 정신이, 넋이 바뀌지 않으면 소용없다는 것이었다. 김지하, 『흰 그늘의 길 3』, (실천문학사, 2003), 325쪽.

이 부안에 모여 핵폐기물 처리장 반대 시위와 생명의 존엄성에 기치를 들었다. 정부가 땅을 경제적 가치로 보는 일방적인 정책 때문에 빚어진 비극이었다. 애초에 땅은 주인이 없으나, 땅의 본래 용도와 섭리에 맞게 활용하는 사람이 주인이다. 경제적인 교환가치에 의해서 거래의 수단으로 땅을 인식하는 사람은 땅의 주인이 되지 못한다. 땅에 씨앗을 뿌리고 생명을 기르며 키우는 사람들만이 그 땅의 주인이 된다. 그런 사람들이 현지의 농민들이다.

해월은 "세상 만물이 나타나는 때가 있고 쓰는 때가 있으니, 달밤 삼경에는 만물이 다 고요하고, 해가 동쪽에서 솟으면 모든 생령이 다 움직이고, 새것과 낡은 것이 변천함에 천하가 다 움직이는 것이니라."[168]라고 말했다. 해월의 말은 공자의 '정명(正名)사상'[169]과도 일치한다. 정명사상은 각자의 '임무'와 '한계'를 의미하며 '―답다'라는 서술적 기능을 뜻한다. 땅이 생명을 키우는 공간이 아니라, 거래의 수단으로 전락한 것은 땅의 본래적인 쓰임새를 역행하려는 사람들의 행동 때문이다. 이 같은 행동은 정명사상을 망각한 탓이다. "삭발한 젊은 부인이 말한다/ 핵전기보다는 촛불을 쓰지요/ 아이들에게 그렇게 가르칩니다/ 새문명이 올 때까지 참을 랍니다"에서 경제적 가치로 땅을 제단하려는 사람들에게 '새문명이 올 때까지 촛불을 쓰겠다고 말하는 장면에서 땅의 지엄한 신성성과 경건함을 느낀다.

---

168 「개벽운수」, 『해월신사법설』.

169 必也正名: 반드시 명분을 세우겠다. 김학주, 앞의 책, 「자로」편, 2003, 342~343쪽. 명분을 바로 세운다는 것은 앞 「안연」편(11장)에서 임금은 임금답고, 신하는 신하다우며, 아비는 아비답고, 자식은 자식다워야 한다고 정치의 도리를 설명했던 것과 같은 뜻이다. 모든 사람이나 사물이 명분대로 움직이고 명분에 맞게 존재한다면 모든 일이 제대로 될 것이다. 김학주, 앞의 책, 344쪽.

3) 탄생과 회귀의 생명의 안식처

디지털 시대에 장소가 급속히 해체되고 공간의 개념조차도 거리를 실감하지 못할 정도로 동시성을 띠는 현실에서 '유목적 이동성'이 담론으로 떠오르고 있다. 그러나 한편으로는 디지털이 또 다른 획일성을 조장하고 있는 형국이기 때문에 지역적 민족적으로 축적하고 있는 문화의 다양성을 저해하는 요인으로 작용하고 있다. 김지하도 '정착적인 삶과 이동성의 균형을 삶의 조화로움으로 보았다.'[170] 공간의 한계가 현저히 극복되고, 전 세계가 하나의 생활권으로 확장되고 있는 세계화의 물결 속에서도 여전히 이 땅에 대한 정서, 신비한 상징의 의미는 중요하다.[171] 이런 측면에서 고향의 정착적인 삶을 바탕으로 하는 수렴의 질서와 이동성을 바탕으로 하는 세계적 인식의 확산은 균형적 조화[172]가 필요하다. 내 고장, 내 지역을 기준으로 삼는다면 세계화의 역학 기조는 원심력이다. 그런 원심력만 몰아친다면 정체성 있는 우리의 발전은 공중분해 될 수밖에 없다. 때문에 우리가 생존을 확보하고 삶의 질을 누리자면 세계화의 원심력에 대응할 만한 구심력을 구축하는 길, 곧 지방화가 정당한 최적 대안이다.

---

[170] "인간은 이동과 함께 정착이 필요하고, 역동과 함께 균형이 필요하고, 음과 함께 양이 필요하고, 햇빛과 함께 달이 필요하고, 자기 자신의 주체적인 남성적 용기와 함께 여성적 모성이 필요하고, 고향과 함께 객지의 경험이 필요합니다." 김지하, 『탈춤의 민족미학』, (실천문학사, 2004), 70쪽.

[171] 박명규, 「땅의 사회사」, 『땅과 한국인의 삶』, (나남, 1999), 314쪽.

[172] 마을에 살면서 거의 전적으로 농사에 매달리던 시절은 출타하는 경우가 아주 드문퍽 정태적인 삶을 살았다. 자가 경제를 주로 영위했기 때문에 마을을 벗어나는 경우는 어쩌다 있던 일이었다. 우리의 전통시대 때 장날에 장보는 소임은 성인 남자들의 몫인데 장터 출입은 어쩌다 있던 일이고 장터도 마을에서 평균 15리 안에서 자리 잡고 있었다. 사람을 일컬어 움직이는 존재라 해서 '산짐승'이라 했지만 머무름과 움직임의 두 축(軸)에서 단연 머무름 위주로 오랜 세월을 살았다. 김형국, 「땅의 근대화: 장소에서 공간으로」, 『땅과 한국인의 삶』, (나남, 1999), 320~321쪽.

지리학적으로 말하면 세계화는 공간화임에 견주어 지방화는 장소화에 해당한다. 안주와 이동이란 두 대극(對極)이 자연스럽게 공존하듯이, 세계화는 그 반대인 지방화가 병존해야만 우리의 정체성을 지킬 수 있다.

지방화는 현장, 터전, 고장의 의미와 가치의 중요성을 재발견하라는 말에 다름 아니다. 아무리 세계화의 회오리가 몰아친다 해도 삶의 기조는 우리가 발을 딛고 살아가는 장소이기 때문이다. 지방화는 장소가 생존의 근거일 뿐만 아니라 발전의 발판임을 확인하는 시도이다.[173] 살아 있는 균형은 언제나 어느 한쪽에 치우치려는 기우뚱한 균형이다.[174] 확산을 하되 수렴에 중심을 둔다.

김지하의 시에서 확산적 질서가 전방위적으로 드러난 것은 대설 『남』이며, 수렴과 확산의 이중적인 화해구조를 띠고 있는 작품이다. 대설 『남』은 강증산 사상을 중심으로 하면서 동학사상과 여타 민족과 민중 종교 사상을 종합적으로 총괄하는 광대성을 보인다.[175] 『남』의 형식원리와 구성 내용은 매우 장대한 특성을 보인다. 대설 『남』에는 광대한 우주의 역사가 종횡으로 그물망처럼 엮어져 하나의 지점에서 융합되기도 하고, 다시 방사선처럼 거대하게 확산되기도 한다. 대설은 다중시공간의 특성을 그대로 보여준다. 대설, 『남』은 시공성(時空性)의 경계가 없다. 『남』의 공간적 배경은 한반도 전역에서부터 중국, 몽고, 유럽 등의 전 지구적인 범위의 지상계와 도솔천, 용화계, 삼십삼천(三十三千) 등의 무궁한 천상계가 포괄되고, 시간적 배경으로는 태고적부터 현재에 이르기까지 종횡으로 이어지며, 등장인물 역시 부처, 예수, 짜라투스트라, 공자, 노장자, 열자, 마호멧, 나폴레옹, 양산박, 백력교도, 동학교도 등등 실로

---

173 김형국, 「땅의 근대화: 장소에서 공간으로」, 『땅과 한국인의 삶』, (나남, 1999), 332쪽.
174 김지하, 『생명과 자치』, (솔, 1996), 87쪽.
175 홍용희, 「김지하 문학 연구」, (경희대 박사학위논문, 1998), 137쪽.

동서고금을 총괄하는 매우 다양하고 웅장한 면모를 보인다. 작자는 이러한 다채로운 상황들이 상호 충돌하고 보완하면서 일으키는 거대한 역사적 삶의 진폭을 하나의 부분적인 사건으로 환원시켜 직시하기도 하고, 하나의 부분적 사건에서 다시 그 모든 우주적인 삶의 파동을 발견하여 노래하기도 한다.

대설의 양식 역시 파천황적인 파격과 무소불위의 해방의 면모를 보여준다. 등장인물과 배경이 어우러져 빚어내는 정황에 따라 다양한 문체를 능동적으로 대응시킴으로써, 장르의 전체적인 범주는 더욱 크고 복잡하게 거듭 변화·생성 확산된다.[176] 구심에 중심을 두고 원심에 힘을 싣는 순환의 원리이다. 한반도에서 시작하여 한반도로 귀소하는 회귀적인 구조이다. 대설『남』이 시공을 초월한 무소불위의 순환적 역동성을 갖추게 된 점은 화자가 고향에 대한 편협한 인식을 초월했기 때문에 가능했다.

> 나/ 고향에/ 돌아가지 않겠다// 쓰라려도/ 여기 살겠다/ …/ 한 그루/ 가로수 아래/ 풀이 자랄 수만 있다면// 나/ 고향에/ 돌아가지 않겠다// 쓰라려도/ 지금 여기/ 애써 살겠다.
>
> ─「돌아가지 않겠다」 부분

화자가 지향했던 귀향의식에 비추어본다면 놀라운 변화이다. 구체적으로 존재하는 특정한 공간으로서 고향의식에 대한 변화라기보다는, 화자의 고향에 대한 인식의 대전환이다. 화자는 고향이라는 말속에 들어 있는 개인적이며 특수한 심상으로서 고향과 결별하고 고향의 의미를 확대시킨다. 자기가 서 있는 '실지(實地)의 땅'을 고향으로 확장한다. 김지

---

176 홍용희, 앞의 논문, 124~125쪽.

하에게 고향은 국토라는 이름으로 치환된다. 고향의 보편화인 셈이다. 그러나 화자는 고향에 돌아가지 않는 전제로 "가로수 아래/ 풀이 자랄 수만 있다면"이란 선결 조건을 제시한다. 화자에게 풀이 자랄 수 있는 환경은 생명이 숨 쉬는 공간이다. 화자에게 '생명이 숨 쉬게 하는 공간은 고향의 개별적인 의미를 초월하여 보편성을 갖는다. 생명이 숨 쉬는 공간은 특정한 장소를 불문하고 어디든지 고향이 된다.

> 산끝에서 해까지/ 얼마나 먼가// 거긴/ 네가 사는 곳// 그 거리는/ 내 그리움의 길이/ …/ 붙박이 채송화 같은/ 네가 사는 곳// 아스라한 그 거리는/ 내 그리움의 길이// 끝끝내 돌아갈/ 우주/ 내 고향.
>
> ─「내 고향」 부분

위의 시는 「돌아가지 않겠다」에서 "고향에/ 돌아가지 않겠다"라고 선언한 고향의식의 전환의 이유가 설명이 되는 시이다. 특정한 장소로서 고향의 의미가 국토는 물론 우주로까지 확장된다. 실지(實地)하는 고향이 아니라, 심상적으로 존재하는 그리움의 대상은 모두 고향이 되는 셈이다. '세계(世界)'란 말을 자주 쓰는데 이는 불교 용어이다. '세(世)'는 시간이고 '계(界)'는 공간이다.[177] 화자의 고향의 의식 전환은 '계(界)'인 특정한 공간과 장소에서 '세(世)'로의 전환이다. 장소는 점(点), 선(線), 또는 면(面)의 모습을 가진 땅이며, 공간의 '빈 사이'를 발생케 하는 구체적인 터전이다. 점의 땅은 이를테면 건물 같은 점적인 실체가 자리 잡은 땅을, 선의 땅은 도로가 자리 잡은 땅을, 면의 땅은 그린벨트처럼 넓이가 상당한 사상(事象)이 자리한 땅을 일컫는다. 때론 점은 도시를, 면의 땅

---

177 조동일, 「문학 지리학 어떻게 할 것인가」, 『문학지리 · 한국인의 심상공간』 상, (논형, 2005), 20쪽.

은 도시보다 넓은, 또는 도시도 포함하는 장소의 연결망인 지역을 지칭한다.[178]

　비유컨대 우리가 하나의 둥근 원(圓)을 그리고자 한다면 어딘가에서부터 시작하는 점을 찍어야 할 것이다. 처음 찍은 점에서 출발하여 오른쪽으로 그리든 왼쪽으로 그리든, 한 바퀴 원을 그리고 나면 처음에 시작했던 점의 모습은 원이라는 큰 그림 속에 흡수·내포되어 보이지 않는다. 그러나 첫 점은 여전히 원주(圓柱)의 어딘가에 숨어서 존재하고 있다. 원은 점으로부터 생겨났지만 더 이상 점이 아니다.[179] 위의 시에서 화자는 고향의 의미를 점(点)이라는 개별적이며, 협소한 공간에서 점이 원으로 동화된 넓은 의미로 승화시킨다. 그러나 원으로 합치된 점은 원에 동화된 것이 아니라, 보이지 않게 원을 이루는 점으로서 역할을 한다. 고향이란 점의 공간이 없으면 세계란 원도 존재하지 않는다.

　모두가 하나요 살아 있는 총체요 본시 하나요 사실 하나요 결국 하나요 따로따로 살아 있는 한덩어리요 한덩어리로 살아 있는 따로따로요 따로따로와 한덩어리가 근본에서 하나요 하나의 살아 있는 생명, 유기적인 한 생명의 표현이니 우리네 같은 무식하고 골치아픈 일 많은 백성이야 이것 저것 따로따로 할 것 없이 큰 이야기 하나로 몽땅 잡탕비빔밥 만들어 통짜로 한꺼번에 부르고 듣고 듣고 부르되, 몽땅 몽땅 통째로도 부르고 듣고 동강동강 짤라서도 듣고 불러 융통자재함이 그 아니 좋겠느냐

　　　　　　　　　　　　　　　　　　대설―「남 1」, 19쪽.

　김지하의 생명과 관계에 대한 총체성은 '동학정신'이다. 최수운이 말한

---

178 박명규, 앞의 책, 323쪽.
179 송재국, 『주역풀이』, (예문서원, 2004), 13쪽.

'시(侍)' 즉 '모심'에 대한 개념 규정이다. "내유신령 외유기화 일세지인 각지불이자야(內有神靈 外有氣化 一世之人 各知不移者也)[180] 마음으로는 신기한 영감(靈感)을 느끼고 몸으로는 지극한 기운과 서로 통함으로써 이 세상 사람이 저마다 깨달아 굳게 믿는다는 뜻이다." 그것은 모든 사물과 우주생명 전체가 따로따로 떨어져 각립할 개연성이 있으되 결코 떨어져 분립할 수 없는 전체적이고 유기적이고 끊임없는 차원 변화와 더불어 변화, 생성, 진화하는 유출 활동임을 가리키는 개념이다. 바로 이와 같은 전체를 각각의 개별화 과정을 통해서 개별적 다핵적, 탈중심적, 분산적, 확산적인 무수한 개개의 인간과 개개의 개성적인 독특한 생활형식 속에서 앎으로써 실현한다는 이야기는 머레이 북친이 제기한 자유생태학 진화의 자기 선택론과 개별화를 통한 전체적 유출의 다핵적 실현이라는 현대 생태학적 생각의 가장 첨단적인 법칙임을 압축하고 있다.[181] 인간과 사회, 자연은 서로 분리되는 것이 아니라 하나의 유기적 그물망이며 하나이되, 제각기 그물코는 나름나름 그 삶의 그물을 개성적으로 실현하는 것이다.[182] 김지하의 다음 말을 통하여 생명에 대한 그의 생각의 일단을 엿 보게 된다.

생명은 개별성과 통일성을 동시에 다 같이 가지고 있습니다. 생명은 중심과 둘레를 동시에 가집니다. 그러나 나를 중심으로 해서 볼 때 이웃은 둘레이고 이웃을 중심으로 해서 볼 때 이웃이 중심이고 내가 둘레입니다. 마찬가지로 모든 사람은 자기가 중심이면서 모든 전체속의 하나입니다. 이것이 생명의 기본 원리입니다. 개별성과 전체성은 한 본성의 두 측면이라고 볼 수 있습니다. 이것

---

180 포덕문, 『동경대전』.

181 김지하, 『생명과 자치』, (솔, 1996), 129~130쪽.

182 김지하, 「동북아 생명공동체와 새 문화의 창조」, 『김지하 전집 2』, (실천문학사, 2002), 157쪽.

은 개방계로서의 생명의 주체성, 비평형성의 평형의 원리이기도 합니다.[183]

이러한 동학의 생명과 관계에 대한 개념 규정은 '의식이 방향을 결정하는 두 가지 태도'인, '융'의 외향성과 내향성의 개념과 유사하다. 외향적 태도는 의식을 외부 및 객관적인 세계로 향하게 하고, 내향적인 경우는 내부 및 주관적인 세계로 향하게 한다. 개인의 의식이 타인과 구분되거나 개별화되는 과정을 개성화라고 한다. 융은 개성화라는 용어가 한 사람이 심리적인 개인 즉 "더는 분할이 불가능한 개별체 혹은 전체가 되는 과정을 나타내기 위하여 사용하고 있다"라고 말한다. 개성화의 목포는 가능한 한 자신 혹은 자기-의식에 대해 완벽하게 아는 것이다. 현대적인 용어로는 그것은 의식을 확대하는 것이라고 할 수 있을 것이다. 인격의 발달과정에서 개성화와 의식은 항상 보조를 같이 한다. 의식화의 시작이 곧 개성화의 시작이다. 의식의 증가에 따라 개성화도 완성되어 간다. 자기 자신과 주변 세계에 대한 자각이 없는 사람에게서 개성화가 충분히 이루어질 수 없다. 의식의 개성화 과정을 통하여 새로운 요소가 생겨난다.[184]

내향적으로 의식의 최고 진화 단계인 개성화가 이루어지게 되면 외향적으로 존재하는 객관적인 실체와 현상들에 대해서도 그것이 독립적으로 나와 무관하게 떨어져 있는 타자가 아니라, 나와 하나의 관계 속에서 질서를 형성하고 있는 한 덩어리라는 것을 자각한다는 점이다. 결국 개성화의 과정은 전체적이며, 총체성을 획득하기 위한 과정인 셈이다. 이렇게 내, 외향적인 조화의 관계가 형성이 되면 강제와 지배라는 종속적 이분법적인 논리는 사라지게 되고, 일원론적으로 끊임없이 순환하는 사랑

---

183 김지하, 「개벽과 생명운동」, 『김지하 전집 2』, (실천문학사, 2002), 86쪽.
184 캘빈 S. 홀, 김형섭 옮김. 『융 심리학 입문』, (문예출판사, 2004), 53~54쪽.

의 관계가 성립이 된다. 김지하의 위의 시는 고향이라는 내향적 장소를 벗어나 세계라는 외향적 공간과 연대하려는 필연적 의지의 결과이다.

좌우지간 없는 것 없이 당하는 데서는 둘째가라면 억울하고 원통해서 쎄코 날 먹고 고속으로 요단강 건넌다는 언필칭 제 3세계라, 소위 아시아·아프리 카·라틴아메리카라, 이른바 세계의 '南이라 하는 땅 떵어리에 사는 민중으로 부터 도리어 온 인류, 온 중생 해방할 참생명이 나온다는 맹랑한 소문이 꼬리 를 물고 튀어나와 온 세상에 파다한 시방 이 마당에 南 중에도 南이요 당하고 당학 거듭 당해온 드디어 남북으로 찢어지고 동강나버린 이 민족, 이 땅 이 민중 이 자연중생으로부터 그것도 남쪽 땅 바로 이곳에서부터 萬國活計 萬民 太平 萬生大同의 참생명이 나오신다했으니

대설,─「남 1」, 15쪽.

김지하의 대설 '남'이 상징하는 장소는 복합적이다. 한반도와 전라도 혹은 선천의 역사에서 지배자에게 억압받고 수탈 당해온 민중의 한(恨) 이 서린 공간이다. 세계사적으로 볼 때, 유럽의 제국주의의 역사에 희생 을 강요당한 제3세계를 아울러 포괄하는 의미이다. 그러나 남을 구체적 인 지리적 지명으로 거론한다면 한반도의 '전라도'이다. 세계와 연대를 위하여 고향의 구심력을 확인하며 확산시키려는 의도이다. 결국 세계와 의 연대는 선천의 죽임의 역사를 청산하기 위하여 죽임을 당하는 민중들 의 스스로 생명과 우주의 질서를 자각하여 각자의 삶의 존엄성을 의식화 하려는 정체성 회복의 길이다. 비단 사람뿐만이 아니라, 본래성이 훼손된 우주 만물 지역 산천의 억압된 생명 현상도 제 자리를 찾아 주는 길이 세계와 연대하는 생명 회복의 길이다.

제4장 경인(敬人)사상과 만민평등

만민 평등사상은 동학의 종지(宗旨)인 '시천주사상(侍天主思想)'의 핵심이다. 수운 최제우가 대각(大覺)한 동학은 그 기본이 '천주를 내 안에 모신' 시천주(侍天主) 신앙이다. 상하 귀천을 불문하고 누구나 '시천주' 하면 내 안에 천주를 모신 지존한 인격적 존재가 된다. 양반 상민의 차이와 사·농·공·상 4민(民)의 차별이 뚜렷하던 계층사회에서 누구나 '시천주'로서 인간의 기본권이 인정된다는 것은 놀라운 일이었다.[185] 시천주는 동학의 신관(神觀)·인생관(人間觀)·우주관(宇宙觀) 등을 함유하고 있는 동학의 가장 근본적인 종교사상이다. '시천주'의 '시'란 한울님 모심을 의미하는 것이며 나아가 한울님 모심에 대한 깨달음을 의미하기도 한다. 즉 사람은 누구나 본원적으로 한울님이라는 신을 안에 모시고 있지만 누구도 이러한 사실을 모르고 살아 왔는데, 수운 선생이 이를 깨닫고 바로 시천주로 동학의 근본 사상을 삼은 것이라 하겠다.[186] 최제우의 시천주 신앙은 한울님이 현세의 내 안에 내재하며, 상하귀천의 신분 차등 없이 만인에 내재한다고 하여 인간의 존엄성에 대한 인권사상이 된다.[187]

　하염없는 이것들아 날로 믿고 그러한가
　나는도시 믿지말고 한울님만 믿었어라

---

185 신일철, 『동학사상의 이해』, (사회비평사, 1995), 23쪽.
186 윤석산, 『동학사상과 한국문학』, (한양대학교출판부, 1999), 109~111쪽.
187 신일철, 「동학과 전통사상」, 『동학과 전통사상』, (모시는 사람들, 2004), 20쪽.

네몸에 모셨으니 사근취원(捨近取遠) 하단말가[188]

인간은 태어날 때부터 한울님을 모시고 태어났기 때문에 모두 평등하며 존귀한 존재이다. 그러나 선천(先天)의 역사는 인간이 내면에서 본래성을 자각하지 못하고 외부에서 절대적인 섭리와 초월자를 구함으로써 이원론을 극대화 시켰다. 자기 동일성을 확보하기 위한 수단으로 대상을 타자적 존재로 보았다. 차원을 달리 해서 이들 모두가 궁극적인 면에 있어, 우주적 공동체와 그 근원을 같이 하는 것이라고 본다면, 이들 만유(萬有)는 개체이면서 동시에 일체인 것이다. 서로 다투고 싸울 것이 아니라, 서로 어우러져 살아야 하는 당위성이 여기에서 비롯된다.[189] 최제우는 두 사람의 여종을 하나는 며느리로 삼고 하나는 수양딸로 삼았으며, 최시형은 대가족제도 속에서 가장 열악한 위치에 있는 며느리에 특별한 관심을 갖는 등 평등사상을 한층 실천적으로 제시하였다.[190] 해월은 스승의 시천주 신앙을 좀 더 구체적인 인간관계에 적용하여 '사인여천(事人如天)'이라고 가르쳐 인간 상호존중의 근대적 인간관을 제시했다. 이는 바로 경인사상(敬人思想)으로 남녀, 상하, 존비를 막론하고 경(敬)을 적용하려는 사상이다.

둘째는 경인이니 경천은 경인의 행위에 의지하여 사실로 그 효과가 나타나는 것이다. 경천(敬天)만 있고 경인(敬人)이 없으면 이는 농사의 이치는 알되 실지로 종자를 땅에 뿌리지 않는 행위와 같다. 도 닦는 자 사람을 섬기되 한울과 같이 한 후에야 처음으로 바르게 도를 실행하는 자니라. 도가에 사람이 오

---

188 「교훈가」, 『용담유사』.
189 윤석산, 『수운 최제우』, (모시는 사람들, 2004), 32~33쪽.
190 채길순, 「동학혁명의 소설화 과정」, (청주대 박사학위논문, 1999), 182~183쪽.

거든 사람이 왔다 이르지 말고 한울님이 강림하였다 이르라 하였으니, 사람을 공경치 아니하고 귀신을 공경하여 무슨 실효가 있겠느냐. 우속(愚俗)에 귀신을 공경할 줄은 알되 사람은 천대하나니, 이것은 죽은 부모의 혼은 공경하되 산 부모는 천대함과 같으니라. 한울이 사람을 떠난 별(別)로 있지 않는지라, 사람을 버리고 한울을 공경한다는 것은 물을 버리고 해갈을 구하는 자와 같으니라.[191]

사람은 한울이니라. 그럼으로 사람 섬기기를 한울같이 하라 하셨도다 내 비록 부인소아(婦人小兒)의 말이라도 이를 배우노라.[192]

도가(道家)에서 유아를 때림(打)은 천주의 뜻을 상하는 것이니 심히 삼갈 것이며 도가에 사람이 오거든 손이 오셨다 말하지 말고 천주강림(天主降臨)하셨다 말하라. 마음을 떠나 천주를 생각할 수 없고 사람을 떠나 한울을 생각할 수 없나니 그러므로 사람 공경함을 멀리하고 한울을 공경하는 것은 꽃을 따 버리고 과실이 생기기를 바람과 같으니라.[193]

우리나라 안에 두 가지 큰 폐풍이 있으니 하나는 적서의 구별이요, 다음은 반상의 구별이라 적서의 구별은 집안을 망치는 근본이요 반상의 구별은 나라를 망치는 근본이니 이것이 우리나라의 고질이니라. 우리 도는 두목 아래 반드시 백배 나은 큰 두목이 있으니, 그대들은 삼가라, 서로 공경을 주로하여 충절을 삼지 말라. 이 세상 사람은 다 한울님이 낳았으니, 한울 백성으로 공경한 뒤에라야 가히 태평하다 이르리다.[194]

---

191 「三敬」, 『해월신사법설』.
192 『천도교창건사』 제2편, 36쪽.
193 「待人接物」, 『해월신사법설』.
194 「포덕」, 『해월신사법설』.

한울을 공경하는 경천은 사람을 공경하는 경인에 의하여 실현될 때 투명한 도덕적 당위성을 담보 받는다. 경인은 곧 경천을 실현하는 실천적 평등관이며, 경천은 경인을 통해서만이 인간생활에서 실천성을 획득하게 된다. 둘의 관계는 상호적이며 양가적이다. 경인은 죽은 귀신을 공경하지 않는다. 귀신은 다름 아닌 살아 있는 사람 안에 있으며 사람이 귀신이기 때문이다. 살아 있는 사람을 한울로 공경하지 않고 초월적인 귀신을 섬긴다면, 사람은 귀신과 관계에서 종속적이며 소외의 관계로 전락하게 된다. 해월이 "사람을 공경치 아니하고 귀신을 공경하여 무슨 실효가 있겠느냐"라고 말한 것은 수운이 "천지 역시 귀신이요 귀신 역시 음양인 줄 이같이 몰랐으나"라고 말한 것과 같은 맥락이다. 사람을 차별하고 불평등이 생기는 원인은 외부적인 요인에 의해서 생기는 것이 아니다. 자신 속에 존재하는 한울의 존재를 망각한 채, 개인의 이익을 위하여 부화뇌동하는 마음 때문이다. 이런 줏대 없는 마음이 귀신과 우상을 섬기는 일로 이어져 불평등한 인간관계는 결국 개인의 무자각의 소치로 연결이 된다.

최시형의 동학이해는 스승의 시천주 신앙을 보다 철저히 세속화시켜 만물에는 하늘이 내재하고 만물이 곧 하늘이라 하는 범천론(凡天論)에 도달했다. 그의 범천론적 세계관은 『천도교 창건사』에 전하는 그의 설법 물물천 사사천에 잘 나타난다. '물물천 사사천(物物天 事事天)'이라 함은 만물만사에는 하늘이 내재하여 인간세계에서도 만인이 상하귀천의 차별 없이 모두 하늘이므로 인간을 포함해서 만유가 곧 하늘이라는 것이다. 여기서 '인즉천(人卽天)'이란 명제가 이끌어 내진다. 따라서 대인관계에서 그가 누구든 간에 모두 '사인여천' 즉 사람을 섬기되 한울같이 하라는 인간존중의 근대적 인간관이 제시된다.[195] 최시형의 시천주의 재해석이

---

195 신일철, 앞의 책, 110쪽.

인즉천의 극치에까지 도달한 것은 그의 유명한 '향아설위(向我設位)'[196]의 설법에서 비롯된다. 최시형의 향아설위의 법설은 동학에서는 천과 인간을 매개하는 중보자의 존재를 인정치 않고, 따라서 인간 이외의 초인간적인 우상을 인정치 않는다는 것을 말해준다.[197] 해월의 경인과 만민평등사상은 청주의 서택순의 집에 들렀을 때의 일화를 통해 구체적으로 드러난다.

지금 누가 베를 짜고 있는가?" 하니, 서군이 대답하기를 "제 며느리가 베를 짭니다" 하였다. 해월이 다시 묻기를 "지금 베 짜고 있는 것이 참으로 그대의 며느리인가?" 했다. 거듭되는 해월의 당연한 질문에 제자가 대답하기를 주저하자 해월은 이렇게 말했다. "지금 베를 짜고 있는 것은 그대의 며느리가 아니라 한울님이야. 이 세상에는 한울님 아닌 것이 하나도 없네.[198]

조선시대의 여성들은 전통적인 유교사상의 영향 때문에 인간으로 인식되지 못하였다. 여성들은 다만 남편의 예속물로 자식을 낳고, 집안일을 맡아 하는 사람으로만 여겼던 것이다. 그리하여 여성들에게는 교육을 시키지 않았고 단순히 삼종지도(三從之道)나 알고 따르는 것이 최고의 여성으로 평가되었다.[199] 여성은 삶의 밑바닥에서 가장 큰 아픔과 시련을 겪으면서 억세고 끈기 있게 살림을 일구어 왔다. 여성은 가장 많은 억눌림과 소외를 당하면서도 가장 희생적인 삶을 강요당했다. 여자는 남을

---

196 동학에서 자신을 향하여 신위(神位)를 베푸는 방법. 제사를 지낼 때 벽을 향하여 제사상을 차리는 종래의 방법을 고쳐, 제사를 지내는 당사자 자신을 향하여 상을 차려 놓게 하였다. 국립국어연구원, 앞의 사전, 6835쪽.

197 신일철, 앞의 책, 114~115쪽.

198 「대인접물」, 『해월신사법설』.

199 김용덕, 「여성운동과 어린이 운동의 창시자로서의 해월선생」, 『신인간』, (신인간사, 1979), 370쪽.

위한 희생적인 삶, 남을 살리고 구하기 위해서 헌신적이고 희생적인 삶을 살았다. 여성은 수백만 년 동안 임신과 출산과 육아를 통해 몸으로 남을 살리는 상생과 공생의 삶을 살아왔다. 살과 피와 뼈를 나누는 임신의 체험, 자기의 몸을 열어 생명을 낳는 출산의 체험, 몸의 진액인 젖으로 생명을 살리는 육아의 체험, 밥을 짓고 옷을 지어 남을 살리는 일을 통해 여자는 생명 나눔과 살림의 지혜와 힘을 익혔다. 여성은 생명을 돌보고 살리는 삶을 살도록 신체적으로 운명 지어지고 사회적으로 강요되었다.[200]

의암시대의 인내천(人乃天)의 교리도 사람이 바로 한울이라는 뜻으로 사람 위에 사람 없고 사람 밑에 사람 없다는 인간 중심·인간평등사상을 나타냈기에 인간관계에서 상하질서를 부정하고 인격과 인격, 즉 소분천(小分川)[201]과 소분천(小分川)과의 진정한 관계를 전제하고 있다.[202] 인내천의 중심 요지는 "우주는 무량광대(無量廣大)한 의식계로서 우리 사람의 의식을 전 우주의식의 표현으로 생각한다. 예를 들어서 미립자인 원자(原子)도 의식을 보유하고 있다는 것이며, 나아가 인간을 구성하고 있는 세포도 의식을 가지고 있다."[203]라는 점이다. 경인사상과 만민평등은 경천과 경물사상이 하늘과 사물만을 공경하는 것이 아니듯, 사람에 국한된 편협한 사상이 아니다. 삼경은 상호 보완적이며 유기체적 관계이다. 부분과 전체가 서로를 기대며 존재의 근거가 된다. 또 만민평등의 개념 속엔 만물의 의미가 내포된다.

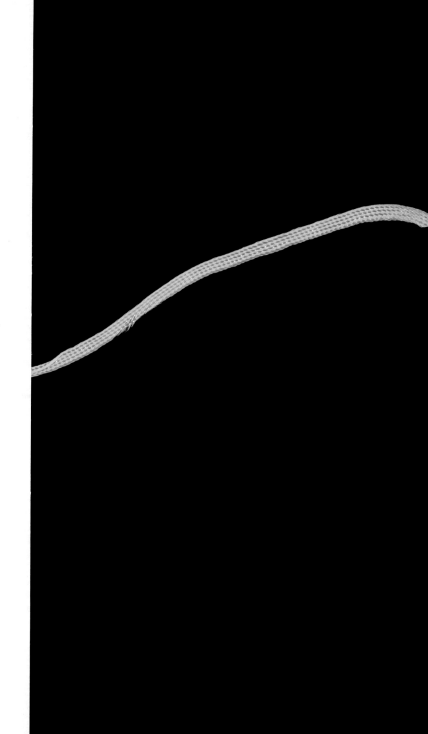

200 이경숙 외 2인, 앞의 책, 72~74쪽.
201 십무천(十毋天)은 한울님이 바로 나이므로(사람은 소천이므로) 사람으로 바꾸어 생각하면 된다. 송준석, 『동학의 교육사상』, (학지사, 2002), 46쪽.
202 송준석, 위의 책, 42~43쪽.
203 이돈화, 人乃天要義, 천도교중앙총회, 71 참조.

우마(牛馬) 육축(六畜) 풀벌레도 신령으로 모셔 대접하니

만민평등 대동세상 억조창생 동귀일체 바로 이것이 아니런가

바람이 소식을 전하고 마을 마을로, 새들이 소문을 전한다. 고을 고을로,

—「이 가문 날에 비구름」 부분

　위의 시에서는 경인사상과 만민평등이 인간중심의 사상이 아님을 보게 된다. 화자는 우마와 육축 그리고 새는 물론 바람까지도 마을에서 마을로 소식을 전하는 자유의지를 가진 생물체로 본다. 사람이든 민족이든 삶을 영위하기 위해서는 자기만의 환경을 질서화하고 조직화하는데, 이에 필요한 행위가 한정(限定)과 순치(順治)[204]이다. 한정과 순치는 자기류의 삶을 일구는 경작(耕作)이란 의미를 포함한다. 더불어 문화의 어원인 '문(文)'도 같은 맥락이다. 자기만의 영역과 공간을 침범한 타자에게 경계의 위반에 대한 징벌을 당당하게 요구하는 일은 자기의 생존권 차원에서 당연지사이다. 이 부분은 유교의 정명사상과도 상통한다. 만물이 존재의 근원과 이치에 맞게 자기의 이름에 합당한 역할과 사명을 다할 때, 만물이 조화롭게 공존이 가능하다. 그러나 개인과 민족의 자유를 억압하고 구속하는 타자가 있다면, 이에 대하여 저항하고 항거하는 것은 역천에 대한 살아 있는 생명의 당연한 본성이자 권리이다.

---

　204 한정은 테두리 치는 것이며, 순치는 길들이는 것이다. 제 아무리 초인이라 할지라도 온 세상 모두를 자신의 생존에 알맞은 환경으로 고치고 바꿀 수는 없는 법이다. 그래서 인이 원생자연 속에서 살아남고 또 잘 살아 가자면 품은 목적과 지닌 역량에 따라 선정한 어느 지점을 중심으로 하여 외부를 나누고 공간을 한정하는 행위부터 하게 마련이다. 그것이 있음으로 해서 비로소 문화가 시작되고 또 유지된다. 그런데 그냥 울타리만 친다고 해서 가치가 늘어나지는 않는다. 그래서 그 울타리 안에 들어가게 된 환경을 원하는 대로 갈고 고치면서 원하는 대로 바꾸어야 한다. 즉 길들이는 순치가 필요한 것이다. 황기원, 「정원의 원형 시론」, 『환경논총』 20, (서울대학교 환경대학원, 1987), 85~97쪽.

1. 민족의 현실과 반독재 반외세

체천사상[205]은 인간관계 속에서 모순된 현실을 변화하는 강한 실천력을 바탕으로 한다. 유교의 '의(義)사상(義理精神)'에 해당하는 것으로써, 동학의 정신을 현실에 실현하고자 하는 실천과 행동의 원리이다. 인간에 대한 사랑과 경외(敬畏)의 마음을 회복하고자 하는 사상이다. 그렇기 때문에 인간을 억압하는 일체의 침략적 모순과 사회제도에 저항한다. 체천사상은 천주(天主)를 몸으로 실천한다는 사상으로 인간과 사회의 혁명적 통일을 요구하는 한울님다운 행위의 실천 도리이다. 해월의 '십무천(十毋天)'의 사회·역사적 실천과 구현이 의암의 '체천사상(體天思想)'으로 재해석 되었다. 김지하는 해월의 십무천을 "귀신들의 부정적 활동을 그만두게 하는 것, 즉 생명을 살리기 위한 저항"[206]이라고 규정했다. 귀신의 죽임을 바탕으로 한 일체의 부정적 활동에 대하여, "십무천, 곧 '열 가지 하지 말아라는 주의 사항을 지키는 것과 똑같은 것이며, 동학의 문자로 한다면 체천(體天), 즉 하늘을 몸에 익혀 스스로 실천함, 그대로 행

---

205 체천사상은 동학의 3대 교조인 의암 손병희의 삼전론(三戰論)에서 언급이 된다. 이는 '侍天行天故 是曰體天'라는 구절에서 드러난다. 이는 한울님을 모시고 한울님다운 행위를 함으로써 한울님을 체현하는 것이란 의미이다. 동학사상의 핵심적 틀을 이루고 있는 시천주와 양천주 사상이 마음의 자각을 통한 변화를 추구하는 내면적인 측면이 강한데 비해, 체천사상은 체현된 전자의 사상을 바탕으로 한 실천적인 성격이 강하다. 체천은 해월 최시형의 십무천(十毋天)과 함께 강력한 동학의 실천적인 현실 변혁적인 사상이다. 여기서 삼전론과 십무천의 내용을 살펴보면 다음과 같다. 삼전론은 도전(道戰), 재전(財戰), 언전(言戰)으로서 정치 도덕적 전투, 사회경제적 전투, 언어 심리적 전투를 내용으로 하고 있다. 십무천의 10가지 조항은 다음과 같다. 1. 무기천(毋欺天): 한울님을 속이지 말라. 2. 무만천(毋慢天): 한울님을 거만하게 하지 말라. 3. 무상천(毋傷天): 한울님을 상하게 하지 말라. 4. 무난천(毋亂天): 한울님을 어지럽게 하지 말라. 5. 무요천(毋夭天): 한울님을 일찍 죽게 하지 말라. 6. 무오천(毋汚天): 한울님을 더럽히지 말라. 7. 무뇌천(毋餒天): 한울님을 주리게 하지 말라. 8. 무괴천(毋壞天): 한울님을 허물어지게 하지 말라. 9. 무염천(毋厭天): 한울님을 싫어하게 하지 말라. 10. 무굴천(毋屈天): 한울님을 굴하게 하지 말라.
206 김지하, 『옹치격』, (솔, 1994), 162~163쪽.

함, 신명과 생명의 활동을 구체적으로 실천적으로 혁명적으로 집행함"[207]이라고 말한다. 또 이러한 집행이 "유태교에서는 안식일, 즉 사바트(Sabbath), 불교에서는 방하착(放下着), 기독교의 케노시스(Kenosis)라고하며, 현대적으로 말하면 저항운동이요 보이코트, 스트라이크, 모순과 부조리에 대한 일체의 거절이 되는 저항운동"[208]이라고 말한다. 체천사상은 수운의 사상에서도 잘 나타난다. 보국안민(輔國安民)과 척양척외(斥洋斥倭)는 반봉건 반외세에 대한 경각심을 나타난 것으로 체천사상과 같다. 수운의 사상에서 반봉건과 반외세에 대한 경각심은 그의 사상의 중핵이 민족의 자존심에 바탕을 두고 있다는 점에서 확인된다.

수운의 생애는 엄밀한 의미에서 두 단계로 나누어진다. 즉 경신년(1860) 4월 한울님으로부터 도를 받기 전의 생애와 득도 이 후의 생애로 나뉜다. 다시 말해서 수운의 생애에 있어 종교체험은 그의 생애를 구분하는 매우 중요한 기점이 되고 있다. 종교체험 이전의 수운은 단순히 어지러운 세상을 근심하며 고뇌하던 한 사람의 지식인이었다면, 종교 체험 이후의 수운은 세상을 구할 수 있는 새로운 진리와 확고한 신념을 지니게 되었으며, 세상 사람들에게 자신의 도(道)를 펴는 한 종교의 교조로 전이된다.[209] 그런데 주목할 점은 수운은 득도 이후의 성인의 위치에서 민족의 자존심을 바탕으로 반봉건과 반외세의 경각심을 고취시키고 있다는 것이다. 이러한 행적은 경전의 다의적 해석과 종교의 보편적인 관점만을 중시한 고래의 다른 유사종교의 교조들의 득도 이후의 행적과 구별이 된다. 수운은 『동경대전』과 『용담유사』에 구체적이며 분명하게 반봉건·반외세의 보국안민(輔國安民)의 의지를 확고하게 드러낸다.[210] 그

---

207 김지하, 앞의 책, 162~163쪽.
208 김지하, 위의 책.
209 윤석산, 앞의 책, 34쪽.
210 「포덕문」, 『동경대전』: "西洋戰勝攻取 無事不成而天下盡滅 亦不無脣亡齒寒 輔國安民

만큼 동학 창도의 목적과 필연성이 민족이 처한 위난과 직접적으로 인관관계가 있다는 것을 보여준다.

또한 체천사상은 인간의 불평등에 기초를 하고 있으며, 정의와 밀접한 관계를 이룬다. 정의는 항상 몫에 관한 정당화의 근거 문제와 관련이 있으며, 바람직한 삶을 이루기 위한 최소한의 규범적 요건들이 갖추어진 사회를 말한다. 역사의 발전과 진보는 순환론적인 주기성이나 예정설에 의하여 고착화되어 있는 것이 아니라 현재적 모순과 부조리을 극복하려는 끊임없는 변혁의지에 의해서만이 성취될 수 있는 것이며, 이 변혁의지가 겉으로 표출된 행위가 저항이다. 저항은 생명의 본성이다. 원래 자기가 노동한 결과는 생명의 외화(外化)이다. 타 생명과의 접촉에 의해서 만들어진 창조적 잉여가 적극적 노동주체인 민중에게 다시 돌아와야 한다. 그런데 이것이 누군가에 의해 차단될 때 병이 생긴다.[211] 이 저항의 몸짓이 사회현실의 변혁적인 형태로 표출된 사상이 체천사상이다. 김지하에게 체천사상이 가지는 사회·역사적인 의미는 다음의 말을 통해서 구체적으로 확인된다.

불가사의한 이 삶을 지배하는 저 물신의 폭력이 시인의식 위에 가한 고문과 낙인은 시인의 가슴에 말할 수 없이 깊고 짙고 끈덕진 비애를 응결시킨다. 폭력은 그 폭력의 피해자 속에서 비애로 전환되는 것이다. 해소되지 않고 지속되며 약화되지 않고 날이 갈수록 더욱더 강화되는 동일한 폭력의 경험과정은 무한한 비애 위에 더욱 무자비한 비애를, 미칠 것 같은 비애 위에 미칠 것

計將安出" 서양은 싸우면 이기고, 공격하면 취하여 이루지 못하는 것이 없다. 천하가 다 멸망하면 역시 순망의 근심이 없겠는가? 보국안민의 계책이 장차 어디에서나 올 것인가?. 「안심가」, 『용담유사』: 개 같은 왜적놈아 너희 신명 돌아보라/ 너희 역시 하륙(下陸)해 무슨 은덕 있었던고/ 전세 임진 그때라도 오성한음 없었으면/ 옥새보존 뉘가 할꼬 아국(我國) 명현(名賢) 다시없다.

211 김지하, 『생명』, (솔, 1999), 119쪽.

같은 비애를 축적한다. 이 무한한 비애 경험의 집합, 이 축적을 우리는 한(恨)이라고 부른다. 한은 생명력의 당연한 발전과 지향이 장애에 부딪쳐 좌절되고 또 다시 좌절되는 반복 속에서 발생하는 독특한 정서 형태이며, 이 반복 속에서 퇴적되는 비애의 응어리인 것이다. 가해당한 폭력의 강도와 지속도가 높고 길수록 그만큼 비애의 강도도 높아지고 한의 지속도는 길어진다. 비애가 지속되고 한이 응어리질 대로 응어리져 있는 한, 부정은 종식되는 법이 없으며 오히려 부정의 폭력적인 자기표현의 길로 들어서는 법이다. 비애야말로 패배한 시인을 자살로 떨어뜨리듯이 그렇게 또한 시적 폭력으로 그를 떠밀어 올리는 강력한 배력이며, 공고한 저력이다. 비애에 의거하여, 한의 탄탄한 도약대의 그미는 힘에 의거하여 드디어 시인은 시적 폭력에 이르고, 드디어 시적 폭력으로 물신의 폭력에 항거한다. 가장 치열한 비애가 가장 치열한 폭력을 유도하는 것이다. 비애와 폭력은 서로 모순되면서 동시에 서로 함수관계 속에 있다. 폭력이 없으면 비애도 없고, 비애가 없으면 폭력도 없다. …(중략)… 현실의 폭력이 시인의 비애로, 시인의 비애가 다시 예술적 폭력으로 전화한다. …(중략)… 응결된 비애가 예술적 폭력으로 폭발하는 과정에서 시인은 마땅히 저항의 형식, 즉 폭력의 표현방법과 폭력을 가할 방향을 결정해야만 한다.[212]

김지하의 위의 말에서 확인되는 점은 물신의 폭력에 대하여 시의 폭력, 즉 예술적 폭력으로 항거한다는 점이다. 단순히 사람에 대한 사랑을 노래한 것이 아니다. 인간의 자유가 말살된 현실에서 착취와 억압으로 일관하는 인간의 삶의 모습과 이 땅의 산천을 전경화시킴으로써, 역설적으로 인간의 존엄성에 각성을 느끼게 한다. 김지하의 시에서는 아픈 상처를 보듬는 애상적 정서보다는 패배할 줄 알면서 저항하다 비극적인 최후를 맞는 비정함이 주류를 이룬다. 비극적 비정함으로 인해 현실과 인

---

212 김지하, 「풍자냐 자살이냐」, 『생명』, (솔, 1999), 246~247쪽.

간에 대한 실존은 진정성을 획득한다. 죽음으로 삶은 끝나는 것이 아니라, 바로 이러한 죽음을 통해 다시 거듭나는 민중적 삶의 한 경지를 보여주는 것이다.[213] 김지하에게 경인(敬人)의 대상은 사람만이 아니다. 민족은 또 다른 경인이다. 일정한 공간에서 지역과 역사적으로 문화 공동체를 형성하며 살아 온 사람들에게 민족은 개개의 삶의 근원이자 외피이기 때문에 민족은 개개의 삶의 터전이며 사람의 확장을 의미한다.[214]

시인에게 시를 쓰는 것이 참여라고 할 때, 시속에 모순된 사회현실을 고발하는 문학의 형식과 내용, 즉 현실 변혁에 일조 하는 행위가 시인에게 있어서 시의 폭력이다. 이 파동이 현실사회를 변혁할 수 있는 강한 전파력을 수반한다는데 시의 폭력적 행위의 당위성이 있다. 그런데 김지하의 경우에는 위와 같이 표현의 수단으로 시의 폭력만을 사용하지 않고 이러한 내재적 저항 정신을 기저에 깔고 온 몸으로 현실변혁을 적극적으로 지행합일을 실천했다는 데 의의를 갖는다. '한울님을 모시고 한울님다운 행위로 한울님을 체현'하는 체천사상을 정치 · 사회적인 실천 방법보다는 시를 통한 대응력으로 체천사상을 실천한다. 한울님다운 행위는 각

---

213 채희완, 『탈춤』, (대원사, 2001), 73쪽.

214 '민족(nation)'이라는 용어의 의미는 무엇인가? 로마인들은 그들이 정복한 부족들을 나띠오(natio)라고 불렀다. 로마제국 안에 사는 사람들이 스스로를 칭하는 이름은 빠뿔루스 로마누스(papulus romanus), 즉 로마 사람이었다. 나띠오는 '… 태생의'라는 의미의 나뚜스(natus)에서 파생된 말임이 분명하다. 나띠오는 출생지, 그/ 그녀의 부족, 영토, 고향땅이다. 그러므로 우리는 민족을 어머니 땅이라고 부를 수도 있다. 한 개인의 정체성은 그/ 그녀가 태어난 어머니 땅, 그/ 그녀의 어머니가 살고 있는 어머니 땅에 의해 결정된다. 궁극적으로 이 용어는 씨족이나 부족 조직이 처가거주(matrilocality)와 모계(matrilinearity)를 토대로 구성되고 모두가 똑같이 한 부족이나 씨족의 자녀였던 모권전통에 뿌리를 둔 것이다. 민족이라는 용어와 관련된 정서는 국가라는 용어에 연관된 정서와는 다르다. 전자의 특징은 따스함, 공동체, 개인적 · 비공식적인 관계, 자유 친밀함, 아늑함, 자연과의 친화 등 요컨대 유년기와 관련된 기억 이다. 이러한 정서들에는 공동의 언어, 문화, 그리고 반드시 국가사(國家史)만은 아닌 역사에 의해 형성된 공동체가 포함된다. 마리아 미스 · 반다나 시바, 손덕수 · 이난아 옮김, 『에코페미니즘』, (창작과 비평사, 2003), 161~162쪽.

론적인 실천 방법으로 각자의 위치에서 한울님을 체현하는 다양한 실천 방법이다. 사람은 누구나 한울님을 모시고 있기 때문에 한울님을 체현하는 다양한 각론적 방법이 유용성을 획득하게 한다.

김지하의 시는 동학혁명과 4.19혁명 그리고 5.16 군사 쿠데타 이후의 군사정권들의 지배계급과 외세 혹은 폭력적인 타자에 의하여 이 땅의 민주주의가 유린되었던 암울한 시대를 배경으로 쓰인 저항의 몸짓이다. 비교적 안정된 시대에는 서정시가, 과도기에는 실험시가, 비합리적인 시대에는 민중시가 득세하여 독자의 감수성 개발과 시대상황에 대응해왔다.[215] 김지하의 시는 이러한 합리적 이성이 철저하게 짓밟히던 시대에 민중과 함께 동고동락을 함께 했다. 김지하의 시에서 반독재와 반외세의 구분은 무의미하다. 동학의 반봉건이 반독재로 이름만 바뀌었을 뿐, 반독재와 반외세 자체가 인간의 자율적 삶을 훼손하는 반문명의 타율적 성격을 갖고 있기 때문이다. 예나 지금이나 인간을 억압하는 지배구조는 시대를 뛰어 넘어 현재성으로 다가와 당대의 문제의식에 경각심을 준다. 민족의 현실과 반독재 반외세의 문제를 그의 시집『황토』와 시선집『타는 목마름으로』그리고 '담시'를 중심으로 살펴보기로 하겠다.

1) 황토에 나타난 인간 소외

황톳길에 선연한/ 핏자국 핏자국 따라/ 나는 간다 애비야/ 네가 죽었고/ 지금은 검고 해만 타는 곳/ 두 손엔 철삿줄/ 뜨거운 해가/ 땀과 눈물과 메밀밭을 태우는/ 총부리 칼날 아래 더위 속으로/ 나는 간다 애비야/ 네가 죽은 곳/ 부줏머리 갯가에 숭어가 뛸 때/ 가마니 속에서 네가 죽은 곳/ 밤마다 오포산에 불이 오를 때/ 울타리 탱자도 서슬 푸른 속니파리/ 뻗시디 뻗신 성장처럼 억

---

215 정종진, 『한국현대시의 이론』, (태학사, 1994), 201쪽.

세인/ 황토에 대낮 빛나던 그날/ 그날의 만세라도 부르랴/ 노래라도 부르랴/ 대샆에 대가 성긴 동그란 화당골/ 우물마다 십 년마다 피가 솟아도/ 아아 척박한 식민지에 태어나/ 총칼 아래 쓰러져간 나의 애비야/ 어이 죽순에 괴는 물방울/ 수정처럼 맑은 오월을 모조리 모르리마는/ 작은 꼬막마저 아사하는/ 길고 잔인한 여름/ 하늘도 없는 폭정의 뜨거운 여름이었다/ 끝끝내/ 조국의 모든 세월은 황톳길은/ 우리들의 희망은

—「황톳길」부분

위의 시는 김지하의 인생과 그의 시의 존재이유가 어디를 지향하고 있는지 단초를 제공하고 있는 상징적 의미가 있는 시이다.[216] 또 동학혁명과 4.19 그리고 5.16 이후 군사독재 시기로 이어지는 역사를 함축적으로 형상화했다. 시의 제목에서도 보듯 "『황토』는 70년대가 가지는 하나의 조사(弔辭)이다. 그 조사는 광포한 힘에 의해 죽어가야 하는 생명에 대한 통곡을 담고 있는 동시에 새로운 시대의 광명을 염원하면서 시대의 어둠을 살라버리려는 열정이 어려 있다."[217] 죽음은 개인의 것이지만 그 죽음을 향한 애도와 부당한 죽음을 자아낸 사회 역사에 대한 질타는 살아남은 자 모두가 행하여 할 몫이다.[218]

황토는 모순된 현실에 대하여 작별을 고하는 조사이면서 현실에 남아 있는 산 사람들의 얼을 깨우는 각성의 소리이다. 황토의 시어는 중층적인 의미를 가지고 있다. 불모의 현실을 극복하게 되는 이상향으로서, 황

---

216 나는 이 황톳길에서 그때 한 편의 시를 얻었으니, 그것이 바로 「황톳길」이다. 나의 출사표로도 불리는 그 비극적인 시 「황톳길」은, 그리고 나의 민중민족문학의 길은, 나아가 생명문학의 길은 이렇게 해서 그곳, 핏빛이 땅에서, 과거의 아픈 상처에 대한 기억과의 대면을 통해서, 직시를 통해서 어렵게 탄생했다. 김지하, 『흰 그늘의 길 1』, (학고재, 2003), 441쪽.

217 유지현, 「시대의 어둠과 피어오르는 힘의 소리」, 『황토』, (솔, 1995), 80쪽.

218 유지현, 위의 책, 86쪽.

토의 심상과 색(色)의 심상에서 연상되는 결핍성이다. 전자는 물리적 공간으로서 황토의 심상이며, 후자는 시각적 심상에서 비롯되는 인식의 불완전성을 의미한다. "남도의 황토빛은 누런빛이 아니다. 그것은 핏빛이라 해야 옳다."[219]라고 한 그의 말을 통해 황토의 색채가 갖는 이미지가 예사롭지 않음을 느끼게 된다. 그는 이 땅을 '불모성'으로 규정하며, 그 원인자에게 현실회복의 강력한 저항적 의지를 보인다. 불모성은 현실의 결핍에 기인한다. 결핍은 충족을 지향하며 그 지향과정에서 부딪치는 원인자와 끊임없는 갈등과 죽임 속에서 결핍된 현실은 조금씩 개선되어 가지만 그 만큼 많은 죽임과 피를 요구한다.

　김지하의 시에서 체천사상이 발현된 이유를 이 땅의 불모성에서 필연적으로 찾게 된다. 김지하의 시는 현실 변혁적 의지를 바탕으로 육감적이며 현장적인 시어를 선택, 시의 전달에 가감 없는 구체성을 부여한다. 추(醜)한 현실을 있는 그대로 반영한다. 아어(雅語)와 조탁된 언어는 시 자체의 미적 체험을 위해서 중요하지만, 그것은 일정한 시간의 경과 후에 고도의 집중과 선택에 의해 가다듬어진 인공적인 언어이다.[220] 그러나 김지하의 시어는 직심(直心)에 의해 단필에 써 내려가는 것이 특징이기 때문에 현장의 구체적 실감을 사실적으로 전달하는 즉발적(卽發的) 언어가 주조를 이룬다. 추한 현실의 이면을 통찰하는 정서가 내재화되어 있기 때문에 가능한 정서환기의 언어이다. 그의 이러한 시의 특징은 그의 예술론에 입각한 것으로써 다음 글을 통하여 확인된다.

---

219 유지현, 앞의 책, 440쪽.
220 엘리엇은 "시는 정서의 표현이 아니라 정서로부터의 도피"라는 유명한 말을 남긴 바 있다. 이는 실제 생활에 있어서 아직 정리되지 않은 정서를 말하는 것으로써, 시 형식과 내용에 타당한 구조를 갖추기 위하여 일정한 시간의 경과 후에 질서화되며 체계화되는 정서의 조립화의 과정을 말한 것이다.

추야말로 철없는 자들의 말장난에 의해 꾸며지지 않은 비애의 참모습이며, 분바르지 않은 한(恨)의 얼굴이다. 추야말로 폭력의 안이요 바깥이다. 추야말로 모순에 찬 현실의 적나라한 현상이다. …(중략)… 사회가 병들고 감수성이 퇴폐함으로써 미가 그 본래의 활력을 잃어버릴 때 추가 예술의 전면에 나타난다. 추는 일반화된 고통과 절망, 증오와 적의, 즉 한과 폭력의 예술적 반영물이다. 그것들은 모두 대립적 감정이며, 갈등하고 있는 정서이다. 그 정서들은 그 대상의 극복에 의해서만 해소되고 그 자체의 소멸에 의해서만 소멸된다. 추는 대립의 산물이 사회적 폭력의 산물이다.[221]

사회현실이 정상에서 일탈하여 파행으로 흘러 미(美)의 가치가 훼손될 때, 그 고발의 언어는 당연히 추(醜)한 현실과 이에 상응하는 현실언어이어야 한다. 그래야만 모순된 현실을 직시하여 고발할 수 있는 시의 파괴력과 전달력이 생긴다. 추나 악을 생략하지 않고 오히려 그것을 통해 탄력성과 포용력을 발휘하는 문학이야말로 독자에게 참다운 기상을 준다.[222] 천하가 다 아름답다고 알고 있는 것이 꾸며진 아름다움이라면 이것은 악한 일이고, 천하가 다 선하다고 알고 있는 것이 사실은 꾸며진 선이면 이것은 불선(不善)이다.[223] 아름답지 않은 것을 아름다운 것처럼 꾸며서 세상 사람들을 속이면 정말로 아름다운 것이 사라져버리고, 선하지 않은 것을 선한 것으로 천하가 믿게 되면 정말로 선한 것이 드러날 수가 없기 때문에 노자는 그것을 악이라고 하고 불선(不善)이라 하는 것이다. 노자가 경계하여 싫어하는 것은 악이 아니라 악이 선을 위장하는 위선(爲善)이고, 미(美)를 가장한 추(醜)이다. 악이 악한대로 드러난 것이

---

221 김지하, 앞의 책, 256쪽.

222 정종진, 「한국현대시의 추미에 대한 고찰」, 『인문과학논집』 제17집, (청주대학교 인문과학연구소, 1997), 140쪽.

223 "天下皆知美之爲美 斯惡已. 天下皆知善之爲善 斯不善已" 이경숙, 앞의 책, 「무위」편.

무위(無爲)이고, 추한 것이 추한 대로 보이는 것이 무위이다. 빈 것은 빈 대로, 찬 것을 찬대로, 곧은 것은 곧은 대로, 굽은 것은 굽은 대로, 원래 있는 그대로 꾸밈없고 가식 없는 것을 노자는 무위라면 천지가 본시 그렇다고 말하는 것이다.[224] 김지하 시의 생생성과 역동성은 있는 그대로 스스로 그러한 현실을 가감 없이 보여주고자 하는 무위에 대한 실천에서 비롯된다.

「황톳길」은 김지하의 초기시로서 지배 계급에 의해서 유린당하고 지금도 진행 중인 정치적 모순으로 가득 찬 이 땅의 현실을 원혼이 가득 찬 '불괴의 땅'으로 규정한다. '불괴의 땅'으로 변한 것은 독재와 외세의 개입에 의해서 사람이 죽임을 당하고 그 땅이 죽임의 그림자로 가득 찼기 때문이다. "내가 한가히 있을 때에 한 어린이가 나막신을 신고 빠르게 앞을 지나니, 그 소리 땅을 울리어 놀라서 일어나 가슴을 어루만지며, 그 어린이의 나막신 소리에 내 가슴이 아프더라고 말했었노라. 땅을 소중히 여기기를 어머님의 살같이 하라."[225] 해월의 땅에 대한 사랑은 곧 인간에 대한 사랑이다. 둘의 관계가 이원적으로 분리된 것이 아니라, 애초부터 하나이기 때문이다. 김지하의 시에서 '불괴의 땅'이란, 일원론적인 모태적 공간인 땅이 병들었다는 것이므로 결과적으로 땅의 현실을 통해서 '사람의 병듦'을 얘기한다.

땅이 인간과 불가분의 관계를 맺고 있는 한, 땅에는 지질학적 의미와는 다른 사회적 의미에서의 역사가 담겨 있다. 땅을 바탕으로 영위되던 사람들의 삶의 족적은 그 자체가 바로 역사인 셈인데, 그러한 발자취들이 땅의 변천 속에서 읽힐 수 있기 때문이다. '나라가 망해도 산하는 여전하다'는 장구함이 땅의 한 특성이기도 하지만, '상전(桑田)'이 '벽해(碧

---

224 이경숙, 앞의 책, 81쪽.
225 「誠·敬·信」, 『해월신사법설』.

海)'되는 엄청난 변화를 통해 한 사회의 근대적 변모가 고스란히 나타나기도 하는 것이다. 당연히 그 곳에는 인간의 피와 땀, 기쁨과 애환, 정복과 굴종 등 삶의 총체적 모습들이 스며들어 있다.[226] 부족사회나 농경사회에서는 문화적·종교적 정체성이 모두 땅으로부터 나오며, 땅은 단순한 생산요소가 아닌 사회의 영혼으로 여겨진다. 땅은 대다수 문화들의 생태적·영적 본향을 이룬다. 그것은 생물적 삶뿐만 아니라 문화적·영적 삶의 재생산을 위한 자궁이다. 땅은 생계유지의 모든 원천이며 가장 깊은 의미에서의 집이다. 이렇듯 땅은 자연과 사회의 삶의 재생을 위한 조건이다. 따라서 사회가 거듭 새로이 유지되기 위해서는 땅을 온전히 보존해야 하며 이는 땅을 신성하게 대할 때만이 가능하다.[227]

김지하의 시와 삶은 '불괴의 땅'과 그 땅에 사는 사람들에 대한 연민과 애증으로부터 시작되고 끝을 맺는다. 내 것을 드러내는 치부(恥部)는 아픔을 동반하지만, 동시에 드러냄을 통해서 치유를 목적으로 한다. 불괴의 땅은 불괴의 땅으로 만든 대상의 폭력을 고발함으로써, 정상에서 일탈된 질서와 가치를 회복하려 한다. 치유의 목적에 사람에 대한 사랑(敬人)과 만민 평등이 있다.

이 시의 특징은 미(美)가 훼손된 암울한 시대를 우회하거나 완곡하지 않고, 오히려 현실의 불모성을 적나라하게 표현한다. 선택된 시어가 직설적이며 처연하다. 황토, 핏자욱, 해, 철삿줄, 총부리 칼날, 불, 대샆, 가마니 등 정상적 생활을 영위하기 위한 도구적 수단으로서의 의미가 아니라, '유사(有事)징후적'이며 원초적 본능을 자극하는 원시적 시어가 주류를 이룬다. 특히 5행의 "지금은 검고 해만 타는 곳"과 11행의 "네가 죽은 곳" 13행의 "가마니 속에서 네가 죽은 곳" 등은 특정 장소를 반복하여

---

226 박명규, 앞의 책, 300쪽.

227 마리아스·반다나 시바, 앞의 책, 134~135쪽.

강조함으로써, 이 땅의 역사가 대대로 이어져 오면서 빚어졌던 온갖 파행적 비극을 암시하는 즉 '불괴의 땅'과 '황토'를 드러내고 있다. 내가 가려는 길은 네가 죽은 죽임의 공간이다. 지금도 검고 해만 타는 불모의 공간이며, 가마니 속에서 네가 죽은 공간이다. "부줏머리 갯가에 숭어가 뛴다"는 것은 삶의 모습이 비일상적임을 보여준다. 또 이러한 모습은 실제 갯가에서 숭어가 뛰었다는 것을 의미하기도 하지만, 화자가 심리적 충격으로 심상 속에 각인된 '풍경'228에 가깝다. 일상성이 파괴된 현실을 목도한 화자에게 몽상으로 보이는 착시현상이다. 그만큼 화자가 겪은 현실이 충격적이라는 점이다. 다음의 글은 그가 이 땅의 역사와 현실을 어떤 시각으로 통찰하고 있는지 보여준다.

빈손 가득히 움켜쥔/ 햇살에 살아/ 벽에도 쇠창살에도/ 노을로 붉게 살아/ 타네/ 불타네/ 깊은 밤 녘 속의 깊고/ 깊은 상처에 살아/ 모질수록 매질 아래 날이 갈수록/ 흡뜨는 거역의 눈동자에 핏발로 살아/ 열쇠 소리 사라져버린 밤은 끝없고/ 끝없이 허는 짤리어 굳고 굳고/ 굳은 벽 속의 마지막/ 통곡으로 살아/ 타네/ 불타네/ 녹두꽃 타네/ 별 푸른 시구문 아래 목 베어 횃불 아래 횃불이여 그슬러라/ 하늘을 온 세상을/ 번뜩이는 총검 아래 비웃음 아래/ 너희, 나를 육시토록 끝끝내 살아.

—「녹두꽃」 전문

위의 시는 김지하의 시에서 동학혁명의 정신이 처음 구체적으로 형상

---

228 풍경은(시각을 중심으로 한) 감각을 통해 지각되는 물리적·공간적인 대상이 아니라, 어디까지나 지각하는 인간의 인상(impression)이라는 자발적 심상·표상이라고 한다. 그렇다면 풍경이란 우리 외부에 실재하는 것이 아니라, 우리 의식에서 만들어진 역사적 산물 이다. 이효덕, 박성관 옮김, 『표상공간의 근대』, (소명, 2002), 42쪽. "풍경이라는 것은 조망되는 자연측에 존재하는 것이 아니라, 조망하는 인간측에 존재하는 것이다. 조망하는 인간이 없다면 풍경이라는 것은 존재하지 않는다." 위의 책, 42쪽.

화 된 작품이다. 반봉건(반독재) 반외세의 기치를 내걸고 혁명을 도모했던 전봉준을 형상화했다. 시에 등장하는 "녹두꽃"은 체제 변혁의지를 품은 전봉준을 의인화한 것이지만, 동시에 시인 자신의 모습이며 이 땅의 민중의 모습 등 약하고 억압당하는 피지배자로 의미 확장이 가능하다. 동학혁명의 지도자 전봉준의 죽음은 동학혁명의 실패를 의미하며 민중의 좌절을 의미한다. 그러나 가혹한 탄압이 심해질수록 동귀일체(同歸一體)의 평등한 세상에 대한 염원은 강해진다. 특히 "살아"라는 시어를 반복적으로 표현함으로써 현실에 강고하게 대응하려는 염원을 뒷받침한다. "깊은 상처에 살아/ 모질수록 매질 아래 날이 갈수록/ 흡뜨는 거역의 눈동자에 핏발로 살아/ …/ 통곡으로 살아"에서는 죽임의 환경과 대응하는 화자의 투지가 엿 보인다. 산다는 것은 최소한의 삶의 조건이 확보될 때에만 생존이 가능하지만 위의 시에서는 삶의 조건이 해체된 현실에서 처절한 극단적 저항만이 존재한다.

시에 나타나는 삶의 조건들은 살수 있다는 희망 자체가 불가능한 현실이다. 현실은 삶의 가능성이 없는 죽음의 현실이다. 삶의 한 형태인 '살아 있음'은 정상적으로 존재하여 있는 것이 아니라, "노을"과 "상처", "핏발", "통곡"의 심상치 않은 죽음의 그림자와 함께 기생하며 산다. 삶의 조건이 희박한 현실에서 죽음의 대상과 마주하며 산다. 시적 화자는 생애 대한 애착 때문에 살고자 하는 것이 아니다. 화자가 살고자 하는 세상은 생과 사의 의미를 초월한다. 죽어도 죽지 못하는, 살아도 산 것이 아닌 현실을 응시하는 의지의 표현이다. '살리다'는 사역동사로서 '살게하다, 달리 말해 '죽지 않도록 하다'를 뜻한다. '살다'와 '살리다는 근본적인 차이가 존재한다. '살다'는 자동사로서 '목숨을 지니고 있다', '없어지거나 사라지지 않고 있다를 뜻한다. 이와는 다르게 '살리다'는 그냥 살고 있는 것이 아니라, 살아 있음과 독특한 관계를 맺고 있음을 부각시킨다. 살아 있음의 상태를 바람직한 가치로서 인정하고 받아들여 살아 있는 것이 그 살아 있음을 유지하고 보존할 수 있도록 배려하고 보살피는 것을 뜻한다.229 그러나 화자의 삶은 외부로부터의 이런 배려와 보살핌의 삶이 아니라, 모순과 거역의 땅 자체가 또 다른 삶의 이유로 작용을 한다. 작용이 강할수록 그에 대한 반작용이 강한 삶이며, 그렇기 때문에 모순된 현실을 응시하려는 의지가 강하게 나타난다. "번뜩이는 총검 아래 비웃음 아래/ 너희, 나를 육시토록/ 끝끝내 살아"에서 시인의 대상에 대한 냉소가 절정을 이룬다. "육시(戮屍)"라는 참혹한 죽음으로도 어쩌지 못하는 모순된 삶에 대한 변혁의 의지가 반영된다. 선택된 시어도 거역의 눈동자, 벽, 핏발, 녹두꽃, 육시, 시구문, 횃불, 총검, 통곡, 쇠창살 등 치열했던 역사의 현장을 상징한다.

김지하 시에는 '붉은색230의 시어가 많이 등장하는데, 붉은색은 "타다"와 호응하여 불의 연소(죽음, 초월)와 상승, 확산적 심상을 불러일으

229 이기상, 「생명. 그 의미의 갈래와 얼개」, 『우리말 철학사전 2』, (지식산업사, 2004), 129쪽.

230 김지하의 잠재의식 속에 내재하고 있는 붉은색의 이미지는 선과 악, 과거와 현재, 미와 추, 음과 양의 이중성이 내포되어 있다. "그 방, 그 붉은 방. 빠알간 호롱불이 일렁이고 벽에 커다란 그림자들이 춤을 추고 할머니와 고모, 삼촌들이 모여 앉아 밤참으로 뜨거운 북감자를 후 후 불며 먹던 그 겨울밤의 연동 그 집 그 붉은 방. 밖에는 찬바람소리, 방안에는 끊임없는 옛날이야기, 도깨비 이야기, 난데없이 뻥튀기, 우김질에 웃음소리. 자주 바탕 무명천에 흰 꽃무늬 있는 이불, 울긋불긋 원앙새 수놓은 벽보, 흔들거리는 횃대 그림자, 물레와 베틀 그림자, 아슴푸레한 졸음 속에서 근심도 걱정도 없고 오직 사랑과 신뢰만 가득 찬, 그 꿈결 같은 붉은 방. 지금도 자주 꿈에서 보고, 괴로울 때는 그려보는, 가고 싶은 내 마음의 고향. 그 밤 그 붉은 방. 나의 읽어버린 낙원. 영화 「붉은 수수밭」의 그 버얼건 술도가 뒷방 색조에서 내 뇌리를 잠시 스쳐간 그 방의 영상, 그것이 바로 내 마음속의 곰보 할매의 방이다. 다시 현실에서 찾아야 할 내 삶의 모습이다." 김지하, 『흰 그늘의 길 1』, (학고재, 2003), 40~41쪽.

김지하의 '붉은색'의 이미지는 화해롭고 평화로운 에덴동산의 시원적 원형의 모습으로 그려지고 있다. 그러나 황토로 상징되는 또 하나의 붉은색의 이미지는 임철우의 소설 『붉은 방』의 이미지처럼 인간의 원초적인 말초 신경을 자극하는 '정육점의 육감적 원시성'으로 표현되어 있다. 이처럼 김지하의 내면에 각인된 붉은색의 이중성에 대한 연구는 후행 연구자의 정밀한 비교와 탐구를 통해서 밝혀져야 할 몫으로 남긴다.

킨다. 너의 죽음은 생명의 소멸이라는 일회적 사건으로 한정되지 않고, 나의 분노로 발화되며 시대의 불의를 태우는 불길로 번져간다. 피어오르는 불길이야말로 어긋난 세상의 불의를 일소하려는 의지의 표상이다. 새파란 불꽃이 뿜어내는 고온의 열기는 부정한 세계를 마주한 분노의 표현이자 어긋난 세상을 광정(匡正)하려는 의지로 작용한다. 불이 지니는 의미로 인해서 김지하의 시는 암울한 시대에 던지는 강력한 항의이자 시대의 불의를 떠나보내려는 조사가 될 수 있다.[231]

"붉은색"의 이미지는 대립적 대상에 대한 원초적인 저항과 분열성을 의미한다. 붉은색이 갖는 강렬한 선동적 자극성은 내면적으로는 자신을 끊임없이 깨우는 자극제의 역할을 하고, 외면적으로는 내면의 이러한 각성을 바탕으로 대립적 대상에 대한 시의 폭력적 언어로서 시어의 파괴력을 생성한다. 특히 "벽에도 쇠창살에도/ 노을로 붉게 살아/ 타네/ 불타네/ 깊은 밤 넋 속의 깊고/ 깊은 상처에 살아/ 모질수록 매질 아래 날이 갈수록/ 흡뜨는 거역의 눈동자에 핏발로 살아"는 몸은 비록 영어(囹圄)의 몸으로 일체의 자유가 박탈당한 현실이지만, 내적으로는 더욱더 가열해지는 존재의 희구에 대한 열망으로 가득 하다[232] "녹두꽃 타네/ 별 푸른 시구문 아래 목 메어 횃불 아래/ 횃불이여 그슬러라 하늘을 온 세상을/ 번뜩이는 총검 아래 비웃음 아래/ 너희, 나를 육시토록/ 끝끝내 살아"의 구절은 완전 연소하여 역사 속에서 영원히 살아 승리자로 기록되는 민중의 질긴 생명성을 말한다. 전봉준을 상징하는 녹두꽃이 불타고 전봉준이

---

231 유지현, 앞의 책, 85~86쪽.

232 아직도 모든 것이 가능하다. 그렇기 때문에 다만 외줄기의 길밖엔 갈 곳이 없다. 싸움의 길, 그렇다. 가장 힘든 싸움의 길. 지지는 않을 것이다. 죽는다 해도지지는 않는다. 병들어 숨지는 날에도 결코 패배하지 않는다. 나는 이긴다. 나는 숱한 가능성을 이 세상에서 보여주고 갈 수 있다. 그것이 나의 승리일 수도 있다. 그러나 보다 큰 승리는 내 주먹 속에 잡혀진 지혜로운 칼의 승리다. 칼을 잡자. 칼을 잡자. 칼을 잡자. 김지하 시 선집, 「명륜동 일기」, 『타는 목마름으로』, (창작과비평사, 2003), 137쪽.

육시당한 "시구문"이라는 역사적 사실의 현장을 형상화하여 처절한 비극성을 강조한다. "별 푸른"의 시어가 현장의 비극미[233]를 더해준다.

강물도 담벼락도/ 돌무더기도 불이 붙는/ 이 척박한 땅에 귀는 짤리고/ 바람은 일어/ 돌개바람 햇빛을 가려/ 칼날 선 황토에 눈멀었네/ 뜨거운 남쪽은/ 반란의 나라/ 거역하다 짤린 목이 다시 웨치다/ 웨치다 찟긴 팔이/ 다시금 거역하다/ 쇠사슬채 쇠사슬채 몸부림치다 이윽고/ 멈춰버린 수수밭/ 멈춰버린 멈춰버린 아아 멈춰버린/ 시퍼런 하늘 아래 우뚝우뚝 타버린/ 장승이 우네/ 뜨거운 남쪽은 반란의 나라.

—「남쪽」 전문

김지하 시에 있어서 남쪽[234]의 갖는 의미는 동학과 그의 전사상을 이해하는데 중요한 전거를 제공해 준다. 위의 시를 보면 그가 정의한 사회변혁의 혁명적 중심사상으로서 '남조선사상'에 대한 의의와 선험적 직관의 세계를 보게 된다. "남쪽"은 「황톳길」에서 규정한 불귀의 땅과 그 궤를 같이한다.

1연에서 현실의 불모성을 극대화하는 시어로서 강물, 담벼락, 돌무더기가 등장한다. 이 시어들은 불과는 상극적인 관계로 인화성이 없는 무

---

233 가없는 비애의 스며드는 듯한 맑은 표현이 캄캄하고 점착질적이며 잔혹하고 피비린내 나는 비명과 신음과 절망과 짐승의 충혈된 눈들로 가득찬 지옥의 소리보다 훨씬 더 커다란 호소력을 가지고 있다. 그것은 마치 살육이 끝난 바로 뒤의 침묵한 마을의 여름날 정오, 젊은 병사의 시체 곁에 흔들거리는 한 송이의 작은 들꽃이 묘사가, 막상 그 죽음의 아우성과 유혈의 표현보다는 그 현실 비극성을 더 훌륭히 압축하는 것과 같다. 김지하, 「풍자냐 자살이냐」, 『생명』, (솔, 1999), 250~251쪽.

234 김지하에게 '남쪽'의 의미는 지리적으로 확장된 의미를 지닌다. 목포, 전라도, 한반도, 그리고 헐벗고 굶주린 제3세계의 민중들을 가리킨다. 다분히 상징적인 의미라고 할 수 있다. 역사적으로 억압과 착취의 대상으로서 수난과 한(恨)이 내재된 땅과 사람을 의미한다. 김지하는 이러한 남쪽이란 공간에서 희망의 싹이 있음을 얘기한다.

기물이다. 그러나 불이 붙는 것으로 표현함으로써 모순된 현실을 광정(匡正)하고자 하는 의지가 거침없이 외연적으로 확산되고 있음을 강조한다. "척박한 땅에 귀는 짧리고/ 바람은 일어/ 돌개바람 햇빛을 가려" 눈이 멀었다. 그것도 칼날 선 황토에. 일모도원이나 혹은 설상가상처럼 막막하고 참담한 현실이다. 역설적으로 생존의 조건이 전무한 현실은 생명의 본성이 꿈틀대는 공간이기도 하다. 생명은 본디 어디에도 구속됨이 없이 독립적이며 자율적인 자기 조직화의 원리를 가지는 것으로 이에 반하는 환경에 대해서 스스로 자기류의 환경을 만들어 간다. 그렇기 때문에 죽임의 현실은 생명에게 그것의 본성을 자극하여 확장하는 동기가 된다. 살아있음의 증거로서 반란은 생명현상의 발현이며 산 자의 몫이다.

2연에서 "햇빛"은 자율적인 생명의 본성에 해당되며 이런 햇빛을 가리는 장애요인인 "바람"과 "돌개바람"은 생명의 본성을 눈멀게 하며 훼손하는 타자이다. 이러한 현실은 반역의 작용을 상승시키는 요인이 되어 3연에서 더욱 치열하게 진행된다. "거역하다 짧린 목이 다시 웨치다/ 웨치다 찢긴 팔이/ 다시금 거역하다/ 쇠사슬채 쇠사슬채 몸부림치다 이윽고/ 멈춰버린 수수밭"에서 그 반역의 강도가 정점에 와 있음을 느낀다. 육신이 처절하게 유린당하면서도 최후까지 생명의 본성을 회복하려는 의지가 가열하게 나타난다. 특히 수수밭의 이미지는 붉은 색깔로 피를 상징하며 저항이 멈춰버린 반란의 을씨년스러운 현장을 전경화한다. 또한 "멈춰버린/ 멈춰버린/ 아아 멈춰버린"이란 종말적 상황을 반복적으로 표현함으로써 모순된 현실을 극대화한다. "시퍼런 하늘 아래 우뚝우뚝 타버린/ 장승이 우네"의 구절에서 푸른 하늘과 장승의 눈물이 비극적 대립을 이룬다. 결국 저항의 실패는 박제화된 장승의 눈물로 형상화되지만 화자는 아직도 현실을 뜨거운 반란의 나라로 현재화시킨다.

무엇이 여기서/ 무너지고 있느냐/ 무엇이 저렇게 소리치고 있느냐/ 아름다운 바람의 저 흰 물결은 밀려와/ 뜨거운 흙을 적시는 한탄리 들녘/ 무엇이 조금씩 조금씩/ 무너지고 있느냐// 참혹한 옛 싸움터의 꿈인 듯/ 햇살은 부르르 떨리고/ 하얗게 빛 바랜 돌무더기 위를/ 이윽고 몇 발의 총소리가 울려간 뒤/ 바람은 나직이 속살거린다/ 그것은/ 늙은 산맥이 찢어지는 소리/ 그것은 허물어진 옛 성터에/ 미친 듯이 타오르는 붉은 산딸기와/ 꽃들의 웨침소리/ 그것은 그리고// 시드는 힘과 새로 피어오르는 모든 힘의/ 기인 싸움을 알리는 쇠나팔 소리/ 내 귓속에서/ 또 내 가슴속에서 울리는// 피끓는 소리// 잔잔하게/ 저녁 물살처럼 잔잔하게/ 붓꽃이 타오르는 빈 들녘에 서면/ 무엇인가 자꾸만 무너지는 소리/ 무엇인가 조금씩 조금씩/ 무너져 내리는 소리.

―「들녘」 전문

위의 시는 급박하게 돌아가는 시국 상황에서 김지하가 지명 수배자로 지목이 되어 탄압의 대상이 된 시기에 쓰인 작품이다. 1연과 4연에서 "무엇이 여기서/ 무너지고 있느냐"와 "무엇인가 자꾸만 무너지는 소리"의 반복적 사용은 두 가지의 중층적 의미를 갖는다. 첫 번째는 당대 현실의 상황과 유추해 본다면, 대일 외교의 굴욕적인 체결에 대한 민중의 저항의 실패와 좌절을 암시하는 것이며, 두 번째로는 독재의 종말을 예견하는 예언적 의미의 암시이다.

그러나 전체적인 시의 유기적인 짜임새와 관련하여 본다면, 두 번째의 의미인 독재의 종말을 암시하는 것으로 보인다. 또 동시에 민중의 승리에 대한 예언이면서 생명의지의 회복이다. 1연 3, 4행의 "아름다운 바람의 저 흰 물결은 밀려와/ 뜨거운 흙을 적시는 한탄리 들녘"에서 "바람"과 "물결", "뜨거움" 등의 시어는 노도(怒濤)와 같은 군중(群衆)적 이미지가 "아름다운", "흰", "흙" 등의 순수한 음(陰)의 모성성(母性性)을 상징하는 시어들로 치환됨으로써, 민중의 저항이 "들녘"이라는 야성적 개방공간으로 확대된다. 모순과 억압은 타자에 의해서 인간을 구속하는 고착화된 틀이지만, "들녘"이라는 공간은 원시성을 상징하는 것으로 민중의 무궁한 잠재성과 가능성을 의미한다.

"들녘"이라는 공간은 생명이 충만한 공간이다. 타자에 의해 구속되거나 막혀서 존재의 자율성이 강제 당하는 '죽임'의 공간이 아니다. 기(氣)[235]가 살아서 활동하는 공간이다. 기는 생명의 힘(에너지)으로서 살아있음의 징표이다. 생명의 본성은 실체가 아니라 생성이다. 생명이 실체라면 고정화되는 것을 전제로 규정한 것이기 때문에 이미 생명이란 개념의 내연 속에 죽임이란 의미가 함유된다. 그러나 생명은 끝없이 생성한다. 한시도 머무르지를 않고 활동한다. 따라서 "들녘"은 생명의 공간으로서 타자에 의해 강제되는 현실 속에서도 생명의 생성이 끝없이 분출되는 공간이다. 또한 몇 발의 총소리가 일시적으로 민중(바람)의 생명의 기개를 위축시키기도 하지만 생명은 외부의 힘에 의해서 강제되지 않는 것으로 그것은 오히려 민중의 단합을 가져오게 하는 기폭제 역할을 하여 드디어 "늙은 산맥이 찢어지는 소리/ 그것은 허물어진 옛 성터에/ 미친 듯이 타오르는 붉은 산딸기와/ 꽃들의 웨침 소리"로 이어져 4연의 "시드는 힘과 새로 피어오르는 모든 힘의/ 기인 싸움을 알리는 쇠나팔 소리"로 화하여 민중의 가슴에 피끓는 소리로 마침내 귀결되고 만다.

"쇠나팔"은 앞의 "모든"이라는 수세적 나약성을 극복하는 선동적인 상징으로 위의 들녘의 이미지와 함께 개방적 주체의 의미를 심화시키는 알레고리이다. 몇 발의 총소리는 단지 파쇄의 소리에 머물고 마는 것이

---

235 "凡有物, 必有小性所能, 物小, 則有小性小能, 物大, 則有大性大能. 夫氣之爲物, 其大無比, 積聚生力, 運化生神, 乃其小性小能而浩浩蕩蕩, 不可以區區名象形言." 무릇 실제가 있으면 그 물체의 본성과 본능이 있으니 물체가 작으면 본성과 본능도 작고, 물체가 크면 본성과 본능도 크다. 대저 氣라고 하는 물체는 견줄 곳이 없을 만큼 커서 이 기가 쌓이면 힘이 생기고 운화하면 신령스런 작용이 생긴다. 바로 이러한 것이 氣의 본성이요, 본능으로서 넓고 크며, 거침이 없어서 구구한 명칭이나 형상으로는 형언할 수 없는 것이다. 최한기・손병욱 역주, 『19세기 한 조선인의 우주론 氣』, (통나무, 2004), 62쪽.

아니라 산맥과 꽃들에게로 증폭되어 새로 피어나는 모든 힘을 불러일으키는 소리로 전환되는 것이다.[236] 특히 돌무더기, 늙은 산맥, 옛 성터, 붉은 산딸기, 붓꽃 등은 이름 없는 민중들을 상징화함으로써 들녘의 원시적 개방성을 확충해 준다. 4연의 "붓꽃이 타오르는 빈 들녘에 서면/ 무엇인가 자꾸만 무너지는 소리"는 시인의 시대의식에 대한 예언적 직관을 느끼게 한다.

> 번개와 폭풍의 밤에/ 스물일곱 해의 굶주림의 곤혹에/ 가장 모질은 돌밭에 삽질을 한다/ 너는 그것을 원했다 빈손으로 일군 땅/ 네 피가 아직 더운 흙가슴의 모진 곳/ 좌절당한 반역의 이 불밭에 운명에/ 너를 묻기 위해/ 뜬 눈의 주검/ 더없이 억센 뜬눈의 주검/ 염도 새끼줄도 관조차도 없다/ 네겐 한 권의 함석헌과 한 송이의 박꽃뿐/ 너는 그것을 원했다 황량한 옥금리 들녘/ 황토로 변하기를 너는 원했다/ 볕에 타고 거친 바람에 시달려/ 끝끝내 빛나기를, 끝끝내 흔들리기를 성장의 밑바닥에 타오르기를/ 죽음 속에서도 붉에 타는 뜬눈의/ 치열한 속에서도 붉게 타는 뜬눈의/ 치열한 핏발 내 가슴속에 쟁쟁히 울리는/ 그 굵은 목소리 아직도 더운 흙가슴에/ 살아 있는 너/ 살아 있는 반역의 이 불밭에 운명에/ 삽질을 한다 너를 묻기 위해/ 번개와 폭풍의 밤에 통곡하며 통곡하며/ 나는 삽질을 한다.

>   ─「매장」 전문

위의 시는 제목에서도 보듯이 김지하의 종말의식이 강하게 나타나는 시이며, 김지하 자신의 자화상을 그린 자전적 시이다. 한국 현대시에서 관습적으로 시에 등장하는 시인의 나이[237]는 당대의 현재성을 기준으로

---

236 유지현, 앞의 책, 89~90쪽.
237 윤동주, 「참회록」, 『하늘과 바람과 별과 시』, (정음사, 1988). "나는 나의 참회의

치열하거나 고단했던 과거를 반추하며 앞으로 걸어가야 할 '길'에 대한 각오를 다짐하는 자아 성찰적인 내용으로 표현되어 왔다. 철저한 현실의식을 바탕으로 선명한 자의식과 시대적 소명을 담아 왔다. "네겐 한 권의 함석헌과 한 송이의 박꽃뿐/ 나는 그것을 원했다."에서 시류에 편승한 보편적 삶을 거부하고 시대의 모순에 저항하는 시인의 시대정신을 보게 된다.

함석헌 선생은 이 땅의 민주화를 위하여 평생을 헌신하신 올곧은 선비로서 의(義)를 위하여 살다 가신 시대의 사표(師表)였다. 또한 "박꽃"은 달밤에 피는 하얀 꽃으로 청초한 염결성을 상징하며, 어둠과 상반되는 심상을 갖는다. 이 같은 시어의 열거는 어둠의 부정적 심상을 부각시키는 효과로 작용을 한다. 그 기상은 날이 선 반골정신에 기초하며, 반골정신은 대립적 대상을 구체적으로 적시하기 전에 처절한 자기 내향적 반성과 성찰을 전제로 한다.

선택된 시어도 자아방기적인 자학적 언어가 주류를 이룬다. 그러나 이 자학적 언어가 강하면 강할수록 대립적 대상에 대한 신랄한 비판이 더해만 간다. 돌밭에 삽질', '억센 뜬눈의 주검', '반역의 불밭에'의 표현은 현실의 상황을 뒤틀어 삐딱하게 봄으로써 강한 냉소적 의미를 갖는다. 화자의 '삽질'하는 행위는 황량한 빈손으로 옥금리 들녘을 황토로 만들기 위하여 모진 운명에 저항했던 민중의 꿈이 좌절당한 후, 살아남은 자가 죽은 자를 위하여 하게 되는 최소한의 의리이다. 그러나 산 자의 삽질하는 행위는 충동성으로 하는 '행동'238이 아니라 정교하게 다듬어진 사고

글을 한 줄에 줄이자/ 一滿二十四年一個月을/ 무슨 기쁨을 바라 살아 왔든가."김종길의 「성탄제」. "서러운 서른 살, 나의 이마에/ 불현듯 아버지의 서느런 옷자락을 느끼는 것은." 수운 최제우, 『용담유사』, 「몽중노소문답가」, "내 나이 십 사세라 전정이 만리도다."

238 '행동'이란 말은 엄밀한 의미에서 '행위'라고 해야 옳다. 행동(behavior)은 동물의 본능적 움직임이나 단순한 자극과 반응이라는 기계적 현상을 가리키는 말에 가깝고, 행위 (conduct)는 윤리적이거나 심미적인 기준과 원리에 의해서 이루어지는 자유행동을 가리키는 말이다. 김영석, 앞의 책, 50쪽.

를 바탕으로 하는 '행위'이다. 아직도 현실은 돌밭이며 불밭이지만, 삽질이란 부질없어 행위를 통해서 죽은 자의 목소리를 흙가슴에 살아있는 것으로 현재화시킨다. 결국 너를 묻는 행위는 살아있는 자들의 '부채의식'으로 환원이 된다. '매장'은 새로운 결의를 다지는 산 자의 엄숙한 의식인 셈이다. 특히 "더없이 억센 뜬눈의 주검/ 염도 새끼줄도 관조차도 없다."에서는 반역을 통한 억울한 죽임의 비극성을 보여준다. "번개와 폭풍의 밤에 통곡하며 통곡하며/ 나는 삽질을 한다."에서는 꺾이지 않는 민중의 가역성이 드러난다.

> 무성하던 삼밭도 이제/ 기름진 벌판도 없네 비녀산 밤봉우리/ 웨쳐 부르든 노래는 통곡이었네 떠나갔네// 시퍼런 하늘을 찢고/ 치솟아오르는 맨드라미/ 터질 듯 터질 듯/ 거역의 몸짓으로 떨리는 땅/ 어느 곳에서나 어느 곳에서나/ 옛이야기 속에서는 뜨겁고 힘차고/ 가득하던 꿈을 그리다 죽도록 황토에만 그리다/ 삶은/ 일하고 굶주리고 병들어 죽는 것// 삶은 탁한 강물 속에 빛나는 푸른 하늘처럼 괴롭고 견디기 어려운 것/ 송진 타는 여름 머나먼 철길을 따라/ 그리고 삶은 떠나는 것// 아아 누군가 그 밤에 호롱불을 밝히고/ 참혹한 옛 싸움에 몸바친 아버지/ 빛 바랜 사진 앞에 숨죽여 울다/ 박차고 일어섰다/ 입을 다물고/ 마지막 우럴은 비녀산 밤봉우리/ 부르는 노래는 통곡이었네 떠나갔네// 무거운 연자매 돌아 해 가고/ 기인 그림자들 밤으로 무덤을 파는 곳 피비린내 목줄기마다 되살아오고/ 낡은 삽날에 찢긴 밤바람/ 웨쳐대는 곳// 여기/ 삶은 그러나 낯선 사람들의 것.
>
> ─「비녀산」 전문

땅은 인간의 삶의 본원적 근거지이자 생활의 터전이다. 천지만물의 생명이 잉태되는 공간이다. 땅을 어머니와 모성으로 부르는 것도 이러한 땅의 생육의 기능 때문이다. 1연에서 "무성하던 삼밭"과 "기름진 벌판"

은 땅의 풍요로움을 말한다. 땅은 단순한 땅이 아니라 '무성'하며 '기름진' 땅이다. 이 땅에 의지하며 삶을 살았던 사람들의 수고와 노력으로 풍만한 생명력이 넘치는 땅이다. 더불어 이 터전 위에서 살아가는 사람들의 삶에 대한 꿈과 희구는 생의 기쁨으로 충만하다.

그러나 이러한 땅의 부재는 영화로웠던 과거와 현재의 불모성을 밤봉우리'와 '통곡'이란 시어로 극대화한다. 특히 '떠나갔네'라는 종결어미는 땅의 훼손과 부재가 자의에 의해서 일어난 일이 아니라 타의에 의해서 의도적으로 이루진 일임을 암시한다. '갔다'라는 종결어미 속에도 시의 문맥상 자의적인 의도와 타의적인 의도가 넓게 사용된다. '갔네'라는 종결어미는 어떤 불가항력적 외부의 힘에 의해서 자의의 뜻과는 달리 떠나보내게 됐다는 의미가 강하다.

2연의 '맨드라미는' '무성하던 삼밭'과 '기름진 벌판'을 풍성하게 만들었던 사람들, 즉 이 땅의 주인인 민중들을 말한다. '시퍼런 하늘을 찢는' 타자에 대하여 맨드라미의 분노가 '치솟아 오르'며, 땅은 순천(順天)을 거스르는 '역천(逆天)적 행위에 거역의 몸짓으로 저항을 한다. '옛 이야기'는 동학혁명을 상징한다. 사람이 참다운 주인이 되어 천지만물과 함께 무궁하며 신령한 삶을 꿈꾸었던 민중의 의지는 실패로 끝나고 영화로웠던 이야기들은 사람들의 입과 입을 통해서 소리 없는 미완의 숙원으로 내재화된다. 동학혁명의 뜻은 '황토'라는 불모의 현실을 갈아엎고 생명이 숨 쉬는 살아있는 땅으로 만들기 위해 일어선 생명발현의 의지이다. 그러나 동학혁명의 실패는 황토의 지속을 의미한다. 척박한 땅에 그리는 개벽의 꿈은 현실적으로 굶주리며 병들어 죽어 가게 된다.

3연은 황토로 상징되는 삶의 척박성이 지속적으로 노정된다. 푸른 하늘은 천명(天命), 하늘을 의미한다. 현실이 모순과 부조리로 가득한 상황에서 푸른 하늘은 화자에게 견디기 어려운 부끄러움으로 다가온다. 푸른 하늘은 화자에게 반성적 거울의 의미로서 자기 분열의 매개이다. "송진 타는 여름 머나먼 철길을 따라"에서 삶의 모습은 변한 게 없이 황토의 연속성에 놓여있을 뿐이다.

4연은 미완의 혁명의 현재성을 말한다. 동학혁명의 실패는 민중들의 가슴에 회한과 한을 드리운다. 외면적으로는 혁명이 실패한 듯 보이지만, 한이 내재화되었기 때문에 민중의 이면에는 한이 무궁하게 확장되고 승화되어 체득된다. '호롱불'은 '옛 이야기'와 등가적인 것으로써 타자의 날이 선 이목 속에서도 굴절되지 않은 혁명의 면면성과 생명력을 상징하며 화자에게 현재성을 말한다. 5연도 3연과 마찬가지로 삶은 변한 것 없이 황토의 불모성만 지속되고 있을 뿐이며, 6연에서 "여기 삶은 그러나/ 낯선 사람들의 것"으로 규정함으로써 모순된 현실을 강하게 직시한다.

또한 「비녀산」은 윤동주의 「쉽게 씌어진 시」의 8연 '육첩방은 남의 나라'의 구절과 같은 의미를 지닌다. 「쉽게 씌어진 시」는 윤동주가 연희 전문학교를 졸업하고 일본으로 유학, 동경 입교(立敎)대학 문학부 영문과에 입학한 뒤 썼던 몇 편 남아 있지 않은 동경에서의 시이다. 유학 초기 환경의 변화에서 오는 긴장의 이완과 낯선 땅에서 느끼는 식민지 청년으로서 여수가 짙게 밴 시이다. 그러나 윤동주는 이완된 마음에 오래 머물지 않고 자기가 적국의 땅으로 유학 온 현실을 직시하며 나약해진 마음을 바로잡는다. 자기가 서 있는 방(현실)은 '육첩방의 남의 나라'일뿐이며 일본에 와서 잠시 느꼈던 향수병에 대하여 부끄러움과 함께 자신의 현실을 직시하는 다짐으로 삼게 된다. 김지하의 「비녀산」의 "여기 삶은 그러나/ 낯선 사람들의 것"과 윤동주의 「쉽게 씌어진 시」의 "육첩방은 남의 나라"는 동일한 정서로 현실을 강하게 규정한다.

간다/ 울지 마라 간다/ 흰 고개 검은 고개 목마른 고개 넘어/ 팍팍한 서울 길/ 몸 팔러 간다// 언제야 돌아오리란/ 언제야 웃음으로 화안히/ 꽃피어 돌아오리란/ 댕기 풀 안쓰러운 약속도 없이 간다/ 울지 마라 간다/ 모질고 모진 세상에 살아도/ 분꽃이 잊힐까 밀 냄새가 잊힐까/ 사뭇사뭇 못 잊을 것을/ 꿈 꾸다 눈물 젖어 돌아올 것을/ 밤이면 별빛 따라 돌아올 것을// 간다// 울지 마라 간다/ 하늘도 시름겨운 목마른 고개 넘어/ 팍팍한 서울길 몸 팔러 간다.
　　　　　　　　　　　　　　　　　　　　　　　　　　　　　　　　　　─「서울길」 전문

6, 70년대 군사정권의 개발 독재의 경제정책으로 도농간의 경제적 불 평등이 심화되던 때에 농촌의 피폐상을 그린 시이다. 산업화란 미명 하에 자행되었던 계층간, 지역간, 도농간의 경제적 불평등은 사회 구조를 이원화로 환원시켜 깊은 간극을 만들었다. 전통적인 삶의 터전인 농촌의 이농현상도 이 시기에 급속하게 늘어난다. 더 이상 농촌은 목가적이며 전원적인 공간이 아니다. 사람들은 아무런 대책도 없이 남부여대(男負女戴) 서울로 서울로 향한다. '서울'과 '몸팔러 간다'는 구절은 단순히 '지명' 과 '여성'을 암시한다기보다 중앙집권적이며 권위적인 공간에서 억압과 압제, 그리고 자본에 논리에 의해서 개인의 존엄성과 전통적 가치가 말 살되는 시대상을 상징한다. 개인의 자유와 평등을 억압하지 않는 사회는 사회 전체를 하나의 살아있는 '유기체'로 인식함으로써, 개인의 자율성을 신장시키는 사회이다. 살아있는 유기체로 인식하기 때문에 어느 것 하나 소중하지 않은 게 없다. 자기의 삶의 터전 자체가 우주이며 생의 질서이 다. 소위 '그물망'으로 연결 되어 있어 어느 것 하나도 배제하지 못하는 존엄성을 갖는다.
　　그러나 서울이라는 공간은 강한 자성(磁性)으로, 자기중심적인 삶의 터전을 일구며 살고 있는 저변의 공간까지도 인위적으로 흡수 강제하는 곳이다. 이 시에서 서울이라는 공간은 '복마전(伏魔殿)'적인 모순을 상징 한다. '간다'라는 종결어미에서 느끼게 되듯이 현실은 개인의 최소한의 생존 조건도 허락하지 않기 때문에 가지 않으면 안 되는 선택의 여지가 없는 현실이다. 이런 현실에서는 '나'의 자유의지는 무가치한 것이며 생존의 절대성이 크게 부각 된다. 더욱 비극적인 것은 서울이라는 압축된 공간으로 떠나게 되는 이유가 나의 의지와는 무관한 것이기 때문에 이미 실패와 절망을 함유하고 있다는 점이다. "언제야 돌아오리란/ 언제야 웃음으로 화안히/ 꽃피어 돌아오리란/ 댕기 풀 안쓰러운 약속도 없이"가야 하며, "꿈꾸다 눈물 젖어 돌아올 것을/ 밤이면 별빛 따라 돌아올 것"일 수밖에 없다.

또 위의 시는 백석의 시 「여승」과 「八院」의 정서와 동일성을 가지는 시이다. 두 시인 모두 시대적인 차이는 있지만 근대로의 이행과 산업화의 시기에 타율에 의해서 급속하게 붕괴된 농촌의 현실을 그리고 있다는 점에서 시대를 초월한 전통적 가치에 대한 정서를 공유한다. 전통적 질서와 삶의 기반이 무너진 현실은 이 땅을 주인이라 여기며 살았던 사람들을 길 위에 서게 했다. "섭벌같이 나아간지아비 기다려 십년이갔다/ 지아비는 돌아오지않고/ 어린딸은 도라지꽃이좋아 돌무덤으로갔다"(「여승」 부분) "계집아이는 운다 느끼며 운다/ 텅 비인 차안 한구석에서 어느 한사람도 눈을 씻는다/ 계집아이는 몇해고 내지인 주재소장집에서/ 밥을 짓고 걸레를 치고 아이보개를 하면서/ 이러케 추운 아침에도 손이 꽁꽁얼어서/ 찬물에 걸레를 첫슬것이다."(「八院」 부분) 시대를 초월하여 타자에 의해 전통적 가치가 훼손되는 삶의 불모성을 고발한다는 점에서 동일한 특징을 갖는다. 또한 이용악의 「낡은 집」, 「전라도 가시내」의 시와도 동일한 정서를 갖는다.

「서울길」은 김지하의 시중에서 가장 비극적인 정서의 시이다. 삶의 일반적인 희망은 성공에 대한 믿음과 확신에서 시작되며, 그 중심에는 자아의 자기긍정의 깔리게 된다. 이러한 자기긍정은 후일 성장 발전의 과정에서 심하게 훼손되고 마모될 지라도 끝내 자신의 성공을 견인하는 힘으로 작용을 한다. 그러나 이와는 달리 출발에서부터 개인이 가려는 길이 비극으로 환원될 것임을 알고 가는 길은 시대적 비극을 확산시킨다.

별것 아니여/ 조선놈 피 먹고 피는 국화꽃이여/ 빼앗아간 쇠그릇 녹여버린
일본도란 말이여/ 뭐가 대단해 너 몰랐더냐/ 비장처절하고 아암 처절하고말고
처절비장하고/ 처절한 神風도 별것 아니여/ 조선놈 아주까리 미친 듯이 퍼먹
고 미쳐버린/ 바람이지, 미쳐버린

─「아주까리 신풍」 부분

위의 시는 일본에 대한 냉소와 폄하가 주를 이룬다. 일본은 '무사(武
士)'와 '칼의 나라이다. '사무라이(samurai)'[239]는 곧 일본의 정신을 대표
한다. 칼의 의미는 개인과 집단의 생존과 사회적 지위를 상징한다. 그러
나 일본을 상징하는 칼은 한낱 조선의 '쇠그릇'을 빼앗아가 만든 칼에 지
나지 않는다. 조선 사람들이 일상적인 생활용품으로 쓰는 쇠그릇으로 만
든 일본의 칼은 아무리 고도의 숙련된 솜씨로 제련 되어 일본인의 얼을
내포한다고 빼앗아간 조선의 쇠그릇으로 만들었다는 문화적 미개성을
벗어나지 못한다. 약탈해간 것으로 만든 칼은 자신들의 태생적 열등감만
을 부추길 뿐이다. 그들이 자문화의 우수성을 강조하면 할수록 역설적으
로 그들의 문화적인 수치를 드러내게 되며, 우리 문화의 우수성을 반증
하는 일이다. 특히 "빼앗아간 쇠그릇 녹여버린 일본도란 말이여/ 뭐가
대단해 너 몰랐더냐"에서 일본도(日本刀)의 이면에 가려진 진실이 문화
적 자긍심으로 확장된다. 이 같은 쇠를 가지고 일본이 세계에서 제일 잘
드는 일본도를 만들고 있을 때, 한국인들은 세계에서 제일 크고 잘 울리
는 에밀레종을 만들었다.

칼로 쌓아올린 역사의 그 그늘에는 반드시 누군가 그 칼에 잘려 피를
흘려야 한다. 주판으로 돈을 버는 역사에는 반드시 빼앗기고 손해를 본
사람의 눈물과 배고픔이 넘치게 마련이다. 그러나 종(鐘)은 아무 아무 것

---

239 일본 봉건 시대의 무사. 국립국어연구원, 앞의 사전, 3,117쪽.

도 빼앗지 않는다. 그 어울림은 오직 생명 같은 감동을 줄뿐이다.[240] 화자의 마음속에 자문화의 자긍심이 높은 것은, 같은 재료와 조건하에서 전혀 다른 차원의 문화를 창조하는 민족의 창조적 진화력에 대한 깊은 신뢰가 있기 때문이다.

일본의 천황을 위해 옥쇄했던 가미카제 자살 특공대의 충성과 용감함도 '별것이 아니다. 대의명분을 위한 숭고한 죽음이 아니기 때문이다. 그들의 죽음은 조선의 '아주까리'를 미친 듯이 퍼먹고 저지른 충동적인 행동이다. '바람'이란 시어가 그들의 충동과 즉흥성을 잘 나타낸다. 바람과 아주까리는 대의(大義)와 천도(天道)를 저버린 그들의 행동을 단죄하는 도덕과 윤리적인 '동티'의 결과이다. 동티는 당연히 재앙을 부르고 파탄을 부른다. 병도 나게 마련이다. 재변과 위난의 동기가 곧 동티다. 거기에는 인간의 과오에 대한 징벌이란 뜻도 포함된다.[241] 하늘의 노여움을 산다.

아주까리는 신성을 내포하고 있는 것으로써 건드리면 부정이 타 동티가 나는 신성불가침한 존재이다. 일본을 상징하는 칼(刀)과 神風(가미카제 자살 특공대)은 조선의 일상적이며 평범한 '쇠그릇', '아주까리'와 동격 혹은 그것들을 있게 한 근원이 되는 셈이기 때문에 상대적으로 그들의 열등감을 강조하는 객관적 상관물이 된다.

2) 이야기로 풀어 쓴 고발의 언어

김지하 시에서 저항적 풍자시[242]는 다름 아닌 '담시'이다. 담시는 곧

---

240 이어령, 『축소지향의 일본인』, (문학사상사, 2005), 348쪽.
241 김열규, 『욕』, (사계절, 2003), 64~65쪽.
242 저항적 풍자의 올바른 형식은 암흑시에 투항한 풍자시여서는 안 되며 풍자시를 위장한 암흑시여서도 안 된다. 그것은 민중 가운데 있는 우매성·속물성·비겁성과 같은 부정적 요소에 대해서는 매서운 공격을 아끼지 않지만, 민중 가운데에 있는 지혜로움, 그 무궁한 힘과 대담성과 같은 긍정적 요소에 대해서는 찬사와 애정을 아끼지 않는 탄력성을

'이야기 시'이다. 생명이란 규정하지 못하는 생생성을 표현하기 위하여 이야기가 가지고 있는 경계를 초월한 구비전승성과 영원성을 바탕으로 새롭게 창조해낸 문학적인 역작이다. 다음의 김지하가 말한 이야기와 생명의 관계에서 확인이 된다.

> 이야기가 곧 생명이요, 생명이 바로 이야기니 생명의 널리 퍼져나가고 길게 이어가듯이 씨앗 한번 떨어졌다 하면, 나 살아서도 널리널리 퍼져나가며 더하고 보태어 더욱더욱 풍성해질 것이 틀림없고, 나 죽어서도 줄기차게 이어나가며 고치고 바꾸어 더욱더욱 충만해질 것이 분명하다.[243]

고발의 언어는 민중의 자발적이며, 참여적 신명에 의해서 확산되는 특징이 있다. 무궁한 생명력을 가지고 있기 때문에 타자에 의해서 굴절은 되지만, 구속되거나 소멸됨 없이 자생적인 힘을 갖는다. 김지하의 다음 말을 통해 언어와 신명의 관계가 어떻게 사회비판적인 기능을 발휘하는지 알게 된다.

> 언어에서 '신명'을 박탈하는 것, 즉 가락, 장단, 그늘, 울림, 빛깔, 냄새 등을 떼어내고 냉랭한 의미와 논리만을 구조의 중심으로 하든가, 또는 이른바 존재론적 의미를 '묻기 위해' 장단, 그늘, 빛깔 등을 사용하되 거기서 본디의 신명을 박탈한다면 그것은 삶의 현실로부터 점점 멀어지는 괴상한 언어, 소리 없는 언어, 유령언어로 둔갑해 버리고 말 것입니다. 이것이 바로 죽임의 언어요,

---

그 표현에 있어서의 다양성의 토대로 삼아야 하는 것이다. 올바르지 않지만 결코 밉지 않은 요소도 있고, 무식하지만 경멸할 수 없는 요소도 있다. 그리고 겁은 많지만 사랑스러운 요소도, 때 묻고 더럽지만 구수하고 터분해서 마음을 끄는 요소도, 몹시 이기적이긴 하나 무척 익살스러운 요소도 있는 것이다. 김지하, 앞의 책, 252쪽.

243 김지하, 대설 『남 1』, (솔, 1994), 26쪽.

언어의 죽임입니다. 그리고 그러한 언어는 반민중적입니다.[244]

　김지하의 위의 말은 그가 말한 추(醜)의 미학과도 상통하는 말이다. 추는 왜곡된 현실을 있는 그대로 드러냄으로써 현실을 드러낸다. 추한 현실을 드러내는 효과적인 언어의 수단이 이야기시인 담시이며, 담시 속에는 인간이 현실을 살아가면서 경험하게 되는 갈등의 정서가 짙게 배어있다. 갈등의 정서는 신명에 의해서 인간적인 추동력을 받아 왜곡된 현실을 강하고 깊게 질타하는 힘 있는 민중의 언어가 된다. "추는 골계, 특히 풍자 속에서 그 가장 날카로운 폭력을 드러낸다."[245]라고 말한 김지하의 말에서 풍자성을 효과적으로 드러내는 시가 담시라는 것을 알게 된다.

　김지하가 쓴 담시는 「오적」을 시작으로 「앵적가」, 「비어」, 「똥바다」, 「오행」, 「김흔들 이야기」, 「고무장화」, 「대설」, 「이 가문 날에 비구름」 등이 있다. 담시란 장르는 기존 문학의 전통적이며 제도적인 장르가 아니라, 김지하가 이름 붙인 변종 장르이다. 담시의 특징은 판소리의 사설과 장단을 시에 응용함으로써 대상에 대한 사실적이며 강한 풍자성을 획득한다. 김지하에게 담시는 그의 문학과 예술에서 줄기차게 천착한 전통민예 기법의 한 형식으로 그의 다다른 각고의 문학적 성취물이다. 이에 대한 관심은 먼저 판소리의 현대화로 나타난다.[246] 김지하에게 민중문학의

---

244 김지하, 『김지하 전집 3』, (실천문학사, 2002), 66쪽.
245 김지하, 「풍자냐 자살이냐」, 『생명』, (솔, 1999), 257쪽.
246 나는 그 전설(동학이야기)을 판소리 형식의 서사구조 안에 담고자 했다. 내용과 형식의 일치라는 미학적 요구 때문이었다. 한 이백여 행을 써 나갔을까, 당시 출간돼 나와 있던 유일한 동학 관련 서적인 최동희 선생의 『동경대전』을 열심히 읽고 그 뜻을 새기며 판소리의 현대화를 시도하려고 무진 애를 썼다. 그러나 백방으로 몸부림쳐 봐도 아직은 역부족이었다. …(중략)… 어찌 보면 「오적」마저 바로 그때 시도했던 판소리 서사시를 위한 에튀드(시험작으로서의 소품)에 불과하며, 그 뒤에 나온 산문집 『밥』이나 『남녘 땅 뱃노

과정은 지난한 여정으로써 좌절과 절망을 통하여 피어난 부채의 결과이다. 김지하가 민중문학의 형식 중에서 판소리에 천착한 이유는 이러한 형식이 민중과 함께 호흡하며, 자각하는 강한 현실성을 동반하고 있기 때문이다. 민중문학은 '죽임'에 맞서 저항하며 민중적 삶을 '옮김'과 '죽임'으로부터 자각적·능동적·조직적·적극적으로 '살림'이며 변혁함이기 때문에 관조로서의 문학인식이 아니라 운동으로서의 문학노동이다. 따라서 운동 및 노동으로서의 민중문학은 스스로 하나의 삶의 형식이며 삶·죽임·살림의 역동적 구조를 자기 형식의 활동적 본성으로 하게 된다.[247] 판소리의 현장성을 담시라는 형식에 담아 민중과 함께 긴장과 이완을 반복함으로써, 정서적 동일성을 획득하여 시대의 고민을 공유하는 데 목적을 둔다.

담시가 다른 시에서처럼 기록문학의 형태에 의존하고 있지만, 내용 전개와 리듬은 구술문학의 성격을 강하게 띤다. 옹(Ong, W. J.)은 "구술성이 문자성보다 정신역학의 측면에서 인간 삶에 더욱 밀착되어 있음을 강조하고, 구술성에 바탕을 둔 사고와 표현의 특징을 1) 종속적이라기보다는 첨가적이며, 2) 분석적이라기보다는 집합적이고, 3) 장황하거나 군말이 많으며, 4) 보수적이거나 전통적이며, 5) 인간 생활에 밀착되어 있고, 6) 논쟁적이고, 7) 항상성이 있으며, 8) 객관적 거리 유지보다는 감정이입적 혹은 참여적이고, 9) 그리고 추상적이라기보다는 상황의존적이라고 이야기한다."[248] 그는 다음과 같은 말을 통하여 구술의 잠재적 효용성에 대하여 말한다.

래』 등도 그때 실패한 동학사상 이해의 한 부분적 시도에 지나지 않았던 것이다. 김지하, 『흰 그늘의 길 2』, (실천문학사, 2003), 72쪽.

247 김지하, 『김지하 전집 3』, (실천문학사, 2002), 71쪽.
248 Ong, W. J. 이기우·임명진 역, 『구술문화와 문자문화』, (문예출판사, 1995), 60~92쪽.

무릇 말에 의한 근저에는 구술성이 잠재돼 있다. 그럼에도 불구하고 언어와 문학에 대한 과학적 연구들은 최근에 이르기까지 몇 세기 동안이나 이 구술의 성격을 소홀히 해왔다. 텍스트로서 씌어진 것에 너무 눈이 팔린 결과, 사람들은 구술의 성격에 입각해서 만들어진 작품을 쓰기에 의해서 만들어진 작품의 한 변종으로 보거나 그렇지 않더라도 진지한 학문적 관심을 쏟을 만한 것으로 보지 않게 되었다. 우리가 그러한 어리석음에 대하여 안달하기 시작한 것은 최근은 일이다.[249]

위의 옹의 말처럼 김지하의 담시는 이러한 말의 구술성이 가지는 효용성에 주목한 결과로써, 김지하가 오랜 민중적 문학형식에 대한 고민과 우리의 전통미학 사상을 현대적으로 계승한 고민의 일단이다. 이러한 창조적 계승의 결과는 이미 오래 전부터 그에게 화두로 던져진 숙제였다. 다음의 글을 통해서 확인된다.

나의 새로운 민족 리얼리즘으로 나아가려면 새로운 작품이 필요했다. 탈춤의 마당이나 판에 대한 적극적인 탐구와 함께 틈이 많고 환상이나 기타 실험성이 배합된 새로운 리얼리즘 작품을 써야 한다는 필요를 절감했다."[250]

김지하에게 있어서 담시라는 새로운 형식의 문학 장르의 개발은 이전의 서정시가 갖는 대상과 자아에 대한 직선적 투쟁의 생경성에서 벗어나, 대상을 한껏 우회하여 조롱하고 풍자함으로써, 일반 민중들에게 굴절된 정서를 대리 만족시켜주는 역할을 한다. 일종의 군중심리, 즉 '신명'을 유발하여 여론을 모으고 지배세력에 대한 울분을 풀어내는 효과를 갖게 한

---

249 Ong, W. J, 앞의 책, 18쪽.
250 김지하, 『흰 그늘의 길 2』, (학고재, 2003), 164쪽.

다. 판소리의 기능은 탈춤이 갖는 사회적 고발 혹은 풍자성과 동일한 비판적 성격을 갖는다. 고발문학의 한 형태로서 풍자는 민중에게 충격을 주고, 현실의 표면만을 거닐고 있는 민중의 자의식을 각성시킴으로써, 민중에게 내재되어 있는 잠재적 힘을 깨워, 억압받는 자들을 역사변화의 과정에 능동적으로 참여케 한다.[251] 풍자는 개선의 의도를 갖고 있는 저항문학이다. 그것은 당위적 세계를 지향한다.[252] 그러나 풍자는 개선의 의도를 직접적이며 대면적으로 표출하는 방법이 아니라, 등 뒤에 '비수(匕首)'를 숨긴 채 능청을 부리는 소위 '딴죽을 거는' 방법이다.

김지하가 담시를 개척한 목적은 마치 수운이 동학의 경전인 『용담유사』를 한글의 가사체로 지어 백성들에게 보급했던 의도와 같다. 후천개벽(後天開闢)의 엄청난 의의를 강조하자니 일상적인 논리를 과감하게 넘어서야 하고, 아무리 무식한 사람이라도 지니고 있는 절실한 소망을 포괄하자니 누구나 알아들을 수 있는 말을 해야 했다.[253] 『용담유사』의 문학적 양식인 가사는 그 형식상 까다로운 제약이나 장치가 없이, 4음 4보격이라는 운율에 의한 율격적 장치 아래 무제한으로 이어지는 형식만을 지니고 있을 뿐이다. 따라서 이를 짓는 사람이나 읽는 사람이나 모두 편하고 쉽게 접할 수 있는 시가 장르이기도 하다. 그런가 하면 가사의 진술 양식은 매우 유장하고 설복적인 것이기 때문에 최제우 자신이 가르침을 교도와 일반이라는 민중에게 보다 쉽게 전달할 수 있었기 때문이다.[254] 특히 4음 4보격이라는 우리에게 매우 낯익은 리듬이 지닌 틀 속에 가르침을 담아 놓음으로 해서 글을 모르는 아녀자나 일반인들까지 쉽게 읽고 외울 수 있다는 특성을 이는 지니고 있는 것이다.[255] 백성(민중)이 한울

251 푸미오 타부치・정지련 옮김, 『김지하론: 신과 혁명의 통일』, (다산글방, 1991), 102쪽.
252 김준오, 『도시시와 해체시』, (문학과비평사, 1993), 21쪽.
253 조동일, 『한국문학통사 4』, (지식산업사, 1986), 11쪽.
254 윤석산, 『용담유사 연구』, (민족문화사, 1987).

이라는 것과 만민은 평등하다는 것을 인식시키기 위한 수단으로써 가사체와 담시를 수용했다는 점이다.

그러나 '너 죽고 나 죽자'는 식의 단선적인 공격이 아니라, 정면에서 에돌아서 뒤통수를 친다. 그들은 대체로 초라한 형색에 어서 맞붙어 싸워 볼 만하게 만만해 보인다. 고의로 비틀어 놓아 장난기가 있는 것이다. 이는 깊은 사회적 통찰 끝에 획득한 민중적 여유요 푸근함이다.[256] 우리 말에 '변죽을 치면 복판이 운다'는 속담이 있다. 그릇의 가운데를 치면 둔탁한 소리가 조금 나다가 말뿐이지만 가장자리를 치면 그릇 전체가 가볍게 울리면서 아름다운 소리가 난다. 어떤 사물이나 현상의 핵심이란 것도 그 자체만으로 선명한 노출이 어렵고 가장자리를 잘 파악했을 때 그 핵심은 의외로 선명하게 노출되는 경우가 많다.[257]

김지하의 문학에서 전통민예 기법의 현대화가 자생적 가능성을 보인 것은 「오적」이었으며, 대설 『남』에 이르러 표면적으로는 완결이 된다. 대설(大說)은 김지하가 스스로 창작한 『남』에 대해 붙인 새로운 장르적 명칭이다. 『남』의 체계는 첫째판 수산(水山), 둘째판 무부, 셋째판 출관(出關)의 세 개의 관과 그 각 판 마다 세 마당을 배치하고, 다시 각 마당에 세 대목을 둔다. 지금까지 발표된 『남』은 하나의 판도 완성되지 않은, 형성과정[258]에 있기 때문에 그 본질적 세계를 온전히 규명한다는 것은

---

255 윤석산, 『동학사상과 한국문학』, (한양대학교출판부, 1999), 107쪽.

256 채희완, 앞의 책, 33쪽.

257 이남호, 「시와 시치미」, 최동호·유종호 편저, 『시를 어떻게 볼 것인가』, (현대문학, 2000), 174~175쪽.

258 대설 『남』은 완결되지 않은 판으로 남아 있을 것이다. 그것은 김지하 문학이 그 자체로 하나의 '생명체'이기 때문이다. "생명은 실체가 아니라 생성"이라고 말한 그의 말은 이 같은 예상을 뒷받침한다. 실체는 고정화를 전제로 규정하는 개념이며, 고정은 생명현상의 죽음을 의미한다. 따라서 이미 실체의 어의 속에 죽음을 함유한다. 김지하가 문학에서 지향한 전통민예기법의 현대화란 결국 고정된 실체로서의 죽은 방법론이 아니라 끝없이 확산하고 수렴되며, 한시도 머무르지 않고 활동하는 생명 형성과정의 문학적 변용의 다름

불가능하다. 대설의 장르는 담시의 연장선에서 파악된다. 담시가 단형 판소리인데 비해 대설은 장형 판소리이다. 대설 『남』에는 광대한 우주의 역사가 종횡으로 그물망처럼 엮여져 하나의 지점에서 융화되기도 하고, 다시 방사선처럼 거대하게 확산되기도 한다. 대설은 다중시공간의 특성을 그대로 보여준다. 대설의 양식 역시 파천황적인 파격과 무소불위의 해방의 면모를 보여준다.[259] 「오적」에서 출발하여 『남』으로 이어지는 담시는 전통민예의 현대화라는 점에서 중요한 의미를 갖는다. 전통이란 곧 변화를 뜻하는 것이기 때문에 옛날의 개념에 고착화되어서는 안 될 일이다.[260] 김지하는 그의 초기 시작(詩作)에서부터 일관되게 전통민예[261]와 접목 혹은 변용을 추구하여 왔다. 이렇게 김지하가 심혈을 기울여 관심을 기울인 전통민예인 판소리의 시의 형상화가 어떤 점에 있어서 효용성이 있는지 「오적」, 「비어」, 「앵적가」, 「똥바다」, 대설 『남』 등을 중심으로 살펴보기로 하겠다.

내게 죄가 있다면은/ 어젯밤에 배고파서 국화빵 한 개 훔쳐먹은 그 죄밖엔 없습네다./ 이리바짝 저리죄고 위로 틀고 아래로 딱딱/ …/ 오적은 무엇이며 어디있나 말만하면 네 목숨은 살려주마/ 꾀수놈 이말듣고 옳다구나 대답한다./ …/ 만장하옵시고 존경하옵는 도둑님들!/ 도둑은 도둑의 죄가 아니요, 도

아니다. 또 생명의 특성은 어느 것 하나도 전체와의 관계에서 부분일 수 없으며 전체도 부분을 배제하면 전체로서의 의미를 갖지 못한다. 따라서 부분이면서 전체이고 전체이면서 부분인 것이다. 즉 존재를 생명을 유기체로 인식한 결과 그의 문학에서 무수히 등장하는 개체들은 그것 자체로 독립적이며, 또한 하나의 전체를 이루며 사방팔방 시방으로 확산하는 개방적 구조를 띤다.

259 홍용희, 앞의 논문, 123~127쪽.
260 정종진, 「벽초 홍명희의 선비정신 연구」, 『어문논총』 15, (동서어문학회, 2000), 108쪽.
261 "민요·민예에는 그 나름대로의 정교하고 섬세한 예술적 의장(意匠)의 법칙성과 독특한 형상화의 원리, 형식가치들의 원형이 숨어 있음을 똑똑히 알아야 한다." 김지하, 앞의 책, 51쪽.

둑을 만든 이 사회의 죄입네다/ 여러 도둑님들께옵선 도둑이 아니라, 이 사회의 충실한 일꾼이니/ …/ 어느 맑게 개인날 아침, 커다랗게 기지개를 켜다 갑자기/ 벼락을 맞아 급살하니/ 이 때 또한 오적도 육공으로 피를 토하며 꺼꾸러졌다는 이야기.

－「오적」부분

「오적」은 지배계급의 부정과 부패를 신랄하게 풍자 고발하는 내용으로 김지하의 시가 구체적으로 폭넓게 위의를 획득한 시이다. 독재를 떠받치는 권력 주변부의 부패상을 고발함으로써, 정권의 정통성에 도전하는 시이다. 꾀수는 시인의 분신이다. 확인도 안 해보고 막연한 추측으로 쓴 시가 사실로 확인이 되자 시인은 "상상으로, 짐작으로 신나게 장단 맞춰 읽어가며 부풀릴 대로 부풀린 그들의 호화 비리가 몽땅 가시적 사실이라니! 나는 그때 참으로 큰 절망에 빠져버렸다."[262]라고 이야기한다. 꾀수가 포도대장의 회유에 못 이겨 오적과 오적의 소굴을 이야기 한 것이 확인 결과 사실로 드러난 구절이 이 같은 사실을 뒷받침한다.

전통적으로 농촌은 사람들의 삶의 근원으로 현실의 불모성에도 견디게 하는 최후의 근원적 공동체이다. 꾀수의 이향은 지배권력의 독점적 이익으로 파생된 농촌의 현실을 나타난다. 생존을 위해서 국화빵 한 개를 훔친 행동과 허위와 위선을 치장하기 위해 부정과 부패로 부를 축적하는 지배세력과 대비는 도덕적 정당성이 어디에 있는가를 보여준다. 포도대장이 오적들에게 한 "도둑은 도둑의 죄가 아니요, 도둑을 만든 이 사회의 죄입네다"의 말은 화자의 말이며 당대 민중들의 말이다. 이 말을 통해서 시인은 꾀수의 생존을 위해 빵 한 개를 훔친 행동에 불가피성을 정당화시켜준다. 대설『남·1』,「대설풀이」에 등장하는 해결사 수산이의

---

262 김지하,『흰 그늘의 길 2』, (실천문학사, 2003), 167쪽.

일탈된 행동도 도덕적으로 단죄하기에 앞서 그러한 행동을 하지 않으면 안 되는 사회의 구조적 모순을 드러낸다.

현명하고 똑똑한 것을 높이 사지 않으면 사람들로 하여금 다투지 않게 하고, 재화를 귀하거나 얻기 어렵게 하지 않으면 사람들로 하여금 도적질을 하지 않게 한다. 바랄만한 것을 보이지 않으면 사람들의 마음이 어지러워지지 않는다.[263] 사람이 도적이 되는 이유는 배가 고프기 때문이지 난득지화(難得之貨·얻기 어려운 재화)를 갖기 위해서가 아니다. 보물들은 제후나 왕한테 필요한 것이지 도적한테 소용이 되는 물건이 아니다. "사람이 살아가는데 꼭 필요한 경제적인 재화(생필품)를 귀하거나 어려운 것으로 만들지" 말라는 것이다. 그리해야 사람들이 도적이 되지 않을 것이라는 뜻이다. 이 말은 최소한의 의식주가 해결되지 못하면 도적이 생기게 된다는 말과 같다. 노자가 생각하는 정치의 요체는 바로 재화를 귀하거나 얻기 어려운 것으로 만들지 않는 데 있다. 물론 이때의 재화는 꼭 필요한 만큼의 소박한 것이다.[264] 이 장면은 빵 한 조각을 훔쳐 19년 간 옥살이를 한 장발장의 행동과 유사점을 보여준다. 법과 제도가 살피지 못하는 그늘진 곳에 소외된 사람들의 삶의 모습은 법으로 명문화된 문자로 쉽게 단죄하지 못하는 불가항력적인 근원적 욕구이다. 사회는 은그릇을 훔친 장발장을 감싼 미리엘 신부의 사랑이 필요하다. 죄수에게 필요했던 것도 법을 통한 단죄와 협박이 아니라, 그의 행동의 불가피성을 이해하려는 인간적 연민이다. 오적과 포도대장의 급살은 하늘의 뜻을 심판하는 일이다. 민중의 의지가 하늘에 닿은 결과이다.

---

263 "不尙賢 使民不爭. 不貴難得之貨 使民不爲盜. 不見可欲 使民心不亂." 이경숙, 앞의 책, 제3장. 「爲無爲」편.

264 이경숙, 위의 책, 90~91쪽.

서울 장안에 얼마 전부터/ 이상야릇한 소리 하나가 자꾸만 들려와/ 그 소리
만 들으면 사시같이 떨어대며/ 식은땀을 주울줄 흘려쌌는 사람들이 있으니/
해괴한 일이다./ …/ 쿵—/ 바로 저 소리다 쿵/ …/ 시골서 올라와 세들어 사는
안도란 놈이 있었것다./ …/ 목매달아 죽자 하니 서까래 없어 하는 수 없이/
연탄까스 뻗자 하니 창구멍이 많아 어쩔 수 없이/ 청산가리 술타마시고 깨끗
이 가자 하니 술값없어 별도리 없이/ 안돼 안돼 안돼/ 반항도 안돼 아우성은
더욱 안돼 잠시라도 쉬는 것은 너군다나/ 절대 안돼/ 두발로 땅을 딛고 버텨
서는 건 무조건 안돼/ …/ 천하에 날강도같은 형형색색 잡놈들에게 그저 들들
들들들/ 들볶이고 썹히고 얻어터지고 물리고 걷어차이고 피보고 지지밟/ 히고
땅맞고/ 싸그리 마지막 속옷안에 꽁꽁 꼬불쳐둔 고향갈 차비까지 죄 털/ 리고
맥진기진/ …/ 두발을 땅에다 털퍼덕 딛고서 눈깔이 뒤집혀 한다는 소리가/
에잇/ 개같은 세상/ 이소리가 입밖에 떨어지기가 무섭게 철커덕/ 쇠고랑 안도
놈 두손에 채워지고 질질질 끌려서 곧장/ 재판소로 가는구나/ …/ 두발로 땅
을 딛고 아가리로 유언비어를 뱉어낸 죄올시다/ …/ 벽에다 쿵—/ 다시 또다
시 또 한번 다시 쿵 때그르르르 벽에다가/ 쿵—/ 쿵—/ 쿵—/ 울려쌌는 저 소
리만 들으면 무슨 까닭인지 도무지 잠을 못자는/ 돈깨나 있고 똥깨나 뀌는/ 사
람들이 강력한 명령을 내려 안도란 놈을 즉각 사형에 처해/ 버렸는데도 쿵—/
해괴한 일이다

「비어」 소리내력 부분

위의 시에 등장하는 '안도'란 인물은 「오적」에서 '꾀수'와 같은 인물로
서 삶의 근거지인 농촌을 떠나 도시로 유입된 이주민이다. 연고가 없이
무작정 상경한 도시의 삶은 이주민들의 생활을 사회의 기층민으로 전락
하게 한다. 인간으로서 삶을 영위하기 위한 기본적 생존권마저 상실된
생활이다. 죽음마저도 개인의 자유의지대로 하지 못하는 현실에서 안도
가 하게 되는 일은 자학을 하며 벽에다 머리를 박는 행위뿐이다. 안도의

말 '안돼 안돼'는 최소한의 삶의 긍정마저 훼손된 현실임을 상기시킨다. 두발을 땅에 딛고 서는 곳조차 용납되지 않는 현실은 인간의 자율성을 인정하지 않겠다는 지배자의 정치논리에 지나지 않는다. '두발'은 인간의 자율성을 상징한다. 자율성이 상실된 현실에서 안도가 하게 되는 일이란 균형을 상실한 삶의 피폐한 모습뿐이다. 안도의 자학적인 행동으로 발생한 '쿵 쿵' 소리는 하늘의 소리 즉 민중의 소리이다. 「오적」에서 오적과 포도대장의 급살과 동일한 하늘의 심판이다. 인간은 인간의 몸속에 '하늘'이라는 절대자를 모시고 태어났으며, 또 하늘을 키우고 하늘의 뜻을 현실에 실천하는 존재이다. 인간의 존엄성이 훼손된 현실에서 지배자들이 느끼는 안도의 자학적인 '소리'는 지배자들이 느끼는 역천(逆天)에 대한 강박관념이다. 또한 그들 속에 내재되었으나 자각하지 못했던 하늘의 마음이다.

> 쇠가 나무를 누르다니/ 아차 괘씸한 것!/ 책 읽어 드리던 환관놈 면상을 어족으로 내려차며 일어나! 上/ 께서 대갈 / 나무가 쇠를 이기리라!/ …/ 유신이 닷!/ 김가와 김가 부스러기는 모조리 잡아 죽여랏!/ 안동김가, 광양김가, 광산김가, 선산김가/ …/ 원수로다 원수로다/ 유신이란 두 글자가 철천지의 원소로다/ 백성들이 이리 숨죽여 속으로만 피눈물로 통곡할 적에/ 새마을 이닷!/ 나무를 심어라, 나무를 심어라, 나무를 심어랏/ …/ 땅!/ 번쩍!/ 하고, 늙은 벚나무에 떨어진 벼락이 그때/ 자기가 무슨 피뢰침 꼭지라고 열다섯 근이나 되는 금관을 비까번쩍 쓰고 천지가 들썩들썩하게 웃어제키던 上의 대갈님에 가 꽝 떨어져 그대로 즉사해 버렷것다./ 上께서 불알을 두 번씩이나 짤리고 쫓겨난 책 읽기 환관놈이/ 이 소식을 듣고 가로되/ 역시 金克木이라!/ 萬古眞理는 不可拒逆이로다!/ 하며 눈에선 눈물, 코에선 콧물, 입에선 핏물이 나도록/ 미치게 미치게 웃어대다가 아가리가 쩍!/ 찢어져 죽어버리니!
>
> —「오행」 부분

위의 시에서 나무(木)는 절대 권력자이며 쇠(金)는 당대의 백성이다. 오행에서 쇠가 나무를 누르는 것은 거스르지 못하는 하늘의 순리이며 순천(順天)이다. 사람의 힘에 의해서 인위적으로 하게 되는 일이 아니다. 순천(順天)을 거스른다면 이에 대한 하늘의 응징을 받게 된다. 절대 권력자는 하늘의 순천을 거스르고자 천지사방에 나무를 심는다. 나무를 심는 행동은 쇠를 멸하겠다는 음흉한 흉중이 숨어 있는 행동이다. 오행(五行)의 진정한 뜻은 서로 다른 이질적인 것들이 적대하지 않고, 각자의 속성들을 인정하며 서로 함께 사는 공존과 상생의 원리를 가르치는 일이다. 마땅히 존재하여 어울려야 할 오행의 자율성을 억제하며, 순리에 역행하는 절대 권력자의 우매한 행동은 파멸을 예고한다. 공존의 원리가 깨진 현실에서 천지는 나무로 가득하여 절대자가 보기에 나라는 풍요롭고 백성들은 강요된 '격양가(擊壤歌)'를 부른다. 그러나 번개가 쳐 절대 권력자는 즉사한다.

그런데 역설적인 것은 절대 권력자의 머리에 쓴 휘황찬란한 금관에 벼락이 내리친다. 절대 권력자는 백성으로 상징되는 금(金)의 민심을 두려워했으나, 자신의 생사에 직접적으로 영향을 미친 것은 머리 위에 쓴 금관이었다. 자신의 내부에 숨어있는 역천(逆天)의 요소를 살펴 경계로 삼지 않은 결과이다. 백성의 민심인 금(金)을 의식하여 이에 대한 반발로 나무를 심을 것이 아니라, 하늘의 이치인 순천을 따랐어야 했다. 권력욕에 눈에 멀어 한치 앞을 내다보지 못하는 절대 권력자의 허망한 최후를 통해 하늘의 지엄한 뜻을 나타낸다.

"이놈 네가 무엇이냐?" "영노다." "이놈 네가 어디서 왔느냐?" "하늘에서 죄를 짓고 잠시잠깐 인산세상에 내려왔다." "이놈 네가 무엇하는 물건이냐?" "날물에 날 잡아먹고 들물에 들 잡아먹고 양반 아흔아홉 잡아먹고 하나만 더 잡아먹으면 득천(得天)한다." "나 양반 아니다." "양반 아닌것도 먹는다." "나

쇠뭉치다." "나 그림자다." "그림자는 거침없이 훌훌 들어마신다." "나 꼬린내 나는 왜놈이다." "꼬린내 좋지." "나 구린내 나는 되놈이다." "구린내 좋지." "나 노랑내 나는 미국놈이다." "노랑내는 더욱 더 좋지." "나 누린내 나는 쏘련놈이다." "누린내는 더더욱 좋지." "애야! 네가 제일 무서워하는 것이 뭐지?" "가짜양반 말고 진짜양반이 호령하면 즉각 철수한다." "이노옴! 나 노론소론 (老論小論), 호론낙론(湖論洛論), 골북육북(骨北肉北), 동인서인(東人西人), 이조(吏曹) 호조(戶曹) 옥당(玉堂) 처사(處士) 다 지내고 사정승(四政丞), 팔판서 (八判書)를 다 지낸 진짜양반이시다." "옳지 잘 되었다 네놈 잡아먹고 득천(得天)할란다 어흥—"

—「대설, 남 1」 부분

위의 시에 등장하는 '영노'는 가면극에 등장하는 괴물로서, 양반을 골탕먹이는 역할을 한다. 영노는 '무엇이든 모두 먹는다고 말을 한다. 온갖 파행적인 일로 백성을 괴롭히는 양반과 외세에 대하여 무소불위의 단죄를 가한다. 영노는 한울인 민중들의 울분과 억울함을 해소시켜 주는 한울의 사자(使者)이다. 또 민중들의 마음속에 한으로 내재화된 앙금을 풀어 주는 역할을 한다. 민중들은 자신들이 하지 못하는 지배계급에 대한 비판을 영노라는 인물을 통해서 통쾌하게 복수를 한다. 영노는 민중인 한울의 또 다른 모습이라고 할 수 있다. 앞부분에 외세를 일일이 열거를 했지만 영노가 목표로 하고 있는 일은 결국 양반, 즉 지배계급의 단죄에 있다. 외세의 개입과 민중의 도탄은 지배계급의 부패와 무능에서 비롯된 것이기 때문에 영노가 단죄하려는 궁극적인 대상도 내부적인 균열을 가져오게 만든 양반이 되어야 한다. 영노는 진짜 양반이 호령하면 철수한다고 말한다. 그러나 현실에서 진짜 양반은 애초부터 존재하지 않는다. 사람은 모두 평등한 존재이기 때문이다. 양반이란 계층이 현실적으로 존재한다고 해도 "부패한 양반을 단죄하기 전까지는 물러가지 않겠노라"

라고 단호히 말한다.

그 중에도 동아시아는 가장 고통이 심한데도 오래 되고 크고 넓고 깊고 우렁차고 살아 있는 넋을 가져 도운(道運)이 잔뜩 무르익었는데, 그 중에 일본이란 놈은 영국놈, 미국놈 뒤쫓아가며 도솔천 숭배하고 도솔천 흉내내고 자빠졌고, 그중에 중국이란 놈은 러시아놈 뒤쫓아가며 도솔천 숭배하고 자빠졌는데 미국놈, 러시아놈 사이에 꽉 끼인 위에 이 두놈 사이마저 꽉꽉 끼어 도무지 기를 못 펴고 허리가 동강난 채 아픔에 몸부림치면서도 오래고, 맑고, 큰 넋이 생생하게 살아 힘차게 꿈틀거려 장차 큰 해탈, 큰 개벽이 이루어질 조짐이 터지게 무르익은 땅이 하나 있어 눈을 몇 번 비비고서 다시 한번 자세히 보니 그곳은 다름아닌 한반도요 반도 중에도 남조선이라

—「대설, 남 1」 부분

강대국에 둘러싸인 한반도의 지정학적인 위치와 이 때문에 파생된 질곡의 현실을 얘기한다. 한반도를 사이에 두고 강대국들은 자국의 정치적 이해관계에 따라 이합집산을 거듭하며 한반도를 강점하려 한다. 외세의 개입 차원을 넘어 외세가 판을 치는 정치적 전횡의 현실이다. 한반도에서 외세의 개입은 구한말을 지나 해방 이후 분단과 한국전쟁 그리고 지금까지도 민족 구성원들의 삶에 영향을 미친다. 더구나 분단은 소통을 방해하는 생명의 죽임 현상이다. 생명은 쉼 없는 소통과 흐름을 통해서 한시도 쉬지 않고 움직인다. 소통이 단절된 국토는 단순히 지리적 끊김 현상으로써 그치는 것이 아니다. 산천은 인간의 역사와 무관하지 않다. 단절은 그 속에서 사는 사람들의 삶과 자연물에도 자연스런 생명의 흐름을 방해해 억압한다. 국토를 살아 있는 유기체로 전제할 때, 단절된 민족의 허리는 생명 발현에 치명적인 상처이다. 해월은 "이 뒤에 갑오년과 비슷한 일이 있으리니 외국 병마가 우리 강토 안에 몰려들어 싸우고 빼

앗고 하리라. 이때를 당하여 잘 처변하면 현도가 쉬우나, 만일 잘 처변치 못하면 도리어 근심을 만나리라."265 해월은 민족의 현실을 갑오년 동학 혁명의 연장선상에서 앞날을 예언했다.

김지하의 '남'에 대한 신념은 해월의 다음 말에서 기인한다. 해월은 제자가 어느 때에 현도가 되겠느냐고 묻자 "산이 다 검게 변하고 길에 비단을 펼 때요, 만국과 교역할 때이니라, 때는 그 때가 있으니 마음을 급히 하지 말라. 기다리지 아니하여도 자연히 오리니, 만국 병마가 우리나라 땅에 왔다가 후퇴하는 때이니라."266라고 말한다. 지금까지 지나온 우리의 근현대사의 모습에서 해월의 이 같은 예언이 현재에도 여전히 유효함을 보게 된다. 강대국의 힘의 논리에 의한 일제의 강점과 분단, 민족전쟁으로 이어진 이념의 장벽은 국토와 민족 구성원들의 삶을 옥죄는 근원적인 문제이다.

3) 불경(不敬)한 행동거지에 대한 관상적 징벌

작가는 문학작품에 등장하는 인물들을 캐릭터의 성격에 맞게 창조해 낸다. 인물의 성격은 외양묘사와 일치한다. 선역선상(善役善相)과 악역악상(惡役惡相)이 거의 지켜지고 있다는 것이다.267 이러한 외양묘사는 서사적인 구조로 내용이 전개 되는 소설에서 두드러지게 나타난다. 그러나 서사시와 호흡이 긴 이야기 시에서도 나타난다. 소설에서 인물의 외양묘사가 작품의 전개와 결말을 암시하는 데 중요한 역할을 한다. 인물의 외양묘사를 통해 인물의 삶을 예측하는 미래형이다. 시에서 인물의

---

265 「吾道之運」, 『해월신사법설』.
266 「개벽운수」, 『해월신사법설』.
267 정종진, 「조정래의 3대 소설 속의 인물 외양묘사 연구」, 『어문연구』 44, (어문연구학회, 2004), 407쪽.

외양묘사는 인과관계에 의해서 현재형으로 표현된다. 선역선상보다 악역악상에 대한 인과론적 징벌의 형태를 선명하게 드러나기 때문에 압축적이며 직접적이다. 흥미로운 일은 소설에 등장하는 인물의 관상의 모습이 사람들의 인식에 보편적인 고정성을 띠고 있는 데 비해서, 시에서 관상의 모습은 다분히 유동적이다. 소설에서는 선천성을 띠며, 시에서는 후천적인 성격을 띤다. 소설에서는 '인물의 관상과 형상이 그렇기 때문에 앞으로 펼쳐질 그의 인생도 그러할 것이다'라는 통계적이며 예측적인 미래형 성격을 갖지만, 시에서는 '인물의 잘못된 행동의 결과 때문에 인물의 관상과 형상이 그렇게 변한 것이다'라는 당위적이며 인과적 성격을 갖는다.

이와 같이 시에서 인물의 관상과 형상이 후천적인 성격을 띠는 일은 잘못된 행동거지의 결과이며, '불경(不敬)'의 마음 때문에 비롯된 일이다. 불경의 마음은 도덕적 가치의 상실로 이어지며 사후 징벌의 성격을 띤다. 다음 시에 등장하는 인물들의 관상과 외양묘사는 소설의 선천적 고정성과 예측성의 미래형 성격, 그리고 시의 후천의 징벌적 외양묘사가 복합되어 나타난다.

　①또 한놈이 나온다.
　　국회의원 나온다
　㉠곱사같은 굽은 허리, 조조같이 사는 실눈
　　…(중략)…
　　셋째놈이 나온다 고위공무원 나온다.
　㉡풍신은 고무풍선, 독사같이 모난 눈, 푸르족족 엄한 살,
　　꽉다문 입꼬라지 청백리 분명쿠나
　　단 것을 갖다주니 쩔레쩔레 고개저어 우린 단 것 좋아 않소, 아무렴, 그렇지, 그렇구말구
　　…(중략)…

넷째놈이 나온다 놈놈이 나온다.

키크기 팔대장성, 제밑에 졸개행렬 길기가 만리장성

ⓒ온몸에 털이 숭숭, 고리눈, 범아가리, 벌룸코, 탑삭수염, 짐승이 분명쿠나

－「오적」부분

② 장구통 배야지, 실락콩 모가지에

오리발 안짱다리, 날 좀 보소 궁둥이, 살려줍쇼 무르팍

쌍통은 똑 원숭이 쌍통에 뱁새 눈 쥐털 수염 독하게 거사리고

들창코 뱅어 주둥이 쪽박귀 벼룩 이마빡을 연해연방 촐랑촐랑

고쟁이도 없이 새카만 두 불알이 초옥 늘어져 동서남북으로 딸랑딸랑

딸랑딸랑

－「똥바다」부분

③ 꼬장꼬장 늙은 선비놈 발끈

너무 높아서 솔찮이 어지럽겄구만.

쥐눈깔 빤짝 아전배 구실아치 비양비양 비양

장리 놓지 말란 소린데 흐흠.

불량한 두 눈깔 궁글궁글 부첨지

－「이 가문 날에 비구름」부분

위의 시에 등장하는 인물들은 소설의 외양묘사인 고정적이며 예측적인 관상을 가진 미래형 인물들이다. 신체의 특정 부분을 묘사함으로써, 상황을 구체적으로 전달한다. ①의 시 ㉠"곱사같이 굽은 허리, 조조같이 가는 실눈", ㉡"풍신은 고무풍선 독사같은 모난눈, 푸르족족 엄한 살", ㉢"온몸에 털이 숭숭, 고리눈, 범아가리, 벌룸코, 탑삭수염", ㉣"허옇게 백태끼어 삐적삐적 술지게미 가득고여 삐져나와"의 구절은 전통적이며,

보편적으로 사람들 속에 고정관념으로 인식된 관상적 형상이다. 관상학을 인간 경험의 통계치라고 말한다는 것은 결국, 그것이 인간들에게 통용되는 보편적 가치라는 뜻이 되는 것이다.[268] ㉠의 허리는 윗 몸통과 아랫 몸통을 연결해 주는 통로이기에 아주 중요하다.[269] 허리가 정상적인 기능을 못할 때에는 몸에 치명적인 손상을 가져오기 때문에 허리는 신체 부위 이상의 '관용적 의미'를 지니며 당당함을 나타난다. 그러나 이런 당당함 이외에 허리를 굽힌다는 것은 비굴함과 도덕적으로 떳떳하지 못함을 의미한다. ㉠의 조조 같은 실눈도 '조조'라는 역사적인 인물에 대한 보편적 평가의 영향을 받아 외형을 묘사했다. 실눈도 세상을 눈 크게 뜨고 당당하게 보지 못하는 행위의 소치이다. ㉠의 구절은 모두 도덕적으로 당당하지 못한 음성적 행위를 하는 소인배들의 외양을 묘사했다. ㉡에서도 인물을 '고무풍선'과 '독사같은 모난 눈'으로 표현한 것은 민중들의 가렴주구로 배를 채운 살찐 외양을 묘사한다. 독사 같은 모난 눈은 정(情)이 없는 표독스러운 마음을 나타낸다. ㉢에서도 등장인물들의 외양묘사를 '털'이 많이 난 것으로 표현하여 짐승으로 격하시킨다. 일반적으로 털은 짐승과 인간을 구별하는 진화와 문명의 기준이 된다. 털이 많은 인물로 외양묘사를 한 것은 진화의 척도가 되는 도덕·윤리적 행위를 벗어나는 불경한 짓거리를 드러내는 일이다.

②, ③의 시에 등장하는 인물들의 외양묘사도 희극적이며 풍자적이다. 특히 ②의 시는 '촐랑촐랑'과 '딸랑딸랑'③의 시 '꼬장꼬장', '비양비양', '궁실궁실'이란 의태어를 사용함으로써, 등장인물들의 외양을 실감나게 구체화한다. 또 등장인물들의 행동을 가볍게 표현하여 현실의 모순을 깊이 있게 성찰하는 모습이 결여 된 점을 보여 준다.

---

268 정종진, 『한국현대문학과 관상학』, (태학사, 1997), 총론 부분.
269 정종진, 위의 책, 171쪽.

꽁무니에 달린 흉측하게도 기다란 꼬리를 발견하고 화들짝 놀라서 두손으로 꼬리를 꽉 잡아쥐며/ 어머머머머 당신 꽁무니에 꼬리가 달렸네!/ 뭐뭐뭐뭐뭐 꼬리? 야 이년아, 이 갈보년아 그거 놓지 못해?/ 흥 저만 살려구? 날 버리면 구관 꽁무니에 꼬리 달렸다고 주간지에 폭로할테얏/ 뭐뭐뭐뭐뭐 주간지? 야 이년아, 이 갈보년아, 화대 받았으면 어서 늘어져, 퍽!/ 발길로 놈이 년을 디립다 후려차 팽개치고 휘익 몸을 날려 떨어지니/ 그곳이 마침 호텔옆 초가지붕 하이얀 눈이 소복소복 소복히 쌓인 곳이라/ 몇 번 뒹굴다가는 뿌시시 살아서 일어났것다/ 헌데 이때 몰켜섰던 구경꾼들이 가만히 살펴보니 온몸이 시뻘겋고 꽁무니에 저것봐라/ 흉측하게도 기다란 꼬리가 달려 있으니 갈데 없는 간첩이로구나 간첩이닷! 저놈 잡아랏!

─「비어」 부분

사람마다 뱃속이 오장육보로 되었으되/ 이놈들의 배안에는 큰 황소불알만한 도둑보가 결붙어 오장칠보/ 본시 한 왕초에게 도둑질을 배웠으나 재조는 각각이라/ 밤낮없이 도둑질만 일삼으니 그 재조 또한 신기에 이르렀것다./ …/ 어허 저놈 뒤좀 봐라 낯짝하나 더 붙었다

─「오적」 부분

위의 두 시에 등장하는 인물들의 외양묘사는 시적인 후천성을 띤 미래형 인물들이다. 태어날 때부터 외양의 모습이 관상적으로 규정된 것이 아니라, 그들의 잘못된 삶의 과정 속에서 후천적으로 만들어진 모습이라는 점이다. 도덕적으로 당위적 성격을 띠기 때문에 '징벌의 대가'인 셈이다. 「비어」에서 등장인물이 꼬리가 달린 것과 「오적」에서 등장인물이 내장의 구조가 오장육보가 아닌 '오장칠보'와 '낯짝'이 하나 더 있는 모습은 당위성을 벗어난 것에 대한 도덕적인 징벌의 대가이다. 신체가 장애인 사람의 외양묘사를 이렇게 형상화 한다면 도덕적 비난을 받겠지만, 정상

적인 사람이 탈도덕적인 행동의 결과로 풍자의 대상이 된 것은 모순된 시대를 증언하는 인과응보의 의미이다. 정상적인 사회라고 생각하는 지배자들의 인식을 깨뜨리는 힘이 있다. 불경이 판을 치는 현실은, 인간의 존엄성이 훼손되고 차별이 일상화 되는 악순환을 가져 왔다. 화자가 등장인물들의 외양묘사를 통하여 독자들에게 하고자 했던 얘기는, 단단하기만 한 현실을 '삐딱하게 바라보게 하려는 의도'에서 이다. 억눌렸던 정서를 해소하고 인간은 그 자체로 고유성을 가진 인격체라는 사실을 지배자들의 기형적 신체의 외양과 관상을 통하여 보여준다.

2. 민중의 정한(情恨)과 신명

다음 시들은 김지하가 문학의 전통민예 기법의 현대화란 측면에서 본격적인 풍자시, '담시'로 가기 위해 과도기에 쓴 시이다. 담시는 "암흑시는 비애를 강한 폭력으로 유도하는 촉매이긴 하나, 일정한 정도의 약점을 가지고 있어 야유와 욕설로 가득찬 군중의 내적·잠재적인 폭력의 시적 형상화에 있어 무력하다"[270]라고 말한 김지하의 위의 말을 상쇄하거나 보완해 준다. 화자의 일방적인 목소리만 등장하는 단선적이며, 독백적인 암흑시의 표현은 당시대의 복잡다단한 민중들의 삶의 실체를 제대로 그려내지 못한다. 민중과 쌍방으로 소통이 가능할 때 현실의 모습은 광범위한 견고성을 획득하게 된다.

암흑시는 사회현실의 모순과 그 속에서 영위되는 민중들의 삶의 애환을 폭 넓게 아우르는 진폭이 한계가 있다. 선비라고 하여 늘 대의에 골몰할 수는 없는 것이다. 유연성을 지니지 못한 정신은 결코 큰 정신이 될

---

270 김지하, 『생명』, (솔, 1999), 250쪽.

수 없다. 시종일관 이성만을 내세운다면 인간에 대한 이해가 부족할 수밖에 없고 무엇보다도 시정(詩情)이 풍부하게 깃들 수 없다.[271] 너무 인정에 치우치면 기준이 모호해져 부패하기 쉽고, 의리만 따지다 보면 세상살이가 삭막해져 살맛이 나지 않게 마련이다.[272] 김지하의 암흑시는 선비의 강직한 성품을 지향한 의리적인 것이라면, 담시류의 시는 이러한 강직한 의리정신의 시에 결여되기 쉬운 인정을 가미하여 백성들에게 이성과 감정의 조화를 유도한다. 오직 치열한 비애와 응어리진 한을 바탕으로 하고 비극적 표현을 흡수하는 한편 해학을 광범위하게 배합하면서도 강력한 풍자를 주된 핵심으로 삼는 고양된 희극적 표현만이 새로운 폭력 표현의 유일한 가능성이다.[273]

한국인의 삶의 특징은 한과 신명의 어울림이다. 사무치는 한의 아픔과 장쾌한 활력, 구슬픈 애조와 흥겨운 가락이 공존한다. 이런 삶의 특징은 오랜 시련과 고난의 역사 속에서 주어진 삶에 충실했기 때문에 생겨난 것으로 보인다. 삶의 본질은 기쁨이다. 그러나 삶의 본래적인 모습을 실현하고 누리기 위해서는 외적·내적 저항과 장애를 극복해야 한다. 자신의 생명을 온전히 실현하여 기쁨을 누리기 위해서는 저항하고 싸워야 한다. 이런 생명의 저항과 싸움에는 늘 고통이 따른다. 또 인간이 어울려 살다 보면 갈등과 대립을 일으키고 상처를 받게 마련이다.[274]

신명은 삶의 응어리진 한과 고통을 풀어헤쳐 삶에 활력을 준다. 모든 대립적인 요소를 한자리에 불러 모아 웃음의 칼날(풍자)로써 대립을 첨예화시키는 삶의 무기이다. 한은 막힘과 소통의 단절을 통해서 형성이

---

271 정종진, 「한국근현대시의 선비정신 연구」, 『어문연구』 제36권, (어문연구회, 2001), 321쪽.
272 정옥자, 앞의 책, 25쪽.
273 김지하, 앞의 책, 251쪽.
274 이경숙 외 2인, 앞의 책, 58~59쪽.

되는 정서이다. 현실에서 우월한 지배자에게는 생기지 않는다. 자신의 자유의지에 따라서 욕구를 반영하기 때문이다. 그러나 피지배자는 이러한 지배자의 의지에 의해서 욕구의 지향이 장애를 받기 때문에 정서의 소통에 단절이 생긴다. 결국 소통에 단절이 된 정서가 가슴 깊이 내재화되어 한으로 쌓이게 된다. 열등한 조건에서 침전된 욕구는 시간의 집적을 통해서 화해와 용서로 한 차원 높은 정서로 승화된다. 단순히 보복을 다짐하는 원한과 차원이 다르다. 한이 깊을수록 신명이 난다는 말은 한의 역동적 성격을 드러낸다. 탈춤이나 집단 연희는 맺힌 한을 집단의 신명으로 바꾼다. 신명풀이는 공동체적 동질성을 유지시키면서 더 나은 세계로 진입시키는 사회 문화적 기능을 한다.[275] 민중의 한은 풍자적 저항정신과 사회변혁 운동의 정서적 핵심을 이룬다.[276]

김지하에게 있어서 물신의 폭력이 강하면 강할수록 비애가 응결되어 대상에 대한 저항적 의지가 강고하게 되며, 결국 응어리진 한으로 화하여 저항이라는 예각화된 정서를 풍자로 아우르는 차원 높은 세계를 지향하게 된다. 신명은 굿과 밀접히 관련된다. 굿이란 정제된 의식을 통해서 내재화된 신명은 외부로 분출 고양된 세계를 지향하게 된다. 김지하가 생각하는 굿과 신명의 개념 정의를 살펴보겠다.

> 굿은 민중에게 있어서 밝은 신명을 불러 모아 그 신명의 힘으로, 온갖 악하고 못된 행위를 하고, 재앙을 선사하며, 파탄과 질병과 불행을 일으키고, 사람과 사람 사이를 분열시키고, 사람의 마음을 두 개로 쪼개서 어지럽히고, 또 온갖 노동의 결과인 오곡백과와 나물을 빼앗아가고, 그래서 독점하고, 민중들을 굶주리게 하는 그러한 귀신을 쫓아내는 기능을 가지고 있습니다.[277]

---

275 채희완, 「민중연희에 있어서 예술 체험으로서의 신명」, 『예술과 비평』 5호, 142쪽.
276 이경숙 외 2인, 앞의 책, 69쪽.
277 김지하, 『살림』, (동광, 1987), 171쪽.

생명은 다른 말로 〈신명〉이라고 부를 수 있습니다. 신명이 바로 일과 춤의 주체요 근본입니다. 신명이 나지 않으면 일을 할 수 없고 신명이 나지 않으면 춤을 출 수 없습니다. 신명나지 않는 일은 노예노동이며 강요된 노동입니다. 신명이 나지 않는 춤은 억지춤이요 울며 겨자먹기 춤이올시다. 정신노동과 육체노동이 본래 하나요 본래 한 생명의 이러저러한 활동이듯이, 이렇게 예술과 노동도 본시 하나의 생명활동입니다. 일과 춤은 본시 한 생명의, 한 신명의 활동입니다.[278]

결국 굿은 억눌린 생명을 살리는 부활과 재생의 의식이며, 신명은 굿을 통해서 고양된 충만하고 역동적인 자율적 생명의 기운이다. 원한과 복수를 위한 의식이 아니라 화해와 상생을 위한 거룩한 의식이다. 판굿이며 난장판(난장놀이)은 일종의 무법천지고 별천지다. 그것은 무질서며 혼돈이 따른 해방의 공간, 자유의 시간이다. 제멋대로 놀아날 수 있는 시공, 그게 난장판이고 판굿이다.[279]

희고 고운 살빗살/ 청포님에 보실거릴 땐 오시구려/ 마누라 몰래 한바탕/ 비받이 양푼갓에 한바탕 벌려놓고/ 도도리장단 좋아 헛맹세랑 우라질 것/ 보릿대춤이나 춥시다요/ 시름 지친 잔주름살 환히 펴고요 형님/ 있는 놈만 논답디까/ 사람은 매한가지/ 도동동당동/ 우라질 것 놉시다요/ 지지리도 못생긴 가난뱅이 끼리끼리

—「형님」 전문

형님에게 쓴 화자의 이야기는 '청유형'으로 세태에 대한 불만이 '우라

---

278 김지하, 『밥』, (솔, 1995), 96쪽.

279 김열규, 『욕』, (사계절, 2003), 153쪽.

질 것'의 시어를 반복함으로써 노골화된다. 또 진술방법이 독특한 점이 특징이다. 김대행[280]은 이러한 진술방식을 가리켜 '불러들이기'와 '돌려세우기'로 명명했다. 불러들이기는 정작 그 전언의 수신자는 따로 있는데 제3의 인물을 불러들여 말을 우회적으로 하는 방식이다. 따라서 형은 직접적인 수신자가 아니라 화자에 의해서 전술적으로 선택된 간접화된 인물이다. 화자가 직접적으로 겨냥한 인물은 형 뒤에 은폐된 지배계급이다. 이러한 기능은 형을 매개로 지배계급을 불러들임으로써, 대상을 우회적으로 비판하는 기능과 함께 한 사람을 거쳐서 간접화하여 대상을 냉소적으로 내려다보는 기능이다. 돌려세우기는 양반(지배계급)을 앞에 놓고 없는 것으로 치고 다른 사람에게 하는 말처럼 수신자를 간접화해버리는 것을 말한다. 두 진술방법 모두 지배계급에 대하여 우회적으로 날카로운 비판의 날을 세운다.

위의 시는 지배와 피지배의 계층 간 간극이 깊어져 좀처럼 건너지 못하는 것처럼 보인다. 사회적·계층적·신분적 차이에서 오는 인간적 차별이 인간의 가장 원초적인 정서와 욕망을 억압할 때에 그동안 인내하게 했던 지배계층의 제도적 윤리적 힘은 더 이상 그 근거를 상실하고 민중들을 분노하게 한다. "희고 고운 살빗살"과 "마누라 몰래 한 바탕"에서 화자가 의도하는 것이 금단의 영역에 대한 순수한 인간의 욕망을 의미하며, "있는 놈과 논답디까/ 사람은 매한가지"에서 민중들의 인간에 대한 원초적인 평등성이 확인된다. "제가 무슨 통뼈라고 절대가인 영웅호걸만 강산 정기 타겠느냐" 대설(「남 2」 부분)에서도 확인이 된다. '도동동당동'의 표현은 민요의 여음(餘音)과 같은 것으로 "지지리도 못생긴 가난뱅이 끼리끼리"의 자학적인 표현과 상승작용을 불러 일으켜 풍자시로서 기미를 보인다.

---

280 김대행, 『우리 시의 틀』, (문학과 비평사, 1989), 226~228쪽.

이 구절은 신경림의 시집 『농무』에서 나타나는 표현과 그 궤를 같이 한다. "우리의 슬픔을 아는 것은 우리뿐, 우리의 괴로움을 아는 것은 우리뿐"(「겨울밤」 부분), "못난 놈들은 서로 얼굴만 봐도 흥겹다."(「罷場」 부분) 이러한 아픔 공유의 한 가운데에는 한이 내재한다. 비정상적 굴절에 의해 기형적으로 형성된 한의 공동체는 독특한 유대감을 형성하여 삶의 환경을 변화하는 동질성으로 작용을 한다. 동질적 유대감은 사방으로 흩어지는 파급효과를 갖는다. 척박한 삶의 환경이야말로 공동체 구성원들의 상한 마음을 하나로 묶어 주는 연대감을 만들어 준다. 또한 구성원들이 서로 '못 생긴 얼굴'이란 자학적 정서를 통하여 자신의 환경을 뒤돌아보며, 모순된 현실을 변화하는 정서 환기적 기능을 갖는다.

> 어허 시장타 풀 뜯어먹고/ 샘물 마시고 누웠다 돌베개하고 누웠다/ 풀뿌리도 씹고 흙도 개꽃도/ 시뻘건 독버섯까지 모조리 모조리 씹고 나도 어허/ 이거 몹시 시장타/ 몇백 마리 몇천 마리/ 질긴 놈으로만 그저 어허 지근지근/ 되야지고길 씹고 싶다 살찐 놈으로 한꺼번에/ 소금에 질러/ 꽉/ 가자구/ 이봐어서 가자구/ 오래 굶어 환장한 이 거대한 빈 창자를 끌고/ 서울로 가자구 가서 주워먹어보자구 닥치는 대로/ 닥치는 대로 우라질 것 이봐 어서 가자구/ 생선 뼈다귀도 콩나물 대가리/ 개들이 먹다 버린 암소갈비도 복쟁이도/ 집도 거리도 자동차도 모조리 우라질 것/ 암수컷 가릴 것 없이 살찐 놈으로만 꽈꽉꽉/ 사람고기도 씹어보자구/ 어허 몹시 사장타/ 돈마저도/ 꽉
>
> ―「허기」 전문

'허기'는 단순히 육체의 '배고픔'만을 의미하지 않는다. 육체의 배고픔만을 허기라고 한다면, 인간은 생물적 본능으로 살아가는 동물과 차별성이 없으며, 인간 우위의 모든 가치관이 그 의의를 상실하게 된다. 인간 스스로 동물과 등가적인 입장에 서 있는 모순을 범하는 일이다. 그러나

본질적으로 허기로 상징되는 '식(食)'의 섭취는 인간을 포함한 우주만물의 존재의 힘이면서 동시에 인간이 다른 존재와 변별력을 갖게 하는 이율배반적 의미를 갖는다.

허기는 두 가지의 의미를 갖는다. 첫째는 생물적 본능에 의한 것으로써 '배가 고픔의 상태'이다. 둘째는 이성을 가진 인간만의 고유영역인 '환경'적인 측면이다. 인간과 동물은 모두 외부로부터 '자유 에너지'를 섭취하지 않으면 개체가 생명을 이어가지 못하는 공통점이 있다. 외부로부터 에너지를 섭취하는 것은 본능적이고 자연스러운 일이며 개체의 존재 근거가 된다. 동물의 허기는 육체적인 포만감으로 개체의 결핍을 해결한다. 그러나 동물의 생물적 본능에 의한 허기와는 달리 인간의 허기는 정치·윤리적인 측면과 밀접히 관련된다. 인간의 육체의 허기는 포만감으로는 채워지지 않는다. 이것이 인간이 동물과 다른 변별력의 기준이며, 인간 우위의 가치관을 가지는 이유이다.

인간이 동물과 차별성을 갖는 이유는 본능에 의한 행동이 아니라, 자신의 열악한 주변 환경을 인간의 자율과 주체적인 인식에 의해서 변화시키려는 의지 때문이다. 이러한 의지는 필연적으로 정치·윤리적 행위를 통해서 구현되며, 정치·윤리적 행위는 인간 환경의 모순을 전제로 한다. 「허기」는 생존을 둘러싸고 있는 환경이 인간의 존엄성을 훼손할 때 충만을 위한 의지의 욕구이며 생명을 가진 자의 살아있음의 확인이다.

그러나 한편으로 인간의 환경의 허기에 비해 열등한 것으로 치부했던 육체의 허기도, 근본적으로 인간의 정치·윤리적인 불평등에서 기인하는 것이기 때문에 인간으로서도 간과하지 못하는 중요한 문제이다. 따라서 생리적인 허기와 삶의 조건의 결핍에서 오는 환경의 허기는 삶의 양면적 충족의 조건으로서 어느 한 부분이 결핍 될 때, 상호 의존적 관계가 훼손된다. 이렇게 정치·윤리적인 허기문제는 인간을 둘러 싼 삶의 내·외부적 환경에 직접적인 영향을 주기 때문에 화자에게 있어서 허기의 문제는 정치·윤리적인 열악한 환경에서 세상을 조망하게 한다.

시의 화자는 안정된 삶의 공간에 있는 것이 아니라 풀, 샘물, 풀뿌리, 흙, 개꽃이 있는 한데에 있으며, '돌베개'[281]란 시어를 통해 풍찬노숙의 고생스런 공간을 극대화한다. 이러한 현실의 허기진 모습은 "시뻘건 독버섯까지 모조리 모조리 씹고"로 시작하여, "생선 뼈다귀도 콩나물 대가리/ 개들이 먹다 버린 암소갈비도 복쟁이도"를 지나 "사람고기도 씹어보자구"에서 대경(大驚)스러운 절정을 이루지만, 아직도 화자의 허기진 배는 채워지지 않은 채 주린 배를 채우는 일은 한낱 희망사항에 지나지 않는다. 화자의 삶의 신산고초는 '걸신의식'으로 내면화되어 현실을 극도로 황폐하게 하며, '어허 사장타'의 자조석인 감탄사의 반복을 통해 결핍의 강도가 더욱 고조된다. 또한 화자의 1인칭 화법을 중심으로 경직된 언어를 일방적으로 전달하는 기존의 시의 작법에서 대상과 대화를 통하여 현실적 행위들을 주고받는 모습은 판소리의 연행 형태에서 보이는 장단과 유사하다.

이러한 시의 효용성은 폭력적 서정시가 직선적인 빠른 속도감 때문에 감각적인 측면에서 짧은 시간에 응집된 폭발력을 갖는 요소와 대비된다. 희극적인 요소의 저항시들은 곡선을 그리며 느리게 대상에 접근함으로써, 폭력적인 서정시가 빠르게 이동하여 축적하지 못한 정서를 차곡차곡 내재화하는 특징을 갖는다. 시를 읽는 독자들을 소외됨 없이 하나로 아

---

281 『성경』, 창세기 28~29장, "야곱이 브엘세바에서 떠나 하란으로 향하여 가더니 한 곳에 이르러는 해가 진지라 거기서 유숙하려고 그곳의 한 돌을 취하여 베개하고 거기 누워 자더니 꿈에 본즉 사닥다리가 땅 위에 섰는데 그 꼭대기가 하늘에 닿았고 또 본 즉 하나님의 사자가 그 위에서 오르락내리락 하고 …(중략)… 야곱이 아침에 일찍이 일어나 베개 하였던 돌을 가져 기둥으로 세우고 그 위에 기름을 붓고 …(중략)… 내가 기둥으로 세운이 돌이 하나님의 전이 될 것이요 하나님께서 내게 주신 모든 것에서 십분의 일을 내가 반드시 하나님께 드리겠나이다 하였더라." 이스라엘의 선조 중 한 분이 들판에서 돌베개를 베고 잠을 자다 하나님을 만났다. 야곱은 그 자리에서 돌베개를 제단으로 삼았다.

우르는 정서의 공유가 장점이다.

바싹 마르고 까무잡잡/ 속빈 바가지에 탁곡지 발라 탈/ 탁곡지 위에다 홀바
인 발라 탈// …// 노략질로 배챔탈 주색잡기 날샘탈/ 빛내 쓰고 뻐김탈 만고
풍기 거듭탈/ 골빈 탈 속빈 탈/ 부채 발라 관 발라 탈/ 헛기침 발라 탈/ 빈부
갈라 탈/ 있는 놈들 배터져 탈 없는 놈들 배붙어 탈/ 동서남북 남부여대 천하
대본 이농실농

―「탈」 부분

위의 시는 '탈'의 이중적 이미지를 무수히 반복하여 사용함으로써, 현
실세태의 모습을 풍자적이며 사실적으로 묘사한다. 탈의 이중적 이미지
란, 타령조의 리듬을 바탕으로 탈춤의 현실비판적인 확산의 이미지와 사
전적으로 '뜻밖에 일어난 궂은 일'. '변고' 또는 '몸에 생긴 병'의 이미지를
말한다. 한자로 가면은 가짜 얼굴을 뜻하며 '탈을 썼다' '가면을 썼다'는
겉과 속이 다른 이중성을 일컫는 말이 되기도 한다. 표리부동의 거짓스
럽고 의뭉한 작태를 가리킨다. "사람의 탈을 쓰고 그런 짓을 하다니"라
고 할 때의 탈은 거죽, 꺼풀, 낯짝 또는 꼬락서니, 행색이란 뜻이다. 곧
못마땅하게 여겨 낮추어 보는 모멸감을 풍긴다. 또 '아는 게 탈'이라거나
'배탈이 났다'라고 할 때는 사고가 났거나 장애에 부딪혀 무언가 잘못되
어 있는 상태를 말한다.[282]

「탈」은 후자의 상황을 배경으로 전자의 탈이 지니는 사회·예술적 기
능을 매개로 현실비판적인 내용으로 전개된다. 탈, 가면, 마스크라는 말
들이 지닌 뜻이나 느낌 등을 한군데 모아 이를 탈춤과 결부시켜 본다면,
탈춤은 좋지 않은 세상살이를 두고 까탈부리며 거짓꾸며 춤추고 놀고 있

---

282 채희완, 앞의 책, 15쪽.

는 것이라고나 할까. 탈춤은 탈을 쓰고 탈난 것을 탈잡아 노는 춤이다. 탈을 쓴다는 것은 놀이에서 가면을 복면처럼 얼굴에 쓴다는 말이겠고, 탈난 것이란 살아가면서 맞닥뜨리는 온갖 궂은일이나 변고, 액 재앙을 일컫는 것이다.[283] 이렇듯 탈은 부정적인 일탈된 의미를 갖는다.

결국 위의 시에서 '탈'이란 의미는 현실을 왜곡하는 대상의 잘못된 행동을 끄집어 내 탈(가면)이라는 위장의 도구를 수단으로 예술적으로 탈춤의 연희 형식에 담는다. 시의 형식에서는 탈의 예술적 기능에, 내용면에서는 탈의 비정상적 행동에 중심을 둔다. 내용보다는 형식에 주안점을 둔다. '탈'[284]이라는 가면적 외피는 자신의 존재를 드러내지 않고 대상을 조롱하며 풍자하는 사회 도구적인 의미를 갖는다. 이것은 김지하가 전통에 기법의 현대적 변용이란 명제를 두고 고민하며 모색해 온 일단의 결과물이다. 탈은 탈춤의 변용이며 탈춤이 가지는 사회적 기능에 착안했다.

김지하가 그의 시에 탈춤을 수용한 이유는 직접적 비판이 몰고 올 정치적 파장에서 벗어나 '극(劇)'이라는 예술적 장치에 일정한 형식으로 현실을 수용함으로써, 비판의 강도를 완충하거나 저변으로 확산되는 원리에 착안했기 때문이다. 탈춤의 연희 전개는 느리지만 폭넓게 확산함으로써, 민중들의 가슴에 비정상적으로 응결되어 있는 정서를 위무하는 데

---

283 채희완, 앞의 책, 15~16쪽.

284 탈에 대한 한자 표기로는 면(面)·가면(假面)·대면(代面, 大面)·면구(面具)·가두(假頭) 등이 있고, 우리말로는 광대·초라니·탈·탈박·탈바가지 등으로 불러 왔으나 현재 일반적으로 탈이란 말이 가면을 나타내는 우리말로 쓰여지고 있다. 탈(假面)은 얼굴을 가리는 특이한 조형품(造形品) 또는 미술품으로 특정한 목적과 용도 관념을 가진 것으로 다만 얼굴을 가릴 뿐만 아니라 본래의 얼굴과는 다른 인물이나 동물 또는 초자연적 존재, 즉 신(神) 등을 표현하는 가장성(假裝性)을 갖는 것이라야 한다. 그러므로 단순히 생명을 보호하기 위하여 얼굴을 덮는 가스마스크나 베이스볼마스크 같은 것은 여기서 말하는 탈이라고는 할 수 없다. 탈은 어떠한 경우든 다 같이 은폐(隱蔽)와 신비 화(神秘化)의 역할을 하는 것이라야 하며 상징과 표현이라는 두 개의 요소로 환원된다. 이두현, 『한국의 탈춤』, (일지사, 1995), 5쪽.

효과적이다. 또 비판적 상대를 대상화하여 풍자함으로써, 대리만족과 카타르시스를 통한 정서 이완의 효과를 얻는 데 도움을 준다.

탈을 쓰는 춤은 극적 요소가 짙어지지만, 탈을 쓰고 분장을 하고 있는 자는 그 탈이 나타내는 존재와 동일하다고 언제나 생각되어진다. 가령, 신의 탈을 쓴 자는 신격화되어 그 탈을 쓰고 있는 동안은 그의 행동은 모두 신의 행동으로 간주되는 것이다.[285] 따라서 여러 유형의 탈들을 그 때그때의 상황논리에 맞게 설정 풍자하게 된다. 또한 탈은 연희자의 '관음증'의 발현이다. 자신을 숨기고 위장하여 상대를 신랄하게 풍자함으로써 정신적 쾌락을 느낀다. 풍자의 대상이 상대가 누군지 알지 못하는 불리한 위치와는 달리, 풍자하는 주체는 훨씬 유리한 상태에서 상대의 행위를 비판하며 쾌감을 느낀다.

이와 같이 '엿보기'의 일탈된 행위는 자신이 하는 것이 아니라 가면으로 분한 사람이 하는 행위라며, 자신의 일탈된 행위를 전가하게 되는 자기 합리화의 기능도 갖는다. 이는 자신의 엿보기의 행위를 아무도 보지 않는다고 전제하는 일과 동일하다. 그러나 일반적으로 폐쇄적인 공간에서 이루어지는 관음증과 달리 탈의 관음증은 마당이나 광장의 열린 공간에서 관객의 호응과 함께 이루어진다는 점에서 결과적으로 참여와 열린 세계를 지향한다.

시의 배경은 어느 것 하나 정상적이며 일상적인 모습이 없다. 심지어 억압당하는 피지배계층의 배고픈 것조차도 '탈'이라고 함으로써, 지배계층의 욕심에 의해 파생된 모순된 현실을 상대적으로 전경화한다. 또한 이 같은 배치는 피지배계층에 생긴 '탈'을 지배계층에 의한 모순된 현실의 탈과 동격에 놓음으로써, 지배계층의 과부하적 욕심을 극대화하는 시적 장치이다. 「탈」은 시속에 내재된 현실인식의 깊은 통찰을 음미하려는

---

285 이두현, 앞의 책, 6쪽.

의도보다는 '탈'이라는 동음이의어를 반복적으로 사용하여 생기는 음악성으로 인해 참여의 흥겨움과 파급력에 더 주안점을 두고 쓴 시이다. 「탈」은 김지하가 담시를 중심으로 본격적인 저항적 풍자시로 가기 전에 판소리의 현대적 변용으로서 민예기법이 처음 구체적으로 나타난 시라는 점에서 의의가 있다.

> 줄 위에/ 외줄 위에/ 서른살을 거네 산다면 그 뒤마저/ 죽음 후에도 산다면 영겁까지도// 칼날에 더한 가파로움/ 잠보다 더한 이 홀로 가는 허공의 아픔/ 매호씨/ 또드락 딱딱/ 웃겨야 하네 아무렴/ 우린 광대이니까// 애비로부터 또 할애비로부터/ 화개로부터 영원으로 남창으로부터/ 어둑한 역려 구석 피 토하는 마지막 소멸에까지/ 아무렴 우리는 광대이니까 아무렴/ 죽음은 좋은 것/ 단 한번뿐일 테니까// 거네/ 외줄에 거네/ 왼쪽도 오른쪽도 허공도 땅도 모두/ 지옥이라서 거네 딴 길이 없어/ 제기랄 딴 길이 없어 어름에 거네/ 목숨을 발에 걸어 한중간에 걸어, 이미 태어날 적에// 이봐/ 매호씨/ 정기정기 정저꿍/ 구경꾼은 되도록/ 많은 쪽이 좋네 아무렴/ 우린 광대이니까 구경꾼은 되도록/ 야멸찬 것이 좋네/ 죽임을 죽어/ 박살나 피 토해도 웃겨야 하네 아무렴/ 죽음은 좋은 것/ 단 한번뿐일 테니까
>
> —「어름」[286] 전문

관습적으로 인식되어 온 '광대'의 이미지는 자신을 포함한 관객들의 애환을 달래주는 '위무의 역할'이다. 보이는 곳에서 본질적인 자신의 모습은 존재하지 않는다. 오직 관객을 위하여 존재할 뿐이며, 광대의 삶이란 전적으로 타인의 희로애락과 함께 할 때 존재가치가 있다. 자아를 상실한 광대로서 삶은 가짜의 삶이기 쉬우며, 광대는 천대와 멸시의 전

---

286 남사당놀이의 넷째 놀이. 줄타기 재주이다. 국립국어연구원, 앞의 사전, 4206쪽.

형으로 민중들의 신산고초의 고달픔을 대변하는 상징으로서 의미가 있다.

이 시에서 광대는 민중들 속에 잠재하는 속물근성을 자극하여 현실을 초극하는 선지자이다. 선지자가 가는 길은 남들이 가지 않은 미개척의 길이기 때문에 고난의 길이며 백척간두의 공간이다. 더 이상 뒤로 물러설 공간이 없다. 물러 선 다면 죽음이 기다린다. 이육사의 시 「절정」에서 3연 "어데다 무릎을 꿇어야 하나/ 한 발 재겨 디딜 곳조차 없다"의 절대공간과 같으며 광대는 「광야」의 '초인'과 등가적 의미이다. "외줄 위에 서른살을 거네"에서 광대의 절박한 현실의식을 느끼게 되며, "칼날에 더한 가파로움/ 잠보다 더한 이 홀로 가는 허공의 아픔"은 외줄 하나에 의지한 채 자신의 삶보다는 타인을 위한 삶을 살게 되는 광대의 숙명을 보여준다. 특히 '허공의 아픔'이란 구절을 통하여 광대의 숙명이 깊이 각인된다.

"애비로부터 또 할애비로부터/ 화개로부터 영원으로 남창으로부터"는 광대의 내력이 한 집안의 가족사에서 비롯되는 숙명임을 암시한다. 광대에게 주어진 고달픈 숙명의 조건들은 '우린 광대이니까'의 자조석인 넋두리를 통하여 받아들이는 모습은 넘지 못하는 운명에 대하여 달관된 체념의 경지를 보여준다. 체념의 경지는 부정적 의미가 아니라, 현실을 초극하려는 자의 담담한 자기 응시의 차원 높은 자세이다. '또드락 딱딱'과 '정기정기 정저꿍'은 광대가 외줄을 타는 현장의 분위기를 구체적으로 재현하는 전통민예의 리듬을 살리고 있어 풍자시로서 가능성을 발견하게 된다. 결국 광대는 자신의 인간적인 감정을 철저하게 감추고 남을 위한 삶을 사는 시인 자신의 분신이자 민중이며, 한 시대의 모순된 현실에서 의를 실현하는 선비인 셈이다.

3. 약자를 위한 인권사상

김지하의 시의 위의는 사람을 사랑하는 마음이 그 중심이다. 그 중에서도 지배계급에 의해서 억압당하고 수탈당하는 사회적 약자들을 위한 관심은 자연스럽게 인권이라는 인류의 보편적 가치를 실현하는 여정으로 나타난다. 이는 곧 동학의 시천주(侍天主)사상을 체인하는 일이다. 인간 개개인은 마음속에 절대 귀한 존재인 하늘을 모신 존재이기 때문에 신분적 차별과 상하 귀천은 애초부터 존재하지 않는다. 따라서 하늘이 하늘을 억압하는 행동은 생명의 자연스러운 발현현상을 막는 죽임의 행동이다. 생명은 종말이 있는 것이 아니라, 끝도 없이 순환하고 확장하는 것이란 동학의 생명개념을 거스르는 역천의 행동이다.

동학의 이상사회에서는 인간과 인간이 평등하고, 인간과 신이 평등하고, 인간과 자연이 평등하다. 물질만 존재한다는 유물론과 신만이 존재한다는 유신론 그리고 인간의 마음이 모든 것이라는 유심론이 하나로 통하게 되어 일체의 미신이 사라지는 세상이라고 할 수 있다.[287] 경천(敬天)과 경물(敬物)을 실천하기 위한 행위가 초월적이거나 추상적인 태도가 아니다. 그것은 사람을 존중하고 사랑하는 경인의 마음에서부터 시작된다. 삼경사상은 만물이 시천주를 모신 주체라는 본질적 사상에서 출발하는 것이기 때문에 순환적이며 인과적이다. 어느 한 사상만을 독립적으로 실현하지 않고 그물망으로 연결된 관계이다. 다음의 해월의 말을 통해 삼경사상 간의 상호관계와 진정한 의미를 살펴보겠다.

둘째는 사람을 공경함이니 한울을 공경함은 사람을 공경하는 행위에 의지하여 사실로 그 효과가 나타나는 것이니라. 한울만 공경하고 사람을 공경함이

---

287 오문환, 『동학의 정치철학』, (모시는 사람들, 2003), 301쪽.

없으면 이는 농사의 이치는 알되 실지로 종자를 땅에 뿌리지 않는 행위와 같으니, 도 닦는 사람이 사람을 섬기되 한울과 같이 한 후에야 처음으로 바르게 도를 실행하는 사람이니라 도인 집에 사람이 오거든 사람이 왔다 이르지말고 한울님이 강림하셨다 이르라 하셨으니, 사람을 공경치 아니하고 귀신을 공경하여 무슨 실효가 있겠느냐. 어리석은 풍속에 귀신을 공경하여 무슨 실효가 있겠느냐. 어리석은 풍속에 귀신을 공경할 줄은 알되 사람은 천대하나니, 이것은 죽은 부모의 혼은 공경하되 산 부모는 천대함과 같으니라. 한울이 사람을 떠나 따로 있지 않는지라, 사람을 버리고 한울을 공경한다는 것은 물을 버리고 해갈을 구하는 자와 같으니라.[288]

어리석은 풍속과 귀신을 공경하지 말라는 것은 현대의 세태와 견주어 봐도 탁견이다. 어리석은 풍속과 귀신은 개인의 입신과 출세 그리고 부귀영화를 위하여 힘 있는 자에게 붙어 약한 사람을 억압하며 죽임으로 몰아가는 세력을 의미한다. 이기주의가 횡행하는 각자위심(各自爲心)의 탓이다. 호가호위하여 진실을 왜곡하는 것을 말한다. 김지하의 삶은 진실을 은폐하거나 호도하는 현실을 전복하기 위하여 강한 자를 제압하려고 저항하며 약한 자를 격려하고 북돋우는 억강부약(抑强扶弱)의 삶이다.

> 병으로/ 오래 외롭다 보니// 사람이 사람에게/ 한울님인 걸 알겠다// 메마른 겨울 나무 한 오리 바람에도 마저/ 반가움이 앞서는데// 전화벨 소리에 가슴 뛰는 소리/ 손님 맞는 마음에 비단 깔리는 소리// 기이할 것 없다// 본디 세상은 한울이었던 것/ 이제껏 내가 잊고 있었던 것// 외롭다 보니/ 외롭다 보니/ 병이 스승인 걸/ 이제야 알겠구나.
>
> ─「한울」 전문

---

288 「삼경」, 『해월신사법설』.

사람에 대한 진한 그리움과 사랑이 짙게 드러난다. 경인(敬人)은 한 울님을 공경하는 마음이다. 한울님은 사람의 마음속에 시원적으로 모셔져 있는 존재이다. 사람이 한울님이므로 공경하며 존귀하게 모셔야 하는 존재이다. 김지하에게 '병(病)'은 내향적인 자기 실존을 응시하는 반영적 매개이다. 외부로 향했던 현실과 삶의 방법들이 병을 통하여 새로운 차원의 변화를 경험하게 된다. 변화의 자각은 '사람이 한울'이라는 점이다.

이러한 인식 후에 느끼는 변화의 정서는 과거에 일상적이며, 피상적으로 느껴졌던 주변의 사물들이 인격을 갖추고 살아 숨 쉬는 한울님으로 현시된다는 점이다. "메마른 겨울나무/ 한 오리 바람에도 마저/ 반가움이 앞서며", 전화벨 소리는 반가운 손님이 온다는 신호이다. 손님은 한울이므로 비단을 깔며 융숭하게 대접하려 한다. "도가(道家)에 사람이 오거든 손이 오셨다 말하지 말고 천주강림이라 말하라."[289]라고 한 해월의 가르침과 동일한 마음이 나타난다. 그러나 이러한 일련의 기대와 기다림은 특별할 것이 없다. 애초에 사람은 한울이었으므로 사람에 대한 공경은 당연한 일이다. 단지 한울이라는 본성을 잊고 지냈을 뿐이다. 병을 통한 실존이 사람이 한울이라는 것을 자각하게 한다. 병은 한울을 일깨운 스승인 셈이다.

나는/ 병원이 좋다/ 조금은.// 그래/ 조금은 어긋난 사람들,/ 밀려난 인생이.// 아금바르게 또박거리지 않고/ 조금은 겁에 질린// 그래서 서글픈/ 좀 모자란 인생들이 좋다/ …/ 사랑이니 인간성이니/ 경우니 예절이니// 나는 병원이 좋다/ 찌그러진 인생들이 오가는,

―「병원」 부분

289 『천도교창건사』 제2편, 36~37쪽.

위의 시에서 '병원'은 중의적인 의미를 갖는다. 실제로 병원이란 공간도 되지만 그의 삶의 이력을 되돌아 볼 때 병원은 기층민들의 삶의 현장, 즉 '민중적인 공간이다. 민중은 사람의 수만큼 다양한 스펙트럼을 형성한다. 자신들이 처한 사회·역사적 질곡을 온 몸으로 직접 경험하지만, 이에 반응하는 양상은 민중의 일치된 의사 표시가 아니라 개별적이며 분산된 행동으로 나타나는 경우가 많다. 이는 지배자에 의해 민중의 우매함과 속물근성으로 격하되는 이유가 되곤 한다. 민중은 그들의 자각에 의해 일치된 현실의 대응 논리를 개발하지 못했다. 이것이 원시사회에서 봉건사회에 이르기까지 지배를 받는 억압의 역사에서 민중이 자유롭지 못한 원인이다. 그러나 그들은 역사와 삶의 근본을 형성하는 존재들이므로, 역사적으로 일치된 힘을 보여 줄 때는 체제를 뒤흔드는 변혁을 가져왔다. 변혁의 동력은 '모든 사람은 평등하다'는 한울의 가르침이다.

사람이 한울이라고 할 때(人乃天), 사회 기층민들이 존재하는 민중적 공간은 한울이 존재하는 공간이다. 그러나 한울이 존재한다는 자각을 능동적으로 인식하느냐의 문제에 따라서 민중과 그들의 공간은 명암을 달리 한다. 역사의 진화에서 민중적 공간은 변화와 가능성의 공간으로 열려있다. 민중적 공간은 김지하의 삶의 원형에서 비롯된다.

나 태어난 자란 연동, 그 뻘바탕은 일제 때 목포역 기관고에서 왕자회사까지 산정동 제방을 쌓고 바다를 매립하면서 생긴 목포 북부의 변두리 동네다. 요즘 같으면 달동네. …(중략)… 가난했다. 어디를 둘러봐도 가난뿐이었다. …(중략)… 허나 살림 가난하다고 마음마저 가난하랴 연동 사람 정 좋기는 목포에서 으뜸이다. …(중략)… 허나 한결같이 그저 착하기만 하고 민하기만 한것도 아니어서 사람 사람이 다 저마다 나름 나름으로 엄살 익살 애살 곰살에 독살 청승 방정 의뭉에다 그악 우악 영악 포악 미련 애련 후련 …(중략)… 우뚝이 거룩이 대꼬챙이에 새대가리에 먹통에 개좆깔깔이! 허나 바탕만은 한결

같이 소탈이었으니, 가히 인간 백화점이다. 그런 사람들 속에서 나는 자랐다. 한마디 그럴듯하게 한다면 민중의 훈도![290]

병원은 삶의 일상성에서 떠밀려 생존의 문제의식이 절대적 경계선에 선 사람들이 처한 공간이다. 민중의 처한 현실, 즉 한울이 처한 현실이다. 그들이 처한 환경은 인간의 사회적·제도적 관계의 소산인 사랑이라든가 인간성의 문제, 그리고 경우와 예절의 문제는 사치스러운 일이다. 이러한 것들은 사회생활의 필요에 의해서 인간이 인위적으로 만들어낸 '틀'이다. 지배자의 원활한 통치를 가능하게 하는 정치적 질서에 지나지 않는다. 틀에 의해서 규격화된 형식은 인간의 허위의식과 연결이 된다. 허위의식 속에는 병원의 환자들에게 향하는 인간에 대한 사랑이 없다.

한국현대시에서 '병원'은 당시대의 총체적인 난맥상을 증언하는 복마전의 공간으로 표현된다. "여자는 자리에서 일어나 옷깃을 여미고 화단에서 금잔화 한 포기를 따 가슴에 꽂고 병실 안으로 사라진 다. 나는 그 여자의 건강이―아니 내 건강도 속히 회복되기를 바라며 그가 누웠던 자리에 누워본다./"(윤동주, 「병원」 부분), "나비가 한 마리 꽃밭에 날아들다 그물에 걸리었다./ …/ 사나이는 긴 한숨을 쉬었다.// …// 나이 보담 무수한 고생 끝에 때를 잃고 병을 얻은/ 이 사나이를 위로할 말이―거미줄을 헝클어 버리는/ 는 것밖에 위로의 말이 없었다."(윤동주, 「위로」 부분)

위의 인용된 시는 윤동주의 「병원」과 「위로」이다. 김지하의 시에서처럼 당 시대를 병원으로 표현한다. 시적 화자가 하는 일이란 병원에 입원해 있는 환자(민중)들이 하루 속히 쾌유되기를 바랄 뿐, 그들의 병의 원인을 찾아내어 완치시켜줄 방법이 없다. 두 시인의 시에 나타난 세 명의

290 김지하, 『흰 그늘의 길 1』, (학고재, 2003), 72~74쪽.

시적 화자는 상대방의 아픔을 내 것으로 공유하거나 환자의 병을 치료하는 현실적 대안이 없음을 자탄하며 위로의 말을 건 낼 뿐이다.

전라도 갯땅쇠 꾀수놈이 발발 오뉴월 동장군 만난 듯이 발발발/ 떨어낸다./ …/ 날치기, 들치기, 밀치기, 소매치기, 네다바이/ …/ 펨프, 창녀, 포주, 깡패,쪽쟁이/ …/ 껌팔이면 더욱 좋다./ 껌팔이, 담배팔이, 양말팔이, 도롭프스팔/ 이, 쪼코랩팔이/ …/ 거지면 더더욱 좋다. 거지, 문둥이, 시라이, 양아치, 비렁뱅이
— 「오적」 부분

시골서 올라와 세들어 사는 안도란 놈이 있었것다./ 소같이 일 잘하고/ 쥐같이 겁이 많고/ 양같이 온순하여/ 가위 법이 없어도 능히 살 놈이거든
— 「비어」 부분

중생이 바로 한울이요 한울이 바로 중생이며/ 사람이 바로 중생이요 중생이 바로 사람이라/ 사람이 바로 한울이요 한울이 바로 사람인즉/ 선과 악이 따로 없고 쾌락 고통의 분별 없고 너와 나 계집 사내/ 상하 귀천 빈부 강약 자유니 억압이니 삶이니 죽음이니 생각조차/ 할 것 없이/
— 「이 가문 날에 비구름」 부분

한편 가만히 생각해보니 그놈 인생이 참으로 가련쿠나 세상에 어디 태생부터 주먹질, 칼부림을 좋아서 하고 다닐 놈이 그리 흔히 있겠느냐 살다 보니 옹색하니 그리 되고 그러다 보니 악착스러워지고 …(중략)… 사람사람 모두가 나무뿌리모냥 제 족보가 다 있고 굽이 굽이 제 살아온 내력이 분명 다 있는 법. 족보, 내력을 샅샅이 모르고서 사람 속속들이 어찌 알 수가 있것으며 사람 한 짓만 금방 보고 죽일 놈 살릴 놈 가타부타 어찌 즉석불고기로 가늠할 수가 있것느냐 여봐라 세상사람들아 이 수산이란 놈 족보하며 이놈 살아온 내력을

굽이굽이 시시콜콜 고부살타구까지 어디 한번 이 광대놈 사설로 들어봐라 …
(중략)… 극락에서는 하늘 땅이 한가지요 하늘사람 인간사람이 다 같이 매한
가지요 육도중생이 한 덩어리. 선과 악이 따로 없고 쾌락 고통의 분별없고 너
와 나 계집 사내 상하귀천 빈부강약 자유니 억압이니 생각조차 할 것 없이
…(중략)… 중생이 바로 한울이요 한울이 바로 중생.

—「대설, 남 1」 부분

사방팔방을 함께 나누고 각성바치가 한 울에 같이 사네 하늘과 땅 별들이
생명을 드러내니 풍진세상에 한많은 이 모여들어 천리길을 멀다 않고 아침저
녁 서로 만나 한치 가슴속에 맹세코 생사를 함께 하네 그 얼굴 그 사투리 동서
남북 다름 있으나 한마음 한 가지 뜻 맺은 결의 굳은 성심 믿음과 의리에 다름
있으랴 모두들 보라 이 사람들을 부호도 있고 장교도 있어 세 가지 종교 아홉
가지 유파 사냥꾼 고기잡이 농투산이 떠돌이 대장쟁이 도붓장수 돼지백정 옛
관리가 형님 아우 서로 불러 빈부귀천 아예 없네 동기간이 있고 부부간이 있
고 삼촌 조카가 있고 장인 사위가 있고 주인과 하인이 다 함께 있다네 미운
자도 고운 자도 원수도 친구도 술자리 같이하여 함께 즐기니 누가 더 가까우
며 누가 더 멀 것인가 혹은 날쌔고 혹은 굼뜨고 더러는 미련하며 더러는 멋을
아네 너와 나를 가르는 벽이 도무지 무엇인가 마음의 문을 활짝 열어 함께
일하고 함께 먹고 한울에 함께 허물없이 산다네

—「대설, 남 4」 부분

위의 시는 김지하의 담시이다. 담시에 등장하는 인물들은 당대 현실에
서 억압당하고 지배받는 사회의 기층민들이다. 이들은 자기 이름에 구체
적인 의미를 부여받지 못한 채, 그들의 행위에 근거해 타자에 의해 규정
된 사회의 하위주체들이다. 지배계급의 시각에서 본 그들의 삶의 행태는
질서의 일탈과 짓거리를 통해서 삶을 살아가는 천한 사람들이다. 안도와

꾀수 그리고 일일이 이름을 열거하기 어려울 정도로 많은 인물군상들이 등장한다.

이 같이 사회의 약자들이 담시에 많이 등장하는 것은 담시의 특징 때문이기도 하지만,[291] 김지하의 의도된 목적 때문이기도 하다. 지배계급에 의해서 착취당하고 억압당하는 일반 민중들의 인권이 유린된 현실을 고발함으로써 '대조감정'을 느끼게 하기 위한 일이다. 대조감정은 독자가 느끼는 정서의 몫으로써, 평등한 인간세계의 구현을 저해하는 현실세계의 차별성을 부각시켜 독자들에게 공분을 불러일으키는 시적장치이다. "올바른 저항적 풍자는 또한 방향에 있어서는 민중의 반대편을 주요 표적으로, 민중을 부차적인 표적으로 삼는 것이다."[292]라는 김지하의 말을 상기해 본다. 담시에 등장하는 인물군상들은 천대와 멸시를 받아 온 기층민들이다. 한울이 한울로서 대접 받지 못하고 있으며 그들 자신도 한울이라는 자각을 느끼지 못한 채 살아가고 있지만, 시적 화자는 이들에 대하여 따뜻한 시선을 고정한다. 애증이 묻어있는 연민의 시선이다.

저항적 풍자는 민중가운데에 우매성·속물성·비겁성과 같은 부정적 요소에 대해서는 매서운 공격을 아끼지 않지만, 민중 가운데에 있는 지혜로움, 그 무궁한 힘과 대담성과 같은 긍정적 요소에 대해서는 찬사와 애정을 아끼지 않는 탄력성을 그 표현에 있어서의 다양성의 토대로 삼아야 하는 것이다.[293]

---

[291] 담시는 판소리와 탈춤 등 우리 전통민예의 현대화란 측면에서 쓰인 이야기 시이다. 판소리와 탈춤은 현실 비판적인 기능을 갖고 있으며, 판소리의 연행과 탈춤의 마당에 등장하는 인물들은 당대의 억압당하는 민중들의 일그러진, 그러나 내면적으로는 건강하고 생명력 있는 인물들이 등장한다. 추한 현실을 사실적으로 보여줌으로써 새롭게 현실의 변화를 모색하는 방법 이다. 따라서 추한 현실을 고발하는 수단으로써 등장인물들이 모습들도 당대의 일그러진 삶을 사는 기층민들이 주류를 이루고 있다.

[292] 김지하, 앞의 책, 252쪽.

[293] 김지하, 『생명』, (솔, 1999), 251~252쪽.

지배계급에 의해서 억압과 수탈의 대상인 민중은 늘 생존의 문제와 경계를 이룬다. 생존의 문제는 모든 문제를 초월한 절대적 당면의 문제지만, 한편으로는 지배계급이 자본을 활용하여 민중의 정체성을 훼손하거나 폄하하는 원인이다. 지배계급에 의해서 조성된 현실에서 민중이 살게 되는 환경은 최소한의 삶의 진정성이 확보되지 못한 열악한 구조이다. 대설 「남 1」은 이러한 현실에서 파생되는 민중의 비겁함과 속물근성은 타자에 의한 불가피성으로 일회적 행동에 지나지 않는 것이라고 말한다. 등장인물인 수산은 보편적인 민중이다. 수산이 한 행동을 '겉으로만 보고 판단하지 말'라고 한 부분에서 현실의 파행성이 그 원인임을 암시한다. '족보'란 시어는 민중의 꺾이지 않는 삶의 내력을 보여주며, 수산의 출생이 역사적 인과과정 속에서 필연적으로 비롯된 일임을 암시한다. 족보는 민중 각자의 삶의 역사로서 한울이다. 사회의 기득권을 가지고 조직적이며 합법의 미명하에 저질러지는 억압과 수탈에 비하면, 민중의 우매성은 생존에 문제에 따른 순수한 본능에 지나지 않는다는 점이다.

제5장 시사적 의의와 가능성

　김지하는 6, 70년대 사회의 부조리에 저항했던 삶을 살아왔다. 그는 문학에 전념하기보다 인간의 삶의 조건에 관심을 기울였다. 삶의 조건은 인간의 둘러싼 환경을 의미하는 것으로써, 인간의 자유를 억압하는 독재 정권과 갈등을 말한다. 그의 삶은 외면적으로 현실참여의 삶에 중심을 두었기 때문에 문학의 내적 성숙과 발전은 상대적으로 정체한 듯 보인다. 그러나 문학이 현실을 떠나서 존재하지 못한다고 할 때, 부조리한 현실은 그에게 역설적으로 문학적 성숙과 발전의 계기가 되었다. 열악한 삶의 조건 속에서 실존을 자각함으로써 문학적으로도 깊어지고 넓어졌다. 부조리한 현실의 조건이 오히려 그에게는 문학적으로 숙성되는 발효의 시간이었던 셈이다.

　김지하의 시는 수운과 해월의 '동학사상'이 중심을 이룬다. 그 중에서 해월의 '삼경사상'에 많은 부분을 의지한다. 삼경사상의 요체는 인간을 포함한 삼라만상의 만물을 경외하고 사랑하는 마음이다. 수운 최제우가 동학의 교조로서 교리의 원리주의를 강조했다면, 해월은 스승의 원리주의를 확대 심화하여 세속화했다. 의암 손병희 또한 해월의 동학사상을 확대하고 심화했다. 해월의 삼경사상은 동학사상을 보편화하는 데 중요한 의미를 제공한다. 해월에 와서 동학사상은 비로소 사상의 경직성을 벗어버리고 생활 속에 실천 원리로 스며든다.

　김지하는 이러한 해월의 삼경사상을 삶과 문학의 뼈대로 삼았다. 그가 6, 70년대 삶의 일상성을 거부하고 현실과 대립했던 이유도 경화된 현실을 바로 잡아 삶의 본래성을 회복하기 위한 일이었다. 만물을 생명이 있는 존재로 여긴다는 일은 만물을 공경하고 경외한다는 것을 의미한다. 따라서 생명을 경시하고 억압하는 현실은 자연스럽게 그를 문학 외적인 조건으로 호명하는 윤리적 분노의 원인이 되었다.

삼경사상은 경천(敬天), 경물(敬物), 경인(敬人)을 말하는 것으로 동양철학에서 사유체계의 근원으로 여기는 천(天)·지(地)·인(人)을 사랑하고 경외하는 마음과 같다. 그러나 삼경사상 중, 경물사상은 생명의 범위를 무기물이나 사물에까지 확대한 사상이기 때문에 다른 종교 철학사상보다 변별성을 지닌다. 사물에까지 생명이 있는 존재로 파악하여 사랑한다는 것은 동서양 사상사에서 획기적인 일로 생명을 사랑하는 마음이 지극한 경지를 말한다. 이러한 마음에 이르게 되면 하늘(天)과 사람(人)을 사랑하는 일은 너무도 당연한 것이 된다. 김지하의 시에서 경천은 '도덕·윤리의식'으로, 경물은 '자연존중'으로, 경인은 '만민평등 사상'으로 확대 심화된다.

김지하의 시가 史적으로 효용성이 있던 시기는 6, 70년대 독재정치와 맞서 시의 역할을 극대화했던 때이다. 대부분의 기존 연구사도 이 시기의 시를 중심 논의로 한다. 김지하의 시는 '감옥'을 기준으로 전과 후로 나뉜다. 전자의 시는 투쟁적이며 전사적인 시어를 바탕으로 쓴 소위 '비극적 서정시'가 주를 이루며, 후자의 시는 출옥 후에 일관되게 천착한 '생명사상'에 대한 관심이다. 그러나 주의 깊게 관찰을 해 보면 그의 생명사상은 감옥에서 깊어진 것이긴 하지만, 동학에 의지했던 가계의 내력 속에 이미 운명적으로 배태된 점이 확인된다. 비극적 서정시로 대표되는 전자의 시도 결국 생명현상의 억압과 타자가 행하는 죽임에 대항하기 위해 쓴 문학적 항전의 의미이기 때문에 생명에 대한 관심은 김지하 문학의 일관된 줄기인 셈이며, 그 바탕이 되는 동학은 그의 삶과 시를 관통하는 핵심이다.

그동안의 그에 대한 문학연구는 이런 점이 간과되었다. 감옥을 가기 전의 비극적 서정시에서도 거친 투쟁적 시의 이면에 생명에 대한 관심이 중심이었다는 점이다. 동학에 의지한 가계의 내력은 선택 이전의 문제로써, 이미 그의 삶과 시의 방향을 생명이란 광범위하고 오묘한 현상과 섭리 속으로 강력하게 흡인하는 요인이었던 셈이다.

　'경천사상과 도덕·윤리의식'은 '도덕적 삶을 위한 염원', '실천을 위한 자기결의', '우주로 확대된 경천'으로 나타난다. 동양의 전통적 사상에서 경천은 하늘을 공경하고 두려워하는 마음으로 인간의 현실적 삶을 규율하고 관리하는 잣대로 도덕·윤리적 성격을 내포한다. 김지하의 초기 비극적 서정시에는 도덕적 삶을 위한 염원과 실천을 위한 자기결의가 명징하게 보인다. 우주로 확대된 경천에서는 『황토』 이후 전개되는 그의 시의 변모양상이 일관되게 드러난다. 소위 만물에까지 이르게 되는 생명사상의 씨앗이 보이기 시작한다.

　'경물사상과 자연존중'에서는 생명사상의 씨앗이 '생명의 포태와 공경', '천지의 아픔과 동귀일체', '고향과 세계의 연대'로 경물과 자연에 구체적으로 드러난다. 생명의 포태는 여성성의 특징을 말하는 동학의 개념이다. 그러나 단순히 여성에 머무르지 않고 모든 사물에도 생명이 있으며, 생명이 있기 때문에 또 다른 생명을 잉태하게 되는 가능성으로써 생명을 공경해야 한다는 논리로 확장된다. 이는 자연스럽게 천지의 아픔과 함께하는 '동귀일체'로 이어지며, 근대의 진입 과정에서 훼손된 고향의 상처가 세계와 연대하며 상처를 치유하는 상생으로 이어진다. 동귀일체는 공감하고 감응하는 마음인데 이러한 감성은 주체와 타자가 이분법적으로 구분된 관계가 아니라, 하나로 연결되어 있다는 생명에 대한 새로운 관점을 자각할 때 가능한 경지이다. 전통적으로 고향은 현실과 이상의 이중성을 갖는다. '불모와 죽임의 역사적 공간', '자본에 의한 수탈과 해체의 공간', '궁극적으로는 탄생과 회귀의 생명에 대한 안식처'의 시원적 의미가 있다.

'경인사상과 만민평등'에서는 김지하 시의 현실적 위의와 필연성이 '민족의 현실과 반독재 반외세', '민중의 정한과 신명', '약자를 위한 인권사상' 등 그가 시를 통해 성취하거나 개선하고자 하는 목적이 잘 드러난다. 민족의 현실과 반독재 반외세를 드러나는 데 동원된 시의 특징은 『황토』에서는 '인간소외'가, 담시에서는 '이야기로 풀어 쓴 고발의 언어'와 '불경한 행동거지에 대한 관상적 징벌'로 나타난다.

가시적으로 보이는 현상은 사상의 문제를 박제되고 형해된 것으로 여긴다. 지난 시대의 진부한 유물로 현실적인 유용성을 상실한 것으로 치부한다는 점이다. 그러나 사상의 문제는 인간의 삶과 문화를 지배하는 메커니즘으로 시대마다 명암을 달리해 왔다. 사상이 사상으로서 순기능을 다할 때 어느 시대나 사회의 좌표 역할을 충실히 했으며, 반대로 그 기능을 다하지 못할 때 혼란과 갈등을 증폭시켜 왔다. 그만큼 사상은 인간의 삶에 실존적 기능을 담당해 왔으며, 이완된 현실에 생기를 불어 넣어 주는 역할을 했다.

본고는 사상이 지니는 이러한 순기능적 믿음을 바탕으로 김지하의 시에서 해월의 삼경사상이 어떻게 일관성을 갖고 문학으로 형상화 되었는가를 고찰했다. 불완전하고 유한한 개인이 많은 시행착오를 거쳐 결국 삶의 본래성으로 회귀하는 과정을 해월의 삼경사상으로 규명했다. 사상은 그 특성상 신비주의적인 요소 때문에 비논리성을 띤다. 이러한 점이 비록 그 나름대로 사상의 장점이 되지만, 문학으로 규명하는 데 일정한 한계를 가지는 것 또한 사실이다. 사상이 과학성을 검증받을 때 그 가치가 더 빛이 난다. 김지하의 시에서 동학사상이 가지는 일단의 문제점도 이와 다르지 않다. 김지하의 시에 대하여 일부 평자들이 거론하는 비판적인 견해도 여기에 근거한다.

그러나 시작품의 형상화는 궁극적으로 정서화된 사상의 의미화 작업이기 때문에 사상은 형상화되기 이전에 작품 속에 이미 보이지 않게 스며든다. 형상화된 후의 시의 형태는 사상의 경직성이 완전히 탈각한 상태라는 점이다. 이러한 점이 외면적으로 드러나게 되면 시 해석의 유연성으로 작용한다. 김지하는 그의 시에서 동학에 관계된 구체적인 것을 직접적으로 언급하거나 시적으로 선명하게 거론하지 않았다. 그의 삶과 시에서 동학이 차지하는 비중을 생각할 때 의외이다. 이러한 점은 신동엽과 비교가 된다. 그만큼 형상화의 조건으로 동학사상은 발레리의 말을 빌려서 얘기하자면, '사상이 과일 속에 영양소'처럼 스며든 후 형상화된 셈이다. 다만 형상화의 단순성을 거치는 과정에서 필연적으로 겪게 되는 복잡화의 과정을 산문이나 대담 등을 통해서 깊이 있게 설명했던 것이 그의 시가 난해한 것이라는 선입견으로 작용했다. 친절한 설명이 오히려 의도하지 않게 그의 시를 어렵게 했다는 점이다.

사상은 물신주의의 병리적 현상을 극복하는 데 충실한 대안이다. 기존의 보편적인 사상이나 종교도 대안이 됨은 물론이다. 그러나 동학사상 중에서 해월의 삼경사상이 변별성을 지니는 이유는, 수운의 시천주사상을 바탕으로 세속화한 '경물사상' 때문이다. 생명의 개념을 만물에까지 확대한 동학은 시가 추구하는 궁극의 진실과 닮았다. 생태계 파괴로 몸살을 앓고 있는 지구의 현실에서 생명에 대하여 헤아리지 못하는 담론들이 넘치며, 각자 나름대로 처방을 이야기 할 정도로 생태 환경의 문제는 삶의 현안이 되었다. 그러나 생명과 생태의 문제는 한국 시문학사에서 이미 김지하의 시를 통해 경종과 대안이 준비되어 있었으며, 이 같은 통찰과 지혜를 김지하는 동학사상에서 찾았다. 이것이 김지하의 시를 지금 다시 새롭게 보고 평가해야 하는 이유이다. 이러한 첫 걸음은 80년 초 출옥 후, 생명에 대한 담론 제기의 이유로 뭇사람들이 그에게 가한 온갖 비판과 비난에 대한 성찰과 반성에서 출발한다.

참고문헌

1. 기본 자료

김지하, 〈시집〉

_____, 『황토』, 솔, 1995.

_____, 『애린 1·2』, 솔, 1995.

_____, 『검은 산 하얀 방』, 솔, 1994.

_____, 『별밭을 우러르며』, 솔, 1994.

_____, 『타는 목마름으로』, 창작과 비평사, 1993.

_____, 『중심의 괴로움』, 솔, 1994.

_____, 『화개』, 실천문학사, 2002.

_____, 『유목과 은둔』, 실천문학사, 2004.

_____, 대설 『南』 전 5권, 솔, 1994.

_____, 『말뚝이 이빨은 팔만사천개』, 동광, 1991.

_____, 『절, 그 언저리』, 창작과 비평사, 2003.

김지하, 〈산문집〉

_____, 『생명』, 솔, 1995.

_____, 『옹치격』, 솔, 1993.

_____, 『생명과 자치』, 솔, 1996.

_____, 『김지하 사상기행 1·2』, 실천문학사, 1999.

_____, 『틈』, 솔, 1995.

_____, 『모로누운 돌부처』, 나남, 1992.

_____, 『남녘땅 뱃노래』, 두레, 1985.

_____, 『예감에 가득 찬 숲 그늘』, 실천문학사, 1999.

_____, 『생명학』, 화남, 2003.

_____, 『흰 그늘의 길』 전 3권, 학고재, 2003.

_____, 『김지하 문학전집』 전 3권, 실천문학사, 2002.

_____, 『흰 그늘의 미학을 찾아서』, 실천문학사, 2005.

김지하, 『김지하의 화두』, 화남, 2003.

_____, 『셋과 둘 그리고 혼돈』, 솔과학, 2000.

_____, 『병든 바다 병든 지구』, 범우사, 1994.

_____, 『마지막 살의 그리움』, 미래사, 1991.

_____, 『사이버 시대와 시의 운명』, 북하우스, 2003.

_____, 『율려란 무엇인가』, 한문화, 1999.

_____, 『꽃과 그늘』, 실천문학사, 1999.

_____, 『탈춤의 민족미학』, 실천문학사, 2004.

_____, 『살림』, 1987.

_____, 『밥』, 1995.

2. 동학의 자료와 경전

최동희·이경원, 「동경대전」, 「용담유사」, 『새로 쓰는 동학』, 집문당, 2003.

윤석산 역주, 『초기 동학의 역사 도원서기』, 신서원, 2000.

『해월신사법설』

『천도교창건사』

3. 논저·평저

곽암 저, 이희익 제창, 『십우도』, 경서원, 2003.

구모룡, 「근대성을 넘어서-김지하의 시 세계」, 『신생의 문학』, 전망, 1994.

국립국어연구원, 『표준국어대사전』, 두산동아, 1999.

권희돈, 『소설의 빈자리 채워 읽기』, 양문각, 1993.

_____, 『한국현대소설 속의 독자 체험』, 태학사, 2004.

금장태, 『한국의 선비와 선비정신』, 서울대학교출판부, 2000.

김욱동, 「녹색 시와 생태학적 상상력」, 『문학생태학을 위하여』, 민음사, 1998.

김영석, 「시의 기상과 공간」, 『한국현대시의 논리』, 삼경문화사, 1999.

김성민, 『융의 심리학과 종교』, 동명사, 2003.

김준오, 『시론』, 삼지원, 2003.

김창한 외 1인, 『생명의 신비』, 건국대학교출판부, 2002.

김상봉, 「생각」, 『우리말 철학 사전 3』, 지식산업사, 2003.

김형국, 『한국 공간구조론』, 서울대학교출판부, 1997.

김상일, 「전·후기 동학가사의 동학사상과 그 변모」, 『동학과 전통사상』, 모시는 사람들, 2004.

김용휘, 「해월의 마음의 철학」, 『해월 최시형의 사상과 갑진개화운동』, 모시는 사람들, 2003.

김태준, 「그곳이 차마 꿈엔들 잊힐리야」, 『문학지리·한국인의 심상공간』, 논형, 2005.

김형국, 「땅의 근대화: 장소에서 공간으로」, 『땅과 한국인의 삶』, 나남, 1999.

김학주 역주, 『논어』, 서울대학교출판부, 2003.

김경수, 「한국문학과 땅과 상상력」, 『땅과 한국인의 삶』, 나남, 1999.

김준오, 「도시시와 해체시」, 문학과비평사, 1993.

김열규, 『욕』, 사계절, 2003.

김경재, 「최수운의 신개념」, 『동학사상과 동학혁명』, 청하, 1992.

김대행, 『우리 시의 틀』, 문학과 비평사, 1989.

김용덕, 「여성운동과 어린이 운동의 창시자로서의 해월선생」, 『신인간』, 1979.

김영수, 『한국문학 그 웃음의 미학』, 국학자료원, 2000.

김재홍, 「반역의 정신과 인간해방의 사상」, 『작가세계』 가을호, 세계사, 1989.

나희덕, 「불귀와 미귀의 거리」, 『문학동네』 겨울호, 1998.

데이비드 스태포드 클라크, 최창호 옮김, 『한 권으로 읽는 프로이트』, 푸른숲, 1997.

류기종, 『기독교와 동양사상』, 황소와 소나무, 1999.

마광수, 『나는 야한 여자가 좋다』, 자유문학사, 1989.

_____, 『문학과 성』, 철학과 현실사, 2000.

마리아스·반다나 시바, 손덕수·이난아 옮김, 『에코페미니즘』, 창작과비평사, 2003.

민족과 사상연구회 편, 『사단칠정론』, 서광사, 1992.

박소정, 「동학과 도가사상」, 『동학과 전통사상』, 모시는 사람들, 2004.

백종현, 「문화란 무엇인가」, 『우리말 철학사전 1』, 지식산업사, 2001.

송재국, 『주역풀이』, 예문서원, 2004.

송준석, 『동학의 교육사상』, 학지사, 2002.

신철하, 「살림의 시학」, 『푸른 대지의 희망』, 세계사, 1995.

신일철, 「동학과 전통사상」, 『동학과 전통사상』, 모시는 사람들, 2004.

_____, 『동학사상의 이해』, 사회비평사, 1995.

성민엽, 「김지하의 문학과 사상」, 『작가세계』 가을호, 세계사, 1989.

오세영, 「장르실험과 전통장르」, 『작가세계』 가을호, 세계사, 1989.

양재학·유일환, 『동양철학의 이해와 깨달음』, 보성, 2003.

오문환, 『동학의 정치 철학』, 모시는 사람들, 2003.

Ong, W. J., 이기우·임명진 역, 『구술문화와 문자문화』, 문예출판사, 1995.

유협, 최종호 옮김, 『문심조룡』, 민음사, 1994.

윤석산, 『동학교조 수운 최제우』, 모시는 사람들, 2004.

_____, 『용담유사 연구』, 민족문화사, 1987.

_____, 『동학사상과 한국문학』, 한양대학교출판부, 1999.

윤사순, 「유학의 자연철학」, 『조선유학의 자연철학』, 예문서원, 1999.

이기상, 「생명. 그 의미의 갈래와 얼개」, 『우리말 철학사전 2』, 지식산업사, 2004.

이경숙, 『완역 도덕경』, 명상, 2004.

이동순, 『민족시의 정신사』, 창작과 비평사, 1996.

이남호, 「시와 시치미」, 최동호·유종호 편저, 『시를 어떻게 볼 것인가』, 현대문학, 2000.

_____, 『문학의 위족 이남호 평론집 1-시론』, 민음사, 1990.

이두현, 『한국의 탈춤』, 일지사, 1995.

이중원, 「물질」, 『우리말 철학 사전 3』, 지식산업사, 2003.

이경숙 외 2인, 「김지하의 생명사상」, 『한국생명사상의 뿌리』, 이화여대출판부, 2001.

이상섭, 『문학 연구의 방법』, 탐구당, 2002.

이효덕, 박성관 옮김, 『표상 공간의 근대』, 소명, 2002.

이어령, 『축소지향의 일본인』, 문학사상사, 2005.

임중재, 「동학사상의 근대적 개체성 논리와 인간관에 관한 고찰」, 『해월 최시형의 사상과 갑진개화운동』, 모시는 사람들, 2003.

장회익, 『삶과 온 생명』, 솔, 2004.

장일순, 『노자 이야기』, 삼인, 2003.

장승구 외 14인, 『동양사상의 이해』, 경인문화사, 2003.

정효구, 「개벽사상과 생명공동체」, 『우주공동체와 문학의 길』, 시와 시학사, 1994.

_____, 『한국현대시와 자연탐구』, 새미, 1999.

정혜정, 「동학의 전통 철학적 연맥」, 『동학·천도교의 교육사상과 실천』, 혜안, 2001.

정종진, 『한국현대시 그 감동의 역사』, 태학사, 1999.

_____, 『한국현대시의 이론』, 태학사, 1994.

_____, 『한국현대문학과 관상학』, 태학사, 1997.

정옥자, 『우리의 선비』, 현암사, 2003.

조동일, 『한국문학통사 4』, 지식산업사, 1986.

_____, 「문학 지리학 어떻게 할 것인가」, 『한국인의 심상공간』 상, 논형, 2005.

조정래, 『태백산맥』 4권, 한길사, 1994.

진순, 김영민 옮김, 『북계자의』, 예문서원, 1995.

채수영, 『한국현대시 색채의식 연구』, 집문당, 1987.

채희완, 『탈춤』, 대원사, 2001.

최한기·손병욱 역주, 『19세기 한 조선인의 우주론 氣』, 통나무, 2004.

최동호, 「하나의 도(道)를 위한 시학 1」, 『현대문학』, 1996.

_____, 『삶의 깊이와 시적 상상력』, 민음사, 1995.

_____, 『시 읽기의 즐거움』, 고려대학교출판부, 1999.

최민자, 『동학사상과 신문명』, 모시는 사람들, 2005.

최창조, 「자생풍수에 담긴 선조들의 지혜」, 『땅과 한국인의 삶』, 나남, 1999.

칸디스키, 권영필 옮김, 『예술에서의 정신적인 것에 대하여』, 열화당 미술책방, 2004.

캘빈 S. 홀·버논 J. 노비드, 김형섭 옮김, 『융 심리학 입문』, 문예출판사, 2004.

테야르 드 샤르뎅, 양명수 옮김, 『인간현상』, 한길사, 2004.

푸미오 타부치, 정지련 옮김, 『김지하론: 신과 혁명의 통일』, 다산글방, 1991.

한흥섭, 「감화력과 상상력」, 『현대의 위기 동양철학의 모색』, 예문서원, 1997.

한영우, 「한국인의 전통적 지리관」, 『땅과 한국인의 삶』, 나남, 1999.

한국문화상징사전편찬위원회, 『한국문화 상징사전 2』, 두산동아, 2000.

한국철학사상연구회, 『한국철학』, 예문서원, 1999.

4. 논문·평문

강정구, 「김지하의 서정시 연구」, 경희대 석사학위논문, 1995.

강영미, 「김지하 담시의 판소리 수용 양상 연구」, 고려대 석사학위논문, 1995.

권희돈, 「시의 빈 자리」, 『인문과학논집』 제9집, 청주대 인문과학연구소, 1990.

권순영, 「김지하 시 연구」, 서강대 교육대학원 석사학위논문, 2003.

김수림, 「김지하·정현종 초기 서정시의 물질적 상상력의 문체」, 고려대 석사학위논문, 2001.

김영수, 「한국문학과 색채어 현상 고」, 『인문과학논집』 제8집, 청주대 인문과학연구소, 1989.

김미령, 「김지하 서정시 연구」, 경원대 석사학위논문, 1999.

김은석, 「김지하 문학 연구」, 중앙대 석사학위논문, 1996.

김홍진, 「한국근대 장시의 서사성 연구」, 한남대 석사학위논문, 2003.

김덕근, 「십우도의 현대시의 수용」, 『덕천 맹택영 선생 정년기념 논총』, 동서어문학회, 2001.

도은배, 「한(恨)과 단(斷)의 변증법적 통일로 본 김지하 사상에 대한 신학적 이해」, 감리교 신학대학원 석사학위논문, 1990.

박승호, 「김지하의 생명의 세계관에 대한 신학적 접근」, 감리교 신학대학원 석사학위논문, 1989.

박애리, 「김지하 담시 〈오적〉 연구」, 한남대 석사학위논문, 1994.

손정순, 「김지하 서정시에 나타난 그늘의 상징성」, 고려대 석사학위논문, 2002.

손민달, 「한국 생태주의 시의 미학적 특성 연구」, 고려대 교육대학원 석사학위논문, 2002.

송선미, 「김지하 서정시에 나타난 죽음의 변모 양상 연구」, 건국대 석사학위논문, 1999.

이영환, 「김지하 문학의 동학사상 수용과정 연구」, 한국교원대 교육대학원 석사학위논문, 2000.

이정원, 「김지하 서정시 연구」, 경희대 석사학위논문, 1994.

이동희, 「김지하 초기 서정시의 〈리듬〉 연구」, 연세대 석사학위논문, 1999.

이승하, 「한국현대시에 나타난 풍자성 연구」, 중앙대 박사학위논문, 2003.

이승훈, 「흰 빛과 붉은 빛의 이미지」, 『작가세계』 가을호, 세계사, 1989.

이정희, 「신명불림」, 『작가세계』 가을호, 세계사, 1989.

이은선, 「유교-만물일체의 생태학적 사고를 위한 샘물」, 『동아시아 문화사상』 5, 열화당, 2000.

이원규, 「한국시의 고향의식 연구」, 성균관대 박사학위논문, 2004.

임동학, 「김지하 시 연구」, 전남대 석사학위논문, 2000.

_____, 「생성의 사유와 무의 시학」, 서강대 박사학위논문, 2004.

임승빈, 「정호승 시 연구」, 『인문과학논집』 제31집, 청주대 인문과학연구소, 2005.

_____, 「조지훈 시론 연구」, 『인문과학논집』 제22집, 청주대 인문과학연구소, 2000.

_____, 「육사시의 상징 연구」, 청주대 박사학위논문, 1989.

정덕윤, 「경천사상의 도덕·윤리 교육적 함의 연구」, 서울대 석사학위논문, 1994.

정종진, 「임격정의 의(義)사상 표현 기법」, 『국제문화연구』 제19집, 2001.

_____, 「벽초 홍명희의 선비정신 연구」, 『어문논총』, 동서어문학회, 2001.

_____, 「조정래의 3대 소설 속의 인물 외양 묘사 연구」, 『어문연구』 44, 2004.

_____, 「한국근현대시의 선비정신 연구」, 『어문연구』 36, 2001.

_____, 「한국현대시의 추미에 대한 고찰」, 『인문과학논집』 17, 청주대 인문과학 연구소, 1997.

정현기, 「자아 붙들기와 자아 떠나기의 세월」, 『작가세계』 김주영 특집 겨울호, 세계사, 1991.

차창룡, 「김지하의 담시 연구」, 중앙대 석사학위논문, 1996.

채길순, 「동학혁명의 소설화 과정 연구」, 청주대 박사학위논문, 1999.

최동호, 「정지용의 산수시와 성정의 시학」, 『시와 시학』 통권 46호, 2002.

_____, 「한국현대시의 의식현상학적 연구」, 고려대 민족문화연구소, 1989.

홍용희, 「김지하 문학 연구」, 경희대 박사학위논문, 1998.

황호찬, 「김지하의 율려로 본 신인간 이해」, 협성대 신학대학원, 2001.

황기원, 「정원의 원형 이론」, 『환경논총』 20, 서울대학교 환경대학원, 1987.

제2부 한국현대시론과 정신의 지향성

정지용과 윤동주 詩論 비교 연구

제1장 서론

시론은 시학과 비슷한 개념으로 쓰이고 있다. 그러나 좀 더 테두리를 한정시켜 본다면 어떤 유파나 한 시인의 독특한 시의 이념을 말한다.[1] 따라서 한 시인에게 시론은 시인 개인의 시관은 물론, 문학관과 인생관 혹은 세계관 등을 엿볼 수 있는 근거가 된다는 점에서 중요한 의미를 가진다. 더욱이 비교문학적 관점에서 시인을 논할 때, 시에 나타난 일관된 성향이 어디에 근원을 두고 있는 것인가에 이르게 되면 시인의 이념인 시론의 중요성은 더 커진다. 외면적으로 나타난 영향관계의 원인이 시론에서 비롯됐을 개연성이 크기 때문이다.

본고가 연구한 정지용과 윤동주가 여기에 해당되는 시인이다. 이들은 한국인이 좋아하는 대표적 시인 중에 한 사람이며 시의 성향과 정서도 공통점[2]이 많다. 시의 정서가 추상적이지 않고 쉽게 이해된다. 엄혹한 일제 강점기를 살다 간 시인들이지만 그들의 시 속에는 살풍경한 현실의

---

1 정종진, 『한국현대시의 이론』, (태학사, 1994), 13쪽.
2 비교문학적 관점에서는 공통점 못지않게 차이점 또한 중요한 요소이다. 정관론과 전통론은 정지용의 시론이 정교하고 구체적인 편이다. 생활론의 경우에는 물론 정지용도 현실인식을 언급할 정도로 심도 있게 다루고 있지만 윤동주의 생활론이, 이후 독립운동이란 죄목으로 옥사한 그의 전기적 삶과 연관시켜 볼 때 정지용의 생활론보다 실천적 의지가 강하다고 볼 수 있다. 즉 윤동주의 생활론은 민족의 비극적인 상황을 바탕으로 능동적인 현실인식으로 확대 심화되며 구체적인 행위를 도모하는 데까지 발전된다.

모습이 직접적으로 드러나지 않는다. 이는 시대와 현실을 직접적으로 드러내지 않고 시적으로 정서화하여 표현했기 때문이다. 또 이들의 전기적 삶도 특별하게 세 가지 인연으로 이어진다.

첫째, 정지용은 1930년대 당대 최고의 명성 있는 시인이었고 윤동주는 연희전문 문과에 다니는 일개 시인 지망생에 불과했다. 그러나 윤동주가 제일 좋아하는 시인이 정지용이었으며 윤동주는 연희전문과 지근거리에 있던 정지용의 서대문 집을 문과생들과 함께 찾아 갔던 일이 있다고 한다.[3]

둘째, 윤동주는 지용의 모교였던 경도 동지사대학에 편입학했다. 평소 그의 삶과 시를 사숙하고 있었던 점을 고려한다면 동지사대학 편입학의 의미는 남다른 것이다.[4]

셋째, 윤동주가 1945년 일본 후쿠오카 형무소에서 죽은 후, 1948년 1월 유고시집인 『하늘과 바람과 별과 시』가 정음사에서 간행되었는데 이때 시집 서문을 정지용이 썼다. 윤동주 시의 탁월함을 처음으로 알아보고 서문[5]을 쓴 사람이 바로 정지용이다. 생전에 등단한 일이 없는 일개 무명의 문학 지망생에게 당대 문단의 최고의 좌장이던 정지용이 서문을 썼다는 것 자체가 놀라운 일이었으며 시인이란 면류관도 씌워 주었다.

---

3 송우혜, 『윤동주 평전』, (열음사, 1988), 204~205쪽.

4 그리고 무엇보다 압천이 있다. 경도시를 남북으로 관통하며 흐르는 압천을 그는 등하굣길에 매일 건너게 된다. 이 개울이 그가 일찍이 소년시절에 깊이 심취했던 정지용의 시 〈鴨川〉의 바로 그 '압천'이 아닌가. 압천 십리 ㅅ 벌에/ 해는 저물어……저물어……'자신이 갖고 있는 『정지용 시집』의 여백에다가 윤동주는 붉은 색연필로 걸작(傑作)이라고 써놓았다. 그만큼 매혹되었던 것이다. 그뿐 아니라 습작 시절에는 압천의 기법과 이미지를 모방해서, '하로도 검푸른 물결에/ 흐느적 잠기고……잠기고……'로 시작되는 「황혼이 바다가되어」(1937 · 1)라는 시를 써보기도 했다. 바로 그 압천이 이젠 일상의 하나로 들어온 것이다. 송우혜, 위의 책, 284~285쪽.

5 지용은 윤동주의 유고시집 서문에 "동섣달에도 꽃과 같은 어름 아래 다시 한 마리 잉어와 같은 조선 청년"이라고 최고의 찬사로 윤동주를 평했다.

이렇게 두 시인은 전기적 삶에서도 남다른 인연으로 맺어진다.6

정지용과 윤동주는 시론을 따로 구분해서 남겨 놓지는 않았다. 정지용은 그의 산문에서 시 일반에 대한 생각을 짧게 서술하고 있지만 구체적이며 강렬하다. 이에 반해 윤동주의 시론은 딱히 시론이라 하지 못할 정도로 극히 미미하다. 그 이유는 윤동주가 생전에 등단하지 못한 이름 없는 문학 지망생이었으며 요절했기 때문으로 보인다. 이는 윤동주의 시가 일정한 성취를 위하여 부단하게 자기 쇄신을 위한 변화 과정이었다는 것을 의미한다. 시론이라는 자신의 시의 고유한 이념을 확정적인 기록으로 남기기에 아직은 연륜이 일천한 시기였다는 것이다. 따라서 정지용과 달리 그의 시론은 몇 편 안 되는 산문과 서정시의 여백에 쓴 낙서(落書)의 편린, 그리고 다른 시인들의 시의 구절 밑에 쓴 촌평(寸評)7들 속에서 유추해 볼 수 있을 뿐이다. 상황이 이렇다 보니 윤동주 시론에 관한 연구도 아직은 본격적으로 논의되지 않고 있는 실정이다.

그러나 시론이 시의 본질과 방향을 이야기 하는 시인 자신의 원초적인 육성이지만 꼭 시론을 통해서 시가 확인되는 것은 아니다. 시 자체가 시인의 사상과 정서, 현실안을 드러내는 총체적인 단서이기 때문에 역으로 시를 통해 시인의 시론을 충분히 규명할 수 있다.8

---

6 지용이 경향신문 주간으로 재직할 때 윤동주의 연희전문 문과 동창생이던 강처중의 도움을 받아 1947년 2월 13일 윤동주의 시가 신문에 실려 세상에 그 모습을 드러내게 된다. 이 때 신문에 윤동주를 소개하는 글을 쓴 사람이 지용이다. 지용은 이후 1947년 2월 16일 윤동주 2주기 추모회에 참석하기도 했다. 지용은 윤동주를 알고 난 후 그와 관계된 일에 적극적으로 참여를 하여 윤동주의 시를 세상에 알리고 평가를 받는데 지대한 영향을 끼친다.

7 "시도 낙서에서 출발하는 재치 있는 말의 조립이며, 훨씬 복잡하고 세련된 말의 장난"이기 때문이다. 이남호, 『문학의 위족』, (민음사, 1990), 11쪽. 낙서와 촌평이야말로 무의식을 통해 드러나는 시인 개인의 방으로 통하는 은밀한 키워드이기 때문에 자연스럽게 시인의 시관을 엿볼 수 있다.

8 시론이란 나침반을 갖고 시를 찾아 가는 여정도 의미 있는 일이지만 나침반 없이 혈혈단신으로 떠나는 시의 여행도 마치 무전여행이 주는 무모한 즐거움처럼 밖에서 시를

윤동주의 체계적인 시론의 자료가 미미함에도 불구하고 본고가 그의 시론을 논의의 대상으로 삼은 것은 한국 현대시사에서 윤동주가 차지하는 위상이 적지 않기 때문이다. 즉 불충분한 대로 그의 시론을 취합하여 시적 근거를 확보하려는 노력이 연구의 완성도를 떠나 시사적으로 중요하다고 여겼기 때문이다.

정지용 시론은 대부분 시 연구에 지엽적으로 삽화된 형태와 비교문학적 관점에서 연구되어 왔으며[9] 나름대로 정지용의 시를 조명하는 데 일정한 성과를 거두었다. 그러나 본고가 논의에 중심을 둔 것은 단순히 시론 자체의 공통성만을 근거로 한 논의에서 탈피하여 두 시인의 전기적 영향관계와 시론을 바탕으로 한 시의 유사성에 초점을 맞추었다.

제2장 정관론

정관(靜觀)의 사전적 의미는 무상한 현상계 속에 있는 불변의 본체적·이념적인 것을 심안에 비추어 바라보는 것[10]으로 되어 있다. 정관은 고요히 사물과 현상을 관찰하여 그 이치를 생각함이며 관조(觀照)나 완

객관적으로 들여다 볼 수 있는 소중한 작업이다.

9 정종진, 「한국현대시론사의 전개과정 연구」, (충남대 박사학위논문, 1988).

정종진, 「정지용 시론의 고전시학적 해석」, 『인문과학논집』 제14집, (청주대 인문과학연구소, 1995).

정종진, 「정지용과 조지훈 시론 비교 연구」, 『인문과학논집』 제18집, (청주대 인문과학연구소, 1998).

이정일, 『정지용 시론 연구』, (제주대 교육대학원 석사학위논문, 1988).

이광호, 「한국근대시론의 미적 근대성 연구」, (고려대 박사학위논문, 1999).

강찬모, 「정지용 시와 시론에 나타난 사단칠정 고찰」, 『어문연구』 제51집, (어문연구학회, 2006).

박은미, 「정지용과 김기림 시론 대비 연구」, (청주대 석사학위논문, 1998).

10 국립국어연구원, 『표준국어대사전』, (두산동아, 1999), 5,419쪽.

상(玩賞)과는 구별된다. 관조와 완상은 의식의 지향을 배제한 채, 있는 그대로의 사물과 대상을 볼 뿐이다. 그러나 정관은 내적 향수를 위한 치열한 팽창이 있다. 하나의 사물과 현상의 근본이 되는 이치와 진리를 발견하기 위하여 고도로 의식을 집중한 정신 현상이다. '일이관지(一以貫之)'하려는 치열한 내면의 싸움이다. 전통적인 입장에서 정관은 기(氣)가 응축되는 과정으로 힘이 응결되는 시간이다. 관(觀)이란 마치 밤에 올빼미가 먹이의 움직임을 포착하듯이 깨어 있는 의식[11]이다. 정지용과 윤동주 시론에는 정관에 대한 자기 신념이 강하게 나타난다.

① 꾀꼬리 종달새는 노상 우는 것이 아니고 우는 나날보다 울지 않는 달수가 더 길다. …(중략)… 중첩한 산악을 대한 듯한 침묵 중에서 이루어지는 계획이 내게 무섭기까지 하다. 시의 저축 혹은 예비 혹은 명일의 약진을 기하는 전야의 숙면-휴식도 도리혀 생명의 암암리의 영위로 돌릴 수밖에 없다. 설령 역작이라도 다작일 필요가 없으니, 시인이 무슨 까닭으로 마소의 과로나 토끼의 다산을 본받을 것이냐 감정의 낭비는 청춘병의 한가지로서 다정과 다작을 성적 동기에서 동근이지로 봄직도 하다. …(중략)… 시가 명금이 아니라, 한철로 따로 있는 것이 아니겠으나, 될 때 되는 것이요 아니될 때는 좀처럼 아니되는 것을 시인의 무능으로 돌릴 것이 아니니, 신문소설 집필자로서, 이러한 〈무능〉을 배울 수는 없는 일이다. 시가 시로서 온전히 제자리가 돌아빠지는 것은 차라리 꽃이 봉오리를 머금듯 꾀꼬리 목청이 제철에 트이듯 아기가 열달을 채서 태반을 돌아 탄생하듯 하는 것이니, 시를 또 한가지 다른 자연현상으로 돌리는 것은 시인의 회피도 아니요 무책임한 죄로 다스릴 법도 없다.[12]

---

11 양재학・유일환, 『동양 철학의 이해와 깨달음』, (보성, 2003), 80쪽.
12 정지용, 「시와 발표」, 『정지용 전집 2』, (민음사, 1988), 247~248쪽.

위 인용문은 시인으로서 '다작(多作)'을 경계하라는 얘기이다. 한 편의 시가 응결되기 위해서는 긴 인내의 시간이 필요한데 다작을 위한 다작은 필연적으로 정관의 방출, 즉 집중이 분산 되어 시의 완성도가 떨어질 수 밖에 없다. "꾀꼬리와 종달새가 울지 않는 날이 더 많다"라는 것은 한 편의 시를 완성하기 위하여 긴 정관의 시간이 필요함을 얘기하는 것이다. 따라서 시인은 시의 정체 상태가 자신의 무능의 소산이라고 자책하거나 초조해할 필요가 없다. 이 시간은 정관을 통해서 시가 무르익어 가는 일종의 시가 성숙해지는 시간이기 때문이다. 시는 이러한 정관 과정을 통해서 비로소 생명력을 획득한다. ①의 정관론은 지용이 시를 구체화하는 데 ②의 정관론으로 전략화 된다. ①의 정관론이 인격적 수양의 거시적인 정관론이라면 ②의 정관론은 미시적인 미학의 정관론이라고 할 수 있다.

②안으로 열하고 겉으로 서늘옵기란 일종의 생리를 압복시키는 노릇이기에 심히 어렵다. …(중략)… 시가 솔선하야 울어버리면 독자는 서서히 눈물을 저작할 여유를 갖지 못할지니 남을 울려야 할 경우에 자기가 먼저 대곡하야 실소를 폭발시키는 것은 소인극에서만 본 것이 아니다. 남을 슬프기 그지없는 정황으로 유도함에는 자기의 감격을 먼저 신중히 이동시킬 것이다.[13]

독자를 시에 참여 시켜 감동을 주기 위해서는 시인의 주관적인 감정 개입을 최소화해야 한다. 시인이 먼저 자기감정을 노출시키면 독자가 시에 참여하여 시를 향수하며 체험할 수 있는 여지를 빼앗는 결과를 초래한다. 시란 시인의 체험과 독자의 체험이 공감대를 형성하는 만남의 장이다. 이 만남의 장을 통해서 공유된 체험은 시의 의미 영역을 확대한다.

---

13 정지용, 앞의 책, 「시의 위의」, 250쪽.

공감대의 의미 공간이 클수록 독자는 감동을 받는다.

그러나 시인이 시의 정황에 개입하지 않고 객관적인 정서를 유지하기란 쉬운 일이 아니다. 이는 실감된 정서를 즉흥적으로 촉발시키지 않고 내면으로 팽팽한 긴장력을 유지해야 가능하기 때문이다. 집중된 상태에서 내적 지구력을 유지하는 것은 지성적 역량과 관계가 있다.

시를 쓰기 전에 사물과 현상을 포괄적으로 깊이 있게 정관한 후, 구체적인 시의 형상화 과정에서 다시 전략적인 방법에 의해 이미 체득된 정서를 정관한다. ②의 정관론은 시를 형상화하는 데 직접적인 정관론으로서 기술적 숙련이 필요한 미학적 정관론이다. 정지용의 시는 ①의 인격 수양의 정관론을 바탕으로 ②의 정관론으로 쓴 시들 중에 걸작이 많다. 대표적인 시가 「유리창 1」이다.

> 유리에 차고 슬픈것이 어린거린다.
> 열없이 붙어서 입김을 흐리우니
> 길들인양 언날개를 파닥거린다.
> 지우고 보고 지우고 보아도
> 새까만 밤이 밀려나가고 밀려와 부디치고,
> 물먹은 별이, 반짝, 보석처럼 백힌다.
> 밤에 홀로 유리를 닦는것은
> 외로운 황홀한 심사이어니,
> 고흔 폐혈관이 찢어진 채로
> 아아, 늬는 산ㅅ새처럼 날러 갔구나!
>
> ―「유리창 1」 전문

위의 시는 자식을 잃은 아비의 안타까운 마음이 잘 나타난다. 그러나 인간적이며 원초적인 격정이 용해되어 독자와 객관적인 거리를 유지하고 있다. 시인은 이 순간 자식을 잃은 아비의 본능적인 슬픔을 초월적인 의지로 견인한다. 슬픔을 노출하거나 슬픔을 회피하지 않고 슬픔이 주는 의미를 확장하기 위해서 연민스럽도록 정관하고 있다. 10행의 "아아, 늬는 산ㅅ새처럼 날러 갔구나!"의 구절은 고통스런 정관작용 끝에 구극에서 얻어진 마음의 변화이다. 외면적으로는 단순한 시적인 파격이지만 내면의 자기 응시의 치열한 정관작용이 없었다면 도달하기 어려운 높은 인격의 경지이다. 이외에도 지용은 「구성동」, 「옥류동」, 「발열」 등의 시에서 정관을 통해 정서를 효과적으로 조절하여 높은 미학적 성취를 이룬다.

하나의 꽃밭이 이루어지도록 손쉽게 되는 것이 아니라 고생과 노력이 있어야 하는 것입니다. 딴은 얼마의 단어를 보아 이 졸문을 지적거리는데도 내 머리는 그렇게 명석한 것은 못 됩니다. 한 해 동안을 내 두뇌로써가 아니라 몸으로써 일일이 헤아려 세포사이마다 간직해 두어서야 겨우 몇 줄의 글이 이루어집니다. 그리하여 나에게 있어 글을 쓴다는 것이 그리 즐거운 일일 수는 없습니다. 봄바람의 고민에 짜들고 녹음의 권태에 시들고, 가을하늘 감상에 울고, 노변의 사색에 졸다가 이 몇 줄의 글과 나의 화원과 함께 나의 일 년은 이루어집니다.[14]

위의 인용문은 윤동주의 시론이다. 시인에 의해서 선택된 시어는 사전적 언어가 아니라 인간의 삶과 현실 속에서 사람의 때가 묻은 언어이며 오랜 정관과정을 통해 얻어진 숙성된 언어이다. "세포사이마다 간직해 두어야 겨우 몇 줄의 글이 이루어진다"라는 것이 이를 증명한다. 지용의 시론―시인은 언어 개개의 세포적 기능을 추구하는 자 …(중략)… 언어

---

14 윤동주, 「화원에 꽃이 핀다」, 『하늘과 바람과 별과 시』, (정음사, 1988), 182쪽.

는 시인을 만나서 비로소 혈행과 호흡과 체온을 얻어서 생활한다—과 맥을 같이 하는 말이다. 세포 사이에 간직한 행위가 정관의 시간이다. 윤동주가 말한 사계의 환경은 정관의 시간이 시인 자신의 주관적 체험을 발견하기 위한 시간이 아니라 이질적인 대상과 사물까지도 한데 조화를 시켜 새로운 진실을 발견하기 위해 분투하는 시간이라는 것을 말한다.

> 창밖에 밤비가 속살거려
> 육첩방은 남의 나라,
>
> 시인이란 슬픈 천명인줄 알면서도
> 한줄 시를 적어 볼가,
>
> …(중략)…
>
> 인생은 살기 어렵다는데
> 시가 이렇게 쉽게 씌어지는 것은
> 부끄러운 일이다.
>
> —「쉽게 씌어진 시」 부분

선택된 언어를 내면화 한다는 것은 단순히 언어 자체만을 내면화하는 것이 아니라 삶과 세계를 내면화하는 일이다. 선택한 언어 속에 삶의 모습이 반영되어 있기 때문이다. 그렇기 때문에 천명을 부여 받은 시인이라고 해도 쉽게 시를 쓸 수 없는 것이다. 시를 쓰는 외면적 행위는 얼마든지 천명이란 외피에 의존할 수 있지만 중요한 것은 천명에 의해 쓰는 피상적 반복의 행위가 아니라 오랜 시간 정관작용을 거쳐 탄생되는 시이다. 윤동주가 부끄러워하는 것은 이러한 정관작용을 거치지 않고 천명이

란 미명하에 피상적으로 쓰는 시에 대한 부끄러움이며 이것은 곧 삶에
대한 부끄럼으로 이어진다.

> 황혼이 짙어지는 길 모금에서
> 하루종일 시들은 귀를 가만히 기울이면
> 땅검의 옮겨지는 발자취소리,
>
> 발자취소리를 들을 수 있도록
> 나는 총명했던가요.
>
> ─「흰 그림자」 부분

발자취 소리를 듣기 위해서는 깨어 있어야 하며 깨어 있으려면 영민하
고 총명한 순수의식을 갖추어야 한다. 이 시에서 '발자취'는 화자 개인의
발자취에 한정되지 않는다. 우주와 삶의 현장에서 실시간으로 일어나고
있는 생존과 삶에 대한 힘겨운 분투과정을 말한다. 인간의 삶과 자연에
관계된 온갖 흔적을 의미화하고 재해석하려면 현상의 이면을 꿰뚫을 수
있는 의식의 집중이 선행되어야 한다. 이 의식이 집중되는 순간이 정관
작용이 실현되는 시간이다.

윤동주 시의 특징인 자아 성찰적 태도는 바로 이러한 삶의 정관적 태
도에서 비롯된다. 이 정관작용의 역할은 내적 힘을 길러 결국 열악한 외
적 현실을 극복하게 하는 내면적 수양의 성격이라는 점에서 한 인간의
정신의 요체가 발원되는 지점이라고 할 수 있다. "하루의 울분을 씻을
바 없어 가만히 눈을 감으면 마음속으로 흐르는 소리, 이제, 눈을 감으면
사상이 능금처럼 저절로 익어(「돌아와 보는 밤」 부분)"갈 정도의 경지가
바로 그 지점이다.

제3장 생활론

시는 소설의 현장성보다는 태생적으로 귀족적이며 정제된 환경에서 비롯된 측면이 강하다. 따라서 시는 역사적으로 향유 계층이 특권층의 지적인 허영심을 충족시켜 주는 여기적인 측면이 있다. 문자의 독점과 시 특유의 언어의 은유성은 그들의 이러한 지적 허영심을 충족시켜 주는 요인이었다. 그러나 시가 진화하면서 향유 계층이 일반화되어 과거의 이러한 귀족성은 사라지게 됐다. 시가 특권을 버리고 소설이 담았던 질펀한 생활과 현실을 담게 된다. 시가 더 이상 음풍농월의 수단으로 현실과 유리된 존재가 아니라 일반 대중의 삶의 희로애락을 담기 시작했다는 것이다. 지용과 윤동주의 시론에는 이렇게 생활과 현실에 대한 단상들이 잘 나타난다. 일제 강점기를 산 시인들이었기 때문에 생활론은 현실론이 되고 현실론은 곧 민족이 처한 암울한 환경과 자연스럽게 연동되어 현실 인식으로 확대된다.

① 우의와 이해에서 배양 될 수 없는 시는 고갈할 수밖에 없으니, 보아줄 만한 이가 없이 높다는 시, 그렇게 불행한 시를 쓰지 말라. 시도 기껏해야 말과 글자로 사람 사는 동네에서 쓰여지지 않았던가. 不知何許의 일개 老嫗를 택하야 白樂天은 시적 어드바이서-로 삼았다든가.[15]

② 다만 시의 심도가 자연 인간생활 사상에 뿌리를 깊이 서림을 따라서 다시 시에 긴밀히 혈육화되지 않는 언어는 결국 시를 사산시킨다.[16]

---

15 정지용, 「시의 옹호」, 앞의 책, 242쪽.
16 정지용, 「시와 언어」, 앞의 책, 253쪽.

③ 시의 재료도 될 수 있는 대로 현실성이 박약한 것일수록 〈시적〉인 것이 되고 언어도 이에 따라 생활에서 후퇴된 것이므로 그런 것이 〈교묘한 완성〉에 가까울수록 우수한 분식이 될지언정 생활하는 약동하는 시가 될 수 없는 것이다. 시가 낙후되었다 는 것은 풍속적 유행에 견디지 못한다는 것이 아니라 생활과 실천에서 돌아서거나 낙오되거나— 말하자면 역사의 추진과 함께 능동하지 못함에서 그러한 것이다.[17]

위 인용문은 생활과 유리된 시를 쓰지 말라는 것이다. 시는 일기와 낙서 등과 같이 사적인 공간에서 이루어지는 행위가 아니기 때문이다. 궁극적으로 소통을 통한 공감을 목적으로 한다는 점에서 시가 존재의 현장에서 이루어지는 생활과의 밀착은 중요한 의미를 갖는다. 이런 면에서 ②의 혈육화되지 않은 언어는 결국 현실에서 유리된 언어로 소통이 불가능한 불통의 언어를 말하며 생활의 때가 묻지 않은 언어를 말한다. 시어는 일상적 어휘에서 선택될 때 현실적 힘을 발휘한다. 언어의 조탁이라는 아름다운 이름 아래 다만 어휘를 만들어 내는 데 전력하는 경우는 시어로써 성공하지 못하는 경우가 허다하다.[18] ③에서 정지용의 생활론은 단순히 삶의 연장으로서의 일상적인 생활론이 아니라는 것을 알 수 있다. 시의 낙후가 유행을 따라 가지 못하기 때문에 원인이 있는 것이 아니라 시대적 현실을 견인하거나 증언하지 못하기 때문이라고 말하고 있다. 생활론이 현실 인식으로까지 확대되고 있으며 이는 시가 시대정신을 충실히 반영해야 한다는 것을 의미한다.

① 시간을 먹는다는 (이 말의 의의와 이 말의 묘미는 칠판 앞에 서 보신

---

17 정지용, 「조선시의 반성」, 앞의 책, 274쪽.
18 정종진, 앞의 책, 87쪽.

분과 칠판 밑에 앉아보신 분은 누구나 아실 것입니다) 것은 확실히 즐거운 일임에 틀림없습니다. 하루를 휴강한다는 것 보다 (하긴 슬그머니 까먹어 버리면 그만이지만) 다못 한 시간, 숙제를 못해왔다든가 따분하고 졸리고 한 때, 한 시간의 휴강은 진실로 살고 가는 것이어서, 만일 교수가 불편하여 못 나오셨다고 하더라도 미처 우리들의 예의를 갖출 사이가 없는 것입니다. 그러나 이것을 우리들의 망발과 시간의 낭비라고 속단하셔서는 아니됩니다. 여기 화원이 있습니다. 한 포기 푸른 풀과 한 떨기의 붉은 꽃과 함께 웃음이 있습니다. 노우트장을 적시는 것보다 한우충동에 묻혀 글줄과 씨름하는 것보다 더 정확한 진리를 탐구할 수 있을런지, 보다 더 많은 지식을 획득할 수 있을런지, 보다 효과적인 성과가 있을런지 누가 부인하겠습니까.[19]

② 인간을 떠나서 도를 닦는다는 것이 한낱 오락이요, 오락이매 생활이 될 수 없고, 생활이 없으매 이 또한 죽은 공부가 아니랴. 하여 공부도 생활화하여야 되리라고 생각하고 불일내에 문안으로 들어가기를 내심으로 단정해 버렸다.[20]

①에서 윤동주는 현실과 유리된 학문을 예로 들며 진정한 학문이란 생활과 소통하는 학문이어야 한다고 강조한다. 그는 노트를 적시며 한우충동(韓牛充棟)할 만큼의 깊은 학문의 세계가 화원에서 꽃을 보며 느끼는 즐거움이 보다 더 많은 지식을 줄 수 있다고 장담할 수 있겠는가를 반문한다. 이것은 마치 괴테가 『파우스트』에서 "모든 이론은 회색이다." 그러나 "살아 있는 나무는 늘 푸르다"라고 말한 것을 연상케 한다. 이러한 윤동주의 생활론은 정지용의 생활론처럼 현실인식으로 확대된다. 생

---

19 윤동주, 「화원에 꽃이 핀다」, 앞의 책, 182~183쪽.
20 윤동주, 「종시」, 위의 책, 188~189쪽.

활의 현장을 떠난 이론은 그 동력과 근거를 상실하게 된다. 이론이 현장성의 근거가 되는 것이 아니라 현장의 체험을 통해서 얻어진 이론이 사상으로 심화 실천의 뼈대가 될 수 있다.

이 같은 윤동주의 생각은 ②의 시론에서 더욱 구체적으로 명료화한다. "인간을 떠난 도(道)는 오락이며 오락이기 때문에 생활이 될 수 없고 죽은 공부라는 것이다." 윤동주가 말하는 도는 다의적인 의미가 있지만 여기에서는 시로 보인다. 시가 궁극적으로 있어야 할 곳은 결국 '생활 속이라는 것이다.

이밖에도 윤동주는 「참회록」의 여백에 '생', '생존', '생활'이란 단어와 함께 끝 부분에 '비애 금물'이라는 단어를 낙서 형식으로 적어 놓았다. 이는 중요한 의미를 갖는다. 「참회록」은 윤동주가 창씨개명을 제출하기 닷새 전에 한국에서 쓴 마지막 시이다. 창씨개명에 대한 굴욕적 소회의 일단을 시로 쓴 후 시인의 고백이란 형식을 빌려 12개의 단어[21]를 적고 있으며 이 단어들은 윤동주의 현재의 복잡한 심경을 원초적으로 피력한 단어늘이다.

그러나 앞의 단어는 현재의 상념을 적은 단어인 데 비해 '비애 금물'이란 단어는 이러한 상념을 접고 다시 생활과 현실을 직시하겠다는 올곧은 태도로써 주목된다. 현실적 상황에 대한 상념을 전제하고 뒤에 현실을 인식하는 태도는 윤동주 시에 특징이기도 하다. 이러한 현실 인식의 태도는 시인의 현실 인식의 비장함과 결의를 심화시키는 역할을 한다.

특히 일본 유학시절에 쓴 시들에는 식민지 청년으로서 적국에서 느끼는 비애와 향수가 짙게 배어 있다. 대표적인 시가 「쉽게 씌여진 시」인데 화자는 밤비 내리는 것을 보고 상념에 젖다가 "육첩방은 남의 나라 땅„

---

21 詩人의 告白, 渡航證明, 上級, 힘, 生, 生存, 生活, 文學, 詩란? 不知道, 古鏡, 悲哀禁物. 송우혜, 앞의 책, 257쪽.

이라고 확정한다. 자신의 현재의 상념이 낭만적 감정에 의한 것이라 단정하고 한때나마 현실을 잊고 상념에 빠진 나약한 자신의 모습에 대하여 자책하거나 부끄러워한다. 이는 곧 적국의 땅에 있는 자신의 현재의 처지를 다시 한 번 재인식하는 아픈 과정이기도 하다.

또 윤동주는 자신이 갖고 있는 『정지용 시집』 속에 「태극선」이라는 시 중에서 "나는, 쌀, 돈셈, 지붕샐것이 문득 마음 키인다"라는 구절에 붉은 줄을 길게 치고 "생활의 협박장이다"라는 코멘트를 붉은 글씨로 또렷하게 써 넣었던 사람이다. 장래의 생활문제를 걱정하여 그를 연전 문과에 보내지 않으려고 그처럼 애썼던 그의 부친 못지않게 '생활이 무언지를 알고 있었던 사람이다.[22] 이 글 앞부분에 "이게 문학자 아니냐"라며 촌평도 함께 적어 놓고 있다. 문학자가 있어야 할 곳은 거대한 담론의 장이 아니라 결국 생활 속이라는 그의 일관된 시관을 증명하는 중요한 대목이다.

이외에도 윤동주는 "박영종(木月 朴泳鍾)의 「나루터」, 정지용의 「말」 등에 연필로 간단한 설명을 달아 놓았었는데 요지는 꿈이 아닌 생활이 표현되었기에 좋은 작품이라는 뜻이었다."[23]라고 적어 놓고 있다.

제4장 전통론

정지용과 윤동주의 문학 세계는 동양정신과 전통주의에 많은 부분을 의지한다. 1930~40년대 초반은 문학적으로 서구의 모더니즘이 유행처럼 번지고 있던 시기이다. 특히 이들이 일본 유학생 출신이라는 점 등은

---

22 송우혜, 앞의 책, 244쪽.
23 송우혜, 위의 책, 199쪽.

본인의 수용 의사와 관계없이 직간접적으로 왜래 사조를 인지하고 있었거나 영향권 안에 포함됐을 개연성이 크다고 볼 수 있는 대목이다. 외래 사조를 수용할 수 있는 첨병의 위치에 있었다는 것이다. 정지용의 경우에는 초기에 영미의 이미지즘에 경도된 시를 쓰기는 했지만[24] 후에 동양 정신으로 귀의한 것으로 보아 한때의 모더니즘의 경도가 결국 전통의 맥을 잇기 위한 정지 작업이었던 셈이라고 할 수 있다.

윤동주의 시에는 모더니즘의 흔적이 뚜렷하게 보이지는 않는다. 문학 지망생으로서 한창 습작기에 요절을 했기 때문에 그의 시적 변화를 감지할 수 있는 단서가 없는 탓이다. 그러나 윤동주의 문학관이 "문학은 어디까지나 민족의 행복 추구의 견지에 입각해야 한다"라고 말한 점을 상기한다면 모더니즘에 대한 관심보다는 문학의 현실적 기능에 많은 고민을 했던 것으로 보인다. 그가 평소 좋아하고 소장하고 있는 책 중에는 철학과 사상에 관한 책들이 다수 있었던 점 등도 모더니즘이라는 미학적 가치보다는 민족의 현실에 일조하는 사상의 역할에 더 관심을 두었던 증거로 보인다.

이들은 공통적으로 가톨릭과 기독교 신앙을 가졌으며 시에서 밀도 있게 형상화한다. 서구 사상과 전통론은 이질적이기 때문에 상충하는 부분이 많은 것처럼 보인다. 그러나 이들의 시에서는 서구정신과 동양정신이 조화롭게 공존한다. 윤동주는 기독교의 순명사상을 대표하는 시인으로 여겨지지만 그의 시에서도 동양의 전통사상 특히 유교의 '천명(天命)' 사상이 나타난 시를 썼다.

---

24 1910년 영미에서 시작된 이미지즘 운동이 중국시의 영향을 받았다는 사실을 고려해 볼 때, 한 때 지용의 모더니즘의 경사는 결국 전통주의와 연결된다고 할 수 있다. 이미지즘의 근원이 동양에서 서구로 역류된 것이라는 점을 인식한 후, 보다 철저히 전통에 대한 시원을 탐구했기 때문이다.

시의 자매 일반예술론에서 더욱이 동양화론 畵論에서 시의 향방을 찾는 이는 비뚤은 길에 들지 않는다. 經書 聖典類를 心讀하야 시의 원천에 침윤하는 시인은 불멸한다.[25]

위의 지용의 말을 통해서 그의 전통주의에 대한 신념을 확인할 수 있다. '시화일여(詩畵一如)'를 강조한 말이다. 지용의 전통과 동양정신에 대한 남 다른 관심은 그의 산문 곳곳에서 확인된다. 가장 오래된 경전인 『詩經』으로부터 시작하여 唐宋의 시에 이르기까지 정지용은 폭넓은 관심과 흥취를 갖고 있었던 것으로 드러난다. 그런데 무엇보다 田園詩에 많은 흥취를 갖고 있었던 모양이다. 시경의 시구(鳲鳩)로부터 당송의 시에 이르기까지 전원의 풍물을 뛰어나게 그려낸 작품들을 선호하고 있는 모습을 볼 수 있다.[26] 정지용은 이외에도 『논어』, 『도덕경』, 『맹자』, 『순자』, 『장자』, 『소학』 등 일일이 열거하지 못 할 정도로 동양의 전통사상을 총망라하여 그의 시론에 뼈대를 세웠으며 이는 곧 시에 그대로 수혈된다.

①孟子曰: 愛人不親, 反其仁; 治人不治, 反其智; 禮人不答, 反其敬. 行有不得者, 皆反求諸己, 其身正而天下歸之. 詩云: 永言配命, 自求多福. (다른 사람을 사랑하는데도 그가 나를 친하게 여기지 않을 경우는 자신의 사랑하는 마음을 반성해 보고, 다른 사람을 다스리는데도 다스려지지 않을 경우는 자신의 지혜를 반성해 보고, 다른 사람에게 예를 갖추어 대하는데도 그것에 상응하는 답례가 없을 경우는 자신의 공경하는 마음을 반성해 보아야 한다. 어떤 일을 하고서 결과를 얻지 못하면 모두 돌이켜 자신에게서 그 원인을 찾아야 한다. 자

---

25 정지용, 앞의 책, 「시의 옹호」, 245쪽.
26 윤해연, 「정지용의 시와 한문학의 관련양상 연구」, (인하대 박사학위논문, 2001), 20쪽.

신의 한 몸이 바르면 천하 사람들이 다 그에게로 돌아온다.)[27]

②孟子曰: 人有恒言, 皆曰天下國家. 天下之本在國, 國之本在家, 家之本在身. (사람들이 입버릇처럼 하는 말이 있으니, 모두 천하 국가라고들 한다. 그런데 천하의 근본은 나라에 있고 나라의 근본은 집에 있고 집의 근본은 한 사람의 몸에 있다.)[28]

위의 ①~②의 인용문은 윤동주의 유품으로 남아 있는 『예술학』이란 책의 아래에 그가 자필로 『맹자』 「이루편」에 나오는 글귀를 적어 놓은 것이다. 낙서 형식으로 적어 놓은 것이기 때문에 오히려 윤동주의 평소 생각의 일단을 가감 없이 엿 볼 수 있다.

①의 맹자의 글은 윤동주 시의 특징인 부끄럼과 자아 성찰의 정서가 어디에서 연유한 것인지 유추할 수 있다. 모든 것을 자기에게서 찾는 반구제기(反求諸己)의 자세는 유교에서 선비가 갖추어야 할 최고의 덕목이다. 기독교의 순명주의가 유교의 천명사상을 중심으로 하는 인의예지(仁義禮智)와 절묘하게 소통되는 점이 확인된다. 특히 윤동주 시의 부끄러움에 미학은 맹자의 사단칠정(四端七情) 중 義의 단서인 수오지심(羞惡之心)에 근거한 것이다. "죽는 날까지 하늘을 우러러 한 점 부끄럼 없기를" 바라는 마음은 맹자의 "할 수 있는 도리를 다하고 죽는 것이 올바른 천명이다(盡人事待天命)"라는 말씀과 인생삼락(人生三樂) 중 "우러러 하늘에 부끄럼이 없고 아래로 굽어보아 사람들에게 창피하지 않는 것이 두 번째 즐거움이다(仰不愧於天, 俯不怍於人 二樂也)"라는 말씀의 복합적 진술임이 명백해 진다.[29]

---

27 김학주 역저, 『맹자』, 「이루장구」 상, (명문당, 2002), 245쪽.
28 김학주, 위의 책, 246쪽.

②의 글도 ①의 글과 다르지 않다. ①의 글이 자아 성찰적 성향이 강하다면 ②의 글은 근본에서 돌아가서 현상을 보라는 것이며 그 기저에 사람이 있다는 것이다. ①과 ② 모두 근원을 중시한 내용으로 윤동주 시의 투명하고 명징한 내면 의식의 발로이다.

또한 그는 고향 후배인 장덕순에게 "문학은 민족 사상의 기초 위에 서야 하는데 연희전문학교는 그 전통과 교수, 그리고 학교의 분위기가 민족적인 정서를 살리기에 가장 알맞은 배움터"[30]라고 말하며 자신이 연희전문학교를 선택한 이유를 설명했다고 한다.

사상의 복잡한 관념성을 생각할 때 민족사상이란 추상적 이념이 곧 전통사상으로 연결되는 것은 아니다. 그러나 민족사상이란 것이 동질의 문화를 일구어 온 절대 다수의 공동체 구성원들이 오랜 삶의 조건 속에서 형성한 독특한 삶의 원리라는 것을 생각한다면 윤동주가 말한 민족사상은 유·불·도와 기독교 사상은 물론, 한민족의 샤머니즘까지 망라한 넓은 범주의 고유성이라고 할 수 있다.

이런 측면에서 윤동주가 연희전문 3학년 때 경험한 신앙의 회의기는 주목할 만하다. 개인적으로는 회의를 통해 기독교 신앙에 대한 믿음을 다시 한 번 확인하는 계기가 되었겠지만 이 믿음이 기독교의 원리성에 대한 일방적 믿음이라기보다는 한국문화의 특수성[31]에 바탕을 둔 기독교

---

29 오세영, 『한국현대시 분석적 읽기』, (고려대학교출판부, 1998), 251쪽.

30 송우혜, 앞의 책, 183쪽.

31 그로 하여금 기독교 신앙에 회의를 느끼게 한 것은 무엇이었을까? 그 대답은 당시 윤동주가 처했던 상황에서 찾을 수밖에 없다면, 우리는 곧 그 정체를 파악하게 된다. 1940년의 윤동주로 하여금 신앙의 흔들림까지 겪게 한 것은, 당시 그가 처했던 시대상황일 수밖에 없다. …(중략)… 그는 한민족의 언어와 글을 갈고 닦을 것을 그의 필생의 목표로 정했고, 거기에다 온 심령을 기울여온 문화인이다. 그런데 이미 그 말을 빼앗기고 글을 빼앗긴 데다가, 이제는 겨우 남은 껍데기였던 성과 이름마저 벗기우고 빼앗기고 있는 것이다. 송우혜, 위의 책, 220쪽.

신앙인 측면이 강하다고 할 수 있다. 따라서 전통주의는 기독교 신앙과 더불어 윤동주의 정신세계의 한 축을 담당하는 뼈대라고 할 수 있다.

제5장 결론

정지용과 윤동주는 한국인이 좋아하는 대표적인 시인이다. 엄혹한 일제 강점기를 살다 간 시인들이지만 그들의 시에는 살풍경한 현실보다는 서정성이 짙게 배어 있다. 개인적으로도 두 시인은 남다른 인연을 가진다. 윤동주는 연희전문 시절 당대 최고의 시인인 정지용의 서대문 집을 방문했다고 한다. 이후 윤동주가 일본에서 옥사 한 후, 1948년 그의 유고 시집 인『하늘과 바람과 별과 시』가 출판될 때 정지용은 시집의 서문을 써서 윤동주 시의 탁월함에 헌사를 바치기도 했다.

본고는 개인과 시적으로 공통점이 많은 두 시인의 시의 바탕이 되는 근본적인 시관이 무엇이며 그것이 어떻게 시에 형상화 되는지 고찰했다. 시관은 시론으로 이론화되어 시에 혈맥을 제공한다. 정지용은 산문에서 짧지만 강렬한 시론을 제시했다. 윤동주는 본격적인 시론을 정립할 시간을 갖지 못 한 채, 요절했기 때문에 그의 시론을 구체적으로 확인 할 근거가 미약하다. 그러나 몇 편의 산문시와 그 밖의 서정시를 통해서 시의 근간이 되는 시론을 유추하기에 전혀 부족함이 없다. 본고는 이들의 시론을 '정관론', '생활론', '전통론'으로 규정하여 고찰했다.

첫째, 정관론은 사물과 마주하며 내적 향수에 이르기 위한 고도로 집중된 정신 현상이다. 정관은 관조나 완상과 구별되며 이 인고(忍苦)의 시간을 통해서 완성된 시가 태어난다. 정지용과 윤동주의 시론에 잘 나타나 있으며 시에서도 객관적인 거리 유지로 드러난다.

둘째, 생활론이다. 이들은 시가 있어야 할 곳이 현실과 유리된 세계가 아니라 사람과 삶의 현장에 있어야 한다고 말한다. 생활론은 일상적인 차원을 초월해서 이들이 살았던 시대가 일제 강점기였기 때문에 민족의 현실로 확대된다.

셋째, 전통론이다. 정지용과 윤동주는 가톨릭과 기독교 신앙을 믿었기 때문에 전통론과 상충하는 요인이 많다고 여겼다. 또 이런 이유 때문에 이들의 사상을 서구정신으로 단정하는 근거가 되어 왔지만 이들 시와 시론의 밑바탕에는 전통과 유교주의를 근간으로 한 동양정신이 짙게 배어 있다. 이들의 시가 더 이상 가톨릭과 기독교 신앙을 바탕으로 한 서구정신이 일방적으로 수용된 시가 아니라는 것이다. 정지용과 윤동주는 서구의 사상을 독단적으로 고집하지 않고 내재적 가치인 전통론을 존중함으로써 한국시사에서 독특한 시의 성취를 이루었다. 서양과 동양의 전통이 접목되는 지점에서 완성도 높은 시의 성취가 이루어진 셈이다.

참고문헌

강찬모, 「정지용 시와 시론에 나타난 사단칠정 고찰」, 『어문연구』 제51집, 어문
　　　연구학회, 2006.
김학주 역저, 『맹자』, 「이루장구」 상, 명문당, 2002.
박은미, 「정지용과 김기림 시론 대비 연구」, 청주대 석사학위논문, 1998.
송우혜, 『윤동주 평전』, 열음사, 1988.
양재학·유일환, 『동양철학의 이해와 깨달음』, 보성, 2003.
오세영, 『한국현대시 분석적 읽기』, 고려대학교출판부, 1998.
윤동주, 『하늘과 바람과 별과 시』, 정음사, 1988.
윤해연, 「정지용의 시와 한문학의 관련 양상 연구」, 인하대 박사학위논문, 2001.
이광호, 「한국근대시론의 미적 근대성 연구」, 고려대 박사학위논문, 1999.
이남호, 『문학의 위족』, 민음사, 1990.

이정일, 「정지용 시론 연구」, 제주대 교육대학원 석사학위논문, 1988.

양민주, 「윤동주 시에 나타나는 천명 연구」, 인제대 석사학위논문, 2002.

정종진, 『한국현대시의 이론』, 태학사, 1994.

_____, 「한국현대시론사의 전개과정 연구」, 충남대 박사학위논문, 1988.

_____, 「정지용 시론의 고전시학적 해석」, 『인문과학논집』 제14집, 청주대 인문
　　　과학연구소, 1995.

_____, 「정지용과 조지훈 시론 비교 연구」, 『인문과학논집』 제18집, 청주대 인
　　　문과학연구소, 1998.

정지용, 「시와 발표」, 『정지용 전집 2』, 민음사, 1988.

조정권의 시와 정신주의
-퇴계 四端七情의 主理論을 중심으로-

1. 정신주의 풍경 산책

우리시대 조정권의 시는 마치 '종갓집' 풍경 같다. 종갓집에 대한 일반의 시선은 이중적이다. 세월의 무게를 이기지 못해 퇴락한 유폐의 모습과 귀소 공간으로의 '모처(母處)'이다. 모처에 대한 동경은 환금을 좇던 욕망이 멈춘 자리에서 발생한다. '유폐'와 '모처'는 '방치'와 '생성'이라는 본질에 의해 적확하게 그 성격을 달리한다. 남용된 욕망이 범람하는 시대, 그로인해 상처가 가중되는 시대, 종갓집은 방치의 시선을 물리고 모처 특유의 생성과 위안의 기능으로 주목 받고 있다. 다만 종갓집의 남다른 의미가 현재성의 재고에서 오듯, 조정권 시의 위의도 지금 여기에서 비롯된 근본에 대한 성찰의 부재에서 비롯된다. 조정권의 시 세계의 평가는 주로 '정신주의'에 집중된다. 그의 시에 등장하는 성과 속, 관념과 감각, 초월과 현실 등 대립적 편차는 정신주의의 '노골(露骨)'을 드러내기 위한 의장일 뿐이다.

조정권 시의 대표적인 평가로는 이남호와 조창환이 있다. 이남호는 그의 시 세계를 "천진한 순수 감성의 세계, 세련된 이미지스트의 세계, 존재에 관한 형이상학적 탐구의 세계, 원초적 순수성의 세계, 동양적 관조의 세계"[1] 등으로 일별하고 있다. 조창환은 조정권의 시세계가 "감성적

---

1 이남호, 「산정에서 지상으로」, 『하늘이불』 해설, (나남, 1987), 127쪽.

이미지스트로 출발하여 사물의 존재론적 탐구의 과정을 거쳐 동양적 정관의 언어에 도달"[2]하는 변모의 과정을 거치고 있다고 평하였다. 이외의 조정권의 시적 변모과정과 평가도 언급한 평가의 범주를 크게 벗어나지 않는다. 탈속과 동양의 전통에 기대어 궁극적으로 정신주의를 지향하는 시로 평했다.

조정권의 시를 규정하는 정신주의는 그의 첫 시집인 『비를 바라보는 일곱 가지 마음의 형태』[3]에서부터 확인되며 선불교와 노장사상 유학의 심성론 그리고 서양의 초현실주의가 망라된 전방위적 성격을 띤다. 이는 그의 개인적 시사에서 중요한 의미를 갖는다. 산책을 위한 가벼운 일보가 아니라 앞으로 전개될 시의 정신주의란 혈맥을 캐기 위해 천리를 떠나는 일관된 대장정이기 때문이다. 시의 필경(筆耕)을 고르기 위해 이 조숙하고 부지런한 시인은 이미 연장과 씨앗을 준비하고 있었던 셈이지만 무엇보다 이것을 감싸고 있는 토양의 본질을 영민하게 분석하고 끝마친 상태였다는 것이다. 이것이 선행 되었기에 개념적 편차에서 오는 수런거림을 극복, 정신주의의 꽃을 피울 수 있었다. 그러니까 조정권에게 정신주의란, 본격적인 시인의 길에서 불면과 성장통 끝에 형성된 좌표라기보다는 선천적 내재적으로 인자된 '기왕의 정신 성향의 측면이 강한 것 이라고 할 수 있다. 이제까지 조정권 시가 수렴하고 있는 각기 다른 외양도 결국, 정신주의를 강화하는 방편으로써의 담금질이었던 셈이다.

조정권의 정신주의는 "몸뎅이로 오지 말고 제 정신으로 와서"(「暴炎」) 봐야 하는 뜨거운 불길이며 "누구나 한번씩은 가고 싶은 원생에의 회귀"(「太白山脈」)이다. 또한 그가 염원하는 내면적 공간은 "어느 마음이 미치지 못하도록/ 스스로를 멀찌감치 떼어 놓으려"(「高處」)는 '고처'이며

2 조창환, 「허심의 시세계」, 『虛心頌』 해설, (영신문화사, 1985), 111쪽.
3 조정권, 『비를 바라보는 일곱가지 마음의 형태』, (조광, 1977).

외면적으로는 주체가 '내려오는 길을 스스로 부셔버린' "獨樂堂 對月樓" (「獨樂堂」)와 같은 것이기도 하다. 그래서 조정권의 정신주의는 늘 벼랑 끝에서 고양된 세계를 지향하며 추락을 각오하고 '허공에 뛰어내리는 백 척간두의 초월적 정신'이 머무는 곳이다. 그렇다고 그의 시가 벼랑 끝이 주는 각진 의미처럼 모나거나 처절한 것은 아니다. 언제나 언어는 사물 속에 거하며 내면화되기 때문에 좀처럼 '성깔'을 드러내지 않는다. 조정권 시에서 고요함은 폭팔적인 힘을 내장하고 있는 조용한 휴지의 상태를 의 미한다.4 내면화된 성깔은 "잎 다 지니/ 겨울산이 滿開'"(「純白의 아침」)하 면서 비로소 드러난다. 여기에 조정권 시의 정신주의의 묘처가 있다.

정신주의는 80년대 중반 최동호에 의해 "시는 정신의 표현이며, 시의 역사는 정신의 역사이다." "정신(spirit)은 마음(mind)이나 혼(soul)과 다 르다. 정신은 살아있는 실체이면서 이념적인 자기 지향성을 갖는다. 마음 이 구체적이기는 하지만 지나치게 광범위한 것이며, 혼이 절대적이기는 하지만 초월적인 것이라면, 정신은 인간의 삶과 역사의 전개과정을 통합 시켜 파악할 수 있는 개념"5이라고 명쾌하게 규정되면서 제기된다. 이렇 게 제기된 정신주의는 이에 대한 반론과 의문에 효과적으로 답하거나 대 응하는 과정을 통해 정교하게 체계화 하면서 지금까지 한국 현대시에 새 로운 지평을 넓히는 데 시적 방법론이자 인식론으로 큰 역할을 해왔다.

그러나 정신이란 개념 속에 보편적으로 인식되어 온 추상과 신비적 초월성은, 개별 작품에 내재된 정신의 일관성마저 거증성(擧證性)이 결 여된 막연함으로 오인하는 결과를 양산했다. 살아있는 생물체가 담지하 는 생명을 정신과 무조건 결부시킴으로써 최동호가 주장한 시에서의 정 신주의를 몰개성적인 것으로 보편화시키는 결과를 초래했다는 것이다.

---

4 이혜원, 「심연에서의 길 찾기」, (문학정신, 1992), 47쪽.
5 최동호, 『현대시의 정신주의』, (열음사, 1985), 9쪽.

이런 기왕의 혼돈과 오인을 우려 최동호는 정신을 "살아있는 실체이면서 이념적인 자기 지향성을 갖는다'라고 선언했다. 여기서 중요한 것은 정신이 '이념적인 자기 지향성을 갖는다는 것'이다. 살아있는 실체라는 입장만을 견지한다면 생물적 관점에서의 생명, 즉 죽지 않고 다만 살아 있는 것으로써 의지가 활성화되지 못한 소실된 생명 그 자체일터이지만 이념적 자기 지향성은 개성화되고 주체적으로 활성화된 의지를 바탕으로 하나의 일관된 신념체계를 형성하는 뚜렷한 궁극이다. 여기에 덧붙여 정신의 성격을 구체적으로 확정한 말이 "인간의 삶과 역사의 전개과정을 통합시켜 파악할 수 있는 개념"6이라고 적시한 부분이다. 굴곡의 한국 근현대사에서 이렇게 규정한 정신의 성격은 시에서 투철한 역사인식을 바탕으로 대의명분이 선명한 시가 결핍된 시사를 보완 확충하는 데 유용하게 작용하는 준거가 되어 왔다. 이런 측면에서 최동호가 규정한 정신주의 시의 여섯 가지 계통 중, "셋째, 신석정 김달진 등으로 이어지는 노장적 은둔적 초월주의"7 혹은 그와 같은 관념의 시들은 상대적으로 현실을 방기하는 탈속적 성격 때문에 폄하되어 왔던 것이 사실이다.

지난했던 한국의 특수한 정치상황 속에서 어쩌면 이 같은 편향성은 미학적 완결성을 떠나 그 나름대로 시대적 필연성을 내포하고 있었다고 할 수 있다. 그러나 최동호는 「정신주의와 우리시의 창조적 지평」8에서 "한국적인 신성함의 추구와 더불어 인간 존재의 고귀성을 고양'하는 것이 정신주의 시의 한 단면이라고 말함으로써 정신주의 시가 갖고 있었던 애초의 개방성에 구체적 첨언을 더한다. 이 첨언으로 인하여 정신주의는 역사적 민족적 외피가 주는 강고한 저항과 경직성을 탈피, 인간의 삶과

---

6 최동호, 앞의 책, 9쪽.
7 최동호, 「서정시와 정신주의적 극복」, 『삶의 깊이와 시적 상상』, (민음사, 1995), 14쪽 재인용.
8 최동호, 위의 책, 22쪽 재인용.

역사를 두루 아우르며 근본에 대한 성찰과 모색의 길을 포괄하는 보다 진전된 가치로 발전한다. 본격적인 탐구 과정에서 자연스럽게 정신주의의 채용관계와 경중이 세분화되어 구분이 되겠지만 대략적인 관점에서 보면, "물질이나 육욕을 탐구하고, 모든 것에서 이익을 구하려는 상업주의 세태에 대응하는 작가정신은 일단 모두 정신주의"[9] 문학의 광의의 범주에 포함시킬 필요가 있다.

최동호의 이 같은 정신주의에 대한 일관된 신념은 "인간의 삶이 시대에 따라 변모된다고 하더라도 인간의 중심에는 변하지 않는 것이 있고 시의 중심에도 변하는 것과 더불어 변하지 않는 것이 있다"는 삶에 대한 본질 그리고 그 삶의 본질을 건져 올리려는 엄정한 숙고에 기인한다. 최동호가 제기한 정신주의는 '좋은 시란 무엇인가'라는 광범위한 물음에서 시작된 것이기 때문에 특정 흐름이나 계통을 편애하지 않는다. 따라서 정신주의는 언뜻 탈속적이든 현실참여적이든 동양의 전통에 전적으로 의지하는 개념인 듯 보이지만 급변하는 현대시에서도 얼마든지 탄력적으로 적용할 수 있는 개념이다. 정신주의와 대척점에 놓인 해체주의 시에서도 정신주의는 관류할 수 있다. 단지 형식과 내용 등 기존을 파괴하는 충격 속에서도 그 속에 하나의 일관된 현실성에 대한 각성을 전제로 한다면 말이다. 그동안 정신주의 시의 범례를 너무 중진 시인들의 작품에 집중함으로써 정신주의가 추구하는 "동적 시학", "현실의 현실성에 대한 각성"의 현장성과 거리가 있었다고 판단되기 때문이다.[10]

이런 의미에서 조정권은 정신주의에 대한 일부의 오해와 비판에도 불구하고 지금까지 지속적으로 인간의 삶에서 정신의 문제를 실존적 차원

---

9 정종진, 「한국현대소설에서 정신주의에 대한 연구」, 『어문연구』 58, (어문연구학회, 2008), 564쪽.

10 홍용희, 「정신주의 시학의 창조적 이해와 시적 상상」, 『시작』 제8권 제4호 통권 제31호, (천년의 시작, 2009), 71쪽.

에서 천착한 시인이다. 그의 시의 여정은 인간과 역사의 주름이 배제된 노장적 은둔적 초월주의를 지향한 것처럼 보이지만 사실은 '한국적 신성함의 추구와 인간 존재의 고귀성을 고양하는 쪽에 더 가깝다고 할 수 있다. 한국적 현실에서 혹자의 우려대로 선명하지 않으면 허무주의로 전락할 가능성이 없는 것은 아니지만 동양의 전통 속에서 지배적인 것으로 인식되는 허무주의는 단순히 현실과의 관계 속에서 퇴행적이거나 도피적인 방어기제가 아니다. 현실을 뛰어넘되 월경 너머로 도약하지 않고 현실과 초월의 접점 그 어디쯤에서 기능하는 차원 높은 '달관된 긴장'이다. 그의 시가 다다른 지점도 "견디고 있는 마음과/ 벌서고 있는 마음"(「겨울 주례사」)이 상충하면서 형성된 긴장이 상존하는 어디쯤일 것이다. 이렇게 도달한 허무주의는 모든 것을 추동하거나 포괄한다. 조정권은 『먹으로 흰 꽃을 그리다』(2011) 서문에서 "발은 객지(客地) 죽어라 하고 뛰어내린 곳이 삶"이라고 토로한다. 그는 한시도 현실의 삶과 괴리해 있지 않았으며 현실 속으로 편입되기 위해 부단히 자맥질을 하고 있었다. 자맥질을 보는 외적 시선이 더디고 무용한 것 그렇기 때문에 허무한 것으로 규정해도 시인에게 느린 자맥질은 현실에 보다 가까이 다가가기 위한 조정권 특유의 몸짓이었던 셈이다.

"고른 소리로 비가 내려와/ 가슴을 짚어주며/ 그만 자거라, 자거라, 자거라"
―「벌거숭이 산에서의 一泊」 부분

"잔디 위에 흐느끼는 쇠못 같은 빗줄기여/ 니 맘 내 다 안다/ 니 맘 내 다 안다/ 내 어린날 첫사랑 몸겨눕던 담요짝 잔디밭에 가서/ 잠시 놀다 오너라// 집집의 어두운 문간에서/ 낙숫물 소리로 흐느끼는/ 니 맘 내 자알안다/ 니 맘 내 자알안다"
―「비를 바라보는 일곱 가지 마음의 형태. 하나」 부분

"풀밭에 떨어지면/ 풀들과 친해지는 물방울같이/ 그대와 나는 친해졌나니/ 머언 산 바라보며/ 우리는 노오란 저녁해를 서로 나누어 가졌나니// 오늘 먼 산 바라보며/ 내가 찾아가는 곳은 그대의 무덤"

—「둘」 부분

"바람이여 네가/ 웃으며/ 내게로 달려왔을 때/ 나무는/ 가장 깊숙한 빈터에 서/ 흡족한 얼굴을 밝힌다"

—「셋」 부분

"지나가는 바람에게 마음을 주고 싶다./ 형태 없는 가을에, 내 손에 와 닿는 것들은 순한 물이 되어 고인다./ 나의 틀은 좁은 마당에서도 알맞다./ 당신의 눈이 내 눈에 고이고, 나는 잘 길들여진 어린 나무, 친근한 빗자루를 들고 마 당을 쓸고 싶다./ 오래오래 헤매고 싶다./ 형태 없는 가을에 사면이 하얗게 칠 해진 마당에서 나는 순한 물이 되어 고인다./ 당신의 살 위에서 내 살을 댄 채."

—「다섯」 부분

예시된 시들이 풍기는 이미지를 굳이 분류한다면 노장적 이미지와 가 깝다고 할 수 있다. "그만 자거라, 자거라, 자거라"와 "니 맘 내 다 안다/ 니 맘 내 다// …/ 니 맘 내 자알안다/ 니 맘 내 자알안다" 등의 반복적 언술은 절대 긍정을 나타내는 위로와 위안의 넉넉한 정서가 물씬한 공감 의 언어들이다. 이러한 절대 긍정의 반복적 언술은 노장적 허무주의로 읽힐 가능성이 상존하지만 그렇다고 형언할 수 없는 삶의 조건들과 시시 로 마주하는 인간의 불투명한 삶에서 언제나 분명한 대안과 기상의 언사 가 만능일 수는 없다. 결국 절대 긍정은 "자자./ 자자// 녹아버린 어둠/ 더 어둡지 않도록.// 어둠 받아 안아주자// ……// 자, 자자./ 맨땅에 그냥 누워버린 남자.// 상체만 남은 그 옆에 같이 누우며/ 자, 안아주자. 늙은 어미"(「론다니니의 피에타」)라는 세상의 모든 생명체의 원시적 모성으로 귀결된다.

허무주의적 정서는 이러한 인간이 처한 근본적 유한성의 조건에서 생성될 수밖에 없는 최소한의 허허로운 낙관에 대한 기대를 근간으로 한다. "자거라, 자거라"와 "니 맘 내 다 안다"는 자고 싶어도 잘 수 없는 번민과 '내가 니 맘을 다 알고도' 남음이 있음에도 불구하고 "조금도 나아지지 않는 오늘 오늘의 연속/ 이제까지 이렇게 어렵게 살아왔는데 앞으로도/ 이렇게 어렵게 살아가야'(「목숨」) 될지도 모른다는 불안감, 그 고민에 명쾌한 도움을 주지 못하는 자괴감을 포함한 연민이다. "그것은 세상일과 가장 많이 닿아 있는 일이"(「목숨」)기도 하며 한 발 더 나아가 "날이 새고 해가 뜨고 하늘이 푸르러도/ 슬픈 이는 역시 슬프기 마련이"(「국어의 분위기」)라는 인간의 존재론적 운명에 대한 비감이기도 하다. 이 같은 비감은 "죽은 이는 죽고/ 메아리는 저녁이 되어도 돌아오지 않는다/ 죽은 이는 죽고/ 메아리는 사흘 밤 사흘 낮이 되어도 돌아오지 않는다"(「노래. 4」)에서도 여전히 변하지 않는 시인의 세계관을 형성하고 있다. 이 구절은 "슬퍼하는 자는 복이 있나니// 저희가 영원히 슬플 것"이라는 윤동주의 「팔복」-『성경』「마태복음」5장 팔복-을 연상시킨다. 윤동주가 패러디한 「팔복」은-"슬퍼하는 자는 복이 있나니/ 저희가 위로를 받을 것임이요-" 미구에 받게 될 신의 은총에 대한 현실적 회의와 절망을 담고 있다. 그만큼 지금 이 자리에서 받고 있는 통증의 지수가 위중함을 말하는 것인 데 이러한 언술은 지금 화자가 처한 아니 인간이 처한 시와 삶의 상황에서 인간인 우리가 상대에게 전할 수 있는 가장 최선의 말인 셈이다. "이 빗속을 젖어서 올 그분을 위하여, 안으로 안을수록 젖어 있을 그분을 위하여 내가 마련할 수 있는 것은 정말로 아무것도 없는 것을. 다만 마음의 수식어를 잘라내며 정숙하게, 그리고 정결하게 정적 속으로 길을 열고 들어가 마중나갈"(「무명」 부분) 수 있을 뿐이다.

우리가 일상의 삶에서 타인과 나누는 그를 위한 배려와 기원은 모두 복마전처럼 얽힌 현실이 처한 구체성을 풀어주거나 해소해 주는 쾌도난마(快刀亂麻)의 '단칼'로서의 기능이 아닌 이런 종류의 '쓸쓸함'이다. 그러나 이런 쓸쓸함이 그래도 삶을 의지하는 힘이 됨은 물론이다. 이 힘으로 또 한 세상을 살아가게 된다. 이러한 타자를 향한 연민이 가능한 것은 내 의지와는 무관하게 '풀밭'이란 이질적 공간에 떨어졌지만 그 풀밭과 그리고 그 풀밭과 관계된 생태적 환경과 갈등하지 않고 상생 공생하려는 열린 마음 때문이다. 이 열린 마음으로 인해 나와 그는 저녁 해를 서로 나누어 가질 정도로 가까워 졌으며 둘의 친교는 '그대의 무덤'으로까지 확충된다. 친교의 확충은 바람과 나무의 관계에서도 확인된다. "지난해의 빗물에 녹이 슨 꽃이 다시 녹슬기 시작한다면/ 바라보다가 녹이 되어 떨어진 당신의 눈은/ 향기가 소모된 나무껍질일 것이다/ 다시 녹슬은 꽃이 우수수 진다면/ 문질러보다가 분질러진 당신의 손은/ 참혹한 덩어리일 것이다/ 빗줄기들이 유리에 부딪혀 아무런 소리도 내지 않는다면/ 당신은 귓속에 병마개를 틀어막고 들어야 할 것이다/ 비가 내리는 동안 당신의 시간이 멈춘다면/ 시간은 죽어 숨소리를 그칠 것이다."(「넷」)

인용한 시는 위에서 거론한 타자를 향한 열린 마음의 시와 조정권의 시를 관통하는 인간관과 세계관을 함축하고 있는 시이다. 기존에 대립적으로 구분되는 개념과 세계를 혁파하고 하나로 동일화하려는 마음이 잘 나타나 있다. 어떠한 목적에 의해 견인하거나 흡수하는 동일성이 아니라 애초에 하나였던 전일적 근원에 대한 정직한 직시와 '한 쪽이 아프면 다른 한 쪽도 아프다는 유기체적 인식을 바탕으로 한 자율적 동일성이다. 이러한 유기체적 인식은 성리학의 대표적 심성론인 퇴계의 사단칠정을 바탕으로 한 주리론(主理論) 중, 인(仁)의 단서가 되는 측은지심(惻隱之心)의 마음(연민)에 해당되는 것으로 조정권 시를 초월적 허무주의로 단정하려는 일방성을 제어한다. 시에서 리(理)적인 세계와 허무의 세계는 두 사유체계의 모격(母格)의 특장처럼 현실의 구체성에서 구별된다. 허무의 시가 모두 현실을 배제하지는 않지만 시가 '언표 행위'라는 점을 감안한다면 문면으로 드러난 언어의 차이는 분명하다. 최근의 시집인 『먹으로 흰 꽃을 그리다』11 『시냇달』12에서도 언어는 간명해져 일명 '극서정시(極抒情詩)'로 명명이 되어 노장적 이미지를 풍기지만 현실의 끈은 여전하다. "제자리가 아니면/ 枯死를 택하는 高士를 닮"(「차나무」)은 차나무의 절개는 이미 첫 시집에서 코스모스를 "高士慕師"(「코스모스」)라고 앙망함으로써 그의 정신주의가 일관되게 현실성에 근거하고 있음을 보여준다.

2. 주리론과 시적언어의 상관성

주리론은 중국 유학의 장구한 연원 속에서 자연과 우주, 인간의 심성론의 근거를 설명하는 철학 사상적 사유로서 성리학적 틀이다. 공맹으로 대표되는 원시유학에서 주리론은 현실 생활을 바탕으로 상당히 구체적인 성격을 띠었으나 정이와 주희, 왕수인으로 대표되는 송명시대의 유학(신유학, 성리학)을 거치면서 복잡하고 추상적 관념론으로 기울게 된다. 이중에서 정이와 주희 계통의 성리학을 정주학 혹은 주자학이라고 부르는데 조선과 일본에까지 큰 영향을 미쳤으며, '성품이 곧 이치다(性卽理)'라는 명제를 강조 자연의 섭리뿐만 아니라 인간의 심성도 도덕·윤리적으로 순수한 절대적 영역이 있는데 이를 '리(理)'로 봤다. 리는 어떤 것의

---

11 조정권, 『먹으로 흰 꽃을 그리다』, (서성시학, 2011).
12 조정권, 『시냇달』, (서정시학, 2014).

근거와 원인 섭리 이치를 말하며 리와 상대적으로 대척되는 개념이 '기(氣)'이다. 기는 현상이고 형체이다. 리와 기의 관계를 어떻게 설정하느냐에 따라 '이기이원론(理氣二元論)'과 '이기일원론(理氣一元論)'으로 나누어진다. 전자의 대표적인 학자는 퇴계 이황이며 후자의 대표적인 학자가 율곡 이이이다. 물론 기대승이 벌인 이기를 바탕으로 한 퇴계와의 정치한 사칠(四七)논쟁의 역사가 있지만 철학적 사상적으로 뚜렷이 구분되는 학파를 형성하면서 조선사회에 지속적으로 영향을 미친 사람은 이이이다.

조선 성리학의 이기론적 고찰을 살펴보려면 우선 사단칠정의 개념과 논쟁을 일별해야 한다. 사단칠정(四端七情)에서 사단이라는 개념은 원래 맹자가 성선설의 근거로 제시한 인간심리 현상 중 일부를 말한다. 곧 측은지심(惻隱之心)·수오지심(羞惡之心)·사양지심(辭讓之心)·시비지심(是非之心)을 각각 인(人)·의(義)·예(禮)·지(智)의 단서로 설명한 데서 비롯된 것이다. 또 칠정은 본래 『예기』에서 인간의 감정을 통칭하여 희(喜)·노(怒)·애(哀)·구(懼)·애(愛)·오(惡)·욕(欲)으로 지칭한 데서 비롯된 것이지만 주자학자들이 문제 삼는 것은 대체로 『중용』에서 언급한 희(喜)·노(怒)·애(哀)·락(樂)의 네 가지 감정을 의미한다. 물론 양자 간의 개념적인 차이는 없다. 네 가지로 나누든 일곱 가지로 나누든 인간의 감정 일반을 통칭했다는 점에서는 동일하기 때문이다.[13]

이렇게 인간의 심성론을 논하면서 이황의 경우 사단을 리(理)로 칠정을 기(氣)로 뚜렷이 구분되는 것으로 봤으며 이이의 경우에는 리와 기를 '불상리(不相離)' 즉 떨어지지 않고 붙어 있는 것으로 봤다는 점이다. 사단칠정을 엄격히 구분해야 맹자가 성선설의 근거로 말한 선과 악이 분리가 되며 그렇지 않고 이이의 경우처럼 리와 기가 구분되지 않고 섞여

---

13 한국철학사상연구회, 『한국철학』, (예문서원, 1995), 364쪽.

있다고 할 때는 선악의 구분이 모호해지고 인간의 도덕적 존엄성 확보가 어려워지게 된다. 퇴계가 강조한 이기이원론에서 사단을 순수한 리로 본 것은 인간 감정의 언어적 표현인 시적 감정과 견주어 보게 되면 형이상(形而上)의 초월적이며 탈속적인 개념이라고 할 수 있다. 이에 반해 이이가 강조한 주기론은 감각적으로 느껴 발출하는 인간의 감정과 정서의 역동적인 측면을 강조 다소 관념적인 퇴계의 주리론과 구별된다. 인간의 감정은 기에서 발출하게 되는데 이 때 발출하게 되는 기는 리의 통제나 관리를 받지 않으면 악으로 흐를 개연성이 있는 기운으로 봤다. 이이 이기철학의 대표적 학설인 기발이승일도설(氣發理乘一途說)[14]의 논리적 근거라고 할 수 있다.

시의 언어의 관점에서 주리와 주기론을 대입해 보면 각자 특징이 있다. 주리론은 외부 자극에 의해 발산된 감정과 정서를 지나치지 않게 관리 통제 조절하는 기능을 담당하며 주기론은 외부의 자극에 정서적으로 민감하게 반응하여 기존의 둔감한 내면적 질서에 충격을 가한다. 따라서 두 특징을 하나로 통합한 가장 이상적 작시법은 이이가 말한 "발한 기를 리가 타는 기발이승(氣發理乘)"이라고 할 수 있다. 시의 언술에서 봤을 때 이 둘의 관계는 선후경중으로 우위의 문제가 아니라 상호 보완 협력적 관계로 시의 성패를 좌우한다. 굳이 이 둘을 상황 논리에 대입해본다면 시에서의 정신주의는 주리론의 형이상에 가깝다고 할 수 있다. 동서를 막론하고 전통적으로 시의 언어는 다변과 요설을 경계하며 언어의 경제성 추구를 제일의 원리로 삼와 왔기 때문이다. 언어의 경제성으로 생성된 공간에 소요하는 여백은 정신이 거하기 좋은 집으로써 "저 숲의 고요를 관장하는 그분"(「신성한 숲. 1」)이 존재하는 무정형의 거소이다. 이 공간이 주는 의미를 성리학적으로 말한다면 리의 세계라고 할 수 있

---

14 민족과 사상 연구회 편, 『사단칠정론』, (서광사, 1992), 98쪽.

으며 기성 종교와 사상의 측면에서 봤을 때는 이들의 종지(宗旨)를 뒷받침하는 발아력이 싹 트는 영역이라고 할 수 있다.

그러나 지나치게 리적인 세계가 주는 관념적 유희를 경계할 필요는 있다. 비린내 나는 누항과 인간의 현실적 감정이 탈각된 원시 종교의 원리주의의 경직성 그리고 수행승의 오도송과 선시의 범접치 못한 위엄을 우리는 기억할 필요가 있다. 이러한 리의 정신주의에는 인간적 굴욕과 고민의 체취가 없기 때문에 시적 감동을 주지 못한다. 인류 역사에서도 도덕적 엄숙주의가 낳은 시행착오와 폐해가 적지 않다. 그럼에도 시에서 리의 세계에 대한 탐색이 지속되는 이유는 어떤 경우에도 진실과 진리에 대한 향념을 포기 할 수 없기 때문이다. 근본에 대한 궁리로 인해 세상은 혼란 속에서도 비로소 귀로 할 수 있는 길을 트게 된다.

시의 위대한 연원이 여기에서 발원하지만 불행하게도 그가 가진 언어의 창은 방패 너머로 숨어 버린 은자가 된 진리를 단박에 자극하지 못하고 허공을 베기 일쑤이다. 시의 태동 이유가 유한한 인간이 불완전한 언어를 매개로 진실과 진리의 발견 혹은 자각이란 사실을 염두에 둔다면, 필연적으로 시의 생 얼굴은 이처럼 리의 세계에 대한 동경과 잇닿아 있는 슬픈 세레나데인 셈이다.

"비 내린 풀밭이 파아란 건/ 풀잎 속으로 몰려가는 푸른 힘이 있기 때문이다/ 풀밭에 힘을 주는 푸른 손목이 숨어 있기 때문이다/ 풀밭이 노오랗게 시드는 건/ 힘을 주던 손목이 부러졌기 때문이다/ 나는 이 사실을 그대에게 보일 것이다/ 우리들의 몸 속에서도 힘을 주던 손목이/ 사나워져가고 있다고"
— 「여섯」 부분

위의 시는 김수영의 「풀」과 「폭포」를 연상시키는데 메커니즘의 작용으로 인해 초래되는 정과 반작용에 대하여 언술하고 있다. 정과 반작용이 나누어지는 분기점이 바로 "푸른 힘"의 내왕과 침투이며 "푸른 힘"은 "푸른 손목"에 의해 추진력을 제공받는다. 이 '푸른 손목'이 리의 세계이다. 화자의 근본에 대한 탐구는 "힘주어 품지 않으면/ 가슴은 고요해질 수가 없다./ 힘을 주어 노려보고 있지 않으면/ 가슴은 고요해질 수가 없다."(「對置」)로 이어진다. '풀밭이 파랗고 '가슴이 고요한 것'은 이면에 팽팽한 긴장이 떠받치고 있기 때문이다. 긴장의 이완인 손목의 부러짐과 고요를 방해하는 요소가 초래되는 것은 이것을 주재하는 리의 부재에 기인한 것이다. 퇴계는 이이가 주장한 기발이승(氣發理乘)뿐만 아니라 리가 기보다 먼저 발하여 기가 리를 따른다는 리발기수(理發氣隨)도 있음을 주장했다. 이것이 퇴계의 '리기호발설(理氣互發說)'의 요체이다. 퇴계 입장에서는 기와 무관한 리의 자율적 작용을 인정해야만 유동적 기를 근본과 이치라는 절대 표준에 의해 제어 학문을 비롯한 사회 통합의 근거로 활용할 수 있기 때문이다. '손목이 부러지고 손목이 사나워진 것' 과 '고요가 방해 받는 환경'은 전적으로 이발(已發)된 기를 리가 효과적으로 통제 관리하지 못했기 때문이며 근본적 이유는 리가 스스로 작용 능력이 없는 까닭이다. 김수영의 두 시보다 훨씬 내재적 선험성이 있으며 조정권의 정신주의가 허무주의로 읽힐 천편일률적 가능성을 차단하는 동시에 어떤 보이지 않는 근원에 대한 힘 있는 탐색이라는 점에서 리의 작용과 관계가 있다. 리(理)의 규명과 성찰은 언제나 '경(敬)'의 탐색과 함께 한다.

3. 敬에서 발원하는 시의 탄생

퇴계 이황의 성리학의 핵심적 성찰과 수행의 과제는 이이의 성(誠)과 달리 '경(敬)'의 체득과 자각이었다. 리귀기천(理貴氣賤)의 이기이원론의 입장에서 외적 상황의 실천이란 측면을 강조한 성보다는 내면의 원리적 측면에 방점을 두는 경을 강조하는 것은 자연스러운 일이다. "경은 일종의 도덕적 긴장 상태를 가리킨다. 무슨 일을 하거나 아무 일도 않거나 어느 경우든 자신의 본성과 일치되는 도덕적 표준에 집중하는 것, 그것이 '경'이다."[15] "경은 잠시라도 방심함이 없이 항상 깨어 있는 상태를 유지할 수 있는 것인데, 이를 '상성성법(常惺惺法)'이라 한다. 경의 수양 공부는 이렇게 마음이 최고도로 집중되고 각성되어 있는 상태를 유지하는 것인 만큼 수도자적 자세를 지키는 선비만이 가능한 것이다."[16] 경과 같은 마음의 자세는 비단 유교에 국한된 개념은 아니다. 불교에서 화두로 상징되는 간화선(看話禪)의 수행법은 물론 보다 구도를 위한 내밀하고 본격적인 수행법이긴 하지만 그 자체로는 유교의 경과 같은 개념이라고 할 수 있다. 노장사상에서 강조하는 무위자연도 결국 어떠한 조건과 환경에 일희일비하지 않는 평상심에 다름 아니며 이는 인간의 일상사에서도 동일하게 유지해야 하는 마음의 자세이기도 하다. 동학의 종지인 시천주(侍天主)도 인간의 마음속에 상하귀천을 막론하고 하늘이라는 귀한 절대자를 모시고 있기 때문에 염려하고 공경하고 삼가는 태도를 가져야 한다는 것인데 이 또한 유교의 경과 같다. 개별 종교의 특성과 개념을 초월하여 경은 자신의 마음속을 거울처럼 들여다보며 검속하는 성찰의 자세인 셈이다.

경은 "저 솔바람소리로/ 내 몸의 毒을 치유"(「接心」)하려는 마음이며 "마음의 본성이 거니는 지역"(「金達鎭翁. 3」)을 탐색하는 수색자이다. 조정권 시의 전체적인 분위기와 정신은 이렇게 유교의 경이 지향하는 상고적 엄숙성이 지배적이며 엄숙성은 고요한 공간에서 생성된다. 조정권의

---

15 한국철학사상연구회, 앞의 책, 162쪽.
16 금장태, 『한국의 선비와 선비정신』, (서울대학교출판부, 2000), 28쪽.

시에 특징 중 하나가 고요한 정서이다. 전 시집을 망라하여 고요에 대한 묵상이 다수를 차지한다. 고요는 리의 세계에서 이치와 섭리를 체득하거나 발견하기 위해 고도로 집중 고양된 정신현상이며 이 정신현상이 경이다. 따라서 리와 경의 관계는 난독한 서지(書誌)와 돋보기의 관계라고 할 수 있으며 조정권 시의 정신주의도 여기에서 비롯된다.

> 어느 언저리에서 청명한 액센트가 깃드는군
> 죽었다 생각해오던 나뭇가지가
> 바늘 구멍만한 시간을 통해
> 움을 내어미는군
> 움을 틔우기까지의 가지 속의 복잡함
> 어느 고요한 언저리가
> 나뭇가지를 받쳐들고 있군
> 마음의 손바닥에 깃드는 청명한 액센트
>
> ―「정적」 전문

"어느 고요한 언저리"는 생명의 섭리가 생성되는 리의 공간이며 리의 공간은 경의 탐색에 의해 이루어진다. 고요함은 경이 리의 본연지성(本然之性)을 탐색하는 데 필수적인 환경이기도 하지만 경에 의해 고요함이 조성되거나 관리되는 성격이 강하다. 그러나 '고요한 언저리'는 경이 머물며 리의 탐색을 본격화하기 위한 외면적인 모습일 뿐, 그 이면에는 "움을 틔우기까지의 가지 속의 복잡함"과 "죽었다 생각해오던 나뭇가지가/ 바늘 구멍만한 시간을 통해/ 움을 내어미는" 정중동과 소극적 적극성이 자율적으로 기능하는 역동적 세계이다. "쑥대풀 우거진 저편 강언덕에 빈집 한 채 있네./ 언제나 대문은 닫혀 있어도/ 빗장은 안으로 열린 채 있네."(「저편 강언덕에」), "紫色안개에 휘감긴 아름드리 太古木들의 숙연한 全身 沈黙을, 한결같이 그 주변에서 무릎을 꿇고 있는 큰 바위들의 端坐를./ 그때던가 어제까지도 죽었다고 생각해 오던 古木들의 출렁거리는 뿌리둥치께에서 놋쇠와 놋쇠가 부딪듯이 쩡하는 소리"(「水踰里 詩篇」) 등의 고요와 침묵을 배경으로 한 시간은 "가지 속의 복잡함"이 질서화되기 위한 태초 이전의 침묵으로 이 과정을 통해 "나뭇가지를 받쳐들" 수 있는 최초의 생존 기능으로의 힘이 생기는 것이다. '말씀 이전에 침묵이 있었다'는 성경의 구절과 유교와 노장사상의 무극과 태허의 개념도 같은 맥락이라고 할 수 있다. 단순히 힘의 작용이 사라진 무용한 기운이 아니라 어떤 일을 도모하기 위한 잠재적 힘이 활성화되는 세계라는 것을 감안한다면 이러한 고요와 침묵의 시간을 통해 리를 궁리할 수 있는 최적의 경의 조건이 만들어지는 셈이다. 고요와 침묵은 그의 전체 시를 지배하는 분위기인데 특히 그의 대표작인 「산정묘지. 1」은 정신이 소요하는 거점으로서 얼음과 바위의 결빙을 위한 절대 조건으로 제시되고 있다.

조정권의 시에서 경의 탐색은 주로 소리에 의해 강한 자극을 받는다. "한밤중에 높디 높은 꼭대기 枯木 굵은 가지 탁, 하고 부러지는 소리.// 언 땅바닥이 나뭇가지 후려치는 소리.// 한밤중에 스스로 저지르는 이 엄청난 臥身의 장엄한 分節."(「한밤중에」), "다시 한 밤중에/ 작은 실오라기 한가닥 방바닥에 떨어지는 소리.// 작은 실오라기 한가닥으로도 능히/ 방바닥을 때리는 소리."(「다시 한밤중에」), "새벽에 마른 풀위로 지나가는 몇가닥 빗소리.// 누군가 나보다 먼저 깨어나 앉아 저 소리 듣고 있으리."(「吟」), "깨밭 가는 사잇길/ 목화 트는 소리에/ 하루해 다 저무네."(「솔방울 제자리에 놓으러 가다가」) 등 죽비를 통한 자극과 누군가 막대기로 후려치는 특별한 외적 타격이 아니라도 일상은 매순간 균열과 이음이 반복되면서 생성되는 소리로 가득한데 조정권의 소리에 의한 경의 탐색은 철저히 내면적이며 개인적인 영역이다. 그만큼 리의 탐색을 위한 경의 촉수가 촘촘하며 민감하다. 따라서 조정권의 귀에 포착되는 세상의 모든 소리들은 시인의 정신 속에서만 난타되는 작지만 큰 소리가 된다.

> 아무 일도 아니고 아무 일도 아닌데
> 당신을 들여다보면 왜 이렇게 고요해지는가요
> 왜 이렇게 공손해지는가요
> 내 마음이 품고 있는 양(羊)을
> 잠재우려는 조용한 힘
> 내가 내 스스로 공손해지려는 힘
> 나는 지금 두 손을 마주 모으며
> 고요한 시간 속으로 깃들고 있습니다
> 당신은 들으시는지요
> 이렇게 조용한 시간 속에서
> 내 마음이 바스락대는 소리를
> 마음의 손바닥으로
> 백합을 받쳐들고
> 고요한 나라 가슴에 임할 때까지
> 향기의 나라 가슴에 임할 때까지
> 기다리면서 나는 바스락대고 있습니다
> 알고 계신지요
> 어느 고독한 시간의 품속에서 마련한 보석목걸이를 품고
> 나는 지금 당신 앞으로 한 발 다가서고 있습니다
>
> (……)
>
> 촉촉이 어린 미명의 빛살같이

나의 눈과 귀는 깨어 있습니다

―「화해」 부분

종교적 절대자에 대한 기원을 담고 있는 시처럼 보이지만 그렇다고 절대자가 지닌 권능에 무조건 순응하는 복속의 자세는 아니다. 중요한 것은 절대자를 영접하거나 만날 수 있는 체험의 공간인데 이 공간은 고요를 통해 조성되어야 가능한 환경이다. 따라서 화자는 절대자의 음성을 듣기 위해 "지금 두 손을 마주 모으며/ 고요한 시간 속으로 깃들고 있"다. 그러나 "정적이란 숨막히는 고요인 것을/ 내 마음은 정적 속에서 잘 견디지 못하는 것을/ 당신은 늘 꾸짖으시며 타일러주십니다"처럼 익숙하지 않은 고요가 편할 리가 없다. 화자의 마음속에서 나는 "바스락대는 소리"는 이 같은 화자의 고요에 대한 부적응과 불편을 드러낸다. "어느 고독한 시간의 품속에서 마련한 보석목걸이를 품고/ 나는 지금 당신 앞으로 한 발 다가서"게 된 것은 산정에서 발견한 묘지처럼 고요에 대한 부적응과 불편을 인내하며 수용한 끝에 다다른 지점이기 때문에 가치가 있다. 본능적으로 발화되는 감정에 편승하지 않고 여기까지 다다를 수 있었던 것은 "나의 눈과 귀"가 깨어 있었기 때문이다. 본능적 감정에 편승하려는 마음이 기의 세계이며, 이를 제어 관리 올바른 길로 인도하는 것이 리의 세계이다. 중요한 것은 경에 의해 리가 자체적으로 운동성을 띠어 활성화된다는 것이다.

꽃씨를 떨구듯
적요한 시간의 마당에
백지 한 장이 떨어져 있다.
흔히 돌보지 않은 종이이지만
비어 있는 그것은

신이 놓고 간 물음.

시인은 그것을 10월의 포켓트에 하루종일 넣고 다니다가

밤의 한기슭에

등불을 밝히고 읽는다.

흔히 돌보지 않는 종이지만

비어 있는 그것은 신의 뜻.

공손하게 달라 하면

조용히 대답을 내려 주신다.

                                              －「白紙 1」 전문

　　조정권의 두 번째 시집『詩篇』[17]에 수록된 「白紙」시리즈는 그의 전 시
를 관통하는 핵심적 요소가 망라된 시집이다. 크게 나누어 『虛心頌』[18]
의 세계와 『산정묘지』의 세계, 그리고『먹으로 흰 꽃을 그리다』의 세계
가 실루엣처럼 잔영으로 남아 있는 작품이기 때문에 앞으로 펼쳐질 그의
시의 정신주의의 기미를 엿볼 수 있다. 화자는 이미 리의 세계를 자유롭
게 왕래하면서 편재된 고요와 적요를 두루 관장할 수 있는 경의 경지에
까지 이른다. 그렇기 때문에 감히 '백지'를 읽을 수 있는 것이다. "백지는
이미 그 자신이 원형이었으므로/ 되돌아가야 할 원형이 없다./ 그래서
백지는 불에 태워봐도/ 어느틈에 다시 백지로 돌아와 있다."(「白紙 2」)
백지는 그 자체로 여백을 의미하는 것은 아니다. 백지는 외면적으로 보
이는 익숙한 타성일 뿐, 일반적 언어로는 해독과 논리 전개가 불가능한
난수표 같은 암호가 주를 이루는 복잡한 리의 공간이지만 화자는 "밤의
한기슭에/ 등불을 밝히고 읽"을 수 있다. 이 같은 경지가 가능한 것은

17　조정권, 『시편』, (문학예술사, 1982).

18　조정권, 『허심송』, (영신문화사, 1985).

이면의 복잡한 경로를 탐색할 수 있을 정도로 경의 촉수가 처마 끝에 매달린 목어처럼 "찬 피 한 방울 깨어있"(「풍경」)기 때문이다. 경을 통한 리의 탐색은 물리적 시간 속에서 자연스럽게 이루어지는 현상이 아니다. 그 이면에는 "나의 가슴속에 招人鐘을 울리"(「白紙 2」)며 리의 구현을 독려하는 경의 채찍이 있다. 신의 뜻이라든가 자연의 섭리 혹은 세상의 이치를 터득하기 위해서는 집중된 경을 바탕으로 시시로 일어나는 본능적 감정을 제어하고 "그 옆에서는 다만 공손함으로써 그 영혼에 합당한 예절을 갖"(「白紙 3」)추며 마음을 다스려야한다.

지금까지 '백지'가 리를 구현하기 위한 경의 탐색이 주로 정신의 집중과 고양의 측면에서 이루어졌다면 「白紙 4」에서는 마당에 빗자루질을 반복하는 역동적 행위를 통해 외연으로 확장한다. 리의 구현이 정적인 고요를 바탕으로 한 순정한 내면의 세계만이 아니라는 것이다. 빗자루질의 행위가 어떠한 목적을 위한 행위가 아니기 때문에 궁극적으로 시간은 화자가 빗자루질을 하고 있다는 것조차 무화시키며, 화자와 빗자루의 주체와 객체를 전도시킨다. 리를 탐색하는 심화된 경의 세계는 행위와 그 행위를 발현하는 근거의 거점으로서 언어가 필요 없는 세계라고 할 수 있다.

> 배추를 뽑아보면서 이렇게 많은 배추들이 제각기
> 제 뿌리를 데리고 나옴을 볼 때
> 뿌리들이 모두 떠난 흙의 숙연감은 어디서 오는 걸까
> 배추는 뽑히더라도 뿌리는 악착스러우리만큼 흙의 혈을 물고 나온다
> 부러지거나 끊어진 배추뿌리에 묻어 있는 피
> 이놈들은 어둠 속에서 흙의 육을 물어뜯고 있었나보다
> 이놈들은 흙속에서 버티다가 버티다가
> 독하게 제 하반신을 스스로 잘라버린 것이라는 생각이 든다

나는 뽑혀지는 것은 절대로 뿌리가 아니라는 생각이 든다
뽑혀지더라도 흙속에는 아직도 뽑혀지지 않은
그 무엇이 악착스럽게 붙어 있다
흙의 육을 이빨로 물어뜯은 채

-「根性」 부분

일상적 언어생활 속에서 '근성'은 뿌리 뽑아야 할 발본색원의 부정적
언어로 쓰인다. 개인의 인성 평가에서도 근성은 언제나 '붉은색'이다. 그
러나 퇴계의 리의 세계에서 경의 탐색은 그 자체로 인간의 근성에 대한
절대적 신뢰를 근간으로 하며 화자 또한 퇴계처럼 근성에 대하여 신뢰를
기반으로 한다. 이 시에서 중요한 대목은 "나는 뽑혀지는 것은 절대로
뿌리가 아니라는 생각이 든다/ 뽑혀지더라도 흙속에는 아직도 뽑혀지지
않은/ 그 무엇이 악착스럽게 붙어 있다/ 흙의 육을 이빨로 물어뜯은 채"
의 구절이다. 외적 억압에도 굴하지 않고 악착같이 붙어 있는 것이 바로
리의 세계이며 경의 탐색으로 흔들리지 않는 것이다. 리의 세계가 당위
적인 세계라도 점도 뿌리의 일탈을 제어하게 한다. 배추의 성장을 가능
하게 한 뿌리의 근절이 배추의 뽑힘이라는 타자의 폭력적 힘의 행사에
의해 가능하다고 생각하는 것은 배추의 역사와 삶에 대한 오독이다. "배
추들은 언 땅에 뿌리를 얼리면서/ 잠을 자고 있"(「엄동」)을 뿐이다. 배추
뿐 아니라 존재하는 모든 생명체들의 삶이 간단치가 않으며 저마다 자신
의 개별적 삶을 관통하는 저만의 삶의 지도와 철학적 원리를 갖고 있다.

4. 결론-길은 결국 하나로 통하고

삶과 시에 대한 조숙함은 때때로 현실과의 관계에서 발랄하고 역동적

기능보다는 이미 모든 것을 경험한 자가 풍기는 특유의 점잖음 때문에 생기를 잃는 경우가 있다. 조숙한 자가 받는 도식적 진부함도 여기에 근거하는 측면이 강하다. 그만큼 현실은 고전적 편안함보다는 많은 돌발적 가능성을 내포하고 있다. 조숙한 자가 현실에 초연해 보이는 것은 그런 가능성까지를 염두에 둔 사람이기 때문인데 조정권의 시의 출발은 이렇게 조로가 염려되는 완숙함에서 시작된 초연함이었다. 그러나 눈여겨보아야 할 점은 그가 선험적 조숙성에 의지하거나 안주하지 않았다는 점이다. 이제까지의 그의 시력(詩歷)은 정신주의란 굳건한 구심을 축으로 치열하게 확장한 시를 향한 동경이며 원심이었다. 원심으로 확장되어 간 많은 시들이 끝내 자신의 시원으로 귀환하지 못하고 권외로 소멸되고 만 사실은 시의 구심을 등한시한 채 변화만을 위한 기계적 시적 갱신이 어떤 종말을 가져오는가를 단적으로 보여준다. 초기 시집부터 최근에 펴낸 시집[19]까지 정신주의를 굳건한 버팀목으로 하여 부정과 긍정의 변주를 지속해 왔다는 것이다. 삶과 시에 대한 조숙성은 초기시집인(『비를 바라[20]보는 일곱 가지 마음의 형태』)와 (『詩篇』)에서 보이지만 당시까지 완결된 형태로 드러내 보인 시집이 『虛心頌』의 세계이다. 『하늘 이불』의 서문에서 그는 "나 나름대로 진흙구덩이 속과도 같은 80년대 중반을 마음으로 지탱해 가려는 시도"에서 『虛心頌』을 썼다고 고백하며 『하늘 이불』의 의미를 『虛心頌』의 "정신주의가 이 난세에서 지속되기가 힘들어 마치 허공에서 도약을 꿈꾸다가 현실의 벽 앞에서 다시 한계를 느"꼈기 때문이라고 말하고 있다.

80년대는 이른바 새로 도래한 정치 과잉의 시대로 시인의 시대에 대한 압력과 이로 인한 현실적 요청이 강하게 요구되었던 환경이었다. 시인으

---

19 조정권, 『시냇달』, (서정시학, 2014).
20 조정권, 『하늘이불』, (나남, 1987).

로서 당연한 고민과 번민이 있었을 것이며 이때 그가 찾은 시의 '십승지 (十勝地)'가 『虛心頌』의 정신주의 세계였다. 조정권의 이 시기는 정지용 이 「朝鮮詩의 反省」에서 통렬하게 고백한 일명 '山水詩'로의 전환에 대한 변을 보는 듯하다. 정지용이 '山水'로 들어가고 조정권은 '虛心'에서 나왔 다는 차이가 있지만 정지용이 납북이 되지 않았다면 아마도 조정권의 보 인 시적 궤적처럼 산수에서 다시 탈출을 감행했을 게다. 이밖에 두 시인 이 보인 시적 궤적과 성향 즉 초기 이미지스트로서의 출발과 동양정신의 탐색 등 공통점이 많은 시인이다. 그 중심에 '서정'이 있다. 그러나 그는 안주하지 않고 '촉감'보다는 '땀'이 요구되는 새로운 정신주의를 지향한 다. 『하늘 이불』은 땀내 나는 현실과 그 속에서 고단하지만 자기류의 삶 을 지향하는 푸줏간집 아저씨, 장의사 아저씨, 퇴직공무원, 난장이, 환쟁 이 영감, 장국밥집 등 동시대의 장삼이사들의 남루한 일상이 잘 나타나 있다. 당연히 시의 형태도 변화를 보이면서 시여 그냥 오지 말고 "먼저 구불구불한 水踰市場 속의 장사치 떠드는 소리나/ 大地극장 앞 사람들 부딪치며 걷는 모습을/ 한 시간쯤은 바라보다 오라."(「얼었다 녹는 날」) 며 저자의 현실을 환기한다.

우리 주변에 조정권고 낡아 주목을 받지 못한 것들에 대한 관심을 드 러내고 있지만 그는 여전히 상고적인 것에 대한 믿음과 소망 즉 관념적 이고 초월적이라 오인하는 그러나 갈 수밖에 없는 정신주의를 지향하게 되는데 "지난 해 쓰다 만 시구들을/ 노트에서 뒤적"(「殘雪의 詩」)인다와 「金達鎭翁」 시리즈는 이에 대한 예증이라고 할 수 있다. 이후 간행된 『산 정묘지』에서는 조정권의 이러한 기왕의 회의와 시적 모색이 더욱 압축 된 응결체로 나타난다. '虛心頌'이 다다른 궁극에서 '하늘 이불'로 뛰어내 렸다가 다시 '산정'으로 올라 '신성한 숲'으로 확대된다. '산정'과 '신성한 숲'은 외면적으로는 상하의 수직적인 위치에 있지만 신성한 숲은 산정이 수용하지 못하는 지상의 '추(醜)'를 품으며 산정에서 한 걸음 더 지향하려는 의지의 세계라고 할 수 있다. 『신성한 숲』(1994)[21]의 대표작이라고 할 수 있는 「튀빙겐 가는 길」의 당나귀의 우월한 자존감에서 이 같은 의지를 확인할 수 있다. 당나귀의 자존감은 목숨보다 더 우월한 것이다. 조정권의 시세계는 다시 『떠도는 몸들』[22]에서 하강했다 『고요로의 초대』[23]와 『먹으로 흰 꽃을 그리다』[24]에서 다시 상승한다. 조정권의 시적 태도와 변주는 전형적으로 '산의 형상'을 닮았다.

특히 『먹으로 흰 꽃을 그리다』는 가장 최근 작품이다. 이 시집은 일명 '극서정시(極抒情詩)'로 명명되는 시집이다. "극서정시[25]는 극도로 정제된 서정시 다시 말하면 단형의 소통 가능한 서정시를 지칭한다. 최동호는 "난삽하고 장황하며 소통 부재의 시들이 가지는 몽환적 속박으로부터 우리 시를 자유롭게 하는 것이 극서정시의 길"이라고 말한다. 극서정시의 문제제기는 시간의 문제였을 뿐, 한 번은 논의되어야 할 한국 현대시사의 현안이라고 할 수 있었다. 언제부터인가 한국 현대시는 다변과 요설, 기괴와 엽기가 주를 이루는 대세가 되었다. 이러한 현상은 하나의 무시 못 할 흐름을 형성, 권력이 가진 암묵적 카르텔을 은연중 강화하는 쪽으로 작용했다. 전통보다는 패기가 승한 시 지망생들에게는 당연히 작금의 흐름이 시의 전부라고 오인될 가능성을 갖게 하기에 충분할 정도로 시는 과식으로 방만하게 풍요로워졌다. 이러한 체증을 해소하고 시의 본래성 회복을 목적으로 극서정시의 문제가 제기되기에 이르렀다. 여타 종교와 철학들이 그들의 역사 속에서 초심을 잃고 변질된 기성을 정화하며

---

21 조정권, 『신성한 숲』, (문학과지성사, 1994).

22 조정권, 『떠도는 몸들』, (창비, 2005).

23 조정권, 『고요로의 초대』, (민음사, 2011).

24 조정권, 『먹으로 흰 꽃을 그리다』, (서정시학, 2011).

25 최동호, 「트위터 시대와 극서정시의 길」, 『유심』 통권 47호, (만해사상실천선양회, 2011).

초심으로 돌아가고자 선언했던 혁신적 언명처럼 극서정시의 문제제기는 시의 근본주의에 대한 귀환이며 동시에 시 전반을 다시 성찰하는 시의 경장(更張)이라고 할 수 있다.

그런데 여기서 주목해야 될 부분은 극서정시가 언어에 대한 경제성에 기초한 전통적 시 쓰기와 연결 혹은 그것으로의 복귀의 성격이 짙다는 점이다. 이를 상기한다면 조정권의 시가 각기 특정한 시기마다 정신주의의 완성을 위해 지향했던 개성적 시의 성향은 다분히 극서정시의 영향권에 포함된다는 것이다. 『산정묘지』는 물론, 그의 전 시집에서 보이는 노장적 허무주의와 퇴계의 주리론적 성향은 사실 극서정시를 위한 지난한 정신적 여정이라고 할 수 있다. 퇴계의 주리론의 리의 성향도 유동적이며 돌발적 가능성을 내포하고 있는 기의 발출을 적절하게 통제 관리하는 것을 목적으로 하고 있기 때문에 침묵과 적요가 바탕이 된 단순하고 소박한 세계이다. 요란한 외적 의장과 군더더기가 필요 없는 '마른 육신의 세계'이다. 이처럼 극서정시를 향한 시인의 염원은 "그림을 볼 때마다, 수철해가고 야위어가는 그놈들이 말라가면서 더 강골이 되어 있다는 점이다./ 시를 쓰는 내게는 이러한 일이 보통일이 아니다."(「心骨」)라며 탄식하게 된다. '강골'이 된다는 것은 언어에 대한 추상같은 염결성을 말하는 것으로 '쉽게 쓰여지는 시'에 대한 경계라고 할 수 있다. 이는 곧 "多作을 해본 시인은 그만큼 시인으로서 한때 不幸했다는 뜻이 아닐까."(『虛心頌』 서문)라는 염려로 확대된다. 완결된 형태의 다작도 개별 시의 부피와 양감의 경중을 떠나 시의 외양을 불린 경우이기 때문에 극서정시와 예외적인 위치에 서 있는 형국이라고 할 수 있다. 정지용도 "꾀꼬리 종달새는 노상 우는 것이 아니고, 우는 나날보다 울지 않는 달수가 더 길다."(「詩와 발표」)라고 했다. 다작이 가져 올 시의 헤픔과 부실을 경계하며 한편으로는 습작기의 치열함을 강조했다. 윤동주가 「쉽게 씌여진 詩」에서 부끄러움을 느낀 것도 물론 시대상황에 대한 깊은 인식의 결여를 그 배면에 깐 자책이지만 아울러 개별시의 밀도의 엄중함과 아쉬움을 언급한 말이기도 하다. 극서정시와 그의 간결한 시에 대한 탐색은 "어느 老스님의 晩年처럼/ 마른 香/ 대청 마루 같은 마음이/ 여기 있구나(「金達鎭翁」.1」), "장식물을 퇴치해 버린/ 빈 房/ 곁을 내어주는 방석 하나/ 江邊없는 江"(「金達鎭翁. 2」) 등 '金達鎭翁 시리즈'에서 그의 마르고 정결한 삶의 방식과 시의 모습을 동일하게 희구하면서 보다 강렬하게 전이된다. 조정권은 시집 『고요로의 초대』 서문에서 막스 헤르스만의 시 「바라는 것」을 하나의 예증으로 들며 시가 머물며 난산을 기다리는 조건을 "소란스러움과 서두름 속에서도 늘 평온함이 유지되고 정적에 싸인 곳을 기억하고 한때 소유했던 젊음을 우아하게 포기하고 세월의 충고를 겸허히 의지해야만 하는 환경이라고 규정한다. 여기에서 비로소 그가 말한 '강철의 言語'가 잉태된다.

조정권의 시가 고요함과 적요의 세계를 바탕으로 하나의 세계로 귀결되는 지점은 『산정묘지』와 『먹으로 흰 꽃을 그리다』를 살펴보면 어떤 필연성을 띠게 된다는 것을 알 수 있다. 『산정묘지』는 그의 시 세계에서 정신주의의 정점을 보여준 작품이지만 정신주의의 현현을 위해 유장하고 현란한 마치 선지자의 예언적 선언처럼 '제사장의 언어'를 구사하고 있다. 제사장의 언어가 의미하는 것은 이미 제사의 조건과 분위기 속에 함축되어 있기 때문에 개별적 의식의 반복은 그야말로 의식을 위한 의장일 뿐이다. 따라서 필연적으로 언어는 다변과 사족으로 흐를 개연성을 갖는다.

이에 비해 『먹으로 흰 꽃을 그리다』는 『虛心頌』의 세계로 다시 귀환한 것처럼 보이지만 언어와 사물은 훨씬 세사(世事)적이면서 간명하다. 사람이 사라진 여백을 사람이 아닌 것들이 사람의 작용을 벗어나 제 스스로 운행한다. 사람이 빠지고 난 시적 공간에서 사물들이 훨씬 생동성을 획득하며 언어는 야무지도록 요설이 필요없다. 퇴계의 주리론의 리적인 세계는 당위론적인 세계이다. 사상의 논리적 정합성은 기대승과 이이의 주기론에 비해 설득력이 부족하지만 그럼에도 불구하고 윤리적 차원과 결부시키면 퇴계의 주리론은 당위성과 만나 이념적 색채를 강하게 띠게 되어 언어는 권위적이며 사변적으로 변한다.

겨울 산을 오르면서 나는 본다./ …/ 가장 높은 정신은 가장 추운 곳을 향하는 법/ …/ 결빙의 바람이여,/ 내 핏줄 속으로/ 회오리 치라./ …/ 나의 전신을/ 관통하라./ 점령하라./ 도치하게 하라.

─「산정묘지. 1」 부분

허나 그것들이 무슨 소용에 닿았단 말인가/ …/ 말해보라, 내가 출발해서 도착한 지점을./ …/ 씨앗으로 출발한 한 알의 곡식조차/ 태초의 원형을 지향하지 않았는가./ 태초의 원형으로 회귀하지 않았는가./ …/ 삭발해 버린 바위산의 空淑, 그 속에다 너의 언어를 解産하라.

─「산정묘지. 2」 부분

위대한 정신이여 오라./ 영혼 속으로 방문하라, 두드리라./ …/ 위대한 정신이여, 다시 오라,/ 더 가까이 더 가까이/ 저 大地의 북소리 속에서/ 내 피를 푸르게 튀게 하라.

─「산정묘지. 3」 부분

때가 되면 거두어가리라./ 때가 되면 거두어가리라./ 참담한 때가 오리라./ 참담한 때가 오리라.

─「산정묘지. 4」 부분

죽은 자여 휴식자여 안식자여!/ 강풍의 아들들이여!/ 발은 이제 어디에서 다시 시작할 것인가/ 미래의 그대들이여!

—「산정묘지. 30」 부분

『산정묘지』 연작 30편에 일관되게 흐르는 시의 호흡을 대표적으로 인용한 시이다. 『산정묘지』는 30편 중에서 7편 정도를 제외하고는 긴 산문시로 되어 있으며 그 7편도 짧지만 강렬하고 도저한 권위가 흐른다. 조정권에게 정신주의의 묘처로 찾은 '산정묘지'는 시의 금맥을 발견한 희열이기 때문에 범인의 낙이불음(樂而不淫)을 염려할 정도로 희열은 산만하다. 이러한 희열은 "칠십 먹은 주름살의 언어를 나의 언어에서 버리게 하라."(「산정묘지. 2」)에 대한 오랜 모색과 회의에서 비롯된 것이기 때문이다. 『산정묘지』에서 시인의 구사하고 있는 언술은 정신주의가 사멸되거나 있어도 믿지 못하는 세상에 대한 질타와 정신주의를 향한 집념이 잘 나타나 있다. 특징적인 것은 잠재적 대상에게 정신주의의 필요성을 설파하는 과정에서 상대를 설득하고자 의문형의 문답을 주고받으며 단정과 확신에 찬 목소리로 상대를 설복시키고 있다는 것이다. 따라서 언어는 자연스럽게 반복과 웅변으로 유장한 성격을 띠지만 설복한 후에 찾아오는 허전함이 크며 이로 인해 시인이 입는 상처가 적지 않다. 고요 속에 비등함이 비등 속에 고요보다 시와 시인을 자유롭게 하기 때문이다.

이에 비해 『먹으로 흰 꽃을 그리다』는 표제가 암시하듯 한 편의 수묵화를 연상하게 한다. 수묵화는 기존의 채색의 통념과 질서에 충격을 주며 먹의 유용성을 극대화 전통으로 굳어진 화풍에 일대 변혁을 몰고 온 동양화의 상위 화법이다. 이처럼 조정권의 시는 『먹으로 흰 꽃을 그리다』에 이르러 시는 더욱 고졸하고 맛은 더욱 담백해 진다. 수묵화가 채색이란 그림의 오랜 전통을 버림으로써 새로운 그림의 전통을 세웠듯, 조정권은 '산정묘지'의 유장하고 현란한 수사를 버림으로써 내적으로 더욱 큰 울림의 여백을 만들어내고 있다. 결국 『먹으로 흰 꽃을 그리다』는 조

정권의 초기시의 일부와 『虛心頌』에서 보이는 언어의 무화로의 회귀이
며 시인이 서 있는 지금 여기는 "모든 도착점은 최초의 출발점."(「산정묘
지. 2」)이라고 언명한 지점이기도 하다.

고요에 휩싸였다.
해 떨어진 저녁엔 낚시터에서 벙어리 노인을 만나
붕어들을 받아오며
말을 거는 실수를 또 저질렀다.
말을 저지르는 이 습관은 무서운 것이다.
이런 사소한 실수로 오늘밤 나는 문상을 가게 될지 모른다.
　　　　　　　　　　　　　　　－「적막한 하루」 부분

나날이 나는 나를 재우나니
그대는 내 잠의 바쁨을 비웃겠지.
나날이 나는 나를 또 재우나니.
　　　　　　　　　　　　　　　－「무량한 잠」 전문

물 위를 헤엄친 눈송이 눈송이들 그 한생(寒生) 발설되지 않은
　　　　　　　　　　　　　　　－「고요한 연못」 전문

고요하게 앉아, 잊음을 찾고 있다.

(……)

이런 걸 그리며 된장국이라도 끓여먹고 산다고 했다.
시내엔 나가지 않는다.

두어 달에 한 번 작품 싸가지고 인사동 화랑에 넘기는데
된장국 값을 받고 나오는 손이 창피스럽다고 했다
책은 읽지 않는다 아는 사람은 만나지 않는다

―「된장국 값」 부분

인용된 시들에서 주체가 노니는 공간은 허정과 무욕의 세계이다. 이곳
에서는 시간도 무화되며 『詩篇』 「白紙 4」의 "내가 빗자루질을 반복하는
理由는/ 어떤 목적이 있어서가 아니라 行爲를 되풀이하면서/ 目的을 벗
어나는 순간의 나를 時間 속에 스며들게 하기 위해서라네."와 같은 경지
이다. 이러한 경지는 고요와 침묵을 배경으로 한다. 말을 거는 사소한 실
수가 사람의 죽음과 연결이 될 수 있다는 충격적 인식은 말이 관계의
소통이라는 재래의 통념을 깡그리 전복시키며 고요와 침묵의 세계를 극
대화한다. 이런 면에서 잠은 인간의 고요와 침묵을 상징한다. 잠보다 큰
고요와 침묵은 죽음뿐이다. 고요와 침묵은 그 자체로 하나의 특별한 현
상이며 상태인 것이지 어떠한 지향성이 정지된 현상은 아니다. 따라서
고요와 침묵이 바로 잊음의 상태 즉 생각과 기억의 무화로 이어지는 것
은 아니다. 생각과 기억이 항상 절대적 가치로 여기는 것은 잊음의 경지
인데 물 위에 떨어진 눈의 소멸은 잊음으로 가기 위한 기항의 의미를
갖는다. 수 만개 떨어지는 눈의 소멸은 물이라는 절대 수용력이 없으면
불가능한데 물은 고요와 침묵의 등가이다. 이렇게 내면화된 고요와 침묵
의 일상은 마치 『격양가』의 노인의 삶처럼 소박하며 순응적이다. 리를
탐색하기 위한 경의 촉수마저 소멸되거나 무화된 삶과 현상 자체가 리와
한 몸이 된 경지이다.

지금까지 조정권의 시를 퇴계의 주리론적 관점에서 살펴보았다. 정신
주의란 다소 추상적이며 막연한 개념의 특성상 조정권 시의 정신주의는
이이의 주기론보다 그의 시의 정신주의를 이해하는 데 설득력을 갖는다.

주리론이 규범적이며 정제된 특징을 갖고 있기 때문이다. 조정권의 정신주의는 초기시집에서부터 『먹으로 흰 꽃을 그리다』에 이르기까지 그의 시에 중요한 지향성으로 자리한다. 시적 변화의 모색의 시기에서도 언제나 궁극은 정신주의의 단련과 강화였다. 그의 시의 특징은 주리론의 성격에 걸맞게 고요와 침묵의 세계이다. 주목해 볼 대목은 리의 적요의 세계를 탐색하기 위해서는 경(敬)을 궁리해야 한다는 것이다. 경은 정신의 지향성을 의식하며 관리하는 도덕·윤리적 긴장상태를 말하는 것으로써 성리학적 세계관에서 사물의 이치를 꿰뚫게 하는 힘이라고 할 수 있다. 조정권 시의 특징은 자신이 찾는 시의 묘처에 안착을 해도 그곳에 머물지 않고 다시 새로운 세계로의 도약을 감행한다는 것이다. 『먹으로 흰 꽃을 그리다』에 이르기까지 마치 산의 형상처럼 정신주의의 본질을 탐색하기 위해 등정과 하산을 반복한다. 그가 최근에 추구하는 극서정시는 그의 초기시집에 나타난 허무의 세계와 관련이 있는 것처럼 보이지만 『산정묘지』와 『먹으로 흰 꽃을 그리다』에서 보이는 시적 변화과정을 생각하면 리의 탐색 과정의 심화이며 리를 탐색하는 도구인 경이 소멸된 경지라고 여겨진다.

지금 조정권 시가 머무르는 공간은 더 이상 변화가 불가능한 지점처럼 보인다. 『산정묘지』의 유장한 다변의 세계를 지나 시가 욕망하는 동경의 세계 즉 말이 무용한 세계에까지 이른 것으로 보이기 때문이다. 그러나 그는 늘 이런 타성에 반전을 꾀하면서 시적 변화를 거듭해 왔다. 퇴계와 조정권은 시대와 역사의 전면에 서서 보다 큰 광정(匡正)을 노래하지는 않았지만 그 근원이 되는 시원을 탐색했다는 점에서 닮았다. "설탕이 싱거워지고/ 소금이 짠맛을 잃어가는 세상에서"(「산정묘지. 23」 '사림(士林)'이 의미하는 혹은 사림만이 할 수 있는 '예외적 기능'은 시에서도 긴급하다.

참고문헌

1. 기본자료

조정권, 『비를 바라보는 일곱가지 마음의 형태』, 조광, 1977.
_____, 『시편』, 문학예술사, 1982.
_____, 『허심송』, 영신문화사, 1985.
_____, 『하늘이불』, 나남, 1987.
_____, 『산정묘지』, 민음사, 1991.
_____, 『떠도는 몸들』, 창비, 2005.
_____, 『먹으로 흰 꽃을 그리다』, 서성시학, 2011.
_____, 『고요로의 초대』, 민음사, 2011.
_____, 『시냇달』, 서정시학, 2014.

2. 논문 및 저서

금장태, 『한국의 선비와 선비정신』, 서울대학교출판부, 2000.
민족과사상연구회편, 『사단칠정론』, 서광사, 1992.
이남호 「산정에서 지상으로」, 『하늘이불』 해설, 나남, 1987.
이혜원, 「심연에서의 길 찾기」, 『문학정신』, 1992.
정종진, 「한국현대소설에서 정신주의에 대한 연구」, 『어문연구』, 어문연구학회, 2008.
조창환, 「허심의 시세계」, 『虛心頌』 해설, 영신문화사, 1985.
최동호, 『현대시의 정신주의』, 열음사, 1985.
_____, 「서정시와 정신주의적 극복」, 『삶의 깊이와 시적 상상』, 1995.
_____, 「트위터 시대와 극서정시의 길」, 『유심』 통권 47호, 만해사상실천선양회, 2011.
한국철학사상연구회, 『한국철학』, 예문서원, 1995.
홍용희, 「정신주의 시학의 창조적 이해와 시적 상상」, 『시작』 제8권 제4호 통권 제31호, 천녀의 시작, 2009.

정지용 시와 시론에 나타난 사단칠정(四端七情) 고찰
―이이의 기발이승일도설(氣發理乘一途說)을 중심으로―

제1장 서론

사단이란 맹자가 말한 측은·수오·사양·시비의 네 가지 마음을 가리킨다. 이는 어디까지나 '端'으로서, 곧 이미 드러나 알려진 것에 한하여 그것이 무엇의 단서임을 말하는 것이다. 맹자에 의하면 이 무엇이 곧 인의예지라는 것이니, 사단이란 곧 인의예지라는 인간의 본연지성을 드러내는 정(情)이다.

칠정이란 《예기(樂記)》에서 말한 희·노·애·구·애·오·욕을 가리킨다. 인간이 태어날 때부터 이른바 본능적으로 가지고 있는 정(情)의 총화(總和)가 곧 칠정이다. 조선조 성리학의 가장 뚜렷한 특색의 하나인 사단칠정 논쟁은 결국 이 사단과 칠정을 이기론적으로 어떻게 해석할 것인가의 문제인 것이다.[1]

중국의 성리학은 자연적이며 우주론적인 거대 담론의 학(學)이다. 그러나 조선의 유학자들은 중국의 성리학을 주체적으로 변통하여 심성론이라는 영역을 발전 심화시켰다. 오히려 심성론은 중국 성리학의 성과를 뛰어 넘는 발전을 이루었다. 이러한 철학적인 정합성을 획득하게 된 것은 소위 '사칠논변'으로 불리는 '사단칠정의 논쟁' 때문이었다. 조선 성리

---

1 장숙필, 「율곡의 사단칠정론」, 민족과 사상 연구회 편, 『사단칠정론』, (서광사, 1992), 97쪽.

학의 역사가 곧 사칠논변의 변통과 확장의 과정이라고 해도 과언이 아닐 정도로 사칠논변은 성리학자들에게 학문적인 화두이면서 조선조 사회를 규정짓는 이념이었다.

한 사회를 이끌어 가는 이념이 화석화되면 왕조의 창업의 당위성이 정체를 거듭, 초기에 가졌던 탄력성을 상실하고 단단한 자기 보수성에 빠져 각질화 된다. 조선 창업의 이념적 구실을 제공했던 성리학은 타학파의 사상과 부단한 철학적 논쟁을 통하여 자기 사상을 검증하고 철학적 정밀성을 획득하며 자가발전을 이루어 이념의 한계성을 극복해 왔다. 조선조 사칠논변의 중심에 퇴계와 이이가 있다. 퇴계에게 있어서 사단은 그 자체 도덕적으로 선하며, 칠정은 그 자체로는 도덕과 무관하지만 다만 현실적으로 지나치거나 모자라기 쉬운 그리하여 도덕의 부정적 평가를 받기 쉬운 속성을 갖는다.[2]

퇴계는 사단에서 리(理)가 발하고 칠정에서 기(氣)가 발한다고 하는 이기호발설(理氣互發說)과 이기이원론을 주장했다. 그러나 퇴계는 사단을 리가 발하여 기가 따르는 것으로 파악하여 리의 작용성과 독자성을 인정했다. 인간의 근본적이며 절대 순수의 세계인 사단, 즉 리를 그 자체로 운동성이 있는 작용자로 보았다는 것이다. 퇴계는 리와 기를 이원적으로 구분함으로써, 리를 도덕·윤리적으로 당위성이 있는 것으로 보았다. 퇴계가 사단을 리의 발(發)로 보려 한 데에는 인간의 내면에서 도덕의 근원을 확보하려는 의도가 강하게 작용하고 있다. 가변적이고 현상적인 기 세계에서는 보편적인 질서의 근원을 찾을 수 없기에, 내면에 내재된 리의 발인 사단으로부터 보편적 원리인 리를 찾으려 한 것이다.[3]

---

2 김기현, 「퇴계의 사단칠정」, 민족과 사상 연구회 편, 『사단칠정론』, (서광사, 1992), 85쪽.
3 성태용, 「고봉 기대승의 사단칠정론」, 민족과 사상 연구회 편, 『사단칠정론』, (서광사, 1992), 85쪽.

이이는 퇴계의 이기이원의 주리론(主理論)[4]적인 입장과 반대로 이기 일원론의 주기론적인 이론을 내세웠다. 퇴계가 리와 기가 다 같이 발한 다고 했으나, 이이는 발하는 것은 기요 타는 것은 리라고 봄으로써, 리의 작용성을 부정했다. 이것은 기가 발하지 않으면 리도 발할 수 없는 것으로써, 기를 우위에 두었다. 인간이 외부의 사물을 봄으로써 느끼게 되는 감정을 기라고 할 때, 이 기가 너무 과유불급이 되지 않도록 조절하고 중화시키는 역할을 하는 것이 리(理)라는 것이다. 발한 기에 리가 타는 현상, 즉 기발이승일도설(氣發理乘一途說)[5]을 주장했다.

퇴계는 리에 작용성을 부여함으로써 도덕·윤리의식의 당위성을 강조했다. 그러나 이이는 이를 부인하고 사단인 리란, 칠정의 기가 발한 감정이 리에 의해서 통제가 될 때에 리가 타는 것이라고 보았다. 이이도 퇴계처럼 리를 우주의 원리를 주재하는 본질적인 법칙으로 보는 것은 동일하다. 그러나 리가 능동적으로 스스로 작용하는 운동성을 부인한다. 발한 기가 악으로 흐르지 못하도록 규제하고 통섭하는 범위 내에서만 리를 국한시키고 있다.

제2장 사단칠정의 문학적 詩學

사단과 칠정의 문제는 인간의 심성과 감정에 관한 철학적이며 심리학

---

4 주리론은 리(理)를 주로 한다는 의미이다. 주리론은 퇴계의 이기이원론 혹은 이기호발설과 동일한 개념으로서 이 두 개념을 포괄하는 상위개념이라고 할 수 있다. 따라서 본고에서 사용하는 이들 세 어휘의 의미 맥락은 이러한 연장선에서 이해하면 된다. 마찬가지로 이이의 주기론도 기(氣)를 주로 한다는 의미로서 이기일원론과 기발이승일도설도 위와 같은 맥락이라고 할 수 있다.

5 「답성호원」, 『율곡전서 1』, (대동문화원, 1971), 97쪽.

적인 측면을 규명하려는 동양의 전통적인 사유체계이다. 따라서 인간의 세밀한 정서를 압축하여 표현하는 시에서 화자의 정서를 효과적으로 규명하는 데 매우 유효한 방법론이 될 수 있다. 사단칠정의 이론에서 문제가 되는 것은 사람의 정신 작용에서 리와 기의 관계를 어떻게 정립시킬 것인가 하는 것이다. 여기에는 이기(理氣) 발생의 선·후 문제를 비롯하여 리가 주체적으로 작용성과 운동성이 있느냐의 문제가 주요 관건이 된다. 이 작용성의 여부에 의하여 퇴계의 이기호발설(理氣互發說)과 이이의 기발이승일도설(氣發理乘一途說)로 나뉜다. 본고에서는 이이의 기발이승일도설이 퇴계의 이기호발설보다 시의 정서를 세밀하게 규명하는데 더 적합하다는 전제 아래 이를 고찰하기로 한다.

퇴계의 논리대로 리가 작용성이 있다고 한다면 화자가 사물과 대상을 보고 느끼는 정서와 감정은 애초부터 순수하고 절대 선(善)적인 정서 일색일 것이다. 세속을 초월하여 심산유곡에 은거하는 고승들의 오도시(悟道詩)와 선시(禪詩)가 이에 해당될 것이다. 이러한 시들은 인간의 생리적인 욕망과 정서가 탈각(脫却)된 종교적인 시이다. 그러나 시는 심산유곡에서 유폐된 채로 존재하는 귀족적인 생리가 아니다. 저자 거리의 온갖 추미(醜美)를 드러내는 삶의 현장에 있을 때 현실적인 유용성을 획득할 수 있다. 따라서 퇴계의 주리론은 철학적인 정밀성과 도덕적인 당위성은 담보할 수 있지만 화자의 섬세한 정서를 감지해야 하는 시에서는 부적합한 이론이다. 리의 유용성은 불투명하며 유동적인 삶의 현장에서 시시로 겪게 되는 감정인 기를 리의 순수에 의해서 순화하는 보조적인 역할에 한에서 진정성을 확보할 수 있다는 것이다.

기발이승일도의 시론이 유용할 수 있는 것은 다음과 같이 문예사조의 역사를 살펴보아도 알 수 있다. 시사적으로 낭만주의 시들이 감정의 과잉으로 절제와 여백의 미를 상실한 것이 좋은 예가 될 수 있다. 격정을 정제시키지 않고 표현한다면 그것은 기의 방전이다.[6] 리에 의해서 기가 조절과 통제과정을 거치지 않고 발산했기 때문인 것이다. 보통 시를 창작하는 방법은 두 가지로 나누어 볼 수 있다.

첫째, 체험을 바탕으로 육화된 언어를 사용하여 창작하는 '경험의 시'[7]이다. 둘째, 언어의 구조물이라는 측면에 초점을 맞추어 고도로 계획적이며 전략적으로 쓰는 소위 '건축된 시'이다. 첫째의 경우도 시를 쓰는 데 있어서 감정을 얼마든지 통제할 수 있으나 두 번째의 경우와 비교해 볼 때 주관성이 직접적으로 표출될 개연성이 상대적으로 크다고 할 수 있다. 엘리어트는 이에 대한 우려를 '몰개성론'으로 표현한 바 있다. 즉 시의 정서에 다듬어지지 않은 주관성이 개입되는 것을 방지하기 위해서 시인은 '생체험(生體驗)'의 시간으로부터 일정시간 유리(遊離)되어야 한다는 것이다. 엘리어트는 이를 '개성으로부터의 도피'라고 명명했다. 현실적으로 느끼는 감정인 기를 무차별 발산하는 것이 아니라 사단인 리에 의해서 적절하게 조절 받음으로써 한 편의 미학적인 보편성을 획득한다는 것이다. 이이의 기발이승일도설이 퇴계의 당초부터 초월적인 주리론보다 인간의 고뇌하는 내면의 세계를 드러내는 데 더 효과적이라는 것이다. 문학(예술)이 궁극적으로 지향하는 세계는 인간을 초월하려는 절대 세계지만 그 과정에서 전제가 되는 것은 인간의 추함과 한계성을 경유해야 한다는 함유가 깔려 있는 것이다. 길항작용의 과정을 거쳐야 한다는 것이다.

그동안 정지용의 시 작품에 대한 연구[8]는 꾸준하게 이어져 왔다. 이는

6 정종진, 『한국현대시의 이론』, (태학사, 1994), 61쪽.

7 본고에서 언급한 '경험의 시'는 몸으로 겪었던 현장의 정서만 해당되는 것이 아니라 심리적이나 선험적으로 느끼는 정서 모두를 의미한다.

8 이석우, 「정지용의 시의 연구」, (청주대 박사학위논문, 2000).

박명옥, 「정지용의 「장수산 1」과 한시의 비교 연구」, 『한국문학이론과 비평』 제27집, (한국문학이론과 비평학회, 2005).

노병곤, 「정지용과 전통 의식」, 『한민족 문화연구』 제4집, (새로운 사람들, 1999).

정지용이 그의 시론인 「시의 옹호」에서 "시의 자매 일반예술론에서 더욱이 동양화론 서론(書論)에서 시의 향방을 찾는 이는 비뚤은 길에 들지 않는다. 경서(經書) 성전류(聖典類)를 심독(心讀)하야 시의 원천에 침윤하는 시인은 불멸한다."고 말한 것과 그가 산문에서 자주 언급한 동양적인 가치의 유용성에서 연유한다. 또 정지용의 가계의 내력에서도 부친의 한약상 경영은 그에게 한자로 상징되는 고전적이며 전통적인 세계에 대한 접근을 용이하게 하고 난해한 동양 철학적인 사유를 수용하는 데 바탕이 되었을 것으로 보인다. 정지용이 옥천공립보통학교(현재 죽향초등학교)를 졸업하고 상경하기 전에 일정 기간 동안 한문을 스스로 익혔다는 기록[9]이 가까운 친족에 의해서 증언이 되고 있으나 학계에서는 그 진위 여부가 명확하지 않은 것으로 거론이 된다. 그러나 그의 가계의 한자문화의 환경만으로도 그의 한자 학습의 진위 문제를 상쇄한다고 할 수 있다. 정지용이 내면에 전통적인 세계를 형성하는 데 결정적인 역할을 한 사람으로 휘문고보 시절 스승인 가람 이병기의 가르침을 들 수 있다. 가람은 사상적으로 기호·호남 사림을 계승하였고 주기론자인 율곡의 학통을 이어 받았다.[10]

또 결정적인 것은 이이의 주기론의 기발이승일도설에 대한 사상적인 연원을 그의 시론이 담겨 있는 산문에서 구체적으로 확인 할 수 있다.[11]

김태봉, 「지용 시의 한시적 성향에 대한 試論」, 『호서문화 논총』 제16집, (서원대 호서문화 연구소, 2002).

윤해연, 「정지용 시와 한문학의 관련 양상 연구」, (인하대 박사학위논문, 2001).

9 정지용의 전기를 다룬 책과 연보에는 옥천공립보통학교(현재 죽향초등학교)를 졸업하고 상경하기까지 집에서 한문을 자수(自修)했다고 하나 이에 대한 진위가 명확하지 않은 것으로 기록되고 있다.

10 이석우, 앞의 논문, 110쪽.

11 시는 마침내 선현이 밝히신 바를 그대로 쫓아 오인(吾人)의 성정(性情)에 돌릴 수밖에 없다. 성정(性情)이란 본시 타고난 것이니 시를 갖을 수 있는 혹은 시를 읽어 맛드릴 수 있는 은혜가 도시 성정(性情)의 타고난 복으로 칠 수밖에 없다. 시를 향처럼 사용하야

동양 철학에서 이기론을 성정론(性情論)으로 보기도 한다. 성정(性情)이란 역시 고전시학에서 많이 쓰이는 용어로써 주관적 감정 세계를 가리킨다. 더 구체적으로 이야기하면 사물에 마음이 움직이기 전의 정(靜)적인 상태를 성(性)이라 하고 사물을 접하여 희로애락의 감정이 일어나는 동(動)적인 상태를 정(情)이라 일컫는다.12 이(理)를 성(性)으로 보고 정(情)을 기(氣)로 본다는 것이다. 정지용이 성정을 수성(水性)과 비교하여, 담기는 그릇에 따라 다르게 나타난다고 한 것은 동적인 유동성을 띠는 물의 본성을 이야기 한 것으로 정과 기를 조절하지 못하면 물이 썩거나 독성을 품을 수 있다고 얘기한 것이다. 이러한 심리적 조절 기능은 성인이가 정인 기를 적절하게 통제함으로써 이루어진다. 이러한 점들로 미루어 보아 정지용은 이미 이이의 주기론에 상당한 식견을 가지고 있었으며 이를 심화 하는 방법 중에 하나인 기발이승일도설에 관심을 가졌을 것으로 여겨진다.

정지용의 시 문학에 대한 연구의 대부분은 다른 장르와의 상관성을 주로 연구한 것들이다. 예컨대 한시와 산문 그리고 시조와 가사 등을 영향사적인 관점에서 다루었다. 이러한 것을 동양의 전통정신과 연결시켜 논했다. 노장 철학13과 시경(詩經)14을 근거로 시 작품을 연구한 논문이

장식하라거든 성정(性情)을 가다듬어 꾸미되 모름직이 孶孶勤勤히 할 일이다. 그러나 성정(性情)이 수성(水性)과 같아서 돌과 같이 믿을 수는 없는 노릇이니 담기는 그릇을 딸어 모양을 달리하여 물감대로 빛깔이 변하는 바가 온전히 성정(性情)이 물을 들었다고 할 것이다. 그뿐이랴. 잘못 담기어 정체하고 보면 물도 썩어 독을 품을 수가 있는 것이 또한 성정(性情)을 닮었다고 할 것이다. 정지용, 「詩選後」, 『정지용 전집 2』, (민음사, 1988), 277~278쪽.

12 윤해연, 앞의 논문, 24쪽.

13 김학동, 『정지용 연구』, (민음사, 1987).

14 정지용이 가장 좋아했던 고전이 『詩經』인데, 「綠陰愛誦詩」에서 『詩經』의 「鳲鳩」를 직접 인용한 적도 있고 또 서울대에 출강할 때 「현대문학 강좌」에 『詩經』을 줄줄 외우면서 강의하기도 하였다. 윤해연, 위의 논문, 20쪽.

있으나 정지용 시의 연원을 구체적으로 밝히고 못하고 정황적인 유사성만으로 접근한 한계성을 드러냈다. 상대적으로 철학과 사상사적인 측면에서 그의 작품을 논한 연구 실적은 미진하다.

이러한 현실에서 정종진[15]과 최동호[16]의 연구는 주목을 받는다. 정종진은 지용의 작품을 연구하는 데 바탕이 되는 시론을 고전시학적으로 해석함으로써, 종래의 모더니즘으로 경사된 그의 작품 연구를 전통주의로 환원시키는 계기를 만들었다. 최동호는 "시를 쓰는 시인의 정신과 쓰여진 시 작품을 분리하기 어렵다."[17]라는 관점 아래 정지용 시 작품을 정신사적인 맥락에서 동양의 전통 정신과의 합일성에 대하여 깊이 있는 천착을 했다. 본 논문은 이러한 정지용 시에서의 '전통 기법의 해석'과 '정신'을 바탕으로 논지를 전개할 것이다.

1. 惻隱之心의 발로: 仁

① 말아, 다락 같은 말아,
　너는 즘잔도 하다 마는
　너는 웨그리 슬퍼 뵈니?
　말아, 사람편인 말아,
　검정 콩 푸렁 콩을 주마.

이 말은 누가 난줄도 모르고

---

15 정종진, 「정지용 시론의 고전시학적 해석」, 『인문과학논집』 14, (청주대 인문과학연구소, 1995).

16 최동호, 「정지용의 산수시와 은일의 정신」, 『민족문화 연구』 19, (고려대 민족문화연구소, 1989).

17 최동호, 위의 책, 110쪽.

밤이면 먼데 달을 보며 잔다.

―「말 1」 전문[18]

② 바야흐로 해발육천척우에서 마소가 사람을 대수롭게 아니녀기고 산다.
말이 말끼리 소가 소끼리, 망아지가 어미소를 송아지가 어미말을 따르다가
이내 헤어진다.

첫새끼를 낳노라고 암소가 몹시 혼이 났다. 얼결에 산길 백리를 돌아 서귀
포로 달어났다. 물도 마르기 전에 어미를 여힌 송아지는 움매-움매-울었다. 말
을 보고도 등산객을 보고도 마고 매여 달렸다. 우리 새끼들도 모색이 다른 어
미한틔 맡길것을 나는 울었다.

―「백록담」 부분[19]

위의 ①, ②의 시는 화자의 이완된 정서를 엿볼 수 있다. 이완된 정서
는 '틈'을 생성한다. 틈은 퇴행적이거나 병리적인 부정적 정서가 아니다.
내면의 울림을 들을 수 있는 생명의 공간이며 페르조나[20] 때문에 상실하
거나 잊고 지냈던 아니마[21]를 자각하는 개인 무의식의 공간이다.

---

18 『정지용 전집 1』, (민음사, 1990), 64쪽.

19 위의 책, 142쪽.

20 융은 사람들이 그의 바깥 세계와 접촉하는 인격의 부분을 가리켜 페르조나라고 불렀
다. 페르조나란 이름 그대로 옛날에 사람들이 연극할 때 썼던 가면을 의미한다. 그러므로
그것은 한 사람의 진정한 자아를 가리키기보다는 자기에게 주어진 환경에 적응하면서 얻어
진 자아의 또 다른 측면을 가리킨다. 김성민, 『융의 심리학과 종교』, (동명사, 2003), 115쪽.

21 아니마/ 아니무스는 인간의 무의식 속에 일어나고 있는 정신현상으로써 남성 속에
존재하는 여성성과 여성 속에 존재하는 남성성으로 요약할 수 있다. 아니마/ 아니무스는
페르조나를 보상하는 정신적인 요소이다. 페르조나가 한 사람이 보통 그의 외부적인 상황
과 맺고 있는 외적인 태도와 연관된 정신요소라면, 아니마/ 아니무스는 그가 그의 내면세
계와 맺고 있는 내적인 태도와 연관된 정신 요소이다. 사람들이 자신에게 주어진 외적
환경에 적응하려고 노력할 때, 그의 내면에서는 인류가 생겨났을 때부터 존재해 왔으며,

일반적으로 사람들은 이러한 무의식의 흐름을 일상적인 사회생활 속에서는 자각하지 못한 채 살아간다. 사회생활 자체가 페르조나에 경도된 생존의 시간이기 때문에 자신의 내면의 본질적인 자아를 잊고 살아간다. 그러나 페르조나에 지나치게 경도되면 될 수록 상대적으로 아니마는 위축되어 의식에 부작용을 호소한다. 즉 조화와 균형을 상실해서 파생된 정신의 부작용에 대하여 위험 신호를 보낸다.

이완된 정서를 보인다는 것은 그동안 페르조나에 의해서 잊고 지냈던 자신의 본래성에 귀를 기울인 다는 것을 의미하며 이는 곧 아니마의 체현을 말한다. 이러한 체현의 직접적인 동기는 페르조나와 현실의 부적응 때문에 파생된 실패와 좌절 등이 계기가 된다. 이를 통해 틈을 생성하며 틈은 사물을 대상화[22]하며 동일화한다.

①과 ②의 시는 화자가 이완된 정서의 틈으로 '말'과 '암소'를 대상화하여 자신과 동일화하고 있다. ①의 3연 "너는 웨그리 슬퍼 뵈니?"와 ②의 "우리 새끼들도 모색이 다른 어미한틔 맡길 것을 나는 울었다."는 화자 자신의 처지를 동물에 의탁하여 표현한 것으로써 측은지심의 인(仁)한 마음이라고 할 수 있다. 대상의 처지와 모습을 보고 일으키는 '정수경생(情隨景生)'의 정서가 아니라 화자 자신의 처지와 현실이 사물을 대상화할 수 있는 틈이 생성이 되어 있기 때문에 가능한 마음이다. 정경론(情景論)에서 말하는 '이정입경(移情入景)'으로서 배태된 정(情)을 경(景)에 의탁하거나 투사하는 방법이다. 즉 측은지심의 인(仁)한 마음이 본연지성

각 사람들에게 유전적으로 전해진, 또 다른 정신요소인 아니마/ 아니무스가 발달하게 된다. 그 요소는 남성 속에서 여성의 이미지들로, 여성 속에서는 남성의 이미지들로 나타나 그가 지금 영혼과 어떤 관계를 맺고 있는가 하는 것을 그에게 알려 준다. 김성민, 앞의 책, 118쪽.

22 사물(thing)은 주체의 관심이 지향하기 전의 상태이고, 대상(object)은 주체의 관심이 지향했을 때의 상태이므로, 사물과 대상은 인식론적 측면에서 엄격히 구분된다. 김준오, 앞의 책, 100쪽, 각주 61) 인용, 본고에서는 이러한 개념을 기준으로 해서 사물과 대상을 구분하여 논하겠다.

으로 발한 것이 아니라 자신이 처지에서 이미 발한 기에 리가 탄 형국이라고 할 수 있다.

이이의 기발이승일도설의 측면에서 본다면 측은지심인 리가 대상을 봄으로써 생득적으로 발생한 것이 아니다. 화자 자신의 현실적인 환경을 전제로 측은지심이 발생한 것이다. 즉 이미 '칠정(哀)'인 '애(哀)'의 기가 발한 상황에서 자신과 동일한 환경의 사물을 대상화하여 측은지심의 마음인 리인 인(仁)이 발생했다는 것이다. 결국 화자가 사물을 대상화하고 동일화했다는 것은 발한 정서인 기에 절대 선인 리가 타서 일탈할 수 있는 기의 정서를 순화했다는 것을 의미한다. 자신의 처지를 비관할 수 있는 환경임에도 불구하고 사물을 대상화하여 애(哀)의 기를 중화적으로 순화한 것이다. 『논어』 「팔일」편에서 공자가 말한 '낙이불음(樂而不淫)'과 '애이불상(哀而不傷)'[23]의 마음이라고 할 수 있다. 이 외에도 정지용은 「갈메기」, 「나비」, 「호랑나비」, 「진달래」, 「삽사리」, 「종달새」, 「비둘기」 등 동물을 대상화하여 자신의 정서를 순화시킨 시들이 많이 있다.

③ 처마 끝에 서린 연기 따러
　포도순이 기여 나가는 밤, 소리 없이,
　가믈음 땅에 시며든 더운 김이
　등에 서리나니, 훈훈히,
　아아, 이 애 몸이 또 달어 오르노나.
　가쁜 숨결을 드내 쉬노니, 박나비 처럼,
　가녀린 머리, 주사 찍은 자리에, 입술을 붙이고
　나는 중얼거리다, 나는 중얼거리다,

23 『시경』의 관저는 즐거우면서도 지나치지 않고, 슬프면서도 마음 상하게 하지는 않는다. 김학주 역주, 『논어』, (서울대학교출판부, 2003), 162쪽.

부끄러운줄도 모르는 다신교도와도 같이.

아아, 이 애가 애자지게 보채노나!

불도 약도 달도 없는 밤,

아득한 하늘에는

별들이 참벌 날으듯 하여라.

―「발열」전문[24]

④ 유리에 차고 슬픈것이 어린거린다.

열없이 붙어서서 입김을 흐리우니

길들은양 언날개를 파다거린다.

지우고 보고 지우고 보아도

새까만 밤이 밀려나가고 밀려와 부디치고,

물먹은 별이, 반짝, 보석처럼 백힌다.

밤에 홀로 유리를 닥는것은

외로운 황홀한 심사이어니,

고흔 폐혈관이 찢어진 채로

아아, 늬는 산ㅅ새처럼 날러 갔구나!

―「유리창」전문[25]

위의 ③, ④의 시에서는 아버지의 안타까운 부정(父情)을 엿 볼 수 있다. ③의 시 11행의 "불도 달도 약도 없는 밤"이라는 구절에서 발병(發病)과 치료가 유기적으로 이어지지 못하는 현실의 궁핍함을 볼 수 있다. 아버지가 자식을 위하여 할 수 있는 일이란, 자식의 생명을 시시로 조여

---

24 『정지용 전집 1』, (민음사, 1990), 63쪽.

25 위의 책, 73쪽.

오는 죽음의 그림자에 맞서 '발만 구르는 안타까운 몸짓'뿐이다. ③의 "가쁜 숨결"이란 시어에서 자식의 발병이 생사를 넘나드는 긴박함이라 는 것을 알 수 있다. 특히 9행의 "부끄러운줄 모르는 다신교도와도 같이" 에서 인간의 힘으로는 어찌할 수 없는 불가항력적인 일에 세상에 존재하 는 모든 신들께 자식의 쾌유를 비는 아버지의 희구가 절절하게 배어 있 다. 자식의 생사 앞에서 인간적이며 사회적인 허위의식은 한낮 거추장스 러운 치장일 뿐이며 종교 특유의 독보적 유일성도 화자인 아버지에게는 위로를 주지 못한다. 아버지는 어떠한 종교도 믿지 않는 무신론자일 것 이다.

④의 시에서 화자의 상실감이 짙게 배어 있다. 자식의 죽음을 반추하 는 아버지의 모습에서 자식에 대한 연민의 정을 느낄 수 있다. 유리는 관조와 상념의 객관적 상관물이며 이승과 저승의 간극이기도 하다. 인간 적인 체취를 느낄 수 없는 차가운 광물체가 그것을 증명한다. 유리의 메 타적인 의미는 투명한 피사체로 대상을 그리거나 볼 수는 있지만 감각으 로는 영원히 만날 수 없는 그리움의 거리를 의미한다. 화자가 할 수 있는 일이란, 유리에 피안의 세계로 떠난 자식의 모습을 그리고 지우는 기계 적인 반복적 행위뿐이다.

경계를 구분 짓는 피아(彼我)의 문턱 중에 '유리창'과 '대문'은 매개적 인 역할을 한다는 점에서는 같으면서도 대상화의 거리에서는 다른 의미 를 갖는다. 유리창은 피안의 세계를 볼 수 있지만 그저 관조할 수 있을 뿐이다. 다분히 정적(靜的)인 이미지를 가진다. 반대로 대문은 피안의 세 계를 볼 수는 없지만 밀치고 들어가면 대상과 만날 수 있는 감각적인 거리에 존재하는 역동성을 갖고 있다. 그러나 유리창이 갖는 의미는 차 갑고 박제화된 지성(知性)의 이미지라고 할 수 있다. ②의 시에서 '다신 교도에게 자식의 쾌유를 간구'하는 아버지의 심정과 동일한 정서라고 할 수 있다. 또 한 가정의 가장으로서 위엄과 근엄함이 사라진 아버지의 나약한 모습이기도 하다.

위의 두 시에서는 화자의 절제된 감정이 잘 나타나 있다. 자식의 발병과 죽음은 아버지로서 감내하기 힘든 인간적인 안타까움과 슬픔이다. 따라서 가장 비극적인 절망감 앞에서 인간적이며 원초적인 감정을 드러내는 것이 인지상정(人之常情)이다. 그러나 화자는 처절한 자기 단련으로 평상심을 유지하고 있다. 이러한 평상심이 오히려 시를 읽는 독자들에게 깊은 감응(感應)과 공명(共鳴)을 불러일으킨다. 화자의 원초적인 감정의 절제는 지용의 시의 이론에서 확인할 수 있다.

안으로 熱하고 겉으로 서늘옵기란 일종의 생리를 압복시키는 노릇이기에 심히 어렵다. 그러나 시의 威儀는 겉으로 서늘옵기를 바라서 마지 않는다. …(중략)… 시가 솔선하야 울어버리면 독자는 서서히 눈물을 저작할 여유를 갖지 못할지니 남을 울려야 할 경우에 자기가 먼저 大哭하야 실소를 폭발시키는 것은 素人劇에서만 본 것이 아니다. 남을 슬프기 그지 없는 정황으로 유도함에는 자기의 감격을 먼저 신중히 이동시킬 것이다. …(중략)… 독자야말로 끝까지 쌀쌀한 대로 견디지 못한다. 작품이 다시 진폭과 피동을 가짐이다. 기쁨과 광명과 힘의 파장의 넓이 안에서 작품의 앉음 앉음새는 외연히 서늘옵기에 독자는 절로 會得과 경의와 감격을 갖게 된다.[26]

안으로 熱한 감정은 인간적으로 발산될 수 있는 원초적인 감정, 즉 '기(氣)'이며 서늘한 감정은 원초적 감정을 순화하고 조절하는 감정인 '리(理)'라고 할 수 있다. ①의 시 12~13행의 "아득한 하늘에는/ 별들이 참벌 날으듯 하여라'와 ②의 시 10행의 "아아, 늬는 산ㅅ새처럼 날러 갔구나!"에서는 리에 의해서 순화된 인간적이며 원초적 정서인 기의 비상(飛

---

26 정지용, 「시의 위의」, 『정지용 전집 2』, (민음사, 1988), 250~251쪽.

翔)을 확인 할 수 있다. 기의 비상은 곧 리의 확보를 의미한다. 악으로 흐르기 쉬운 개연성이 있는 기를 리가 적절히 통제 조절함으로써 시에서는 문학성을 담지하고 정서적으로는 불순한 정서를 정화해 주는 역할을 한다. 억제할 수 없는 슬픔의 기를 극복하는 차원을 떠나서 자연과 우주로 한 차원 높게 인간적인 슬픔을 승화 초극하고 있다. 인간의 보편적인 정서와 감정이 최고로 지향할 수 있는 정신의 극대(極大)이며 기발이승이 궁극적으로 지향하는 차원이라고 할 수 있다.

김춘수[27]는 정지용의 '안으로 열하고 밖으로 서늘한 시의 거리'를 "엄격한 지적 훈련은 비정하리만큼 차가운 객관주의에 이르고 있다'고 말한 바 있다. 거리의 확보는 화자와 시의 긴장감에서 비롯된다. 문학에서 긴장을 강조하는 것은 문학이 직선적으로 저항 없이 나열 될 수 있는 요소로 되어 있는 글이 아님을 강조하는 것이며, 특히 문학의 〈극적〉인 성격을 강조하는 것이다.[28] 즉 작품 속에 등장하는 인물, 배경 등 제 조건들과의 갈등과 충돌이 극적 긴장 관계를 형성하는 요소가 된다. 시에서의 극적 긴장 관계는 소설이 서술하는 외면적인 환경과는 다르게 독백적이며 내면적인 여과 과정 속에서 형성이 되기 때문에 시를 더욱 탄력적으로 만드는 요인이 된다.

화자가 자식의 발병과 죽음을 안타까워하며 슬퍼하는 정서를 그대로 발산을 했다면 독자는 큰 감동을 받을 수 없다. 인지상정으로 발산되는 일반적인 정서의 조건을 뒤집음으로써 독자로 하여금 화자의 이면에 감추어진 인간적인 슬픔을 이입하는 효과를 준다. "독자야 말로 끝까지 쌀쌀한 대로 견디지 못한다'라는 얘기가 이것을 증명하는 말이라고 할 수 있다. '쌀쌀하다'는 것은 화자가 자기의 감정 노출을 최대한 절제하는 것

---

27 김춘수, 『시론』, (송원문화사, 1971), 77쪽.

28 이상섭, 『문학비평 용어 사전』, (민음사, 2001), 45쪽.

을 말한다. 독자는 화자의 쌀쌀함에 등을 돌리는 것이 아니라 오히려 쌀쌀한 이면에 남아 있는 여백의 공간에서 정서적인 유대감을 공유할 수 있다. 즉 독자에게 여백의 공간은 화자의 순화된 정서의 이면에 감추어진 인간적인 슬픔을 이해하는 단초를 제공한다. 결국 위의 두 시는 화자의 인간적인 슬픔과 상념의 정서를 기발이승의 정신적 체계로서 극복하고 있다고 할 수 있다.

2. 羞惡之心의 발로: 義

수오지심(羞惡之心)은 '자기의 옳지 못함을 부끄러워하고 남의 옳지 못함을 미워하는 마음'이다. 자기의 근원을 성찰하거나 존양하지 못하면 남의 옳지 못함을 보고도 미워할 수 없게 된다. 수오지심은 의(義)와 밀접한 상관관계를 가지고 있다. 의는 마땅하고 당연한 도리의 실천적인 행위이다. 따라서 전제와 조건을 초월한 당행지로(當行之路) 당연지현(當然之現)의 길이라고 할 수 있다. 또 도덕·윤리의 시발점을 자신에게서 찾는 반구제기(反求諸己)의 마음이기 때문에 대외적으로 행동이 가시화가 될 때에는 당당한 도덕적인 대의명분을 담지 할 수 있게 된다. 수오지심이 인간의 관계에만 국한될 수는 없다. 이것을 확대하면 얼마든지 외연을 넓힐 수 있다. 당연하고 마땅한 일이 전경화되고 인구(人口)에 회자(膾炙)되는 것은 그것이 귀하고 드물기 때문이다.[29] 특히 인간의 욕망에 의하여 자연과 사물이 파괴되고 훼손되는 현실에서 수오지심의 의(義)의 정신은 인간의 삶의 근원과 본래성을 회복하려는 정신으로 의의

---

29 大道廢 有仁義·慧智出 有大僞·六親不和 有慈孝·國家昏亂 有忠臣.: 큰 도가 닫히면 인의(人義)가 있게 되고 혜(慧)외 지(智)가 나간 자리에는 큰 거짓이 있게 된다. 육친이 불화하면 자효(慈孝)가 있게 되고, 나라가 어지러우면 충신이 있게 된다. 이경숙, 「大道」편, 『완역 도덕경』, (명상, 2004), 229쪽.

가 크다고 할 수 있다. 사물과 자연을 사랑하는 것은 당연한 도리이며 착취와 훼손에 저항하는 것도 당연한 도리이다. 전통사회에서 자연은 인간과 일체화된 존재로서 천재지변을 제외하고는 외부로부터 훼손될 가능성이 적었다. 그러나 근대 이후 급격한 산업사회의 이양의 과정에서 자연을 정복의 대상과 극복으로 삼았기 때문에 많은 부작용을 낳았다. 인간의 생존의 본래적인 기반인 자연이야 말로 인간의 관심과 사랑에 의해서 마땅히 보존되고 관리 되어야 할 대상이며 인간의 의로운 행위가 실천되어야 할 공간이다.

정지용은 이육사나 한용운처럼 조국 독립을 위해 언행일치의 표표(表表)한 삶을 살지는 않았다. 언행일치의 표표한 삶이야말로 민족의 암흑기에서 가장 이상적인 삶의 전범(典範)이라고 할 수 있겠다. 그러나 한편으로 시인은 정치·사회적인 현실에 참여하기보다는 언어로서 언지(言志)[30]를 밝히는 존재이다.

위의 두 시인들처럼 언어에 시대의 현실을 반영하기도 하지만 시가 언어의 구조물이라는 측면에 초점을 맞추어 본다면, 시인은 언어의 내적 배열이나 언어 자체의 구조에 의해서 시대를 견인하기도 한다. 이러한 시인들 중에 대표적인 시인 중에 하나가 정지용과 이상이라고 할 수 있다. 이상의 시에서 일제 강점기의 어두운 현실을 고발하는 언어의 힘이

---

30 "생활과 환경도 어느 정도로 극복 할 수 있는 것이겠는데 친일도 배일도 못한 나는 산수에 숨지 못하고 들에서 호미도 잡지 못하였다. 그래도 버릴 수 없어 시를 이어 온 것인데 이 이상은 소위 〈국민문학〉에 협력하던지 그렇지 않고서는 조선시를 쓴다는 것만으로도 신변의 위협을 당하게 된 것이었다. …(중략)… 위축된 정신이 나마 정신이 조선의 자연풍토와 조선인적 정서 감정과 최후로 언어 문자를 고수하였던 것이요, 정치 감각과 투쟁의욕을 시에 집중시키기에는 일경의 총검을 대항하여야 하였고 또 예술인 그 자신도 무력한 인테리 소시민층이었던 까닭이다. 그러니까 당시 비정치성의 예술파가 적극적으로 무슨 크고 놀라운 일을 한 것이 아니라 소극적이나마 어찌 할 수 없는 위축된 업적을 남긴 것이니 문학사에서 이것을 수용하기에 구태어 인색히 굴 까닭은 없을까 한다." 정지용, 앞의 책, 「조선시의 반성」, 266~267쪽.

직접적으로 표출이 되지는 않았다. 그러나 언어의 내적인 구조에 초점을 맞추어 보면 그 속에는 어두운 시대를 고발하는 불순한(?) 저항의 기운을 포착할 수 있다. 이상이 언어 자체의 배열과 구조에 의해서 현실을 드러냈기 때문에 표면적으로는 저항성을 포착할 수 없었을 뿐이다. 정지용은 이상과 같은 가치를 견지했지만 시야를 넓게 드러내어 자연에 현실을 의탁했다. 이상의 언표적인 저항이 극심한 자기 분열과 자학을 동반하는 저항이라면 정지용의 저항은 차원과 순도면에서 윗길이라고 할 수 있다. 분열적인 심상을 내면으로 견인한 끝에 다다른 경지이기 때문이다.

정지용의 중·후기 시들은 화자의 일체의 감정이 내면화 된 채, 리에 의해서 사물을 대상화 한 시들이 있다. 특히 소위 모더니즘에 경도된 초기시를 지나 동양적인 세계와 자연시 쪽에 회귀를 한 중기 이후의 시들에서 기발이승적인 정서로 대상을 객관화 한 시들이 많이 있다.

① 골작에는 흔히
유성이 묻힌다.

황혼에
누뤄가 소란히 싸히기도 하고,

꽃도
귀양 사는 곳,

절터ㅅ드랬는데
바람도 모히지 않고

산그림자 설핏하면

사슴이 일어나 등을 넘어간다.

— 「구성동」 전문³¹

② 골에 하늘이
　따로 트이고,

　폭포 소리 하잔히
　봄 우뢰를 울다.

　날가지 겹겹이
　모란꽃닢 포기이는 듯.

　자위 돌아 사폿 질ㅅ듯
　위태로히 솟은 봉오리들.

　골이 속속 접히어 들어
　이 내(晴嵐)가 새포롬 서그러거리는 숫도림.

　꽃가루 묻힌 양 날러올라
　나래 떠는 해.

　보랏빛 해ㅅ살이
　폭지어 빗겨 걸치이매,

---

31 『정지용 전집 1』, (민음사, 1990), 138쪽.

기슭에 약초들의

소란한 호흡!

들새도 날러들지 않고

신비가 한끗 저자 선 한낮.

—「옥류동」 부분32

위의 ①, ②의 시의 화자는 시종일관 시 속에 개입을 하지 않고 사물을
관조하고 있다. 사물을 의식에 수용하지 않고 보여주고 있다. 외물을 수
용하여 의식화하는 대상화 작업을 하지 않은 채 사물의 외연만 보여주고
있다. 칠정인 기를 통해 외물의 현상을 감지하고 있지만 그것을 드러내
지 않고 관조만 하고 있을 뿐이다. 관조가 가능한 것은 기가 발생하지
않았기 때문이 아니라 리의 통제와 조절에 의해서 긴장 관계를 형성하고
있기 때문이다. 기와 리가 각자 자기화하기 위하여 치열한 내적인 각축
을 벌이고 있기 때문에 외면적으로는 평온한 관조의 형태를 띠고 있는
것이다. 그러나 리에 의해서 끝까지 기의 감정이 통제를 받게 되면 독자
에게 정서적인 충격 즉 감동을 줄 수 없게 된다.

위의 시에서 관조의 목적은 기의 응축 과정을 전제로 하고 있다. 기를
제대로 응축하여 절정의 순간에 발산하려는 파격을 준비하는 것이다. ①
의 시 5연 "산그림자 설핏하면/ 사슴이 일어나 등을 넘어간다"와 ②의
시 8연 "기슭에 약초들의/ 소란한 호흡!"의 구절은 관조적이며 정태적인
리의 세계를 파격하여 기를 발산한 것이다. 이는 곧 역설적으로 리의 세
계로의 진입을 의미하기도 하는 것이다. 이러한 화자의 기발이승의 정신
현상은 시를 한층 생기 있게 만드는 역할을 한다.

---

32 앞의 책, 128쪽.

7

③ 풍란이 풍기는 향기, 꾀꼬리 서로 부르는 소리, 제주회파람새 회파람부는 소리, 돌에 물이 따로 굴으는 소리, 먼데서 바다가 구길때 솨—솨—솔소리, 물푸레 동백 떡갈나무속에서 나는 길을 잘못 들었다가 가시 측넌줄 긔여간 흰돌바기 고부랑길로 나섰다. 문득 마조친 아롱 점말이 피하지 않는다.

8

고비 고사리 더덕순 도라지꽃 취 삭갓나물 대풀 석용 별과 같은 방울을 달은 고산식물을 색이며 취하며 자며 한다. 백록담 조찰한 물을 그리여 산맥우에서 짓는 행렬이 구름보다 장엄하다. 소나기 놋낫 맞으며 무지개에 말리우며 궁둥이에 꽃물 익여 붙인채로 살이 붓는다.

9

가재도 긔지 않는 백록담 푸른 물에 하눌이 돈다. 불구에 가깝도록 고단한 나의 다리를 돌아 소가 갔다. 좇겨운 실구름—일말에도 백록담은 흐리 운다. 나의 얼골에 한나잘 포긴 백록담은 쓸쓸하다. 나는 깨다 졸다 기도조차 잊었더니라.

—「백록담」 부분[33]

위의 시의 등장하는 소재는 주로 자연물이다. 그러나 화자가 자연 속에 들어가 있지만 시종일관 객관적 자세를 견지하고 있다. 자연을 일정한 거리를 유지한 채 관조하거나 바라보는 것이 아니라 자연 속에 들어가 자연을 노래하지만 자연 그 자체에는 함몰되지 않고 있다는 것이다. '하나이면서 둘이고 둘이면서 하나인(一而二 二而一)'의 관계이며 화이

---

[33] 앞의 책, 142쪽.

부동(和而不同)의 자세를 견지하고 있다. 시에서 화자가 보이는 이러한 견인적인 자세는 자신의 정서와 칠정인 기를 제대로 통제하지 못하면 유지할 수 없는 구경(究竟)의 거리라고 할 수 있다. 구경의 거리는 리에 의해서 확보가 된다.

시어로 선택된 소재도 자연적인 환경에서 취사선택되었다. 풍란, 꾀꼬리, 제주회파람새, 돌, 풀푸레나무, 떡갈나무, 동백나무, 고비, 고사리, 더덕, 도라지, 취나물 등은 단순히 풍물적인 시어를 초월하여 화자의 기를 순화시키며 조정 작용을 하는 매개어이다. 즉 리의 대용물이라고 할 수 있다. 이처럼 자연적인 소재에 대한 관심은 정지용이 특별한 환경에서 일시적으로 발생한 이완된 정서 반응의 결과가 아니다. 그의 시에 대한 철학적 내성(內聲)의 결과이다. 정지용의 시론을 통해서 증명이 된다.

> 그보다도 더 좋은 것을 얻을 수 있는 것은 바다와 구름의 動態를 살핀다든지 절정에 올라 高山植物이 어떠한 몸짓과 호흡을 가지는 것을 본다든지 들에 나려가 一草一葉이, 벌레 울음과 물소리가, 진실히도 시적 운율에서 떠는 것을 나도 따라 같이 떨 수 있는 시간을 가질 수 있음이라. 시인이 더욱이 이 시간에서 인간에 집착하지 않을 수 없을 수 없다. 사람이 어떻게 괴롭게 삶을 보며 무엇을 위하여 살며 어떻게 살 것이라는 것에 주력하며, 신과 인간과 영혼과 신앙과 애에 대한 항시 투철하고 열렬한 정신과 심리를 고수한다. 이리하여 살음과 죽음에 대하여 점점 段이 승진되는 일개 표일한 생명의 劍士로서 영원에 서게 된다.[34]

위의 시론에서 지용의 시의 철학을 확인 할 수 있다. 자연물과 자연의 현상을 선험적이거나 즉물적으로 파악하지 말고 감각과 체험을 바탕으

---

34 정지용, 「시와 발표」, 『정지용 전집 2』, (민음사, 1988), 249쪽.

로 사물과 일체화 대상화하라는 것이다. '자연물의 생성 원리에서 시의 본질을 포착하라는 것'은 자연 속에 삶과 시를 일체화할 수 있는 보편적인 진리가 있음을 말하는 것이다. 인간을 통해서 인간을 안다는 것은 언제나 제한적이다. 궁극의 대상인 자연에서 인간의 가장 본질적인 근원을 포착할 수 있다.[35] 공자가 『논어』에서 『시경』을 공부하지 않는 아이들에게 시경을 공부함으로써 얻을 수 있는 지혜 중에 하나로 "'새', '짐승', '풀', '나무'의 이름도 많이 알게 한다'라고[36] 한 이야기는 사사하는 바 크다.

중요한 것은 자연을 대상화 한 시가 자연 자체의 신비와 아름다움을 노래한 것이 아니라는 것이다. 자연을 노래하고 있지만 그 속엔 인간의 삶과 현실이 녹아 있다는 것이다.[37] 결국 자연물이란 인간의 마음의 현재성을 의탁하는 순화의 기능으로서의 대상이라는 것이다. 발생한 기(氣)를 자연물에 투사함으로써 리(理)의 순선(順善)의 외피를 입는 것이다. 「백록담」의 시 외에 「나븨」, 「호랑나븨」, 「진달래」, 「장수산 1」, 「장수산 2」의 시 등에서도 자연물로 선택된 시어들이 많이 있다. 자연물의 중화적인 성향을 배경으로 화자의 기(氣)의 성정(性情)을 리(理)에 의해 순화하고자 하는 마음이라고 할 수 있다.

3. 辭讓之心의 발로: 禮

사양지심은 사회적 관계의 소산인 '예(禮)'의 정신이다. 예는 유교문화

---

35 최동호, 「하나의 道에 이르는 시학」, 『하나의 道에 이르는 시학』, (고려대학교출판부, 1997), 60쪽.

36 多識於鳥獸草木之名.

37 "『백록담』을 내놓은 시절이 내가 가장 정신이나 육체로 피폐한 때다. 여러 가지로 남이나 내가 내 자신의 피폐한 원인을 지적할 수 있었겠으나 결국은 환경과 생활 때문에 그렇게 된 것이었다." 정지용, 「조선시의 반성」, 『정지용 전집 2』, (민음사, 1988), 266쪽.

의 정수이다. 유교문화 자체는 추상적이거나 관념적이라기보다는 현실적이며 실용적인 생활의 질서를 존중하는 수기와 치인 그리고 경세의 학이라고 할 수 있다. 현실 생활의 질서를 중시하기 때문에 사람과 사물들 사이의 관계 설정이 문제가 된다. 관계는 차등과 구별을 의미하며 상하의 종적인 윤리에 의한 질서를 요구한다. 이러한 질서의 존중과 관습적인 표식 행위가 예이다. 즉 예는 한 사람의 도덕적이며 윤리적인 교양 수준을 가늠하는 척도로 작용하기도 하지만 권력화된 사회 제도 속에서 강요되는 인위성이 짙은 성격을 가진다고 할 수 있다. 그러나 예가 현실 생활에서 부자유스러운 속성이 있다고 해도 예는 사회라는 공동체의 생활 속에서 나를 드러내지 않고 상대방을 드러나게 하는 겸양과 미덕의 정신이며 사회 질서와 인간의 삶을 규범적으로 유지하게 한다. 예는 다른 동물과 구별되는 문화의 진화된 양식이라고 할 수 있다.

정지용은 이러한 현실적인 효용성을 수단으로 하는 예가 생활과 삶의 질서의 차원에서는 규범성을 갖지만 시에 있어는 인공적인 도식성으로 작용을 하여 시의 생기를 저해하는 것으로 보았다. 정지용은 "꾀꼬리는 꾀꼬리 소리 밖에 발하지 못하나 항시 새롭다. 꾀꼬리가 숙련에서 운다는 것은 불명예이리라. 오직 생명에서 튀어 나오는 항시 최초의 발성이야만 진부하지 않다."[38]라고 말함으로써 시에서의 인위적인 예가 시의 생명력을 가로 막는 장애라고 보고 있다. 정지용은 사양지심의 예가 시에서도 현실과 같이 수용되는 것을 경계하는 차원에서 '동시(童詩)'의 생기에 주목을 한 것이다.

동시는 어린아이의 마음으로 눈높이를 맞추어야 쓸 수 있는 시이다. 어린아이들은 언제나 동시를 쓸 수 있다. 아니 구태여 글로 쓰지 않더라도 그들의 웃음, 눈짓 하나가 곧 동시이다. 그러나 어른들은 다르다. 어른

---

38 정지용, 앞의 책, 「시의 옹호」, 246쪽.

은 행복할 때에만 동시를 쓸 수 있다. 행복할 때에만 어린아이의 마음으로 돌아갈 수 있기 때문이다.[39] 따라서 시인에게 동시를 쓸 수 있다는 것은 어린아이의 순수하고 때 묻지 않은 마음으로 돌아 갈 때에만 동시를 쓸 수 있는 것이다.

이런 면에서 기성 시인들이 동시를 씀으로써 시업(詩業)의 길로 들어서거나 시업을 하는 중도에 동시를 썼던 사례들은 시사하는 바 크다고 할 수 있다. 동시를 쓰면서 순수성을 회복하고 잃어버렸던 자아를 발견할 수 있기 때문이다. 이러한 상실된 정서는 사양지심의 예의 마음이 바탕이 될 때 가능한 것이다.

윤동주와 박목월 등이 동시를 썼던 것이 좋은 실례가 된다. 최근에는 소설가 중에서 우리 문단의 거두라고 할 수 있는 이문구[40]와 이청준[41]이 동시와 동화를 발표하여 호흡이 긴 그들 문학의 젖줄이 때 묻지 않은 순수한 동심에서 비롯된 것임을 보여 주었다. 이들이 동시와 동화를 쓴 것은 기성의 시와 소설에서 잃어버린 참신성과 순수성을 회복하여 문학의 초심으로 돌아가고자 하는 의지 때문이다. 즉 편견과 고정관념의 세계를 탈각하고 어린아이의 순수한 마음에서 세상과 우주의 본질을 꿰뚫을 수 있는 힘을 발견하고자 한 것이다.

① 어적게도 홍시 하나
　오늘에도 홍시 하나

　까마귀야. 까마귀야.

---

39 송우혜, 『윤동주 평전』, (열음사, 1989), 192쪽.
40 이문구, 『개구쟁이 산복이』, (창비, 1988).
＿＿＿, 『산에는 산새 물에는 물새』, (창비, 2003).
41 이청준, 『이야기 서리꾼』, (문학수첩, 2006). 이청준은 이외에도 흥부전, 심청전, 춘향전, 수궁가, 옹고집 타령 등의 판소리 동화 다섯 편을 간행했다.

우리 남게 웨 앉었나.

우리 옵바 오시걸랑.
맛뵐라구 남겨 뒀다.

후락 딱 딱
휘이 휘이!

—「홍시」 전문⁴²

② 부헝이 울든 밤
　누나의 이야기 ＿＿＿＿

　파랑병을 깨치면
　금시 파랑바다

　빨강병을 깨치면
　금시 빨강 바다.

　뻐꾸기 울든 날
　누나 시집 갔네 ＿＿＿＿

　파랑병을 깨트려
　하늘 혼자 보고.

_____

42 『정지용 전집 1』, (민음사, 1990), 22쪽.

빨강병을 깨트려

하늘 혼자 보고.

―「병」 전문⁴³

①의 시의 화자는 오빠와 누나를 중심인물로 설정하고 있다. 전통적인 사회에서 동생에게 오빠와 누나는 그리움의 대상이다. 같이 놀아주고 보살펴 주는 동무이자 보호자의 역할을 겸하고 있기 때문에 동생에게 든든한 배경이 되는 인물들이다. 한편으로 동생은 일정한 시기가 오면 오빠 혹은 누나와 이별을 준비해야 한다. 전통적인 사회에서 오빠는 장차 한 가정을 책임지고 이끌어가야 하는 가장의 역할을 담당해야 할 사람이다. 따라서 형제들 사이에서 변별성을 지니는 존재이며 다른 형제들의 희생 속에서 사회의 기능적 수단들을 준비하게 된다. 기능적 수단의 대표적인 부분이 대처로 유학하여 '공부'하는 것이다. 근대사회로의 이양 속에서 동생은 오빠를 통해서 새로운 문명의 소식을 들을 수 있다. 즉 오빠는 동생에게 있어 외지의 문명의 전달자인 셈이다. 오빠가 오면 주려고 남겨 두었던 홍시를 까마귀가 따 먹으려고 나무에 앉자 "훠이 훠이!" 쫓는 화자의 모습이 사랑스럽게 그려지고 있다.

②의 시에서도 화자가 남성이며 대상이 누나인 것만 바뀌었을 뿐, ①의 시와 동일한 정서를 보이고 있다. 여동생에게 오빠가 가지는 특별한 의미처럼 남동생에게 누나의 의미도 특별하게 다가온다. 오히려 여동생에게 오빠의 의미보다 더 진한 친밀감의 관계라고 할 수 있다. 엄마의 대리적인 존재로서의 역할도 겸하기 때문이다. 남동생에게 누나도 일정한 시기가 오면 이별을 해야 하는 존재이다. 그러나 여동생과 오빠의 이별이 일시적인 이별이라면 남동생과 누나의 이별은 전통적인 사회에서

---

43 앞의 책, 23쪽.

식구(食口)의 경계를 가르는 상실의 이별이다. 즉 '남의 집 사람이 되는 이별'인 것이다. 따라서 화자가 느끼는 심리적 정서는 불안정하고 기복이 심하게 나타나 있다. 파랑병, 빨강병이 화자의 심리 상태를 잘 반영하고 있다.

③ 중, 중, 때때 중,
　우리 애기 까까 머리.

　삼월 삼질 날,
　질나라비, 훨, 훨,
　제비 새끼, 훨, 훨,

　쑥 뜯어다가
　개피 떡 만들어.
　호, 호, 잠들여 놓고
　냥, 냥, 잘도 먹었다.

　중, 중, 때때 중,
　우리 애기 상제로 사갑소.

－「삼월 삼질 날」 전문44

④ 해바라기는 첫시약시 인데
　사흘이 지나도 부끄러워
　고개를아니 든다.

44 앞의 책, 25쪽.

가만히 엿보러 왔다가

고리를 깩! 지르고 간놈이_____

오오, 사철나무 잎에 숨은

청개고리 고놈이다.

—「해바라기 씨」 부분[45]

　위의 ③~④의 시는 동시 특유의 발랄함과 리듬감이 느껴지는 시이다. 동시는 자연 발생적으로 생성되는 정서인 기(氣)가 생기 있게 표현된 시이다. 그러나 리(理)에 의해서 강하게 제어 당하지 않고 적절하게 조절 받음으로써 동시 특유의 생명력을 유지한다. 동시에 리의 개입이 빈번하게 되면 그것이 동시라기보다는 득도(得道)의 시가 된다. 따라서 동시는 리보다도 원시적인 감정에서 표출되는 기의 정서가 지배적으로 표현되어야 동시로서의 생명성을 확보할 수 있다.

　③의 시에서 중복적으로 표현된 시어인 '중중', '휠휠', '호호'는 유동적인 기가 제어 장치 없이 발산할 수 있는 개연성을 효과적으로 조절하기 위하여 계획적으로 배치된 시어이다. 중복적인 시어의 공간에서 리와 기가 적절하게 상호작용을 함으로써 시는 탄력성과 생기를 부여받게 된다. ④의 시에서도 청개구리의 소리를 '깩!' 하고 표현함으로써 주변의 시전을 집중시키며 시에 참신한 청신성(淸新性)을 느끼게 한다. 이렇게 동시의 유용성은 화자가 잊고 지냈던 삶과 시의 본래성을 자각하게 하는 역할을 한다.

　시가 생기가 있기 위해서는 원초적으로 표출된 기의 원시적인 정서를 중요하게 생각하며 리의 개입을 적절히 조절하여 시를 탄력성 있게 만들어야 한다. 리와 기가 적절한 통제와 조절이 선행 될 때 감동을 받을 수

---

45 앞의 책, 57쪽.

있는 시가 창작이 되는 것이다. 모든 장르의 시의 창작에서 가져야 할 자세이지만 특히 동시에서 강조되어야 할 시심이라고 할 수 있다. 기의 무분별한 방출은 사람의 정서를 타락시키며 리의 과도한 개입은 인간의 현실을 충실히 반영해야 하는 시의 존재 가치를 망각하는 일이다. 기발 이승으로 조절 될 때에 힘이 있는 시가 되는 것이다. 동시는 다른 기성의 시에서보다 기발이승에서 리의 개입을 최소화하고 기를 생기 있게 조절하는 쪽에 중심을 두어야 한다.

4. 是非之心의 발로: 智

시비지심은 옳고 그름을 판단하는 지적인 기능을 말한다. 옳고 그름을 판단할 수 있는 능력은 지혜롭고 현명한 생각이 바탕이 되어야 가능한 지적인 능력이다. 또한 시비지심은 도덕·윤리적으로 가치 기준의 준거를 제공한다는 점에서 삶의 지표 역할을 담당한다고 할 수 있다.

정지용의 시를 소재의 측면에서 본다면 바다와 산의 심상이 주류를 이루었음을 지적할 수 있으며, 두 권의 시집에서 『정지용시집』은 바다의 심상에 『백록담』은 산의 심상에 압도적인 편향을 드러내 보인다.[46] 시에서 그 소재가 단순한 차용이 아니라 의미 있는 반복을 이루어 하나의 연속적인 흐름을 형성하였을 때, 그리고 이 소재들이 의미 있는 대립을 이루어 하나의 체계를 이루었을 때, 이런 소재들은 한 시인의 의식세계를 구축하는 원형적인 심상들이라 할 수 있을 것이다.[47] 이기론(理氣論的)인 관점에서 본다면 물은 동적이기 때문에 기라고 할 수 있으며 산은

---

46 오탁번, 「정지용의 소재」, 『현대문학산고』, (고려대학교출판부, 1976), 121쪽; 최동호, 「정지용의 「장수산」과 「백록담」」, 『하나의 道에 이르는 시학』, (고려대학교출판부, 1997), 107쪽 재인용.

47 최동호, 위의 책, 107쪽.

정적이기 때문에 리의 성향을 가지고 있다고 할 수 있다. 산을 유람삼아 소요(逍遙)하면서 기에 의해 발생되는 정(情)을 순화하고 다듬는 행위는 지용 자신이 현실 속에서 시시로 파생되는 도덕적인 시비의 문제에 휩쓸리지 않고 자신의 가치관을 올바르게 세우고자 갖는 내면의 시간이기도 하다.

① 백화수풀 앙당한 속에/ 계절이 쪼그리고 있다.// 이곳은 육체없는 적요한 향연장/ 이마에 시며드는 향료로운 자양!

－「비로봉 1」 부분[48]

② 흰들이/ 우웃다.// 백화 홀홀/ 허울 벗고,// 꽃 옆에 자고/ 이는 구름,// 바람에 아시우다.

－「비로봉 2」 부분[49]

③ 벌목정정 이랬거니 아람도리 큰솔이 베혀짐즉도 하이 골이 울어 멩아리 소리 쩌르렁 돌아옴즉도 하이 다람쥐도 좃지 않고 뫼ㅅ새도 울지 않어 깊은산 고요가 차라리 뼈를 저리우는데 눈과 밤이 조히보담 희고녀!

－「장수산 1」 부분[50]

④ 풀도 떨지 않는 돌산이오 돌도 한덩이로 열두골을 고비고비 돌았세라 찬 하눌이 골마다 따로 씨우었고 어름이 굳이 얼어 드딤돌이 믿음즉 하이 꿩이 긔고 곰이 밟은 자옥에 나의 발도 노히노니 물소리 귀또리처럼 경경하옷다

－「장수산 2」 부분[51]

48 『정지용 전집 1』, (민음사, 1990), 99쪽.
49 위의 책, 137쪽.
50 위의 책, 139쪽.

산의 정적이며 관조적인 분위기는 화자의 마음을 정화시키는 데 좋은 환경이다. 세상의 온갖 미진(微塵)으로부터 벗어나 자아를 돌아 볼 수 있는 자족적인 시간이며 앞으로의 삶에 대한 계획을 다듬는 시간이기도 하다. 따라서 산은 모태적인 공간이라고 할 수 있다. 화자는 모태적인 공간에서 세상을 조망할 수 있는 충전의 시간을 보내고 있는 것이다.

화자에게 ①~④의 시의 공간인 산은 모태적인 시원적 공간이라고 할 수 있다. 화자가 세상과 의도적으로 단절되고 격리된 시간을 보내고 있는 것이다. 앞으로의 삶이 더 이상 진전을 허락하지 않을 때 자아가 안주하는 세계는 근원적인 공간이다. 이러한 근원적인 세계는 일시적인 퇴행 현상으로 보이긴 하지만 화자가 궁극적으로 지향하려는 세계에 대한 모색의 시간이라고 할 수 있다. 올바르게 현실을 조망하기 위한 내재적인 시간인 것이다. 노자가 『도덕경』의 제 7장 「身存」편에서 말한 "성인은, 그 몸을 뒤로하는 것으로 앞세움을 삼고, 몸을 밖에 두어 그 몸을 보존한다."[52]라는 말과 상통하는 행위라고 할 수 있다. '외기신(外其身)'에서 몸을 밖에 둔다는 말의 의미는 세상의 바깥에 몸을 둔다는 이야기다. 명리와 시비와 이익의 바깥에 몸을 둔다는 것은 불가에서 말하는 출가나 도가의 은둔과 통하는 개념이다.[53] 쟁투와 공명이 난무하는 인간사의 현실에서 사사로움에 휩쓸리지 않고 자신의 고유한 인격적인 정체성을 유지하며 현실을 바로 보기 위한 시비(是非)와 곡직(曲直)의 내성의 행위라고 할 수 있다.

화자가 입산(入山)을 한 것은 단순한 현실도피가 아니다. ③의 시 "깊은 산 고요가 뼈를 저리우는데"의 구절은 화자의 현실적인 상황을 단적

---

51 앞의 책, 140쪽.

52 是以聖人 後其身而神先 外其身而身存·非以其無私邪? 故能成其私. 이경숙, 앞의 책, 「身存」편, 123쪽.

53 이경숙, 위의 책, 125쪽.

으로 보여 주고 있다. 이 구절은 단순히 겨울이 상징하는 '금속성'에 기인한 것만이 아니다. 입산을 하여 자연과 동화되어 있는 것처럼 보이지만 그 속에는 화자의 실존적인 고독과 외로움이 짙게 드리워져 있다. 따라서 화자의 심리 상태는 자연과 함께 있되 생각이 지향하는 것은 인간의 현실적인 삶의 문제에 잇닿아 있음을 확인 할 수 있다. 즉 화자가 세상의 번민을 가지고 입산을 했다는 것을 알 수 있다.

④의 시의 "풀도 떨지 않는 돌산"이란 구절에서 정적인 분위기의 극치를 통해 화자의 심리 상태가 리의 극점에 와 있음을 알 수 있다. 한용운의 시 「예술가」의 3연의 "노래를 부르려다가 조는 고양이가 부끄러워서 부르지 못하였습니다/ 그래서 가는 바람이 문풍지를 칠 때에 가만히 합창하였습니다."라는 구절과 동일한 정적인 분위기를 보이고 있다. 리는 그대로 드러나는 것이 아니라 시시로 생성되고 발생되는 기와 정면으로 치열하게 응시하는 과정 속에서 드러나게 된다. 화자의 심리 상태는 기발이승(氣發理乘)의 심리 상태이며 이러한 상태는 확정적으로 굳어진 상태가 아니라 내적으로는 치열하게 리가 기를 조절하고 통제하는 과정이다. 기발이승의 심리 상태는 언제나 과정의 연속이며 미완으로 남는다고 할 수 있다. 미완이기 때문에 화자에게는 끊임없이 윤리적인 성찰과 반성을 요구하는 것이다. 따라서 정적의 극치를 얘기하는 것은 그 만큼 리와 기가 치열하게 응전하고 있는 과정임을 보여 주는 것이다. 또한 ①의 시 "백화수풀 속에 계절이 쪼그리고 있다"의 구절은 위의 ①~④의 시의 화자가 처한 현실적인 상황과 정서를 포괄하고 있다.

성정(性情)이 썩어서 독을 발하되 바로 사람을 상할 것인데도 시라는 이름을 뒤집어쓰고 나오는 것이 세상에 범람하니 지혜를 가춘 청춘사녀(靑春士女)들이 시를 감시하기를 맹금류(猛禽類)의 안정(眼睛)처럼 빠르고 사납게 하되 형형한 안광이 능이 지배(紙背)를 투(透)할 만한 감식력을 갖어야 할 것이다. 오호 시라고 그대로 바로 맞아들일 수 있을 것인가. 도적과 요녀(妖女)는 완력과 정색(正色)으로써 일거에 물리칠 수 있을 것이나 지각과 분별이 서기 전엔 시를 무엇으로 방어할 것인가. 시와 청춘은 사욕에 몸을 맡기기가 쉬운 까닭이다. 하물며 열정(劣情) 치정(癡情) 악정(惡情)이 요염한 미문(美文)으로 기록되어 나오는 데야 쓴 사람이나 읽는 이가 함께 흥흥 속아 넘어가는 것이 차라리 자연한 노릇이라고 그대로 버려둘 것인가[54]

순화되지 않고 발산되는 시를 경계하라는 얘기이다. 즉 리에 의해서 순화된 기의 중요성과 리에 의해서 순화되지 않고 발산되는 기의 위험성을 말하고 있다. 순화되지 않는 기는 쉽게 사람의 정서를 자극하여 준동(蠢動)하게 하는 속성이 있다. 지용이 「시의 옹호」에서 말한 것처럼 "비틀어진 것끼리는 다시 분열한다."고 할 수 있는 성질이 있다는 것이다. 따라서 시를 대하는 사람들은 리에 의해 순화되지 않고 드러나는 기의 시를 경각심을 갖고 분별할 수 있어야 한다는 것이다. 그러나 문학이라는 외피를 입고 미문(美文)으로 치장한 글이기 때문에 쓴 사람은 물론 읽는 사람까지도 현혹될 수 있다는 것이다. 결국 시의 감식력은 현실의 감식력이 바탕이 될 때에 올바르게 가려낼 수 있는 것이다. 분별과 지각이 바로 설 때에 만이 미문(美文)으로 치장한 시를 가려 낼 수 있는 것이다. 이렇게 화자가 입산을 하여 산을 소요하는 것은 낭만적이며 시적인 정취를 자아내기 위한 유한적(有閑的)인 여기(餘技)의 목적이 아니다. 삶과 시의 길을 올바르게 걷고자 하는 모색의 시간인 것이다.

---

54 「詩選後」, 『정지용 전집 2』, (민음사, 1988), 227~228쪽.

제3장 결론

사단이란 맹자가 말한 측은·수오·사양·시비의 네 가지 마음을 가리키며, 인의예지의 단서로서 인간의 본연지성을 드러내는 정(情)이다. 조선조 성리학의 가장 큰 특징 중에 하나가 사단칠정의 이기론적인 논쟁의 심화였다. 사단인 인의예지를 절대적인 선인 리로 파악하고 칠정인 희·노·애·구·애·오·욕을 선·악의 유동성의 성질을 갖는 기로 파악하였다. 따라서 상대적으로 리를 귀한 것으로 기를 천한 것으로 여겨왔다. 리가 작용성이 있느냐의 여부에 따라 퇴계의 이기호발설과 이이의 기발이승일도설로 나누어진다. 퇴계의 학설처럼 리가 스스로 작용성이 있다고 규정한다면 리는 절대적인 선(善)의 세계가 되는 것이다. 그러나 리는 만물의 운행을 관장하는 보편적인 법칙이긴 하지만 스스로 작용하지는 않고 다만 기가 발할 때만 기에 타서 기가 악으로 흐르지 않게 조절하고 통제하는 것이라고 주장하는 논리가 이이의 기발이승일도설이다.

본고에서는 퇴계의 이기호발설보다는 이이의 기발이승일도설에 주목을 하였다. 퇴계의 호발설은 리의 작용성을 인정하는 것으로써 인간이 도덕성을 확보하는 차원에서는 당위성이 있으나 인간세계의 추함이 문학의 주제와 소재의 공간이라는 측면을 고려해 볼 때 이이의 기발이승일도설이 적합하다고 보았기 때문이다. 문학적으로 미적인 완결성을 갖춘 시는 곧 정서화된 시를 의미하는 것으로써 이는 화자의 기를 리에 의해서 연마하고 수련한 끝에 완성된 결정체라는 것을 의미한다. 완결된 결정체가 되기 위한 과정은 리에 의한 기의 순화의 과정이라고 할 수 있다. 이것을 곧 문학성을 갖추기 위한 과정이기도 하다. 왜냐하면 시라고 하는 것이 인간 감정과 정서의 총체로서 그것이 조절되거나 통제되지 않고 그대로 발산이 될 경우 문학적인 위의의 획득은 물론 사람의 정서에도 큰 감동을 줄 수 없기 때문이다. 정지용 시의 특징은 감정의 무분별한 방사를 경계하며 극도로 언어를 아꼈다는 것이다. 언어를 절제하고 여백을 둠으로써 독자가 시에 참여하여 정서를 공유할 수 있는 공간을 만들었다. 이것은 발산한 기를 리가 적절하게 조절했기 때문에 가능한 환경이다.

이 같이 정지용의 시에 대한 철학은 그의 시론에서 잘 나타나 있다. 따라서 본고에서는 정지용의 시론을 근거로 시에 나타난 사단칠정의 문학적인 표현을 이이의 기발이승일도설을 중심으로 고찰하였다.

1. '惻隱之心의 발로: 人'에서는 화자의 이완된 정서에서 표출되는 대상에 대한 연민의 정을 고찰하였다. 대상에 대한 연민에 혈육의 정이 있다. 혈육의 아픔과 죽음은 한 인간으로서 감당하기 어려운 절망스러움이다. 그런데도 화자는 비정하리만큼 지적인 감정의 절제를 통해서 시의 탄력성을 부여한다. 리에 의한 기의 조절이 없었다면 도달할 수 없는 경지인 것이다.

2. '羞惡之心의 발로: 義에서는 직접적인 저항이 불가능한 현실에서 자연에 귀의를 하여 오직 문학적인 방법에 의해서 현실의 파행성을 고발한 자연시를 살펴보았다. 화자가 자연에 귀의한 것은 인간의 현실을 자연 쪽에서 바라봄으로써 현실을 현명하게 감당하려는 적극적인 자구책의 일환이라고 할 수 있다. 화자는 자연을 대상화하면서도 결코 자신의 현실적인 기를 방사하지 않고 자연을 정밀하게 관찰하고 순간의 진실을 섬광처럼 포착할 뿐이다. 발산된 기를 냉철하게 조절하는 리의 객관적인 거리가 확보되었기 때문에 유지될 수 있는 정서인 것이다.

3. '辭讓之心의 발로: 禮'에서는 '동시(童詩)'에 주목을 하였다. 동시란 겸손과 겸양을 지니지 않으면 쓸 수 없는 순순한 마음 그 자체로서 자신을 낮추는 하심(下心)의 마음이 바탕이 된다. 따라서 어른이 동시에 일정 기간을 탐색했다면 거기에는 필연적인 이유가 있는 것이다. 현실의 미진을 털고 초심으로 돌아가고자 하는 뜻으로 동시에 몰입을 하는 경우가

그 예이다. 이러한 예는 시사에서도 윤동주와 박목월 등을 통해서 확인이 된다. 특징적인 것은 기성의 시에서와는 다르게 기발이승에서 리의 개입이 최소화 되어 생리적으로 발산이 되는 기의 역동성을 살리고 있다는 것이다.

4. '是非智心'의 발로: 智에서는 화자가 산을 소재로 하여 쓴 시들을 살펴보았다. 정지용의 시에서 소재적인 특징 중에 하나가 초기시에서는 '바다'의 이미지가, 후기 시에서는 '산'의 이미지가 많이 등장한다. 산의 정태적이며 관조적인 환경에서 세상을 조망하려는 의미이다. 입산하여 소요(逍遙)를 즐기되 생각의 지향성은 언제나 현실의 저자거리에 있다. 옳고 그름의 시비적인 판단이 현실 논리에 의해 제 기능을 상실한 때 화자가 취할 수 있는 방법은 자연에 의탁하여 본연지성의 지혜를 얻는 것이다.

참고문헌

김성민, 『융의 심리학과 종교』, 동명사, 2003.
김준오, 『시론』, 삼지원, 2003.
김춘수, 『시론』, 송원문화사, 1971.
김태봉, 「지용시의 한시적 성향에 대한 試論」, 『호서문화 논총』 제16집, 서원대 호서문화 연구소, 2002.
김학동, 『정지용 연구』, 민음사, 1987.
김학주 역주, 『논어』, 서울대학교출판부, 2003.
노병곤, 「정지용과 전통 의식」, 새로운 사람들, 1999.
박명옥, 「정지용의 「장수산 1」과 한시의 비교 연구」, 『한국문학이론과 비평』 9권 2호 제27집, 한국문학이론과 비평학회, 2005.
민족과 사상 연구회 편, 『사단칠정론』, 서광사, 1992.
송우혜, 『윤동주 평전』, 열음사, 1989.

이경숙, 『완역 도덕경』, 명상, 2004.

이문구, 『개구쟁이 산복이』, 창비, 1988.

_____, 『산에는 산새 물에는 물새』, 창비, 2003.

이상섭, 『문학비평 용어 사전』, 민음사, 2001.

이청준, 『이야기 서리꾼』, 문학수첩, 2006.

『율곡전서 1』, 대동문화연구원, 1971.

정종진, 『한국현대시론』, 태학사, 1994.

_____, 『정지용 시론의 고전시학적 해석』, 청주대 인문과학연구소, 1995.

최동호, 『하나의 道에 이르는 시학』, 고려대학교출판부, 1997.

_____, 「정지용의 산수시와 은일의 정신」, 『시와 시학』 통권 46호, 시와 시학사, 2002.

포석 조명희 시에 나타난 '고아의식' 小考

제1장 서론

한국 근현대문학사에서 포석(砲石)[1] 조명희(1894~1938)는 잊혀진 시인이었다. 시종 숱한 수난에 응전하며 모두 44년에 걸친 삶과 15여 년 동안 행해 온 사회주의적이고 항일 문학적인 그의 작품 성과들은 극적이면서도 변증법적인 궤적을 이루면서 우리 문학사에 의연하게 자리한 채 빛나고 있다.[2] 그는 한국 근현대문학사에서 사회주의 리얼리즘을 최초로 개척한 민족 민중문학의 선구자라는 평가를 받는다. 그러나 역설적으로 이러한 평가는 분단의 상황에서 그동안 그의 문학을 객관적인 입장에서 정당하게 평가하지 못하는 멍에로 작용을 해왔다.

포석에 대한 연구는 1988년 7 · 19 조치로 납 · 월북 문인들에 대한 해금이 이루어지면서 비로소 학문적인 연구가 이루어질 수 있는 토대가 마련되었다.[3] 그러나 정지용이나 이용악 · 백석 · 오장환 등 함께 해금이 된

---

1 이 논문에서는 조명희를 지칭함에 있어서 '포석'을 그의 '호(號)'로 통일하여 표기하기로 한다.

2 이명재, 『낙동강 외』, (범우, 2004), 501쪽.

3 해금 이전의 연구는 인간 포석에 대한 주변 지인들의 단편적인 인물평을 중심으로 인상 비평적인 차원에서 산발적으로 이루어졌다. 그러나 해금 이후의 연구는 그가 섭렵했던 다양한 장르의 문학에 대하여 연구가 이루어진다. 아쉬운 점은 포석의 다양한 문학적 편력 때문에 개괄적인 면에서는 종합적으로 연구 성과가 이루어진 것으로 보이지만 각 장르 연구의 구체성에는 접근하지 못하는 한계를 노정시켰다. 해금 이전에는 희곡과 소설

다른 시인들의 연구 성과에 비해서 상대적으로 미진한 감이 있다. 그 이유로는 여러 가지 요인이 있겠으나 대략 두 가지 정도로 압축해 볼 수 있다.

첫째, 그의 문학이 다양하다는 점이다. 포석은 시와 소설은 물론 희곡과 수필, 동요, 평론에 이르기까지 문학의 전 장르에 걸쳐서 왕성한 작품 활동을 했다. 이것은 그의 문학의 총체성을 확인하는 것이다. 그러나 이러한 총체성은 한 장르에 전념하지 못했다는 편견이 작용할 가능성이 있다. 즉 포석 문학의 다양성을 구체성이 결여된 것으로 일별해 버릴 수 있다는 것이다.[4]

둘째, 그가 걸어간 삶의 행로가 일반적으로 동시대의 문학인들이 걸어간 삶의 궤적과 뚜렷하게 구별되는 이유 때문인 것으로 보인다. 그는 현실과 이상 사이에서 자학을 하거나 머뭇거리지 않고 현실 인식에 대하여 뚜렷한 신념을 바탕으로 자신의 길을 오로지 했다. '뚜렷한 신념'이란 말의 함의 속에는 러시아(舊소련)으로의 '망명'이 자리한다.

세계문학사에서 정치적으로 망명의 길을 택한 문인들이 없지 않다. 망명은 다분히 정치적인 환경과 관련되어 있는 불가피한 선택의 결과로 문학의 사회적 역할과 맞물려 있다. 그러나 포석이 망명을 함으로써 그의 사상과 문학을 문학사적으로 정당하게 평가하지 못하는 결과를 초래했다. 그의 문학을 정치적인 선입견으로 파악했다는 것이다. 어떤 행위로든 그리고 궁극적인 의미에서 인간의 사회적 행위는 정치적이다. 문학적 기록도 결국은 정치적이다. 그 담론 속에 함유하고 있는 의식의 덩어리들을 통하여 우리는 그것에 길항하거나 그것을 넘어선다.[5] 따라서 삶 자체

이, 해금 이후에는 시와 문학 전반에 관한 연구가 진행되었다.

4 이는 포석의 연구사에서도 확인이 된다. 다양한 각 장르를 관통하는 일관된 사상이나 신념 등을 구체화 한 연구가 없다. 각 장르의 표면에 나타나 있는 개괄적인 부분만을 산발적으로 거론하고 있다.

가 정치와 무관 할 수 없다. 특히 인간의 현실적 조건을 다루는 문학에서 정치적인 안목과 가치는 시를 문업(文業)으로 하는 시인으로서 당연히 가져할 시대적인 소명의식이라고 할 수 있다.

이런 측면에서 경향적인 문학을 추구한 카프(KAPF)[6]와 프로문학 작가들이 지향한 정치적 편향성은 문학의 정치합류라는 부정적인 문제점을 안고 있다. 그러나 많은 단점에도 불구하고 프로시는 일제하 백성의 고통을 가장 잘 증언한 시였으며 우리 민족의 살아 있는 정신을 보여준 시들로 평가할 수 있는 것이다. 프로시는 적극적 항일시가 불가능했던 터전에서 택할 수밖에 없었던 차선의 방책이었다.[7] 정치 과잉의 시대에 민족이 처한 현실을 비판적 시각으로 바라보는 것은 역사 발전의 필연적 시각이라고 할 수 있다.

절대독립이 지상 과제였던 현실에서 일부 문인들이 일제의 탄압을 견디지 못하고 문학의 내적 논리를 옹호하기 시작했다. 문학을 현실 정치와 분리시키기 위한 일제의 교묘한 정치적 술수의 결과이다. 따라서 문학을 통한 현실의 반영은 문학의 본질을 간과한 것으로 오도되었다. 현실의 반영은 민중의 계몽적 성격을 바탕으로 하고 있기 때문에 그 중심에 사상성이 자리하게 된다. 일제는 그것을 경계했던 것이다.

이 시점에서 한국 근대문학의 초창기에 현실을 있는 그대로 반영한 포석의 업적을 올바르게 평가해야 할 때가 온 것이다. 문학의 내적 논리로만 재단하려는 것 자체가 그 당시의 시대상황의 경중을 제대로 파악하

---

5 신철하, 「살림의 시학」, 『푸른 대지의 희망』, (세계사, 1995), 123쪽.

6 이 시기의 좌경적인 사조는 외국의 경우와는 차이가 있다. 우리의 현실에서 일제에 항거하는 정신과 융합되어 있었다. 따라서 항일통합체격인 신간회(新幹會)도 이 시기에 조직되었던 것을 감안한다면 좌익적인 일방적 편향성으로 KAFE의 성격을 논할 수만은 없을 것이다. 김선학, 『한국현대문학사』, (동국대학교출판부, 2001), 31~32쪽.

7 정종진, 『한국현대시 그 감동의 역사』, (태학사, 1999), 251쪽.

지 못한 소산이다. 특히 러시아(舊 소련)에 미증유의 조선 문학의 씨앗을 뿌린 점은 문학사적으로 정당한 평가를 받고도 남음이 있다.[8] 개척자에게는 문학의 내적 논리보다는 사상과 정신으로 대표되는 외적인 논리가 우선일 수밖에 없다는 것을 인정해야 한다.

본고에서는 포석의 시를 '고아의식적 관점'에서 논하고자 한다. 지사적(志士的)인 성향이 다분한 그의 삶에서 고아의식을 추출해 낸다는 것이 다소 생경한 측면이 있다.[9] 기존의 연구[10]도 시의 내용을 천착하기보다는 포석이 걸어 간 정치적 행로를 지사적인 관점으로 파악하는 데 초점이 맞추어져 있다. 이것은 포석의 삶과 문학을 내적인 논리로 파악하지 못하고 거대 담론으로 규정 그의 문학을 정치에 예속시키는 결과를 초래했다.

현실지향성을 바탕으로 지사적인 삶의 면모를 보였다면 그 실천의 동력을 얻기 위한 '내면의 필연성'이 설명되어야 한다. 내면의 필연성은 현

---

8 이념의 대결이 퇴색된 오늘날의 현실에서 포석이 걸어 간 문학의 궤적은 우리 문학의 지평을 넓혔다는 점에서 시사적인 의의가 크다고 할 수 있다. 더욱이 한국 문학의 화두가 세계화인 현실에서 포석이 한 세기 전에 걸어 간 문학의 행로는 선구자의 전범이다. 비단 문학뿐만 아니라 요즘 우리가 처한 시대·역사적인 환경과 견주어 보면 의미 하는 바가 자못 크다고 할 수 있다.

9 이러한 경향에 대한 분석은 칼 구스타프 융(1875~1961)의 분석심리학의 이론 중에 하나인 인간의 집단무의식의 원형 중에서 아니마(anima)의 이론으로 설명할 수 있다. 아니마는 남성 속에 존재하는 여성성으로 사회생활과 공동생활의 기반인 페르조나(persona)와 반대되는 개념이다. 한국 현대시인 중에서 한용운과 김소월, 김영랑, 윤동주, 신석정 등의 많은 시인들이 남성임에도 불구하고 여성적 어조에 바탕을 둔 시를 썼다. 아니마적인 성향이 두드러지게 나타나는 사람들의 특징은 왕성한 힘과 에너지를 가지고 사회생활을 하는 사람일 수록 이 같은 성향이 강하게 나타난다고 한다.

10 김재홍, 「프로문학의 선구 실종문인, 조명희」, 『한국문학』, (한국문학학회, 1989). 1; 김형수, 「포석 조명희 연구」, (서울대 석사학위논문, 1989); 박정혜, 「포석 조명희 소고」, 『선진어문학』 4, (성신어문학연구회, 1991); 박혜경, 「조명희론」, 『한국 현대시인 연구』, (태학사, 1989); 이강옥, 「조명희의 작품세계와 그 변모과정」, 『한국근대리얼리즘작가연구』, (문학과지성사, 1988).

실지향적이며 지사적인 그의 삶을 설득력 있게 증명하는 원초적인 자료이기 때문이다. 이것이 전제가 될 때 포석의 삶과 문학이 전체성을 획득할 수 있다. 따라서 본 논문은 기존의 정치일변도의 현실적인 삶의 측면을 지양한다. 즉 내면의 필연성인 고아의식이 현실지향적인 지사적 행위에 어떠한 경로를 통해 영향을 미쳤는가를 고찰하고자 한다. 실제로 그의 시에서는 '고향과 '땅', '어머니'에 대한 회귀적 정서가 배어 있는 시들이 적지 않게 있다. 고향과 어머니, 땅은 생의 바탕이 되는 본래적인 기반이다. 본래적 기반이 상실된 현실은 자연스럽게 고아의식으로 연결이 된다. 지사적인 성격과 고아의식의 이질적인 두 정서의 상관성에 대하여 논할 것이다.

한국 근현대문학사에서 그를 시인이라고 단선적으로 규정하기에는 부족한 감이 없지 않다. 그가 문학으로 첫 발을 내딛은 것이 오히려 시보다 소설과 희곡이었기 때문이다. 그러나 시란 장르가 한 인간의 내면적 가치와 세계관을 응결된 언어로 상징화하는 장르라는 점에서 다른 장르를 고찰하는데도 기본 방향을 제시해 주리라 믿는다.

제2장 모성의 상실과 아픔의 내재화

동양의 음양론(陰陽論)에서 음성적인 것은 양성적인 것과 대비하여 하향적 심상으로 표현되어 왔다. 고대 동양의 음양론에 의하면 음(陰)은 조용하고, 고정적이며, 아래이고, 차가우며, 형상적으로 우묵하게 들어간 것이고, 질감으로는 매끄럽고, 물성은 무르고 부드러운 것을 말하며 대표되는 상징은 물이었다. 아래(下)라는 위치에 있어서의 우월성 역시 음으로서 여성성(女性性)이다. 위로 올라가는 것은 올라갈수록, 그것이 높으면 높을수록, 안정성은 저하되고 위태로움은 증가한다.[11] 음양의 대표적인 성질인 물(水)과 불(火)도 이 같은 속성을 잘 나타내고 있다. 불은 위로만 솟는 상승적 심상인 반면 물은 아래로만 흐르는 하향적 심상이 그것이다. 따라서 상실이나 체념의 달관된 마음은 관조와 침잠의 정서를 바탕으로 하고 있기 때문에 땅(母性)과 밀착된 하향적 심상으로서 본질적인 성격을 지닌다.

고향과 땅과 어머니는 시원적 성격 때문에 동일성을 가지고 있다고 할 수 있다. 또한 이들 대상은 실제 하는 지리적 공간의 위치와 관계없이 하향적 심상으로 다가온다. 애틋하고 서늘한 정서가 일종의 배설과 정화의 기능을 가지고 있기 때문이다.[12] 포석의 시에는 이러한 하향적인 음성(陰性)의 심상이 그의 지사적 풍모와 달리 많이 나타나 있다.

가을이 되었다 마을의 동무여
저 넓은 들로 향하여 나가자
논틀길을 밟아가며 노래 부르세
모—든 이삭들은
다북다북 고개를 숙이어
 "땅의 어머니여!
우리는 다시 그대에게로 돌아가노라"한다.

동무여! 고개 숙여라 기도하자
저 모든 이삭들과 한가지로……

―「성숙의 축복」 전문

---

11 이경숙, 「取國」, 『완역 도덕경』, (명상, 2004), 232쪽.

12 배설과 정화 자체가 일정하게 채워진 포만적인 상태를 비우는 행위이기 때문에 하향적인 심상이라고 할 수 있다. 또한 '비운다는 것'은 아래도 떨어뜨리거나 털어버린다는 의미도 갖는다.

위의 시는 화해롭고 자족적인 고향의 풍경을 평화스럽게 그리고 있다. 성스럽고 이상주의적인 공동체의 정서가 바탕을 이룬다. 포석이 고향을 떠난 후 다시 귀향한 뒤에 쓰인 시로서『봄 잔디밭 위에』의 시집에 실린 시이다. 화자는 가을걷이를 앞둔 농촌의 들녘을 동무와 함께 나가 노래 부르자고 하고 있다. 시의 내용과 정서가 밀레의『晩鐘』을 보는 듯한 경건함이 있다. 땅에 대한 무한한 경외(敬畏)감을 나타내고 있다. 땅과 어머니를 동격으로 봄으로써 고향의 공간을 확대하고 있다.

외면적으로는 동화적인 신비의 정서가 지배적이어서 화자의 시대의식과는 무관하게 보인다. 또 내면적으로는 현실을 제대로 응시할 수 없는 삶의 조건에서 화자가 자폐적 공간에 갇힌 위태로운 심상을 보여준다. 자폐적인 심리 상태는 '외부와의 소통을 단절하고 자기만의 세계에 몰입하는 것'으로써 현실 세계와 비교하여 환상적이며 이상적인 세계를 좇는 몽환적 경향이 있다. 즉 현실 세계에서 욕망하거나 추구할 수 없는 것을 자폐적 공간에서는 보상을 받을 수 있기 때문이다. 화자의 자폐적인 증상은 당초부터 병명으로 가지고 있었던 지병적(持病的)인 것이 아니라 현실과 건강한 소통이 단절되면서 보이는 굴절된 병리적 현상이다. 자폐적 공간으로의 몰입은 현실과의 불화가 원인이다.

위의 시는 고향을 떠난 화자가 다시 고향에 돌아와서 느끼는 고향의 자기 충족적인 평화스러움이 짙게 깔려 있다. 또한 화자는 대처에서 체험한 삶을 경험으로 수용하여 인식의 폭을 객관화하고 있다. 그러나 실제적으로는 해체되거나 상실된 고향의 모습이라고 할 수 있다. 심상적으로만 존재하는 고향인 것이다.

땅과 어머니는 씨앗을 통하여 생명을 포태(胞胎)하는 근원적인 것이다. 노자의『도덕경』에서는 "신이 죽지 않는 계곡이 있으니 이를 현빈(玄牝)이라 한다." 현빈의 문은 하늘과 땅의 뿌리이다.[13] 현빈은 노자가 도(道)가 시작된 근본 자리를 뜻하는 말로써 만든 것이다. 그리고 그곳에서는 신이 죽지 않고 영원히 존재한다고 설명하고 있다.[14] 여기서 말하는 현빈지문(玄牝之門)은 곧 여성의 질구(膣口)를 말하는 것이요, 풍수의 정 혈법이란 바로 이 현빈지문을 찾는 것이다. 그것은 곧 자궁으로 들어가 는 길문이요, 천지생성의 근원인 것이다.[15]

자연적인 현상으로써 가을은 "모든 이삭들이 다북다북 영근" 수확의 계절이지만 태어난 시원적 공간으로 회귀를 준비하는 계절이기도 하다. 우주론과 관련된 신화의 층위에서 가을은 두 가지의 모순스러우면서도 등가(等價)인 상징을 갖추고 있다. 그 하나는 결실과 수확에 대응되는 풍 요한 생명력에 관한 상징이고 다른 하나는 시듦과 조락(凋落)에 대응되 는 힘의 쇠퇴와 예비 된 죽음에 관한 상징이다. 전자는 밝은 햇살과 낮의 다사로운 온기 곡식 등에 의해 대표되고 후자는 낙엽과 서리 밤의 차가 움 등에 의해 대표된다.[16] 또 7행의 "우리는 다시 그대에게로 돌아가노 라"의 구절은 이 같이 시원적 공간으로의 회귀를 의미하며 삶의 현실에 서는 퇴행적 공간[17]으로 돌아가려는 강한 욕구가 반영되어 있다.

그러나 이러한 퇴행적 심리가 부정적 요인으로만 작용되는 것은 아니 다. 융은 퇴행이 유익한 경우도 있다고 지적한다. 많은 종족적 지혜를 포 함하고 있는 원형에 활기를 주기 때문이다. 이 종족적 지혜는 종종 인간 이 현재의 생활에서 직면하고 있는 긴박한 문제들을 해결 할 수 있게 해 준다. 예를 들어 영웅의 원형에서 인간은 절망적인 위기에 대처하는 데 필요한 용기를 얻을 수 있다. 융이 때때로 은둔 또는 칩거의 시기를

---

13 이경숙, 「玄牝」, 『완역 도덕경』, (명상, 2004), "谷神不死 是謂玄牝玄牝之門 是謂天地之根."

14 이경숙, 위의 책, 119쪽.

15 김용옥, 『청계천 이야기』, (통나무, 2003), 48~49쪽.

16 한국문화상징편찬위원회, 『한국문화 상징사전 1』, (동아출판사, 1992), 10쪽.

17 퇴행이란 리비도의 후퇴 운동으로 대립물들이 충돌하고 상호작용을 되풀이 하는 가운데 퇴행 과정에 의해 서서히 그 에너지를 상실한다(이를 '무력화'라고 한다). 캘빈 S. 홀, 버논 J. 노비드, 김형섭 옮김, 『융 심리학 입문』, (문예출판사, 2004), 119쪽.

가지라고 권유하는 것은 여러 가지 삶의 문제에서 도피하라는 뜻이 아니라 무의식의 저장소에서 새로운 에너지를 찾아내라는 뜻이다.[18] 어머니와 고향과 땅은 이러한 퇴행적 공간으로서 화자가 에너지를 충전하는 긍정적인 공간이라고 할 수 있다. 전진[19]을 위한 모색의 공간이다.

　　내가 이 잔디밭 위에 뛰노닐 적에
　　우리 어머니가 이 모양을 보아주실 수 없을까

　　어린 아기가 어머니 젖가슴에 안겨 어리광함 같이
　　내가 이 잔디밭 위에 짓둥글 적에
　　우리 어머니가 이 모양을 참으로 보아주실 수 없을까?

　　미칠 듯한 마음을 견디지 못하여
　　"엄마! 엄마!" 소리를 내었더니

　　땅이 "우애!" 하고 한울이 "우애!" 하옴에
　　어느 것이 나의 어머니인지 알 수 없어라.

　　　　　　　　　　　　　　　　　　　　－「봄 잔디밭 위에」 전문

　1924년 필명 적로(笛蘆)로 춘추각에서 간행한 『봄 잔디밭 위에』는 그의 유일한 시집으로 『개벽』, 『폐허』 이후 등에 발표한 6편[20]과 그 외 미

---

18 앞의 책, 121쪽.

19 전진은 당사자의 심리적 적응을 발달시키는 일상의 경험이라고 정의 할 수 있다. 전진은 정신 요소에 에너지를 부가한다. 위의 책, 118~121쪽.

20 「봄 잔디밭 위에」, 「내 못 견디어 하노라」: 『개벽』, 1924. 4. 발표. 「驚異」, 「영원의 애수」, 「무제」, 「고독자」: 『폐허이후』, 1924. 1. 발표.

발표작 등 모두 43편이 수록되어 있다. 시집은 「봄 잔디밭 위에」, 「蘆水哀音」, 「어둠의 춤」으로 3부로 구성되어 있는데 「봄 잔디밭 위에」는 귀국하여 쓴 작품들이고 뒤의 두 부는 동경 시절의 시편들로 모아 묶은 것이다. 정신적 방황기라 할 수 있는 초기 「노수애음」, 「어둠의 춤」部는 미숙한 세계의식과 불투명한 대응자세로 방황과 애상 인간에 대한 혐오와 절망 등 감상적으로 식민지 구조에 대응하는 작가의 혼란된 의식이 나타나 있다. 한편 귀국 후의 시들은 대지에 뿌리를 내린 생명에 대한 경건함, 세계회복의 열망을 보여주는 비교적 건강한 시 정신을 구현하고 있다.[21]

위의 시는 귀국 후에 쓰인 「봄 잔디밭 위에」部의 표제 시로서 시에 대한 평가는 "어머니의 대지와 거기에 뿌리를 두고 살아가는 인간의 생명력에 대한 찬탄에 놓인다."[22] "고독한 젊음의 감상적 애상감은 사라지고 생명의 근원이자 어머니의 대지에 대한 경건한 마음과 대지를 통해 소생하고 열매 맺는 새 생명에 대한 경이와 감탄이 충일하다."[23] 등으로 「봄 잔디밭 위에」部의 생명에 대한 건강성을 노래한 정서와 동일한 평가를 받는 시이다.

그러나 포석이 귀국 후에 쓴 「봄 잔디밭 위에」部는 동경 유학 시절에 비하여 한층 성숙한 시의 건강성을 보여주긴 하지만 이러한 건강성은 귀국 후의 일시적인 감정의 이완으로 겪는 일종의 고향에서 보이는 '틈'이라고 할 수 있다. 동경 유학시절에 보였던 어두운 세계관의 인식이 오히려 분열적 심상으로 구체적으로 확대되었다고 할 수 있다. 주목할 점은 귀국 후 고향에서 보이는 분열적 심상이 질서를 회복하기 위한 '카오스

---

21 고선아, 「조명희 연구」, (중앙대 석사학위논문, 1991), 17~18쪽.
22 김종길, 「조명희 연구」, (한국외대 교육대학원 석사학위논문), 37쪽.
23 고선아, 위의 논문, 1991, 26~27쪽.

적인 혼돈'이라는 것이다. 즉 미세하게 일정한 지향점을 향해 가고 있는 것이다.

위의 시는 어머니의 현실적 부재를 환기하며 비극성을 띠고 있다. 잔디밭은 '어머니의 품안'을 상징한다. 어머니의 '오지랖'이자 화자의 성장 과정의 '마당'이기도 하다. 그러나 화자가 '잔디밭에서 뒹굴고 뛰어 놀 때' 화자의 순진무구한 모습을 보아 줄 어머니가 없다. 화자에게는 안타깝고 슬픈 일이다. 보아줄 사람이 없는 재롱은 관객 없는 광대처럼 쓸쓸한 것이다. 이는 곧 '고아의식'으로 확대된다.

'우애'는 아기가 보채면 엄마가 달랠 때 쓰는 일종의 '아기 달램'의 관형적 표현이다. "엄마! 엄마!" 외쳤더니 땅이 '우애' 한울이 '우애'한다는 것은 화자의 고아의식을 심화시켜 주고 있다. 정지용의 시 「백록담」의 6연 "첫 새끼를 낳노라고 암소가 몹시 혼이 났다. 얼결에 산 길 백리 길 돌아 서귀포로 달아났다. 물도 마르기 전에 어미를 여윈 송아지는 움메-움메 울었다. 말을 보고도 등산객을 보고도 마구 매여 달렸다. 우리 새끼들도 모색(毛色)이 다른 어미한테 맡길 것을 나는 울었다."[24]

위의 시에서 화자가 어머니의 사랑을 희구하는 행위는 정지용의 「백록담」에서 송아지가 '말'과 '등산객'을 보고 제 어미인 줄 알고 달려드는 안타까운 행동과 동일한 고아의식을 보여주고 있다. 화자의 측은지심(惻隱之心)의 마음을 볼 수 있다. 화자의 이러한 마음은 「情」에서도 재현이 된다.

    어머니 좀 들어 주세요
    저 황혼의 이야기를
    숲 사이에 어둠이 엿보아 들고

---

24 『정지용 시 전집』, (민음사, 2003).

개천 물소리는 더 한층 가늘어졌나이다
나무 나무들도 다 기도를 드릴 때입니다.

어머니 좀 들어 주세요
손잡고 귀 기울여 주세요
저 담 아래 밤나무에
아람 떨어지는 소리가 들립니다.
 ‘뚝하고 땅으로 떨어집니다
우주가 새 아들 낳았다고 기별합니다
등불을 켜 가주고 오세요
새 손님 맞으러 공손히 걸어가십시다.

-「驚異」 전문

「성숙의 축복」과 「봄 잔디밭 위에」의 시와 동일하게 어머니의 부재가
뚜렷하다. 그러나 김용직[25]은 이 작품에서 "화자가 처한 현실이 전원적
환경으로서, 계급의식이나 식민지 체제의 궁핍상과는 무관한 원초적 공
간에서 숨쉬는 인간의 심상"이라고 했다. 또 "신경향파의 다른 작품과도
변별성을 지닌다"라고 했다. "그렇다고 백조 시대의 몽상의 시학과도 구
별이 되는 정신의 건강성이 있는 작품"으로 평가를 했다. 그러나 '건강성'
이라는 것은 주변적인 환경과 호응할 때 건강해 지는 것이다. 화자를 둘
러 싼 현실이 모성의 상실로 아픔이 내재화 된 환경이라면 김용직이 말
한 정신의 건강성은 역설적으로 정신의 이상 징후일 수 있다. 건강하지
않은 현실에서 건강성을 노래한 것 자체가 아픔을 드러내는 행위이기 때
문이다. 물론 건강하지 못한 현실에서 건강성을 노래한 것이 현실에 함

---

25 김용직, 『한국근대시사』, (학연사, 2002), 79~80쪽.

몰되지 않고 내일을 전망하려는 소망적 사고를 나타낸 것으로 볼 수도 있지만 위의 시의 화자의 어조는 상실의 아픔 속에서 해방구를 찾으려는 몽상의 심리에 가깝다.

어머니에 대한 시적 화자의 기대와 바람은 간절하지만 화자의 바람을 들어 줄 어머니는 존재하지 않는다. 상실된 모성을 지향하는 화자의 마음은 '청유형 어조'로써 모성의 부재를 환기시킨다. "황혼의 이야기", "개천물소리", "아람 떨어지는 소리" 등을 들어줄 어머니가 없다. 화자 주변의 일상성을 함께 공유하는 존재가 없다는 것은 자아로부터의 근친성과 삶의 본래적 기반이 상실되었음을 의미한다. 따라서 단순히 화자를 낳아준 생모(生母)의 부재만으로는 설명이 되지 않는다. 어머니는 고향이고 땅이며 조국이 될 수 있기에 이 시에서 어머니의 부재는 망국의 현실을 의미하기도 한다.

화자의 어머니에 대한 일방적인 그리움의 염원은 2연 3행의 "저 담 아래 밤나무에/ 아람 떨어지는 소리가 들립니다."에서 평서문으로 어조가 바뀜으로써 현실의 변화된 상황을 보여주고 있다. 또 주변은 온통 기도를 드리기에 알맞은 정적의 시간이지만 아람 떨어지는 소리가 "똑"하고 들림으로써 정적의 분위기를 깨우고 있다. 시의 반전이 일어나고 있다. 화자의 어조가 청유형에서 평서문으로 바뀌게 된 이유가 여기에 있다. "똑"하고 울리는 소리는 우주가 "새 아들" 낳았다고 기별하는 소리이기 때문에 어머니의 호응을 얻을 수 있는 기회인 것이다. 즉 전진을 위한 신호인 것이다. 따라서 화자는 자신 있게 어머니와 함께 새 손님을 맞으러 같이 가자고 권유할 수 있는 환경이 조성이 된 것이다.

또한 새 손님은 일상적으로 집에 찾아오는 손님일 수 없다. 육사의 시 「광야」에서 백마 타고 오는 '초인'과 같은 메시아적인 의미가 있다고 할 수 있다. 화자와 어머니가 든 '등불'은 시대의 어둠을 밝힐 희망의 등불이다. 윤동주의 시 「쉽게 쓰여진 시」의 '등불'이 화자가 직접 밝히는 등불이라면 포석의 위의 시의 등불은 어머니가 밝혀 주기를 바라는 등불이다. 그만큼 모태적이며 퇴행적 공간에 침잠하고 있는 화자의 심리적 상태가 보호자의 도움을 필요로 하는 의존적 상황임을 알 수 있다. 그러나 모태적 공간에 안주하던 기존의 모습과는 달리 어머니의 힘을 빌리려는 것이긴 하지만 세상으로 비상(飛翔)하려는 의지가 엿보이기 시작한다.

근대시의 특징은 일방적인 계몽 일변도로써 사변적인 성격이 짙다. 그러나 포석의 위의 시에서 아람 떨어지는 소리를 "뚝"이란 청각적인 감각적 표현을 사용함으로써 현대적 위의(威儀)를 획득하고 있다.

제3장 정서적 이완의 심화

바둑이도 정들어 보아라
그는
더러움보다 귀여움이 더하리라.

살무사도 정들어 보아라
그는
미움보다 불쌍함이 더하리라.

―「情」 전문

어머니의 상실은 세계의 상실이기 때문에 화자의 상실감은 전체로 확대된다. 따라서 화자의 상실감은 "바둑이"와 "뱀" 등 사물과 대상으로 이어진다. 화자는 바둑이와 뱀에게도 측은지심(惻隱之心)을 가질 정도로 하심(下心)이 되어 있다. 이것은 화자의 미물에 대한 보편적인 사랑을 의미하기도 하지만 당 시대의 현실에서 화자가 처한 환경이 심리적·정서적으로 간극의 차가 깊게 이완되어 있음을 보여주는 것이기도 하다. 자아가 현실에 대하여 위축되거나 자폐적 공간으로 몰입이 될 경우 자아는 사물들을 대상화하여 자신과 동일성을 부여하고자 한다. 20년대 초 암담한 현실 속에서 낭만파 시인들이 보였던 병적인 허무의식과 동일한 정서라고 할 수 있다.

이러한 경향은 「바둑이는 거짓이 없나니」의 시에서 인간의 위선(僞善)을 비판하기 위하여 바둑이의 정직성을 드러내는 태도에서 화자의 허무의식을 확인할 수 있다. 2연 "살무사도 정들어 보아라/ 그는/ 미움보다 불쌍함이 더하리라"의 구절은 서정주의 시 「花蛇」에서 뱀을 "꽃대님보다 아름답다"[26]고 표현한 것과 같은 시적 발상의 신선함을 느끼게 한다. 사물을 삐딱하게 봄으로써 표현된 시의 구성 원리이다.

> 반기던 그대 멀어지고
> 멀어진 그대 그립거늘,
> 이를 다시 슬퍼하옴은
> 내 마음 나도 모르거니,
> 꽃이야 지거라마는 물이야 흐르거라마는
> 이 마음 부닥칠 곳 없음을 내 못 견디어 하노라.
>
> ―「내 못 견디어 하노라」 전문

인간이 외계의 요청에 이상적으로 응할 수 있는 것은 자기 자신의 내면에 적응해 있을 때뿐이다. 다시 말해 자기 자신과 조화되어 있을 때뿐이다.[27] 그러나 화자의 심리 상태는 현실과 자아 사이에서 심한 부조화를

---

26 『서정주 시 전집』, (민음사, 2004).
27 켈빈 S. 홀, 버논 J. 노비드, 앞의 책, 120~121쪽.

보이고 있다. 화자의 모성적 공간의 상실은 세계의 상실감으로 동일하게 확산된다. 따라서 화자에게 현실은 자신이 의지하거나 삶의 보호막으로서의 의미를 잃고 이원적으로 분리가 되어있다. '꽃'과 '물'은 화자의 실존을 환기시켜 주지 못하는 무관한 존재로서 막연한 타자로 존재하는 사물에 불과하다. 화자가 바라보는 '꽃'과 '물'은 단순한 사물로서 현실을 변화할 수 있는 대상으로 취사선택되지 않는 무의미한 존재에 불과하다. 자신의 마음을 의탁하거나 쉽게 사물과 동화하여 대상화하지 못한다.

어느 것으로부터도 위로 받지 못하는 화자의 현실의 상실감을 나타내고 있다. 이 같은 상실감은 「달조차」에서 "이 밤의 저 달빛이 야릇이도/ 왜 그리 사람의 마음을 흔드는지/ 가읍시 가읍시 서리고 압허라.// 아아 나는 이 달의 우름을 좇차 한읍시 가련다/ 가다가 지새는 달이 재를 넘거던/ 나는 그 재위에 홀로 쓰러지리라."에서 상실감의 절정을 이룬다.

> 잔디밭에 어린 풀싹이
> 부끄러운 얼굴을 남모르게 내놓아
> 가만히 웃더이다
> 저 크나큰 봄을.
>
> 작은 새의 고요한 울음이
> 가는 바람을 아로새기고
> 가지로 흘러 이내 가슴에 스며 들 제
> 하늘은 맑고요, 아지랑이는 고웁고요.
>
> —「봄」 전문

위의 시는 계절적으로 봄의 약동성이 지배적이다. 따라서 시의 전체적인 심상이 맑고 경쾌하다. 그러나 어린 풀싹, 얼굴, 작은 새, 가는 바람,

아로새김, 아지랑이 등의 시어는 아직도 화자의 정서가 현실을 아우를 수 있을 정도로 기상(氣像)을 회복하지 못함을 보여주고 있다. 1연에서 "어린 풀싹이 부끄러운 얼굴을 남모르게 내놓아/ 가만히 웃더이다/ 저 크나큰 봄을."에서 화자는 봄을 온전히 받아들이기를 주저하고 있다.

얼굴을 내 놓는 행위는 자아의 모습을 드러내는 것을 뜻하며 결국 은폐된 공간이 있었음을 의미하는 것이다. 화자는 자아의 모습을 은폐한 채 '현실의 엿보기'를 통해 세상을 조망하려 하고 있다. 그러나 현실은 화자가 세상을 제대로 응시할 수 있는 투명성을 확보해 주지 못하고 있다. 따라서 개방적인 봄을 적극적으로 수용하지 못하고 조심스럽기만 하다. 여전히 세상으로의 적극적인 비상을 준비하는데 일정한 시간이 필요함을 보여주며 현실의 대응 논리를 피하여 모태적인 동심의 세계에 안주하고 있다.

이 같은 심리 상태는 '관음증(觀淫症)'적 심리 상태라고 할 수 있다. 윤동주의 시 「자화상」에서 화자가 집착하는 우물 속의 세계는 화자만이 볼 수 있는 공간이며 우물이란 좁은 공간에서 화자가 세상을 조망할 수 있는 유일한 통로 구실을 한다. 얼굴을 감추었던 공간과 우물 속의 공간은 화자가 세상을 전망할 수 있는 소통의 공간이라고 할 수 있다.

나의 고향이 저기 저 흰 구름 너머이면
새의 나래 빌려 가련마는
누른 땅위에 무거운 다리 움직이며
창공을 바라보아 휘파람 불다.

나의 고향이 저기 저 높은 산 너머이면
길고 긴 꿈길을 좇아가련마는
생의 엉킨 줄 얽매여

발 구르며 부르짖다.

…(중략)…

고적한 사람아 시인아

하늘 끝 회색구름의 나라

이름도 모르는 새나라 차지려

멀고먼 창공의 길에 저문 바람에

외로운 형영(形影)이 번뜩이여 날아가는 그 새와 같이

슬픈 소리 바람결에 부처 보내며

아픈 걸음 푸른 꿈길 속에

영원의 빛을 찾아가다.

―「나의 고향이」 부분

고향에 대한 짙은 그리움이 배어 있다. 고향에 돌아가고 싶어도 돌아
갈 수 없는 현실에서 화자는 "흰 구름" "새의 나래" "꿈길"에 의탁하여
귀향의지를 나타내고 있다. 귀향의지를 가로막는 것은 1연 3행의 "누른
땅 위에 무거운 다리"와 2연 3행의 "생의 엉킨 줄"때문이다. 이런 현실
앞에서 화자가 할 수 있는 행위는 창공을 바라보며 휘파람을 불거나 발
을 동동 구르는 안타까운 '몸짓'뿐이다.

일본을 "하늘 끝 회색구름의 나라"로 규정함으로써 화자가 서 있는
공간이 적국의 땅임을 분명히 인지하고 있다. 이러한 화자의 현실 인식
은 윤동주의 시 「쉽게 씌어진 시」 8연 1행의 "육첩방은 남의 나라/ 창밖
에 밤비가 속살거리는데,// 등불을 밝혀 어둠을 조금 내몰고,/ 시대처럼
올 아침을 기다리는 최후의 나"에서 보여주는 현실 인식과 동일한 의식
을 보여주고 있다. "이름도 모르는 새나라 찾으려"에서 화자가 떠난 길
이 조국의 광복의 실현에 있음을 알 수 있다. "아픈 걸음 푸른 꿈길 속에/
영원의 빛을 찾아가다."에서 현실의 절망에 매몰되지 않고 초극하려는

화자의 의지를 볼 수 있다.

위의 시는 "만년의 봄이 와/ 만가지 꽃이 피여/ 몇 만의 나비가 잇다 하더라도/ 지금 저 꽃 위에 저 나비는/ 미친 듯이 춤추고 잇다// 영겁의 때가 잇고/ 무한의 우주가 있어/ 억 만 번 생이 있다 하더라도/ 지금 나는 이곳에 서서/ 맑은 바람 팔 벌리어 만지며/ 피인 꽃송이 떨며 입맞추고 잇다// 時와 處와 생의 포옹/ 아아 그 舞蹈/ 인연의 結珠// 婆羅門 종소리 고개 숙이며/ 십자가 휘장에 황홀은 하나/ 이 포옹 이 무도/ 아아 나는 어이?"(「인연」 전문)의 시와 동일한 정서를 갖고 있다.

포석의 시중에서 화자의 현실인식이 분명히 나타나 있는 시이다. 1연의 '만년의 봄' '만 가지 꽃' '몇 만의 나비'와 2연의 '영겁의 때' '무한의 우주' '억 만 번의 생'이 있다하더라도 화자에게는 한낱 사치스러운 것이며 화자가 서 있는 현실은 "지금 이곳"이란 공간은 "맑은 바람 팔 벌리어 맞으며/ 피인 꽃송이 떨며 입맞추고" 있는 현실이다. 화자는 4연에서 "파라문 종소리 고개 숙이며/ 십자가 휘장에 황홀은 하나/ 이 포옹 이 무도/ 아아 나는 어이?"라며 자문하고 있다. 화자가 지향하는 것은 時와 處가 포옹하는 이상적 현실의 세계이다. 시와 처는 시간과 공간의 의미로써 세계를 의미한다. 따라서 시의 화자는 세계의 조화를 전제하지 않는 종교보다 현실 자체에 의미를 부여하고 있다.

제4장 길 위에서 자아 찾기

시의 화자에게 어머니의 부재는 '결손(缺損)' 그 자체로 수용될 수 없는 현실 이상의 의미를 가지고 있다. 이는 곧 자아의 부재요, 인간성의 부재, 세계의 부재로 확대된다.

이 같은 현실에서 화자가 취하게 되는 행동은 자기 분열적 심상을 통하여 겪게 되는 정신의 방황이다. 화자는 근원을 거슬러 올라가 자신의 실존과 마주하게 된다. 자기 실존과의 대면은 자기 부정과 자기 상처내기를 통하여 '나는 누구인가'하는 근원에 대한 탐색을 모색하게 한다. 또 '나는 누구인가'의 근원적 반성적 의식은 '인간은 어떤 존재인가'의 문제로 확대된다.

화자의 이러한 반성적 인식은 '어떻게 살 것인가'의 도덕·윤리적인 문제에서 기인한다. 따라서 화자는 인생 전반에 관한 모색의 일환으로 이향(離鄕)을 한다. 그러나 고향을 떠난 자가 최초로 마주하는 것은 낯선 길 위에서 겪게 되는 온갖 신산고초(辛酸苦楚)의 경험들이다. 이러한 고행(苦行)을 통하여 자아의 근원을 찾는 노력이 시작된다. 어머니가 부재하게 된 현실의 자각을 통하여 완전하게 존재했던 자족적 공간으로서 가족공동체를 복원하려는 것이다. 가족공동체의 복원은 민족의 정체성을 회복하려는 의지로 이어진다.

　　바둑이는 거짓이 없나니
　　그는 싫은 이를 볼 때 싫다고 짖으며
　　정든 이를 볼 때 좋다고 가로 뛰나니
　　바둑이는 이다지도 마음의 거짓이 없나니라

　　그러나 인간은 이 어어 함인지
　　미운 이를 볼 때 웃으며 손잡고
　　귀여운 이를 볼 때 짐짓 빼나니,
　　바둑아 너는 왜
　　이 몹쓸 인간을 배반치 않느뇨．

　　바둑이는 거짓이 없나니라

그러나 이 몹쓸 인간에게는 거짓이 있나니.

―「바둑이는 거짓이 없나니」 전문

　어머니의 상실로 인해 '찾아 찾기'의 여정을 떠난 화자의 마음속에는 인간과 땅에 대한 절망과 회의가 자리하고 있다. 인간에 대하여 절망한 부분은 다른 대상을 치환하여 상쇄하거나 치유하려고 한다. 위의 시에서 화자의 이 같은 심리적 현상을 반영하기 위하여 선택된 매개물이 '바둑이'이다.

　화자는 바둑이의 정직함을 전경화하고 있다. 또 바둑이의 정직함의 대척점에는 인간의 위선(僞善)과 위미(僞美)가 자리한다. "있는 그대로 스스로 그러한 것"이 노자가 말한 무위(無爲)의 정의이다. 본성(本性)대로 존재하는 것이 무위이다. 그러나 거짓 아름다움이 아름다움을 가장하거나 선하지 않은 것이 선을 가장한다면 그것은 본성을 헤치는 것이므로 위미(僞美)이고 위선(僞善)이다. 위미(僞美)와 위선(僞善)이 본성을 헤치는 이유는 본래의 착함과 아름다움을 왜곡하고 훼손하기 때문이다. 화자는 이러한 현상이 일상이 되어 버린 현실에 절망하고 있는 것이다.

오오 너는 어이 인생의 청춘으로
환락의 꽃밭 백일의 왕성을 다 버리고
황량한 벌판에 노래를 띄우노.

밤중 달이 그의 그림자를 조상(弔喪)함에
그는 가슴을 안고 시들은 풀 위에 쓰러지다
바람이 마른 수풀에 울어 지날 제
낙엽의 넋을 좇아 혼을 끊도다.

별들은 비록 영원을 말하나

느껴 우는 강물을 화하여 노래 부르며

희미한 등불이 그를 비치려드나

고개 숙여 어두운 그늘로 몸 감추다.

―「고독자」전문

　　화자의 상실감은 "인생의 청춘" "환락의 꽃밭" "백일의 왕성" 등을
통하여 잘 나타나 있다. 과거의 이력이 영광스러울수록 현실의 불모성은
과거와의 큰 대조감정을 불러일으키며 황량한 벌판에 화자가 서있는 현
실만을 부각시킬 뿐이다. 2연에서는 화자의 자아 방기적(放棄的)인 상실
감이 극대화된다. "조상(弔喪)" "시들은 풀" "혼"의 시어는 화자의 현실
적 상황에 대한 절망감을 보여주고 있다. 화자는 살아있으되 죽은 사람
이다. 달이 화자의 그림자를 조상한다는 것은 화자의 현실의 죽음을 의
미한다. 그림자는 실존의 분신이기 때문이다. "달은 영원한 외로움이요
어둠의 강을 건너는 검은 명부(冥府)이다."28 3연 1행의 "별들은 비록 영
원을 말하나"의 구절은 대안 없는 낙관적 인식과 미래에 대한 긍정적
전망에 대한 경계의 의미를 지닌다. 희미한 등불이 화자를 비추려하지만
화자는 "고개 숙여 어두운 그늘로 몸 감춘다."

　　위의 시에서는 「驚異」에서 어머니에게 의존적으로 희구한 등불조차도
보이지 않는다. 오히려 희미하게 비추는 등불을 화자가 회피하며 그늘로
숨어버린다.

저녁 서풍 끝없이 부는 밤

들새도 보금자리에 꿈꿀 때에

28　박경리, 『토지』1, (솔, 1993), 16쪽.

나는 누구를 찾아
어두운 벌판에 터벅거리노.

그 욕되고도 쓰린 사랑의 미광을 찾으려고
너를 만나려고
그 험하고도 험한 길을
훌훌히 달려 지쳐 왔다.

석양 비탈길 위에
피 뭉친 가슴 안고 쓰러져
인생고독의 비가를 부르짖었으며
약한 풀대에도 기대려는 피곤한 양(羊)의 모양으로
깨어진 빗을 의지하여
상한 발 만지며 울기도 하였었다
구차히 사랑을 얻으려고 너를 만나려고.

저녁 서풍 끝없이 불어오고
베짱이 우는 밤
나는 누구를 찾아
어두운 벌판을 헤매이노.

— 「누구를 찾아」 전문

위의 시에서 화자는 구도의 길을 찾아 고행의 길을 떠난 선지자의 모습으로 형상화되고 있다. 고향을 떠난 자가 타향에서 느끼는 정서는 객관적으로 삶과 현실을 조망할 수 있는 인식의 확보이다. 밖에서 바라 본 시각이기 때문에 실존의 문제를 깊이 있게 응시할 수 있다. 이러한 인식은 자기 언급적 반성의식을 자극하여 '나는 누구인가'라는 철학과 사상의 윤리적인 문제로 확대된다.

화자의 현실의 자화상을 보여주고 있다. 1연 2행의 "들새도 보금자리에 꿈꿀 때에"의 구절에서 화자의 현실의 모습을 상반적으로 대비시키고 있다. 화자가 서 있는 공간은 어두운 벌판이다. "터벅"이란 시어를 통해서 화자의 지치고 고단한 모습을 볼 수 있다. 화자가 가려는 길은 욕되고 쓰린 사랑의 길로써 험하고 고단한 길이다.

특히 3연에서는 화자가 처한 절망적 현실 인식이 잘 나타나 있다. 화자가 떠난 길은 예사롭지 않은 길로써 시대와 현실 그리고 그 중심에 민족과 함께 동행하는 길이다. 즉 금강심(金剛心)을 갖고 떠난 길이다. 그러나 "석양 비탈길 위에/ 피 뭉친 가슴 안고 쓰러져/ 인생고독의 비가를 부르짖으며/ 약한 풀대에도 기대려는 피곤한 양의 모양으로/ 깨여진 빛을 의지하여/ 상한 발 만지며 울기도 하였었다"에서 화자가 겪는 현실이 녹녹치 않음을 보여주고 있다. "약한 풀대에도 기대려는 피곤한 양의 모습"으로 지쳐있다. 화자의 지친 모습은 『성경』창세기 28장 10～22절에 나오는 야곱이 돌베개를 베고 풍찬노숙(風餐露宿)하며 하느님의 명을 희구하는 것과 같은 고단한 모습이다. 화자의 행위는 역사를 만들어간 선지자의 모습이다.

당초 화자가 길을 떠난 것은 분명한 목적의식이 있기 때문이다. 1연의 "나는 누구를 찾아/ 어두운 벌판에 터벅거리노"라는 자아의 현실인식이 4연에서도 "나는 누구를 찾아/ 어두운 벌판에 헤매이노"라고 반복적으로 표현되고 있다. 그러나 단순한 반복이 아니다. 화자가 1연에서 언급한 것은 그가 처한 현실을 환기하는 차원이며 4연에서 반복적으로 언급한 것은 현실을 직시하고 앞으로의 전망을 다짐하는 의미라고 할 수 있다. 절망의 끝에서 희망을 응시할 수 있는 가능성이 보인다.

주여!

그대가 운명의 箸로

이 구덕을 집어 세상에 떨어뜨릴 때

그대도 응당 모순의 한숨을 쉬었으리라

이 모욕의 탈이 땅위에 나뭉겨질 제

저 맑은 햇빛도 응당 찡그렸으리라.

오오 이 더러운 몸을 어찌하여야 좋으랴

이 더러운 피를 언다가 흘려야 좋으랴

주여, 그대가 만일 영영 버릴 물건일진대

차라리 벼락의 영광을 주겠나이까

벼락의 영광을!

—「無題」 전문

모성을 상실한 나약한 자아가 모태적인 회귀의 공간에서 자폐적 정서
에 침잠했던 이유는 결국 현실적 삶에의 건강성을 회복하기 위한 뒤안길
이었다. 낙원의 공간에서 자아의 병리적인 현상을 표출하여 치유함으로
써 아버지를 찾고자 하는 본래적인 의지를 드러내고 있다. 모성의 상실
은 아버지를 찾기 위한 과정이며 어머니를 찾는 행위와 같다.

고향으로의 귀향이 마냥 유년기의 평화로움을 회복시켜주는 화해를
의미하지는 않는다. 오히려 대처에서 경험한 현실은 화자로 하여금 객관
적 현실에 눈을 뜨게 하는 계기가 되어 현실과 이상 사이에서 자신을
자학하게 하는 요인으로 작용한다. 현실은 그만큼 척박한 토양이다.

절대자가 운명의 젓가락으로 "구덕이"를 집어서 세상에 떨어뜨리면서
현실은 모순으로 점철된다. 절대자도 자신의 이런 행위가 모순된 것임을

알기에 한숨을 쉰다. 절대자의 이 같은 행위는 자신의 의도가 아니라 "운명의 젓가락" 때문이라고 언급함으로써 타의에 의해서 행해진 불가피한 행위임을 암시하고 있다.

이러한 화자의 일련의 소극적인 행위는 절대자의 권능까지도 제어하는 보이지 않는 타자가 있음을 암시하고 있다. 따라서 절대자의 이런 행동은 애초부터 명분을 잃은 것이기에 맑은 "햇빛의 찡그리는 모습"은 당연한 진실이다. 순리(順理)를 거스르는 역천(逆天)의 요소이기 때문에 절대자의 자의에 의해 선한 행동이 아님을 전제로 하고 있다. 화자의 현실에 대한 대응은 2연의 "오오 이 더러운 몸을 어찌하여야 좋으랴/ 이 더러운 피를 어디다가 흘려야 좋으랴"라고 탄식과 자학으로 이어진다.

화자는 절대자가 자신을 버릴 생각으로 구덕이를 잡아 세상에 떨어뜨렸다면 차라리 벼락을 달라고 절규하고 있다. 이는 현실의 불모성이 절대자의 섭리에 반하는 것이라는 것을 역설적으로 말하고 있는 것이다. 즉 그 벼락을 "영광된 벼락"이라고 말함으로써 절대자의 의지에 반하는 현실의 불모성을 전경화하고 있다.

성근 낙목형해 사이
등불을 냉막의 꿈으로 비쳐
너의 언 가슴속으로 쉬어 나오는 한숨같이
지면을 스쳐 가는 바람에 구르는 입
사르르 굴러 또 사르르
쓰러져 가는 세상 외로운 자의 넋인가

아아 황금의 면형은 자취도 없다
지금은 가을이다 찬 밤이다
바이올린의 떠는 소리로 굴러온 이 마음은

시들은 풀 속 벌레의 꿈같다.

사람의 부닥치는 외잎 소리에도 혼이 사러지려 든다.

─「떨어지는 가을」 전문

위의 시는 「성숙의 축복」에서 가을의 심상과 차별성을 가진다. 「성숙의 축복」의 가을이 현상적 계절에 대한 배경적인 의미로 쓰였다면 위의 시에 표현된 가을의 심상은 화자가 처한 현실을 상징적으로 보여주는 매개어이다. 실존의 자각으로 깨어 있는 인식은 주변적인 상황과 현실에 대하여 도덕·윤리적으로 집중된 마음의 상태를 가진다. 경(敬)의 자세라고 할 수 있다.

이러한 마음가짐은 자신을 세상의 중심에 둠으로써 가능한 것으로 현실에서 일어나는 모순된 역천(逆天)의 요소들이 "나의 탓"이라고 여기게 된다. 따라서 순리에 반하는 행동들에 예민한 감각을 보인다. 1연 3행의 "너의 언 가슴속으로 쉬어 나오는 한숨같이" 6행의 "쓰러져 가는 세상 외로운 자의 넋인가" 2연 5행의 "사람의 부닥치는 외잎 소리에도 혼이 사라지려 든다."의 구절은 이 같은 예민한 감각을 바탕으로 우주로 확대된 화자의 연민을 확인할 수 있다.

윤동주의 시 「흰 그림자」의 2연 "발자취 소리를 들을 수 있도록/ 나는 총명했던 가요."와 대비되는 정서를 보이고 있다. "사람이 부닥치는 낙엽 소리에도 혼이 사라지려 든다."는 현실의 위급함을 나타내는 것이지만 외부의 현실적 상황을 느낄 수 있는 예민한 촉수가 살아 있다는 것이기도 하다. 이러한 예민성은 화자에게 세상과 연결될 수 있는 소통의 역할을 한다. 윤동주의 위의 시에서도 '발자취 소리'는 현실의 모습으로써 화자가 현실을 외면하지 않겠다는 자기 다짐의 의지이다.

2연 1, 2행의 "아아 황금의 면영(面影)은 자취도 없다/ 지금은 가을이 다 찬 밤이다"는 한용운의 「님의 침묵」의 영향을 받은 것으로 보인다.

포석이 타고르의 시를 심취했던 전기적 사실을 고려해 볼 때 영향관계를 생각해 볼 수 있다. 황금의 그림자가 자취도 없고 지금이 가을이고 찬 밤이라는 것은 현실의 가혹성을 의미한다.

제5장 상실을 통해 단련된 현실 인식

시의 화자가 보여 주는 '모성의 상실과 아픔의 내재화' '길 위에서 자아 찾기' '정서적 이완의 심화는 한 가지의 일관된 목적으로 초점이 맞추어져 있다. 그것이 궁극적으로 지향하는 것은 '상실을 통해 단련된 현실 인식'이다. 아버지 찾기의 행위가 결국은 어머니 찾기와 자아 찾기를 함유하고 있는 것이다.

화자는 오랜 동안 어머니의 상실을 통해 실존적인 갈등과 아픔을 경험하면서 자아의 분열적 심리에 몰입하게 된다. 화자에게 모성이 상실된 현실은 삶의 본래성이 훼손된 아픔으로 다가 온다. 이것은 부권(父權)으로 상징되는 아버지의 부재가 가져다 준 일차적인 책임이다. 아버지의 부재가 결국은 어머니의 상실로 이어지면서 시의 화자는 방황하게 된 것이다. 따라서 시의 화자는 누구도 돌보아 주는 이가 없는 천애 고아가 된 것이다. 세상 밖으로 내 던져진 천애 고아가 겪게 될 현실은 엄혹한 것이다. 그러나 화자는 이러한 엄혹한 현실을 스스로 체인하면서 상실의 아픔을 치유할 단단한 현실 인식을 갖게 된다.

나는 인간을
사랑하여 왔다 또한 미워하여 왔다 여우짓 함이
무엇이 죄악이리요 무엇이 그리 미우리요
오예수에 꼬리치는 장깝이도 검은 야음에 쭈그린 부엉이도

무엇도 모두다

숙명의 흉한 탈을 쓰고 제 세계에서 논다

그것이 무엇이 제 잘못이리요 무엇이 그리 미우리요

아아 그들은 다 불쌍하다

─「생의 광무」 부분

단단한 현실 인식은 인간에 대한 연민과 측은지심(惻隱之心)을 바탕
으로 한다. 타자를 불쌍히 여기는 마음은 현실적 이해관계를 초월한다.
위의 시에서 "도야지"와 "여우" "장갑이" "부엉이"는 자기의 본성과 생
리적 현상에 따라 자기 세계에 충실한 대상들이다. 이들의 행동은 자연
의 섭리에 순응하는 모습이다. 그러나 화자는 1연 7행에서 앞 행까지 자
기의 세계에 충실한 것으로 묘사한 대상들의 모습에 대하여 "숙명의 흉
한 탈을 쓰고 제 세계에서 논다"라고 부정적인 정서를 드러내고 있다.
이어 다시 "그것이 무엇이 제 잘못이리오 무엇이 그리 미우리오"라고 말
하며 2연 1행에서 그들을 불쌍한 존재로 파악하고 있다.

화자의 눈에 비친 자기 세계에 충실한 모습은 현실을 외면한 채 자기
의 현실적 이익과 명리를 얻기 위한 모리배의 모습으로 보일 뿐이다. 그
러나 그것은 그들의 탓이 아니다. 따라서 그들의 행위는 최소한의 면죄
부를 받는다. 그렇게 만든 세상의 탓이기 때문이다. 따라서 그들은 모두
불쌍한 존재 일뿐이다. 세상을 냉소하는 화자의 어조에서 앞날에 대한
탐색을 느낄 수 있다.

화자의 이러한 정서는 "나는 인생에 절망을 가졌으며/ 인간을 무던히
미워하여 왔었다/ 그러나 이상도 하다/ 가엾게도 어여쁘게 생기지 못한
주인 노파의 어린 딸아기/ 보드라운 살이 내 손에 닿을 제/ 이 가슴은
야릇하게도 놀래여라/ 야드러운 봄물결이 스처감 같도다/ 알 수 없게도

내 눈에는 눈물이 나올 듯/ 그 어린 아기 머리를 쓰다듬으며 무엇에게 기원을 바치고 싶다.”(「알 수 없는 기원」 전문)로 승화된다. 인간에 대하여 절망한 화자가 어여쁘게 생기지도 않은 주인 노파의 어린 딸의 피부에 손길이 닿는 순간 가슴이 야릇하게 놀래어 눈물이 나올 듯 했다는 것은 인간에 대한 사랑이 바탕이 된 따뜻한 마음이라고 할 수 있다. 인생과 사람에 대하여 절망한 화자에게 노파의 어린 딸의 존재는 화자의 인간에 대한 절망감을 치유할 수 있는 길임을 암시하고 있다. 이러한 상처의 치유는 화자에게 상실된 모성을 회복하는 길이며 단단한 현실 인식을 갖게 하는 동인으로 작용을 한다.

> 순실이 없는 이 나라에
> 아픔과 눈물이 어데 있으며
> 눈물이 없는 이 백성에게
> 사랑과 의가 어데 있으랴
> 주여! 비노니 이 땅에
> 비를 주소서 불비를 주소서!
> 타는 불 속에서나
> 순실의 뼈를 찾아볼까
> 썩은 잿더미 위에서나
> 사랑의 씨를 찾아볼까.
>
> —「불비를 주소서」 전문

오랫동안 모태적 공간에서 세상을 전망하며 소극적 태도로 일관했던 화자가 밖으로 발걸음을 옮기려 하고 있다. 8행의 “순실의 뼈를 찾아볼까/ 사랑의 씨를 찾아볼까”에서 화자의 이 같은 의지를 읽을 수 있다. 화자의 나라는 척박한 불모의 나라이다. “순실” “눈물”은 동격이다. 순실과 눈물이 존재하지 않기 때문에 현실은 슬픔으로 다가온다. 그러나 화자는 역설적으로 순실이 없음으로 해서 아픔과 눈물이 없으며 눈물이 없는 백성에게 사랑과 의(義)가 어디 있느냐고 말하고 있다. 현실의 부조리한 조건들을 감각으로 자각하지 못할 정도로 현실은 황폐하다. 따라서 화자는 신에게 이러한 현실에 "불비"를 내려 달라고 간구한다.

현실 인식은 화자의 저항적 의지와 연결이 된다. 의(義)는 '마땅함과 당연함을 뜻한다. 따라서 의(義)의 부재는 마땅하고 당연하게 존재해야할 하늘의 이법(理法)이 역천(逆天)으로 흐르고 있음을 보여 주는 현상이기 때문에 현실의 불모성과 파행성을 드러내는 일이다. 현실의 파행성은 순실의 뼈를 찾는 장소가 "타는 불 속"과 "썩은 잿더미" 위로 표현함으로써 비극성을 더하고 있다. 그러나 순실이의 부재와 화자의 절망을 통해서 현실은 새로운 지평을 얻는다.

세상에서 부를 구하느니
가을의 썩은 낙엽을 줍지
그것이 교활의 보수로 온다더라.

세상에서 명예를 구하더니
사막 길 위에 모래탑을 쌓지
그것이 하부로 보수로 온다더라.

세상에서 이해를 얻으려느니
눈보라 벌판에 홀로 돌아가지
그들 돗 같은 야인 앞에 구차히 입을 벌리느니

그러면 고적한 동무야

연옥에 신음자야

안아라 너의 가슴을.

냉가슴을 안고 가자 가자

저 저문 사막의 길로 저 별 밑으로.

그별에게 말을 청하다가

별이 말없거든

그때 홀로 쓰러지지 홀로 사라지자.

　　　　　　　　　　　　　　　　　─「별 밑으로」 전문

　화자의 추상같은 선비정신을 볼 수 있다. 세상의 명리에 타협하지 않고 자기의 길을 오로지 할 수 있다는 것은 자신에 대한 믿음이 전제가 될 때 가능한 청빈한 정신이다. 세상에서의 부와 명예는 가을에 썩은 낙엽을 줍거나 사막의 길 위에 모래탑을 쌓는 것처럼 부질없는 일이다. 화자는 차라리 이러한 세상에 대하여 이해를 구하려면 눈보라 치는 벌판에 홀로 가겠다는 의지를 보이고 있다.[29] 이러한 의지적 자세는 포석의 조카 조벽암의 회고에서도 잘 나타난다.[30] 광물질인 단단한 돌을 끌어안는 자

---

29 포석의 세상에 명리와 부에 대한 가치관은 김소운의 회고록에서 잘 나타난다. 김소운에게 오 원을 꾼 포석은 모레 안으로 갚기로 약속을 하고 돌아갔다. 그가 돌아간 후 이틀 내내 많은 눈이 내렸다. 이틀이 지난 후, 문을 두드리는 소리에 나가보니 포석이 꾼 돈 오 원을 가지고 와있었다. 소격동에서 삼판동까지의 거리가 십 리 길이 되는 먼 길인데다 눈까지 내리고 있는 밤에 소운과의 약속을 지키기 위해서 먼 길을 마다하지 않았던 것이다. 포석은 "객지 사람의 주머니를 털어서 미안 하오. 그럼 잘 자시오."라는 말 한마디를 남기고 사라졌다. 그의 뒷모습을 눈물겨운 감동으로 나는 한참 바라보고 있었다. 포석은 자신에게 이렇게 엄한 분이었다. 동양일보 출판국, 『포석 조명희』, (진천문화원, 2003), 77~78쪽.

30 그의 시집 『봄 잔디밭 위에』에는 그의 호를 '蘆笛'(갈대피리)이라고 했으나 그가 소설을 쓰면서부터는 '포석'(돌을 끌어안는다)이란 호를 썼다. '글은 바로 그 사람이요 호는 바로 그 사람의 성격이다'라는 옛 글에 있는 바와 같이 그의 호의 변경은 그 의 사상의지의 변천을 또한 엿보게 하여 준다. …(중략)… 내가 어려서 '포석'이 무슨 뜻이냐고 물었을

세 자체에서 선각자의 외로운 길과 의지이기 때문이다.

"냉가슴을 안고 가자 가자/ 저 저문 사막의 길로 저 별 밑으로"에서
화자의 현실을 초극하려는 강박관념이 나타나 있다. 윤동주의 시 「또 다
른 고향」의 6연 "가자 가자/ 쫓기우는 사람처럼 가자/ 백골(白骨) 몰래/
아름다운 또 다른 고향에 가자."와 동일한 정서를 담고 있다. 두 시에서
화자는 암울한 시대 현실을 혼자서 감당하고자 하는 살신성인의 자세를
보이고 있다.

형아 아우야 이것이 웬일일까
이 세상에 왜 낮이 있고 밤이 또 있을까

형아 아우야 이것이 웬일이냐
한편에는 슬퍼 울고 한편에는 비웃음이

오오 무서운 현상!
무서운 모순

형아 아우야 울지 말아라 울지 말아라
두리건대 이것이 영원일까 하노라
영원의 모순일가 하노라
영원의 모순!
영원의 모순!

때 그는 나를 물끄러미 쳐다보고 있다가 무겁게 입을 여는 것이었다. "조선의 바위를 끌어
안고 끝까지 이겨나가야 한다"라고 오직 한 마디 일러 주었다. 조벽암, 「사색적이며 정열적
인 작가」, 『문학신문』, 1966. 7. 8.

…(중략)…

이 밤에 이땅에 저 둘린 암흑이

영원히 영원히 내려 싸거라

영원히 영원히 잠겨버려라.

—「영원의 哀訴」부분

화자는 세상을 모순으로 규정하고 있다. 낮과 밤, 슬픔과 비웃음의 이원적인 인식론으로 보고 있다. "낮과 밤" "슬픔과 비웃음"은 자연의 섭리와 삶의 현장에서 일상적으로 일어나는 인간의 자연스러운 희로애락의 감정이다. 삶의 일상에서 이러한 현상에 대하여 모순이라고 자각하는 사람이 얼마나 될까. 그만큼 현실적 삶의 조건들은 단단한 외피를 쓰고 본질을 가리고 있다. 화자가 자각하는 세계는 삶과 세계를 분리하지 않고 하나로 보는 일원론적 인식을 가진 자에게만 보이는 진실의 세계이다.

이런 마음은 공자의 인(仁)의 세계와 잇닿아 있는 마음이다. 공자는 불인(不仁)을 "손과 발이 움직이지 않는 것"으로 비유적으로 표현했다. 인간의 타자에 대한 행위와 현상을 유기체로 본 것이다. 화자의 현실 인식이 이상적인 세계의 구현 즉 모순이 없는 세계를 지향하고 있음을 볼 수 있다.

우는 것은 못난이의 일

다만 참아감도 어리석은 일

웃을 수는 물론 없다

그러면 너는 어찌 하려느냐?

너는?

——.

—「번뇌」전문

화자는 이제 더 이상 과거의 상실의 아픔을 치유하기 위하여 방황했던 분열적 자아가 아니다. 현실을 회피하거나 모태적 공간으로 숨었던 나약한 모습은 존재하지 않는다. "우는 것은 못난이의 일/ 다만 참아감도 어리석은 일/ 웃을 수는 물론 없다"에서 현실의 파행성과 고단함을 느낀다. 과거의 현실과 상황은 다르지 않으나 화자가 현실과 대응하고 있는 태도는 극명하게 대조를 이루고 있다.

모태적 공간으로의 회귀에서 현실과 당당히 마주하려는 의지는 화자의 변화된 현실 인식을 느낄 수 있다. 화자는 자신의 회의와 자문을 통하여 시대에 대응하려는 의지를 보이고 있다. "그러면 너는 어찌 하려느냐?/ 너는?"에서 화자는 자기가 지향하는 세계에 대하여 다시 한 번 의지를 환기하고 있다.

제6장 결론

그동안 한국 근현대문학사의 연구는 반도 중심의 협소한 테두리를 벗어나지 못했다. 좁은 범주에서 문학의 내적 논리의 기준에 맞추어서 재단되어 왔다. 다분히 '편가르기'가 중심을 이루어 왔다. 따라서 역설적으로 포석의 시가 위의(威儀)를 획득해야 하는 당위성은 오늘날 민족의 생존이 대륙으로의 진출에 달려 있는 현실로도 확인이 된다. 결국 한국 근현대문학사는 행동과 선이 굵은 시인들에 대해서는 경계 밖의 국외자로 취급을 하여 스스로 문학사의 연구를 협소하게 만드는 자충수를 둔 셈이다. 포석에게는 사회주의 리얼리즘을 최초로 개척한 시인이란 평가와 함께 문학의 정치합류로 빚어진 부정적인 평가가 상존한다. 부정적인 이면에는 러시아로 망명한 정치적 이력이 크게 작용한 결과로써 그의 문학을 올바르게 평가하지 못하는 이유로 작용을 해왔다.

그러나 일제 강점기의 암울한 현실에서 동시대의 다른 시인들이 보여 주었던 개량적이거나 소극적인 현실 대응과 비교해 볼 때 차별성이 뚜렷하다. 그가 걸어간 길은 깊은 자기 성찰과 삶의 회의 속에서 민족의 현실에 대하여 고민하는 지식인의 모습을 보여 주었다. 유가적 교육환경이 지배적인 당대의 전통적 가치체계에서 러시아로 망명은 한 인간으로서 내리기 어려운 고뇌에 찬 실존적 결단이었다. 그만큼 포석이 민족의 현실 문제에 대하여 선이 굵은 해결책을 모색했다는 것이다. 이것이 씨앗이 되어 러시아에 뿌리가 내린 한국 문학의 혼은 한국 근현대문학의 지평을 대륙으로 확대한 획기적인 사건이었다고 할 수 있다. 문학의 내적 논리를 떠나서 이것 하나만으로도 포석에게 부정적으로 드리워진 정치 편향성이 상쇄되고도 남음이 있다고 할 수 있다.

본고에서는 포석 시에 나타난 '고아의식'을 고찰했다. 격동의 역사 속에서 반도의 관습적인 행태에 안주하지 않고 대륙으로의 시야를 넓힌 그의 지사적 성향의 성격이 그의 시에 나타난 고아의식과 어떤 연관성이 있는지 고찰했다.

2. '모성의 상실과 아픔의 내재화'에서는 어머니의 부재 때문에 생긴 아픔을 고찰했다. 혁명가이며 지사적인 풍모를 지닌 포석의 시에서 어머니의 부재와 아픔은 현실로서의 어머니의 부재만을 의미하지 않는다. 어머니의 부재는 빼앗긴 조국과 등가라는 점에서 한 사나이의 유약한 마음일 수만은 없는 것이다. 그만큼 조국의 현실에 대하여 고뇌한 포석의 내면세계를 고찰했다.

3. '정서적 이완의 심화'에서는 모성을 상실한 현실에서 포석이 겪게되는 내면의 이완된 세계를 고찰했다. 모성은 삶의 바탕이 되는 근거이자 본래성이다. 따라서 본래성이 상실된 현실에서 포석이 겪게 되는 내면의 정서는 극도의 이완된 침잠의 세계를 보인다. 그러나 이러한 정서가 퇴행적으로 흐르지 않고 강고한 현실 인식을 갖기 위한 통과의례의

과정이라는 점에서 긍정적으로 고찰했다.

4. '길 위에서 자아 찾기'에서는 포석이 모성의 상실로 현실에 안주하지 않고 자신의 근원에 대한 본격적인 탐색을 하는 과정을 고찰했다. 자아 찾기의 행위는 세계와 현실을 자기 언급적인 반성 의식에서 시작한다는 점에서 중요한 의미를 가진다.

5. '상실을 통해 단련된 현실 인식'에서는 1. 모성의 상실과 아픔의 내재화, 2. 정서적 이완의 심화, 3. 길 위에서 자아 찾기 등의 자아의 일련의 행위들이 결국 '단련된 현실 인식'을 획득하기 위한 여정이었음을 주목했다. 한 인간의 정신사란 극적인 반전을 통해 외면적으로 차원 변화를 일으키는 것이 아니다. 차원 변화의 과정에는 궁극으로 가기 위한 끝없는 갈등과 분열 의식을 경유한다. 포석은 이러한 인식의 변화 과정을 통하여 현실에 안주하지 않고 모성을 잃은 아픔 즉 '고아의식'을 극복한다. 모성 상실의 극복은 현실을 새롭게 응전할 수 있는 힘을 내장하는 것이다.

본고에서는 포석의 시만을 중심으로 고찰했기 때문에 그의 문학과 삶을 종합적으로 다루는 데 한계가 있었다. 소설과 희곡은 그의 문학을 전일적으로 평가하는데 도움이 될 것이다. 오히려 시보다 소설과 희곡에서 문학사적으로 후한 평가를 받는 경향이 있기 때문이다. 그러나 본고에서는 시가 한 인간의 사고의 일단을 가장 예민하게 감지할 수 있는 촉수이기 때문에 정신은 물론 소설과 희곡 등 기타 문학을 이해하는 정신의 근거지로서 의의가 있다고 여겼다. 소설과 희곡을 포함한 포석 문학에 대한 종합적 연구는 다음 기회로 미루고자 한다.

참고문헌

1. 기본자료

『서정주 시 전집』, 민음사, 2004.
『이육사 시 전집』, 깊은샘, 2004.
『윤동주 시 전집』, 정음사, 1988.
『정지용 시 전집』, 민음사, 2003.

2. 논문 및 저서

김길종, 「조명희 연구」, 한국외대 교육대학원 석사학위논문, 2001.
김용직, 『한국근대시사』, 학연사, 2001.
고선아, 「조명희 문학연구」, 중앙대 석사학위논문, 1991.
김용옥, 『청계천 이야기』, 통나무, 2003.
김선학, 『한국현대문학사』, 동국대학교출판부, 2001.
김재홍, 「프로문학의 선구 실종문인, 조명희」, 『한국문학』, 1989.
김형수, 「포석 조명희 문학 연구」, 서울대 석사학위논문, 1989.
동양일보출판국, 『포석 조명희』, 진천문화원, 2003.
박경리, 『토지』 1, 솔, 1993.
박정혜, 「포석 조명희 소고」, 『선신어문학』 4, 성신어문학연구회, 1991.
박혜경, 「조명희론」, 『한국현대 시인 연구』, 태학사, 1989.
신철하, 「살림의 시학」, 『푸른 대지의 희망』, 세계사, 1995.
이강옥, 「조명희의 작품세계와 그 변모과정」, 『한국근대 리얼리즘작가연구』, 문
        학과지성사, 1988.
이명재, 『낙동강 외』, 범우, 2002.
이경숙, 『완역 도덕경』, 명상, 2004.
정종진, 『한국현대시 그 감동의 역사』, 태학사, 1999.
조벽암, 『문학신문』, 1966.
캘빈 S. 홀, 버논 J. 노비드, 『융 심리학 입문』, 문예출판사, 2004.
한국문화상징사전편찬위원회, 『한국문화상징사전』 1, 동아출판사, 1992.

김지하와 이문구 문학의 인문정신 연구

-사상과 문체를 중심으로-

제1장 서론

한국현대문학에서 김지하와 이문구는 시와 소설을 대표하는 문인들 중의 한 사람이다. 또 각자의 분야에서 사(史)적으로 평가 받을 만한 족적을 남긴 사람이다. 문학이라는 상위 개념의 측면에서 보면 이들은 동일한 곳을 지향한다. 그러나 문학의 하위 개념으로서 갈래적인 측면에서 본다면 이들은 분명 다른 길을 걸어왔다고 할 수 있다. 이렇게 두 사람은 '대동(大同)'과 '소이(小異)'가 교차된 삶과 문학적인 가치를 지향해 왔다.

우선 대동적인 측면에서 보면 이들은 동년(1941)에 태어난 '동갑내기'이다. 고향도 '목포(木浦)'와 '보령(보령)'이다. 두 지역은 역사적으로 백제의 영욕을 고스란히 간직한 비원의 땅이며 바다를 끼고 있는 삶의 터전은 반농반어(半農半漁)의 불투명한 환경이다. 태어나 성장한 공간이 지리적으로 내륙의 안온한 정서가 아니라 바다라는 불투명한 일기가 지배하는 곳이라는 것은 두 사람의 앞으로의 행로를 운명 지어 암시하는 측면이 있다. 즉 태어난 자란 공간이 지리적으로 국토의 중심부에서 비켜서 있는 '비주류적인 공간'이라는 것이다.

가계의 내력도 아버지가 좌익에 경도되어 어두운 유년 시절을 보낸 점도 빼놓을 수 없는 대동적인 환경이다. 또한 문학적으로는 전통민예[1]

---

1 전통민예에 대한 관심은 김지하가 이문구보다 폭넓게 가졌던 것으로 보인다. 김지하

의 현대적 변용이라고 할 수 있는 판소리계통의 사설조에 관심을 가졌다. 이런 독특한 문체를 바탕으로 걸쭉한 '요설체(饒舌體)'를 선보임으로써 시와 소설에서 독보적인 위의(威儀)를 획득했다. 서구적인 방법론과 구조를 맹신하는 추수주의적인 풍토에서 단연 돋보이는 문체를 선보인 것이다. 동갑내기와 동향적인 환경 그리고 아픈 가계의 내력은 후일 이들이 문학을 초월하여 근친적인 관계로 소통하는 요소로 작용을 한다.

소이적인 측면은 사상적인 측면을 들 수 있다. 김지하가 '동학에 의지했다면 이문구는 '유학'에 의지했다. 특이한 점은 바로 윗대인 아버지에게 사상을 수혈 받은 것이 아니라 할아버지에게 사상을 이어받았다는 것이다. 이것은 사상의 소이적인 측면과 대비되는 동일한 점이라고 할 수 있다. 아버지의 좌익 활동은 이들에게 정신적인 자양분을 수혈하는데 한계가 있었던 것으로 보인다.

성장환경도 대별된다. 김지하가 안정적인 환경에서 큰 어려움 없이 학업을 마칠 수 있었다면 이문구는 온갖 허드렛일과 공사판을 전전하며 자수성가하여 학업의 꿈을 이루었다. 이러한 대별되는 성장과정은 앞으로 두 사람의 삶과 문학의 풍격(風格)에서 대동하면서도 소이하는 변별성으로 나타나게 된다.

문학적으로도 소이적인 측면이 있으나 그것은 인문정신을 구체화하는 방법상으로써의 문제이기 때문에 지향하는 기본 정신은 인문정신에 의지한다. '경경위사(經經緯史)'[2]와 '용시용활(用時用活)'[3]을 인문정신의 실

가 판소리는 물론 탈춤까지 관심을 보인 것에 비해 이문구는 판소리에 국한한다. 판소리와 탈춤은 민중적인 입장을 견지하며 현실 비판적인 기능도 아울러 갖고 있지만 상대적으로 그 강도는 탈춤이 강하다. 판소리가 귀족적인 데 비해서 탈춤은 민중적이다. 판소리가 사대부의 여기로서의 역할을 했으나 탈춤은 민중들이 직접 참여하여 지배계층의 부정을 폭로하는 현실 비판적인 기능을 담당했다. 이는 김지하의 동학적인 민중성과 이문구의 유학적인 보수성과도 연관이 있어 보인다.

2 경전의 진리를 영원히 불변하는 것으로 전제하여 날줄로 인식하고, 시대에 따라 그

천적인 방법으로 했다는 것이다. 문학적으로 소이의 측면이란 '체용(體用)'의 관계로써의 '용(用)'의 방편에 지나지 않은 것이다.

대동과 소이의 교차적인 삶과 문학적인 환경 속에서 이들이 한결같이 추구한 것은 '인문정신(人文精神)'[4]이었다. 인문이란 실천을 통해 자연의 문리를 가치화하는 도덕활동을 가리키는 것이다.[5] 즉 '문(文)'이란 것이 '드러내는 것'을 의미하기 때문에 인간으로서 지향해야 할 '진리'와 실천해야 할 '도리'가 인문정신이라고 할 수 있다. 당위적인 가치가 내재되어 있다는 것이다.

따라서 본고에서는 김지하와 이문구의 인문정신이 사상과 문체에 어떻게 반영이 되었는지 고찰해 보기로 하겠다. 특히 문체에도 인문정신이 개성적으로 녹아 있어 생기를 불어 넣어 주고 있는 것에 주목했다.

제2장 사상론

인문정신이란 실천성이 전제된 '사상'을 말한다. 실천적인 행위를 구체화하는데 바탕이 되는 것이 사상이라는 것이다. 그러나 반대로 사상이

양상이 변화하는 역사를 씨줄로 인식함으로써 경전과 역사를 날줄과 씨줄의 관계로 엮은 것이 경경위사의 정신이다. 정옥자, 『우리 선비』, (현암사, 2003), 15쪽.

3 「用時用活」, 『해월신사법설』: 대저 道는 용시용활하는데 있나니 때와 짝하여 나아가지 못하면 이는 사물(死物)과 다름이 없으리라. 즉 시대의 흐름에 맞게 변통한다는 뜻이다.

4 인문주의는 가장 넓은 의미로는 인류와 그 문화를 존중하는 일종의 관점 · 사상 · 태도 · 신앙이다. 문화는 군사와 체육, 자연 과학, 종교까지도 포함한다. 즉 인문의 문(文)은 무(武)와 상대적인 것이 아니다. 무 역시 문의 일종이며, 자연 과학 역시 비록 인문과학과 상대적이긴 하지만, 인문의 개념과 상대적이지 않다. 종교 역시 인문의 한 가지이다. 이처럼 인문의 범주는 광범위하다. 누구든 인류 문화의 한 측면만이라도 존중한다면 모두 인문주의자라 부를 수 있다. 『中華人文與當今世界』 상, 207쪽. 류근성, 『현대 신유학의 인문정신』, (전남대학교출판부, 2002), 25~26쪽 재인용.

5 류근성, 위의 책, 23쪽.

전제가 되지 않은 실천은 대의명분을 담지할 수 없기 때문에 진실의 벼리를 드러내지 못한다. 사상은 인격의 틀과 신념으로 내면화 되어 실천에 동력을 제공한다. 이렇게 사상과 실천은 '상추쌈에 된장 궁합'처럼 서로 의지하며 조력하는 상호적인 관계이다.

특징적인 점은 김지하와 이문구가 각각 '동학'과 '유학'을 삶과 문학의 큰 젖줄로 의지하고 있지만 자기 사상의 독단에 빠지지 않았다는 것이다. 동학과 유학에 중심을 두되 인접의 사상을 두루 섭취하여 자기 사상을 튼튼히 하는 자양분으로 삼았다. 또한 자신이 추구하는 사상을 절대화하여 타 사상을 배격하는 이원론을 경계하며 개방적인 여지를 남겨 두었다.

1. 동학사상

김지하 문학의 저류를 흐르고 있는 사상의 광맥(鑛脈)은 '동학사상'이다. 동학은 1860년 4월 5일 수운 최제우가 오랜 깨달음의 과정을 통해서 창도한 민족종교 사상이다. 동학은 안으로 왕조의 모순으로 백성의 삶이 해체되어 가고 밖으로는 서양 세력의 출몰로 서세가 동점한다는 인식이 확산되는 현실에서 창도되었다. '서학에 반하다는 의미에서 동학이라 한 것'[6] 등은 동학이 민족 '주체성'을 강조한 종교 사상이라는 것을 증명한다. 특히 동학의 종지인 시천주(侍天主)는 농공상인의 차별이 엄격한 왕조 사회에서 모든 인간이 '한울'을 모신 지엄한 존재라는 것을 백성들에게 인식시킴으로써 주체적인 인간으로 다시 태어나는 계기를 마련한 이념이다. 동학은 2대 교주 해월 최시형에 와서 만물에 생명이 있는 범천론(汎天論)으로 사상이 세속화된다. 이는 현대에도 동학의 정신이 유용한

---

6 「논학문」, 『동경대전』: 吾亦生於東受於東 道雖天道 學則 東學: 나는 역시 동쪽에서 나고 동쪽에서 도를 받았으므로 도는 비록 하느님 도지만 종교의 이름은 동학이다.

근거가 되며 김지하 문학에서 생기(生氣)있게 드러난다.

동학의 체현은 김지하의 가계의 내력7에 기인한다. 그러나 동학사상이 처음부터 줄기차게 김지하를 견인하는 사상으로 작용했던 것은 아니다. 오랜 동안 잠재의식 속에 내면화되어 있다가 '감옥'에서 구체적으로 체득을 하게 된다. 생과 사의 갈림 길에서 실존과 마주함으로써 닫힌 공간에서 동학사상을 만난 것이다. 대학시절 동·서양의 사상을 넘나들며 천착했던 경험이 동학으로 만개를 한 것이다. 동학이 동양의 전통사상을 창조적으로 종합 비판 체계화했다는 것8을 감안한다면 김지하가 만난 동학사상은 이러한 기존 사상에 의지한 결과로 피어난 정수이다.

이문구도 동학사상에 관심을 가진 흔적이 있어 보인다. 김지하가 1981년 출옥 후에 수운 최제우와 해월 최시형의 동학정신과 행로를 따라 탐방했던 일명 '사상기행'에 동행을 하여 우리 민족의 정신사의 원류를 탐색한 바 있다.

김지하의 다음 말들을 통해 그의 삶과 문학에서 동학정신이 차지하는

---

7 김지하의 가계와 동학의 친연적 관련성은 그의 증조부와 할아버지가 동학을 했다는 전기적 사실로 확인이 된다. 특히 얼굴도 모르는 증조부가 동학을 했다는 사실에 대해서는 신화적인 그리움으로 확장을 한다. "증조부를 생각할 땐 난 늘 상쾌하다. 맑은 시냇물이 소리쳐 달리고, 푸른 수풀 속에 벌거벗은 큰 사내들이 깃발처럼 흰 옷을 흔들며 펄쩍펄쩍 뛰어 다니는 그런 쾌활한 영상이 보이곤 한다." 김지하, 『흰 그늘의 길 1』, (학고재, 2003), 24쪽. 그가 증조부에 대한 지향성이 어느 정도 강한지 다음의 말을 통해서 확인이 된다. "아아!, 혁명! 동학의 저 위대한 개벽적 혁명의 혈통이 지금 내 안에서, 단순한 전설이 아니라 한반도의 저 논밭과 들녘의 현실로 명백한 동학의 역사 안에서 확인되는 순간이었다." …(중략)… "가슴에 손을 얹고 겸손되어 회상해야 마땅한 일이지만 억제할 길 없는 흥분에 순간 몸을 떨었다. 내 삶이 이 반도의 산하에 깊이깊이 뿌리박힌 순수한 토박이의 삶이란 사실을 전율과 함께 확인하는 기이한 순간이었다." 위의 책, 27쪽. "난 알 것 같다. 할아버지의 그 어두운 분노의 뿌리. 마치 온 세상에 맞서 한치의 물러섬도 없이 대결하는 듯한. 그 이글거리는, 타는 듯한 노여운 눈빛의 뿌리를 이제 이해할 것 같다. 그것이 또한 내 번뇌의 뿌리라는 것도 오늘에야 비로소 이해한다. …(중략)… 할아버지는 천주교 신자이면서도 여전히 변함없는 동학꾼이었다." 위의 책, 32~34쪽.

8 신일철, 「동학과 전통사상」, 『동학과 전통사상』, (모시는 사람들, 2004), 9쪽.

위상을 확인해 보기로 하겠다.

나의 영적 혈통의 핵심에 동학의 기억은 단순히 어렸을 때의 집안의 전설이 아니라 스무 살이 넘은 나에게 하나의 살아 있는 현실로, 소외와 반역과 살육과 그 오래고 오랜 침묵의 빈집으로, 그러나 한갓 허울뿐인 삶의 시간에 대한 잠 못 드는 컴컴한 역려로서 뚜렷이 인화된 것이다.[9]

나는 보이는 차원의 대립 및 조화로부터 차츰 보이지 않는 차원으로의 초월과 영성에 관해 관심을 갖기 시작했다. 어떤 차원에서 그것은 가톨릭이기도 했고 불교이기도 했다.

그리고 그 캄캄한 밤의 한복판에서, 마치 조르주 루오의 예수상과 같은 인광의 강렬한 방사 한 구석에서 수운과 해월의 동학이 차차 차차 가까이 가까이 다가오고 있다는 이상한 예감 또한 갖고 있었다. 막연하지만, 최수운 선생의 '불연기연(아니다. 그렇다)'론이 그것이 아닐까 하는 생각을 갖기 시작한 것이다.[10]

생명에 대한 관심은 동학에 대한 관심을, 동학에 대한 관심은 생명에 대한 관심을 끌고 왔다. 동학은 생명사상이다. '모심'곧 '시(侍)'한자야 마라로 천지만물의 생존과 변화의 비밀이 있다. '우리는 모두 모심으로써 살아 있다.' '우리는 생명을 모심으로써 생존한다.'[11]

김지하의 초기 시는 인간의 자유를 억압하는 타자의 존재에 대하여

---

9 김지하, 앞의 책, 387쪽.
10 김지하, 위의 책, 123쪽.
11 김지하, 위의 책 3권, 44쪽.

강한 저항성을 드러낸다. 한 치의 물러섬도 없는 결기가 중심을 이룬다. 소위 '아산이 깨지느냐 평택이 무너지느냐'와 같은 기개세와 실천적인 행동으로 시대를 견인한다. 인간의 사회적 삶의 조건을 위해서 헌신했던 시기이다. 사회·역사의 효용성의 측면에서 김지하의 시가 시대의 위의를 획득한 시기였다고 할 수 있다. 그러나 김지하의 시가 사회·역사의 위의를 획득했다고 해서 그것이 곧 김지하 본인의 문학적 완성과 삶의 진정성으로 이어지는 것은 아니다. 그것은 어디까지나 외면적인 현상 즉 드러난 질서의 차원에서만 효용성으로 가치를 발하는 것이다.

이런 측면에서 6년여의 영어(囹圄)의 생활은 김지하 자신의 삶과 문학을 성찰하고 외면으로 지향되어 보지 못했던 영성과 보이지 않는 숨은 질서에 대하여 내면화 할 수 있었던 알찬 시기였다. 하나의 잠재태로 존재해 있었던 생명과 필연적으로 만난다. 사회 변혁 운동의 이론적인 뒷받침 역할을 했던 사상과 신념들이 용해되어 동학사상에 수용되는 중요한 시기였다. 동학사상의 터전에서 생명사상을 싹틔운 것이다. 김지하가 감옥에서 생명의 신비와 경외에 대하여 체험한 순간은 극적이며 전율감을 느끼게 한다.

봄이면 쇠창살 사이로 하얀 민들레 씨가 막 날아 들어온다고, 어느 날 민들레 씨가 들어와 천장에 가득 차서 아침에 빛이 들어오면 빛 속에서 하늘하늘 춤을 춘다고. 그날 따라 그것이 그렇게 아름다운 거야. 눈이 부시게 아름다웠어요.

또 평소에도 보아왔지만 그냥 지나쳤는데, 시멘트 받침하고 쇠창살 사이에 비 때문에 조그만 홈이 파였는데 그 홈에 바람이 불면 흙먼지가 쌓인다구. 그 흙먼지에 풀씨가 날아와 박혀요. 이 풀씨가 비가 오면 빗방울을 먹고 자라나. 거기선 개가죽나무라고 하는데 굉장히 크게 자라요. …(중략)… 그날 따라 그게 유난히 확대되어 오는 거라. 그래가지고 갑자기 눈물이 터지지 시작하는데 온종일 울었어요. 두 가지를 보고 이유 없이 운 거라. 그때 허공이 진동하면서 한 마디 말이 클로즈업이 되는데 그게 생명이라는 말이에요. 기독교인 같으면 일종의 계시일텐데. 묘하게 왔어요. 눈물 속에서 생각한 게 무소부재(無所不在)라. 생명이라는 것은……감옥을 뚫고도 들어와 자라. 사실 가만히 생각해 보니 이 안에 빈대도 살아, 쥐들도 들어와, 외로울 게 없어. 하물며 고등생물인 내가 이 생명의 이치만 제대로 깨닫는다면 무서울 것이 없단 말이야. 그렇지 않아요? 생명이라는 것이 무소부재니까 내가 담 안에 있으면서도 동시에 밖에 있을 수 있잖아요? 사실 대지는 담으로 막아놔도 연결되어 있잖아요? 하늘과 공기도 담 너머로 하나로 연결되어 있잖아요? 그러면 내가 감옥 안에 살면서도 동시에 밖의 친구들이나 가족과도 함께 있을 수 있지 않느냐. 요컨대 도통하면 문제 없다. 생명의 이치를 깨닫자. 이렇게 된 거라.[12]

그때 동학의 시천주 주문을 중심으로 해서 불교, 노장학, 테야르 드 샤르뎅 (Tellard de chardin)의 인간현상, 생태주의 철학사상들, 신과학, 이런 것을 종합하면서 생명사상을 시작한 것입니다.

그 중에서도 동학에 집중했는데, 원래 우리 증조부께서 동학 하다가 돌아가셨어요. 우리 집안에서는 그 이야기가 은밀한 전설로 내려오고 있어요.[13]

동학은 현대의 우리 생명 운동, 생명 사상의 모태가 되어야 하며, 바꿔 말하면 동학의 현대적 재창조가 곧 생명 사상, 생명 운동이라는 결론에까지 도달하게 된 것입니다. …(중략)… 개인적으로는 동학사상의 현대적 재해석을 통해 내 나름의 생명 사상의 기초 확립을 도모하고 그 방향으로 줄곧 작품도 써왔으며 환경 운동에 직·간접적으로 계속 참여하면서 그 운동을 총체적인

---

12 김지하, 『사상기행 1』, (실천문학사, 1999), 25~27쪽.
13 김지하, 위의 책, 33쪽.

생명 운동으로 높이고 총괄하려고 노력해왔어요.[14]

감옥에서 생명에 대한 존엄성을 자각한 사건은 잠재의식 속에 가능태로 존재해 있었던 동학을 의식 밖으로 유인하는 계기가 되었다. 서로의 필연적인 요청에 의해서 '줄탁동기'한 결과라고 할 수 있다. 그러나 김지하가 동학을 모태적인 친근감으로 인식했던 것은 유년시절의 집안의 동학적인 환경에 기인한 것이다. 즉 자아는 세계의 무수한 현상과 환경에 의하여 가치를 형성하며 인식하게 된다. 세계 속에 내재된 자아는 세계와 부단한 영향관계를 형성함으로써 가치를 신념화 할 수 있다는 것이다.

이런 측면에서 김지하의 유년시절의 세계관은 동학적인 환경을 잠재의식 속에 근친화하며, 내면화하데 더 없이 좋은 환경이었다고 할 수 있다. 따라서 김지하의 유년 이후의 삶은 유년 시절에 잠재의식 속에 내면화 되어 있던 동학의 '재발견'을 위한 힘든 여정이었다고 할 수 있다.

2. 유학사상

이문구의 삶과 문학에서 시종일관 유지된 것이 '유학사상'이다. 착종(錯綜)의 현실 속에서도 일관되게 그를 견인한 것이 유학의 정신이었다. 유학은 공자를 창시자로 한다. 그러나 공자가 '술이부작(述而不作)'[15]이라고 언술한 점 등으로 미루어 보아 유학이 그 전대부터 백성들의 삶의 질서를 유지하는 생활이념으로 적용되어 왔다는 것을 알 수 있다. 즉 유학은 효제충신(孝悌忠信)을 바탕으로 인간과 사회 질서의 '관계'를 중시

---

14 김지하, 『생명과 자치』, (솔, 1996), 33쪽.
15 김학주 역주, (서울대학교출판부, 2003). 「술이」편, 『논어』. : 옛 것을 배워 전하기는 하되 창작하지는 않았다.

하는 실용적인 측면이 강한 사상이다. 도리와 의리의 실천과 수양을 중시한 사상이라고 할 수 있다. 김지하의 동학사상의 체현이 극적이며 반전(反轉)의 성격을 가진데 비하여 이문구의 유학사상은 오랜 시간을 통하여 내적으로 숙성된 사상이라고 할 수 있다.

이문구가 유학사상을 내면화할 수 있었던 이유는 김지하 가계의 동학사상의 내력과 마찬가지이다. 『토정비결』의 저자 이지함이 그의 13대조이며 그의 조부는 이문구가 '조선조의 마지막 유생'이라고 말할 정도로 선비의 맥을 이었던 분이다. 따라서 그가 조선조의 뼈대 있는 반가의 후손으로서 가지는 자부심의 한 자락에 유학의 위의(威儀)가 자리하는 것은 당연한 일이라 하겠다.

김지하의 유학사상은 전통적인 유교질서를 살아오면서 자연스럽게 경험되어 왔다고 할 수 있다. 동학을 본격적으로 체현하기 전에 일차적으로 경험했던 삶의 가치가 유학적인 세계관 이었다는 것이다. 유학적인 가치가 진화되어 동학으로 귀결되었다고 할 수 있기 때문에 김지하에게 유학은 사상의 원천인 셈이다. 김지하의 유학관에 대하여 살펴보면 다음과 같다.

> 내가 장일순 선생 얘기했지요? 그분은 몽양 선생 제자였고 혁신계 인사였습니다. 천주교면서 유학으로 세련된 사람이었습니다. 유학적인 수양, 전통적 수련을 했어요. 그리고 사회주의를 받아들인, 그렇기 때문에 대인관계에서 굉장히 부드럽고 남을 공경했어요. 남의 어려운 사정 다 돌봐주고, 집집마다 어려울 때 찾아주었어요. 그 분만이 아니에요. 내가 아는 옛날에 공산주의 했던 몇 분들도 전통적인 우리나라의 민심을 밑에 깔고 있었어요. 거기에 진취적인 것을 받아들였기 때문에 인간관계에서 파탄이 없어. …(중략)… 진짜 혁명가라는 사람들이 얼마나 예절이 밝은데, 또 예절이 밝지 않으면 혁명 못하는 거라구. …(중략)… 아까 유학의 좋은 면을 얘기했지요? 이문구 씨 부친도 유학

하던 분으로 마르크스주의 한 분이거든.[16]

유학의 인격적인 수양이 현실의 효용성으로서 가치를 지니고 있다는 애기다. 유학사상은 현실적이고 실용적인 가치를 지향하는 사상이다. 즉 인간관계에서의 '예(禮)'를 중시하는 사상이다. 따라서 어떤 사상이나 주의(主義)도 유학의 예(禮)가 바탕이 되지 않고는 인간을 위한 이념으로 바로 설 수 없다는 것이다. 결국 유학은 타 사상과의 차별성이나 학문적인 성격 이전에 사람이 기본적으로 닦아야 할 내면화의 과정에서 인격적인 수양에 반드시 필요하다는 것을 강조하고 있다. 이문구의 다음 말들을 통해서 유학사상이 그의 삶과 문학에 끼친 영향을 살펴보기로 하겠다.

할아버지는 무슨 보학(譜學)에 조예가 깊었다거나 뼈를 자랑하는 고리타분한 취미로서 족보를 받들어 모신 것이 아니었던 듯하다. 청백리(淸白吏)가 속출한 건 아니지만 줄곧 사대부(士大夫)가문이었다가 당신 대에서 그치고 한갓 유생(儒生)에 머물러 선대의 뒤를 못 댄 한(恨)으로 그랬으리라고 여겨지는 것이다. 그러나 사대부 가문의 후예라는 기개만은 대단한 것이었고 아울러 평생을 자랑으로 알며 살았던 것도 사실이었다.
할아버지는 구십 평생 망건과 탕건을 벗은 적이 없었고, 오뉴월 삼복에도 버선 한 번 안 벗었다.[17]

할아버지의 존재는 비단 수복이들에게만이 위엄과 고고(孤高)의 상징은 아니었다. 서원말 일대의 주민들에게도 추상같은 권위자였으며 향교 안의 대성전이나 동서재를 거들어온 향반 토호의 가문과 유림에서도 함부로 근접할 수

---

16 김지하, 『사상기행 2』, (실천문학사, 1999), 63~66쪽.
17 이문구, 『관촌수필』, (문학과지성사, 1991), 33쪽.

없는 근엄한 기풍을 유감없이 발휘하고 있었던 것이다.[18]

항상 할아버지와 겸상이었던 나는 할아버지가 타이른, 귀가 싫도록 들었던 말도 덩달아 새삼스러워졌다.

"세상이 아무리 앞뒤가 옳뒤어졌더래두 가릴 게라면 가려야 쓰는 게요. 생치(生雉)는 양반 반찬이구 비닭이는 상것들이나 입에 대는 벱이니라."

혹시 비둘기고기라도 입에 댈라 싫어 미리 경계한 거였다.[19]

마을을 아주 떠나던 날까지도 일가 손윗사람이 아닌 이에게는 무슨 경어나 존칭을 써본 적이 없었다. 할아버지의 지시였고 곁에서 배운 버릇이었다. 나이가 직수굿한 어른들한테는 으레건, 김서방, 최서방 하며 성 밑에 서방이란 명칭을 붙여 불렀고, 어지간한 청장년들한테는 덮어 놓고 아무개아무개 하며 이름을 부르곤 했었다. 그것은 동네 아낙네들한테도 마찬가지였다. 아무개어머니 아무개아줌마니 하고, 그 집 아이의 이름을 빌어 썼던 것이다. 요즘 같으면 그처럼 되지못한 수작이 어디 있을까. 그러나 그때는 그것이 제격인 듯했고, 하는 편이나 듣는 쪽에서나 예사로이 여겼던 줄로 안다. 안팎 동네 사람의 거지반이 행랑이나 아전붙이였으므로 하대(下待)해야 마땅하다는 것이 할아버지의 지론이요 고집이었던 것이다. 그 결과 안팎 삼동네를 다 뒤져도 친구랄만한 친구가 있을 수 없었던 고적한 소년 시절이 비롯된 쓸쓸한 것이었지만, 정말 친구가 생기지 않았다. 친구삼아 놀려고 애써도 아이들이 어울려 주지 않았던 것이다.[20]

18 이문구, 앞의 책, 35쪽.
19 이문구, 위의 책, 19쪽.
20 이문구, 위의 책, 23~24쪽.

이문구에게 인격과 세계관의 형성에 절대적인 영향을 준 사람이 그의 할아버지이다. 그의 할아버지는 유학적인 가치를 절대적으로 신봉하는 선비이다.

유학이 타 사상과 변별성을 지니는 것은 현세적인 가치를 추구하기 때문이다. 초월적이거나 내세적인 관념론이 아니며 사회적인 행동의 준칙을 강조하는 사상이다. 현세적인 가치의 추구는 자연스럽게 예(禮)를 일상생활의 규범으로 관습화 한다. 인간관계가 위계와 차등이 존재해야만 행동을 질서화·규범화 할 수 있다. 이것이 문란해 질 때 혼란과 갈등이 야기되기 때문이다.

따라서 인간관계에서 구별과 한계를 규정하여 질서를 추구하는 학(學)이 유학이다. 이문구 할아버지의 고고한 완고성과 권위의식은 예가 추구하는 구별과 한계에서 비롯된 것이다. 일종의 타인과의 개성적인 우위에서 생기는 지적인 우월감의 표식 행위하고 할 수 있다. '생치'와 '비닭이'의 구별과 한계를 통해서 증명된다.

일반적으로 아버지의 자식에 대한 훈육이 직접적이며 주관성을 띠는데 비해서 할아버지의 손자에 대한 훈육은 간접적이지만 깊고 내밀한 포용성을 띤다. 두 불 자손이 더 귀엽다고 종족보존본능이 1대만 확인이 되는 자식에 비하여 2대까지 확인이 되는 손자에 대해서 기대와 애정이 훨씬 강하게 표현되는 것이다.[21] 즉 이문구는 할아버지에게서 유학사상의 재래적인 가치를 충분히 수혈 받아 내면화했다는 것이다. 이문구에게 할아버지와 유학사상은 그의 삶의 지표를 밝혀주고 바로잡는데 시종하는 가치관으로 자리하게 된다.

---

21 정종진, 「이문구 소설의 선비정신 연구」, 『국제문화연구』 제20집, (청주대 국제협력연구소, 2002), 181쪽.

제3장 문체론

문학의 언어가 함축적인 의미를 중시하고, 구체성을 확보해야 한다는 것은 문학의 언어가 개성적이라는 말과도 상통하는 것이다.[22] 개성적이란 의미는 모든 글쓰기의 형식에서 다른 영역의 글씨기와 구별되게 하는 요소라고 할 수 있다. 우선 문학과 다른 영역의 글쓰기의 형태가 관습적으로 다르게 규정되어 있다. 정치나 법률적인 글이 명령적이며 교시적인 형태를 띠는데 비하여 문학의 글쓰기는 함축적이며 구상적이다. 결국 문체는 글을 구성하는데 있어서 다른 영역의 글쓰기와 관습적으로 구분되는 개성적인 '특이성'이라고 할 수 있다. 또한 개인적으로도 남과 구별되는 글쓰기의 개성적인 '고유성'이라고 할 수 있다.

각 영역의 글쓰기는 관습적으로 인정되는 글쓰기의 용법이 있어 왔다. 문학에서 시와 소설도 이 같이 굳어진 각 장르의 관습적인 글쓰기의 형식에서 자유롭지 못했다. 시에서는 시적인 언어가, 소설에서는 산문적인 언어가 유일한 방식이라고 하는 것은 일종의 오해다. 언어의 어느 한 국면이 어떤 장르에 보다 주도적으로 활용되고 있는가 하는 점을 밝혀볼 수 있을 뿐인 것이다.[23]

김지하와 이문구의 문체는 구술적인 측면의 효용성에 의지를 한 것으로 보인다. '옹'은 문화의 단계를 구술문화와 문자문화, 전자문화로 나누고 구술문화에 입각한 사고와 표현의 특징을 9가지[24]로 규정을 했다. 김

---

22 구인환·구창환, 『문학개론』, (삼지원, 1998), 146쪽.
23 구인환·구창환, 위의 책, 137쪽.
24 1. 종속적이라기보다는 첨가적이다. 2. 분석적이라기보다 집합적이다. 3. 장황하거나 다변적이다. 4. 보수적이거나 전통적이다. 5. 인간의 생활세계에 밀착된다. 6. 논쟁적인 어조가 강하다. 7. 객관적 거리 유지보다는 감정이입적 혹은 참여적이다. 8. 항상성이 있다. 9. 추상적이라기보다는 상황의존적이다. 월터 J. 옹, 이기우·임명진 옮김, 『구술문화와 문자문화』, (문예출판사, 2003), 61~92쪽.

지하와 이문구의 문체는 옹이 규정한 구술문자의 특성을 많이 가지고 있다.

이런 측면에서 김지하의 시와 이문구의 소설의 문체는 기존의 장르적인 관습적 문체를 탈피하여 전혀 새로운 차원의 개성적인 문체를 만들어낸 문인들이라고 할 수 있다. 이들이 문학사적으로 가치 평가를 받는 이유는 삶과 문학의 언행일치의 행위로 사회와 현실의 효용성에 의미를 부여했기 때문이 아니다. 문학의 관습적이며 내적인 형식에 안주하지 않고 형식과 기법을 '환골탈퇴' 하는 창조적인 정신을 보여주었기 때문이다.

김지하와 이문구의 문체에 대한 동일한 인식은 '민중'과 관련이 있어 보인다. 민중에 대한 따뜻한 시선을 바탕으로 그들의 정서를 가감 없이 전달하기 위한 문학적인 방법으로 문체에 남다른 관심을 보였다. 문체의 중심에 '풍자'와 '해학'이 있다. 풍자는 가해자와 원인자에 대한 저항적 정서가 주를 이루며 해학은 그들로부터 억압을 당하는 민중들의 삶을 따뜻하게 희화화하는 정서가 주를 이룬다. 따라서 문체의 문제는 두 사람의 민중관과 상관관계를 가진다.

1. 저항과 생명의 엇박자론

김지하의 문체는 그의 담시에서 시의 위의를 획득한다. 김지하의 초기 시가 대상과 현실을 정면으로 응시하는 전사적인 '의기(義氣)'의 시'인데 비하여 담시는 간접적이며 느리지만 대상과 현실의 치부를 전면적으로 해체하는 '언농(言弄)의 시'이다. 언농의 시는 대상의 주위를 에돌다 치기 때문에 상대에게 깊은 내상을 줄 수 있다. 직접적인 의기의 시는 대상이 적절한 긴장감을 갖고 대비하기 때문에 노출된 공격이라고 할 수 있다. 그러나 언농의 시의 언어는 전략적으로 고도로 선택된 전술적인 언어이기 때문에 심증은 있으나 실체가 없는 유희의 문체이다.

김지하에게 문체의 문제는 처음부터 일관되게 미학적인 문제로서 고민했던 부분이다. 독재 정권에 저항하면서도 문체의 문제는 주변으로 소외되거나 배제되지 않고 저항의 한 방법으로써 중심에 있었다. 그가 일관되게 천착했던 전통민예의 현대적 변용은 결국 문체의 문제이다. 그의 말과 담시를 통해서 확인해 보기로 하겠다.

우슬치에서 관군과 일본의 연합군에 맞서던 이천여 명의 동학군이 전멸했는데, 지금도 고갯마루에 달이 뜨면 하얀 갈꽃들이 "새야 새야 파랑새야"를 노래 노래 부른다는 외할아버지의 옛 이야기를 아주 어렸을 때 들은 적이 있었다. 외할아버지는 일제 통감부와 총독부 시절 해남에서 순검과 초등학교 선생님을 지내신 분이라 해남 이야기는 다 환했다.

나는 그 전설을 판소리 형식의 서사구조 안에 담고자 했다. 내용과 형식의 일치라는 미학적 요구 때문이었다. 한 이백여 행을 써나갔을까, 당시 출간돼 나와 있던 유일한 동학 관련 서적인 최동희 선생의 《동경대전》을 열심히 읽고 그 뜻을 새기며 판소리의 현대화를 시도하려고 무진 애를 썼다. 그러나 백방으로 몸부림쳐 봐도 아직은 역부족이었다. …(중략)… 어찌 보면 〈오적〉마저 바로 그때 시도했던 판소리 서사시를 위한 에튀트(시험작으로서의 소품)에 불과하며, 그 뒤에 나온 산문집 《밥》이나 《남녘땅 뱃노래》 등도 그때 실패한 동학사상 이해의 한 부분적 시도에 지나지 않았던 것이다.[25]

김지하는 동학의 정신을 현재화하기 위한 수단으로서 판소리 사설의 구어적인 이야기 구조를 문체로 차용하려고 한 것이다. 동학의 정신을 담고자 했기 때문에 '내용과 형식의 일치'라는 미학적인 문체에 전념한 것이다. 동학의 정신을 외래적인 문체로 형상화 하는 것은 동학의 역사성과 민족성을 훼손하는 일이다. 그렇기 때문에 내용과 형식의 일치라는

---

25 김지하, 『흰 그늘의 길 2』, (실천문학사, 2003), 71~72쪽.

쉽지 않은 문제를 해결할 필연적인 선택으로써 판소리 사설에 관심을 갖게 된 것이다. 김지하의 문체는 '저항과 생명'의 '엇'26박자로 규정할 수 있다. 대상과 현실을 에돌다 치는 수법은 때리고 빠지는 '게릴라 전술'을 방불케 한다.

저항은 생명의 본성이다. 원래 자기가 노동한 결과는 생명의 외화(外化)이다. 타생명과의 접촉에 의해서 만들어진 창조적 잉여가 적극적으로 노동주체인 민중에게 다시 돌아와야 한다. 이 순환이 생명의 코스, 확대재생산의 코스이다. 그런데 그것이 누군가에 의해 차단될 때 병이 생긴다.27

이젠 여러분들이 나서야 해요. 무엇을, 어떻게 해야 할까? 몇 가지가 있습니다. 그 중 중요한 것은 교육혁명과 문화혁명을 하는 것인데, 그 원리가 '엇'이에요. '엇' 한 글자! 이걸 시 공부를 통해서 한 번 접근해보자는 겁니다. '엇갈리는 것'

김소월과 정지용의 시집을 쭉 읽어가면서 앞말과 뒷말이 다른 것이 나오는 부분을 한번 찾아보세요. 대개 3박과 2박이 합쳐서 '엇박'이 됩니다. 엇박을 '혼돈박'이라고도 합니다.28

김지하가 독재정권과 맞서 싸웠던 것은 그들이 생명의 자율성과 존엄성을 훼손하는 세력이었기 때문이다. 즉 그들로부터 생명의 자율성과 존엄성을 보호하기 위해서 저항한 것이다. 생명의 존재의 근거는 살아있음

---

26 ① 일부 동사 앞에 붙어, '어긋나게' 또는 '삐뚜로'의 뜻을 더하는 접두사. ② 몇몇 명사 앞에 붙어, '어긋난' 또는 '어긋나게 하는'의 뜻을 더하는 접두사. 국립국어연구원, 『표준국어대사전』, (두산동아, 1999), 4268쪽.

27 김지하, 「생명의 담지자인 민중」, 『생명』, (솔, 1999), 119쪽.

28 김지하, 『 그늘의 미학을 찾아서』, (실천문학사), 2005, 35쪽.

의 확인이다. 살아 있되 굴절되지 않고 자율적으로 생성 활동해야 한다. 따라서 생명 활동이 타자에 의해서 굴절되거나 훼손될 때 저항하는 것은 생명의 자연스러운 본성이다. 타자의 억압에 대하여 순응하는 것은 이미 생명 활동으로 볼 수 없는 죽음 그 자체이기 때문이다. 김지하가 말하는 '엇'은 '기우뚱한 균형'[29]과 '불연기연(不然其然)'[30]의 동학적인 논리와 관련이 있다. 김지하는 부조리한 현실을 변혁하기 위한 문학적 수단으로써 '시적폭력'[31]을 방법론으로 차용했다. 그 방법론이 전통민에 중의 하나인 판소리의 사설과 탈춤 등의 현실 비판적인 어조와 장단 그리고 전언(傳言)의 상징성이다. 김지하의 시를 통해서 확인해 보기로 하겠다.

> 사람마다 뱃속에 오장육보로 되었으되
> 이놈들의 배안에는 큰 황소불알만한 도둑보가 겹붙어 오장칠보,
> 본시 한 왕초에게 도둑질을 배웠으나 재조는 각각이라
> 밤낮없이 도둑질만 일삼으니 그 재도 또한 神技에 이르렀것다.
>
> —「오적」부분

---

29 모든 살아 있는 것들의 균형은 기우뚱합니다. 기우뚱하지 않고 팽팽한 균형은 머릿속에나 있는 이른바 논리적 균형이지 구체적인 삶에는 그런 게 없습니다. 사람이 언뜻 보기에는 다 똑같은 것 같지만 실제는 모두 다 기우뚱합니다. 앞의 책, 296쪽.

30 「불연기연」, 『동경대전』: 歌曰 而千古之萬物兮 各有成各有形 所見以論之 則其然以似然 所以度之 則其遠以甚遠 是亦杳然之事 難則之言 我思我(영원히 생성하는 만물은 성립 과정과 나타난 형체를 갖추었다. 여기에는 두 측면이 있는데 그 하나는 볼 수 있는 · 알 수 있는 측면 곧 '그러함(其然)'이다. 그 다른 하나는 말미암은 뿌리 · 알 수 없는 측면 곧 '그렇지 않음(不然)'이다.)

31 비애야 말로 패배한 시인을 자살로 떨어뜨리듯이 그렇게 또한 시적 폭력으로 그를 밀어 떠올리는 강력한 배력(背力)이며, 공고한 저력이다. 비애에 의거하여, 한의 탄탄한 도약대의 그 미는 힘에 의거하여 드디어 시인은 시적 폭력에 이르고, 드디어 시적 폭력으로 물신의 폭력에 항거한다. …(중략)… 현실의 폭력이 시인의 비애로, 시인의 비애가 다시 예술적 폭력으로 전화한다. …(중략)… 응결된 비애가 예술적 폭력으로 폭발하는 과정에서 시인은 마땅히 저항의 형식, 즉 폭력의 표현방법과 폭력을 가할 방향을 결정해야만 한다. 김지하, 「풍자냐 자살이냐」, 『생명』, (솔, 1999), 246~247쪽.

위의 시에서 화자의 언어와 심사(心思)가 엇나가고 있다. 현실이 불편해서 못 마땅하기만 하다. 따라서 화자가 현실의 불편한 심사를 해소할 수 있는 길은 오로지 구어적인 문체를 바탕으로 대상을 뒤틀어 희화화하는 시적 폭력뿐이다. 정상적인 사람의 내장 기능을 "황소불알만한 도둑보가 곁붙어" "오장칠보"로 표현함으로써 엇나가고 있다. 또 도덕적인 일탈행위인 도둑질을 신기(神技)와 재주에 이르렀다고 표현하여 현실의 부조리한 상황을 드러내고 있다.

재벌, 국회의원, 고급공무원, 장성, 장·차관이 오적인데 본래의 시에는 이 어휘들이 벽자(僻字), 즉 흔히 쓰이지 않는 괴벽한 한자로 되어 있다. 너무 노골적이다 보니 벽자를 통해 공격성을 약간 약화시킨 셈이지만 반어적 풍자 수법으로 위정자를 한껏 조롱하고 있는 것이다.[32] 대상을 직접적으로 거론하지 않고 우회적으로 거론한 것은, 오적으로 지칭된 자들의 반발을 무마시키기 위한 전술적인 의도와 함께 그들의 비위(脾胃)를 건드리어 '골탕'을 주려는 의도도 가지고 있다.

성인군자의 말씀이라
만장하옵시고 존경하옵는 도둑님들!
도둑은 도둑의 죄가 아니요, 도둑을 만든 이 사회의 죄입네다
여러 도둑님들께옵선 도둑이 아니라, 이 사회에 충실한 일꾼이니
―「오적」 일부

화자는 죄 없는 안도를 잡아 가둔 포도대장의 말을 성인군자의 말로 규정하며, 도둑을 '님'으로 존칭하고 있다. 또한 '도둑은 죄가 아니고 도둑을 만든 사회가 죄'라고 하며, 도덕적인 비행(非行)을 사회 '환경의 탓'

---

32 정종진, 『한국현대시 그 감동의 역사』, (태학사, 1999), 481~482쪽.

으로 돌리고 있다. 환경은 일종의 조건을 뜻한다. 조건은 A와 B의 인과 적 관계에서 A가 B의 원인·근거가 될 때 A를 가리키는 말이다.[33] 이러 한 측면에서 B의 삶의 조건이라는 것은 오직 A의 상태에 의해 좌우되게 마련이다. 즉 A가 B에 미치는 영향에 따라서 B의 삶의 조건이 결정된다 는 것이다. 따라서 B는 A의 관계에서 수동적이며 종속적인 관계일 수밖 에 없다. 현실의 환경이 부조리하다면 이에 대한 민중의 삶과 자세도 영 향을 받을 수밖에 없는 것이다.

또 화자는 오히려 도둑들을 사회의 충실한 일꾼으로 엇나가게 묘사함 으로써 선량한 백성들을 도둑으로 모는 부조리한 현실을 고발하고 있다. 이러한 언내(言內)의 함의는 당대의 절대 다수의 계층은 선량하며 충실 하다는 것을 의미한다. 어느 사회에서건 당대의 질서와 가치를 떠받치고 있는 것은 다수의 선량한 민중들의 도덕·윤리의식이다.

> 한 손으로 밥술 뜰 때 딴 손으로 소변보기
> 오른 눈이 하늘 볼 때 왼쪽 눈은 땅을 보기
> 한 입이 두말하고 두 귀 따로 각각 듣고
> 오른발이 첩집 갈 때 왼발은 마누라집
> 욕하며 칭찬하고, 절하며 침을 뱉고
> 화내며 웃고, 떨어지며 붙고, 엎드리며 눕고, 굽히며 서고
> 쳐다보며 웃고, 윗놈 붙어 아랫놈 치고, 아랫놈 긁어
> 위에 상납
> 큰기침하며 잔기침, 과부돈으로 처녀 오입, 기다 걷다 뛰다 날다
> 마침내 우루루루루—
>
> —「앵적가」 부분

33 박이문, 『문명의 미래와 생태학적 세계관』, (당대, 2000), 68쪽.

기름통 굴리라면 탄약 굴리기

탄약 나르라면 보급품 지고 줄달음질

트럭에서 흙 털라면 막사바닥 흙 파내고

막사 물로 닦으라면 트럭 온통 모래로 닦고

신문 대신 누드잡지 배달

구두 대신 콘돔 닦기

　　　　　　　　　　　　　　　　　　－「김흔들 이야기」 부분

　위의 두 시의 화자는 이중적이며 엇나가는 행동을 보이고 있다. 화자의 '심통'이 단단히 틀어져 매사가 엇나가고 있다. 소위 '놀부 심통'이다. 김지하는 위의 시에서 이중적인 의도를 보여 준다.

　첫째는 화자의 엇나가는 행동을 드러내어 화자를 둘러싼 현실의 환경을 비판하고 있다. 김지하는 이렇게 엇나가지 않으면 안 되는 화자의 생존의 현실을 드러내고 있다. 도덕·윤리에 앞서 생존을 위한 처세의 절박함을 나타낸다. 그만큼 현실이 순기능을 상실하고 파행적이라는 것을 암시한다.

　둘째는 문체의 문제이다. 옹이 말한 종속적이라기보다는 첨가적인 언어를 쓰고 있으며 장황하거나 다변적인 언어를 쓰고 있다. 옹이 말한 위의 말은 중요한 의미를 갖는다. 수평적인 대등한 관계를 의미하기 때문이다. 한 쪽의 일방적인 의미의 전달이 아니라 두 대상이 주고받으면서 대등한 관계에서 소통을 한다. 따라서 위의 시는 화자의 심통 뒤에 숨겨진 이면의 현실을 드러내는 동시에 주고받고 주고받는 소통의 관계를 엇박자의 장단에 맞추어 보여 주고 있다. 문학의 사회적 효용성의 측면에서 보면 언표의 배열이나 선택은 그 자체로 현실을 비판하는 상징성이 있다. 김지하는 문체로서 현실을 비판하고 민중의 자율성과 존엄성에 대하여 얘기하고 있는 것이다.

2. 능청과 눌변의 어깃장론

이문구는 충청도 '토박이말[34]을 구수하며 맛깔스럽게 사용한 작가이다. 일찍이 각 지방의 토박이말을 문학에 차용한 작가[35]들이 없었던 것은 아니다. 그러나 전라도와 경상도 그리고 강원도 등 국토의 외지(外地)에 편중이 된 감이 없지 않았다. 충청도는 국토의 허리를 담당하는 내지(內地)로 사람들의 삶의 조건이 일상성을 띠는 곳이다. 이러한 내지의 토박이말이 이문구에 의해 복원된 것은 당대의 일반 백성들의 삶을 생생하게 재현하는 의미가 있다. 특히 충청도 토박이말의 특성인 느린 말투는 그 자체로 언어미를 갖지만 이런 눌변의 언어가 대상을 비판하는 언어로 사용될 때는 '능청'과 '어깃장'으로 활용된다. 눌변의 '말'과 어깃장의 '행동'은 대상의 '부아를 건드리거나 심사를 뒤틀리게 하는 데 더 없는 효과를 발휘한다.

토박이말은 표준어로는 표현해 낼 수 없는 언어의 한계를 극복한다. 따라서 표준어의 상대적인 언어로서의 토박이말의 위치도 수정되어야 한다. 토박이말은 토박이말 자체로서 빼어난 자율성과 독립성을 갖는 언어이다. 표준어는 인공적이며 도시적인 언어이다. 대상과 사물을 즉물적으로 묘사할 뿐, 지역 공동체의 인문 지리학적인 희로애락의 정서를 담아낼 수가 없다. 언어가 단순히 대상과 사물을 지칭하거나 호칭하는 기

---

34 흔히 표준어의 상대어로 쓰이는 '사투리'나 '방언' 등의 단어는 수정되어야 한다. 이 말의 함의 속에는 표준어에 대한 주변적이며 변두리적인 의미가 내포되어 있다. 표준어는 중심이요, 사투리는 변방이라는 의미가 있다는 것이다. 이러한 인식은 단순히 언어 자체로 국한되는 것이 아니기 때문에 문제가 있다. 지역과 문화, 계층 간의 갈등을 유발하는 요인으로 작용할 잠재적인 불안 요소를 갖고 있다. 따라서 '토박이말'이란 순수한 우리말을 살려 쓰는 것이 필요하다. 토박이란 말은 본래성과 시원적인 의미가 있기 때문에 어떤 것과도 상대적인 개념이 존재할 수 없으며, 그 자체로 원형적인 의미가 있다.

35 조정래·박경리·김원일·이청준 등이 있다.

호적인 수단이 아니기 때문이다. 하나의 언어 속에는 삶의 공동체를 이루며 사는 사람들의 삶의 체취가 고스란히 묻어 있다. 따라서 토박이말이 표준어와 동일한 언어를 가리켜도 사람의 인식을 자극하는 심상이 다를 수밖에 없다. 이것이 토박이말이 존재해야 하는 이유이다. 또한 토박이말은 현장적 언어로서 삶의 활력소와 생기를 주는 언어이다.

① "그러구 농사는 농민이 짓는 겐디, 실지루는 관에서 마름을 보는 심이라. 이래라저래라 몰아 대는 양을 볼 것 같으면 농업농산지 관관농산지 당최 분간을 못 허겄더라 이게여. 분명 누구 보기 좋으라구 농사짓는 게 아닌 중 알련마는, 뭐 시키는 걸 보면 관청 취미대루라. 그런다구 혹 제대루 된 게나 있으면 그러니라나 허지. 뽕나무 심으슈 심으슈 했던 게 불과 몇 해 전여? 인저는 그늠으 것 캐내 버리느라구 조합돈까장 을어 댔으니……."[36]

② "그게 아녀. 자네 농발대책(농어촌벌전종합대책)이라는 게 워떤 건지 알구나 그러는겨? 그 골자가 뭔고 허면, 성남마냥 노령으루 땅을 묵히게 된 은퇴농지, 딴 디루 나가 보려구 내놓은 이농농지, 생전 심 펼날이 읎는 영세농지 같은 걸 실력있는 사람게다 몰어 줘서 전업농을 키우겠다 그 얘기여. 그러면서 부동산투기두 막구 농발대책두 밀어붙이구 허느라구 읎는 법까장 맹글었는디 그 뱁이 무슨 뱁이냐, 한마디루 말해서 죽는 늠만 죽어라죽어라 허는 그런 내용여. 농지매매증명제다 토지거래허가제다 신고제다 허구 이중삼중으루 옴나위를 못 허게 얽어 맺는디, 이게 뭐냐. 사유재산권 행사에 대한 가차압인 겨. 그러니 농지값은 값대루 떨어지구 거래는 거래대루 끊어지구, 결국 이농을 허는 마당에서까장 목돈을 쥐고 이농을 해두 션찮은 영세농덜더러 푼돈을 뒤구 이농허거라, 그렇게 됐다 이 말이여."

---

36 한국소설문학대계 55, 「우리 동네 김씨」, 『이문구』, (동아출판사, 1995), 427~429쪽.

그러닝께 그 법이 솔직히 죽는 늠헌티만 죽어라 죽어라 허는 게아니구, 사는 늠헌티는 살어라살어라 허는 그런 법이구먼 그류.” …(중략)…

그거여 그거. 재벌이나 중소기업덜버러 농업회사를 채려 가지구 농대출신 덜을 머슴으로 공채해서 컴퓨터농사를 짓게 허겄다 그 속이라구. 물런 머슴이라구야 안 헐 테지. 큰머슴은 논작 상무 밭작 상무루 헐 게구, 중머슴은 짐장채소 부장, 엇갈이채소 부장, 하우스채소부장 허면 될 게구, 풋머슴은 호박 과장 꼬추 과장 참꽤 과장 들꽤 과장 워쩌구 허면 될 게구.”[37]

③ “알면 지랄헌다구 물으유? 평(坪)도 있구 마지기두 있구 배미두 있는디, 해필이면 알어듣기 그북허게 헥타르라구 헐 건 뭐냐 이게유.”

“천동면이 이렇게 촌인가……저런 딱헌 사람두 다 있으니. 나 보슈 국가 시책으로, 미터법에 의하야 도량형 명칭 바뀐 지가 원젠디 연태까장 그것두 모르는겨? 당신이 시방 나를 놀려 보겄다―이게여?”

부면장은 당장 잡도리할 듯이 눈을 부라리며 언성을 높였다. 곁에 앉은 남병만이가 팔꿈치로 집적거리며 참으라고 했으나 김도 주눅들지 않고 앉은 채로 응수했다.

“내 말은 그렇게밖이 안 들리유? 저 핵교 교실 벽뙈기 좀 보슈. 뭐라구 써붙였슈? 나라 사랑 국어 사랑……우리말을 쓰자는 것두 국가 시책이래유. 예날 버텀 관공리 말 다르구 농민들 말 다른 게 원칙인게유. 천동면이 이렇게 촌인가…… 끙―”

부면장은 무슨 말이 나오는 것을 참는지 한참 동안 입술만 들먹거리더니 겨우 말머리를 찾은 것 같았다.

“도대체 당신 워디 사는 누구여? 뭣 하는 사람여?”

그러자 누군가가 뒤에서 큰 소리로 대답했다.

---

37 앞의 책, 「장곡리 고욤나무」, 514~516쪽.

"그 사람두 높어유."

그 말이 떨어지기 전에 또 다른 다른 목소리가 곁들여졌다.

"놀미부락 개발위원이구, 마을문고 후원회원이구……."

그러자 여기저기서 우르르 하고 아무나 한 마디씩 뒵들이를 했다.

"부락 조심(가족계획)추진위원이구……."

"부녀회 회원 남편이여."

"연료림 개발 추진위원회이유."

"야산 개발 추진위원이구."

"단위조합 회원이여."

"이장허구 친구여."

"죄용해 줘유. 앉어 줘유. 그만해 둬유. 입 다물어 줘유."

하고 부면장은 다시 마이크에 대고 고래고래 고함을 질렀다. 약간 수그러들
자 부면장은 언성을 낮추어 말했다.

"일 헥타는 삼천 평입니다. 앞으루는 이백 평이니 말가웃지기니 허구 전근
대적인 단위는 사용을 삼가 주서야 되겠다—이겝니다."

말허리를 끊으며 김이 말했다.

"이 바닥에 헥타를 기본단위로 말할 만치 땅 너른 사람이 몇이나 되느냐
이게유."

부면장은 들은 척도 않고 하던 말을 계속했다.

"예, 날두 더운디, 지루허시드래두 자리 흩트리지 마시구 담배나 피시며 쉬
서유. 저 놀미 사는 높은 양반두 승질 구만 부리시구 편히 쉬서유. 미안헙니
다."

그러자 박수가 쏟아져 나왔다. 김은 그 박수의 임자가 자기라고 믿으며 속
으로 웃었다.[38]

---

38 앞의 책, 「우리 동네 김씨」, 427~429쪽.

①에서는 정부의 영농정책의 일관성의 결여로 겪게 되는 농촌의 어려운 현실을 설득력 있게 보여 주고 있다. 농사는 일 년 혹은 그 이상을 인내해야 수확할 수 있는 고된 일이다. 예측 가능한 수확의 결실을 담보할 수 없는 것이 농사다. 정부의 영농정책이 일관성이 없이 시류에 따라 집행되다보니 농민들은 농민들대로 잘못된 정책에 따라 춤을 추는 꼴의 시행착오가 되풀이 되고 있다.

②에서도 정부의 영농정책이 소농을 정리하고 대농을 키워 정부가 관리하기 편리하게 정책을 펼치고 있다. 소농의 현실을 감안하지 않고 대농 중심의 전업농을 키울 생각인 것이다. 이러한 현실에서는 빈부의 차가 커지는 것은 당연한 일이다. 농토를 생명처럼 여기는 농민들이 땅을 놀리면 반드시 가슴 아픈 불가피한 현실이 있는 것이다. 그 현실조차도 정부의 잘못된 영농정책의 결과 때문에 파생된 것이라면, 나라의 근간을 이루는 농민은 의지할 곳이 없게 되는 것이다. 아버지와 숙부인 기출과 봉출이 아들과 조카인 효근이에게 잘못 알고 있는 농촌의 실정에 대하여 자세히 설명해 주는 장면이다. 특히 기출이 농업회사에 고용될 직업을 머슴으로 표현하며 직위를 붙여 얘기하는 장면은 농촌의 서글픈 현실을 희화적으로 반영하고 있다.

③에서는 ①, ②의 현실을 파생시킨 정부에 대한 농민의 볼멘소리가 절정을 이룬다. 김씨는 능청과 눌변으로 부면장에게 어깃장을 놓고 있다. 김씨는 전통적이며 재래적인 가치를 정책의 편의성만을 위해서 하루아침에 조변석개(朝變夕改)하는 정부의 영농정책에 부아가 치밀어 묵과하지 못하고 어깃장을 놓고 있다. 김씨가 놓는 어깃장은 교육을 받는 농민들의 쌓인 체증을 한꺼번에 풀어주는 카타르시스가 있다. 부면장의 자기 지위를 믿고 부리는 권위의식에 주눅 들지 않고 오히려 한 술 더 떠서 부아를 돋우는 능청의 언술은 그야말로 이문구 문체의 백미로 꼽을만 하다. "이 바닥에 헥타를 기본 단위로 말할 만치 땅 너른 사람이 몇이나

되느냐'라고 반문하는 장면에서는 농촌의 현실을 무시한 정책의 허구성을 적나라하게 드러내고 있다. 또한 박수 소리를 자기화하며 속으로 웃는 김씨의 모습은 정부의 영농정책에 대한 냉소적인 거부감과 비판의식을 엿 볼 수 있다.

이문구의 소설에서는 이 같이 능청과 눌변의 어깃장의 언어가 대부분이라고 할 수 있다. 초기 소설인『관촌수필』을 제외하고 본격적인 농촌의 현실을 그린 이 후의 작품들에서는 어김없이 이러한 어깃장의 언어가 농촌의 현실을 생생하게 전달하는 생기 있는 언어로 그려지고 있다.

제4장 결론

김지하와 이문구는 한국현대문학에서 시와 소설을 대표하는 문인들 중에 한 사람들이다. 이들은 대동과 소이, 소이와 대동한 측면을 많이 갖고 있다. 대동한 측면은 동갑내기(1941)와 고향이 바다를 끼고 있는 반농반어의 환경이라는 것이다. 또한 가계의 내력도 아버지의 좌익 활동으로 어두운 유년시절을 보낸 점도 빼놓을 수 없는 대동한 조건이다. 이들은 아버지의 부재 탓으로 소홀할 수밖에 없던 인격의 자양분을 할아버지에게서 충실히 수혈 받아 가치관의 근거로 삼았다. 김지하의 동학과 이문구의 유학은 할아버지가 제공한 사상의 젖줄이었다. 문체론적으로는 전통민예의 현대적 변용이란 측면에 천착한 점도 대동한 측면이다. 탈춤과 판소리의 사설의 요설적인 언어와 토박이말을 문학에 재현하여 당대의 시대적인 현실을 반영했다. 소이적인 사상의 측면에서는 김지하는 동학사상에, 이문구는 유학사상에 의지했다. 그러나 특징적인 점은 자기 사상의 논리를 강조하기 위하여 타 사상을 배척하지 않고 개방적인 자세를 보였다는 것이다.

문체론으로는 김지하가 토박이말보다는 공적인 자리에서 은폐되어 있는 직정적인 언어를 사용했다. 이문구는 순수한 충청도의 토박이말을 맛깔스럽게 형상화 하였다. 이러한 점은 소이적인 측면의 시각에서 보기보다는 소외되거나 은폐되어 있던 언어를 양지로 드러내어 현실을 보여 주었다는데 큰 의의가 있다고 할 수 있다.

김지하와 이문구가 사상과 문체를 대동과 소이를 교차하면서 천착한 이유는 인문정신을 구현하려는 목적 때문이었다. 인문정신은 당위적이며 도덕적인 가치를 드러내는 행위이다. 즉 실천성을 전제로 한다. 김지하와 이문구는 사상과 문체, 즉 문학적인 대응논리로 현실을 비판 고발하고 있다.

참고문헌

1. 기본자료

『동경대전』
『해월신사법설』
김지하, 『말뚝이 이빨은 팔만사천개』, 동광, 1991.
이문구, 『관촌수필』, 문학과지성사, 1991.
한국소설문학대계 55, 『이문구』, 동아출판사, 1995.

2. 단행본

구인환·구창환, 『문학개론』, 삼지원, 1998.
국립국어연구원, 『표준국어대사전』, 두산동아, 1999.
김지하, 『생명』, 솔, 1995.

김지하, 『생명과 자치』, 솔, 1996.

_____, 『흰 그늘의 길』 전 2권, 학고재, 2003.

_____, 『사상기행』 전 2권, 실천문학사, 1999.

_____, 『흰 그늘의 미학을 찾아서』, 실천문학사, 2005.

김학주 역주, 『논어』, 서울대학교출판부, 2003.

류근성, 『현대 신유학의 인문정신』, 전남대학교출판부, 2002.

박이문, 『문명의 미래와 생태학적 세계관』, 당대, 2000.

신일철, 『동학과 전통사상』, 모시는 사람들, 2004.

월터 J. 옹, 이기우·임명진 옮김, 『구술문화와 문자문화』, 문예출판사, 1995.

정옥자, 『우리선비』, 현암사, 2003.

정종진, 『한국현대시 그 감동의 역사』, 태학사, 1999.

_____, 『이문구 소설의 선비정신 연구』, 『국제문화 연구』 제20집, 2002.